Richard Dübell, geboren 1962, lebt mit seiner Frau und zwei Söhnen bei Landshut. Nach dem erfolgreichen literarischen Einstieg mit seinen beiden ersten Romanen Der Tuchhändler und Der Jahrtausendkaiser bescherte Eine Messe für die Medici dem Autor zum ersten Mal den Sprung auf die Bestsellerliste. Bitte beachten Sie auch die Webseite zum Werk, www.teufelsbibel.de, sowie den Internetauftritt des Autors, www.duebell.de.

Weitere Titel des Autors:

12935 Der Tuchhändler
14393 Der Jahrtausendkaiser
14757 Eine Messe für die Medici
15102 Die schwarzen Wasser von San Marco
15354 Das Spiel des Alchimisten
15441 Im Schatten des Klosters
15641 Die Tochter des Bischof
15714 Die Braut des Florentiners
15809 Der Sohn des Tuchhändlers

Die Wächter der Teufelsbibel

Der vorliegende Titel ist auch als Hörbuch bei Lübbe Audio lieferbar

Richard Dübell

Die Teufelsbibel

Historischer Roman

BASTEI LÜBBE TASCHENBUCH
Band 16326

1. Auflage: Oktober 2009

Vollständige Taschenbuchausgabe
der in Ehrenwirth erschienenen Hardcoverausgabe

Bastei Lübbe Taschenbücher und Ehrenwirth in der Verlagsgruppe Lübbe

Published by arrangement with Anke Vogel Literaturagentur, München

Textredaktion: Martina Sahler, Kürten
Titelillustration: Brother Pedro (d.1604) (oil on canvas) by Zurbaran, Francisco de (1598–1664) © Real Academia de Bellas Artes de San Fernando, Madrid, Spain/ Giraudon/ The Bridgeman Art Library
Umschlaggestaltung: Nadine Littig
Autorenfoto: Olivier Favre
Satz: Dörlemann Satz, Lemförde
Gesetzt aus der Berkeley
Druck und Verarbeitung: CPI – Ebner & Spiegel, Ulm
Printed in Germany
ISBN 978-3-404-16326-7

Für die Menschen in meinem Leben,
die mir jeden Tag von Neuem zeigen,
was das Allergrößte ist.

»Der Preis deiner Liebe bist du selbst.«
Augustinus

Als die Archäologen auf die Skelette stießen, waren sie zuerst überrascht. Ihre Überraschung wandelte sich in Entsetzen, als sie weitergruben. Was sie für die sterblichen Überreste von Mönchen gehalten hatten, waren tatsächlich die Gebeine von Frauen und ... Kindern. Irgendwann vor Hunderten von Jahren musste in dem Benediktinerkloster in Südböhmen, an dessen ehemaligem Standort sie gruben, eine Katastrophe geschehen sein. Etwas, das die Mönche veranlasst hatte, gegen alle benediktinischen Regeln diese Leichen am Rand ihres Friedhofs in einem unbezeichneten Massengrab zu verscharren und das Geheimnis zu bewahren, bis das Schicksal das Kloster selbst von der Erdoberfläche tilgte.

Vielleicht wäre die nur eine von vielen ungeklärten, unbekannten Tragödien der Historie, wenn sich ihr Rätsel nicht mit einem nderen noch älteren verbinden würde. Es ist das Rätsel um eine der geheimnisvollsten Handschriften der Kirchengeschichte: den Codex Gigas. Die Teufelsbibel. Das größte Manuskript der Welt wurde im dreizehnten Jahrhundert geschrieben. Schon um seine Entstehung rankten sich Legenden. Männer der Kirche und Alchimisten gleichermaßen suchten darin die Erleuchtung – oder den Weg in die Finsternis.

Das Kloster, in dem das Massengrab gefunden wurde, ist der Ort, an dem die Teufelsbibel entstand.

Diese Geschichte erzählt, was möglicherweise passiert ist.

Dramatis Personae

Charaktere

Agnes Wiegant
Die Tochter von Niklas Wiegant sieht ihre Zukunft an der Seite von Cyprian Khlesl und ihre Vergangenheit als dunkle Tragödie

Yolanta Melnika
Sie würde ihre Seele dem Teufel verschreiben, um ihr Kind wiederzubekommen, und stellt fest, dass genau das von ihr verlangt wird

Jarmila Anděl
Das Schicksal ihrer Familie ist mit dem von Andrej von Langenfels ebenso unlösbar verknüpft wie ihr Herz

Cyprian Khlesl
Verstoßener Sohn eines Bäckermeisters, Agent eines Bischofs und Agnes Wiegants große Liebe

Andrej von Langenfels
Er kennt eine Geschichte, die dem Kaiser gefällt, nur dass diese Geschichte immer wieder sein Herz bricht

Pater Xavier Espinosa
Der richtige Mann am richtigen Platz – perfekt

Bruder Pavel, Bruder Buh
Benediktinermönche mit dem Auftrag, die Welt zu retten

Theresia und Niklas Wiegant
Agnes' Eltern haben wegen eines Akts der Liebe die Liebe zueinander vergessen

Sebastian Wilfing senior und junior
Freund und Geschäftspartner Niklas Wiegants (Wilfing senior) und Wunschkandidat aller prospektiven Schwiegermütter (Wilfing junior)

Bruder Tomáš
Benediktinermönch mit dem festen Willen, die Welt vor ihren Rettern zu beschützen

Rudolf II. von Habsburg
Kaiser des Heiligen Römischen Reichs Deutscher Nation, Alchimist, Kunstsammler und der falsche Mann am falschen Platz

Melchior Khlesl
Bischof von Wiener Neustadt, danach Bischof von Wien, ab 1616 Kardinal, leidenschaftlicher Patriot und Beschützer der Einheit der katholischen Kirche

Martin Korýtko
Abt des Klosters Braunau von 1575 bis 1602; seine Erlaubnis, in Braunau eine neue protestantische Kirche bauen zu dürfen, löst die Ereignisse aus, die letztlich zum Dreißigjährigen Krieg führen werden

Hernando Nino de Guevara
Dominikanerpater, später Kardinal und Großinquisitor

Kardinal Cervantes de Gaete
Erzbischof von Tarragona

Kardinal Ludwig von Madruzzo
Kurienkardinal, Papstkandidat 1590, 1591 und 1592

Papst Urban VII.

Eigentlich Giovanni Battista Castagna, Papst vom 15.09.1590 bis zum 27.09.1590, zuvor Großinquisitor; als einzige Handlung aus seiner Amtszeit stammt die Einführung der Bezeichnung »Eminenz« für Kardinäle

Papst Gregor XIV.

Eigentlich Niccolò Sfondrati, Papst vom 05.12.1590 bis zum 15.10.1591; führte ein Verbot von Wetten auf die Wahl eines Papstes, die Dauer eines Pontifikats und die Ernennung neuer Kardinäle ein

Papst Innozenz IX.

Eigentlich Giovanni Antonio Facchinetti, Papst vom 29.10.1591 bis zum 30.12.1591; bekannt als sittenstreng und asketisch, reformierte das päpstliche Staatssekretariat

Papst Clemens VIII.

Eigentlich Ippolito Aldobrandini, Papst vom 30.01.1592 bis zum 05.03.1605; veranlasste eine Neuausgabe des Index der von der Kirche ausdrücklich verbotenen Bücher, verkündete 1600 einen Jubiläumsablass, ließ im gleichen Jahr den als Ketzer verurteilten Giordano Bruno bei lebendigem Leib verbrennen und beschäftigte als erster Papst Kastraten

Giovanni Scoto (John Scott, Hieronymus Scotus)

Hat Anfang der neunziger Jahre des 16. Jahrhunderts eine kurze, glücklose Karriere in Prag als Alchimist und Ehebrecher

John Dee, Edward Kelley

Englische Alchimisten und Sterndeuter am Hof Kaiser Rudolfs II.

Doktor Bartolomeo Guarinoni
Leibarzt für Kaiser Maximilian II. und Kaiser Rudolf II.

Die Teufelsbibel
Die größte mittelalterliche Handschrift der Welt, geschrieben in einer einzigen Nacht vom Teufel selbst (sagt man)

1572: Die Saat des Sturms

»Wenn der Wind weht,
löscht er die Kerze aus und facht das Feuer an.«

Arabisches Sprichwort

1

Andrej beobachtete das Unwetter, wie es in der erdrückenden Finsternis heranschwamm, ein indigofarbener Schatten über dem welligen, welken, braunen Land, der den Himmel einhüllte. Es schickte Böen aus Kälte und den Geruch von Schnee voraus, bis es schließlich über der weiten Schale hing, an deren Rand das zerfallende Kloster und das jämmerliche Kaff lagen, als seien Hütten und Kirche den Abhang heruntergerollt und dort liegen geblieben, für niemanden mehr von Interesse als für die Geister von Toten, die vor Jahrhunderten gestorben waren.

Andrej drückte sich hinter der Ruine des Torbaus an die Mauer und versuchte die Gruppe von Frauen und Kindern im Auge zu behalten, die sich frierend zusammendrängte und die von einem Augenblick zum anderen zu vagen Umrissen wurde im Flirren eines Graupelschauers, der im frühen November bereits den Winter vorwegnahm. Mit seinen sieben Jahren wusste Andrej nicht, wo sie sich befanden, und selbst wenn sein Vater oder seine Mutter es ihm mitgeteilt hätten, hätte ihm der Name des Ortes doch nichts gesagt. Von jeher schleppte sein Vater die kleine Familie kreuz und quer durch das Land, und sämtliche Ortsnamen und geografischen Begriffe waren hoffnungslos durcheinandergeraten in Andrejs Hirn. Das einzige Faktum, das sich in seiner Seele eingebrannt hatte, war das Jahr, in dem sie sich befanden, und dies auch nur, weil jeder zweite, den sie trafen und den sein Vater eines Gesprächs für würdig befand, versucht hatte, das Omen dieses Jahres auszurechnen, seit die Neuigkeit von der Bluthochzeit in Frankreich bis hierher in diesen entlegenen Zipfel des Reichs gedrungen war.

»Die Katholiken und die Protestanten schlachten sich gegenseitig ab«, hatte sein Vater halblaut gesagt, so dass nur Andrej und seine Mutter es hören konnten, dabei aber herausfordernd in die Runde gegrinst, die in der Herberge hockte und der Erzählung eines Reisenden über die Massaker an den französischen Protestanten schockiert zugehört hatte. »Zeit ist es geworden. Da lassen sie uns wenigstens in Ruhe unserer Wissenschaft nachgehen, die abergläubischen Bastarde.«

»Ist die Achimilie eine Wissenschaft?«, hatte Andrej gefragt.

»Nicht nur *eine* Wissenschaft, mein Sohn«, hatte sein Vater gesagt. »Alchimie ist die einzig wahre Wissenschaft, die es gibt!«

Die einzig wahre Wissenschaft hatte sie nun hierhergeführt, in diese Klosterruine, die nicht einmal eine vollständige Mauer besaß, in der die meisten Gebäude wenig mehr waren als Steinhaufen, aus denen das faulende Gebälk ragte wie Knochen aus einem Kadaver, und deren Kirche nur noch mühsam aufrecht stand. Zwischen den leeren Dachsparren über dem Kirchenschiff ballte der Himmel die Fäuste und sandte seine Graupelschauer herab, dass das Prasseln bis zu Andrejs Versteck drang. Die vierschrötige Gestalt seiner Mutter war völlig verschmolzen mit denen anderer Frauen, die vor dem einzigen intakten Gebäude standen. War sie vorhin durch ihre gedrungene Figur deutlich von den schlanken, hochgewachsenen Frauen zu unterscheiden gewesen, unter die sie sich auf Geheiß des Vaters gemischt hatte, konnte Andrej sie nun nicht mehr ausmachen. Er hatte gesehen, wie sie sich von einer zur anderen bewegt hatte, mit Händen und Füßen redend, weil die Frauen eine andere Sprache als sie sprachen, dem einen oder anderen Kind über den Kopf streichend, und wie sie schließlich bei der jungen Frau mit dem kugelrund vorgewölbten Bauch stehen geblieben war. Deren Schultern hingen herab und sie schien so erschöpft, dass sie sich kaum auf den Beinen halten konnte. Dann war der Schauer gekommen, und es drängten sich nur noch Schatten zusammen.

Andrej bewegte sich unruhig, plötzlich ängstlich geworden.

Unvermittelt überkam ihn das Gefühl einer sich nähernden Katastrophe, als sei etwas ins Rollen geraten, das niemand würde aufhalten können. Vielleicht ahnte er zu diesem Zeitpunkt, dass, was immer heranrollte, sich auch über die kleine Familie Langenfels wälzen und sie auslöschen würde.

Über dem Prasseln des Graupelschauers hörte Andrej plötzlich ein dumpfes Röhren. Es kam aus dem Inneren des intakten Klosterbaus. Es war das Brüllen eines angreifenden Stiers, das Fauchen eines Luchses, das Heulen eines Wolfs; aber Andrej wusste im gleichen Moment, dass es von einem Menschen stammte – wenngleich nichts Menschliches darin zu sein schien. Die Kehle des kleinen Jungen in seinem Versteck an der Klostermauer war wie zugeschnürt. Er wollte seiner Mutter eine Warnung zuschreien, doch er blieb stumm; er wollte aufspringen und in den Bau stürmen, um nach seinem Vater zu sehen, doch seine Beine waren taub. Die durchnässten Schattengestalten weiter vorn erstarrten und lauschten.

Das unmenschliche Gebrüll hörte nicht auf, selbst als die ersten Schreie aus der Gruppe der Frauen ertönten. Andrej sah nur undeutlich, was sich abspielte. Wäre er älter gewesen, hätten die Erfahrungen, die jeder Mensch in einer Zeit wie dieser zu machen hatte, die richtigen Bilder geliefert. So war es seine Fantasie, die in Bilder übersetzte, was seine Augen sich weigerten zu sehen; die Realität wurde dadurch um nichts weniger grässlich.

Die Schattengestalten flüchteten in alle Richtungen auseinander. Ein größerer Schatten war zwischen ihnen. Dieser schwang etwas, holte aus und traf eine der schlanken, fliehenden Gestalten, die sich krümmte und zu Boden fiel. Das Flirren, das Prasseln und die Düsternis verzerrten alle Wahrnehmung. Vielleicht war es nur ein Trugbild, dass die gestürzte Gestalt mit erhobenen Armen um Gnade flehte.

Pitié, pitié, ne faites rien de mauvais …!

Und womöglich war es nur eine Täuschung, dass der

große Schatten noch einmal zuschlug und die flehenden Arme leblos nach unten sanken, und wahrscheinlich war jenes Geräusch, das über die Kakophonie von Gebrüll, Gekreisch und Geprassel zu Andrej drang, das Geräusch von einer scharfen Klinge, die sich in Fleisch und Knochen gräbt und dann auf dem Boden darunter auftrifft, auch nur Einbildung. Der Schatten riss sein Mordwerkzeug heraus und lief weiter. Die Frauen rannten panisch im Klosterhof durcheinander, stießen zusammen, zerrten ihre Kinder mit sich, ein Aufprall, jemand ging zu Boden und bewegte sich nicht mehr, ein Ausholen, und eine kleine Gestalt flog beiseite und verschwand.

Ayez pitié, épargnez mon enfant!

Die Frauen fielen eine nach der anderen, niedergehackt in der Flucht, auf den Knien erschlagen, während sie um Gnade flehten, im Versuch davonzukriechen auf den Boden genagelt. Wo Andrejs Mutter in all der Panik war, ließ sich nicht erkennen. Andrej wusste nicht, dass er die Hände an die Ohren gepresst hatte und wie ein Wahnsinniger ihren Namen kreischte, seit er den ersten Mord mit angesehen hatte. Der große Schatten bewegte sich zwischen seinen Opfern wie ein riesiger, dunkler Wolf, verschwamm vor Andrejs Augen und wurde zu einer Gestalt mit Kutte und Sense, die erbarmungslos durch das menschliche Korn zwischen ihren Füßen schnitt, verlief wieder wie zu Beginn zu dem finsteren Schatten, der eine Beute an den Haaren gepackt hatte und niederrang, die Waffe erhob …

Jemand sprang dem Schatten auf den Rücken und drosch auf ihn ein. Er fasste nach hinten und zerrte den Angreifer herunter, warf ihn auf den Boden, hielt ihn mit dem Fuß fest, schlug mit seiner Waffe immer und immer wieder zu. Das Geräusch der Schläge, das Zerschmettern, das Zerbersten, das Röhren, die Schmerzensschreie. Andrejs Hände auf seinen Ohren nützten gar nichts.

Mit einem weiten Schwung fuhr die Waffe nach oben – Andrej glaubte die Spur wie einen rot schimmernden Bogen durch das Geflimmer zu sehen – und zuckte auf die erste Beute herab, die der Schatten niemals losgelassen hatte und deren Schreien und Winden vergeblich waren …

Andrej merkte erst, dass er aus seinem Versteck geklettert war und vor der Mauer im Freien stand, als die Graupel ihn wie tausend Nadelstiche im Gesicht trafen. Er schrie mit seiner grellen Jungenstimme und weinte und ballte die Fäuste, dass das Blut aus den Handflächen trat. Der mörderische Schatten vorne wirbelte herum. Außer ihm stand kein anderer mehr aufrecht auf dem Schlachtfeld. Er riss seine Waffe aus dem Körper des letzten Opfers und rannte, ohne zu zögern, auf Andrej los. Wenn er sein tierisches Brüllen weiterhin ausstieß, konnte Andrej es wegen seines eigenen Kreischens nicht hören. Andrej stand da, als hätte der Akt des Herauskrabbelns aus seinem Versteck endgültig all seine Kräfte gekostet. Der Schatten stürmte durch den Schauer, und mit jedem Schritt schmolz er zusammen und verwandelte sich von einem amorphen Monster in einen Menschen mit wehender Kutte und von einem Menschen in einen Mönch … die vermeintliche Sense wurde zu einer Axt … die riesige Gestalt zu einer hageren Figur, um deren Körper die von Blut durchnässte und von den Eispartikeln verkrustete Kutte schlotterte. Der Sensenmann wurde zu einem jungen Klosterbruder, der der Sohn einiger der Frauen hätte sein können, die er soeben zerstückelt hatte. Andrejs Blicke fielen auf das Gesicht des heranstürmenden Mönchs, und mit der Weitsicht des Todgeweihten erkannte er, dass es zwar der Körper eines jungen Benediktiners war, den er ansah, aber dass die Seele, die sich darin befunden hatte, nicht mehr vorhanden war. Was in dem Körper steckte und ihn vorantrieb, war ein Dämon, und der Dämon hieß Wahnsinn.

Der Mönch war fast heran, eine blutbesudelte Figur, aus

deren Mund Geifer spritzte und aus deren Augen Tränen liefen; die Axt war hoch erhoben. Andrej wusste, dass er im nächsten Moment sterben würde. Seine Blase entleerte sich. Er schloss die Augen und ergab sich.

2

»WIR MACHEN ES wie immer«, hatte Andrejs Vater am Vorabend in der Herberge gesagt. »Ich gehe vor und rede mit den Mönchen. Ich bin sicher, dass ich sie bequatschen kann, mich in die Bibliothek zu führen. Wenn ich den Codex finde, schnappe ich ihn mir; wenn ich an seiner Stelle was anderes finde und wir es zu Geld machen können, schnappe ich es mir auch. Dann renne ich raus und stoße draußen mit deiner Mutter zusammen. Sie wird so tun, als versteckte sie was. Währenddessen – was passiert währenddessen, mein Junge?«

»Sie rennen an meinem Versteck vorbei und werfen mir die Beute zu«, leierte Andrej herunter. »Dann laufen Sie zum Tor hinaus und tun so, als würden Sie hinfallen. Während die Leute Sie und die Frau Mutter durchsuchen und nichts finden, schleiche ich mich mit der Beute zu unserem Quartier.«

»Der Kleine ist ein Naturtalent.« Andrejs Vater strahlte.

»Du bringst deinem eigenen Kind das Stehlen bei«, sagte Andrejs Mutter. »Stehlen ist eine Sünde und hat nichts mit der Wissenschaft zu tun.«

»Dass man Forscher wie unsereinen zwingt zu stehlen, um an das Wissen zu kommen, das man braucht – das ist eine Sünde!«, erwiderte Andrejs Vater. »Wenn man ein Unrecht mit einem anderen vergilt, hebt es sich auf. Das ist ein wissenschaftliches Faktum!«

»Gegensätze heben sich auf«, sagte Andrejs Mutter. »Wasser löscht Feuer. Eine volle Schüssel füllt einen leeren Magen. Recht besiegt Unrecht.«

»Du verstehst nichts von den Geheimnissen der Wissenschaft«, sagte Andrejs Vater und begann auszurechnen, ob die Sterne seinem Vorhaben günstig gestimmt wären. Andrej, der ihm dabei zusah, hörte ihn leise vor sich hinmurmeln: »Wenn der Codex hier wäre – das wäre was – wenn ich ihn morgen finde, – alles Wissen der Welt, alle Weisheit des Teufels, …«

»Herr Vater?«

»… die Geheimnisse, die Moses vom Berg Sinai mitbrachte und nicht verriet –«

»Herr Vater?«

»Hm?«

»Was ist ein Codex?«

Andrejs Vater war kein schlechter Mensch. Wenn er einer gewesen wäre, hätte er seine Frau und sein Kind schon vor Jahren ihrem Schicksal überlassen und wäre seinem Traum alleine nachgejagt. Er mochte ein Dieb sein, wenn man ihm nicht freiwillig gab, was er zu benötigen meinte, und er mochte ein Betrüger sein, wenn die Leute leichtgläubig genug waren, sich von ihm betrügen zu lassen – doch was er tat, tat er um eines hehren Zieles willen: der Wissenschaft.

Er schaute auf, musterte seinen Sohn und war wie immer nicht imstande, sich seinen Stolz auf ihn nicht anmerken zu lassen.

»Ein Codex … das sind viele Blätter, die man zusammengebunden hat, so dass man sie umschlagen und hintereinander lesen kann. Etwas, das man mitnehmen kann, ohne dass man eine ganze Truhe voller Schriftrollen mit sich führt.«

»Warum ist dieser Codex so wichtig für uns?«

Der alte Langenfels grinste plötzlich. Er rubbelte seinem Sohn durch die Haare. Dann lehnte er sich zurück und holte Atem.

»Es ist die Geschichte eines Mönchs, der den Glauben verlor. Und der eine schreckliche Sünde auf sich lud.«

Andrej starrte ihn an.

»Das war vor vierhundert Jahren. Vierhundert Jahre sind eine lange Zeit, mein Sohn, und wer damals lebte, von dem ist heute nur noch Staub übrig – Staub, eine Geschichte und ein Buch. Das mächtigste Buch der Welt.« Der alte Langenfels beugte sich nach vorn, damit seine Frau ihn nicht hören konnte. »Was verleiht den Menschen die größte Macht?«

Andrej wusste, was seine Mutter geantwortet hätte, wenn sie dem Gespräch gefolgt wäre: der Glaube. Er wusste auch, was sein Vater hören wollte. »Wissen«, flüsterte er.

Andrejs Vater nickte. »Der Mönch war bereit, Buße zu tun. Eine Buße, die ebenso schrecklich war wie seine Schuld.«

»Was hatte er getan?«, flüsterte Andrej mit weit aufgerissenen Augen.

»Die Gemeinschaft, in der dieser Mönch diente, lebte in einem Kloster, das weit und breit berühmt war für seine Bibliothek. Viele der Werke dort waren so alt, dass niemand wusste, woher sie kamen oder wer sie geschrieben hatte; und nur die wenigsten hatten auch nur eine vage Ahnung von ihrem Inhalt. Die Traktate der ersten Päpste, die Briefe der Apostel, die römischen und griechischen Philosophen, die ägyptischen Priester, die Schriftrollen der Israeliten, die in der Bundeslade verwahrt waren. Von all dem gab es Abschriften in dieser Bibliothek. Und der Mönch, von dem wir sprechen, war der einzige Mensch, der sie alle kannte.«

»Er hatte sie alle gelesen?«

»Er konnte sie alle auswendig, so intensiv hatte er sie studiert! Aber weißt du, mein Sohn, das Wissen verträgt sich nicht mit jedem Geist. Man muss ein Wissenschaftler sein, um nicht vor den Geheimnissen zu erschrecken, die hinter den Dingen liegen, und manches Wissen sollte nur solchen Leuten zuteilwerden, die damit auch umgehen können. Der Mönch jedoch war ein einfacher Mann. Als er alles studiert hatte, was sich in der Bibliothek befand, machte er sich auf die Suche nach neuem Wissen. Es heißt, dass er schließlich ein Buch fand, versteckt in einer Höhle, eingemauert in einer Nische, verborgen vor der Welt ... und es wäre besser für ihn gewesen, wenn er es nie gefunden hätte. Besser für ihn – aber sein Verderben und das der anderen machte der Welt das größte Geschenk.«

»Sein Verderben?«

»Um dieses einen Buches willen ermordete er zehn seiner Mitbrüder.«

Das rauchige Licht in der Schankstube schien sich zu verdunkeln, die Schatten traten plötzlich deutlicher hervor. Andrejs Blicke saugten sich an einer Gestalt fest, die eine Kapuze über den Kopf gezogen hatte wie ein Mönch und allein für sich an einem Tisch saß. Die Schatten schienen sich um sie herum zusammenzuballen. Andrejs Mund wurde trocken. Dann trat eine weitere Gestalt hinzu. Die Kapuze wandte sich um und offenbarte das Gesicht einer jungen Frau, die den Neuankömmling anlächelte und seine Hand nahm, als er sich neben sie setzte.

»Ein Wissenschaftler, mein Sohn«, sagte der alte Langenfels, »betrachtet jede Erkenntnis, die ihm zuteil wird, als ein neues Licht in der Dunkelheit der Ignoranz. Der Mönch jedoch – nachdem er dieses letzte Buch gelesen hatte, verstand er plötzlich, was in all den anderen gestanden hatte. Er sah das letzte kleine Licht verlöschen, das in der Dunkelheit seiner eigenen Welt brannte, das Licht des Glaubens. Als es aus war, umgab ihn Finsternis.«

»Aber es war doch nur ein Buch?«

»Es war eben nicht ›nur‹ ein Buch! Wer weiß, was in diesem Traktat stand, das jemand vor der Welt versteckt hatte? Vielleicht war es das, was Gott Moses verboten hatte zu schreiben? Vielleicht waren es die Erkenntnisse, die Adam festhielt, als er vom verbotenen Baum gegessen hatte? Unterschätze nie die Macht von Büchern, mein Sohn!«

»Warum hat der Mönch seine Mitbrüder getötet?«

»Ihnen war seine Verwandlung aufgefallen. Sie stellten ihn

zur Rede, und als er schwieg, machten sie sich auf den Weg in die Bibliothek, um nachzusehen, weshalb ihn seine Studien dort so verändert hatten. Aber der Mönch wollte nicht, dass jemand das Wissen, das er erworben hatte, mit ihm teilte, und versuchte sie aufzuhalten ...«

»Vielleicht wollte er die anderen nur beschützen, damit sie nicht ebenfalls ihren Glauben verloren, Vater?«

»Ja, Söhnchen, wer weiß? Aus guter Absicht entsteht ebenso viel Böses wie aus schlechter. Jedenfalls – es gab einen Kampf, eine Fackel fiel zu Boden, eine Ölschale wurde umgestoßen, was weiß ich – die Bibliothek fing Feuer. Alles brannte auf einmal lichterloh. Als der Mönch sah, dass er die Bücher nicht retten konnte, floh er, verschloss die Tür hinter sich und überließ seine Mitbrüder den Flammen. Sie kamen elend darin um.«

Andrej schluckte und schüttelte sich.

»Der größte Teil des Klosters konnte gerettet werden, aber die Bibliothek brannte völlig nieder. Der Mönch ging zu seinem Abt und gestand alles. Als Buße bat er sich aus, seine Erkenntnisse niederzuschreiben und so all das Wissen, das er aus der Bibliothek gewonnen hatte und das im Feuer verloren gegangen war, zu erhalten. Als der Vater Abt ihn fragte, worin in dieser Tat die Buße bestand, sagte der Mönch, er wolle dazu eingemauert werden. Während seines langsamen Verschmachtens wollte er das Werk schreiben, und mit seinem letzten Seufzer wollte er das letzte Wort festhalten. Dann mochten sie seine Zelle wieder aufbrechen, seinen Leichnam begraben und das Buch aufbewahren.«

»Das ist aber schlimm«, flüsterte Andrej.

»Ja«, sagte sein Vater. »Das war die grässlichste Buße für eine Sünde wie die seine, die man sich ausdenken konnte. Der Abt willigte ein. Doch schon am Abend des ersten Tages wusste der Mönch, dass er mit seinem Werk nie zu Ende kommen würde, bevor er starb, und er verzweifelte.«

»Hat ihn der Abt wieder herausgelassen?«

»Nein.«

»Oder ihm wenigstens Essen und Trinken gegeben, damit er länger durchhielt?«

»Andrej, der Mann war eingemauert worden. Was er drinnen tat oder was immer er rief, konnte draußen niemand hören. Sie würden die Zelle erst wieder aufbrechen, wenn so viel Zeit vergangen war, dass er mit Sicherheit tot war.«

»Aber was konnte er denn tun, der arme Mönch?«

Andrejs Vater lächelte kaum merklich. »Er betete.«

»Aber ...«

»Genau. Wie konnte er beten, wenn er doch den Glauben verloren hatte? Weißt du, um sich die Zuversicht an das Gute zu bewahren, braucht man den Glauben. Um sich klarzumachen, dass es auch das Böse gibt, braucht man ihn nicht – das weiß man, wenn man auch nur ein Zipfelchen der Welt kennt.«

»Heißt das ...«

»Ja. Der Mönch betete zum Teufel.«

»Heilige Maria Mutter Gottes, beschütze uns vor allen bösen Geistern«, stieß Andrej hervor und klang dabei wie seine Mutter. Sein Vater verdrehte die Augen.

»Es heißt«, sagte er schließlich, »dass der Teufel zu dem Mönch in die Zelle kam. Aber das Böse kommt ja immer schneller zu einem als das Gute, also halte ich das nicht für unwahrscheinlich. Der Teufel erbot sich, dem Mönch zu helfen und das Werk für ihn zu schreiben. Dafür wollte er noch nicht mal eine Belohnung; die Seele des Mönchs gehörte ihm ohnehin, und dass die meisten, die das Werk lesen würden, ebenfalls vom Glauben an Gott abfallen und sich ihm zuwenden würden, war ihm Lohn genug. Der Mönch offenbarte dem Teufel sein Wissen, und der Fürst der Hölle machte sich an die Arbeit. Als der Mönch am nächsten Morgen aus einem unruhigen Schlaf erwachte, lag das Buch fertig geschrieben auf dem Pult.«

Andrej schwieg.

»Aber …«, sagte sein Vater.

»Aber was?«

»Der Mönch hatte den Teufel hereingelegt.«

Andrej keuchte überrascht.

»Der Mönch wusste, dass der Teufel alles verdrehen würde, was er ihm offenbarte, und dass es dem Teufel nur darum ging, mit der Verbreitung des Wissens Verderben zu säen. Also setzte sich der Mönch hin und versteckte auf drei Seiten in dem Buch den Schlüssel zu all den verdrehten, verderbten Worten, die der Teufel niedergeschrieben hatte; er lieferte die Aufklärung dazu, wie man dieses Testament des Satans verstehen musste. Dann zeichnete er in die Mitte des Buches ein Bild des Teufels, um alle zu warnen, die sich damit abgaben, legte sich hin und starb. Als nach vielen weiteren Tagen die anderen Mönche die Mauer durchbrachen, waren sie entsetzt. Das Buch lag dort wie versprochen, aber der Leichnam ihres Mitbruders war so verbrannt, wie es die anderen gewesen waren, die er zum Tod in den Flammen verdammt hatte.«

Andrej gab einen erschreckten Laut von sich. Die Augen seines Vaters glitzerten im Schein der wenigen Talglichter, die in der Herberge flackerten und ihren Teil zu dem Geruch von verbranntem Essen beitrugen, der unter der Decke hing. Die meisten anderen Herbergsbesucher hatten sich in den Schlafraum zurückgezogen oder schnarchten, über die Tische hingestreckt, in der Schankstube.

»Wer besonders würdig oder besonders weise war, durfte das Buch studieren«, flüsterte Andrejs Vater. »Was glaubst du, woher all die Fortschritte kamen, all die neuen Ideen, die immer wieder im Dunkel der Zeit aufblitzten? Was glaubst du, woher das erste alchimistische Wissen kam?«

»Aus dem Buch …?«

»Und woher all die schrecklichen Gedanken kamen, die Kriege, die Intoleranz, die Verfolgungen, die Morde, die schlechten Päpste und die bösen Herrscher? Schließlich wurde es immer schwieriger, Zugang zu dem Buch zu erhalten, und das Wissen darüber ging verloren.«

»Und woher wissen Sie das alles, Herr Vater?«

»Bevor ich deine Mutter kannte und bevor du geboren wurdest, traf ich einen alten Alchimisten.« Andrejs Vater zögerte einen winzigen Augenblick. »Ich traf ihn im Gefängnis in Wien, wenn du es genau wissen willst, wohin mich die Missgunst schlechter Menschen gebracht hatte. Der Alte war noch schlimmer dran als ich – man hatte ihn zum Tod auf dem Scheiterhaufen verurteilt. In der Nacht vor seiner Hinrichtung erzählte er mir diese Geschichte.«

»Und haben Sie sie ihm geglaubt?«

»Natürlich habe ich sie ihm geglaubt. Wissenschaftler belügen sich nicht, und der Unglückliche stand bereits mit einem Fuß im Grab.« Andrejs Vater lächelte verzerrt, aber seine Augen funkelten. »Ich habe ihm schwören müssen, es niemals jemandem zu verraten. Ich werde meinen Schwur halten. Aber sobald das Buch mir gehört, wird all das Wissen, werden all die Geheimnisse der Schöpfung mir gehören, mir, einem Wissenschaftler, und ich werde nicht nur ein kleines Licht in der Dunkelheit entzünden, ich werde einen Flächenbrand entfachen, und es wird eine neue Ära beginnen, in der alles Unwissen und aller Aberglaube verbrennen und die Menschen im Licht der Wissenschaft leben! Mein Werk wird das sein, *mein* Werk!«

»Wissen Sie denn, wo dieser Codex ist, Herr Vater?«

»Er ist immer noch in dem Kloster versteckt, in dem er geschrieben wurde.«

»Und haben Sie herausgefunden, welches Kloster das ist?«

»Erinnerst du dich an das Dorf oben im Norden, das am Rand der Felsenstadt im Wald?«

»Das, wo wir mitten in der Nacht aus der Herberge geflohen sind, ohne die Rechnung zu bezahlen?«

»Nun, mein Junge, ich wollte den guten Wirtsleuten ersparen, mit mir am nächsten Morgen um das Geld streiten zu müssen.«

»Sie haben aber auch den Schinken und den kleinen Mehlsack aus der Vorratskammer mitgenommen.«

»Darüber zu streiten wollte ich ihnen auch ersparen.«

»Mutter sagt, wir haben die Leute betrogen.«

»Willst du nun wissen, wo das Kloster ist, oder nicht?«

»Ist es in der Nähe dieses Dorfes?«

Andrejs Vater schnaubte und schüttelte den Kopf. »Da war doch dieser Dorfpriester –«

»Der grässlich betrunkene Kerl!«

»Ich weiß ja nicht viel über das Leben eines Dorfpriesters, besonders nicht dort oben, wo sich Fuchs und Hase gute Nacht sagen. Aber ich kann mir vorstellen, dass man da gern zum Wein greift, wenn er einem angeboten wird.«

»Sie haben ihm eine ganze Menge Wein angeboten, Vater.«

»Ja, der Bursche war nicht gerade schüchtern.«

»Über das Geld für den Wein zu streiten haben Sie den Wirtsleuten auch ...«

»... aber das alte Weinfass war jeden Schluck wert, den ich in es hineingeschüttet habe.«

»Er hat Ihnen verraten, wo das Kloster ist?«

Das Gesicht des Vaters verzog sich zu einem Grinsen.

»Und wo ist es, Herr Vater?«

Andrejs Vater deutete in die Finsternis der bitterkalten Novembernacht außerhalb der Fensteröffnungen. Seine Augen waren jetzt Spiegel der kleinen Feuer, die in den Transchalen brannten. Er grinste immer breiter. Das Schattenspiel verzerrte sein Gesicht zu dem eines Mannes, den Andrej nicht kannte. »Morgen wirst du dich wie verabredet bei seinem Tor verstecken und darauf warten, dass ich dir die Teufelsbibel zuwerfe.«

3

PRIOR MARTIN WÄRE der Erste gewesen, der den Klosterhof erreichte, wenn er nicht bei dem toten Mönch vor dem Ausgang angehalten hätte. Während er sich nach dem schwarzen Kuttenbündel auf dem Steinboden bückte, rannten die beiden Novizen, die er aus Braunau mitgebracht hatte, an ihm vorbei und in den Hof hinaus. Martin fasste die zusammengekrümmte Gestalt bei der Schulter und drehte sie herum. Er zuckte zurück. Wo ein Gesicht gewesen war, klaffte eine Wunde. Der halbe Schädel war auseinandergehauen. Der Prior unterdrückte ein Ächzen und fühlte, wie sich sein Magen hob. Der Kopf des Leichnams rollte herum und kam halb auf seinem Fuß zu liegen, bevor er ihn zurückziehen konnte. Für Momente stand er wie festgenagelt. Der mörderische Lärm von draußen war fast verstummt; es hatte eine Weile gedauert, bis sie ihn über das Prasseln des Unwetters und ihre hitzig geführte Diskussion hinweg im Kapitelsaal gehört hatten. Weitere Augenblicke waren verstrichen, in denen sich alle fassungslos angestarrt hatten, bis Martin sich herumgeworfen hatte und aus dem Saal geeilt war, gefolgt von den Novizen. Stöhnend zog Martin seinen Fuß unter dem Kopf des Toten hervor, erschauerte, als dieser weiter herumrollte und die Bewegung einen Schwall Blut, Knochensplitter und Zähne auf den Boden schwemmte. Der Prior drückte sich an der Wand entlang um den Toten herum und bemerkte kaum, dass er die Lippen wie im Gebet bewegte. Als er an dem Leichnam vorbei war, raffte er die Kutte und rannte weiter.

Draußen prallte er auf eine Mauer aus schwarzen Mönchskutten. Hände hielten ihn fest; er kämpfte sich durch die Männer hindurch. Es waren fünf; der Tote im Gang war der sechste, und der siebte der Kustoden …

Der Anblick des großen, dicken Novizen, der von allen Buh genannt wurde und der jetzt auf den Knien lag und sich erbrach, während der magere Novize namens Pavel neben ihm stand, das Gesicht eine Maske des Horrors, verzerrte sich vor Martins Augen, ebenso wie das Schlachtfeld aus zerschlagenen, zerstückelten Körpern, als ihm klar wurde, dass der siebte Kustode derjenige war, der das Blutbad angerichtet hatte. Ihm war zumute, als fiele er in einen Abgrund. Ein Graupelschauer peitschte in sein Gesicht. Er wischte sich das Wasser aus den Augen. Der siebte Kustode war fast am anderen Ende des Klosterhofs. Er riss seine Axt aus einem Körper zu seinen Füßen, hob sie über seinen Kopf und rannte brüllend in Richtung Klosterpforte. Martin war sicher, dass er versuchte, ins Freie zu fliehen – und wenn er das Freie erreicht hätte und das Dorf jenseits der Felder, dann würde das Massaker erst beginnen. Der Prior fuhr herum.

Die fünf Kustoden standen eng beisammen. Wo die Kapuzen von den Köpfen geglitten waren, boten die Gesichter über den schwarzen Kutten Spiegelbilder des Schocks, der auch den jungen Pavel bannte. Derjenige der Kustoden, der für die Armbrust verantwortlich war, hatte seine Waffe gehoben und zielte; die Spitze folgte dem mit seiner Axt dahinstürmenden Verrückten. Martin verstand innerhalb eines Herzschlags, dass die Spitze auf den Wahnsinnigen gerichtet war, seit die Kustoden bei seiner Verfolgung im Hof angekommen waren, und dass der Gedanke an die eigene Unberührbarkeit, der den Kustoden eingehämmert worden war, verhindert hatte, dass die Armbrust ausgelöst wurde, was dem Schlachten ein Ende gemacht hätte. Martin stöhnte vor Entsetzen. Wie hatte das passieren können, nach all den Jahren, in denen die Kustoden ihren Wert als Wächter der Christenheit bewiesen hatten? Doch er wusste genau, wie es hatte passieren können – noch niemals in all der Zeit hatte jemand den Kustoden den Befehl gegeben, einen Menschen zu töten. Er, Prior Martin, war der Erste. Die Augen des Schützen über der Rinne der Armbrust waren weit aufgerissen. Die Graupel prasselten in sein Gesicht.

»Drück ab!«, schrie Martin.

Die Augen des Schützen zuckten, und seine Blicke klammerten sich an ihn. Ihr Ausdruck traf Martin wie ein Schlag. Er wusste, dass er eine weitere Seele zerstörte, und er wusste, dass er keine Wahl hatte. Der Rasende hatte das Tor fast erreicht und wirbelte die Axt.

»Drück ab!«

Die Armbrust löste mit einem Knall aus. Martins Kopf flog herum. Der Bolzen hatte sein Ziel schon erreicht, bevor er seinen Blick fokussieren konnte. Der Rasende fiel zu Boden. Für einen Augenblick glaubte Martin, ein Kind dort stehen zu sehen, wohin der Wahnsinnige gelaufen war, aber als er blinzelte, war es verschwunden. Es war unmöglich, in dem Flirren etwas Genaues zu erkennen. Eine kalte Hand strich Martin über den Rücken, als der Gedanke in ihm emporstieg, er habe vielleicht einen Blick auf die Seele des Getöteten geworfen, bevor diese sich auf den Weg gemacht hatte. Er erschauerte und bekreuzigte sich. Langsam wandte er sich um.

Die Armbrust war immer noch erhoben. Die Augen des Schützen blinzelten krampfhaft. Als Martin die Hand hob und dann die Waffe langsam nach unten drückte, verstärkte sich das Blinzeln, und die Augen begannen zu schwimmen. Der Graupelschauer ließ so plötzlich nach, wie er begonnen hatte. Die Stille, die ihm folgte, schien aus dem verschmierten Boden des Klosterhofs aufzusteigen. Er spürte die Blicke Pavels und der Kustoden. In den Geruch nach Kälte und nasser Erde mischte sich der von frischem Blut. Martin wusste, dass er etwas tun musste, wenn er nicht zulassen wollte, dass die Einrichtung der Kustoden hier und heute endete, doch er hatte das Gefühl, durch seinen Befehl über einen Abgrund geschritten zu sein, über den zurückzukehren für einen Menschen unmöglich war. Etwas in ihm rief entsetzt: Herr im Himmel, hilf mir, ich habe es doch nur für Dich getan und um die Menschen zu schützen!

»Kustoden!«, schrie er. Die fünf Männer in den schwarzen Mönchskutten zuckten zusammen. »Kustoden! Was ist eure Aufgabe?«

Sie sahen ihn an. Ihre Münder bewegten sich lautlos.

»Genau!«, schrie Martin. »Und was tut ihr stattdessen?«

Der Mönch mit der Armbrust versuchte etwas zu sagen. Er deutete auf das Schlachtfeld.

»Wozu seid ihr ausgewählt worden?«

Der Mönch mit der Armbrust stammelte etwas.

»Eure Aufgabe ist es, die Christenheit zu schützen. Die hier könnt ihr nicht mehr schützen, sie sind tot! Zwei eurer Brüder sind ebenfalls tot. Eure Gemeinschaft ist zerbrochen, der Schutzwall ist zerstört, das Verderben kann von hier aus in die Welt sickern! Geht zurück an eure Aufgabe! Erinnert euch an euren Schwur!«

Langsam kehrte so etwas wie Leben in die glasigen Augen der Männer zurück. Sie sahen sich an. Sie sahen Martin an.

»Der Herr hüte und beschütze euch«, flüsterte Martin.

Sie wandten sich wortlos um und schlüpften zurück in den Klosterbau. Einer nach dem anderen verschmolz mit der Dunkelheit im Inneren des Gebäudes, die umso schwärzer wirkte, je mehr sich die Sonne oben am Himmel einem Loch in den dunklen Wolken näherte und das Licht zu gleißen begann. Als Martins Augen sich an die Düsternis gewöhnt hatten, in die er blickte, sah er Bruder Tomáš jenseits der Türschwelle stehen. Das zerklüftete Gesicht des alten Tomáš war unverwandt auf ihn gerichtet. Martin wurde bewusst, dass er vor der Schlachtszene stand, als wäre er dafür verantwortlich. Und in gewisser Weise bin ich das auch, dachte er. All diese Frauen und Kinder sind von einem Wahnsinnigen ermordet worden, doch wenn ich einst vor dem Richter stehe, werden ihre Seelen gegen *mich* gewogen. – Er fühlte eine Angst, die ihm übel werden ließ, und kämpfte darum, sich nichts anmerken zu lassen. Tomáš' Gesicht war wie aus einem altersdunklen Knochen geschnitzt. Er sah, wie der alte Mönch die Lippen bewegte, und ohne sie hören zu können, wusste er, was seine Worte waren: »Ihr Blut kommt über dich, Vater Superior.«

Martin wandte sich ab und stolperte in den Hof hinaus, vorbei an dem ersten Opfer. Er schluckte und versuchte krampfhaft, nicht in das zerstörte Gesicht zu blicken; er richtete seinen Blick auf das dunkle Kuttenbündel beim Tor. Die Wasserlachen glänzten im Sonnenlicht, die Blutlachen waren stumpf wie Stellen geschundener Erde. Die Axt des Kustoden blitzte; der letzte Rest des Schauers hatte das Blut von der Klinge abgewaschen, und sie sah aus, als wäre sie nie benutzt worden. Martin fixierte die Waffe und ertappte sich dabei, wie er betete, alles möge eine Wahnvorstellung gewesen sein, doch er musste sich nicht einmal umdrehen, um zu wissen, dass seine Hoffnung eitel war. Er dachte an die Erscheinung, die er gesehen zu haben meinte, das Kind, das plötzlich an der Stelle stand, an der der verrückt gewordene Kustode zusammengebrochen war. Die Augen des Mannes waren offen; sie schienen dorthin zu starren, wo Martin das Kind gesehen zu haben glaubte. Es schauerte ihn erneut. Er wollte sich bücken, um dem Toten die Augen zu schließen, aber die Kraft dazu fehlte ihm. Ein Kloß saß in seiner Kehle und würgte ihn.

»Christus erbarme Dich seiner«, flüsterte er.

»Der Herr erbarme sich unser aller«, sagte eine leise Stimme an seiner Seite. Bruder Tomáš starrte gleich ihm auf den Toten hinunter.

»Wir tun des Teufels Werk«, sagte der alte Mann.

»Nein, wir behüten die Welt davor.«

»Nennst du das behüten, Vater Superior? Warum haben wir nicht diese unseligen Frauen behütet?«

»Manchmal wiegt das Wohl aller mehr als das Wohl einiger weniger«, sagte Prior Martin und glaubte selbst nicht daran.

»Der Herr sagte zu Lot: Gehe hin und bringe mir zehn

Unschuldige, und ich will um ihretwillen alle Sünder verschonen.«

Martin schwieg. Er musterte das entstellte Gesicht des Toten auf dem Boden, die Spitze des Bolzens, der aus seinem weit aufgerissenen Mund ragte. Die Tränen in seinen Augen brannten.

Tomáš kniete plötzlich nieder und drückte dem Toten die Lider zu. Er fuhr in den Halsausschnitt seiner Kutte und zog eine glitzernde Kette hervor. Das Ende baumelte lose in Tomáš' Fingern.

»Das Siegel«, sagte Prior Martin. »Er hat es verloren. Vielleicht war das der Grund, warum er ...«

Tomáš sah aus seiner knienden Stellung zu Martin hoch.

»Es gibt nichts, was dies hier rechtfertigen könnte«, sagte er. »Weder seinen Tod, noch den des Bruders, der ihn aufzuhalten versuchte, noch den der Frauen und Kinder.« Er gestikulierte zum Klostergebäude. »Und auch nicht den des Mannes dort unten in den Gewölben.«

»Er wollte den Codex stehlen«, sagte Martin.

»Er hätte ihn niemals von hier fortbringen können.«

»Was ich befohlen habe, diente dem Schutz des Codex und dem Schutz der Welt vor ihm.«

Tomáš schüttelte den Kopf. »Vater Superior, ich werde für dich beten.«

Ein Schluchzen entfuhr Martin, noch bevor er es unterdrücken konnte. Er war sich plötzlich sicher, verdammt zu sein und seine unsterbliche Seele der Hölle ausgeliefert zu haben. Wieder wallte der Gedanke in ihm auf: Ich habe es in Deinem Dienst getan, o Herr!, und er war noch weniger tröstlich als zuvor. Tomáš' Gesicht war gleichzeitig steinern und mitleidig. Martin wusste, dass er nun ein für alle Mal außerhalb der Gemeinschaft stand. Er mochte ihr Oberer sein, und sie mochten ihm den Gehorsam leisten, den die Ordensregel ihnen vorschrieb, aber er würde nie mehr zu ihnen gehören.

Es hat mich berührt, dachte er voller Selbstekel. Es liegt so tief in all den Truhen, die es verstecken, und hinter all den Ketten, die es fesseln, und doch hat es mich berührt. Er fragte sich, ob einer seiner Vorgänger jemals einen ähnlichen Gedanken gehabt hatte, und erinnerte sich an die Chroniken, die sie hinterlassen hatten. Keine Spur von Selbstzweifel – und kein einziger Hinweis, dass jemals einer von ihnen gezwungen gewesen wäre, die Kustoden so einzusetzen, wie es ihr Schwur vorsah. Sie waren gemeinsam alt geworden in ihrem Dienst, die Klosteroberen und die Kustoden, beschirmt von der immer kleiner werdenden Gemeinschaft der anderen Mönche um sie herum und verborgen in dem zerfallenden Kloster hier am Rand der christlichen Zivilisation. Er war sogar von seinen Vorgängern getrennt; ein Mann ganz allein, der zugleich wusste, dass er nicht anders hatte handeln können und sich nichts sehnlicher wünschte, als anders gehandelt zu haben. Er starrte mit aufgerissenen Augen auf Bruder Tomáš nieder und wusste nicht, dass die Tränen über seine Wangen liefen.

»Gott erbarme sich deiner«, flüsterte Bruder Tomáš.

Plötzlich drangen das Gestammel Buhs, das wie üblich niemand verstand außer Pavel, und Pavels helle Stimme, die noch schriller war als sonst, an Martins Ohren. Pavels Stimme haspelte: »Da ist noch jemand am Leben.«

Im nächsten Moment hörte er das Greinen des Neugeborenen.

4

Der Gottesdienst zur Komplet stand unter dem Eindruck des Geschehens vom Tag. Nicht alle Anwesenden zitterten allein wegen der Kälte der Novembernacht, die von den bloßen Dachsparren auf die kleine Kongregation heruntersank. Prior Martin hatte zum Beginn des Stundengebets die Versikel »O Gott, komm mir zu Hilfe!« ausgewählt. Sie schienen mehr Bedeutung zu haben als sonst – und es war weniger Hoffnung zu spüren, dass Gott auf den Hilferuf antworten würde. Die Worte der Psalmen, die darauf folgten, wogen ebenfalls schwerer als gewöhnlich: *Erhöre mich, wenn ich rufe, Gott, der du mich tröstest in Angst!* und: *Lobet den Herrn, alle Knechte, die ihr steht des Nachts im Hause des Herrn!* und: *Meine Zuversicht und meine Burg, mein Gott, auf den ich hoffe!* Ein oder zwei Brüder weinten offen, und das Gesicht des Priors war das eines Mannes, der an kein Entrinnen vor dem Höllenfeuer glaubt. Pavel gab es bald auf, unter die Kapuzen der Mönche um ihn herum zu spähen; was er sah, ließ seine Eingeweide vor Angst gefrieren. Prior Martin stimmte selbst den Lobgesang an; doch seine Stimme klang falsch, und er brach nach nur einer Strophe ab. Dann schlug er die Bibel auf, starrte auf die Seiten, klappte sie wieder zu und räusperte sich.

»Tun wir, wie der Prophet uns befiehlt«, sagte er. »*Custodiam vias meas, ut non delinquam in lingua mea.* Ich will auf meine Wege achten, damit ich mich mit meiner Zunge nicht verfehle. Ich stelle eine Wache vor meinen Mund, ich verstumme, ich demütige mich und schweige sogar vom Guten.«

»Amen«, sagten die Brüder. Pavels Gedanken holten unwillkürlich nach, was er in der Zeit vor dem Beginn seines Noviziats so oft gehört hatte: *Regula Sancti Benedicti, Caput VI: De taciturnitate.* Von der Schweigsamkeit.

»Was zeigt uns der Prophet? Man soll der Schweigsamkeit zuliebe bisweilen sogar auf gute Gespräche verzichten. Umso mehr müssen wir von bösen Worten lassen. Mag es sich also um gute und aufbauende oder um schlechte und unheilbringende Worte handeln: dem vollkommenen Jünger ist nur selten das Reden erlaubt wegen der Bedeutung der Schweigsamkeit. Steht es doch geschrieben: Bei vielem Reden wirst du der Sünde nicht entgehen!, und: Tod und Leben stehen in der Macht der Zunge!«

Der Prior schien jeden Einzelnen von ihnen zu mustern. In der langen Stille hörte Pavel das Räuspern und Atmen der kleinen Gemeinschaft. Er fühlte den Blick des Priors auf sich und versuchte genug Mut zu sammeln, ihm zuzulächeln und ihm damit zu bedeuten, dass – ganz gleich was auch geschehen war oder noch geschehen würde – Prior Martin im Herzen des Novizen Pavel immer den Platz des weisesten, frömmsten und besten Menschen auf der Erde einnehmen würde. Als er endlich wagte, den Kopf zu heben, war der Blick des Priors längst weitergewandert.

Der Prior holte Atem, doch statt das *Nunc dimittis* zu singen, sagte er: »Nun lass, Herr, Deinen Knecht in Frieden scheiden. Meine Augen haben heute das Werk des Bösen betrachten müssen, aber ich weiß um das Heil, das Du vor allen Völkern bereitet hast.«

Die Gemeinschaft erhob sich von den Knien und machte sich still auf den Weg aus der Kirche. Pavel schlurfte mit Buh an seiner Seite hinterher. Die Botschaft Prior Martins war klar bei ihm angekommen: dass über die Tragödie des heutigen Tages Stillschweigen zu bewahren war. Indem er das Vorkommnis nicht erwähnte, sondern nur die Ordensregel rezitierte, schien er bereits den ersten Schleier des Vergessens darüber gebreitet zu haben. Das Massengrab, das den ganzen Nachmittag lang in einer Ecke des Mönchsfriedhof geschaufelt worden war, würde eine weitere Stufe des Vergessens bedeuten. Er fragte sich, ob die getöteten schwarzen Mönche ebenfalls hineingelegt werden würden, und mit einer Art Schock wurde ihm klar, dass Prior Martin befohlen haben könnte, auch das lebende Neugeborene dort mit seiner toten Mutter zu begraben. Er blickte auf und sah plötzlich das grimmige Gesicht Bruder Tomáš' vor sich.

»Der Vater Superior wünscht dich zu sprechen«, sagte er. »Dich und deinen Freund.«

Die Furcht schoss in Pavel hoch und machte seinen Mund trocken. Nicht einmal in all den Monaten war Prior Martin unwirsch gewesen; nicht ein einziges Mal, seit er das tagelange Warten zweier junger Burschen namens Pavel und Petr (dessen wahrer Name über seinen Spitznamen Buh selbst bei Pavel in Vergessenheit geraten schien) vor dem Braunauer Klostertor damit belohnt hatte, dass er sie als Postulanten in die Klostergemeinschaft aufgenommen und ihnen zuletzt die Kutte der Novizen ausgehändigt hatte. Obwohl Buh meistens so arg stotterte, dass seine eigene Mutter ihn nicht verstanden hätte, und obwohl Pavel das Verständnis der Benediktinischen Regeln solche Mühe bereitete, dass er sie sich ständig vorsagen musste, um sie nicht durcheinanderzubringen. Doch heute, in dieser Situation, jagte der Gedanke, dass Prior Martin ihn und Buh zu sprechen wünschte, Pavel Angst ein. Vielleicht würde der Vater Superior ihnen eröffnen, dass angesichts der Umstände kein Platz mehr für sie im Kloster war? Pavel ahnte, dass Buh es nicht ertragen würde, auch diese letzte Heimat zu verlieren; von sich selbst wusste er es. Er nahm sich vor, zur Not auf den Knien zu flehen, wenn es zu dieser schrecklichen Entwicklung kommen würde; und war gleichzeitig mit sich selbst uneins, ob dies nicht ein Zeichen von Ungehorsam wäre und Prior Martin noch mehr in Verlegenheit bringen würde. Und war es nicht ein Zeichen sündiger Selbstsucht, diese Gedanken überhaupt zu denken, nach allem, was heute im Klosterhof geschehen war? Er nahm Buh, der wie stets an seiner Seite stand wie ein Bulle neben seinem Hütebuben, an der Hand und trat beiseite.

Schließlich hatten sie die Kirche für sich: Prior Martin, Bruder Tomáš, Pavel und Buh. Buh hielt sich hinter dem Rücken seines Freundes in dem vollkommen hoffnungslosen Versuch, sich dort zu verstecken; er war zwei Köpfe größer und fast doppelt so breit wie der magere kleine Pavel.

»Du hättest nie diese protestantischen Weiber in unsere Klause lassen dürfen, Vater Superior«, sagte Bruder Tomáš.

»Ich hätte mich nie darauf verlassen dürfen, dass die Pflicht des Kustoden einen Mann nicht irgendwann einmal zerbrechen würde«, erwiderte der Prior.

»Diese Aufgabe ist Gott ein Gräuel.«

Der Prior starrte Bruder Tomáš in die Augen. Nach einem Moment des stummen Zweikampfs senkte der alte Mann den Blick.

»Die Aufgabe, die Welt vor dem Wort Luzifers zu schützen?«, sagte Prior Martin. »Gibt es ein wichtigeres Werk, das ein gläubiger Christ und Bruder *in benedicto* verrichten kann? Die Morde mögen auf mich kommen, aber die Seelen der beiden toten Kustoden werden von Gott dem Herrn erkannt werden, ganz gleich, was einer von ihnen heute an Grauenvollem getan hat. Der Verderber hat seine Schritte gelenkt, nicht er selbst.«

»Wir sollten es verbrennen«, murmelte Bruder Tomáš. »Du weißt, was ich von diesem ... Ding halte. In aller Demut, Vater Superior: Was den Glauben bedroht, muss im Feuer geläutert werden.«

»Wenn es sein Geschick gewesen wäre, verbrannt zu werden, dann hätten es unsere Vorgänger schon vor vierhundert Jahren dem Feuer übergeben. Gottes Wege sind wunderbar; indem er zugelassen hat, dass das Wort des Teufels in die Welt kommt, will er uns zeigen, dass es die Aufgabe der Menschen ist, Luzifers Werk zu stören. Wir haben die Wahl zwischen dem Guten und Bösen; da sieht Gott es auch als unsere Arbeit an, uns selbst vor dem Bösen zu schützen.«

Bruder Tomáš schwieg. Pavel versuchte nicht zu atmen und nicht zu denken, doch sein Hirn drehte sich im Kreis. Er verstand nur eines, aber das hatte er schon gewusst, kaum dass ihm das besondere Geheimnis dieser sterbenden Klostergemeinschaft klar geworden war: es gab keine wichtigere Aufgabe für einen Benediktiner als die, welche die schwarzen Mönche in den Gewölben unterhalb des Klosterbaus verrichteten.

»Werden die Brüder schweigen?«, fragte der Prior.

»Die Brüder werden gehorchen, Vater Superior.« Bruder Tomáš' Stimme hörte sich feindselig an.

»Und falls etwas davon nach draußen in das Dorf gelangt?«

»Schweigen überall«, sagte der Torhüter.

»Regula Sancti Benedicti, Caput VI«, sagte Prior Martin.

»Das hat der heilige Benedikt nicht damit gemeint!«

»Regula Sancti Benedicti, Caput V: De oboedientia«, sagte Prior Martin und lächelte freudlos.

Bruder Tomáš' Miene gefror. »Gehorsam«, flüsterte er. »Ich kenne die Regel, Vater Superior.«

Der Prior wandte sich abrupt ab. Pavel sah ihn erschrocken an, als er einen Schritt auf ihn zutrat.

»Du hast dich heute gut gehalten, mein junger Bruder«, sagte Martin und lächelte. Pavel sah den Schweiß auf der Stirn des Mannes und blinzelte, als dessen goldenes Kruzifix Reflexe warf, aber hauptsächlich sah er das Lächeln. Er spürte, wie er vorsichtig zurücklächelte. »Du hast Ruhe bewahrt, und du warst der Einzige, der bemerkte, dass die Frau noch atmete.«

»Wenn du es sagst, Vater Superior«, stammelte Pavel. Dann: »Buh hat sie zuerst gesehen; ich wollte ihn auf die Beine ziehen und ihm seine Würde zurückgeben, doch er deutete immer in ihre Richtung und sagte: ›Dort, dort drüben, dort drüben, sie lebt, sie lebt!‹«

»Wer ist Buh?«, fragte der Prior.

Pavel deutete verlegen hinter sich.

»Bruder Petr«, sagte der Prior. »Stimmt das, Bruder Petr? Du hast dein Herz Bruder Pavel anvertraut?«

»U-u-u-und«, stammelte Buh und zeigte auf den Prior, »u-u-u-u-unnnd ...!«

»Und mir?« Der Prior lächelte. »Vertraue zuerst auf Jesus Christus, Bruder Petr; dann auf den heiligen Benedikt; und dann auf die Brüder um dich herum. Das ist die richtige Reihenfolge.«

»Gnnn …«, machte Buh. Er nickte heftig. »Gnnnn …!«

»Vater Superior«, sagte der Torhüter, »bei allem Respekt, die beiden sind Novizen.«

»Der Schritt vom Novizen zum Bruder ist ein Schritt des Glaubens und des Verstehens«, sagte der Abt. »Ich zweifle nicht daran, dass die beiden den rechten Glauben haben. Ich habe heute gesehen, dass sie auch den nötigen Verstand besitzen.«

»Der da«, sagte Bruder Tomáš und zeigte auf Buh, »hat noch nicht erkennen lassen, dass er auch nur den geringsten Verstand besitzt.«

»Er hat Grips genug, sich auf seinen Freund zu verlassen, und der hat Verstand für zwei. Nicht wahr, Bruder Pavel?«

Pavel hatte Verstand genug, den Kopf zu schütteln und zu murmeln: »Ich bin nur ein unbedeutender Diener des Herrn.«

»Das kannst du nicht machen, Vater Superior«, sagte Bruder Tomáš.

»Morgen ist die Profess«, sagte Prior Martin. »Ich habe es so beschlossen. Besondere Zeiten erfordern besondere Maßnahmen. Hört zu, Bruder Pavel, Bruder Buh: Ich biete euch an, morgen die Profess abzulegen. Anders als sonst üblich beim Übertritt aus dem Noviziat wird es keine zeitliche Profess sein. Wenn ihr morgen den Eid ablegt, wird es für immer sein. Ihr habt die Nacht über Zeit, es euch zu überlegen.«

»Aber – warum …?«, stammelte Pavel.

»Weil ihr, wenn ihr euch so entscheidet, gleich danach die Aufgabe übertragen bekommt, die Welt vor dem Wort des Teufels zu schützen. Es müssen sieben Kustoden sein, die das Geheimnis unserer Gemeinschaft bewachen. Nach heute sind es nur noch fünf – gerade genug, um das Böse in Bann zu halten, aber nicht genug, um die Macht des Buches auf lange Sicht zu binden. Hast du verstanden, was ich gesagt habe, Bruder Pavel?«

Die wichtigste Aufgabe, die ein Benediktiner in dieser Welt erfüllen konnte. Die wichtigste Aufgabe – die wichtigste Aufgabe – – In Pavels Kopf drehten sich die Gedanken, ohne Fuß fassen zu können. Er hörte, wie jemand: »Ja, ich habe verstanden!«, sagte, und stellte fest, dass er es selbst gewesen war.

»V-v-v-v-v…«, echote eine tiefe Stimme hinter ihm.

Der Prior lächelte. Er wandte sich um.

»Schön«, sagte er. »Es soll geschehen, wie ich gesagt habe.«

»Ich gehorche«, sagte Bruder Tomáš zwischen den Zähnen.

»Und – Bruder Tomáš? Was ist eigentlich aus dem Kind geworden?«

Der Torhüter kniff die Augen zusammen. »Eine Frau aus dem Dorf hat sich seiner angenommen. Sie hat ihr eigenes Kind vor ein paar Wochen verloren, aber da ihr die Milch schon eingeschossen war, stillt sie es.« Bruder Tomáš zögerte einen winzigen Moment. »Das Kind hat keinen Vater und das Weib keinen Mann.«

»Du hast klug gewählt, Bruder Tomáš. Ich möchte, dass du Folgendes tust: Such die Frau auf und nimm ihr das Kind weg. Bestimme einen Knecht aus dem Dorf; dieser soll es in den Wald legen und seinem Schicksal überlassen. Solange es lebt, wird jemand Fragen stellen; solange jemand Fragen stellt, ist unser Geheimnis nicht sicher. Ich werde dir Geld geben, für die Frau und den Knecht. Der Betrag wird reichlich sein; er soll sie in der Welt ausstatten und daran hindern zu plaudern. Das alles ist bis zur nächsten Prim erledigt. Hast auch du mich verstanden?«

Das Gesicht des Priors war regungslos, doch Pavel hätte schwören können, dass es in den letzten Augenblicken um Jahre gealtert war. Die Augen des alten Mönchs funkelten vor Hass.

»Ich gehorche«, sagte Bruder Tomáš schließlich. Er stapfte hinaus.

Der Prior drehte sich zu Pavel und Buh um. »Geht und sucht Rat in euch selbst und im Zwiegespräch mit Gott«, sagte er. »Morgen zur Prim will ich eure Entscheidung hören.«

Pavel und Buh schlurften durch die Kirche und öffneten das Portal, das Bruder Tomáš geräuschvoll hatte zufallen lassen. Pavel drehte sich noch einmal um. Prior Martin kniete vor dem Altar, die Hände vor das Gesicht geschlagen. Seine Schultern zuckten. Pavel schloss das Portal ohne einen Laut und schlich an der Seite von Buh in die Nacht hinaus.

1579:
Der Schutzengel

»Du hast mein Leben dem Tod entrissen, meine Tränen getrocknet, meinen Fuß bewahrt vor dem Gleiten.«

Psalm 116,8

AGNES WIEGANT SAH sich vorsichtig um. Niemand in der Nähe – gut. Oder auch schlecht, ganz wie man es betrachtete. Gut war es, weil es niemanden gab, der ein wissenschaftliches Experiment schon im Ansatz vereiteln konnte, indem er seine Ausführung verbot. Schlecht war es, weil auf diese Weise auch niemand zu Hilfe eilen konnte, falls einem das Experiment über den Kopf wuchs. Agnes starrte die Abflussröhre nachdenklich an. Das Leben war zuweilen kompliziert für ein sechsjähriges Mädchen.

Der Winter hatte sich vergangenes Jahr schon Anfang November in Wien breitgemacht. Jetzt war Lichtmess vorbei, und die Kälte schien immer noch zuzunehmen. Für Agnes, der jeder Tag, der im Inneren eines Hauses zu verbringen war, wie ein Tag im Kerker dünkte, hatte der Winter eindeutig keine Berechtigung, sie weiter zu tyrannisieren. Da der Winter nicht genügend Einsehen besaß, das von selbst zu merken, hatte Agnes beschlossen, ihn mit Verachtung zu strafen und so zu tun, als gäbe es ihn nicht. Sie war in ihren kurzen, dünnen Mantel geschlüpft und hinaus auf die Kärntner Straße geschlichen. Begünstigt wurde ihre Flucht durch den Umstand, dass die Dienstboten wegen Lichtmess Urlaub hatten und die Aushilfen, die Agnes' Mutter für diese Zeit beschäftigte, ihre Arbeit sogar noch schlechter besorgten als das fest angestellte Gesinde – welches, ging man nach Agnes' Mutter Theresia, ohnehin schon das Letzte vom Letzten war und bei einem weniger gutmütigen Herrn als Niklas Wiegant bereits vor Jahren auf die Straße gesetzt worden wäre. Dementsprechend hatte Theresia Wiegant ihren Feldherrnhügel in der Küche bezogen, regierte dort auf schreckliche Weise und ging so in ihrer Tätigkeit auf, dass sie die Existenz ihrer Tochter vollkommen vergessen hatte.

Am Kindermädchen vorbeizuschleichen, das im seligen

Glauben, in der Stube befinde sich eine friedlich schlafende Agnes, auf einer Truhe davorsitzend eingeschlummert war, war ein Klacks gewesen. Draußen hatte Agnes das Abflussrohr erblickt, und eine Untersuchung hatte sich ihr förmlich aufgedrängt, die der einzige Grund war, warum es dem Winter erlaubt sein sollte, noch ein paar Augenblicke zu verweilen. Süß? Oder sauer?

In der Kärntner Straße hatten Schnee und Reif einen grauweißen Belag über das Pflaster gelegt, der in der Mitte der Gassenführung von den Pferden und Fuhrwerken zu tiefen Rinnen geformt worden und von der Kälte zu knochenbrecherischer Härte gefroren war. Der beständige Ostwind hatte Wien mit einem Eispanzer überzogen, der das gesellschaftliche Leben in eine Art Starre hatte fallen lassen. Die Starre war in den letzten Jahren allerdings auch in den anderen Jahreszeiten spürbar geworden – Anliegen an den Kaiser, die nicht geregelt wurden, weil Rudolf von Habsburg die Anliegen der Welt nur noch mit Mühe erkannte; kirchliche Angelegenheiten, die jahrelang nicht geregelt worden waren, weil der Bischofsstuhl wegen des Verzichts von Bischof Urban vakant gewesen war; Prozessionen, die wegen der zu befürchtenden protestantischen Übergriffe abgesagt worden waren ... Dinge, die für eine Sechsjährige nur minder interessant gewesen wären, wäre da nicht die ärgerliche Tatsache gewesen, dass es seit 1570 nicht nur keine Fronleichnamsprozession mehr gegeben hatte, sondern seit einigen Jahren auch die Bittprozessionen zu Lichtmess regelmäßig abgesagt wurden. Agnes hatte gehört, dass bei der letzten Fronleichnamsprozession ein protestantischer Bäckerjunge die Hostie geschändet haben sollte und dass nämlicher Bäckerjunge hernach vom Teufel höchstpersönlich durch die Luft davongetragen worden war. Sie hatte von Herzen gehofft, Zeuge einer derartigen Szene zu werden, und sehnsüchtig auf die Lichtmessprozession gewartet. Umso größer war ihre Enttäuschung gewesen, als sie nach längerer Wartezeit am Fenster ihres Elternhauses von ihrem Vater freundlich darauf aufmerksam gemacht wurde, dass der derzeitige Bischof Christoph Andreas auch in diesem Jahr nicht genügend Mut gefunden hatte, dem protestantischen Eifer zu trotzen.

Und nicht genug damit – erstmalig letztes Jahr zu Allerseelen hatte sich zwar eine kleine Gemeinde gefunden, die sich trotz des frühen Wintereinbruchs auf den Kirchhof gewagt und Lichter für die armen Seelen angezündet hatte; aber den Kindern war untersagt worden, mit den Seelenwecken von Haus zu Haus zu laufen, was letztlich ohnehin egal war, weil sich kein katholischer Bäcker gefunden hatte, der Seelenwecken gebacken hätte, abgesehen vom Bäckermeister Khlesl gegenüber dem Haus der Wiegants, von dem jedoch kein Katholik in der Kärntner Straße etwas kaufte, weil er Protestant war und damit auf jeden Fall eine *verlorene Seele*.

Was sollte ein Kind mit sich anfangen, wenn es keine kirchlichen Festivitäten gab, bei denen man zusehen konnte? Genau ... man konnte beispielsweise der Frage nachgehen, ob der weiße Belag, der bei Frost auf der metallenen Abflussröhre lag wie ein dichter Pelz, süß oder sauer schmeckte.

Agnes wandte sich ab und tat so, als hätte sie nicht bemerkt, dass ein Mann sich ihrem Elternhaus näherte. Sie kannte den Mann – es war Sebastian Wilfing, der sich mindestens einmal in der Woche im Hause Wiegant einfand. Agnes hatte jedes Mal versucht, dem Gespräch der Männer zu lauschen, weniger weil dessen Inhalt sie interessiert hätte, sondern weil Sebastian Wilfing eine Stimme hatte, der man gern lauschte: Sie pflegte, je aufgeregter der Mann war, desto öfter zu brechen und silbenweise plötzlich in eine Tonhöhe zu schießen, die dem Quieken eines Ferkels bedenklich nahekam. Wann immer das passierte, räusperte sich Sebastian und wiederholte die letzte Silbe mit einer besonders tiefen Stimme, die sich wiederum anhörte wie das Grunzen eines erwachsenen Ebers – ein nie enden wollendes Gaudium für die heimliche Lauscherin, zu dem Wilfings eher ausladende Gestalt ihren Teil beitrug. Wenn Wilfing sich darüber echauffierte, dass die Wiener Kaufleute alle irgendwann einmal Sklaven der »welschen Fakierer« würden, brach seine Stimme besonders häufig. Niklas Wiegants zuverlässige Entgegnung, die Wiener Kaufleute wären selbst schuld daran, dass ihre Zunftkollegen aus Nürnberg, Augsburg, Ungarn oder Italien mittlerweile drei Viertel der Handel treibenden Bürger ausmachten, und dass es an der Zeit wäre, das Geschick selbst in die Hand zu nehmen, sandte Sebastian Wilfings Stimme in halbe Sätze lange Höhenlagen, für die sich selbst ein sehr junges Ferkel geschämt hätte. Ansonsten war Wilfing ein freundlicher Mann, der Agnes »Glückskäfer« nannte und nie vergaß, dabei zu zwinkern. Agnes mochte ihn, doch sie wusste auch, dass Wilfing ihren Aufenthalt in der Gasse verraten würde, und so drehte sie ihm den Rücken zu und bewegte sich nicht, bis der Besucher stampfend und Schnee von den Stiefeln schüttelnd im Haus verschwunden war – zweifellos ein guter Freund und Geschäftspartner, aber dennoch zumindest bei Theresia herzlich unwillkommen in dieser Zeit der Personalvakanz, da der Besuch sie zu einem weiteren Feldzug gegen die Trägheit des Gesindes nötigte. Taktisches Ziel: Sebastian Wilfing in Rekordzeit eine heiße Suppe zu servieren, die dieser gar nicht wollte.

Ein neuer Blick in die Runde. Es wurde Zeit, dass Agnes ihren Plan ausführte; die Kälte, die über ihren Oberkörper kroch, begann sich mit der Kälte zu treffen, die von ihren Füßen her aufstieg, und Agnes spürte, dass sie bald zu schlottern beginnen würde. Also – frohgemut ans Werk! Süß oder sauer?

Nach einigen Minuten Wehgeschreis versammelten sich die ersten Menschen um das mit der ganzen Breite seiner Zunge am Abflussrohr festgeklebte Kind. Es folgten die üblichen nutzlosen Fragen.

»Wie heißt du denn, meine Kleine?«

»*Aaaa-aaa-aaaah!*«

»Ist das dein Elternhaus da?«

»*Aaaa-aaa-aaaah!*«

»Brauchst du Hilfe?«

»*Aaaa-aaa-aaaah!*«

»Tut's weh?«

Aus Agnes' Elternhaus erschien niemand. Ihr Vater, eben erst von seiner letzten Reise zurückgekehrt, hatte sich vermutlich mit Sebastian Wilfing in die hintere Stube des Hauses zurückgezogen, die statt auf die enge, lärmige Kärntner Straße auf den großzügigen Neumarkt hinausführte; ihre Mutter kämpfte den Krieg der Kochlöffel und Schöpfkellen; Agnes' Kinderfrau schlummerte weiterhin ahnungslos der Standpauke ihres Lebens und der Kündigung zur nächsten Lichtmess entgegen. Die Menschenmenge begann nutzlose Ratschläge zu diskutieren, die vorerst darin gipfelten, dass man auf das Abklingen des Frostes warten und das Kind so lange mit Suppe ernähren müsse, bis die Zunge freiwillig vom Abflussrohr lostaute.

Schließlich wand sich die Gestalt eines Jungen durch die Menge. Das Geschnatter verstummte. Agnes, in deren Zunge ein frostiges Fegefeuer brannte und auf deren Wangen die Tränen anfroren, riss sich zusammen und schielte zu dem Neuankömmling, der sich neben ihr aufbaute und sie musterte. Agnes' Blicke wanderten über einen zehnjährigen Jungen, der sich mit aller Sorgfalt so gekleidet hatte, dass er auch einen Schneesturm draußen überstanden hätte. Dann blieben Agnes' Augen an dem Wasserkrug hängen, den der Junge in den Händen hielt. Aus dem Wasserkrug dampfte es. Die Blicke der Kinder begegneten sich. Der fremde Junge nickte und lächelte.

Dann löste er mit ein paar gezielten Güssen des auf Körperwärme aufgeheizten Wassers die angefrorene Zunge vom Abflussrohr.

Die Zuschauer klatschten und erklärten den Retter zum

Helden und dass sie außerdem *daran* auch schon gedacht hätten. Agnes hielt sich unwillkürlich am Abflussrohr fest, zuckte zurück, als die Kälte in ihre ungeschützten Hände brannte, und sammelte genügend Stärke, um »Banbe!« zu sagen, ohne sofort losheulen zu müssen.

»Bitte sehr«, sagte Agnes' Lebensretter.

Agnes schluckte. Während die Menge langsam auseinanderging, lachend und kopfschüttelnd (»Wie kann man so dämlich sein, im Winter ein Abflussrohr abzuschlecken?« »Ja, aber haben Sie gesehen, wie der Sohn des Bäckermeisters reagiert hat? Das Kerlchen bringt es noch mal zu was, das sag ich Ihnen!« »Das war der Sohn des Bäckermeisters, der …?« »Schhh!«), musterten sich die beiden Kinder erneut.

»Ib bib Abneb Biebanb«, lallte Agnes und verdrängte die Tränen, die aufs Neue in ihre Augen schossen. Die Zunge war ein roher Lappen in ihrem Mund.

»Weiß ich schon. Ich bin Cyprian.« Der Junge deutete mit dem Daumen über die Schulter. »Mein Vater ist der Bäckermeister Khlesl.«

»Ihr beib Bobebandten!«, sagte Agnes.

»Nö. Wir waren Protestanten. Jetzt sind wir katholisch, seit mein Onkel Melchior uns alle bekehrt hat.«

»Bie?«

Cyprian zuckte mit den Schultern. »Naja, zuerst waren wir alle protestantisch, aber dann freundete sich mein Onkel mit einem katholischen Prediger an, und danach redete er so lange auf meine Großeltern und meinen Vater ein, bis wir am Ende alle katholisch waren. Ist doch egal.«

Agnes versuchte die Information an den Mann zu bringen, dass man in ihrem Elternhaus mangels dieser Neuigkeit über den Bäckermeister von schräg gegenüber immer noch höchst misstrauisch als von einem Protestanten sprach und dass die Mitglieder des Wiegant'schen Haushaltes keineswegs ermutigt wurden, den Kontakt über die Gasse hinweg zu suchen.

»Bis letztes Jahr waren wir ja auch noch Protestanten«, erklärte Cyprian. »Du kannst deinem Vater sagen, dass wir jetzt rechtgläubig sind. Was immer das heißt.« Cyprian lächelte unbekümmert. »Es heißt wahrscheinlich, dass du eine Semmel, die ich dir schenke, auch essen darfst.«

»Beib«, sagte Agnes und machte ein ernstes Gesicht. »Eb heibt, babb bir betzt Bfeunde bind!«

1590:
Tod eines Pontifex

»Wir sehen durch einen Spiegel ein dunkles Bild.«

1. Kor. 13,12

1

DAS BILD IN der blank polierten Metallfläche war verzerrt. Die Wangenknochen traten in ihm stärker hervor als sonst, die Nase wirkte noch länger, die Stirnpartie war ein Feld aus tiefen Furchen, die Augen riesengroß und glänzend und der Bart eine schüttere graue Maske. Einst hatte er ihn als Knebelbart getragen, um seine Hingebung an Jesus Christus zu verdeutlichen, aber nun war er verfilzt und hing von seinem Kinn wie Flechten. Das Spiegelbild erschien wie das Abbild eines Toten.

Die letzten zwölf Tage hatte er stöhnend und in Fieberkrämpfen im Bett verbracht; dann hatte er sich das Pergament aus dem Archiv bringen lassen, das er vor einem halben Menschenalter bereits in der Hand gehalten hatte, und hatte die Erinnerung bestätigt bekommen, derentwegen er nicht zuletzt darauf hingewirkt hatte, dieses Amt zu bekommen. Das Fieber war verschwunden; was es ihm an körperlicher Kraft genommen hatte, war ihm durch seine Entdeckung an seelischer Kraft gegeben worden.

Der Mann holte tief Atem. Er drehte seinen Kopf hin und her und betrachtete sein Abbild von allen Seiten. Seine Wahl hatte vor zwölf Tagen stattgefunden, doch heute würde der erste Tag sein, an dem er sein neues Amt wahrnahm. Und er würde die Geschichte verändern.

Im Fieberbrand war der Mann vergangen, der er gewesen war: Kardinal Giovanni Battista Castagna, Erzbischof von Rossano, Apostolischer Nuntius in Venedig, päpstlicher Legat in Köln, Konsultor des Heiligen Offiziums, Großinquisitor. Heute Morgen fühlte er sich geradezu glücklich, in dieses Gesicht, das ihm plötzlich fremd war, hineinzusehen und zu sagen: »Du hast deine Schuldigkeit getan. Ich danke dir.«

Es gab eine Weisheit, der zufolge man Entscheidungen, die man in einem neuen Amt zu treffen hatte, erst nach den ersten hundert Tagen treffen sollte, weil vorher das Wort des Herrn auf einen zutraf: Sie wissen nicht, was sie tun. In all seinen früheren Ämtern hatte er sich stets daran gehalten. Heute spürte er zum ersten Mal, dass er nicht warten durfte. Die Gnade des Herrn und seine eigene Zielstrebigkeit hatten sich verbündet und präsentierten ihm die Waffe, mit der er Bösartigkeit, Dummheit und Aberglaube ein für alle Mal besiegen konnte – mit der er den Teufel, Gottes Widersacher, in seinen eigenen Fallstricken fangen konnte. Früher hatte er manchmal gezögert, weil er vor seiner eigenen Entscheidung Angst hatte. Doch heute Morgen hatte es nichts als die Gewissheit gegeben, dass er auserwählt war.

Er fühlte, wie eine Ehrfurcht ihn ergriff, die ihn atemlos machte und sein Herz zum Pochen brachte. Plötzlich schien es, als wäre es unmöglich, die siebzig zurückliegenden Jahre loszulassen. Aber es war nötig. Giovanni Battista Castagna würde heute endgültig dahingehen; ein neuer Mann würde geboren werden.

»Willst du das wirklich tun?«, fragte er das Spiegelbild.

»Wie lange hast du darauf gewartet?«

»Wie stark hast du es gehofft?«

»Bist du sicher, dass es dich nicht verschlingen wird?«

Das Spiegelbild antwortete auf keine der Fragen.

Er setzte die rote Mütze mit dem weißen Pelzrand auf. Die Septemberhitze lag so schwer auf Rom, dass sie sogar hinter die dicken Mauern gedrungen war, die ihn umgaben, aber der *camauro* gab ihm Sicherheit.

»Dann steh Gott Ihnen bei, Eure Heiligkeit«, flüsterte er dem Spiegelbild zu.

Papst Urban VII. drehte sich um und schritt hinaus, um mit dem Teufel in Verbindung zu treten.

Kardinalarchivar Arnaldo Uccello verneigte sich und versuchte, sich vor den Zugang zum Sixtinischen Saal in der Vatikanischen Bibliothek zu stellen. Papst Urban blieb stehen und erwiderte den Gruß. Er beobachtete, wie die Blicke des Kardinalarchivars zu den beiden Schweizergardisten in seiner Begleitung irrten und an den Stemmeisen hängen blieben, die die beiden jungen Männer in den Händen trugen.

»Ich danke Gott, Sie wieder gesund zu sehen, Heiliger Vater. Leider hat mir niemand Ihr Kommen angekündigt«, sagte Uccello leise. »Bitte entschuldigen Sie das Versäumnis.«

»Es liegt kein Versäumnis vor«, sagte Urban. Er sah sich im Vorraum der Bibliothek um. Es war schwer, das Klopfen seines Herzens zu beruhigen. Er dachte, selbst der Kardinalarchivar müsse es hören können. »Wir sind lange nicht mehr hier gewesen.«

»Es ist eine Ehre, dass der Heilige Vater zu so früher Stunde –?«

»Diese jungen Männer«, sagte der Papst. »Sind das Studenten?«

Uccello nickte verwirrt. »Sie haben Sonderbefugnisse, gewisse Dokumente einzusehen, um ihre Studien zu betreiben oder ein bestimmtes Thema zu beleuchten, und ...«

»Wenn Sie so freundlich sein wollen, sie hinauszuschicken«, sagte Papst Urban.

Uccello blinzelte ratlos. »Hinausschicken, Heiliger ...?«

»Ja. Wir möchten, dass niemand hier zurückbleibt.« Der Papst lächelte den jungen Männern zu, von denen sich die meisten an ihren Pulten umgedreht hatten und ihn verstohlen musterten. Die Unterhaltung zwischen dem Papst und dem Kardinalarchivar war so leise, dass keiner von den Studenten auch nur ein Wort verstanden haben konnte. Einer der Männer lächelte zaghaft zurück. Papst Urbans Lächeln verbreiterte sich, und er nickte. Der junge Mann errötete vor Stolz und bekreuzigte sich inbrünstig. »Sagen Sie es Ihnen. Jetzt.«

Urban sah zu, wie der Kardinalarchivar zu seinem Pult zurückkehrte, sich daran festhielt, um seine Fassung kämpfte und schließlich stotterte: »Es ist der Wunsch des Heiligen

Vaters, hier mit sich und seinen Gedanken allein zu sein. Bitte, begeben Sie sich in die Lateinische Bibliothek und setzen Sie …«

»Nein«, sagte Papst Urban laut. Alle Köpfe fuhren zu ihm herum. Er lächelte erneut. »Unsere Söhne, Wir dürfen Sie bitten, Sant' Angelo für heute zu verlassen. Beenden Sie Ihre Studien. Wir danken Ihnen und empfehlen Sie und Ihr Tagwerk Gottes Gnade.«

Die Studenten wechselten Blicke. Urban sah sie zögern, um Erklärung heischende Blicke zu Kardinalarchivar Uccello werfen, der von allen am verwirrtesten aussah, schließlich ihre Sachen zusammenpacken und schweigend nach draußen defilieren. Als zwei weitere Schweizergardisten hereinkamen, wichen sie ihnen aus und begannen zu tuscheln. Urban wartete regungslos, bis die beiden Männer bei ihm waren.

»Oberst Segesser, Wir möchten, dass Sie und Ihr Hauptmann persönlich dafür sorgen, dass niemand dieses Gebäude betreten kann. Ihre beiden Gardisten werden Uns bei Unserer Besorgung in der Geheimbibliothek helfen. Sie haben vorher gebeichtet, wie Wir angeordnet haben?«

Der Kommandant der Garde nickte. Urban stellte mit Befriedigung fest, dass der Mann sich keine Regung anmerken ließ, warum er und einer seiner Offiziere zu diesem Wachdienst bestellt wurden. Er nahm den Oberst am Arm und führte ihn ein paar Schritte weit beiseite. Arnaldo Uccellos Blicke folgten ihm von dessen Pult aus.

»Es ist wichtig, dass die Männer ohne Sünde sind. Danach zahlen Sie beiden einen Sold aus, der einer Dauer von fünfundzwanzig Dienstjahren entsprechen würde, entlassen sie aus dem Dienst und senden sie nach Hause. Sorgen Sie dafür, dass beide die höchsten Auszeichnungen für Tapferkeit und Zuverlässigkeit bekommen. Wir wünschen, dass sie noch heute Abend die Heimreise in die Schweiz antreten.«

Die Augen des Obersten musterten ihn unter dem Schatten

seines Helms hervor. Urban hielt der Musterung stand. »Wie es der Heilige Vater befiehlt.«

»Wir können Uns auf Sie verlassen, Oberst Segesser. Können Wir Uns auch auf Ihren Hauptmann verlassen?«

»Er ist mein Sohn«, sagte der Oberst. Er legte drei Finger aufs Herz, wandte sich um und stapfte hinaus. Sein Sohn folgte ihm wortlos. Urban winkte dem Kardinalarchivar. Arnaldo Uccello stakste heran, vergeblich bemüht, den Ausdruck aus seiner Miene zu löschen, dass soeben die Welt um ihn herum zusammengebrochen war und dass er fürchtete, auch noch das Universum einstürzen zu sehen.

»Begleiten Sie Uns bitte, hochverehrter Freund«, sagte Urban. »Wir möchten Ihnen etwas zeigen.«

Der Sixtinische Saal wölbte sich vor ihm wie eine ungeheure Schatztruhe und verlor sich in der Dunkelheit seiner lang gestreckten Architektur. Päpste, Heilige und allegorische Figuren starrten von der mittleren Säulenallee, die Fresken auf dem Kreuzgewölbe strahlten in düsterem Blau oder funkelten in Gold. Es roch nach Farbe, feuchtem Mörtel und dem frischen Holz der Buchkabinette, die Urbans Vorgänger speziell für die Dokumente hatte entwerfen lassen. Der Saal erinnerte mit nichts an das vorherige Archiv, an seine Trennung in Lateinische, Griechische, Päpstliche und Geheime Bibliothek, an die düsteren Räume, in denen auch bei Tag Fackellicht nötig war. Papst Sixtus V. hatte gut daran getan, den Neubau anzuordnen. Aber er hatte auch, ebenso wie Urban, Zeit genug in den Bibliotheksräumen verbracht, um zu erkennen, dass das wunderbarste Archiv der Christenheit dringend nach einem größeren Bau verlangte.

Zu zweit waren sie gewesen, er, Urban, damals Erzbischof von Rossano, und Felice Peretti, damals Konsultor der römischen Inquisition, der schließlich vor ihm als Sixtus V. Papst geworden war. Ein junger Dominikanermönch war damit beauftragt gewesen, ein neues Regelwerk für die Benutzung der

Bibliothek zu entwerfen, und während Felice Peretti ihm dabei ständig über die Schulter geblickt und bei jeder Verschärfung der Benutzungsordnung noch drastischere Einschränkungen verlangt hatte, war Urban durch die Räume geschlendert, hatte hier etwas aus den Regalen gezogen, dort etwas nachgeschlagen, hatte müßig gestöbert und dem seltsamen inneren Gefühl nachgegeben, dass etwas zwischen all den Folianten, Codices, Schriftrollen und versiegelten Truhen ihn rief. – Papst Sixtus hatte aus diesen Monaten nur das Ziel in sein Pontifikat mitgenommen, die neue Benutzungsordnung durchzusetzen; er, Urban, sein Nachfolger, hatte sich dagegen für die Aufgabe auserwählt gesehen, die Welt neu zu ordnen.

Am Ende des langen Saals schimmerte eine eisenbeschlagene Tür in der Düsternis.

»Bitte öffnen Sie, lieber Freund«, sagte Papst Urban.

Arnaldo Uccello schluckte, zögerte, kramte dann einen Schlüsselbund hervor und machte sich daran, die Schlösser zu öffnen.

»Das ist das Verbotene Archiv«, brachte er hervor.

Papst Urban nickte milde. »Wir wissen«, sagte er.

Die Schlösser sperrten so schlecht, als sähen sie es als ihre Aufgabe, den Zutritt zum Verbotenen Archiv zusätzlich zu verzögern. Schließlich standen sie in einem kleineren, schmucklosen Abbild des Sixtinischen Saals, dem die Farbe und die Fresken fehlten und durch dessen winzige Fenster gerade genug Licht fiel, um sich zwischen den Säulen orientieren zu können. Das einzige Fresko befand sich auf der Vorderseite der wuchtigen Säule gleich beim Eingang; Erzengel Michael starrte die Eintretenden an, das Flammenschwert erhoben, die andere Hand ausgestreckt zu einer abwehrenden Geste. Urban bekreuzigte sich und schritt an ihm vorbei.

Zwischen den Säulen standen die Kabinette, Buchschränke und einfachen Regale dichter gedrängt und in größerer Anzahl als draußen im Sixtinischen Saal. Es roch muffiger, weil sich hier fast niemals Menschen aufhielten, und Urban wusste, wenn man lange genug verweilte, begann das Wissen über die ungezählten Rätsel, horrenden Skandale und Vorfälle, die nicht für das Licht der Welt bestimmt waren, auf einen einzuwirken; und man begann immer öfter über die Schulter zu blicken, Geräusche zu hören und Schatten zu sehen. Als er damals den Hinweis auf den Codex gefunden hatte, jedoch keine Möglichkeit sah, das Versteck aufzusuchen und ihn zu bergen, hatte das Wissen um das, was sich in der Bibliothek befand, ihn auf den langen Weg zum Thron des heiligen Petrus geführt. Er nahm als sicher an, dass die Existenz des Buches nach den vielen Jahren niemandem mehr bekannt war; und er war überzeugt, dass Gott ihn zum höchsten Amt der Christenheit geführt hatte, um das Wissen darin einzusetzen und mit seiner Macht dafür zu sorgen, dass die Christenheit wieder eins wurde – oder alle Ketzer ein für alle Mal ausgerottet. Was im Verbotenen Archiv versteckt war, war das Werkzeug des Bösen; es gab nur einen Menschen, der es zum Guten einsetzen konnte. Papst Urban hörte das Pochen seines Herzens, als er in die Dunkelheit des Archivs eindrang, die beiden Schweizergardisten an seiner Seite und Kardinalarchivar Uccello hinter ihnen herstolpernd.

Das Kabinett stand in einer Ecke hinter einer Säule. Es war alt, schwarz, zerkratzt und so wuchtig wie ein Bollwerk. Staubige Tonröhren lagen zu Hunderten gestapelt darin und füllten es von oben bis unten ohne jegliche Lücke. Papst Urban atmete ein.

»Heiligkeit, darf ich fragen …?«

Der Papst winkte ab. Arnoldo Uccello verstummte. Urban schüttelte die Ärmel der Soutane zurück, bewegte die Schultern, bis die Mozzetta nach hinten rutschte und ihm größere Bewegungsfreiheit gab. Schließlich streckte er beide Hände aus, packte eine der Tonröhren und zog sie heraus. Er zitterte so sehr, dass die Röhre vibrierend an die neben ihr liegenden schlug. Als er sie hielt, kippte sie nach vorn, entglitt seinem kraftlos gewordenen Griff, fiel wie in einer Bewegung unter Wasser zu Boden, überschlug sich, prallte auf und zerschellte.

Der Kardinalarchivar schrie vor Schreck auf. Die Splitter der Tonröhre prasselten und schlitterten über den Boden. Der Knall echote zwischen den Säulen wider und verstummte hinter den Buchkabinetten.

»Um der Liebe Christi willen, Heiliger Vater«, ächzte Arnaldo Uccello und machte Anstalten, einen Schritt nach vorn zu treten und das Pergament aufzulesen, das zwischen den Scherben lag.

»Bleiben Sie weg!«, schnappte Urban. Er schob das Pergament achtlos mit dem Fuß beiseite, trat auf ein Siegel, das sich gelöst hatte und das unter seiner Sohle zerbarst wie ein rohes Ei, und fasste nach der nächsten Röhre. Seine Hände zitterten noch immer. Er starrte sie an. Plötzlich zerrte er den Fischerring vom Finger, verstaute ihn hastig in seiner Soutane, riss sich die weißen Handschuhe herunter und ließ sie zu Boden fallen. Als er mit bloßen Händen die nächste Tonröhre packte, die Kühle des Materials und die grobe Textur der Oberfläche fühlte, ließ das Zittern nach. Er zog die Röhre heraus und reichte sie nach hinten weiter. Einer der Schweizergardisten übernahm sie; der Kardinalarchivar riss sie ihm aus der Hand und hastete ein paar Schritte davon, um sie vorsichtig abzulegen. Papst Urban hörte Uccellos entsetztes Stöhnen und vergaß es im selben Augenblick wieder. Die nächste Röhre – die nächste – er begann zu schwitzen und zu husten, als er Staubflocken einatmete; als er sich die Hände an der Soutane abwischte, hinterließ er schwarze Streifen auf dem weißen Stoff. Die Schweizergardisten wechselten sich ab in der Aufgabe, ihm die Röhren abzunehmen, und der Kardinalarchivar hastete hin und her, rot im Gesicht, keuchend und ächzend, bis das Kabinett ausgeräumt war. Die Leere gähnte Papst Urban an wie ein Schlund.

»Es … ist … nichts … drin …«, stammelte Arnaldo Uccello und versuchte, zu Atem zu kommen.

Urban warf ihm einen verächtlichen Seitenblick zu. Er schnappte sich eines der langen Stemmeisen der Schweizergardisten, legte die Spitze auf einen der Fachböden und schob es langsam der Länge nach hinein. Als die Spitze hinten an die Rückwand stieß, blieb nur noch eine knappe Handbreit übrig, die aus dem Fachboden ragte.

Urban schloss die Faust um die Stelle, an der die Stange herausragte, zog sie wieder heraus und führte das Eisen dann an der Seitenwand des Kabinetts nach hinten. Das Eisen schrappte am zerkratzten, schwarzen Holz entlang und erzeugte einen hohlen Ton. Die Stelle, an der der Papst die Stange hielt, glitt hinter die vordere Kante des Kabinetts, das Eisen schrappte immer noch weiter. Urban brauchte nicht hinzusehen; er hatte es gewusst. Er betrachtete die hervortretenden Augen des Kardinalarchivars. Schließlich schlug die Spitze an die Wand des Saals, wo die Rückwand des Kabinetts plan mit ihr abschloss. Kein Zentimeter des Stemmeisens ragte mehr über die Seitenwand des Kabinetts hinaus, im Gegenteil; es fehlten nun gut zwei Handbreit.

»Es ist außen größer als innen –«, sagte Arnaldo Uccello.

Papst Urban nickte und reichte das Eisen an die Schweizergardisten zurück. »Rückt es nach vorn und stemmt die Rückwand auf«, sagte er.

Als die schwarzen Bretter zerborsten auf dem Boden lagen, wichen die beiden Gardisten zurück. Papst Urban trat heran, den Kardinalarchivar an seiner Seite. Arnaldo Uccello machte ein kleines Geräusch in der Kehle. In der dunklen Höhlung der doppelten Rückwand lag ein unförmiges Ding, in Leder geschlagen, mit Stricken und Riemen gebunden und mit einer Kette gesichert. Es konnte eine Schatztruhe sein. Es konnte der Sarg eines Kindes sein. Es reichte den beiden Männern fast bis zum Gürtel. Urban starrte es an. Er hatte erwartet, es körperlich wahrzunehmen, seinen eigenen Leib vibrieren zu spüren als Antwort auf die Macht, die es ausstrahlte, doch es blieb stumm. Er wollte es anfassen, aber er konnte den Arm nicht heben.

»Was ist das?«, flüsterte Uccello.

»Holt es heraus und nehmt ihm die Fesseln ab«, sagte Urban zu den Gardisten. Er wandte sich an Uccello. »Sind Sie ohne Sünde, Kardinalarchivar? Wenn nicht, dann treten Sie zurück, damit Sie nicht unter seinen Bann fallen, wenn Wir es befreit haben.«

2

OBERST SEGESSER UND sein Sohn bewachten das letzte Stück der Treppe, die früher den Cortile del Belvedere vom Cortile della Pigna getrennt hatte und die nun in die Bibliothek führte. Sie sahen sich an, als plötzlich ein Heulen aus dem Inneren des Archivs ertönte.

»Was geht da drin vor, Vater?«, fragte der Hauptmann.

»Was ist Ihre Pflicht, Hauptmann?«

»Treu, redlich und ehrenhaft zu dienen dem Heiligen Vater und seinen rechtmäßigen Nachfolgern und mich mit ganzer Kraft für sie einzusetzen, bereit, wenn es erheischt sein sollte, selbst mein Leben für sie hinzugeben«, schnarrte der junge Mann.

»Heißt es da irgendwas von neugierigen Fragen, Hauptmann?«

»Nein, Herr Oberst.«

»Gut.« Oberst Segesser starrte geradeaus. Hauptmann Segesser tat es ihm nach. Das Heulen hörte nicht auf. Dazwischen war ein Krachen und Klirren zu hören, als ob etwas in einem der Bibliothekssäle wütete. Die beiden sahen sich erneut an.

»Ich habe keine Ahnung, Sohn«, sagte der Oberst.

»Vielleicht ist der Heilige Vater in Gefahr?«

»Es sind zwei Hellebardiere bei ihm.«

Etwas krachte, als wenn ein großes Möbelstück von einem Rasenden zerhackt würde.

»Andererseits«, sagte der Oberst.

Sie blickten sich erneut an. Dann wirbelten sie herum, zogen ihre Schwerter und rannten die Treppe hinauf zum Sixtinischen Saal. Als sie in den Studierraum platzten, öffnete sich die Tür der Geheimbibliothek, und Papst Urban, der Kardinalarchivar und die beiden Gardisten kamen heraus. Das Gesicht des Papstes war schweißnass, verzerrt und grau; sein Gewand über und über voller Schmutzstreifen, sein Haar wirr und seine Mozzetta halb zerrissen. Der Kardinalarchivar führte ihn, blass und mit zitternden Lippen.

»Eine Fälschung«, stammelte der Papst. »Eine Fälschung. Der Schlüssel fehlt – es ist wertlos –. Der Teufel hat uns alle übertölpelt – die Christenheit ist verloren.«

»Aber, Heiliger Vater, beruhigen Sie sich«, stotterte der Kardinalarchivar.

»Brauchen Sie Hilfe, Heiliger Vater?«, fragte Oberst Segesser stramm. Er warf den beiden Hellebardieren einen scharfen Blick zu. Die Männer zuckten mit den Schultern und rollten mit den Augen.

Der Papst blickte auf und stierte den Obersten an. Plötzlich befreite er sich aus Arnaldo Uccellos Griff, taumelte auf den Schweizergardisten zu und packte ihn am Wams. Unwillkürlich hielt Oberst Segesser die zitternde Gestalt fest; sie schien keinerlei Gewicht zu haben. Er war bestürzt, welche Hitze von dem hageren Körper ausstrahlte. Es war, als ob Papst Urban brennen würde. Der Papst senkte die Stirn auf Segessers Brust.

»Verstehen Sie nicht? Die drei Seiten fehlen, auf denen der Schlüssel zu finden ist«, murmelte der Papst kaum hörbar.

»Der Fälscher hat sie nicht mitkopiert. Sie sind irgendwo da draußen. Und das Original ist ebenfalls da draußen, anstatt sicher verwahrt im Geheimarchiv. Wenn das alles in die unrechten Hände fällt – das ist der Beginn der Herrschaft des Teufels.« Papst Urban sprach immer undeutlicher und verstummte zuletzt.

»Rufen Sie den *camerlengo* und den Leibarzt Seiner Heiligkeit«, sagte der Kardinalarchivar. »Ich weiß nicht, wovon der Heilige Vater spricht, aber Gott sei uns allen gnädig.«

Oberst Segesser drückte den zerbrechlichen Leib des Papstes an sich. Sanft, ganz sanft schob er die rechte Hand unter der Achsel hervor und presste sie auf die Brust des Heiligen Vaters.

»Gott sei seiner Seele gnädig«, sagte er. »Der Leibarzt wird hier nichts mehr ausrichten können.«

3

PATER XAVIER ESPINOSA war irritiert. Er wurde das Gefühl nicht los, dass ihn jemand heimlich beobachtete. Die Neugier Hunderter von Augenpaaren, die auf ihm ruhten, war etwas anderes.

Er hatte bereits mehrfach die Menge hier auf dem *quemadero* außerhalb der Stadtmauern Toledos verstohlen gemustert, ohne den Beobachter ausfindig machen zu können. Die Gesichter der Meute hinter der Absperrung waren so formlos wie die der Granden und der Infantin auf dem Podium oder die der Inquisitoren auf ihren Sitzreihen um den Thron des heiligen Dominikus herum. Auf dem Thron hatte Großinquisitor Gaspar Kardinal de Quiroga Platz genommen. Pater Xavier sah Brillengläser funkeln und wusste, dass der junge Hernando Nino de Guevara anwesend war, Pater Xaviers Bruder *in dominico* und rechte Hand des Großinquisitors. Pater

Hernando war darauf vorbereitet gewesen, den Vorsitz des Autodafés zu führen, da Kardinal de Quiroga zum Konklave im August geladen war, um den neuen Papst zu wählen. Doch Kardinal de Quiroga hatte mit den Worten abgelehnt, er würde ohnehin nicht gewählt, seine Mitkardinäle wüssten auch ohne ihn, was sie zu tun hätten, und außerdem sei die Ausrottung von Ketzern aus dem allerkatholischsten Spanien wichtiger als die Wahl des Heiligen Vaters in Rom. Nun, der Kardinal hatte zumindest in zwei Dingen recht gehabt: er war nicht in die engere Wahl gekommen, und die Kardinäle hatten es ohne größere Probleme geschafft, den farblosen Giovanni Battista Castagna zum Papst zu wählen.

Ärger stieg in Pater Xavier hoch, dass er sich derart ablenken ließ. Das Einzige, das ihn nicht in seiner Konzentration störte, war das Wehklagen der Verurteilten, die sich in den eisernen Hüftringen und Gelenkreifen wanden; wenn man oft genug bei einer Ketzerverbrennung Zeuge gewesen war, wusste man, wie man diese besondere Art menschlichen Flehens ausblenden konnte. Nicht einmal die Rufe des jungen Mädchens nach seiner Mutter erreichten ihn auf einer anderen als einer kühlen, professionellen Ebene, die sich damit beschäftigte, wie lange Generalvikar Garcia Loayasa den Rufen noch standhalten konnte.

»Ich mache dem jetzt ein Ende!«, murmelte Loayasa zwischen den Zähnen.

»Ein weiser Entschluss«, flüsterte Pater Xavier.

»Ich habe die Macht, das junge Ding zu begnadigen, nicht wahr, Pater Xavier?«

Pater Xavier warf einen kurzen Blick in das magere, gequälte Pferdegesicht des Generalvikars. Er hatte geahnt, dass Garcia Loayasa heute Nacht zu dieser Erwägung gelangen würde, kaum dass er die Verurteilten gesehen hatte. Es hieß, dass der Generalvikar über ganz Toledo verteilt Töchter besaß und dass er verzweifelt nach einem Bischofssitz strebte, weil ihm das Geld zum Unterhalt, zur Ausbildung und zur Mitgift seiner kleinen Armee aus zweifellos mageren, pferdegesichtigen Töchtern hinten und vorne nicht reichte.

»Ehrwürden sind der Vertreter des Erzbischofs von Toledo«, sagte Pater Xavier. »Der Großinquisitor hatte die Macht zu richten; Ehrwürden haben die Macht, Gnade vor Recht ergehen zu lassen.«

Loayasa nagte an seiner Unterlippe. »Ich kann ihr das Kreuz noch mal vorhalten; wenn sie sich von ihrer Irrlehre lossagt und es küsst, kann ich ihr das Feuer ersparen, oder nicht?«

»Ehrwürden können das tun.«

»Es wäre christlich gehandelt, denken Sie nicht, Pater Xavier?«

»Selbstverständlich. Großinquisitor Kardinal de Quiroga hat selbst während der ersten Befragungen alles versucht, um das junge Ding zum Lossprechen zu bewegen. Wie bedauerlich, dass die Unselige ihr Herz verhärtet und sich hartnäckig widersetzt hat.«

»Ah ja?«, sagte Generalvikar Loayasa unglücklich und starrte immer noch zur Tribüne.

Das Mädchen zerrte an den Fesseln und wand sich wie verrückt. Ihre Kehle war bereits heiser vom vielen Schreien. Mit dem abrasierten Haar und im obszön gelben Schandgewand wirkte sie noch jünger, als sie war. Sie konnte keinen Tag älter als vierzehn Jahre sein. Pater Xavier hasste die Vorstellung, dass ein so junges Leben so entsetzlich und so vor aller Augen beendet werden musste, und er verabscheute Großinquisitor de Quiroga dafür, dass er nicht den nahe liegenden Weg gewählt und die Verurteilte während der Befragung hatte zu Tode kommen lassen. Man musste stets damit rechnen, dass die Abscheu der Zuschauer vor der protestantischen Irrlehre in Mitleid mit einem einzelnen Verurteilten umschlug, wenn der Verurteilte ein halbes Kind und von zarter Gestalt war und herzzerreißend nach seiner Mutter schrie, während ihm das Fleisch von den Knochen schmorte.

»Ich halte das nicht mehr aus«, sagte der Generalvikar und setzte sich Bewegung.

»Ich bleibe an Ehrwürdens Seite«, sagte Pater Xavier schnell.

»Danke, Pater.«

Als sie vor dem Mädchen standen und zu ihr aufschauten, ging ein Raunen durch die Menge. Garcia Loayasa blickte sich mit hervortretenden Augen um, plötzlich befangen angesichts der ungeteilten Aufmerksamkeit der Zuschauer. Pater Xavier sah, dass Großinquisitor Kardinal de Quiroga sich nach vorn gelehnt hatte. Der Generalvikar nahm dem Priester, der vor dem Scheiterhaufen stand, die lange Stange ab und hielt das Kreuz an ihrem Ende dem Mädchen vors Gesicht.

»Sag dich los, du arme Seele, und die Gnade Christi wird dir zuteilwerden«, murmelte er. Das Mädchen riss an den Fesseln und schrie. Ihre Hand- und Fußgelenke waren aufgescheuert. Mit ihrem Gezappel hatte sie die Holzscheite auf der Krone des Scheiterhaufens so weit von sich weggestoßen, dass es ausgeschlossen war, dass der Rauch sie ersticken konnte, bevor das Feuer sie erreichte.

»Bei allen Heiligen, wo ist denn ihre Mutter?«, stieß Garcia Loayasa hervor.

Die Mutter des Mädchens hatte die Tochter selbst dem Richter überantwortet. Pater Xavier war bei der letzten Befragung dabei gewesen. Die Henkersknechte hatten alle Künste aufbieten müssen, um ihr diese Aussage zu entlocken, und selbst Pater Xavier hatte noch niemals eine Denunziation aus einem derart verrenkten, gequälten Körper herausbrechen sehen.

»Gott der Herr wird wissen, wo sie ist, Ehrwürden«, sagte Pater Xavier.

»Sag dich los«, murmelte der Generalvikar und hielt das Kreuz hoch. Es schwankte vor dem wild hin- und hergeworfenen Kopf der Verurteilten. »Sag dich los, Mädchen, sag dich los, du willst doch nicht brennen, sag dich los und komm in den Schoß der wahren Kirche zurück, sag dich los …«

Der Henkersknecht, der hinter dem Pfahl auf dem Scheiterhaufen stand und darauf wartete, dass jemand in letzter Sekunde einen verstohlenen Wink gab, den Strick zu benutzen und die Unglückliche heimlich zu erdrosseln, während das Feuer entzündet wurde, starrte ratlos auf den Generalvikar herab. In einer Hand hielt er den Strick, in der anderen den Knebel, der dazu diente, Verwünschungen, die ein Verurteilter ausstieß, zu ersticken.

»Ich bin beeindruckt, Ehrwürden«, sagte Pater Xavier. »Die christliche Einstellung von Ehrwürden kennt keine Grenze. Selbst angesichts der Bedrohung des eigenen Untergangs tun Ehrwürden, was Ehrwürden für seine Pflicht als Christ halten.«

Das schwankende Kreuz kam zum Halten.

»Was?«, sagte der Generalvikar.

»Gott der Herr und sein Sohn Jesus Christus sehen auf Ehrwürden herab, wie Ehrwürden versuchen, einer verstockten Sünderin die gerechte Strafe zu ersparen. Auch unser Herr Jesus Christus hat den Sündern verziehen, wenngleich der heilige Petrus, sein Stellvertreter, es richtig fand, Ananias und Saphira niederzuschlagen ihres Verrats an der Gemeinschaft wegen.«

»Ich maße mir nicht an, die Entschlüsse unseres Herrn zu vollziehen«, stieß Garcia Loayasa hervor. »Ebenso wenig wie ich mich im Widerspruch zum heiligen Petrus befinde.« Pater Xavier konnte das unausgesprochene Fragezeichen hinter dem letzten Wort des Generalvikars hören. Er lächelte.

Der Generalvikar senkte das Kreuz um einen halben Zoll. Pater Xavier sah, wie sich die Blicke des Mädchens plötzlich auf das Kruzifix fokussierten. »Aber ich *kann* doch Gnade üben, Pater Xavier!«

»Selbstverständlich, Ehrwürden. Und mögen Ehrwürden mir erlauben, nochmals meine große Bewunderung auszudrücken angesichts des Mutes, mit dem Ehrwürden die eigene Seele der Gefahr der Verdammnis aussetzen, um diesem irregeleiteten, sündigen Kind des Teufels die Qual des reinigenden Feuers zu ersparen.«

Das Mädchen hörte auf zu schreien. Ihr Gesicht war nass von Rotz und Tränen. Sie schielte auf das Kreuz. Aus ihrer heiseren Kehle drang ein Stöhnen. Ihr Mund arbeitete.

»Der Verdammnis?«, echote Loayasa.

»Nicht zu sprechen von der Unerschrockenheit Ehrwürdens gegenüber allen Pharisäern, die es ablehnen werden, einen Mann auf den Bischofssitz zu heben, der sich unmäßig gnädig gegen eine Häretikerin zeigte und der vielleicht selbst etwas mit der verfluchten Sünde der Ketzerei zu tun hat …«

»Der Ketzerei«, sagte Generalvikar Loayasa.

»Doch ich bin sicher, wenn Ehrwürden dereinst vor dem großen Weltenrichter stehen und gewogen werden, dann wird die Tatsache, dass Ehrwürden aus Mitleid gehandelt haben, die Sünde fast aufheben, dass Ehrwürden die Läuterung einer fehlgeleiteten Seele verhindert haben.«

»*Fast* aufheben«, wiederholte Generalvikar Loaysa.

Das Mädchen begann zu flüstern. »Herrvergibmirherrvergibmir«, hörte Pater Xavier. Das Flüstern wurde zu einem Winseln. »Herrvergibmirichbindeinedienerin, Herrvergibmirichwidersage-ichwidersageichWIDERSAGE!«.

»Nie habe ich jemanden gesehen, der größeren Edelmut hatte als Ehrwürden«, sagte Pater Xavier laut. Er fasste Loayasas freie Hand, zog ihn halb herum und kniete nieder, um die Hand zu küssen. Das Kreuz schwenkte aus und der Generalvikar hätte beinahe den Stab fallen lassen. Der Priester neben dem Scheiterhaufen griff reaktionsschnell zu.

»Oh nein!«, stöhnte das Mädchen. »Oh nein, o nein, Oh NEIN!«

»Sie lehnt die Tröstung des Kreuzes noch immer ab, Ehrwürden!«, sagte Pater Xavier.

»O mein Gott«, stammelte der Generalvikar. »Verdammnis! Ketzerei! Meine unsterbliche Seele! Der Bischofsstuhl! Was hätte ich beinahe getan, Pater Xavier?«

»Es ist nie zu spät, auf dem Weg des Irrtums umzukehren, Ehrwürden«, sagte Pater Xavier, während er bereits begann, den Generalvikar vom Scheiterhaufen fortzuziehen. Garcia Loayasa stolperte hinter ihm her. Pater Xavier wandte sich um und begegnete dem Blick des Henkers. Er nickte.

»NEIN!«, schrie das Mädchen. »NICHT! Ich …«

Der Knebel erstickte jedes weitere Wort. Das Mädchen begann zu zappeln und zu stöhnen. Die Menge raunte.

»Ehrwürden Loayasa haben einen letzten Versuch gemacht, die Verurteilte umzustimmen!«, schrie Pater Xavier in Richtung der Tribüne. »Sie hat die Gnade ABGELEHNT! Sie hat die Liebe des Herrn VERNEINT! Sie hat das Kruzifix BESPUCKT!«

»Lasst sie brennen!«, brüllte eine Stimme aus der Menge.

Der Großinquisitor erhob sich. Er faltete die Hände vor der Brust und nickte Loayasa zu. Pater Xavier machte, dass er den Generalvikar noch weiter beiseitezerrte.

»Welcher Mut, Ehrwürden«, raunte er unablässig. »Und welche Weisheit, die Vergeblichkeit von Ehrwürdens Gnade einzusehen. Wahrhaft christlich gehandelt, Ehrwürden, wahrhaft christlich gehandelt …«

Knebel steckten jetzt in den Mündern aller Verurteilten und erstickten das Angstgeschrei zu einem Wimmern, als die Scheiterhaufen entzündet wurden. Pater Xavier zog den Generalvikar hinter die Palisade, schnappte sich den erstbesten Weinbecher, der auf einem der groben Tische stand, und drückte ihn Garcia Loayasa in die Hand. Die Feuer begannen zu prasseln und das Harz in den Kiefernästen zu knallen. Als der Generalvikar Anstalten machte, sich zu den Scheiterhaufen umzudrehen, nötigte der Pater ihn zu trinken. Loayasa stürzte den ganzen Becher hinunter. Mit einem kaum merklichen Ausatmen trat Pater Xavier einen Schritt zurück und wandte sich ab.

Es traf ihn wie ein Schock, als er dem vollkommen in Schwarz gekleideten Mann, der plötzlich hinter ihm stand, in die Augen sah und erkannte, dass es diese Augen waren, die ihn die ganze Zeit über beobachtet hatten.

»Ich bin *beeindruckt*, Pater«, sagte der Fremde und ahmte Pater Xaviers kühle Sprechweise nach, während er an seiner Seite durch die Nacht eilte. Ihre Schritte hallten in den engen Gassen.

»Wo bringen Sie mich hin?«, fragte Pater Xavier.

Sie wandten sich in der Stadt nicht aufwärts zur Kathedrale, sondern hinunter zum Fluss. Der Geruch nach brennendem Fleisch, der in die Gassen wehte und langsam nach oben kroch, blieb hinter ihnen zurück, ebenso die Geräusche, die diejenigen Verurteilten machten, die wie das junge Mädchen nicht im Rauch erstickt waren und jetzt in einer tosenden Flamme hingen. Die Chorgesänge und die Gebete der Priester, die während der Verbrennung die Messe zelebrierten, konnten diese Geräusche niemals übertönen, ebenso wenig wie die mit Nelken gespickten Stoffbeutel oder Äpfel den Gestank der verschmorenden Körper verdecken konnten.

Niemand hielt sie auf, als sie nahe dem Flussufer durch eine der Spalten in der Mauer schlüpften. Pater Xavier konnte das Wasser riechen; als er die Wasseroberfläche erblickte, fröstelte er angesichts ihrer absoluten Schwärze und der vage schimmernden Nebelfäden, die sich darüber kräuselten. Sie marschierten in einen der großen Kiesbrüche, die vom Stadtrand her steil zum Tejo abfielen. Das Mondlicht, das von den Nebelschwaden reflektiert wurde, gab einen ungewissen Schimmer und zeigte einem, wo man die Füße hinsetzen musste. Der Überhang des Steinbruchs schirmte die Geräusche der Stadt ab, so wie er alle Geräusche, die hier unten entstanden, gegen die Stadt hin abschirmen würde. Der Steilhang wölbte sich über ihnen wie ein Totenschädel.

Einer der Schatten weiter vorn stand plötzlich auf. Pater Xavier glaubte eine Klinge unter einem dunklen Mantel blitzen zu sehen. »Don Manuel?«, fragte der Schatten.

»›Ich würde selbst das Holz herbeitragen, um einen Scheiterhaufen für meinen Sohn zu errichten, wäre er so verdorben wie ein Protestant‹«, sagte der dunkle Mann.

»Sie können passieren, Don Manuel.«

Am Ende des Steinbruchs sah Pater Xavier jetzt eine Ansammlung von Hütten. Einen zweiten Wachposten erkannte er, noch während sie sich ihm näherten. Diesmal war keine Parole nötig, doch Pater Xavier wurde angehalten, abgeklopft und untersucht. Der Wachposten ging mit leidenschaftsloser Grobheit vor. Pater Xavier bemühte sich, nicht zu zucken, als die tastende Hand unter seiner Kutte an seinem Bein in die Höhe fuhr und sich mit einem harten, prüfenden Griff um sein Gemächt schloss.

»Sauber, Don Manuel«, sagte der Wachposten, als er sich aufrichtete.

»Ich bin immer noch beeindruckt, Pater«, sagte der dunkle Mann. »Ein Mann, dem jeder Protestant in Spanien den Tod wünschen muss, läuft ohne versteckten Dolch herum?«

»Mein Glaube ist meine Waffe.«

»Sehen Sie den Eingang zur mittleren Hütte?«, fragte der dunkle Mann.

Pater Xavier nickte.

»Dort wartet man auf Sie.«

»Und was ist mit Ihnen?«

»Ich genieße weiterhin die gute Nachtluft«, sagte der dunkle Mann.

Ich bin tot, dachte Pater Xavier. Wer immer dort drin auf

mich wartet, sie bringen mich um, und sie wollen so wenige Zeugen wie möglich dabei haben. Wenigstens werden sie mich nicht verbrennen – das Feuer würde man drüben am anderen Ufer sehen. Er versuchte Trost darin zu finden, dass ihm die Todesart, die er am meisten fürchtete, erspart bleiben würde. Äußerlich war ihm nichts anzumerken, als er sich auf den Weg machte.

»Passen Sie auf den unebenen Boden auf, Pater«, sagte der dunkle Mann. »Fallen Sie nicht hin.«

Vor der Tür zur Hütte zögerte Pater Xavier einen Herzschlag lang, doch dann drückte er die Tür auf und trat schwungvoll ein. Eine Kerzenflamme zeigte ihm Gesichter, dann ging die Kerze im Luftzug des energisch aufschwingenden Türblattes aus. Es wurde dunkel. Vor seinen Augen tanzten die komplementärfarbenen Abbilder der halb gesehenen Gestalten.

Eine Sekunde herrschte Schweigen.

»Schön, Pater Xavier«, sagte dann eine trockene Stimme in die Finsternis. »Ich für meinen Teil weiß jetzt, dass Sie noch genügend Kraft haben. So lange wie ich schon Ihren Namen höre, dachte ich immer, Sie müssten eigentlich ein zittriger Greis sein.«

»Uns Kleriker hält der Glaube an die katholische Kirche jung«, sagte Pater Xavier.

Er hörte das Klicken von Feuersteinen, sah Funken aufsprühen und in ein Häuflein Zunder fallen. Dann blühte eine Flamme auf, sprang auf einen Docht über und wurde zur Kerze getragen. In den neu entstehenden Lichtkreis schob sich das Gesicht einer großen Schildkröte und betrachtete ihn mit funkelnden Augen. »Stimmt nicht«, sagte die Schildkröte mit der trockenen Stimme von vorhin. »Mir hat er ein langes Leben beschert, aber jung erhalten hat er mich nicht.«

Pater Xavier sank auf die Knie. »Eminenz«, sagte er und bekreuzigte sich. Er hielt den Kopf gesenkt und starrte auf den Boden der Hütte, was ihm der sicherste Weg schien, sich seine absolute Überraschung nicht anmerken zu lassen.

»Schon gut, Pater Xavier«, sagte Kardinal Cervantes de Gaete. Sein faltiges Schildkrötengesicht verzog sich zu einem Lächeln. »Der freie Hocker hier ist für Sie. Setzen Sie sich. Und nennen Sie mich nicht Eminenz. Dieser Titel ist lächerlich, ob nun Papst Urban ihn eingeführt hat oder nicht.«

Pater Xavier schlug das Kreuzzeichen erneut, zog den Hocker zurück, strich die Kutte glatt und setzte sich. Erst dann erlaubte er sich, aufzublicken. Er kannte auch die anderen drei Gesichter: Giovanni Kardinal Facchinetti, Titularpatriarch der Erzdiözese Jerusalem, Ludwig Kardinal von Madruzzo, der päpstliche Legat für Spanien und Portugal (die beide frisch vom Konklave hier eingetroffen sein mussten und vermutlich noch mit der Tatsache kämpften, dass sie beide nicht gewählt worden waren); und schließlich das letzte Gesicht, das ihn mit mehr freimütiger Neugier als die anderen musterte. Sein Besitzer hatte die Brille abgenommen und drehte sie in einer Hand. »Was hatte Generalvikar Loayasa vor?«, fragte er.

»Er unternahm noch einen letzten Versuch, eine verketzerte Seele zu bekehren, Pater Hernando«, sagte Pater Xavier. »Der Generalvikar ist ein wahrer christlicher Held.«

»Für mich sah es eher so aus, als wollte er sie der Gerechtigkeit entziehen; vielleicht erinnerte sie ihn ja an eine seiner Töchter, was meinst du, Pater Xavier?«

Die beiden Dominikaner, Pater Hernando und Pater Xavier, musterten sich über die Kerzenflamme hinweg.

»Über die Entfernung und den Rauch hinweg können sich Dinge in der Wahrnehmung verzerrt haben, Pater Hernando.«

»Oder sollte ich dem Großinquisitor raten, den guten Generalvikar einmal einer eingehenden Prüfung zu unterziehen?«

»Da du und ich fest davon überzeugt sind, dass sich bei Generalvikar Garcia Loayasa keinerlei Falsch finden und damit der Ruf der katholischen Kirche in Spanien nicht befleckt werden kann, stimme ich dir aus ganzem Herzen zu, Pater Hernando.«

Hernando de Guevara nickte, doch seine Augen verengten sich. Dann lehnte er sich zurück und setzte seine Brille wieder auf. Pater Xavier fragte sich, wie Pater Hernando es geschafft hatte, vor ihm in der Hütte anzukommen. Als er mit dem dunklen Mann die Richtstätte verlassen hatte, hatte der Assistent des Großinquisitors noch immer auf seinem Podium gestanden. Die Antwort war, dass der dunkle Mann ihn auf einen Umweg geführt haben und Pater Hernando eine Abkürzung benutzt haben musste. Pater Xavier beschloss, sich von solchen Taschenspielertricks nicht beeindrucken zu lassen. Gleichzeitig war ihm klar, dass er seinen Mitbruder in geradezu tödlichem Umfang unterschätzte, wenn er ihm nicht mehr als Taschenspielertricks zubilligte.

»Pater Xavier Espinosa«, sagte Kardinal de Gaete. »Geboren in Lissabon, im Säuglingsalter als *puer oblatus* in die Obhut des dominikanischen Klosters in Avila gegeben im Jahr des Herrn und der Hinzufügung des vormaligen Reichs der Inka zu den spanischen Überseeprovinzen 1532. Hervorragende Referenzen in Glaubensfestigkeit, Kenntnis der Schriften und Rhetorik. Keinerlei Referenzen zu Gehorsam, Demut und Nächstenliebe.«

Pater Xavier machte eine Bewegung, doch der Kardinal winkte ab.

»Jeder dient dem Herrn auf seine Weise, Pater«, sagte er. »Von 1555 bis 1560 intensive Studien der geheimen Archive der *Bibliotheca Apostolica Vaticana*, wo Sie sich mit dem Entwurf eines Regelwerks für den Zutritt zu den Geheimarchiven hervorgetan haben, das im Wesentlichen darin besteht, dass außer dem Papst und den Kardinälen so gut wie niemand hineindarf und das Papst Sixtus V. nach dem vollendeten Neubau der Bibliothek übernommen und noch verschärft hat.«

Der Kardinal blickte auf. »Eine Regelung ganz in meinem Sinn, lieber Pater Xavier. Konsequenterweise heißt es, dass kaum jemand die dort vorgehaltenen Schriften so gut kennt wie Sie. In den Jahren von 1560 bis 1566 Assistent des Erzbischofs von Madrid – gab es da nicht einen kleinen Skandal, weil der Bruder des Erzbischofs mit einem Wiener Kaufmann Geschäfte für den Königshof machte, obwohl König Philipp die Weisung ausgegeben hatte, nur spanische Lieferanten dürften den Hof beliefern?«

»Seine Ehrwürden fand heraus, dass ein Buchhalter seines Bruders dies in aller Heimlichkeit getan hatte; der Buchhalter wurde bestraft«, sagte Pater Xavier sanft.

»Richtig, der Buchhalter seines Bruders. Erstaunlich, wie so ein Buchhalter herausfinden konnte, welche Güter zu Anlässen benötigt wurden, von denen eigentlich nur der Erzbischof und König Philipp selbst wussten.«

Pater Xavier lächelte und neigte den Kopf, um anzudeuten, dass es tatsächlich erstaunlich war, was so ein Buchhalter alles herausfinden konnte.

»Hat sich der Mann nicht auf ganz merkwürdige Art und Weise im Kerker das Leben genommen, bevor es zur Gerichtsverhandlung kam? Na, egal. Von 1567 bis 1568 waren Sie der Beichtvater von Don Carlos, dem Infanten von Spanien; nach dem bedauerlichen Unglücksfall, der zum Tod des Infanten führte, Beichtvater des jungen Erzherzogs Rudolf von Österreich während dessen Aufenthalt am Hof unseres allerkatholischsten Königs Philipp in Madrid und dann in Wien bis zum Jahr 1576, in welchem aus dem Erzherzog Rudolf der Kaiser Rudolf wurde. Nach Ihrer Rückkehr aus Wien Assistent des Bischofs von Espiritu Santo in Mexico und mitverantwortlich für die Erfolge des dortigen Tribunal del Santo Oficio de la Inquisicion bis 1585. Danach taucht Ihr Name immer wieder in verschiedenen Chroniken in Spanien auf. Derzeit helfen Sie dem Generalvikar von Toledo beim Tragen seiner schweren Bürde, das Amt des Erzbischofs auszufüllen.« Kardinal de Gaete lehnte sich zurück. Er hatte nicht ein einziges Mal nachdenken müssen, um sich die Fakten in Erinnerung zu rufen. »Erkennen Sie sich wieder, Pater Xavier?«

»Euer Eminenz Kenntnisse sind lückenlos«, sagte Pater Xavier und verwendete den verhassten Titel ganz bewusst.

»Ein Mann mit Ihrer Erfahrung und Ihrem Alter sollte eigentlich einen hohen klerikalen Rang bekleiden und nicht nur Berater von Bischöfen und Kardinälen sein.«

»Meine Aufgabe ist der Dienst an der katholischen Kirche.«

Kardinal de Gaete musterte Pater Xaviers Gesicht eine ganze Weile. »Sie müssen wieder an den Hof von Kaiser Rudolf«, sagte er, »nach Prag.«

Pater Xavier sah das bleiche, hohlwangige Gesicht von Erzherzog Rudolf vor sich, aus dem ihm täglich der sture, mühsam unterdrückte Hass des schwächeren, unsichereren Geistes entgegengeschlagen war, ein Hass, hinter dem sich ein noch mächtigeres Gefühl zu verstecken versuchte: Angst. Rudolf war nun seit fast fünfzehn Jahren Kaiser des Heiligen Römischen Reichs. Seit Pater Xavier ihn das letzte Mal gesehen hatte, hatte Rudolf von Habsburg, wie man hörte, eine Reise in die Dunkelheit des Aberglaubens, in den Irrwitz der Alchimie und in den beginnenden Wahnsinn angetreten. Das Reich taumelte unter seiner Führung zwischen Glaube und Ketzerei dem Abgrund entgegen. Pater Xavier hatte bereits nach der ersten Begegnung gewusst, dass die Dämonen von Macht, Verantwortung und eigener Unzulänglichkeit Rudolf zwischen sich zerreiben würden. Es war fast erstaunlich, dass er nicht schon vor zehn Jahren komplett wahnsinnig geworden war.

»Der Mann hasst mich«, sagte Pater Xavier unerwartet direkt.

»Kaiser Rudolf hasst alles, was mit der katholischen Kirche zu tun hat«, zischte Kardinal Madruzzo. »Was mit den Protestanten zu tun hat, hasst er auch. Ebenso die Muselmanen. Das Einzige, was er liebt, sind die Alchimie und seine Kuriositätensammlung; die Einzigen, auf die er hört, sind die Astronomen, die an seinem Hof herumschwärmen wie die Fliegen auf einem Haufen Scheiße.«

Kardinal de Gaete zuckte zu den heftigen Worten, widersprach aber nicht. »Ihr Dienst an der katholischen Kirche führt Sie nach Prag, ob Sie es wollen oder nicht, Pater Xavier.«

Pater Xavier zuckte mit den Schultern. »Ich wirke dort, wo Gott der Herr und der Heilige Vater mich haben wollen«, sagte er.

Kardinal de Gaetes Augen funkelten. »Sie wirken dort, wo *wir* sie haben wollen«, sagte er. Pater Xavier ließ sich nicht anmerken, dass er diese Antwort zu provozieren gehofft hatte. Nun wusste er, woran er war.

»Wir haben drei Neuigkeiten für dich, Pater Xavier«, sagte Pater Hernando. »Kaiser Rudolf hat sich vor den Forderungen, die unser allerkatholischster König wegen seiner Heirat an ihn stellt, vor den Nachrichten über die Übergriffe der Türken und vor seinen Aufgaben als Verteidiger des Glaubens in die Krankheit geflüchtet. Er lässt sich kaum noch außerhalb seines Kuriositätenkabinetts blicken. Statt die Botschaften aus dem Reich zu studieren, liest er die Werke dieses dänischen Sterndeuters, die er gegen den Willen des Papstes hat drucken lassen. Kaiser Rudolf wird gar nicht bemerken, dass du dich an seinem Hof aufhältst.«

»Welches Amt soll ich dort bekleiden?«

»Kein offizielles. Seit der Kaiser den Hof von Wien nach Prag hat verlegen lassen, herrscht ein Durcheinander wie zu den besten Zeiten des Reichs. Eine Armee von türkischen Plünderern könnte dort wochenlang herumlaufen, und sie würden niemandem auffallen, gesetzt den Fall, sie stehlen nicht irgendeine exotische Nuss aus der Sammlung des Kaisers. Wir werden Sie mit genügend Geld ausstatten, so dass Sie auf sich allein gestellt existieren können.«

»Was ist meine Aufgabe?«

»Glauben Sie, dass es ein Buch im Geheimarchiv gibt, das Sie nicht kennen?«

Pater Xavier antwortete nicht. Kardinal Facchinetti bewegte sich unruhig und verzog den Mund zu einer Grimasse, als er merkte, dass sich Pater Xaviers Blick auf ihn richtete. Er erstarrte mit hochgezogenen Schultern.

»Dies ist die zweite Neuigkeit, Pater Xavier«, sagte Kardinal de Gaete. »Es gibt ein Buch, das Sie nicht kennen.«

»Wer hat es geschrieben?«

Kardinal de Gaete und Pater Hernando wechselten einen Blick. Der alte Kardinal lächelte kaum merklich.

»Sie haben die Frage gestellt, die es auf den Punkt bringt.«

Pater Xavier überlegte nur einen Augenblick. »Eminenz sprechen davon, dass das fragliche Buch gefälscht wurde.«

»Es ist das Testament des Teufels«, krächzte Kardinal Facchinetti plötzlich. »Der Leibhaftige selbst hat es geschrieben, und es ist nur auf der Welt, um Unheil anzurichten!«

»Irgendein Mönch hat es geschrieben, Eminenz«, sagte Pater Hernando. »Jedenfalls das Exemplar, das in der Vatikanischen Bibliothek liegt.«

»Was ist so besonders daran, dass es sich um eine Kopie handelt?«, fragte Pater Xavier.

»Es ist keine exakte Kopie. Es fehlen drei Seiten.«

Pater Xavier wartete. Die Männer rund um den Tisch verständigten sich mit stummen Blicken. Pater Xavier saß ganz ruhig, obwohl in der Kühle und der Feuchtigkeit, die in der Hütte herrschten, seine leichtbeschuhten Füße und auch seine Hände klamm zu werden begannen. Mit einem Teil seines Geistes begann er seinem Fleisch zu befehlen, seinen Wünschen zu gehorchen und die Wärme zurückkehren zu lassen. Sollte einer der Männer auch nur versehentlich eine von Pater Xaviers Händen berühren, durfte diese sich nicht kalt anfühlen. Kälte war Schwäche. Wärme war Stärke. Er wusste, dass alle anderen hier ebenso froren wie er und mit größter Wahrscheinlichkeit eiskalte Hände und Füße hatten. Er bemühte sich umso mehr, die Wärme bis in seine Fingerspitzen zu bringen.

»Diese drei Seiten sind der Schlüssel zu dem ganzen Werk«, sagte Pater Hernando schließlich.

»Es handelt sich um einen Code?«

Pater Hernando nickte. Pater Xavier wartete das erneute Schweigen ab.

»Wer den Code hat und das Buch zu lesen versteht, dem eröffnet sich die Weisheit des Teufels«, sagte Kardinal de Gaete in die Stille. »Und wer diese besitzt, besitzt die Welt.«

»Nicht auszudenken, wenn dieses Wissen in die Hände der Ketzer und Protestanten fiele«, sagte Pater Xavier mit höchst neutralem Gesicht.

»Die Ketzerei der Reformation zerbricht die Christenheit von innen«, sagte Kardinal de Gaete. »Die Türkenbedrohung frisst an ihr von außen. Die allgemeine Gottlosigkeit der Menschen schwächt die Macht des Erlösers. Was wir alle wollen, ist eine Waffe, um die Einigkeit der Kirche zurückzuerobern. Dies ist das höchste Ziel; und um es zu erreichen, bedarf es des mächtigsten Werkzeugs.«

»Und nur darum geht es uns«, sagte Pater Hernando. Seine Augen hinter den Brillengläsern zuckten, wie die der bei den Verhören Befragten zuckten, wenn sie beteuerten, dass sie dem Protestantismus schon längst abgeschworen hätten.

Pater Xavier gestattete sich keinerlei Regung, während er den Blick langsam um den Tisch wandern ließ. Die vier Männer verfolgten das hehre Ziel, die Christenheit zu schützen – und fanden es nötig, sich dazu als Verschwörerzirkel zusammenzufinden und in einer feuchtkalten Uferhütte Versteck zu spielen. Er musterte Ludwig von Madruzzo, dessen Frustration, dass er in den vergangenen Konklaven in der ersten Wahlrunde stets eine anständige Anzahl von Stimmen und in den darauf folgenden Abstimmungen überhaupt keine mehr bekommen hatte, seine Augen hatte stumpf werden lassen. Kardinal de Gaete konnte er nicht einschätzen. Es mochte sein, dass die alte Schildkröte es ernst meinte. Kardinal Facchinetti war zu farblos, als dass Pater Xavier sich hätte vorstellen können, was ihn zu diesem Zirkel gehören ließ, außer, dass er an de Gaetes Stelle ihn nicht hätte dabeihaben wollen. Pater Hernando legte es natürlich darauf an, irgendwann den Großinquisitor abzulösen.

»Zumindest müssen wir verhindern, dass andere die Teufelsbibel nutzen. Zur Not müssen Sie sie vernichten«, sagte Kardinal Facchinetti.

»Ich bin zu schwach, um ein Buch zu vernichten, das der Leibhaftige mit eigener Hand geschrieben hat«, sagte Pater Xavier. »Aber ich werde es finden und Ihnen aushändigen, damit *Sie* es vernichten können.« Und damit der Skrupelloseste von euch die anderen vernichtet, fügte er in Gedanken hinzu. Er fühlte sich beschwingt und wohl angesichts dieser Gesellschaft. »Wo soll es sich befinden?«

»Es ist in einem Kloster geschrieben worden, so viel ist sicher. Wir haben versucht herauszufinden, in welchem, sind aber nicht fündig geworden. Das Wissen über den Ort ist entweder verloren gegangen, oder man hat es mit Absicht aus allen Archiven getilgt«, sagte Kardinal de Gaete. »Aber wir werden Sie im Zentrum des Reichs platzieren wie die Spinne im Netz. Sie müssen vorsichtig vorgehen und lieber zu langsam als zu schnell. Wir wissen nicht, wer außer uns und unserem Informanten in Rom noch über das Buch Bescheid weiß, aber jeder, der davon erfährt, wird es sich aneignen wollen. Wenn Sie zu rasch vorgehen, riskieren wir, dass andere interessierte Parteien auf Sie und Ihre Suche aufmerksam werden. Früher oder später werden Sie einen Hinweis entdecken.«

»Andere interessierte Parteien – in Rom«, sagte Pater Xavier und machte eine Pause, »einflussreiche protestantische Ketzer, meine ich.« Natürlich meinte er etwas ganz anderes; zum Beispiel die anderen siebenundsechzig Kardinäle.

»Genau«, sagte Kardinal de Gaete nach einem so langen Zögern, dass die Stille in der Hütte Zeit hatte, bedeutsam zu werden. Neuerlicher Blickwechsel mit Pater Hernando. »Einflussreiche andere Parteien in Rom.«

»Was ist die dritte Neuigkeit?«

Pater Hernando senkte den Kopf und machte das Kreuzzeichen. Die anderen taten es ihm nach. Pater Hernando richtete seinen Blick auf Pater Xavier. Die Brillengläser verwandelten sein Gesicht in eine Maske und die Spiegelung der Kerze ließ in seinen Augen zwei Flammen brennen.

»Papst Urban ist tot«, sagte er. »Am zwölften Tag seines Pontifikats hat Gott der Herr ihn abberufen.«

»Ein Zeichen, wenn es sonst keines gibt«, sagte Kardinal Madruzzo.

»Der Herr sei seiner Seele gnädig«, sagte Kardinal de Gaete.

Pater Xavier nickte langsam. Die Nachricht musste neu sein. Papst Urban war gestorben, noch bevor die Neuigkeit seiner Wahl in alle Winkel der Christenheit gedrungen war. Vermutlich gab es genügend Landstriche, die noch nicht einmal wussten, dass sein Vorgänger Sixtus gestorben war. *Sic transit gloria mundi*, dachte er. *Papabili* pflegten in langen Zeiträumen zu denken, um ihr Ziel zu erreichen. Papst Urban hatte offensichtlich einen zu langen Zeitraum angesetzt. Pater Xavier fühlte, dass die Wärme in seine Hände und Füße zurückgeströmt war.

»Ich reise über Wien. Ich habe Verbindungen dort, die bis nach Prag reichen – so kann ich mir vorab ein Bild von der Lage machen.«

»Verbindungen aus den alten Zeiten am Kaiserhof?«, fragte Kardinal Madruzzo gehässig.

»Eher aus den alten Zeiten in Madrid, Eminenz«, erklärte Pater Xavier, ohne mit der Wimper zu zucken.

»Das wäre dann alles, Pater Xavier«, sagte Kardinal de Gaete.

Pater Xavier erhob sich, dann tat er, was er zu tun geplant hatte, seit die Wärme in seine Gliedmaßen zurückgekehrt war. Er kniete vor Kardinal de Gaete nieder, streckte die Hände aus und faltete sie. »Segnen Sie mich, Eminenz, damit ich meiner Aufgabe gewachsen bin.«

Der alte Kardinal zögerte einen Augenblick, dann umfing er Pater Xaviers Hände mit den seinen. Pater Xavier hatte das Gefühl, die eiskalte Haut eines Toten berühre ihn. Er starrte Kardinal de Gaete gerade lange genug in die Augen, um den Ausdruck der Überraschung und der Unsicherheit darin wahrzunehmen, dann senkte er den Kopf.

»Gehen Sie mit Gott, Pater Xavier«, sagte Kardinal de Gaete.

1591:
Eintritt in die Unterwelt

»Es bedarf nur eines Anfangs, dann
erledigt sich das Übrige.«

Sallust, Bellum Catilinae

1

Niklas Wiegant und seine Frau hatten sich gestritten. Es war keine Bagatelle gewesen, es handelte sich um einen jahrealten, tief sitzenden Konflikt, es hatte, seit es ihn gab, niemals Frieden, sondern bestenfalls Phasen von Waffenstillstand zwischen ihnen gegeben; und er war auch heute nicht beendet worden, sondern würde weitergehen, heute Abend, morgen, übermorgen – wann immer etwas geschah, das die Wunde aufriss, aus der der Konflikt entstanden war. All das erkannte Pater Xavier innerhalb eines Augenblicks, als er von der Magd in die große Stube im Obergeschoss des Wiegant'schen Hauses geführt wurde. Er wusste nicht, was der Grund für den Streit war; doch er ahnte, dass die Wunde auf Seiten der Hausherrin größer und tiefer war als auf Seiten des Hausherrn und dass dieser niemals begreifen würde, warum all seine Bemühungen sie nicht schlossen. Jemand war überzeugt, dass man ihn betrogen hatte und dass man auf seinen Gefühlen herumtrampelte. Es gibt im Himmel keinen Zorn wie den einer Liebe, die zu Hass geworden ist, dachte Pater Xavier, und in der Hölle keine Wut wie die einer betrogenen Frau.

Er hatte Theresia Wiegant nie gesehen und betrachtete sie mit der Aufmerksamkeit, die er allen Menschen zuteilwerden ließ, in welchen er das Talent erkannte, ein Hebel zu sein, den er, Pater Xavier, zur rechten Zeit würde ansetzen können. Niklas Wiegant hatte sich verändert; sein Gesicht war in den fünfzehn Jahren seit ihrer letzten Begegnung faltiger und hohlwangiger geworden, sein Bauchansatz größer, in seinem Haar war mehr Grau als Schwarz. Überrascht erkannte Pater Xavier, dass dies nicht mehr der Mann war, mit dem er damals die Lieferkette aufgezogen hatte, an der alle verdient hatten: die angeblich ausgestochenen spanischen Lieferanten, der als ihr Strohmann auftretende deutsche Kaufmann, der Erzbischof von Madrid, sein Bruder. – Etwas war verloren gegangen oder zerbrochen; mit dem Mann, den er hier vor sich sah, hätte Pater Xavier es sich zweimal überlegt, den Verkauf von Wasser in der Wüste zu organisieren.

»'n dominikanischer Mönch will Sie sprechen, Herr«, sagte das Dienstmädchen und knickste.

Niklas Wiegant drehte sich um. Zuerst starrte er nur mit zusammengekniffenen Lidern. Dann weiteten seine Augen sich. Er eilte durch den Raum, breitete die Arme aus, blieb plötzlich stehen und ließ sie sinken. »Das gibt's doch nicht«, rief er. »Pater Xavier? Ich glaub's nicht! Wie lange ist das denn her? Und Sie sind keinen Tag gealtert, ich schwör's! Meine Güte, was treibt Sie denn nach Wien? Wie viele Jahre sind das jetzt?« Niklas Wiegant hob erneut die Hände, um Pater Xavier wie früher an den Schultern zu packen und ihm dann beim Händeschütteln die Sehnen an den Handgelenken zu zerren, doch im letzten Moment schreckte er zurück. Seine Arme pendelten hilflos an seiner Seite. »Sie sehen so – würdig aus. Dabei haben Sie immer noch die schwarzweiße Kutte an, so wie früher.«

Pater Xavier setzte der Verlegenheit ein Ende, indem er die Hände hinter dem Rücken zusammenschlug und den Kopf neigte.

»Fünfzehn Jahre ist es her, Herr Wiegant«, sagte er und war stolz darauf, fast akzentfrei sprechen zu können. »Und ich bin, was ich immer war und sein wollte: ein einfacher Gefolgsmann des heiligen Dominikus.«

»Der Bart«, sagte Niklas Wiegant. »Deshalb hab ich Sie nicht gleich erkannt.«

Pater Xavier nickte. Das Gestrüpp in seinem Gesicht fühlte sich auch für ihn ungewohnt an. Er hatte sich einen schmalen, wie mit einer Messerklinge gezogenen Oberlippenbart stehen lassen, der in zwei kurzen, gewichsten Spitzen auslief; von der Unterlippe über das Kinn zog sich ein daumendick gestutzter Knebel, der als Krabbenfänger bezeichnet wurde und der bei den meisten anderen, die ihn trugen, durch nervöses Zupfen unterhalb des Kinns steif und fransig abstand. Pater Xavier, der nicht zu nervösem Zupfen neigte, aber in jeder Hinsicht ein guter Beobachter war, hatte die gleiche Steifheit durch sorgfältige Schmalzbehandlung erzielt. Er wusste, dass nichts unüblicher im Gesicht eines Dominikaners war als diese Barttracht und dass neun von zehn Menschen lediglich sie sehen und im Gedächtnis behalten würden statt des Gesichts. Letztlich hatte er ihn nur für einen einzigen Menschen wachsen lassen – den Mann auf dem Kaiserthron in Prag, dessen Mittler zu Gott Pater Xavier einmal gewesen war. Pater Xavier hoffte, dass er ihn täuschen würde.

Er hatte sich nie gefragt, warum er den Mann fürchtete. Pater Xavier fragte nicht, er analysierte; und da er mit der Analyse nicht zum Schluss gekommen war, hatte er das Problem beiseitegepackt. Vielleicht lag es daran, dass Kaiser Rudolf vor ihm, Pater Xavier, Angst hatte – und ihn deswegen hasste – wie vor keinem anderen Menschen auf der Welt. Womit sollte man so einen Menschen noch einschüchtern? Um wie viel größer konnte die Angst noch werden? Pater Xavier ahnte dumpf, dass, wenn es um seine höchsteigene Person ging, Kaiser Rudolf, der manchmal schreiend vor Kindern und alten Frauen in seine Gemächer floh, ein in die Ecke getriebenes Tier war. Selbst eine Maus kämpft, wenn sie keine andere Wahl mehr hat. Doch dieses Verhalten war Pater Xavier so fremd, dass es sich ihm nicht wirklich erschloss, und so galt wiederum für ihn: Der Mensch fürchtet das am meisten, was ihm am fremdesten ist.

»Ich hoffe, ich komme nicht ungelegen.«

»Aber nein – wie könnten Sie jemals ungelegen sein? Sehen Sie sich um: Ist das nicht ein schönes großes Haus? Wissen Sie, mit welchem Geld das bezahlt worden ist? Dublonen, mein Freund, spanische Dublonen. Kommen Sie, ich möchte Ihnen meine Frau vorstellen.«

Theresia Wiegant hatte ihre Gesichtszüge in Ordnung gebracht und gab die höflich interessierte Gastgeberin. Sie nickte hoheitsvoll, während ihre Augen ihn blitzschnell und hungrig musterten. Pater Xavier lächelte in sich hinein.

»*El sol se está levantando*«, sagte er und deutete eine Verbeugung an. »Ich habe viel von Ihnen gehört, aber die Worte Ihres Gemahls sind Ihnen nicht gerecht geworden, wie blumig sie auch gewesen sind.«

»Sie sind tatsächlich ein Dominikanermönch?«, fragte Theresia Wiegant. Pater Xavier zuckte nicht einmal angesichts der Unhöflichkeit.

»Mit Leib, Herz und Seele, meine Teuerste«, sagte er.

»Gott im Himmel sei gepriesen. Pater Xavier, seien Sie willkommen in diesem Haus. Ein Gottesmann ist hier so nötig wie Wasser für Steckrüben.« Sie packte seine Hand und küsste sie, und Pater Xavier wusste, wie er den Hunger in ihrem Blick deuten sollte.

»Wien hat sich, wie es scheint, den ketzerischen Ansichten der sogenannten Reformatoren ergeben«, sagte er.

»Dank Ihrer Anwesenheit wird das Haus Wiegant die Scheune sein, in der die Saat des wahren Glaubens gehütet wird.«

»Ich fürchte, ich werde nicht lange bleiben können.«

»Jeder Tag, den Sie hier sind, ist ein warmer Frühlingsregen auf unseren Feldern.«

Niklas Wiegants Blicke flogen zwischen seiner Frau und Pater Xavier hin und her. Pater Xavier erinnerte sich daran, dass der Kaufmann ihm damals erzählt hatte, seine Frau stamme aus dem Haus eines freien, mit dem Anbau von Türkischkorn reich gewordenen Gutsbesitzers. Ein Bauer konnte seinen Geruch loswerden, wenn er sich Mühe gab, aber nicht seine Sprache.

»Wie geht es Ihrem Sohn, mein Freund?«, fragte Pater Xavier. Er lächelte Theresia Wiegant an. »Er erzählte mir damals, Gott habe Sie mit einem Kind in Ihrem Leib gesegnet. Bestimmt haben Sie diesem einen viele weitere folgen lassen. Oder ist es ein Mädchen geworden, Herr Wiegant?«

Ein Blick in die Gesichter reichte ihm, um die eine Hälfte der Katastrophe zu erkennen, die über den Haushalt seines ehemaligen Geschäftspartners hereingebrochen war. Er setzte ein betroffenes Gesicht auf, doch auf dem Abakus in seinem Herzen begannen die Kugeln hin- und herzuschießen. »Verzeihung, ich ahnte nicht –«

»Es ist gestorben«, sagte Niklas Wiegant. »Das Kind ist bei der Geburt gestorben. Es wäre heute ein junger Mann, der schon an eigene Kinder denkt.«

»Ich wäre selbst beinahe bei der Geburt gestorben«, zischte Theresia Wiegant. »Es ist nicht so, dass sein Tod meine Schuld wäre.«

»Das habe ich nie gesagt«, erklärte Niklas Wiegant.

»Ich konnte danach keine Kinder mehr bekommen«, sagte Theresia Wiegant und starrte Pater Xavier an.

»Theresia, die Wege Gottes sind ...«

»Ich habe nie auch nur einen Augenblick über Gottes Wege geklagt!«

»Nein, über Gottes Wege nicht«, seufzte Niklas Wiegant.

»Es steht mir nicht an, zu richten, schon gar nicht als Ihr Gast«, sagte Pater Xavier. Theresia Wiegant starrte ihn weiterhin an.

»Doch«, sagte sie. »Richten Sie! Sie kennen meinen Mann von früher. Ich habe ihn Ihren Namen immer nur mit Hochachtung aussprechen hören. Richten Sie. Sagen Sie ihm, dass es falsch war, was er getan hat.«

»Theresia, ich bitte dich! Pater Xavier ist müde von der Reise.«

»Sie haben Recht, mein Freund. Die Bescheidenheit verbietet mir, mich Ihren Vertrauten zu nennen, und daher ...«

»Ich habe Sie immer als meinen ...«

»Mir ein Balg unterzuschieben!«, stieß Theresia Wiegant hervor.

»Theresia, das Kind hat einen Namen!«

»Das macht es nicht weniger zu einem Balg!«

Die beiden starrten sich an, an einem Punkt angekommen, den sie zweifellos schon viele Male zuvor erreicht hatten.

»Ich versuche zu ermessen, wie schwer es für eine Frau sein muss, der Gott keine eigenen Kinder schenkt, die Frucht des Leibes einer anderen Frau aufzuziehen«, sagte Pater Xavier und machte ein mitfühlendes Gesicht.

Theresia Wiegant drehte sich um und sah ihn an. Die Farbe wich aus ihren Zügen, während sich ihre Augen weiteten.

»Dennoch ist es Ihre Pflicht, das Kind anzunehmen. Gott der Herr hat die Schritte Ihres Mannes geleitet.«

»Gott der Herr!«, stammelte Theresia. »Der Teufel, Pater, es war der Teufel.«

Niklas Wiegants Gesichtszüge waren verzerrt. Er sah aus, als wollte er im nächsten Moment weinen oder losbrüllen oder jemanden mit den Fäusten traktieren. »Der Teufel, Theresia?« Er stöhnte auf. »Agnes ist unser Kind, und du sprichst vom Teufel?«

»Soll ich mir vielleicht vorsagen, du hast mich betrogen, ohne dass der Teufel dich dazu verführen musste?«, schrie Theresia Wiegant.

»Ich habe dich nicht betrogen, ich habe dich nie …«

»Es ist diese Hexenstadt«, keuchte Theresia. »Sie hat meinen Mann angesteckt. Ich war immer schon gegen die Handelsniederlassung in Prag, Pater. Prag ist die Stadt des Leibhaftigen. Deshalb hat es *ihn* auch dort so hingezogen, diesen Beelzebub auf dem Kaiserthron. Deshalb hat er Wien verlassen und sich in den Hexenpfuhl begeben, den der aufrechte Bischof Johannes von Nepomuk mit seinem letzten Atemzug verflucht hat. Zuerst hat er versucht, Wien zu verderben, als er nach all den Jahren zurückkam; jeder sagte, Kaiser Maximilian hat seinen ältesten Sohn nach Spanien geschickt, aber er hat einen schwarzen Teufel wiederbekommen, und seine schlechte Seele wird man bald in ganz Wien riechen. Doch Wien hat ihm zu viel Widerstand geleistet, und deshalb ist er dorthin gegangen, wo er unter seinesgleichen ist – nach Prag!«

Du sprichst ein wahres Wort, Weib, dachte Pater Xavier. Spanien hat Rudolf von Habsburg verändert, aber nicht so, wie du es dir vorstellst. Spanien hat lediglich einen weiteren schwachen Geist zerbrochen, weil Spanien nur die liebt, die starken Geistes sind. Du hast keine Ahnung – alles, was du hast, ist der Zorn einer betrogenen Frau.

»Prag ist wie jede andere Stadt«, sagte Niklas verbissen. »Nur schöner.«

»Solange dieser Hexenmeister in Wien war, wollte kein aufrechter katholischer Bischof seine Aufgabe antreten – wussten Sie das, Pater Xavier? Der Bischofsstuhl stand leer! Als er aus Spanien zurückkam, begannen die lutherischen und kalvinistischen Ketzer Wien zu verseuchen, bis es mehr davon gab als rechtgläubige Katholiken, und es kam so weit, dass die Ketzer sich erdreisten konnten, die Hostie beim Fronleichnamsumzug zu schänden, und der Innere Rat sagte als einzige Reaktion darauf den Umzug ab – anstatt dem Verbrecher die Zunge und die Hände abzuschneiden!«

»Theresia, so darfst du nicht über den Kaiser reden!«

»Der Kaiser hat die Sünde nach Wien gebracht, und du bringst die Sünde in unser Haus!«

»Ein kleines Kind ist nicht die Verkörperung der Sünde!«, brüllte Niklas Wiegant.

»Schrei mich nicht an, Niklas Wiegant! Das habe ich nicht verdient! Ich halte dein Haus und dein Vermögen zusammen, während du auf Reisen bist, und sehe zu, dass kein Unheil geschieht. Und was tust du? Suhlst dich in geilem Fleisch und erwartest, dass ich das Balg nähre! Und lieben soll ich es auch noch? Warum hatte die Schlampe nicht die Vernunft, das Balg einfach wegzulegen? Gibt's hier in Wien nicht genug Senkgruben? Oder hätte sie es nicht einfach ersticken können, wie es die anderen ledigen Mütter tun? O nein, Meister Wiegant, erzähl mir nichts – da war Geld im Spiel, sonst hätte sie es getan, und das Geld stammt aus deinem Beutel! Wer war sie, Niklas? Er hat mir eine grässliche Geschichte von einem Findelhaus aufgetischt, Pater, aber als ich verlangte, dorthin geführt zu werden, hat er sich geweigert!«

»Theresia, ich wollte nicht, dass du siehst, was dort –«

»War sie eine Hure? Ziehe ich das Balg einer gefallenen Frau auf, bei der du dich befriedigt hast? Schämst du dich nicht, zu einer anderen zu gehen, wo ich zu Hause bin und meine Pflicht an dir erfüllen kann?«

»Ich habe nicht –«

»O Herr, ich rufe Dich an in meiner Ratlosigkeit: so viele illegitime Kinder sterben in den Spitälern – hättest Du dieses nicht auch zu Dir nehmen können? Mein einziges, mein ehrliches Kind hast Du mir genommen – warum lässt Du ein unehrliches Kind leben?«

»Lasset die Kindlein zu mir kommen, sagt unser Herr Jesus Christus.«

»Du hast kein Recht, die Worte unseres Herrn in den Mund zu nehmen, Niklas Wiegant! Du bist beschmutzt, und du hast Schmutz in unser Haus gebracht. Sagen Sie's ihm, Pater Xavier, dass er sündigt!«

Pater Xavier, dessen Faszination mit jedem Wort Theresias gestiegen war, sagte nichts. Theresia stampfte mit dem Fuß auf.

»Ich habe geschwiegen, Niklas Wiegant, ich habe geschwiegen, achtzehn Jahre lang habe ich geschwiegen, weil ich nicht wollte, dass die Fäulnis, die du in unser Haus gebracht hast, nach draußen dringt. Doch jetzt schweige ich nicht mehr. Ich lasse nicht zu, dass du deine Sünde öffentlich machst! Du hast unser Haus zerstört, Niklas – ich werde verhindern, dass du auch noch das eines Freundes zerstörst!«

Theresia Wiegant trat einen Schritt zurück. Ihr Gesicht glühte. »Pater Xavier, wenn Sie sein Freund sind, dann bringen Sie ihn zur Vernunft. Und wenn er sich nicht zur Vernunft bringen lässt, dann – dann seien Sie mein Freund und – exkommunizieren Sie ihn! Lieber sehe ich zu, wie man ihn vor der Stadtmauer totschlägt, als dass ich Zeuge werde, wie er selbst seine Seele der Hölle überantwortet!«

»Theresia!« Niklas Wiegant sah aus, als müsste er sich jeden Moment übergeben.

Theresia stakste mit steifen Schritten hinaus – eine Königin, die soeben den Befehl gegeben hatte, ihr eigenes Land vor dem heranrückenden Feind zu verbrennen. Pater Xavier war von ihrer Leidenschaft beeindruckt. Was könntest du mit diesem Feuer anfangen, Weib, dachte er, wenn du dich nicht dafür entschieden hättest, mit seiner Hilfe dein Leben und das deines Gatten zu verbrennen? Im Raum blieb Schweigen zurück, sah man von den krampfhaften Atemzügen ab, mit denen Niklas Wiegant versuchte, seine Fassung wiederzuerlangen.

»Es tut mir leid, dass ich nicht die Geistesgegenwart fand, den Raum zu verlassen«, sagte Pater Xavier schließlich. »Dies war nicht für meine Ohren bestimmt.«

»So schlimm war es noch nie. Sie ist völlig außer Fassung geraten, als ich ihr meine Heiratspläne für Agnes mitteilte.«

Pater Xavier lächelte. »Wie immer denken Sie an die Zukunft Ihres Hauses, mein Freund, und an die Ihrer Lieben.«

»Pater Xavier, das Mädchen ist kein Bastard! Sie müssen mir glauben.«

»Es geht mich überhaupt nichts an, mein Freund. Sie sind mir keine Rechenschaft schuldig. Meine Kenntnis der Vorgänge, die dazu führen, dass ein Mann eine Frau begehrt, ist gering und seit langem zu Asche geworden in meinem Herzen, aber ich glaube zu wissen, wie stark sie in den Herzen anderer Männer wirken können.«

»Sie ist – ich habe sie –« Niklas Wiegant musterte Pater

Xaviers Gesicht. Plötzlich hob er die Hände über den Kopf, ließ sie wieder fallen, setzte sich schwer auf eine Truhe und starrte den Boden an. »Das Kind war eine Waise. Ich ahnte, dass es sterben würde, wenn ich ihm nicht half. Es war nur ein paar Wochen alt und so schwach, dass es aussah wie ein Greis. Es hatte die Augen offen, doch ob es etwas wahrnahm und was, kann ich nicht sagen. Es starrte mich die ganze Zeit über mit diesen weit offenen, riesengroßen Augen an, ohne zu blinzeln. Acht von zehn Kindern in Findelhäusern sterben, Pater Xavier! Wollen Sie wissen, woher ich das weiß?«

Niklas wartete nicht ab, bis Pater Xavier sich geäußert hatte.

»Weil ich schon vorher mit dem Gedanken gespielt habe, ein Kind aus dem Waisenhaus zu retten und in unsere Familie aufzunehmen. Glauben Sie mir, Pater Xavier, meine Frau war nicht immer so, wie Sie sie heute kennen gelernt haben. Die Kinderlosigkeit hat sie verbittert. Es gäbe keine bessere Gefährtin, um Haus und Hof und Geschäft zusammenzuhalten, und es gibt keine in ganz Wien, die ihr dabei das Wasser reichen könnte, und doch glaubt sie, dass sie versagt hat – weil sie keinem Kind das Leben schenken konnte. Ich habe so oft gedacht, dass dies die Lösung wäre: ein Kind anzunehmen. Ich habe es niemals gewagt. Bis auf dieses eine Mal – als dieses Kind mich mit seinen großen Augen ansah und mir zu verstehen gab: Du hast die Macht, mich zu retten. Rette mich, Niklas Wiegant.«

»Beruhigen Sie sich, mein Freund. Ich kenne die Größe Ihres Herzens. Was Sie taten, glaubten Sie im Einklang mit Gott zu tun.«

»Ich tat es im Einklang mit Gott, auch wenn Ihnen das als Blasphemie erscheinen mag! Wissen Sie, wie die Zustände in Findelhäusern sind? Es sind die reinen Mördergruben. Als ich eintrat, trug man mir schon eine Kiste entgegen. Es waren mindestens drei Kinderleichen darin, einfach hineingeworfen und schon mit Kalk überstäubt. Ich konnte nicht – ich musste wieder an diesen Anblick denken, als ich dem Kind in die Augen sah.«

»Gott sei den armen Seelen gnädig«, sagte Pater Xavier, weil er wusste, dass dies angebracht war. Er beobachtete Niklas Wiegant, der sich mit den Händen über die Augen wischte und – dessen war Pater Xavier sicher – vor seinem inneren Auge weder jetzt noch damals vor achtzehn Jahren die drei toten Kinder in der Kiste gesehen hatte, sondern nur *ein* Kind, und zwar sein eigenes, das, auf dessen Geburt er sich die ganze Zeit in Madrid gefreut hatte und das man vermutlich nicht einmal in einer Kiste, sondern in ein Tuch gewickelt begraben hatte, ein stilles Bündel, das einen Atemzug getan und dann nie wieder geatmet hatte.

»Ich habe eine Spende gegeben und das Kind mitgenommen. Ich habe eine Kinderfrau gemietet, die es zu sich nahm und aufpäppelte, sechs, acht Wochen lang, ich weiß nicht mehr genau, wie lange. Das Kind gedieh. Es starb nicht, es wurde nicht einmal krank, wann immer ich es besuchte, sah es mich die ganze Zeit über mit seinen großen Augen an, und ich fragte mich nicht nur einmal und frage mich immer noch, ob Gott der Herr die Seele unseres toten Kindes nicht noch einmal auf die Welt zurückgeschickt hat, um ihr eine zweite Chance zu geben, und ob Gottes Engel es nicht so gedeichselt haben, dass ich ihr begegnete.«

Niklas Wiegant tastete blind in seinem Wams herum, fand schließlich ein Tuch in seinem Ärmel, zog es heraus und schnäuzte hinein. »Entschuldigen Sie, Pater Xavier«, sagte er.

»Keine Ursache, mein Freund«, erwiderte Pater Xavier und verzog den Mund.

»Im Nachhinein sagte ich mir, dass ich Theresia von Anfang an hätte einweihen müssen. Aber ich fürchtete damals, dass sie meinen Plan ablehnen würde. Ich konnte doch nicht ahnen, wie berechtigt meine Furcht war. Ich dachte damals, wenn sie das Kind ablehnt, noch bevor es in unserem Haus ist, dann kann ich es auch nicht über unsere Schwelle bringen; also muss ich es zuerst mit nach Hause bringen, und dann wird sie es sehen und binnen kurzer Zeit so lieben, wie ich es liebe.«

Niklas Wiegant schüttelte den Kopf und benötigte das Tuch erneut. Pater Xavier betrachtete den zusammengesunkenen, massig gewordenen Leib des Kaufmanns auf der Truhe. Aus dem Augenwinkel nahm er eine Bewegung bei der Tür wahr, und, ohne aufzusehen, erkannte er: eine junge Frau, hochgewachsen, schlank, bereits fraulich, eine Mähne lockigen dunklen Haares, eine hohe Stirn, kühn geschwungene Brauen, blitzende Augen über hohen Wangenknochen – eine Schönheit, die sich selbst seinem schwachen Augenlicht offenbarte, die noch nicht einmal zu voller Blüte gereift war und die keinerlei Ähnlichkeit mit Niklas oder Theresia Wiegant hatte. Ein Wesen, das der Teufel erschaffen hätte, um die Menschen zu verführen, wenn der Teufel nicht mit ganz anderen Methoden gearbeitet hätte. Die junge Frau blieb überrascht im Türrahmen stehen. Sie hatte sich mit der lautlosen Grazie derer bewegt, die sich in ihrem Körper vollkommen zu Hause fühlen. Niklas Wiegant putzte sich die Nase. Er saß mit dem Rücken zur Tür. Pater Xavier überlegte einen halben Herzschlag lang.

»Und so ist es gekommen, dass Ihre Tochter Agnes in Wahrheit gar nicht Ihre Tochter ist«, sagte er laut.

»Nicht im üblichen Sinn, Pater, aber …«

»Weil Sie sie aus einem Findelhaus geholt und mit nach Hause gebracht haben.«

»Ja, so ist es.«

Pater Xavier lächelte auf Niklas Wiegant hinab. Die Gestalt in der Tür stand dort wie erstarrt. Pater Xavier konnte fast das Entsetzen fühlen, das von ihr ausstrahlte.

»Und Sie haben es ihr nie gesagt?«

»Nein! Ich dachte, ich sage es ihr vor der Hochzeit. Trotz all der Worte, die Theresia heute verloren hat, hat sie Agnes doch nie die Wahrheit gesagt. Ich habe sie beschworen, es nicht zu tun, und sie hat sich daran gehalten.«

»Vermutlich eher aus Widerwillen dem Kind und seiner Herkunft gegenüber als aus weiblichem Gehorsam.« Pater Xavier sah, wie die Gestalt in der Tür sich am Rahmen festhalten musste.

»Sie dürfen Theresia nicht nach dem beurteilen, was sie heute gesagt hat.«

»Und diese Heiratspläne?« Pater Xavier bedauerte, dass es ihm nicht möglich war, außerhalb seines Körpers zu treten und sich selbst dabei zuzusehen, wie er seine Waffen – Worte – gebrauchte. Wenn er Gespräche rückwirkend analysierte, dann analysierte er wie ein Kämpfer ein Gefecht: Parade – Finte – Ausfall. Pater Xaviers Gefechtstaktik bestand stets aus ein paar Paraden und dann einer langen Reihe wohlüberlegter, gnadenloser Ausfälle, deren jeder ein lebenswichtiges Organ traf.

»Ich habe einen Geschäftspartner namens Sebastian Wilfing«, sagte Niklas Wiegant. »Zugleich ist er mein bester Freund. Sein ältester Sohn ist siebzehn Jahre alt; Sebastian und ich haben beschlossen, dass wir die Verlobung gleich nach der Fastenzeit bekannt geben wollen.«

»O mein Gott«, sagte die Gestalt in der Tür.

Niklas Wiegant fuhr herum. Pater Xavier spielte eine vollendete Pantomime des total Überraschten.

»Agnes«, stammelte Niklas.

»O mein Gott, Vater«, sagte Agnes. »O mein Gott, o mein Gott, o MEIN GOTT!«

Sie warf sich herum und rannte in den Flur hinaus. Niklas Wiegant taumelte auf die Beine. »Agnes!«, schrie er. Er lief ihr hinterher. »Agnes, warte, mein Kind, warte! Wie lange hast du schon – wie lange bist du schon –?« Seine Stimme klang hysterisch vom engen Gang herein.

Pater Xavier stand einen Augenblick lang in der leeren

Stube. Was für eine Geschichte, mein Freund, dachte er. Und ich glaube dir sogar jedes Wort, von den schrecklichen Zuständen in den Findelhäusern bis zu deinen immer wieder abgebrochenen Anläufen, ein Kind dort herauszuholen und es zu adoptieren. Du hast mich nur in einer Sache angelogen: Dieses Kind hast du nicht in einem Findelhaus hier in Wien gefunden. Ich weiß nicht, wo du es gefunden hast, und ich weiß nicht, warum du mich angelogen hast, aber ich werde mir diese Lüge merken.

Dann machte er sich auf den Weg, seinen Geschäftspartner aus den alten Zeiten in Madrid einzuholen und zu verhindern, dass er seine Adoptivtochter rechtzeitig erreichte und die Sachlage klärte, bevor der Bruch zwischen allen Beteiligten im Hause Wiegant endgültig wurde. Während er die Treppe hinunterlief, lächelte er.

2

AGNES KAM ZU sich, als ihre Beine den Dienst versagten und sie sich auf den Boden setzte wie eine Lumpenpuppe. Sie musste so sehr nach Luft ringen, dass rote Flecken vor ihren Augen tanzten; sie hatte das Gefühl, dass sie im nächsten Augenblick ersticken würde. Nach und nach fiel ihr ein, warum sie geflohen war. Das Rauschen in ihren Ohren verklang, und sie konnte die Stimmen wieder hören:

»... dass Ihre Tochter Agnes in Wahrheit gar nicht Ihre Tochter ist« – »So ist es.« – »Sie haben es ihr nie gesagt?« – »Aus Widerwillen dem Kind und seiner Herkunft gegenüber.« Sie spürte das Entsetzen von neuem, aber sie hatte keine Kraft mehr zu fliehen. Sie wusste, dass die Worte kein schlechter Scherz gewesen waren, weil ihr Vater keine schlechten Scherze machte, und auch keine Lüge, weil es gar keinen Grund gab, diese Geschichte zu erfinden; also stimmte sie, also war ihr Vater nicht ihr Vater und ihre Mutter nicht ihre Mutter, war ihr ganzes Leben eine Komödie, in der sie unwissentlich die Hauptrolle gespielt hatte. Agnes wusste nicht, was dabei am meisten wehtat: die Geschichte an sich, die Schnelligkeit, mit der sie sie glaubte, der Umstand, dass sie manches merkwürdige Verhalten, manchen Seitenblick und manche rasch verschluckte Bemerkung ihrer Mutter vollkommen plausibel machte, die Entdeckung, dass ein wildfremder Mann die Wahrheit erfahren hatte, während man Agnes selbst mit Unwahrheiten gefüttert hatte – oder ganz einfach die Tatsache, dass die Worte von dem Menschen ausgesprochen worden waren, der ihre ganze, reine, unschuldige Zuneigung besaß und dessen Integrität sie noch auf dem Scheiterhaufen beschworen hätte: ihr Vater. Er hatte sie achtzehn Jahre lang nur angelogen.

Agnes begann zu weinen und konnte nicht mehr aufhören. Sie sank in sich zusammen, begrub das Gesicht in den Händen, und während in ihrem Hirn die Erinnerung an den fremden Mann brannte, der in der Stube gestanden hatte wie eine unsichtbar flackernde Fackel aus Verachtung und Bosheit und ihr Innerstes von einer Mischung aus Enttäuschung, Wut und Trauer ausgefüllt wurde, schluchzte sie ihren Schmerz in den Straßenstaub.

Agnes Wiegant war soeben getötet worden, und doch lebte sie. Agnes Wiegant hatte soeben ihre Familie verloren, und doch besaß sie Vater und Mutter. Agnes Wiegant hatte soeben entdeckt, dass sie nichts war, weniger als nichts, weniger als die niedrigsten der niedrigen Dienstboten in ihrem Haus, die, wenn auch schon sonst nichts, so doch die Gewissheit ihrer Herkunft besaßen.

Ihre Schultern zuckten, ihr ganzer Körper wurde von ihren Schluchzern gestoßen. Sie schmeckte den Dreck auf der Straße, ihre eigenen Tränen und den Rotz, der ihr aus der Nase lief. Sie war eine treibende Seele im Meer einer Menschheit, zu der sie sich plötzlich nicht mehr zugehörig fühlte, ein einsames Blatt, das vom Baum losgerissen zur Erde taumelte. – Sie war all das und noch viele andere Dinge, die ihr das Herz herausrissen und ihre Seele pressten und sie heulen ließen wie ein Wolfsjunges, aber eigentlich war sie nur das: ein Kind, das plötzlich feststellt, dass es ganz allein im Wald ist, und das nicht einmal um Hilfe zu rufen wagt, weil es überzeugt ist, dass niemand es hören wird.

Nach einer Weile ließ die schiere Erschöpfung sie verstummen. Sie hob den Kopf, wischte sich mit einer Hand, die vor Sand, Nässe und Schleim klebrig war, durch das Gesicht, zuckte vor sich selbst zusammen, wischte mit dem Ärmel nach und setzte sich schließlich auf. Ihr ganzer Körper schmerzte, als wäre jemand auf ihm herumgetrampelt. Sie schnaubte, als sich ihr der Vergleich aufdrängte. War es nicht genau so?

Sie spürte die Tränen erneut in die Augen steigen, aber sie drängte sie zurück. Ihr Innerstes fühlte sich hohl an, ihre ganze Existenz ein ausgeblasenes Ei, dessen Schale brüchig ist und im Wind zittert. Die Kälte drang nun zu ihr durch; der Boden war trocken, aber der Frost eines langen Winters steckte noch in ihm und kroch über sie hinweg. Agnes starrte ihre Hände an – wo sie ihre Haut unter dem Dreck sehen konnte, war diese blau. Sie seufzte.

»Agnes Wiegant«, flüsterte sie dann. Ihre Stimme war schwer und rau. Ihre Augen flossen nun doch über. »Reimt sich auf nichts und niemand.«

»Dante würde sich im Grab rumdrehen«, sagte eine Stimme neben ihr.

Sie fuhr herum. Zum ersten Mal nahm sie wahr, wo sie sich befand. Die Straße führte eine kurze, steile Böschung hinauf und traf oben auf eine Holzbrücke. Das Holz war schwarz im blassen Licht der Märzsonne, das wellige Land dahinter grau und erschöpft; die Berge eine Ahnung in Indigo, das wie zerfressen wirkte, weil der Schnee an ihren Flanken dieselbe Farbe wie der Himmel hatte. Sie konnte den Fluss nicht sehen, der unter der Brücke hindurchfloss, aber zur Rechten standen Häuser, Hütten und baufällige Buden in chaotischen Haufen nebeneinander; die tiefe Kluft, die geradewegs durch sie hindurchführte, musste der Flusslauf sein. Neben Agnes, so nahe, dass er sie mit ausgestrecktem Arm hätte berühren können, hockte ein Mann auf den Fersen. Sein Haar war fast so kurz geschoren wie das eines Bauern, seine Schultern wirkten unter dem Wams rund und mächtig, seine Arme waren dick und sein ganzer Körper gespannt. Er blinzelte mit zusammengekniffenen Augen nach Westen in das müde Sonnenlicht hinein. Sie sah den Bartschatten auf seinen Wangen, der ihn wie einen Schurken und um viele Jahre älter wirken ließ. Schließlich wandte er den Kopf und schaute sie an; im Seitenlicht verschwammen die harten Konturen und ließen sein Gesicht plötzlich jungenhaft wirken. In seinen Augen tanzte ein Lichtfleck. Er lächelte.

»Geht's wieder?«, fragte er.

Agnes wischte sich die neuen Tränen aus dem Gesicht. »Wo kommst du denn her?«, murmelte sie.

Er spähte über die Schulter, ohne seine Position zu verändern. Unwillkürlich folgte sie seinem Blick. Es war eine seiner Fähigkeiten, ihren Blick ständig dem seinen folgen zu lassen, als wäre jegliche Szenerie, die er betrachtete, auf jeden Fall interessanter als der Rest der Welt. Die Dächer und Türme von Wien schimmerten matt vor dem graugrünen Hintergrund des Wienerwalds; die mächtigen Vorwerke der Stadtbefestigung warfen Schatten über die Kies- und Grasebene, die die Stadt umgab. »Von dort«, sagte er. Er richtete den Blick wieder auf sie. Das Lächeln um seine Lippen spiegelte sich in seinen Augen, doch es überdeckte die Sorge darin nur unvollständig.

Agnes seufzte. »Und wo willst du hin?«

Er deutete auf sie. »Nach hier.«

Überrascht erkannte sie, dass sie sein Lächeln erwiderte. Die Überraschung ließ die Tränen wieder fließen.

»Warum?«, flüsterte sie erstickt.

Er betrachtete sie ruhig und ohne sich zu bewegen. »Warum ich hier bin? Vor eurem Haus gab es einen kleinen Aufruhr: Meister Wiegant, der rief: ›Lassen Sie mich los, ich muss zu meiner Tochter!‹ Ein fischiger Dominikaner, der ihn festhielt und sagte: ›Sie machen alles nur noch schlimmer, mein Freund!‹ Und ein Haufen von Leuten, die gafften und dämliche Bemerkungen machten und die Straße verstopften, dass ich nicht anders konnte als nachsehen gehen, was los war.«

Agnes schlug die Hände vor das Gesicht und weinte lautlos. »Dieser Teufel!«, flüsterte sie. »Dieser Teufel!«

Dumpf hörte sie Cyprians Stimme, die sagte: »Dieser Dominikaner – ich glaube, Onkel Melchior dürfte sich für ihn interessieren.«

Es jagte ihr einen weiteren Schauer über den Rücken. Melchior Khlesl, der Bischof von Wiener Neustadt, Cyprians Onkel, war ein Mann, über den es jede Menge Gerüchte gab. Sein Bistum südwestlich von Wien führten ein Generalvikar, ein Offizial und ein Kanzler gemeinsam, während der Bischof selbst in Wien weilte und seinen eigenen Geschäften nachging. Viele billigten ihm genügend Einfluss am Hof zu, den Kaiser zu stützen oder zu stürzen; manche flüsterten – und hofften –, der Bischof denke bereits über Letzteres nach, um das Reich vor der Untätigkeit Kaiser Rudolfs zu retten. Was Cyprian betraf, so ahnte sie, dass seine Verbindung zu seinem Onkel über das hinausging, was sie von ihr wusste – dass der Bischof der Einzige in der Familie Khlesl war, zu dem Cyprian uneingeschränktes Vertrauen hatte. Ihre Verbindung ging bis zu jenem Tag zurück, an dem Cyprians Meinungsverschiedenheiten mit seinem Vater zu einem dramatischen Höhepunkt gekommen waren und nur der Bischof für Cyprian eingestanden war. Für Agnes war Bischof Khlesl ein grauer

Schatten, den sie nicht einschätzen konnte und von dem sie zuweilen das Gefühl hatte, sie brauche sich nur umzudrehen, und er stehe hinter ihr. Cyprians Worte jagten ihr Angst ein, als würde das Interesse des Bischofs an dem unheimlichen Dominikanerpater eine Tür öffnen, hinter der Chaos herrschte, und das Chaos würde zuallererst sie verschlingen.

»Was wollte der Bursche von deinem Vater?«

›*... und so ist es gekommen, dass Ihre Tochter Agnes in Wahrheit gar nicht Ihre Tochter ist ...*‹

»Die Vergangenheit wiederbeleben«, wisperte sie mit dem Geschmack von Galle im Mund.

»Wenn du so weit bist, sollten wir wieder zurückgehen.«

»Zurückgehen?« Sie machte ein bitteres Geräusch. »Wohin?«

Er sagte nichts. Agnes hob den Kopf und starrte ihn an. »Nach Hause?«, zischte sie. »Wolltest du sagen: nach Hause?«

»Gibt's was dagegen einzuwenden?«

Sie schluckte. Ihre Kehle schmerzte, als hätte sie Glassplitter gegessen. »Ich wollte vorhin nicht wissen, warum du mitbekommen hast, dass ich davongerannt bin.«

Sie spürte seinen Blick. Seinem Gesicht war nicht anzusehen, was er dachte, nur in seinen Augen konnte sie diese Besorgnis lesen, die sie von ihrer ersten Begegnung an gesehen und gespürt hatte: ob es etwas gab, mit dem er ihr helfen konnte, und ob er dazu genügend Kraft haben würde. Sie wusste besser als er selbst, dass er immer die nötige Kraft dazu besaß.

»Ich wollte wissen, warum du es für wert erachtet hast, mir zu folgen.« Das Selbstmitleid, das sie in ihren eigenen Worten spürte, ekelte sie und ließ zugleich die Tränen von neuem fließen.

Er zuckte mit den Schultern und ließ sich Zeit mit der Antwort. »So macht man das unter Freunden«, sagte er schließlich.

»Ich bin es nicht wert.«

Er schwieg. Obwohl sie wusste, dass er ihre Aussage für so absurd hielt, dass sie nicht einmal einer Antwort bedurfte, hasste sie ihn für den Bruchteil eines Herzschlags dafür, dass er nicht sagte: Du bist jede Anstrengung in der Welt wert.

»Weißt du, was ich heute erfahren habe?«, begann sie, entschlossen, sich selbst den Todesstoß zu versetzen.

»Ich weiß, dass wir jetzt wirklich zurückgehen sollten«, sagte er.

Sein Tonfall ließ sie aufblicken. Seine Augen waren wieder zusammengekniffen. Zum ersten Mal erkannte sie, dass auf der Straße, die von der Brücke weg in einem Bogen zwischen die elenden Häuser führte, Dinge zwischen dunklen Wasserpfützen lagen. Sie sah genauer hin: Tonscherben, ein Schuh, goldschimmernde Teile, die wie ein zerschmetterter Baldachin aussahen, Kleidungsfetzen, Steine, jede Menge Steine, faustgroß die meisten, als sei auf einer kurzen Strecke der Straße ein merkwürdiger Hagel niedergegangen. Mit einem Schock wurde ihr klar, dass die Pfützen nicht aus Wasser, sondern aus Blut waren, und als hätte ein Hexentrick ein paar der Steine plötzlich mit einem Ruck direkt vor ihre Augen geholt, erkannte sie, dass an ihnen ebenfalls Blut klebte und Haare. –

Jenseits des Straßenabschnitts stand eine Handvoll Gestalten. Sie wogen Steine in den Händen. Die Kälte des frühen März wurde durch eine ganz andere Kälte ersetzt, die in sie hineinschoss, und das Selbstmitleid wich schlagartig der Angst.

»Cyprian«, sagte sie mit kranker Stimme.

Cyprian Khlesl richtete sich auf. »Steh einfach auf und komm mit mir«, sagte er. »Wir gehen zurück nach Wien.«

»Wo sind wir hier überhaupt?«

»Das ist die Pfahlsiedlung entlang der Wien«, sagte er. Er sah ihr dabei zu, wie sie ungeschickt auf die Beine kam. »Dort drüben ist der alte Gottesacker vor dem Kärntnertor. Die Straße über die Brücke führt weiter zur alten Richtstätte und zur Spinnerin am Kreuz.« Er blickte zu den Gestalten auf der Straße hinüber, die ihre Steine wogen und sich über die ganze Breite der Spur verteilt hatten. Sie folgte seinem Blick und machte ein kleines Geräusch in der Kehle. Die Angst ließ ihre Beine einknicken. Sie stolperte, und er packte kurz ihren Ellenbogen, bis sie ihres Schritts wieder sicher war. »Du bist ganz schön weit gekommen.«

»Diese Leute da vorn – was wollen die, und was ist hier passiert?«

»Kennst du die Geschichte von der Spinnerin am Kreuz? Sie war die Braut eines Ritters, der sich dem Pilgerheer angeschlossen hatte, das Jerusalem befreien wollte. Sie wartete auf ihn, Monat um Monat, und als die Nachrichten aus dem Heiligen Land immer dramatischer wurden, legte sie ein Gelübde ab: sie würde jeden Tag an der großen Straßenkreuzung bei dem alten Holzkreuz sitzen, Wolle spinnen und zu Decken verarbeiten, die sie allen Heimkehrern vom Pilgerzug schenken würde, bis ihr Geliebter wieder zu Hause wäre. Statt seiner selbst kam jedoch nach langer Wartezeit einer seiner Waffengefährten und berichtete ihr, ihr Geliebter sei vom Feind gefangen worden und wäre vermutlich mittlerweile bereits hingerichtet. Da hörte sie auf, Decken zu machen, fertigte sich stattdessen feste Kleider an, ließ sich von ihrem alten Diener ein Kettenhemd, einen Helm und ein Schwert kaufen und machte sich selbst auf den Weg, ihren Geliebten zu befreien. Sie schwor bei dem alten Holzkreuz, unter dem sie so lange gesessen hatte, dass sie nicht eher zurückkehren würde, als bis sie ihren Geliebten befreit habe oder ihm in den Tod habe folgen können. Man hat von beiden nie wieder etwas gehört. Vielleicht ist er hingerichtet worden und sie bei der Überfahrt mit dem Schiff gekentert und ertrunken, und vielleicht sucht sie ihn auch immer noch. Ich persönlich ziehe es vor, zu glauben, dass sie ihn gefunden hat und mit ihm zusammen im Heiligen Land geblieben ist, eine Familie gegründet hat und dass die beiden gemeinsam alt geworden sind.«

Agnes sah ihn von der Seite an. Er lächelte sein vages Lächeln, und sie hatte das dringende Gefühl, eine Botschaft nicht verstanden zu haben, die in seiner Geschichte versteckt war. Doch ein anderes Gefühl war stärker.

»Du brauchst mir nicht irgendwelche Märchen zu erzählen, um mich abzulenken«, sagte sie fast unwirsch. »Wir sind in Schwierigkeiten, oder? Was ist das hier – die Überreste eines Schlachtfelds?« Sie ahnte, dass er ihr heftig klopfendes Herz zwischen ihren Worten hervorpochen hörte. Die Männer vorn auf der Straße warfen lange Schatten, die wie Lanzenspitzen in ihre Richtung zielten.

»Der Schutzpatron der flüchtigen Töchter hat die Hände über dich gehalten«, seufzte Cyprian. »Hier fand heute Morgen der Versuch eines Haufens verbohrter katholischer Spinner statt, die Lichtmessprozession nachzuholen, die in der Stadt verboten worden ist. Der Pfarrer von Gumpendorf hat dazu aufgerufen. Ein anderer Haufen, diesmal verbohrte protestantische Spinner, hat die Prozession vorzeitig beendet.« Er stieß einen Stein aus dem Weg, und der Stein rollte träge beiseite und zeigte einmal eine dunkelrot-klebrige, einmal eine helle Seite. »Zuletzt hat die Besatzung der Oberen Paradeisbastei alles miteinander beendet: Prozession, Gegenprozession, Steinigung und Straßenschlacht. Du bist genau zu dem Zeitpunkt hier angekommen, an dem gerade alles vorüber war.«

»Und die da vorne?«

»Das sind die Wölfe, die immer im Nachgang zu so einer Geschichte durch die Ruinen streifen.«

»Wir haben ihnen doch nichts getan …«

»Darüber«, sagte Cyprian scheinbar vollkommen gelassen, »werden sie großzügig hinwegsehen.«

Agnes zwang sich, weiterzugehen und Cyprians entspanntem Schlendern zu folgen. »Was sollen wir jetzt tun?«, fragte sie und verachtete sich im selben Atemzug dafür, so ängstlich zu klingen. Mittlerweile konnte sie die Gesichter der Männer vorne auf der Straße sehen. Sie hatten übertrieben befremdete Mienen aufgesetzt, als versuchte ein schlechter Komödiant, gerechte Empörung zu heucheln. Agnes wusste, dass es das Vorspiel zu einem Tanz war, dessen Eröffnung die gekränkte Frage war: Was macht ihr denn hier? Den Wölfen der Straße bereitete es Spaß, einen Vorwand zu konstruieren, besonders, wenn sie das absolute Monopol an der Gewalt hatten und ebenso gut auch einfach zuschlagen konnten.

»Keine Bange«, sagte Cyprian. »Ich habe alles im Griff.«

Im nächsten Moment stolperte er, krümmte sich zusammen, fiel auf die Knie, griff sich an die Brust und begann zu husten und zu spucken.

3

Andrej von Langenfels starrte zum Fenster hinaus und in die Kloake hinab, die die Rückseite des Hauses vom Ufer der Moldau trennte. Er hatte das dicke Glas zuerst mit dem Ärmel sauber wischen müssen, um wenigstens halbwegs hindurchsehen zu können; eine Bewegung, die er ohne Nachdenken vollführt hatte, weil sie in den letzten Monaten eines der vielen Dinge in seinem stets wachsenden Repertoire an Dienstleistungen gewesen war.

Ecco, Andrea, mak' die finestra sauber, die scientia brauk' Lischt! Mak' die camino sauber, die scientia brauk' frische Feuer! Mak' die Bett sauber, monna Lobkowicza brauk' wieder la futura geweissag'! – Letzteres begleitet von einem Zwinkern der schwerlidrigen Augen und dem Nachsatz: *Und dann mak', dass du verschwind', solang monna Lobkowicza da is', isch brauk' keine publico beim Ficken!*

Der stinkende, rußige Niederschlag, der jede Oberfläche

im Hinterzimmer des kleinen Hauses in der namenlosen Gasse des kanaldurchzogenen, schmierig-feuchten Viertels östlich von Santa Maria unter der Kette bedeckte, war schwer zu beseitigen. Eine Atmosphäre des Scheiterns beherrschte die Gegend; Andrej war sensibel genug, sie zu fühlen. Hier hatten die Johanniter in früheren Zeiten eine Ordenskommende erbaut, die die Karlsbrücke wie eine Festung gesichert hatte; Bürgerhäuser waren entstanden, deren Bewohner den Malteserrittern gerichtspflichtig waren; die Kirche Maria unter der Kette war als einer der gewaltigsten Bauten Prags geplant gewesen. Die ständigen Kämpfe gegen die Türken im Mittelmeerraum und die große Schutzflotte, welche die vor mehr als einem halben Jahrhundert nach Malta umgesiedelte Ordenszentrale unterhielt, hatten das Vermögen der Ritter jedoch ausbluten lassen. Lepanto war ein Sieg gewesen, doch für den Orden teuer erkauft – in Blut wie in Münzen, und er hatte nicht einmal nachhaltige Wirkung gehabt. Die Kirche saß nun im Mittelpunkt eines Terrains, das aus leisem Zerfall, bröckelndem Mauerwerk und sauer gewordenen Hoffnungen bestand, selbst eine Totgeburt mit abgebrochener Fassade und Turmstümpfen, um die ein morsches Gerüst und Sackleinenbahnen hingen wie ein zerschlissenes Totenhemd.

Andrej klemmte den Ärmel seines Hemdes erneut in die Faust und wischte über das Glas. Das unsichere Licht des späten Märzmittags versuchte hereinzusickern, gab aber in der Enge der Gasse auf. Hier, in den vergessenen Winkeln Prags, versank alles im Schatten der brüchigen Hausmauern oder erstickte im Nebel; manchmal, so schien es Andrej, versank hier auf der Kleinseite der Stadt auch alles im Wahnsinn des Mannes oben auf der Burg, Kaiser Rudolfs von Habsburg.

Andrej war nun schon den vierten Tag allein in dem kleinen Haus. Er ahnte, dass sein Herr und Meister nicht mehr zurückkehren würde. Er fühlte ein seltsames Bedauern und eine gute Portion Selbstmitleid. Es schien sein Schicksal zu sein, von denen verlassen zu werden, auf die er sich verließ, gerade wenn er glauben durfte, dass er aus dem Schlimmsten herauskommen würde, so wie es überhaupt sein Schicksal zu sein schien, sein Leben als einsames Strandgut zu fristen. Giovanni Scoto hatte jedenfalls letzte Woche noch gemurmelt, dass Kaiser Rudolf solchen Gefallen an seinen Zaubereien gefunden hatte, dass sie demnächst ein neues, luxuriöseres Haus in der Goldmachergasse auf der Burg beziehen würden. Jetzt war das Einzige, das noch von Giovanni Scotos Existenz zeugte, der fette Niederschlag seiner alchimistischen Experimente an den Wänden. Wo immer er jetzt auch war – Scoto war weg, mit ihm das ganze Geld, alle Kleider und sogar das halbverschimmelte Brot, von dem sie sich tagelang ernährt hatten und das so hart war, dass man den Grundstein einer Festung damit hätte unterfüttern können.

Andrejs Gedanken waren jedoch weniger bei seinem geflohenen Herrn und seiner eigenen höchst ungewissen Zukunft als tief in der Vergangenheit. Ein Alptraum hatte ihn heimgesucht, den er schon überwunden geglaubt hatte. In den ersten Jahren war der Traum noch ein unregelmäßiger Begleiter seiner Nächte gewesen, ein Besucher, der mindestens einmal im Monat erschien und ihn manchmal weniger, manchmal mehr verwirrt zurückließ; es hatte Fälle gegeben, da hatte er sich sogar genau wie damals als kleiner Junge vor lauter erinnerter Todesangst benässt. Denn der Traum war nicht eigentlich ein Traum – er war eine aktiv gebliebene Erinnerung, die irgendwie ein eigenes Leben bekommen hatte und ihn terrorisierte. Erst in den letzten paar Jahren war er immer seltener aufgetaucht, und Andrej hatte schon fast die Angst vor seinem Kommen überwunden. Doch gestern Nacht hatte sich der Traum wieder gemeldet, ihn mit den Geräuschen und den Bildern überschwemmt, die vergessen zu können er seinen rechten Arm gegeben hätte.

Wieder und wieder sah er das verzerrte Gesicht des Mönchs,

wie er über den Klosterhof auf ihn zukam, um ihn mit der Axt zu erschlagen, so wie er die Frauen und Kinder vor dem Eingang zum Klosterbau erschlagen hatte, so wie er Andrejs Mutter erschlagen hatte. Dann hatte aus dem brüllend aufgerissenen Mund des Mörders plötzlich die blanke Spitze eines Armbrustbolzens geragt, und der Mönch war in sich zusammengefallen wie eine leere Kutte und direkt vor Andrejs Füßen auf den Boden geschlagen. Aus seiner Kutte war etwas wie eine große Münze gerollt, über den Boden gehüpft und Andrej gegen das Bein geprallt. Der Aufprall war leicht, doch er hatte ihn aus seiner Erstarrung gerissen.

Er war herumgewirbelt und gegen das morsche Klostertor gesprungen, bis die Mannpforte halb aus den Angeln fiel, über das Tor hinweggekrabbelt und durch den Spalt zwischen Torflügel und Gewölbe hindurch ins Freie. Zwischen den Bauernhütten, die sich in respektvollem Abstand zum Kloster am Fuß des flachen Abhangs hinzogen, hatte der Graupelschauer schon aufgehört, und als das Seitenstechen begann, schien bereits wieder die Sonne. Andrej war gerannt und gerannt, bis er zu Boden fiel und das Abendessen des Vortags auskotzte – und mit ihm jedes einzelne fasziniert aufgesogene Wort der Erzählung seines Vaters von verbrannten Mönchen und grässlichen Bußen und Büchern, die zum Heil bestimmt waren und Verderben brachten. Zwischen dem Auswurf hatte die Münze aus der Kutte des Mönchs matt geglänzt, von der er nicht gewusst hatte, dass er sie vom Boden aufgenommen hatte. Er hatte sie herausgefischt, mit leeren Augen betrachtet, abgewischt und eingesteckt; danach war er aufgestanden und weitergerannt, in irgendeine Richtung. Niemand verfolgte ihn. Wahrscheinlich hatte niemand ihn gesehen außer dem Mörder, und der war tot.

Er war gerannt und gerannt, bis er irgendwann vom Handelstreck eines Kaufmanns aufgelesen wurde, der ihn offensichtlich für einen Narren hielt und ein gutes Werk tun wollte, indem er das schwachsinnige Kind mitnahm und in seiner Heimatstadt in die Obhut barmherziger Brüder gab. Als Andrejs Verstand nach Wochen endlich wieder zurückkehrte, fand er sich zwischen Verrückten aller Altersstufen in der Hand von Mönchen wieder, und es hätte beinahe genügt, um seine Seele für alle Zeiten über die Kante des Abgrunds zu stoßen. Aber nach dem ersten Panikanfall bekam er sich in den Griff, und wenige Nächte später konnte er durch die nur unzulässig geschlossene Klosterpforte fliehen und wurde vom Trubel der großen Stadt verschluckt, in der er gelandet war. Es dauerte eine Weile, bis ihm jemand sagte, dass es die Stadt Prag war.

Er hatte weder seinen Vater noch seine Mutter jemals wiedergesehen; es gab keinen Zweifel daran, dass sie tot waren. Wie das Kloster hieß oder wo es lag, in dem die Suche seines Vaters so unerwartet zum Ende gekommen war, wusste Andrej nicht. Er versuchte es auch niemals herauszufinden.

Das Schicksal hatte es für richtig befunden, ihn auf dem langen Umweg über das Leben in der Gasse, das Betteln und das Abschneiden von Beuteln reicher Herren in die Hände eines Mannes zu führen, der den Betrug zu einer Kunst entwickelt hatte: des Alchimisten Giovanni Scoto.

Scoto war mit Informationen über seine Person sparsam umgegangen; irgendwann war Andrej aufgefallen, dass er aus dem Nichts gekommen zu sein schien und dass er, Andrej, in den Gassen und Schänken mehr Tratsch über seinen Herrn hörte als aus dessen eigenem Mund – über öffentliche Zaubervorführungen, über Gestaltwandel und Unsichtbarwerden, über gnadenlos ausgeübte Macht gegenüber Fürsten und Königen und über die Vermutung, Scoto sei ein Dämon, den der Teufel aus der Hölle verbannt hatte, weil er sich vor ihm fürchtete. Zu diesem Zeitpunkt hatte er sich ernsthaft daran gemacht, Scoto auszuhorchen, aber irgendwie hatte es nie geklappt. Spätestens bei einem langen Blick in die schwarzen

Murmeln, die der Alchimist anstelle von Augen hatte und die unter stets spöttisch hochgezogenen Augenbrauen zu glitzern schienen, vergaß Andrej, was er hatte fragen wollen. Vielleicht war dies das Talent Giovanni Scotos: die Leute vergessen zu lassen, dass sie ihm eigentlich ein paar unangenehme Fragen stellen wollten.

Andrej selbst hatte ebenfalls zu allen Gerüchten geschwiegen. Er hatte seinen Herrn essen, trinken und auf den Abtritt gehen sehen, er hatte sein Schnaufen belauscht, wenn er eine der vielen Frauen vögelte, die ihm haufenweise zu Füßen lagen, und er hatte ihn beobachtet, wie er Wutanfälle bekam, weil seine alchimistischen Experimente misslangen, und daraus geschlossen, dass er es im Grunde mit einem normalen Menschen zu tun hatte. Und dieser Mensch hatte sich wieder einmal unsichtbar gemacht, indem er ganz einfach leise wie eine Katze bei Nacht und Nebel davongeschlichen war.

Andrej wandte sich von dem traurigen Ausguck ab und schlüpfte aus der Kammer. Im einzigen anderen Raum des Hauses angekommen, starrte er in die Düsternis. Wahrscheinlich war es das Beste, ebenfalls zu verschwinden. Irgendwann würde jemand an die Tür klopfen, und wenn es nur der Eigentümer des Hauses war, der bislang noch jeden einzelnen Mietpfennig mit Gewaltandrohung aus seinem Mieter hatte herauspressen müssen. Andrej vermutete, dass es noch weitere Gläubiger gab – ganz abgesehen von den gehörnten Ehemännern, den düpierten Brüdern und den überlisteten Vätern der Scoto'schen Bettgefährtinnen, die eine Rechnung mit dem Alchimisten offen hatten; und er wusste, dass Scoto in den anderen Alchimisten in Prag nur Feinde hatte, allen voran die beiden Engländer in der Umgebung des Kaisers. Keiner hasst einen Scharlatan so sehr wie sein Kollege. Es gab so viele Menschen in Prag, die jederzeit durch die Tür kommen, Andrej anstatt Scotos finden und ihr Mütchen an ihm kühlen konnten. Andrej hatte es in den letzten achtzehn Jahren stets geschafft, dem Gefängnis fernzubleiben, und er hatte nicht vor, stellvertretend für das Schlitzohr, das ihn aufgenommen hatte, dorthin zu wandern – und noch weniger, seinetwegen verprügelt zu werden. Dennoch zögerte er. Dass der Traum so unvermittelt wiedergekommen war, hatte ihn erschüttert. Unwillkürlich fischte er in seinem Hemd herum und zog die Münze heraus, das Einzige, was ihm von damals geblieben war außer den grässlichen Traumbildern. Selbst in Zeiten höchster Not war es ihm stets gelungen, etwas zu essen oder zu trinken aufzutreiben, ohne die Münze versetzen zu müssen. Irgendwann hatte er festgestellt, dass sie in Wahrheit ein flaches Medaillon war, das mit einem versteckten Federmechanismus zu öffnen war. Das Medaillon hütete ein fingernagelgroßes Stück groben Stoffs, ein zerfleddertes Stück einer grau gewordenen Feder und eine Prise Asche, die alles andere eingestäubt hatte. Die Symbolik war ihm rätselhaft geblieben. Jetzt hielt er das Medaillon in der Hand, fragte sich, ob nach all den Jahren nun der Zeitpunkt gekommen war, es zu Geld zu machen, als die Tür plötzlich aus den Angeln sprang, auf den Boden prallte und eine Ansammlung bewaffneter Männer in den Raum explodierte.

Einer von ihnen erwischte Andrej, als dieser schon halb durch das Fenster in der hinteren Kammer geklettert war. Die Instinkte der Ratte, die das Dasein auf der Gasse in Andrej geschärft hatte und die von ein paar Monaten regelmäßigen Lebens keineswegs stumpf geworden waren, hatten ihn herumwirbeln und die Flucht antreten lassen, noch während die Soldaten blinzelten und sich an das schlechte Licht zu gewöhnen versuchten. Der Soldat zerrte Andrej zurück in die Kammer, packte seinen Haarschopf, zog ihn daran in die Höhe und versetzte ihm einen Faustschlag ins Gesicht, der Andrej halb betäubte; dann schleppte er seine Beute zurück in den vorderen Raum.

Andrej fühlte sich auf die Beine gestellt und versuchte, von allein stehen zu bleiben. Vor seinem schwankenden Blickfeld stand ein kleiner, weißhaariger Mann, von dessen teurer Kleidung das Innere des Hauses aufgehellt zu werden schien.

»Er blutet im Gesicht«, stellte der Mann fest.

»Hat mich angegriffen, Euer Ehren«, sagte der Soldat.

»Da haben Sie aber Glück gehabt, dass Sie noch mit dem Leben davongekommen sind, was, Hauptmann?«

»Euer Ehren!« Andrej konnte fühlen, wie sich der Soldat, der ihn am Arm hielt, versteifte. Er wusste, dass er derjenige sein würde, an dem der Soldat seinen Zorn über die sarkastische Bemerkung des alten Mannes ausließ, und hoffte, der Alte würde ihn nicht allein mit den Soldaten zurücklassen. Sein Kieferknochen, zuvor taub gewesen, begann zu pochen und sandte Lanzenstöße in seinen Schädel. Er blinzelte benommen und tastete mit der Zunge in seinem Mund, ob ein Zahn locker geworden war.

Der alte Mann spazierte einmal um Andrej herum.

»Ein hübscher Bursche«, sagte er. »Wenn man die Erfolge bedenkt, die Meister Scoto bei den Weibern hatte, sollte man meinen, er hier wäre der Meister selbst. Aber er ist es nicht, stimmt's?«

Andrej schniefte; ratlos, welche Antwort von ihm erwartet wurde und mit der jahrelangen Erfahrung gesegnet, dass man von seinesgleichen in den meisten Fällen eher gar keine wollte, sagte er nichts.

»Wo ist der Meister?«, fragte der alte Mann.

Andrej öffnete den Mund und schloss ihn wieder.

»Ich habe mich vermutlich unpräzise ausgedrückt«, sagte der alte Mann. »Also: wo ist das schleimige Reptil, das der Kasse des Kaiserhofes zwölftausend Grän Gold und tausend Lot Silber schuldet und das wir auf Befehl Seiner Majestät des Kaisers an den Eiern in einem Käfig im Hirschgraben aufhängen werden – nicht wegen des Goldes, sondern wegen der exotischen Nuss, die es aus dem Raritätenkabinett Seiner

Majestät gestohlen hat?« Der alte Mann verzog das Gesicht, als wenn er Zahnschmerzen hätte, musterte Andrej aber unverwandt. Andrej starrte zurück. Er öffnete den Mund erneut; diesmal wollte er etwas sagen, konnte aber nicht. In seinem Schädel keuchte jemand: Mist!

»Ah ja«, sagte der alte Mann. »Nun, weg mit ihm. Vier Mann durchsuchen das Haus. Jeden Winkel, jeden Stein. Wenn es danach noch steht, werde ich denken, dass ihr nicht ordentlich gesucht habt.«

»Euer Ehren, das Haus gehört dem Kaufmann Vojtech,« begann der Hauptmann.

»Glauben Sie, dass es mehr wert ist als zwölftausend Grän Gold, tausend Lot Silber und eine gottverdammte Nuss aus der Neuen Welt?«

»Nein, Euer Ehren!«

»Also, dann lassen Sie Ihre Männer suchen. Der hier kommt mit mir.«

Andrej, der dem Hradschin in all den Jahren niemals näher gekommen war als in den letzten Monaten, wo er unterhalb der Burgmauer in einem Loch von Haus gelebt hatte, hätte über die Pracht der Bauten gestaunt, die sich nach dem zweiten Burghof vor ihm öffneten, wenn er nicht vor Schreck und Panik halb blind gewesen wäre. Sein halbes Gesicht brummte mittlerweile vom Faustschlag des Hauptmanns, und sein Kopf schien entzweigespalten. Der kleine alte Mann hatte kein Wort gesagt auf dem kurzen Weg zum Zentrum des Heiligen Römischen Reichs, und die Soldaten hatten Andrej mehr getragen als vor sich hergeschoben.

Ein anderer alter Mann lief auf Andrejs Begleiter zu. Er rang die Hände und schob einen beträchtlichen Bauch vor sich her.

»Das ist nicht Giovanni Scoto, Oberstlandrichter Lobkowicz«, sagte der Neuankömmling atemlos.

»Das weiß ich auch, Reichsbaron Rozmberka«, sagte der

Oberstlandrichter. In Andrejs Hirn drangen eine dumpfe Erinnerung, als sei ihm der Name des Oberstlandrichters nicht unbekannt, und die Erkenntnis, dass zwischen den beiden alten Männern nicht gerade Freundschaft herrschte. »Der Vogel scheint ausgeflogen.«

»O mein Gott, o mein Gott«, sagte Rozmberka.

»Glauben Sie, wir hätten das Gold aus dem Saukerl herausholen können, selbst wenn wir ihn noch angetroffen hätten?« Der Oberstlandrichter schien einen Moment lang nachzudenken. »Oder die blöde Nuss?«

»Der Kaiser ist vollkommen aufgelöst!«

»Du meine Güte, es wird sich doch eine andere Scheiß-Nuss in seinem Kabinett finden, die er vergöttern kann! Jede Woche wird ihm was aus seiner Sammlung geklaut, und ausgerechnet diese eine Nuss will er wiederhaben! Hätte er sie dem beschissenen Italiener doch nicht zum Anschauen gegeben!«

»Nein, es geht nicht um die Nuss.«

»Aber ich wurde doch extra –«

»Es geht *nicht mehr* um die Nuss. Jetzt will er Giovanni Scoto persönlich haben.«

»Wenn es ihm Freude macht, kann er Scotos Faktotum an dessen Stelle an den Eiern aufhängen.« Der oberstlandrichterliche Daumen deutete auf Andrej, dessen Herz aussetzte. »Scoto ist weg, und ich wette, nicht erst seit gestern. Wenn Sie ihn nicht wegen des Goldes gemahnt hätten, wäre er vielleicht gar nicht abgehauen, nicht wahr, mein lieber Rozmberka?«

»Er will Scoto nicht mehr an den Eiern aufhängen!«, rief Rozmberka.

»Nicht?«

»Nein, er will einen seiner Zaubertricks sehen.«

Der Oberstlandrichter schwieg eine halbe Ewigkeit. »WAAS?«, sagte er dann.

»Seine kaiserliche Majestät haben dem Alchimisten vergeben.« Rozmberka stöhnte. »Und weil Seine kaiserliche

Majestät über seine vorhergehenden wütenden Worte noch tiefer als zuvor in seine melancholische Stimmung verfallen ist, verlangt er den Alchimisten, damit der ihn mit seinen Kunststücken aufheitert.«

»Und was sagt Doktor Guarinoni dazu?«, fragte Lobkowicz, offensichtlich vollkommen perplex.

»Der kaiserliche Leibarzt sagt: Holt den Alchimisten her, ihr verdammten Idioten, oder ich garantiere für nichts.«

Die beiden Reichsbeamten starrten sich an. Dann starrten sie Andrej an. Wenn Andrej nicht in den letzten drei Tagen nur von Wasser gelebt hätte, hätte er sich in diesem Moment in die Hose gemacht.

4

»Nicht mal eine Beschwörung eines ganz niedrigen Dämons?«

»Nicht mal eine ganz unscharfe Zukunftsvision in einem Spiegel?«

Rozmberka und Lobkowicz zerrten Andrej durch die Gänge des Hradschin, die Andrej zu betreten niemals in seinem Leben zu hoffen gewagt hätte. Wachsoldaten reckten sich, wenn sie an ihnen vorüberhasteten; Dienstboten machten Bücklinge und wichen beiseite; ihre Abbilder huschten auf den Oberflächen verspiegelter Säulen, glänzend polierter Pilaster und teurer Glasscheiben an ihrer Seite mit und schienen ihrem Tempo hinterherzuhängen. Andrejs lädierter Kopf pochte im Rhythmus seiner hastigen Schritte.

»Nein«, stöhnte er.

»Irgendein Trick?«

»Es muss ja keine echte Zauberei sein.«

Andrej hatte das Gefühl, dass sich die Realität bruchstückweise von ihm löste und in den gefliesten, marmorierten, vertäfelten oder vergoldeten Räumen zurückblieb, die sie durchquerten. Rozmberka und Lobkowicz schleppten ihn mit hoher Geschwindigkeit ins Zentrum des Wahnsinns. Er war zu entsetzt, um sich zu wehren.

»Ich kann ›Drei Mösen für einen Pimmel‹«, stammelte er.

Lobkowicz bremste so scharf, dass Rozmberka und Andrej ins Taumeln gerieten. Der kleine Mann streckte sich und packte Andrej am Hemdkragen.

»Willst du vor den Augen des Kaisers eine Orgie veranstalten, du kleiner Scheißer?«, zischte er.

»Nein, nein, nein,«, blubberte Andrej, »wir haben es nur so genannt. Wenn man ›Drei Hütchen für einen Kegel‹ sagt, lockt man doch keinen an.«

»Wer ist ›wir‹?«, stieß Lobkowicz hervor.

»Wir. Die Pflasterritter. Ich meine – die Gassenratten, – ich meine –«

»Er meint das Geschmeiß, das sich in den Gassen herumtreibt und keine Eltern, kein Zuhause, kein Brot und keinen Anstand hat und versucht, die ehrenwerten Bürger zu bestehlen und zu betrügen«, sagte Rozmberka.

Lobkowicz blinzelte. »*Das* Spiel«, sagte er. »Das kenne ich unter dem Namen ›Drei Nonnen und der Vater Abt‹.« Er klappte plötzlich den Mund zu und errötete.

»*Ich* kenne dieses Spiel nicht«, erklärte Rozmberka.

Lobkowicz begann Andrej wieder vorwärtszuzerren. »Weiter, weiter!«, keuchte er. »Du kannst mit dem Kaiser keine Glücksspiele veranstalten.«

»Besonders kein so betrügerisches«, sagte der Reichsbaron.

»Ich dachte, Sie kennen dieses Spiel nicht, mein lieber Rozmberka?«

»Was man so hört«, sagte Rozmberka und verschoss über Andrej hinweg tödliche Blicke in Richtung Lobkowicz.

»Was noch? Was noch? Du bist doch nicht umsonst all die Jahre der Assistent von Meister Scoto gewesen!«

»All die Jahre?«, kreischte Andrej. »Er hat mich erst hier in Prag aufgelesen! Und ich habe nur für ihn saubergemacht, sonst nichts!«

Lobkowicz schlug sich an die Stirn und fluchte vor sich hin, ohne dass es ihren Vormarsch wesentlich verlangsamt hätte. Jetzt kamen sie in einen Saal, der breiter schien als die Gassenflucht vor Scotos Haus lang war und sich so weit erstreckte, dass die Tritte ihrer Schuhsohlen ein hörbares Echo warfen, mit einer Decke, die kaum weniger tief hing als draußen der Himmel. Hindurch im Galopp – linker Hand führte eine Tür hinaus, der Reichsbaron und der Oberstlandrichter steuerten Andrej in ihre Richtung und in ein Treppenhaus, in dem jede einzelne Treppenstufe tiefer war als der Wohnraum des Hauses am Moldauufer. Die beiden alten Reichsbeamten nahmen die Treppe, ohne zu zögern, in Angriff. Der füllige Rozmberka pfiff in Andrejs Ohr wie ein lecker Wasserkessel.

»Vielleicht, wenn wir ihn vor den Augen des Kaisers ausweiden?«, schlug Rozmberka vor, als er am Ende der Treppe wieder zu Atem kam. »Da muss er selbst gar nichts können.«

»Nein«, schnappte Lobkowicz. »Nicht, dass es mir um diese Kanaille hier ginge, aber der Anblick von aufgespulten Därmen vertreibt nicht mal mir die Melancholie.«

In Andrejs Ohren gellten die Worte der beiden alten Männer um die Wette. Er stolperte mit ihnen mit, weil seine Panik zu groß war, um auch nur den zartesten Gedanken an Flucht zuzulassen. Es hatte den Anschein, dass sie in diesem Stockwerk die gleiche Strecke zurückliefen, die sie im Stockwerk zuvor nach vorn gekommen waren. Wenn Andrejs Entsetzen nicht so übermächtig gewesen wäre, hätte er sich vielleicht gute Chancen ausgerechnet, jahrelang nicht entdeckt zu werden, wenn er ausriss und sich irgendwo im Palast verbarg. Selbst seine Straßenratten-Instinkte waren blockiert; vor seinem inneren Auge sah er förmlich die Wand, auf die sein

Leben zuraste und an der es zerschellen würde, und die Straßenratte war starr vor Angst.

»Der Kaiser wird nach Blut schreien, wenn wir ihm einfach diesen Versager vorsetzen«, ächzte Rozmberka. »Machen Sie langsamer, Lobkowicz, mir platzt gleich eine Ader.«

»Lieber schreit er nach seinem Blut als nach unserem, oder?«, versetzte Lobkowicz. Seine Stimme klang gequetscht vor Atemnot. Andrej wurde herumgerissen, die Doppelflügel eines Portals wischten an ihm vorüber, zwei Wachsoldaten standen stramm, rissen die Flügel der nächsten Tür in der gegenüberliegenden Wand auf und schlugen sie wieder zu, als sie den Raum dahinter betreten hatten. Abrupt blieben die Männer stehen. Andrej kämpfte um sein Gleichgewicht. Rozmberka brach auf einer Truhe zusammen und winselte nach Atem, während er sich mit beiden Händen Luft in das hochrote Gesicht zu schaufeln versuchte. Lobkowicz stützte sich mit beiden Händen auf die Knie und keuchte den Parkettboden an. »Alles wegen einer Scheiß-Nuss! Ich bin zu alt für diesen Mist!«

Vier andere Männer befanden sich im Raum. Einer von ihnen war hager, hochgewachsen und vollkommen schwarz gekleidet wie ein Spanier, wenn auch nicht mit deren martialischer Eleganz. Um seinen kahlen Kopf wand sich ein Lederriemen, von dem diverse Dinge hingen: lange dünne Haken, metallene Spateln, eine Schere mit winzigen Klingen und umso größeren Augen. Direkt vor seiner Nase baumelte eine polierte Metallscheibe, an der er vorbeischielte. Der lange Kinnbart sah aus wie ein weiteres künstliches Anhängsel mit undefinierbarer medizinischer Funktion. Die beiden anderen waren äußerlich vollkommen unscheinbar, wenn man von dem unverhohlenen Hass absah, der hinter der Überraschung lauerte, mit der sie Andrej musterten. Andrej kannte sie – sie hatten dafür gesorgt, dass sein Herr, der mit drei in Samt ausgeschlagenen Wagen in Prag angekommen war, nach nur wenigen

Monaten mit einem Berg von Schulden geflohen war. Edward Kelley und John Dee waren die Leib-und-Magen-Alchimisten des Kaisers, und sie hatten den neu aufgetauchten Rivalen aus Italien binnen kürzester Zeit diskreditiert und ruiniert; Andrej wusste, dass sich Giovanni Scoto heimlich dafür gerächt hatte, indem er nacheinander die Frauen der beiden englischen Alchimisten und dann deren Mätressen beglückt hatte – *Mak' die Bett sauber, Andrea!* Der vierte Mann war ein Zwerg mit einer Schellenkappe und lächerlich aufgebogenen Schnabelschuhen, der neben der einzigen Tür in der Rückwand des Raumes auf dem Boden saß und die Neuankömmlinge mit illusionslosen Froschaugen musterte.

»Ist das der Alchimist?«, fragte der Mann in Schwarz.

»Ich muss protestieren«, kollerte Edward Kelley. »Jener ehrenwerte Edelmann aus Italien kann nicht genannt werden ein Alchimist. Die Alchimie ist eine Wissenschaft! Und abgesehen davon dieser Mann hier ist definitiv nicht …«

»Nein, Doktor Guarinoni«, keuchte Lobkowicz und richtete sich mühsam auf. »Das ist der, den wir an seiner Stelle reinschicken. Der Alchimist hat das Weite gesucht.«

Kelley und Dee warfen sich Blicke zu. Der kaiserliche Leibarzt maß Andrej an seiner polierten Metallscheibe vorbei. Er schüttelte den Kopf. »*Merda!*«, sagte er.

»Und?«, fragte Lobkowicz.

Der Arzt zuckte mit den Schultern. »Rein mit dem Kerl.«

Lobkowicz schob Andrej auf die Tür zu. Der Arzt eilte neben ihnen her, um sie zu öffnen. Er drückte sie nur einen ganz kleinen Spalt auf. Der Zwerg folgte ihnen mit seinen hervorquellenden Augen. Andrej starrte ihn an. Der Zwerg hob einen dicken Finger und tippte sich an die Nase.

»Viel Glück, Kumpel«, sagte er.

Dann stand Andrej plötzlich in einem Raum, in dem die Nacht entweder schon hereingebrochen oder aus dem sie niemals gewichen war und in dem die Luft nach ungewaschener

Haut, Fäkalien, verschimmeltem Essen und ranzig gewordener Lust stank. Wachskerzen blakten müde gegen Dunkelheit und den Geruch an; Tranlampen hätten den Raum wahrscheinlich explodieren lassen. Die Tür fiel ebenso sanft wie endgültig hinter Andrej ins Schloß: KLACK!

»Meister Scoto?«, fragte eine Stimme wie aus einem Grab heraus. Andrej musste an sich halten, um nicht aufzuschreien.

»Äh, äh, äh«, machte er.

»Meister Scoto?«

Andrej fiel auf die Knie. »Nein, Majestät«, brachte er heraus. Nein, Majestät, ich bin nur der Lakai des Mannes, der Majestät Kasse um eine Truhe voller Gold und Silber erleichtert hat, nicht zu sprechen von einer höchst kostbaren – äh – Nuss? Der Mann, den Majestät zu sehen wünschten, hat das Weite gesucht, aber ich bin hier, und Majestät können mir den Bauch aufschneiden und die Därme herauswickeln lassen, weil ich nämlich sonst nichts beherrsche, was zur Belustigung dienen kann, außer ›Drei Mösen für einen Pimmel‹, aber das ist Betrug, und Majestät fänden es bestimmt nicht erheiternd, wenn Majestät zuerst vom Herrn und dann seinem Diener über den Löffel balbiert würden. Andrejs Gedanken kamen knirschend zum Stillstand. Er zitterte am ganzen Körper. »Nein, Majestät«, echote er.

Zwischen den Schatten unter dem Baldachin des in der Mitte des Raumes stehenden Bettes regte sich ein noch dunklerer Schemen. Die lederne Bettaufhängung quietschte. Etwas Massiges wälzte sich aus den Decken, stand ächzend auf. Andrej spürte, wie sich der Parkettboden senkte, als der Schatten sein Gewicht auf seine Füße verlagerte. Eine Kerze wanderte mit, als der Kaiser auf Andrej zutappte, den Geruch eines Mannes vor sich herschiebend, der tagelang in seinen eigenen Körpersäften gelegen und sich nicht darum gekümmert hat. Andrej hörte ein metallenes Scharren, dann hing die Kerze plötzlich dicht vor seinen Augen, und gleichzeitig berührte etwas eisig Kaltes seine Kehle. Andrej machte ein Geräusch wie ein Kätzchen und spürte seinen Unterleib zu Brei werden.

»Was willst du?«, fragte der Kaiser. Die Worte ritten auf drei Wellen Kloakengeruch heran.

Der Druck der Schwertklinge an seinem Hals war für Andrej wie die Berührung der Sense des großen Schnitters. Er starrte in das Gesicht, das sich vor seines geschoben hatte, halbblind von der Kerzenflamme, und sah trübe Augen, deren untere Lider so weit herabhingen, dass das Rote hervorschimmerte, teigige, schlaff hängende Fettbacken, auf denen die Bartstoppeln sprossen wie Schimmel, eine lange Hakennase und eine schwere Unterlippe, die in das Bartgestrüpp am Kinn hing und feucht glänzte. Andrej fühlte auf einmal eine Art großer Leere in sich, wie an dem Tag, an dem der erschossene Mönch vor ihm zusammengebrochen war und Reflexe seinen Körper übernommen hatten, weil sein Geist sich vorübergehend aus dem Geschehen verabschiedet hatte.

»Ich will Majestät eine Geschichte erzählen«, hörte Andrej sich flüstern. »Mein Name ist Andrej von Langenfels, ich bin ein Nichts und ein Niemand, und ich kann weder Dämonen zitieren noch Bilder in Spiegeln zeigen. Aber ich kann Majestät eine Geschichte erzählen, eine Geschichte mit einem Rätsel darin, und wenn Majestät das Rätsel lösen können, erlösen Majestät auch meine Seele.«

»Nicht einmal die Priester können eine Seele erlösen«, sagte Kaiser Rudolf. »Alles, was sie bieten, sind Lügen.«

»Ich biete eine Geschichte«, sagte Andrej. »Und ich biete die Erlösung meiner Seele.« Seine Hände bewegten sich wie von selbst in sein Wams, der Druck der Schwertklinge verstärkte sich, aber Andrej hatte das Medaillon schon hervorgeholt und hielt es ins Licht der Kerzenflamme. »Hiermit endet meine Geschichte«, sagte er, »doch ich bin überzeugt, dass sie hiermit auch beginnt. Und das ist auch schon das Rätsel. Wollen Majestät meine Geschichte hören?«

Das Gesicht des Kaisers zog sich aus dem Lichtschein zurück. Die Schwertklinge drückte weiter gegen Andrejs Kehle. Die Leere in seinem Inneren begann sich wieder mit Leben zu füllen, und Andrej schien es, als würde er jetzt erst wahrnehmen, was er getan hatte. Seine ausgestreckte Hand mit dem Medaillon hing in der Dunkelheit. Sie begann zu zittern.

Plötzlich war der Druck der Klinge verschwunden. Der Parkettboden knarrte und knisterte. Die Kerzenflamme zog sich zum Bett zurück. Etwas polterte auf den Boden; es hörte sich wie ein achtlos fallen gelassenes Schwert an. Das Bett ächzte.

»Komm her, mein Sohn«, sagte die Stimme aus den Schatten unter dem Baldachin. »Ich will deine Geschichte hören.«

Eine Stunde später öffnete Andrej die Tür, die von der Schlafkammer des Kaisers zum Antichambre führte. Fünf Augenpaare starrten ihn an. Er senkte den Blick und fand das letzte, hervorquellende Augenpaar. Der Zwerg nickte, und Andrej nickte zurück. Er schlüpfte nach draußen und schloss die Tür vorsichtig hinter sich.

»Seine Majestät schlafen«, sagte er und hörte seine eigene Stimme wie ein heiseres Flüstern. »Majestät wünschen in zwei Stunden geweckt zu werden. Bis dahin soll ein heißes Bad zur Verfügung stehen sowie der kaiserliche Bader, und die Mägde sollen die Vorhänge abnehmen und das Bett abziehen und alles verbrennen. Danach wünschen Seine Majestät zu speisen.«

Lobkowicz schüttelte den Kopf. Die anderen bewegten die Münder wie die Fische.

»Ich weiß nicht, was du getan hast, mein Junge, aber wir sind dir alle dankbar«, sagte Lobkowicz.

»Ich weiß es auch nicht«, sagte Andrej. Er sah Lobkowicz ins Gesicht und versuchte zu grinsen, aber seine Gesichtsmuskeln verweigerten den Dienst. »Aber die Anrede ist nicht mehr ›mein Junge‹, sondern *fabulator principatus.*«

Der Oberstlandrichter stierte ihn an. Andrej erinnerte sich, wie er und der Reichsbaron auf der Treppe ganz trocken darüber beratschlagt hatten, ob sie Andrej zur Belustigung des Kaisers vor dessen Augen zu Tode schinden sollten. Plötzlich funktionierten seine Gesichtsmuskeln doch; er begann zu grinsen und wandte sich Rozmberka zu. »Nach dem Essen wünschen Seine Majestät eine willige Möse. Oder machen Sie besser drei Mösen daraus, nicht wahr, mein lieber Rozmberka?«

Dann schnippte er Lobkowicz ein taubeneigroßes, schwarzes Ding zu, das er in der Hand gehalten hatte. Der Oberstlandrichter fing es unwillkürlich auf. »Ach«, sagte er, »die Nuss hat sich gefunden. Sie lag unter dem Kopfkissen Seiner Majestät. Sie kümmern sich doch darum, mein lieber Lobkowicz?«

5

CYPRIAN KAM TAUMELND auf die Beine. »Keine Sorge«, keuchte er über die Schulter. Er zog Agnes an der Hand mit sich, während er durch das Feld aus geworfenen Steinen und zerschlagenem katholischem Stolz stolperte. »Keine Sorge.« Er hustete erneut.

Agnes folgte ihm wie gelähmt. Der Augenblick, in dem Cyprian plötzlich zusammengebrochen war, spielte sich wieder und wieder vor ihrem inneren Auge ab. Der Schock hätte sie beinahe selbst in die Knie sinken lassen. Ein Gedanke flatterte in ihr hoch: *Wenn er krank ist, kann er mich nicht gegen die Kerle da vorn verteidigen!*, und wurde sofort von einem anderen, viel dringenderen Gedanken verdrängt: *Wenn er krank ist, wie kann ich ihm helfen?* Und ein dritter Gedanke ersetzte alle beide: *Er kann nicht krank sein, ich habe ihn noch nie schwach gesehen, er hat nur ein bisschen Staub in die Kehle bekommen, und das zusammen mit dem kalten Wind musste er einfach nur …*

Die Wegelagerer gafften ihnen entgegen. Sie hatten aufgehört, ihre Steine zu wiegen; dass sie noch kein Wort gesagt hatten, deutete Agnes als Unsicherheit. Cyprian hob die Hand vor den Mund und hustete erneut. Die Blicke der Wegelagerer schnellten wie die eines Mannes zu ihm. Agnes und Cyprian standen schon fast vor ihnen. Entsetzt erkannte Agnes, dass Cyprian einfach weitergetaumelt wäre, wenn sie ihn nicht aufgehalten hätte. Sie hörte ihn keuchen und stöhnen und sah, wie er versuchte, sich zu straffen.

»Was macht *ihr* denn hier?«, sagte der Anführer der Wegelagerer gedehnt und mit einem kleinen Schuss Zweifel in der Stimme. Er und die meisten seiner Kameraden trugen kurze Mäntel mit einer Kordel an einer Schulter, wie sie unter Studenten beliebt waren. Die restlichen waren zerschlissener gekleidet. Die Studenten waren vielleicht ein, zwei Jahre älter als Cyprian und Agnes, die anderen jünger.

Cyprian sagte nichts. Er sah aus, als würde er nach Luft ringen. Agnes' Blicke flogen zwischen den Studenten hin und her. Ihr Herz schlug womöglich noch ärger als vorher bei der Brücke.

»Seid ihr zu spät gekommen zu eurem Umzug?«, höhnte einer. »Scheißkatholikenschweine!«

»Lasst uns durch«, sagte Agnes und erkannte, dass ihre Stimme zitterte.

»Ja, lasst uns durch«, flüsterte Cyprian heiser.

Der Anführer der Wegelagerer wandte sich an ihn. »Ooooh, lasst uns durch, bittebittebitte!«, machte er und grinste. »Dazu müsst ihr erst ein paar Bedingungen erfüllen.«

»Ich lasse mir von euch keine Bedingungen diktieren«, sagte Agnes, die sich verzweifelt an den Grundsatz klammerte, dass man vor Wölfen keine Schwäche zeigen durfte, weder vor den vier- noch vor den zweibeinigen. Cyprian keuchte gleichzeitig: »Was für Bedingungen?«

Das Meiste von dem, was der Anführer der Wegelagerer sagte, ging in einem neuen Hustenanfall unter, der Cyprian nach vorn krümmte und ihn beinahe zu Boden fallen ließ. Sie verstand: »... den Papst verfluchen ... die sogenannte Jungfrau Maria eine Hure nennen ... die sogenannte heilige katholische Kirche einen Dreckhaufen heißen ... und deine kleine Schlampe hier ...« Das Letzte verstand sie überhaupt nicht, aber die Geste, die der Sprecher dazu in ihre Richtung machte, war so obszön, dass sie kapierte, was dahintersteckte, wenngleich sie vermutlich keine Ahnung hatte, welche Tätigkeit mit den groben Worten gemeint war. Kälte erfasste ihren Körper.

Cyprian richtete sich mühsam auf. Er streckte ihnen die rechte Hand entgegen. »Wir wollen keinen Ärger«, sagte er kraftlos.

Die Wegelagerer starrten auf Cyprians Hand. Einige von ihnen traten unwillkürlich einen Schritt zurück. Cyprian folgte ihren Blicken und betrachtete seine Hand. Es fuhr Agnes wie ein Schock durch den Leib, als sie das Blut darin sah. Cyprian versteckte die Hand hinter seinem Rücken, doch alle hatten es gesehen. Er setzte an, um etwas zu sagen, und brachte keinen Ton heraus.

»Ist das alles, was ihr könnt?«, sagte Agnes und stellte fest, dass sie sich vor Cyprian gestellt hatte. »Wie viel Mut braucht man, um eine Frau und einen Kranken zu bedrohen? Was seid ihr für Kerle?«

Der Anführer der Wegelagerer riss die Augen auf. »Oooh, sie beschützt ihren Stecher«, rief er. »Pass auf, dass er dich nicht aus Versehen vollkotzt, wenn er dir die Spalte ausleckt.« Er lachte, doch die anderen lachten nur halbherzig mit.

»O Mann, Ferdl, hast du das Blut in seiner Hand gesehen?«, sagte einer und trat von einem Fuß auf den anderen. »Ich meine –«

»Lass mich mit ihnen reden, Agnes«, sagte Cyprian. Agnes streckte die Hand aus, ohne sich umzusehen, und hielt ihn zurück. Ihre Angst konnte nicht mehr größer werden. Sie spürte, wie sie begann, in Wut umzuschlagen.

»Verschwindet«, sagte sie. »Packt euch, ihr Gesindel!« Sie hatte ihre Mutter dasselbe sagen hören, wenn Dienstboten einmal wieder die Anforderungen des Wiegant'schen Haushalts nicht erfüllt hatten. Sie hatte nie erlebt, dass die Gescholtenen auch nur halbwegs aufbegehrt hätten.

»Jetzt weiß ich, woher ich die Schlampe kenne!«, rief einer der einfacher gekleideten jungen Männer plötzlich. »Die ganze Zeit war mir schon so, als ob –«

»Was willst du damit sagen, du Trottel?«, fragte der Anführer.

»Meine Mutter hat in ihrem Haus gearbeitet, als ich noch kleiner war«, sprudelte der junge Mann hervor. »Im Haus ihrer Eltern, meine ich. Ihre Mutter hat meine Mutter rausgeschmissen! Das sind gottverdammte Katholikenschweine, Ferdl, die schlimmsten von allen! Meine Mutter ist nur rausgeschmissen worden, weil ihr Miststück von Mutter«, er zeigte hasserfüllt auf Agnes, »rausbekam, dass meine Mutter einer protestantischen Predigt zugehört hat.«

»Warst du vielleicht mal 'n Katholikenbastard?«, fragte einer der anderen und grinste den Sprecher an.

»Meine Mutter und ich sind konvertiert, also reg mich bloß nicht auf, du Narr! Da, kümmert euch um die Schlampe, nicht um mich!«

Der Anführer der Wegelagerer musterte Agnes. Sie gab seinen Blick mit zusammengebissenen Zähnen zurück und schluckte, als er seine Augen ungeniert an ihr abwärtswandern ließ. Sie hatte das Gefühl, eine breite, schleimige Zunge striche über ihren Leib.

»Das riecht nach Entschädigung«, sagte der Mann. »Mein Freund hier ist arm, seit deine Mami seine Mami an die Luft gesetzt hat. Wer arm ist, hat keine Chancen bei den Weibern. Ich schlage vor, du lässt ihn ein bisschen ran, um das wiedergutzumachen.«

»Sind wir nicht alle arm?«, sagte einer. Die anderen lachten. Sie schienen Cyprian vergessen zu haben.

»Dazu wollte ich gerade kommen«, sagte der Anführer und drehte sich um, um seinen Kumpanen zuzuzwinkern.

Agnes fühlte sich beiseitegeschoben. Cyprian stolperte vorwärts.

»Jetzt reicht's«, stieß er hervor. »Macht, dass ihr wegkommt, sonst –« Er schrie plötzlich auf und brach in die Knie. Eine Hand fuhr unter seine Achsel. »Aah, verdammt, tut das weh!«, schrie er. Er fiel zur Seite, und zu Agnes' vollkommenem Entsetzen begann er sich zu winden und zu stöhnen: »Die Beule ist aufgeplatzt, ihr Mistkerle! Herrgott, tut das weh! Holt mir einen Arzt, gottverdammt, holt mir einen Arzt, ich halt's nicht aus! Die Beule, die gottverdammte Beule!«

Der Anführer der Wegelagerer drängte seine Männer mit ausgestreckten Armen zurück. Er war bleich geworden.

»O Kacke, das Schwein hat die Pest«, flüsterte einer.

Der erste der Wegelagerer drehte sich um und rannte ohne ein weiteres Wort davon. Die Lippen des Anführers arbeiteten. Bilder eines sterbenden Cyprian, der sich vor Schmerzen schreiend auf seinem Lager wälzte, stiegen in Agnes hoch, Bilder eines toten Cyprian auf einem Karren, von Kalk überstäubt, Bilder eines Leichnams, der in eine Pestgrube kugelte, ein Bild von sich selbst, wie sie aus der Stube ihres Hauses auf die Kärntner Straße hinausschaute und wusste, dass sie die bullige Gestalt ihres Freundes nie mehr darüber hinweg schreiten sehen würde, in seinem Gesicht die übliche Mischung aus Neugier, leisem Spott und Aufmerksamkeit; wusste, dass sie nie mehr die leichte Berührung an der Schulter spüren würde, wenn er in einer Menschenmenge plötzlich hinter ihr stand und eine leise Bemerkung machte, die sie zum Lachen brachte; wusste, dass sie nie mehr dieses seltsam vibrierende Gefühl haben würde, wenn sie bemerkte, dass er sie von der Seite her ansah und für einen Moment die Kontrolle über das Funkeln in seinen Augen vergaß; erkannte, dass sie die ganze Zeit über ihre Emotionen ihm gegenüber falsch eingeschätzt hatte, so wie sie seine Emotionen völlig unterschätzt hatte.

FLIEH!, schrie ihr Selbsterhaltungstrieb.

Bleib, sagte ihr Herz sanft.

Der Widerspruch ihrer Emotionen ließ ihren Körper erstarren. Der Ausruf des Wegelagerers schrillte in ihren Ohren: Die Pest! Die Pest! DIE PEST!

ER IST VERLOREN! RENN, SO SCHNELL DU KANNST!

Bleib!

Beide Stimmen in ihren Kopf waren gleich mächtig. Sie starrte auf die stöhnende Gestalt hinunter; nie hätte sie gedacht, Cyprian jemals in einer solchen Lage zu sehen.

»Gottverfluchte Scheiße!«, schrie der Anführer der Wegelagerer und warf sich herum. Die Männer begannen zu flüchten.

Plötzlich entschied ihr Herz. Sie fiel neben Cyprian auf die Knie, der sich auf den Bauch gedreht hatte und sich zusammenkrümmte.

»Halt!«, schrie der junge Mann, dessen Mutter aus dem Wiegant'schen Haus geworfen worden war. »Das ist doch – das ist ein Trick!«

»Scheiß auf den Trick!«, brüllte der Anführer der Wegelagerer, der schon eine beachtliche Entfernung zurückgelegt hatte.

Cyprian stöhnte. Agnes legte ihm hilflos eine Hand auf die Schulter. Der junge Mann, der als Einziger zurückgeblieben war, fluchte, legte mit ein paar Sätzen die Distanz zwischen sich und Agnes zurück, griff in ihr Haar und zerrte sie von Cyprian weg. Agnes schrie auf und fiel zu Boden. Schmerztränen schossen ihr in die Augen. Er versuchte sie weiterzuschleifen.

»Das ist ein Trick!«, schrie er. »Ich kenne den Kerl auch. Er wohnt gegenüber!« Die Straße war leer. Agnes spürte durch den Schmerz in ihrem Schädel die Wut und Verblüffung ihres Peinigers. Es war, als wären seine Kumpane nie da gewesen. Irgendwo verklangen hastige Schritte. »Das Schwein steckt voller Tricks, verdammt noch mal!«

»Da hast du recht, Freundchen«, sagte Cyprians sonore Stimme.

Agnes riss die Augen auf. Cyprian stand dicht vor ihnen, sein übliches leichtes Lächeln auf den Lippen. Er sah an ihr vorbei dem Mann, der ihre Haare gepackt hielt, gerade in die Augen.

»Ich wusste es doch!«, schrie der junge Mann. »Aber diesmal hast du dich verrechnet, du Arschloch, ich stech das Miststück ab!«

Cyprians Faust flog an Agnes' Gesicht vorbei und traf in etwas, das knirschte und brach. Die Finger in ihrem Haar lösten sich. Der Mann hinter ihr heulte auf. Cyprian schlug ein zweites Mal zu, und der Treffer hörte sich an, als wäre er in etwas Nassem gelandet. Agnes wurde beiseitegeschoben. Der Wegelagerer heulte noch lauter. Cyprian machte einen Schritt an Agnes vorbei. Sie drehte sich um.

Der junge Mann war zurückgetaumelt. Er hielt sich das Gesicht. Unter seinen Fingern lief das Blut hervor und tropfte auf den Boden. Seine Stimme hörte sich dicklich an. »Du Drecksau«, gurgelte er. Er riss die Arme hoch – seine untere Gesichtshälfte schwamm in Blut, seine Nase war blaurot und platt in sein Gesicht gedrückt – und machte einen seltsamen Sprung, an dessen Ende sein Fuß hochschnellte; Cyprian fing den Stoß mit beiden Händen ab, hielt den Fuß fest, landete einen weiteren Treffer auf dem Kiefer seines Gegners und drehte den Fuß dann herum. Der junge Mann stürzte zu Boden. Er schrie vor Schmerz und Wut, warf sich in einer Staubwolke herum und kam wieder auf die Beine. Seine Hand fuhr zu seinem Gürtel und kam mit einem Messer wieder zum Vorschein. Cyprian schlug mit der Faust gegen sein Handgelenk, das Messer flog davon, die andere Faust verschwand in der Magengrube des Mannes. Er fiel zu Boden und krümmte sich.

»Ich … mach … dich … fertig …«, stöhnte er und klaubte nach einem faustgroßen Stein, während er ein zweites Mal auf die Beine zu kommen versuchte. Sein Atem pfiff nass durch seine gebrochene Nase.

»Jetzt ist aber Schluss«, sagte Cyprian. Er verschränkte die Fäuste und landete einen mächtigen Hieb auf der Schläfe seines Gegners. Der junge Mann fiel wie ein Sack zu Boden, rollte sich auf den Rücken und stöhnte halb besinnungslos. Seine Beine zuckten, aber er versuchte nicht mehr, den Kampf fortzuführen. Cyprian stand über ihm und schüttelte den Kopf. Dann drehte er sich zu Agnes um.

»Bist du in Ordnung?«, fragte er. »Ich war leider nicht schnell genug, sonst hätte ich verhindert, dass er dich an den Haaren …«

»Ich dachte, du stirbst an der Pest«, sagte Agnes. Es war das Erste, das ihr einfiel.

»Tut mir leid«, sagte er. »Es kam darauf an, dass *sie* es glaubten. Ich konnte dich nicht warnen. Tut mir leid.«

»Ich dachte«, sagte sie und versuchte vergeblich, das hinunterzuschlucken, was ihr in die Kehle stieg, »ich sehe dir beim Sterben zu.«

»Tut mir leid«, sagte er zum dritten Mal.

Sie begann zu weinen. »Ich dachte«, stammelte sie, »… und dann wusste ich plötzlich – und es tat so weh!«

»Sssch«, machte er. Er tat einen Schritt auf sie zu, dann blieb er stehen. »Ich wollte dir keine Angst einjagen. Aber mit all den Kerlen auf einmal wäre ich nicht fertig geworden.«

»Deine Hand – der blutige Auswurf –«

Cyprian sah auf seine Hand. Die Knöchel waren aufgeplatzt. Er drehte die Handfläche nach oben. »Als ich das erste

Mal auf die Knie sank, habe ich Blut von einem der Steine abgewischt. Ich musste mir beim Husten nur in die Hand spucken, und es sah echt aus.« Er wischte die Hand an seiner Hose ab und betrachtete dann die Knöchel. »Das hier ist allerdings echt.« Er begann an den aufgeplatzten Stellen zu saugen.

»Verdammt, Cyprian, du Idiot«, platzte es aus ihr heraus. »Wie kannst du mich glauben machen, du würdest sterben!? Tut man so was – unter Freunden?!«

Er zuckte mit den Schultern und ließ von seiner Hand ab. Agnes überbrückte die Distanz zwischen ihnen mit einem letzten Schritt. In ihrem Inneren herrschte ein Aufruhr, in dem Erleichterung, Freude, Wut und die überstandene Angst einen Wirbelwind durch ihr Herz drehten. Sie wusste, dass es nur eine Möglichkeit gab, den Aufruhr zu überstehen – eine Berührung Cyprians. Sie nahm seine zerschundene Hand und starrte sie an.

»O Gott, das sieht ja aus!«, schluchzte sie. Dann sank sie gegen Cyprian. Er nahm sie in die Arme, drückte sie an sich und wiegte sie hin und her, ließ sich das Wams vollheulen und streichelte über ihre Haare, bis der Anfall vorüber war. Schließlich sah sie zu ihm hoch, seine funkelnden Augen, das breite Jungengesicht unter dem kurz geschorenen Haar, die kleinen Kerben um die Mundwinkel, und hatte das Gefühl, dass alles gut war, solange dieses Gesicht nur über sie gebeugt war und solange diese Arme sie festhielten.

»Warum bist du hier heraus gelaufen?«, fragte Cyprian.

Ein Schatten legte sich über ihr Herz, das gerade noch so offen gewesen war, die Erinnerung an die kalten Worte des Mannes in der Stube ihres Hauses und die Antworten ihres Vaters. Sie fühlte Cyprians Berührung, roch seinen Geruch nach Straßenstaub und Schweiß und versuchte ihm zu sagen, dass sie in Wahrheit ein Bastard war und ihr Leben eine Lüge und dass sie vor einer Eröffnung geflohen war, die sie tatsächlich schon immer geahnt hatte, und dass es weniger die Überraschung gewesen war, die sie zur Flucht getrieben hatte, sondern mehr die Bestätigung dessen, was sie tief in ihrer Seele gefürchtet hatte – doch ihr Herz überholte ihre Gedanken, und sie stieß hervor: »O mein Gott, Cyprian, mein Vater will mich verheiraten!«

6

EIN FRISCHER JULIMORGEN mit einer leichten, von den Bergen her wehenden Brise – und dennoch roch es in ganz Pamplona nach Stierpisse. Pater Hernando verzog das Gesicht und versuchte die Jakobspilger zu überholen, die langsam vom Frankentor her zur Kathedrale hinaufklommen, beladen mit den Sünden, die sie auf der Pilgerfahrt loszuwerden hofften, an die sie vor Anbruch der Wallfahrt kaum gedacht hatten und die jetzt umso schwerer wogen, je näher sie Santiago de Compostela kamen. Der Ruch von Heiligkeit in den spanischen Städten am Fuß der Berge schien die Last zu verdoppeln; in Pater Hernandos Fall war es jedoch der Ruch, der aus den verschwitzten Mänteln aufstieg und sich ungesund mit dem scharfen Stiergeruch mischte. Er nahm die Brille ab, verbarg sie in einer Hand und drängte sich durch die Menge der Schlurfenden hindurch, nun nur noch eine Ansammlung unscharfer Schemen mit doppelten und dreifachen Rändern; die Brille verhalf immerhin zu halbwegs scharfer Sicht, wenngleich auch sie die Mehrfachränder nicht mehr zu beseitigen vermochte. Der Weg zur Cuesta de Santo Domingo war ihm so vertraut, dass er ihn auch blind gefunden hätte. Vielleicht wirst du ihn bald blind finden müssen, raunte eine Stimme in seinem Inneren; die Gläser der Brille hast du erst vor einem guten Jahr neu schleifen lassen.

Vor der Statue von San Fermin war ein Altar aufgebaut; der Gottesdienst war vorüber, aber es standen immer noch Menschen herum und plauderten. Ihre Gesichter waren erhitzt. Es war der dritte Tag der Sanfermines, sechs weitere Tage voller Festivitäten und Stierblut lagen noch vor den Pamplonesern – und die Gassen ihrer Stadt stanken bereits wie das Zelt einer Nutte in einem deutschen Heerlager. Pater Hernando setzte die Brille wieder auf und spähte herum. Nach ein paar Augenblicken sah er die purpurnen Birette in ihrem Ring aus metallenen Helmen. Er kämpfte sich zu ihnen durch, kniete nieder und küsste die beiden Ringe, die ihm entgegengehalten wurden.

»Was hört man?«, fragte Kardinal de Gaete.

»Ein paar junge Männer in verschiedenen Stadtvierteln sollen Wetten auf den letzten Tag der Sanfermines abgeschlossen haben – wer kann am längsten vor den Stieren herlaufen, wenn sie von ihren Korralen durch die Stadt getrieben werden? Wer es bis zur Arena schafft, dem winken ein Lorbeerkranz und zweifelsohne etliche handfestere Belohnungen. Die *camera de comptos* hält diesen Plan in der Mehrheit für einen Sakrileg, weiß aber nichts Genaues und ist in sich zerstritten, ob und wie man dagegen vorgehen soll. Deshalb wird die Sache wahrscheinlich durchgezogen, und hinterher werden alle noch mehr streiten, warum man sie nicht gleich verhindert hat.«

»Wir meinen: von der anderen Sache«, erklärte Kardinal Madruzzo.

»Er weiß genau, was wir meinen«, sagte Kardinal de Gaete. »Und ich glaube, mir ist klar, was er uns mit seiner Geschichte sagen will.«

»Der Heilige Vater in Rom versucht weiterhin herauszubekommen, woran sein Vorgänger gestorben ist. Seine Heiligkeit Gregor XIV. und Seine Heiligkeit Urban VII. waren befreundet, als sie noch Kardinäle waren. Trotz seiner vielen Krankheiten und seiner schlechten Gesundheit verwendet der Heilige Vater einige Mühen darauf.«

»Neben seinen Bemühungen, das Wetten auf den Ausgang

von Kardinals- und Papstwahlen zu verbieten und ein paar von seinen Günstlingen neue Kardinalshüte aufzusetzen?« Kardinal Madruzzo spuckte aus.

»Seien Sie ruhig, Madruzzo«, sagte Kardinal de Gaete. »Es genügt, wenn unser Freund Facchinetti unsere Bemühungen aufhält und tausend Skrupel hat. Lassen Sie sich nicht von kleinlicher Eifersucht von unseren großen Plänen ablenken und Ihre Urteilskraft verwässern. Wir müssen alle an einem Strick ziehen.«

Pater Hernando fasste in seine Kutte und zog eine dünne Rolle Papier daraus hervor.

»Das sind die Botschaften der letzten drei Brieftauben; sie sind vor etwa zwei Monaten in Madrid eingetroffen und stammen aus Wien. Neuere Nachrichten gibt es nicht, aber wir haben auch nicht vereinbart, dass Pater Xavier sich in bestimmten Zeitabständen melden müsste oder dass er auch von seiner Reise nach Prag berichten sollte.«

Er überreichte die Papierrolle Kardinal de Gaete. Der alte Kardinal fuhr mit dem Finger scheinbar achtlos über das Siegel. Pater Hernando bemühte sich, nicht zu lächeln. Gelobt seien Fingerfertigkeit, eine Kerzenflamme und eine Klinge so dünn wie ein Blatt, dachte er. Er hatte die chiffrierte Nachricht nicht lesen können, aber er hatte Zeit genug gehabt, sie sorgfältig zu kopieren auf dem Weg von Madrid hierher nach Pamplona, wo es wegen der Sanfermines nicht auffiel, dass sich im Lauf der Festlichkeiten drei Kardinäle und der Assistent des Großinquisitors trafen. Dass Cervantes de Gaete und Ludwig von Madruzzo pünktlich sein würden, war klar. Es erfüllte Pater Hernando jedoch mit Erstaunen und leiser Sorge, dass Giovanni Facchinetti noch nicht eingetroffen war. Er hielt den Kardinal für den unsichersten Kandidaten in der ganzen Gruppe, und Kardinal de Gaetes Warnung eben gab ihm Recht.

Kardinal Madruzzo schnappte sich die Rolle, brach das

Siegel, schaute sich um wie ein Dieb in einer finsteren Gasse und spähte dann mit zusammengekniffenen Augen hinein.

Kardinal de Gaete seufzte. »Geben Sie schon her, Madruzzo, Sie sind so blind wie ein Maulwurf.«

»Ich bin zwanzig Jahre jünger als Sie«, protestierte der Legat.

»Na und? Deswegen sehe ich trotzdem besser.«

Der alte Kardinal schob sein Schildkrötengesicht vor die Papierrolle und las sie mit unbewegter Miene durch. Pater Hernando beobachtete ihn verstohlen, doch es gab keine Zuckung in der Schluchtenlandschaft des Kardinalsgesichtes, das verraten hätte, an welcher Stelle im Text besondere Neuigkeiten standen. Schließlich rollte Kardinal de Gaete die Nachricht wieder zusammen.

»Wir tun das Richtige«, sagte er wie zu sich selbst. »So nah war die Menschheit noch nie am Abgrund wie in diesen Tagen. Viel fehlt nicht, und die Welt geht in Flammen auf, und es wird ein Krieg daraus werden, der ein ganzes Menschenalter tobt. Der Teufel lacht sich ins Fäustchen. Wir müssen ihn mit seinen eigenen Waffen schlagen, und dank der Weisheit des Herrn hat er uns diese Waffe überlassen – sein Vermächtnis.«

Kardinal de Gaete rollte das Papier noch weiter zusammen, bis es wie ein daumendicker, lohfarbener Stock zwischen seinen altersfleckigen Händen lag. Eine weitere Bewegung, und die Rolle knickte ein, verformte sich, als würde sie erdrosselt, riss in der Mitte entzwei. Kardinal de Gaete knüllte die Reste mit zitternden Fingern zusammen. »Aber von diesem Codex keine Spur! Unser Agent schreibt kein Sterbenswörtchen darüber, ob er schon etwas herausgefunden hat. Er scheint exzellente Verbindungen zu haben und hat eine hervorragende Analyse der Situation im Herzen des Reichs abgeliefert, aber vom Codex – nichts!«

»Glauben Sie, wir haben aufs falsche Pferd gesetzt?«, fragte Hernando de Guevara vorsichtig.

Kardinal de Gaete blickte auf und musterte ihn. »Es gibt keinerlei Hinweise darauf, dass er sich auf Abwegen befände.«

»Sie haben ihm einen Mann hinterhergeschickt, der ihn überwacht?«

Die Kardinäle wechselten einen Blick. »Nicht *wir*«, sagte Kardinal de Gaete. »Unser Freund Kardinal Facchinetti hat es getan. Er weiß natürlich nicht, dass sein Spion auch an uns berichtet.«

»*Bevor* er an Kardinal Facchinetti berichtet«, sagte Kardinal von Madruzzo und grinste.

»Nur ein gütiges Schicksal hat uns davor bewahrt, dass Papst Urban den Codex vor uns gefunden hat«, sagte Kardinal de Gaete. »Ein Mann allein kann seiner Macht nicht standhalten.«

Pater Hernando versuchte von der Seite in Kardinal de Gaetes Mienenspiel zu lesen, aber das Schildkrötengesicht war so verschlossen wie ein Stein. Offensichtlich warteten die beiden Kardinäle darauf, dass Pater Hernando von selbst darauf zu sprechen kam, wie mit der Gefahr umgegangen werden musste, dass nach seinem Vorgänger nun Papst Gregor bei seinen Nachforschungen auf den Codex aufmerksam werden könnte. Mit plötzlicher Erbitterung erkannte Hernando, dass er genau dies tun würde. Was war die Alternative? Es gab keine Alternative; was zählte, war, das Ringen um die Seelen der Menschen zu gewinnen, weil Jesus nicht am Kreuz gestorben war, nur damit die Vertreter seiner Kirche sich dem Erzfeind geschlagen gaben. Aber er würde den Teufel tun und sich die Blöße geben, einen direkten Vorschlag zu machen.

»Ich habe gehört«, sagte er, »dass die Heidenpriester in der Neuen Welt einen Saft aus Baumharz gewonnen hatten, den sie den Unglücklichen verabreichten, die sie als Menschenopfer ausersehen hatten. Der Genuss des Saftes ließ die Opfer ihr Schicksal mit gleichgültigen Augen sehen; ihr Herz schlug langsamer, ihr Atem ging ruhiger, ihre Gliedmaßen bewegten sich träger. Ich habe gehört, dass es gar nicht so einfach war, die richtige Mischung herzustellen; wenn man zu viel von dem Baumharz nahm, bestand die Gefahr, dass die Opfer vergiftet wurden.«

»Interessant, was man alles so hört«, sagte Kardinal de Gaete.

»Würde man diesen Saft jemandem unbemerkt verabreichen können, sagen wir, jemandem, den man beseitigen will, ohne dass es jemand anderer bemerkt?«, fragte Kardinal von Madruzzo mit gespielt gleichgültiger Miene. »Sagen wir, einem bestimmten Mann in Rom?«

De Gaete und Pater Hernando wechselten einen kurzen Blick. Pater Hernando hatte einen kurzen Moment lang den Eindruck, dass der alte Kardinal die Augen verdrehte.

»Natürlich nicht«, sagten beide fast gleichzeitig.

Kardinal von Madruzzo dachte nach. »Der Vorkoster«, sagte er schließlich. »Verdammt sei er.«

»Ich habe von einem König gehört«, sagte Pater Hernando, »der ständig krank war. Einer nach dem anderen wurden seine Vorkoster dahingerafft, weil sie seine Medizin kosten mussten – was dem Kranken helfen sollte, brachte die Gesunden mit der Zeit um. Der letzte Vorkoster schließlich verfiel auf den Trick, nur noch so zu tun, als würde er kosten. Das rettete ihm das Leben, und der König war ohnehin dem Tod geweiht.«

»Das«, begann Kardinal von Madruzzo.

»… ist ebenfalls sehr interessant«, sagte Kardinal de Gaete. Er sah einen Moment lang zu Boden, dann klopfte er sich den Staub vom Purpur. »Pater Hernando, ich halte es für richtig, wenn Sie nach Rom gehen. Es ist wichtig, dass jemand aus unserem Kreis dort die Fortschritte des Heiligen Vaters überwacht – und seinen Gesundheitszustand.«

»Ich danke für Ihr Vertrauen«, sagte Pater Hernando und küsste die Ringe der beiden Kardinäle. Er hatte das Gefühl, danach einen bitteren Geschmack auf den Lippen zu haben.

7

AGNES KNIETE VOR dem Altar. Sie versuchte zu beten, aber was immer ihr als Gebetsfloskeln einfiel, hallte in ihrem Kopf wider wie eine fremde Sprache. Eigene Worte fand sie nicht – das Einzige, was in ihr rief, war die Frage: Warum?

Der fremde Dominikanerpater – mittlerweile wusste sie, dass er Pater Xavier hieß, dass seine Verbindung zu Niklas Wiegant weit in die Vergangenheit zurückreichte und dass ihr Vater überzeugt war, dass er ihm seinen Wohlstand verdankte – war längst abgereist, doch statt dass sich die Situation gebessert hätte, war sie noch schlimmer geworden. Er hatte den Unfrieden in ihr Haus getragen und ihn wie einen schlechten Geruch zurückgelassen. Niklas und Theresia Wiegant waren dazu übergegangen, die Mahlzeiten getrennt einzunehmen; das hieß, Niklas und Agnes saßen allein am Tisch, während Theresia scheinbar überhaupt nichts aß und die Stube mied, sobald das Essen aufgetragen wurde. Agnes hatte ihre Mutter einmal dabei überrascht, wie sie kurz vor der Mahlzeit in der Küche hastig etwas hinuntergewürgt hatte; der Anblick hatte sie erschreckt und abgestoßen zugleich und an einen Gassenhund erinnert, der Abfälle verschlingt. Natürlich hatte Theresia aufgesehen und Agnes an der Treppe stehen sehen, und der Blick aus purem Hass, der sie getroffen hatte, hätte Agnes beinahe dazu gebracht, sich zu übergeben. Wenigstens hatte Theresia danach aufgehört, die Legende zu verbreiten, dass sie seit Wochen nichts essen *konnte*, weil ihre Kehle von der Falschheit und der Verlogenheit unter ihrem Dach zugeschnürt war.

Die Kirche in Heiligenstadt lag weit von ihrem Elternhaus entfernt; eine gute Stunde Fußmarsch durch die Stadt, beim Neutor hinaus und auf buckliger werdenden Pfaden nach Heiligenstadt selbst, wo manche Häuser endgültig verlassen waren und andere noch immer die dunklen Wundmale der großen Überschwemmungen aus den Jahren gleich nach Agnes' Geburt trugen, inzwischen überlagert von den Streifen späterer, weniger dramatischer Fluten. Es war nicht immer einfach, einen Stallknecht oder jemand anderen aus dem Gesinde zu finden, der sie und ihre Magd bis dorthin begleitete und geduldig vor dem Kirchenportal wartete, bis Agnes mit ihren vergeblichen Versuchen, im Gebet Seelenfrieden zu finden, zu Ende war. Vor allem musste es jemand sein, der auch noch mit dem wenigen Geld, das Agnes ihm geben konnte, zufrieden war und nicht überall herumerzählte, welche seltsamen Expeditionen die Tochter der Herrschaft unternahm. An das tiefe Misstrauen allen Dienstboten gegenüber, das der Vorfall nach der Gumpendorfer Prozession in ihr geweckt hatte, wollte sie lieber gar nicht denken; die Überwindung, einen der jungen Männer in ihrem Haus anzusprechen, war jedenfalls groß.

Sie hätte Cyprian um seine Begleitung bitten können; doch sie wollte nicht, dass er mehr von ihrer Zerrissenheit und der Ausweglosigkeit ihrer Gedanken erfuhr, als er ohnehin schon ahnte. Dass sie von allen Gotteshäusern ausgerechnet die Heiligenstädter Kirche aufsuchte anstatt irgendeine andere in der Stadt, geschweige denn ihre Pfarreikirche, hatte ebenfalls mit Cyprian zu tun – und mit dem neugierigen Blick des Pfarrers von Sankt Johannes Baptist, ihrer Pfarrei, der ihr jetzt erst auffiel und der zweifellos damit zu tun hatte, dass ihre Mutter ihm schon vor langer Zeit gebeichtet hatte, was es mit ihrer vermeintlichen Tochter auf sich hatte.

Sie merkte, dass sich hilflose Wut in ihre Gedanken schlich. Wut auf ihren Vater, der seit dem Besuch von Pater Xavier nicht mehr der Gleiche zu sein schien, Wut auf ihre Mutter, die sie, Agnes, dafür strafte, dass sie existierte, worum Agnes nicht gebeten hatte. Seufzend öffnete sie die Augen, hörte ihr Kleiderrascheln und die leisen Schritte des dünnen jungen Priesters, der in seiner eigenen Kirche weniger zu Hause schien als seine ratlose Besucherin und in all den Malen noch nicht einmal den Mut aufgebracht hatte, die fremde junge Frau anzusprechen und sie nach ihrem Leid zu fragen; der dünne junge Priester besaß Bildung und wusste, dass der Gralskönig durch eine mitleidvolle Frage erlöst worden war, so wie er wusste, dass *er* nicht den Schneid hatte, Parzival zu sein, noch nicht einmal, was diese unglückliche junge Dame betraf. Als Agnes zum allerersten Mal hier gewesen war, war der Priester ein anderer gewesen; der Boden in der Kirche war noch vom Hochwasser aufgerissen gewesen, und die paar Jahre seit der großen Flutkatastrophe hatten es nicht vermocht, den Geruch nach schalem Wasser, Schlick und faulem Tang zu löschen, der sich in den Putz eingegraben hatte und den sie selbst heute zu ahnen vermochte. Die Tür hinter dem Altar war offen gewesen – eine Einladung, wenn es je eine gegeben hatte …

Im Alter von zehn Jahren hatte Agnes Wiegant – geborgen in der Liebe ihres Vaters, sicher in der gleichbleibend kühlen Effizienz ihrer Mutter und angeregt durch die Freundschaft mit Cyprian – zum ersten Mal die Geschichte gehört, wie aus einer in heiligem Eifer begangenen Freveltat die Katastrophe erwuchs, die die Heiligenstädter Kirche einst verschlingen würde.

»Aber sie ist doch gar nicht untergegangen«, hatte sie gesagt.

»Ich weiß«, erwiderte Cyprian. »Aber nur ganz knapp nicht. Und außerdem sind viele Häuser in Heiligenstadt, Hütteldorf und Penzing überschwemmt worden, und es sind so viele Leute ertrunken, dass die Leichen noch in Pressburg angeschwemmt wurden. Daher haben alle geglaubt, der Untergang der Kirche sei gekommen, und es hat Monate gedauert, bis sich die Bewohner von Heiligenstadt wieder zurückwagten. Manche sind bis heute nicht zurückgekehrt.«

»Hat jemand die schwarzen Fische gesehen, die mit den feurigen Augen?«

Cyprian zuckte mit den Schultern.

»Und die zu Stein erstarrte böse Frau?«

»Agnes, es war doch nur eine normale Überschwemmung. Sie war noch nicht mal an Pfingsten. Wenn der schwarze See die Kirche verschlingt, wird es an einem Pfingstsonntag sein.«

»Erzähl mir die Geschichte noch mal!«

Die Geschichte war diese: wo heute Wien und die Nachbargemeinden lagen, hatte sich in heidnischen Zeiten eine große Ansiedlung befunden, die sich um ein wichtiges Heiligtum gebildet hatte – eine Quelle, in der die Heiden eine Gottheit sahen, die sie anbeteten und die von einem großen Stein geschützt wurde. Der heilige Severin ließ die Quelle zuschütten und den Stein umstürzen, obwohl ihn die Heiden anflehten, das Heiligtum unversehrt zu lassen; sie würden auch ohne diesen Frevel zu dem neuen Glauben übertreten, den der Missionar mitgebracht hatte. Severin, der um die Macht von Symbolen wusste, verschloss sich den Bitten und ließ auf den Ruinen des Heiligtums eine christliche Kirche errichten.

Doch die Quelle sprudelte weiter – unterirdisch und in den Köpfen der Bekehrten. Ohne es zu wollen, hatte der heilige Severin ein viel mächtigeres Symbol geschaffen, eines, das vom Lauf der Zeiten, von Feuern, Kriegen und Erdbeben verschont bleiben würde, weil es sich in den Köpfen und Herzen der Menschen befand. Die Quelle bildete einen riesigen schwarzen See, in dem schwarze Fische schwammen, deren feurige Augen direkt bis in die Hölle zu blicken schienen.

»Hinter dem Altar der Kirche gab es eine verschlossene Tür, die zu dem schwarzen See hinabführte«, sagte Cyprian.

»Nur der Pfarrer besaß den Schlüssel dafür. Aber eines Tages vergaß er, die Tür abzuschließen. Während des Gottesdienstes bemerkte eine reiche Frau diesen Umstand, und da sie neugierig war und die Messe sie langweilte, schlich sie sich zu der Tür und schlüpfte hindurch, als der Pfarrer zur Wandlung anhob und die Gemeinde die Köpfe senkte, um zu beten.«

»Der schwarze See war da!«, flüsterte Agnes.

»Der schwarze See war da. Und es war ein schwarzes Boot da, das an seinem Ufer lag. Die Frau stieg hinein und fuhr über den See; doch nach eine Weile wurde es ihr unheimlich, die schwarzen Fische kamen ihrem Boot immer näher und starrten sie an, und sie ruderte zurück zum Ufer, um auszusteigen.«

»Sie konnte das Boot nicht mehr verlassen«, sagte Agnes. Ihre Augen glänzten. »Sie war verflucht.«

»Erzähl ich die Geschichte oder du?«, fragte Cyprian, doch er lächelte.

»Die böse Frau begann zu schreien«, sagte Agnes. »So: IIIIIIIIIEEH!«

Cyprian hielt sich die Ohren zu. Er sah sich um. Gleich würde Agnes' Kinderfrau zur Tür hereinkommen und eine Strafpredigt austeilen, doch ohne dass Cyprian es wusste, erhielt die Kinderfrau in diesem Moment selbst eine Strafpredigt wegen irgendeiner Verfehlung, die Theresia Wiegant zu Ohren gekommen war. Die beiden Kinder waren für den Moment ohne Aufsicht.

»Der Priester und die Gemeinde hörten die Schreie. Sie starrten sich an. Jeder wusste, was der andere dachte: nun passiert es – der schwarze See verschlingt uns alle! Als nach einer Weile immer noch nichts geschehen war und die Schreie immer schwächer wurden, fasste der Priester Mut. Er hob die Hostie hoch und stieg die lange Treppe hinunter, gefolgt von der Gemeinde. Sie beteten und sangen laut …«

»… doch es war zu spät …«

Agnes und Cyprian sahen sich an. Cyprian hatte die Geschichte bestimmt schon fünfmal erzählt. Die Kinder lachten sich an.

»SIE WAR ZU STEIN ERSTARRT!«, schrien beide gleichzeitig. »AAAAAAH!«

Cyprian erstarrte mit einem schrecklichen Gesichtsausdruck. Agnes stupste ihn an der Nase, in die Seite, versuchte ihn zu schubsen, doch Cyprian, dessen Mundwinkel zuckten, verharrte in seiner Versteinerung. Nur seine Augen rollten. Agnes lachte wie verrückt.

»Zu Hilfe«, schrie sie, »zu Hilfe, er ist zu Stein geworden, er wird noch durch den Fußboden brechen, helft mir!«

Sie hatte sich nie gefragt, warum dieser Junge, der vier Jahre älter war als sie, sich so oft mit ihr abgab, anstatt mit seinen Altersgenossen durch die Gassen zu ziehen. Cyprian war da gewesen, wenn sie lachen wollte, Cyprian war da gewesen, wenn sie weinen musste, und wenn er ging, tat er es jedes Mal mit dem Versprechen, zurückzukehren. Sie lehnte sich zurück und betrachtete ihn dabei, wie er sich bemühte, die Pose aufrechtzuerhalten; da platzte die Kinderfrau herein, die Augen rotgeweint und hektische Flecken auf den Wangen.

»Was ist das hier für ein Lärm!«, rief sie. »Junger Herr, erschrecken Sie das Kind nicht. Ich glaube, es ist besser, wenn Sie bei sich zu Hause nach dem Rechten sehen. Sehen Sie nur, das Kind ist ganz verschwitzt!«

»Das kommt vom Lachen«, protestierte Agnes, doch Cyprian war schon aufgestanden und marschierte hinaus. In der Tür drehte er sich nochmals um und zog erneut sein versteinertes Gesicht, dann schlüpfte er, begleitet von Agnes' neuerlichem Lachanfall, hinaus …

… und ein paar Wochen später war Agnes durch die Tür hinter dem Altar in der Heiligenstädter Kirche geschlüpft. Die Tür war offen gewesen … Der junge, schweigsame Pfarrer hatte ihrer Versicherung geglaubt, ihre Eltern würden gleich nachkommen, und war weiterhin schweigsam und wie ein Schatten in die Sakristei gehuscht, so dass es schien, als gehöre er gar nicht hierher. Neben dem Altar standen brennende Unschlittkerzen und sagten: nimm uns mit ... und Agnes ging den schwarzen See mit der versteinerten Frau suchen.

Dass ihr Elternhaus kopfstand und die halbe Kärntner Straße schon nach ihr abgesucht worden war, kam ihr nicht in den Sinn. Dass sie eine für ein Kind ungeheure Strecke zurückgelegt hatte und ihre ständigen Fragen nach dem richtigen Weg nach Heiligenstadt nur durch viel Glück stets korrekt beantwortet worden waren, war ihr nicht klar. Sie stieg vorsichtig die Treppe hinunter, das Licht von der offenen Tür sickerte hinter ihr die Stufen hinab und blieb mit jedem Schritt, den sie machte, ein Stückchen zurück. Von unten herauf stieg eine Kühle, die sie überraschte, und ein trockener Modergeruch, der sie schlucken ließ. Sie glaubte, das Glucksen von Wasser zu hören und das schwere, träge Plätschern, das die schwarzen Fische machten, wenn sie an die Oberfläche kamen, um mit ihren Feueraugen in die Dunkelheit zu starren. Die Kälte strich um ihre Beine, unter ihr Kleid und an ihrem Leib hinauf. Die Kerze flackerte, aber ihre Hand schützte sie vor dem Luftzug. Die Treppenstufen waren aus hellem Stein und schimmerten in die Tiefe hinunter wie ein Finger, der sie lockte. Sie räusperte sich – das Geräusch fiel in die Finsternis hinein und kam als verzerrtes Echo wieder zurück. Agnes blickte über die Schulter – der breite, helle Spalt der Tür war überraschend nahe; mit zwei, drei Sprüngen hätte sie ihn erreichen können. Sie starrte wieder zurück in den Abgrund. Schließlich fasste sie sich ein Herz und stieg weiter hinab.

Es war beinahe vollkommen dunkel, als die Treppe aufhörte und in einen mit buckligen Steinen ausgelegten Gang überleitete, dessen Wände links und rechts narbig, kalt und trocken waren. Agnes erschauerte in der Kühle. Voraus konnte sie überhaupt nichts erkennen. Sie hielt die Kerze hoch. Die Flamme flackerte weiterhin hektisch – aus der Tiefe drang eine stetige, modrige Brise. Sie spähte erneut zur Tür zurück. Der breite Spalt war immer noch von beruhigender Größe. Sie hatte vielleicht das Äquivalent eines Stockwerks zurückgelegt auf ihrem Weg in die Tiefe hinunter; es war ihr länger erschienen, und die Kälte schien zu sagen, dass sie tief unter der Erde war, doch ein Stück der kühlen Vernunft, die der Umgang mit Cyprian in ihr geweckt hatte, sagte: Die Kirche steht auf einem kleinen Hügel, du bist wahrscheinlich kaum unterhalb des Gassenniveaus der Ansiedlung darum herum.

Dann flackerte etwas außerhalb der Tür wie große Schwingen und warf seinen Schatten bis zu ihr herunter, jegliche Vernunft verließ sie innerhalb eines Lidschlags und rann zu ihren Füßen aus ihr hinaus, und die Tür fiel zu und dröhnte in ihren eigenen Herzschlag hinein. Sie schrie auf. Die Kerzenflamme legte sich quer, verlosch zu einem kümmerlichen blauen Glosen, spuckte und stotterte, – Agnes stierte sie an und vergaß, weiterzuschreien – und erholte sich wieder. Die Dunkelheit außerhalb der Flamme war vollkommen. Agnes krallte ihre Zehen in die Schuhe und wimmerte. Ihre Blase verkrampfte sich und ließ ein paar Tropfen warmer Flüssigkeit an ihren Beinen hinabrinnen, die sie aufschreckten wie Finger, die daran entlangfuhren. »Nein«, flüsterte sie, »nein, nein, nein.« Ein Geräusch erklang, das noch schlimmer war als das Dröhnen der zugeschlagenen Tür: das Herumdrehen eines Schlüssels im Schloss.

Sie war eingesperrt.

Das Echo des umgedrehten Schlüssels kam aus der Tiefe zurück und kreischte wie die Frau, die im See zu Stein erstarrte.

Agnes wich zurück, ohne dass es ihr bewusst war. Ihr Atem pfiff in der Dunkelheit. Sie hatte zuletzt zur Treppe hinaufgestarrt – ihr Rückzug führte sie nun tiefer in den Gang hinein. Die Finger der linken Hand fuhren an der Wand entlang; die Rechte umklammerte die Unschlittkerze, dass diese sich zu verbiegen begann. Die Finger der Linken trafen auf Rillen und Erhebungen, die wie eine Landschaft wirkten. Unwillkürlich leuchtete sie die Wand mit der Kerze an.

Eine Fratze sprang ihr entgegen.

Sie wich zurück, bis sie mit dem Rücken an die gegenüberliegende Wand prallte. Aus der einen Fratze wurden drei; drei Mäuler voller Zähne, drei Paare geblähter Nüstern, drei böse Augenpaare, gesträubtes Fell, mächtige Tatzen, ein schuppiger Schwanz – drei Köpfe von Monstren auf dem Körper eines Hundes, der groß war wie der eines Stieres. Mit dem flackernden Kerzenlicht schienen die Köpfe hin- und herzupendeln und die Augen zu funkeln.

Agnes kreischte und wirbelte herum, floh in den Gang hinein. Die Kerzenflamme kämpfte ums Überleben. Die Wände des Gangs verbreiterten sich jäh zu einer Höhle, zu einer gewaltigen Kammer voller wuchtiger Schatten und dunklen Nischen, zu riesigen Sarkophagen, deren Deckel herabgefallen waren und aus denen vom Alter dünn gewordene Stoffbahnen hingen wie uralte Spinnweben und sich ihr entgegenzustrecken schienen. Die Nischen waren Augenhöhlen, Mäuler, Schlünde, in denen etwas war, das sich nicht genau erkennen ließ, etwas, das sie zucken und herausquellen und über den Boden auf sich zukriechen sah. Jenseits der Höhle ging der Gang weiter, absolute Finsternis, der Gestank von Moder und Zersetzung, die Schwärze einer seit Jahrhunderten lichtlosen Dunkelheit, ein vergessener Eingang zur Hölle, über dem das Wort von der vergeblichen Hoffnung nicht stand, weil niemand in seinem Angesicht auch nur einen Gedanken an Hoffnung verschwendet hätte. Ihr Fuß stieß an etwas. Sie sah hinunter.

Sie hatte noch nie einen Totenschädel gesehen, außer auf Fresken oder Reliefs. Sie war nicht vorbereitet auf den bohrenden Blick aus den schwarzen Augenhöhlen, auf die gebleckten Zähne, auf den braun verfärbten Knochen. Ihr Herz setzte aus. Ihr Fuß zuckte. Der Schädel rollte auf die Seite, beschrieb einen kleinen Halbkreis und stieß an ihren anderen Fuß, das Gesicht nach oben, die Augenhöhlen vorwurfsvoll starrend.

Agnes schrie auf. Ihr Körper reagierte, weil ihr Geist wie gelähmt war – ihr Fuß trat zu und schoss den Schädel davon. Von der Bewegung verlosch die Kerze endgültig. In der über sie herfallenden Dunkelheit hörte sie den Schädel an die Wand prallen und zersplittern, hörte das Klickern der Knochensplitter, das sich ihr zu nähern schien, so als ob all die Bruchteile zu ihr hinkröchen, um sie für ihr Sakrileg zu bestrafen.

Sie stand stocksteif. Ihre Finger krallten sich in die Kerze, zerbrachen sie, das heiße Unschlitt schwappte heraus und verbrannte sie, ohne dass sie es merkte. Sie wollte kreischen, aber sie konnte nicht; sie wollte um Hilfe rufen, aber heraus kam nur ein lautloses Keuchen. Sie hörte das Glucksen des schwarzen Sees und die Bewegungen der schwarzen Fische aus dem Eingang zur Hölle heraustönen, sie hörte das Stöhnen der versteinerten Frau (*Komm zu mir, Kind, hilf mir, Kind, komm zu mir, komm, komm, komm*); sie kniff die Augen zusammen und sah das Funkeln der Feueraugen hinter ihren Lidern, vernahm das Flehen der im Stein gefangenen Seele, die um Erlösung bat und gleichzeitig eine weitere Seele ins Verderben locken wollte, die flüsterte und ächzte und weinte und drohte, und erstarrte selbst zu Stein, erstarrte, erstarrte, verlosch.

»Kann ich dir helfen, meine Tochter?«, fragte der Pfarrer, der von irgendwoher doch den Mut gefunden hatte, die vor dem Altar kniende Fremde endlich anzusprechen und so angespannt vor ihr stand, dass jede heftigere Zurückweisung ihn klafterweit hätte davonschnellen lassen.

Agnes fiel aus der Dunkelheit in ihren Körper zurück und

blinzelte. Vor ihren Augen hing das besorgte, blasse, magere Jungengesicht des Pfarrers. Es verschwamm vor ihrem Blick. Überrascht erkannte sie, dass sie geweint hatte. Etwas in ihr bäumte sich gegen die Anrede auf und wollte hasserfüllt rufen: *Ich bin niemandes Tochter!*, aber der Wunsch, dass dem nicht so wäre, war zu groß und die Rufe aus der Vergangenheit zu laut.

Irgendwann nach all den grauenhaften Stunden, in denen sie als kleines Mädchen in der Finsternis gewesen war und zu sterben geglaubt hatte, hatte eine Hand sie an der Schulter gerüttelt. Sie hatte die Augen geöffnet und die Helligkeit einer Tranlampe gesehen, die auf Cyprians Gesicht schien. Sie lag auf dem Boden, eingerollt wie ein sterbendes Tier, die zerbrochene Kerze an den Körper gepresst.

»Die steinerne Frau war hier«, flüsterte sie. »Sie hat mich gerufen, Cyprian, und ich hab die Fische gehört und den schwarzen See und –«

»Ja«, sagte Cyprian und sah sich um. »Ja, natürlich.«

»Sie hat gesagt, dass ich nicht hierher gehöre«, wisperte Agnes und packte Cyprians Arm. »Dass ich lebe, obwohl ich tot sein müsste, und dass ein schwarzer Mann auf mich wartet, um mich in die Hölle mitzunehmen.«

»Was versteinerte alte Weiber eben so reden«, sagte Cyprian, aber Agnes spürte die Gänsehaut, die über seinen Körper lief. Der Pfarrer machte ein Gesicht, halb Missbilligung, halb Sorge. Mit einem schwachen Aufblitzen von Überraschung erkannte Agnes, dass er alt und robust war und in keiner Weise dem Mann ähnelte, den sie oben zu sehen geglaubt hatte.

»Normalerweise sperre ich immer ab, damit niemand die Ruhe der Toten stört,« sagte er.

»Schon gut«, sagte Cyprian. »Komm, Agnes, gehen wir nach Hause.«

Er streckte die Hand aus, und sie ergriff sie und ließ sich in die Höhe ziehen. Ihre andere Hand hielt die Kerze; verwirrt gab sie sie dem Pfarrer und registrierte erstaunt, dass das Unschlitt immer noch weich war.

»Als man dich nirgendwo finden konnte, ist mir die Geschichte eingefallen, die du so oft hören wolltest«, sagte Cyprian. »Ich bin so schnell ich konnte hier herausgelaufen. Hochwürden kam gerade aus der Kirche heraus.«

»Dein Schutzengel hat meine Wege geleitet, Kleine«, sagte der Pfarrer. »Ich wollte eben einen Gang durch die Gemeinde tun, dann hätte dein Freund hier für Stunden niemanden vorgefunden. Er nötigte mich, den Schlüssel aus der Sakristei zu holen, und da fiel mir ein, dass ich die Tür eben abgesperrt hatte und dass ich mich gar nicht erinnern konnte, sie überhaupt offen gelassen zu haben. Nun, gut, dass du nicht hinter die zweite Tür vordringen konntest. Dahinter beginnt ein Labyrinth, in dem wir dich niemals wiedergefunden hätten.«

»Da war keine zweite Tür«, sagte Agnes.

»Die Tür hier gegenüber«, sagte der Pfarrer. Er wies in die Dunkelheit. »Gut, dass du sie gar nicht entdeckt hast.«

»Sie war offen.«

»Sie ist zu«, sagte Cyprian. »Sieh selbst.« Er leuchtete mit der Kerze. Ein Tor, das im Zugang einer Festung nicht fehl am Platz gewesen wäre, versperrte den Weg. Agnes starrte sie an.

»Es war offen«, flüsterte sie. »Ich habe gehört, wie die versteinerte Frau mich aus dem Gang heraus gerufen hat. Stundenlang …«

»Du warst keine zehn Minuten hier unten«, sagte Cyprian und grinste, während er sie am Arm die Treppe hoch führte.

»… hat die versteinerte Frau mich gerufen.«

»Das ist der Wind«, sagte der Pfarrer. »Hier unten weht dauernd der Wind. Deshalb haben sich die Überreste der armen Teufel auch so gut erhalten. Die Gräber sind schon lange geplündert, aber ein paar Knochen sind noch da, und jeder

Pfarrer der Heiligenstädter Kirche macht es sich zu seiner Aufgabe, über die Totenruhe zu wachen. Ich bin kein gebildeter Mann, aber ich nehme an, die Toten stammen noch aus den Zeiten der römischen Cäsaren. Heiden, wenn ihr versteht, was ich meine, aber sie liegen schon so lange hier unten und die Kirche steht schon so lange auf ihren Gebeinen, dass Gott der Herr ihnen bestimmt verzeihen wird.«

»Meine Tochter?« Die Hand des jungen Pfarrers schwebte über ihrer Schulter, aber der Mut fehlte, die Schulter zu berühren.

Agnes hatte nie auch nur einen Gedanken daran verschwendet, dass sie jemals einen anderen zum Mann nehmen würde als Cyprian Khlesl. Es schien vorbestimmt gewesen zu sein; so vorbestimmt, dass sie nie klar darüber nachgedacht hatte, was sie für ihn empfand. Es war so klar, dass sie nicht einmal mit ihren Eltern darüber gesprochen hatte, und dass ihre Eltern ebenfalls nie darauf zu sprechen gekommen waren, hatte ihr den Eindruck vermittelt, dass sie es genauso sahen wie Agnes. Und jetzt ... wie konnten ihr Vater und ihre Mutter auch nur im Entferntesten der Meinung sein, dass es nicht Cyprian war, für den sie bestimmt war? Cyprian, der stets zur Stelle gewesen war, wenn sie in Schwierigkeiten steckte, von der Sache mit der festgefrorenen Zunge über den Ausflug in die Katakomben unterhalb der Heiligenstädter Kirche und über weitere ungezählte Episoden hinweg bis letztens, als er den Pestkranken gemimt hatte, um sie vor den protestantischen Schlägern zu retten? Es konnte ihnen doch nicht egal sein, was er in all den Jahren für Agnes getan hatte! Abgesehen davon, dass Niklas und Theresia Wiegant die meisten Vorfälle gar nicht bekannt waren, weil Agnes nie die Notwendigkeit gesehen hatte, sie darüber zu informieren. Cyprian war ihr beigesprungen und hatte sie gerettet, und das hatte genügt.

Sie war nicht naiv – sie wusste, dass die Reihenfolge normalerweise umgekehrt war: die Heirat kam zuerst, und mit der Zeit kam auch die Liebe oder wenigstens Zuneigung – oder zumindest Gleichgültigkeit und das gemeinsame Streben nach Vermehrung des Gewinns, wenn schon nichts anderes. Umso heftiger wünschte sie sich, dass sich an ihnen die Ausnahme von der Regel beweisen sollte. Tief in ihrem Herzen ahnte sie, dass auch bei der Verbindung ihrer Eltern die Emotion eine größere Rolle gespielt hatte als die Berechnung; Niklas Wiegant war der Erbe eines schon zu Zeiten seines Großvaters erfolgreichen Handelshauses gewesen, Theresia die dritte Tochter eines weitaus weniger wohlhabenden Grundbesitzers – wenn es stimmte, dass nach der einen Fehlgeburt die Kinder ausgeblieben waren, wäre es ein Leichtes für Niklas gewesen, seine Frau zu verstoßen. Er war jedoch bei ihr geblieben, hatte sogar durch ihre Wandlung zur verbitterten Tyrannin hindurch zu ihr gehalten, – war vielleicht nicht immer treu gewesen, Agnes' schiere Existenz schien es zu beweisen, ha ha ha! – Und wenn das nicht auf Liebe hindeutete, was dann? Warum waren sie dann beide gegenüber Agnes' Gefühlen so taub?

Plötzlich sah sie die Lösung vor sich. Wenn bei der üblichen Gestaltung von Heiratsabkommen die Berechnung zuerst kam und die Gefühle sich danach zu richten hatten – warum sollte sie dann den Spieß nicht einmal umkehren und mit der kühlen Berechnung ihren Gefühlen zum Sieg verhelfen?

Cyprians Vater, der Bäckermeister, mochte gesellschaftlich unter den Wiegants stehen, doch sein Bruder war immerhin seit ein paar Jahren Administrator der Diözese von Wiener Neustadt und neuerdings zum Hofkaplan ernannt worden, und zumindest für Agnes' Mutter musste es von immenser Bedeutung sein, einen kirchlichen Würdenträger in die Familie zu bekommen. Für ihren Vater wiederum – wer konnte schon behaupten, mit dem Mann verschwägert zu sein, der über den

Bruder des Kaisers, Erzherzog Matthias, eine direkte Verbindung zum Kaiserhof hatte? Wer würde wohl zuerst Aufträge erhalten – Niklas Wiegant, der unbekannte, um den Fortbestand seiner Firma kämpfende Kaufmann; oder Niklas Wiegant, der Hoflieferant? Sie erinnerte sich daran, wie Cyprian sie die Treppe hinaufgeführt hatte, aus den Katakomben hinaus und zurück ans Licht, und empfand plötzlich das gleiche Gefühl wie damals für ihn, nur viel überwältigender und heftiger. Beinahe hätte sie sich umgewandt und wäre nicht erstaunt gewesen, ihn hinter sich stehen zu sehen, so nahe fühlte sie sich ihm – doch dieses eine Mal war sie auf sich gestellt und würde es bleiben, würde ihre eigene Entscheidung fällen.

Agnes stand auf. Der junge Pfarrer wich zurück. Agnes deutete auf die Tür hinter dem Altar. Sie wischte sich die Tränen aus den Augen.

»Darf ich die alten Gräber sehen, Hochwürden?«

Der Adamsapfel des jungen Pfarrers zuckte. »Was für Gräber?«

»Die in den Katakomben hinter dieser Tür. Die der römischen Heiden.«

Der Blick des Pfarrers zuckte zwischen ihr und der Tür hin und her. Seine Lippen arbeiteten, während sein Gehirn verzweifelt nach einem Ausweg suchte, um ihr keine ablehnende Antwort geben zu müssen. Sein Gehirn versagte. »Es gibt hier keine Katakomben«, brach es aus ihm heraus.

»Unsinn«, sagte Agnes, ohne daran zu denken, wie man sich einem Pfarrer gegenüber auszudrücken hatte. »Ich hab sie mit eigenen Augen gesehen, als ich ein Kind war.«

»Es *gibt* hier *keine* Katakomben«, winselte der Pfarrer.

Agnes schritt am Altar vorbei und zu der Tür. Der Pfarrer sprang neben ihr her. Agnes drückte die schwere alte Klinke hinunter. Die Tür ächzte und schwang einen Spaltbreit auf. Agnes zog an ihr, bis sie ganz offen war, dann trat sie in die Öffnung und starrte hinunter.

Die Treppe führte eine Mannslänge nach unten und endete auf dunkelgrau-rissigem Schlammboden. Man konnte, wenn man sich duckte, ein paar Schritte tun und endete dann an einer Wand. In einer Ecke stand ein kleines Fass; in einer Holzkiste lagen welke Kohl- und Rübenstrünke. Agnes blinzelte, aber der Anblick verging nicht.

»Da unten ist es kühl, deswegen kann man Vorräte…«, stotterte der Pfarrer. »Wenn meine Pfarrkinder mir etwas spenden, –«

»Die Treppe führte viel weiter hinab«, sagte Agnes wie im Traum.

»Ich bin erst seit einem Jahr hier«, erklärte der Pfarrer. »Als ich ankam, war mein Vorgänger schon gestorben. Ich weiß nichts von Katakomben, und niemand hat mir etwas darüber erzählt. Aber ich weiß, dass vor ein paar Jahren noch einmal eine große Überschwemmung war, gleich im Frühjahr nach der Schmelze, und dass der Schlamm in den Gassen der Stadt an manchen Stellen bis zu den Knien ging. Vielleicht – wenn dort drunten irgendetwas war, dann ist es jetzt …«

… *endgültig begraben*, dachte Agnes. Die toten Heiden, die armen Teufel hatten jetzt endgültig ihre Ruhe. Wie es schien, hatte Gott der Herr ihnen tatsächlich verziehen. Agnes starrte hinab. Der Gedanke weckte keinen Frieden in ihrem Herzen. Es war, als hätte es den Weg, den Cyprian sie zurück ins Licht geführt hatte, nie gegeben.

8

NIKLAS WIEGANT SAH seine Tochter so lange schweigend an, dass Agnes fürchtete, er habe sie ganz einfach nicht verstanden. Ihr Elan versiegte vor diesem langen Blick. Wäre er voller Ärger oder Wut gewesen, hätte sie damit umgehen können. Selbst auf empörte Verständnislosigkeit hatte sie sich vorbereitet. Doch im Blick ihres Vaters war etwas, das sie verwirrte und das ihr den Wind aus den Segeln nahm; sie glaubte Bedauern, Verständnis und eine so große Zuneigung darin zu lesen, dass es ihr wehtat – vor allem aber eine Art Fatalismus: *Ich kenne deine Argumente, ich verstehe sie, ich hätte auch nichts anderes gesagt – und doch werde ich keinem von ihnen folgen.*

Eine würgende Angst stieg in Agnes hoch. Sie erkannte, dass in ihren Plänen eine Ablehnung ihres Vorschlags nicht eingerechnet gewesen war.

Niklas Wiegant stand auf und öffnete die Tür. »Ich möchte, dass deine Mutter zugegen ist«, sagte er.

Agnes starrte auf die Tischplatte und lauschte den Schritten ihres Vaters, die sich draußen vor der Stube entfernten. Sie drängte ihre Angst zurück und versuchte, Hoffnung zu schöpfen. Als das Klappen der Tür sie aufsehen ließ, blickte sie als Erstes in Theresias steinernes Gesicht.

»Wo warst du die ganze Zeit?«, fragte ihre Mutter. »Ich hätte deine Hilfe in der Küche brauchen können.«

»Ich musste mir über etwas klar werden«, sagte Agnes.

»Ach ja? Wenn du dir nur darüber klar geworden wärst, dass deine Mutter deine Unterstützung gebraucht hätte!«

Niklas Wiegant schob seine Frau in die Stube hinein. »Schon gut«, sagte er ruhig.

»Ich hab auch jetzt noch jede Menge zu tun. In diesem Haus geht nichts voran, wenn ich mich nicht darum kümmere. Was willst du von mir, Niklas?«

»Es geht um die Zukunft unserer Tochter.«

»Ausgerechnet jetzt? In der Küche brennt das Abendessen an.«

»Theresia, dann brennt es eben an. Schlimmstenfalls werfen wir es weg und fasten einen Abend lang im Angedenken an die Leiden unseres Herrn.«

»So? Auf einmal willst du fasten? Letztens, als du gemeint hast, das Fleisch habe einen Stich und es nicht auf den Tisch bringen lassen wolltest und wir stattdessen Brot und Käse essen mussten, hast du dich den ganzen Abend lang beklagt.«

»Ich habe mich darüber beklagt, dass du das Fleisch trotzdem hast zubereiten lassen, obwohl ich von vornherein sagte, es sei ungenießbar.«

»Jetzt schiebst du mir auch noch die Schuld daran zu, dass unsere Dienstboten nichts taugen und dass das Fleisch, das du angeschleppt hast, schon verdorben war, bevor man es dir gab?«

»Das Fleisch war in Ordnung, es war ein ganz junger Bock. Wir haben ihn bloß zu lange gelagert.«

»Seit wann bist du zum Fleischer geworden, Niklas Wiegant, dass du das beurteilen kannst? Stehst du den ganzen Tag in der Küche oder ich?«

»Ich hatte den Bock von Sebastian Wilfings Bruder, dem kaiserlichen Hofjäger.«

»Na und? Was willst du? Das ist doch der Beweis, dass unsere Dienstboten nichts taugen! Sie lassen sogar ein perfektes Stück Fleisch verderben, die Faulpelze! Aber wenn es nach dir ginge, dann würde jeder an Lichtmess noch einen Dukaten unter seinem Teller finden, anstatt auf der Straße zu landen, wie sie es verdient haben.«

»Wie willst du denn gute Dienstboten finden, wenn du die meisten davon jedes Jahr davonjagst? Zu einem guten Gesinde gehört auch, dass es sich darauf verlassen kann, dass seine Herrschaft es beschützt.«

»Worauf willst du denn jetzt hinaus? Dass ich nicht imstande bin, das Gesinde ordentlich zu führen? Du bist die längste Zeit des Jahres irgendwo unterwegs und lässt mich mit der ganzen Arbeit hier zurück. War schon einmal etwas nicht zu deiner Zufriedenheit, als du heimgekehrt bist? War einmal das Haus schmutzig oder der Kamin verrußt oder das Dach leck? Na, Niklas Wiegant, war es das?«

»HÖRT AUF!«, schrie Agnes.

Ihre Eltern gafften sie an. Niklas Wiegant räusperte sich und wurde rot. Theresia holte Atem. »Was glaubst du eigentlich, junge Dame, wen du vor dir hast?«

Agnes biss die Zähne zusammen. Nicht unbedingt der beste Anfang für das Gespräch, das sie zu führen hatte: ihre Eltern anzuschreien. Doch der Schrei hatte sich Bahn gebrochen, noch bevor sie sich bewusst gewesen war, dass er in ihr brodelte.

»Es tut mir leid«, sagte sie mühsam. »Vater, Mutter, bitte setzen Sie sich zu mir. Ich muss Ihnen etwas Wichtiges erklären.«

»Ich kann dir auch im Stehen zuhören«, begann Theresia, doch Niklas schob sie an den Tisch und sagte: »Setz dich, meine Liebe, und lass uns zuhören.«

»Das wäre ja noch schöner, dass die junge Dame *uns* an den Tisch bittet, als hätte sie hier das Sagen und nicht wir.« Theresia nahm Platz und starrte ihre Tochter feindselig an.

Agnes versuchte sich an die Gesprächstaktik zu erinnern, die sie sich zurechtgelegt hatte. Die Taktik war weg. Alles, was in ihrem Hirn war und sich auf die Zunge drängte, war blinde Panik. »Ich kann Sebastian Wilfing nicht heiraten!«, platzte sie heraus.

Theresia warf ihrem Mann einen Blick zu. Niklas zuckte mit den Schultern. Zumindest diesen Teil hatte er schon gehört.

»Mutter …« Plötzlich erinnerte sich Agnes daran, dass sie früher immer die Hand ihrer Mutter gehalten hatte, wenn es darum ging, eine Sünde zu beichten. *Mutter, ich war es, die den Deckel vom Honigfass zerbrochen hat, nicht die Tochter der Köchin; Mutter, können Sie die beiden nicht wieder in unser Haus aufnehmen, sie haben doch gar nichts angestellt.* Die Hand ihrer Mutter war so leblos wie ein Stück Holz geblieben, hatte sich dem nervösen Kneten und Streicheln der Kinderhand gefügt, aber es nicht erwidert, war genauso kühl gewesen wie die

Antwort: *Nein, Agnes, ich werde sie nicht zurückholen; wenn du ein schlechtes Gewissen deswegen hast, dass jemand anderer für deine Verfehlung büßt, denk daran, dass du spätestens dann selbst dafür büßen wirst, wenn du vor deinem Richter stehst.* In der Rückschau schien es Agnes, dass sie nicht allein wegen des benötigten Rückhalts die Hand ihrer Mutter gehalten hatte, sondern auch, um sie zu hindern, während der Beichte aufzustehen und fortzugehen. »Mutter – es wäre doch schön, den Bischof zum Verwandten zu haben; denken Sie bloß mal daran, dass Sie und Vater einen Ehrenplatz in den Prozessionen hätten, und nach der Messe würde er vielleicht sogar bei Ihnen anhalten und Sie besonders segnen, und …«

»Wovon sprichst du, Kind?«, unterbrach Theresia.

»… und Vater – haben Sie nicht gesagt, wie schwierig die Geschäfte zur Zeit gehen? Der Hofkaplan könnte doch dafür sorgen, dass Sie einer der Hoflieferanten werden, und dann müssten Sie auch nicht mehr so viel reisen –« Agnes wurde sich bewusst, dass sie klang, als wollte sie Melchior Khlesl heiraten und nicht seinen Neffen. Sie verstummte. Sie wollte sagen, dass in all den Zeiten, in denen ihr Vater nicht da gewesen war und ihre Mutter sie noch kühler als sonst behandelt hatte, Cyprian an ihrer Seite gestanden war. Aber sie konnte es nicht sagen, weil es sich wie ein Vorwurf an beide Eltern anhörte und weil sie genau wusste, dass ihre Mutter diesen Vorwurf erkennen und aggressiv darauf reagieren würde, während ihr Vater, der ihn ebenso erkannte, hilflos mit den Schultern zuckte. Sie wollte sagen, dass sie Cyprian liebte, doch sie erkannte, dass es zu viel und zugleich zu wenig gewesen wäre. Er macht mich ganz, flüsterte sie in sich hinein. Er nimmt mich, wie ich bin. Er lacht mit mir. Ich bin ihm keine Last, sondern eine Freude. Doch auch dies alles wären versteckte Vorwürfe gewesen. Sie verstummte mit einem Misslaut.

»Worauf will sie hinaus, Niklas?«, fragte Theresia.

»Sie will Cyprian Khlesl heiraten, den zweiten Sohn des Bäckermeisters von gegenüber«, sagte Niklas. Sein Gesicht sah traurig aus.

»Junge Dame, wenn dein Vater einen Bräutigam für dich aussucht, dann hast du keine eigenen Vorschläge …« Theresia schloss den Mund. Sie kniff die Augen zusammen.

»Aber Mutter, Sie haben doch selbst gesagt, dass Sie gegen die Heirat mit …«

»Cyprian KHLESL?«, dehnte Theresia.

»Ja.«

»Der Sohn des Ketzers?«

»Mutter, sie sind konvertiert, als Cyprian noch ein Kind …«

»Ehemalige PROTESTANTEN?«

»Aber Mutter, sein Onkel ist Hofkaplan und Bischof von Wiener Neustadt! Sie sind konvertiert!«

»Es gibt keine Konvertierten!«, schrie Theresia. »Einmal ein Protestant, immer ein Protestant! Man kann den Glauben nicht verlassen, mit dem man getauft worden ist! Wer es tut, tut es nur, um einen Vorteil daraus zu erlangen, und nicht, um Gott damit zu ehren.«

»Theresia«, sagte Niklas, »nicht mal der Papst sieht es so streng.«

Agnes' Mutter funkelte ihren Mann an. Der Blick ließ keinen Zweifel daran, dass der Papst in puncto Glaubensfestigkeit einige Lektionen von Theresia Wiegant vertragen konnte.

»Kommt nicht in Frage!«, zischte sie. »Ich werde nicht die Schwiegermutter eines Ketzers, ob er nun in den Schafspelz geschlüpft ist oder nicht.«

»Aber Mutter …«

»Niklas, würdest du vielleicht auch endlich sprechen und dieses renitente – unsere Tochter zu Vernunft bringen, anstatt mir zu erklären, wie der Heilige Vater die Dinge sieht!«

Balg, dachte Agnes. Dieses renitente Balg, wolltest du sagen. Sie fühlte Tränen in ihre Augen schießen und etwas wie eine heiße Lanze, die in ihr Innerstes gestoßen wurde. Sie wandte ihr Gesicht ihrem Vater zu und spürte, wie die Tränen über ihre Wangen liefen. Ihr Vater war eine krumm stehende, unglückliche Gestalt, deren Form vor ihrem Blick verlief und kein Gesicht hatte.

»Ich kann dir die Erlaubnis nicht erteilen, Agnes«, sagte Niklas Wiegant. »Du wirst den jungen Sebastian Wilfing heiraten.«

»NEIN!«, schrie Agnes.

»Wir haben vereinbart, dass wir die Verlobung bekannt geben, sobald Sebastian und Sebastian junior aus Portugal zurück sind ...«

»NEIN!«

»... und dass die Heirat nach Ostern nächstes Jahr stattfinden soll.«

»NEIN. NEIN. NEIN. Vater, bitte, hören Sie mich an, Vater, nein!«

»HÖR AUF ZU SCHREIEN!«, donnerte Theresia. Sie sprang auf und lehnte sich über den Tisch. Agnes zuckte zurück. »HÖR AUF, IN MEINEM HAUS HERUMZUSCHREIEN! DU HAST KEIN RECHT, HIER DIE STIMME ZU ERHEBEN!«

Agnes sprang ebenfalls auf. Überrascht erkannte sie, dass sie ihre Mutter um einen halben Kopf überragte. Es war ihr nie zuvor aufgefallen. Die Tränen in ihren Augen ließen ihr Blickfeld schwimmen, und irgendein Trick ließ die Hände Theresias, die sich auf die Tischplatte stützten, klar und deutlich hervortreten. Agnes sah die Ringe an den Fingern, sah die gebräunte Haut, die davon kam, dass Theresia sich auch in das Jäten des Kräutergartens, das Aufhängen der Wäsche und das Schrubben der Stufen vor dem Hauseingang einmischte; sah die verdickten Knöchel der beiden letzten Finger an den Händen ihrer Mutter, die Sehnen, die sich über die Handrücken zogen, die beginnenden Altersflecken. Vor allem aber sah sie, dass die Finger zuckten. Sie wusste, dass es nicht aus Erregung geschah, sondern aus Abscheu. Es war das letzte bisschen, das nötig war, um Agnes über die Schwelle zu stoßen.

»Ich habe kein Recht?«, schrie sie zurück. »Weil ich nicht Eure Tochter bin? Weil ich nur ein Balg bin, das der Herr des Hauses von irgendwo mitgebracht hat und das dankbar sein muss, überhaupt ein Dach über dem Kopf zu haben? Das niemanden hier Vater oder Mutter nennen kann, weil es weder einen Vater noch eine Mutter hat und das Gott der Herr hätte tausendmal sterben lassen sollen anstelle all der anderen Kinder auf der Welt, die legitim sind und die Gott seinen wirklichen Eltern genommen hat?«

Theresia gab Agnes' Blick zurück; ihre Augen flackerten vor Wut. Agnes erkannte, wie das Gesicht ihres Vaters grau wurde – nenn ihn nicht deinen Vater, ermahnte sie sich selbst, diese Menschen hier sind nicht deine Eltern, deine Eltern sind namenlose Gestalten, die im Dunkel der Jahre untergegangen sind und sich um dein Schicksal einen Dreck gekümmert haben – und wie er die Hand hob, um zu verhindern, dass noch mehr gesagt wurde. Doch Agnes ließ sich nicht aufhalten. Pater Xavier hatte dafür gesorgt, dass das Geheimnis des Hauses Wiegant keines mehr war; dennoch war es in all den Wochen, seit der Dominikanerpater abgereist war, kein einziges Mal angesprochen worden. Niklas Wiegant hatte den Blick seiner Tochter gemieden, wenn sie sich begegnet waren, und Agnes hatte nicht den Mut gefunden, anzusprechen, was sie nun beide wussten. Hatte sie es nicht sogar Cyprian verschwiegen, der ansonsten alle ihre Geheimnisse kannte? Voller Selbstekel wurde ihr bewusst, dass sie sich verkrochen hatte wie ein kleines furchtsames Tier, wie das kleine Mädchen, das unter die Decke schlüpfte, die Augen schloss, sich die Hände über die Ohren hielt und sich dann einzureden versuchte, dass das Gewitter schon vorübergezogen war.

»Warum?«, sagte sie. »Warum haben Sie mich hierhergebracht, Herr Wiegant? Warum haben Sie mich nicht gelassen, wo immer Sie mich gefunden haben, und sterben lassen? Haben Sie gedacht, Sie könnten meine Seele kaufen, Herr Wiegant? Haben Sie je versucht herauszufinden, wer meine wahren Eltern sind? Woher komme ich, Herr Wiegant? Haben Sie je nachgeforscht, haben Sie sich je gefragt, ob meine Eltern mich nicht vielleicht lieber behalten hätten, als mich in ein Findelhaus zu stecken? Haben Sie in Kauf genommen, dass einer Mutter und einem Vater das Kind genommen wurde, nur weil Sie selbst keine haben konnten? Woher komme ich? Woher stammt das Kind, das Sie in Ihr Haus gebracht haben?«

»Hör auf, Agnes«, sagte Niklas erstickt. Agnes merkte voller Schrecken, dass er zu weinen begonnen hatte. »Hör auf, mich ›Herr Wiegant‹ zu nennen, du brichst mir das Herz.«

»Und Sie, Frau Wiegant? Sie haben sich jeden Tag gefragt, woher das Kind stammt, habe ich Recht? Stammt es vom Teufel, Frau Wiegant? Hat Ihr Mann einen Wechselbalg über seine Schwelle getragen? Standen Sie vor der Wiege und haben sich gedacht: ich brauche nur ein Kissen auf den Kopf zu drücken, und in ein paar Augenblicken ist der Alptraum vorüber?«

»Hör auf, Agnes, um der Liebe Christi willen, hör auf!«, schluchzte Niklas.

»Ich lasse mir das nicht länger gefallen!«, sagte Theresia. Sie drehte sich um und stapfte zur Tür, stolzierte an Niklas vorbei, als wäre er ein Möbelstück.

»Haben Sie dieses Kind als eine Beleidigung des Willen Gottes empfunden?«, rief Agnes ihr hinterher. »Haben Sie seine Anwesenheit in diesem Haus, dem Gott in seinem Ratschluss offensichtlich eigene Kinder verwehrt hat, als Sakrileg gesehen? Wie oft haben Sie das Kind angesehen und sich gefragt: Warum lebst du, wenn meine eigenen Kinder alle nicht leben durften? Warum? Was ist der Grund?«

Theresia war an der Tür stehen geblieben. Ihr Rücken war so gerade wie immer. Sie drehte sich nicht um.

»Warum bin ich hier? Warum?«, schrie Agnes. Wut und Trauer ließen ihren Körper so verkrampfen, dass sie dachte, die geringste Bewegung würde ihn zerbrechen. »Warum machen Sie sich über meine Zukunft Gedanken, wenn Sie keinen einzigen an meine Herkunft verloren haben? Oder bin ich nur erneut ein Ersatz für etwas, das jemand nicht haben kann? Das Kind für Niklas und Theresia Wiegant, die selbst unfruchtbar sind? Die Frau für Sebastian Wilfing, der zu hässlich und zu lächerlich ist, um selbst eine zu finden?«

Sie wusste, dass sie Sebastian Wilfing junior Unrecht tat, aber es war ihr egal. Dass ihre Worte wie Schwerthiebe waren, die die Seiten von Niklas und Theresia trafen, war ihr ebenfalls egal. Sie starrte den Rücken ihrer Mutter an, sie starrte ihrem Vater in die Augen.

»Fertig?«, fragte Theresia kühl. »Ich habe noch Wichtigeres zu tun.« Sie verließ den Raum, ohne sich umzublicken. Agnes' Blicke fraßen sich an ihrem Vater fest.

»Warum?«, fragte sie und begann erneut zu weinen. »Warum haben Sie mich nicht in meinen ersten Wochen sterben lassen, Vater?«

»Weil ich dich liebe, Agnes«, sagte Niklas.

»Und ich liebe Cyprian!«, schrie sie. »Ist meine Liebe weniger wert als Ihre?«

»Liebe ist das höchste Gut ...«

»Warum verwehren Sie mir dieses Gut? Warum verwehrt meine Mutter sie mir, seit ich denken kann? Warum lassen Sie mich nun plötzlich nicht in ihr die Erfüllung finden? Geben Sie mir die Liebe! Vermählen Sie mich mit Cyprian Khlesl.«

Die Augen ihres Vaters waren groß in seinem blassen Gesicht. Sie zuckten.

»Nein«, sagte er. »Nein, das geht nicht. Du verstehst es

nicht, Agnes, und Gott behüte, dass du es je verstehen musst. Was ich tue, ist das Beste für dich. Du wirst Sebastian Wilfing heiraten, und du wirst die Familie Khlesl vergessen.«

Er wandte sich ab, als die Tränen erneut in seine Augen stiegen, und stapfte hinaus. Agnes sah ihm sprachlos hinterher. Was sie in seinen Augen gesehen hatte, ließ ihre ganze Wut auf einen Schlag verpuffen. Stattdessen kroch eine Kälte in sie hinein und breitete sich in ihrem Körper aus, als hätte ihr Herz einen Strom aus Eisblut hineingepumpt. Sie verstand, dass es weder reine Berechnung noch die Dankbarkeit des Geschäftsfreundes war, die Niklas Wiegant den Entschluss hatten fassen lassen, seine Tochter mit dem Sohn seines Freundes zu verheiraten; ebenso wie sie verstand, dass es nicht reine Sturheit war, die ihre Verbindung mit Cyprian Khlesl untersagte. Es war die vollkommen rätselhafte Gewissheit, dass die Familie ihres besten Freundes für Agnes das Verderben bedeuten würde. Es war die nackte Angst um seine Frau, um sich selbst und im allergrößten Maß um seine adoptierte Tochter, die Niklas Wiegant trieb.

9

Der Vorbau des Augustertors griff weit in die silbrig schimmernden Stoppelfelder aus. Dahinter erhob sich der zweite Bastionsring der Stadtbefestigung, die schrägen Flanken in der Dunkelheit noch wuchtiger, als sie es ohne Zweifel am Tag waren. Der Hradschin zur Linken war ein Schattengebirge, auf dem Lichtpunkte flimmerten: Kaiser Rudolf und seine Alchimisten arbeiteten auch in der Nacht an ihren widernatürlichen Experimenten.

Pater Xavier sog den Duft ein und blieb stehen: in seiner kastilischen Wahlheimat brachte der frühe September die Gerüche von dürren Feldern, Staub und Felsen, die unter der

Sommerhitze Sprünge bekommen hatten; hier, tief in Böhmen und vor den Stadtmauern Prags, war es der Duft von gemähtem Gras, feucht gewordenem und in der Sonne getrocknetem Heu, fetter Erde und den würzigen Ausdünstungen der Wälder, die die Hügel rings um Prag bedeckten. Dazwischen: Tran, Ruß, verbranntes Fett, dumpf-moosiger Flussgeruch, Hausbrand und Torffeuer, Schwefel und Bratensoße, Kloaken und Ziergärten, Schweiß, Parfüm, Weihrauch und Kräuter. Wenn der Schwefelgeruch deutlicher gewesen wäre, wäre es der Duft der Hölle gewesen; Pater Xavier zweifelte nicht daran, dass er dennoch der Hölle nahe war. Die Hölle, so ahnte er, war nicht hässlich, sondern schön – ihre Schrecklichkeit würde sich dem Betrachter nur unter der Oberfläche erschließen, so wie der Schwefelgeruch der experimentierenden Hexenmeister in der Goldmachergasse nur zu ahnen war. Wäre die Hölle hässlich gewesen, niemand hätte sich vom Teufel verführen lassen. Hier war die Schönheit ebenfalls greifbar – die dunklen und die beleuchteten Schattenrisse der Türme, die Zinnen, die verzierten Dächer, das Blinken von Metall an Standarten und Fahnenstangen, die kupfernen Windhähne auf den Dachfirsten, die bronzenen Drachenköpfe an den Regenrinnen, vergoldet schimmernde Fenster, Uhrwerke und Schmuckfassaden.

»Wir sollten uns beeilen, Bruder«, sagte Pater Stefano. »Es ist so späte Nacht geworden, dass es schon ein Wunder ist, wenn sie uns das Tor überhaupt noch öffnen. Jetzt zählt jede Minute.« Der junge Jesuit spähte in alle Himmelsrichtungen. »Die Leute am Straßenrand, die wir vor einer Stunde passiert haben, haben schon aufgegeben. Sie kommen nicht nach. Die wissen wahrscheinlich mehr als wir.«

»Nur wer wagt, gewinnt, mein Freund«, sagte Pater Xavier.

»Hast du sie gekannt?«

Pater Xavier zog die Augenbrauen hoch. »Gekannt? Nein. Wieso?«

»Ich dachte, einer von ihnen hätte dir zugenickt.«

»Mir zugenickt? Mein lieber Freund, wie sollte ich Leute kennen, die irgendwo in Böhmen am Straßenrand sitzen? Ich komme geradewegs aus Spanien.«

»Stimmt«, sagte Pater Stefano.

»Wenn überhaupt, dann haben sie dich gegrüßt. Die Achtung vor der Societas Jesu ist groß, und die Furcht noch größer in diesem Land der Häresie.«

Pater Stefano fasste unwillkürlich an seine vierzipflige Kopfbedeckung. »Na ja«, sagte er und versuchte, nicht zu lächeln. »Wir halten die Ketzer ganz schön in Atem.«

Die Gesellschaft Jesu stand im Ruf, nur die intelligentesten Männer auszuwählen und in die Welt zu lassen; dieser hier, dachte Pater Xavier, schien die Ausnahme von der Regel zu sein. Er wusste, dass Pater Stefanos Qualitäten anders geartet waren und dass wenigstens für die Jesuiten das galt, was die Welt ansonsten zu einem heiligeren Platz gemacht hätte: dass jeder Mann dort eingesetzt war, wo er am besten dienen konnte. Pater Stefano mochte leicht von einem Gesprächsfaden abzubringen sein und nervös werden, wenn sich der Lauf eines Tages seinen eng gefassten Plänen entzog, doch Pater Xavier war überzeugt, dass er ohne nachzudenken und mit vollkommen kühlem Kopf jede Wegmarke, jede besondere Gegebenheit, den Inhalt jedes einzelnen Gesprächs der beiden Tage ihrer gemeinsamen Reise und sogar noch die Anzahl und das Aussehen aller Reisenden, die sie auf dem Weg überholt hatten, bis ins Detail schildern konnte. Jeder Mann an seinem Platz, dachte Pater Xavier.

»Es tut mir leid, dass ich dich aufgehalten habe«, sagte Pater Xavier. »Ich bin immer noch beschämt von der Güte und Nächstenliebe, die du bewiesen hast, als du mich von der Straße aufgelesen hast.«

»Jeder hätte so gehandelt wie ich.«

»Nein, mein Freund. Bevor du kamst, gingen zwei an mir

vorüber, und ich hörte den einen sagen: Katholischer Bastard, hoffentlich trittst du dich fest.«

Pater Stefano presste die Lippen zusammen und bekam schmale Augen, und Pater Xavier kämpfte gegen die Versuchung, seine Lüge noch dreister zu gestalten. Schließlich senkte er den Kopf wie einer, der das Unrecht nicht versteht, das ihm widerfahren ist, es aber schon lange vergeben hat.

»Dieser Spätsommer ist tatsächlich heiß, aber dass die Hitze ausgerechnet einem zusetzt, der aus Spanien kommt –« Pater Stefano lächelte; wäre er ein weltlicherer Charakter gewesen, hätte er Pater Xavier vermutlich mit dem Ellbogen in die Rippen gestoßen und gezwinkert.

»Wie ich schon sagte, mein Freund: Spanien ist das Land der Hitze und der Sonne, aber der Escorial ist tief und dunkel, und meine Aufgaben dort haben mich in den letzten Jahren nicht oft nach draußen geführt. Ich bin es einfach nicht mehr gewöhnt.«

Gestern in den späten Vormittagsstunden hatte Pater Xavier, der sich neben der Straße zusammengerollt und die Kapuze über den Kopf gezogen hatte, nach einer schweißtreibenden halben Stunde endlich eine Hand auf der Schulter gespürt, die ihn herumdrehte, und die Öffnung eines Wasserschlauchs, der sich auf seine Lippen presste und sie abwusch. Der Schluck war tatsächlich willkommen gewesen; der überzeugenderen Optik halber hatte Pater Xavier seine Lippen mit Straßenstaub eingerieben und etwas davon gekaut. Im Nachhinein hatte er sich für diese Vorsichtsmaßnahme, die ihn die ganze Wartezeit hindurch vor Durst fast verrückt werden ließ, verflucht – Pater Stefano war so aufgeregt gewesen, dass es ihm nicht einmal aufgefallen wäre, wenn aus dem Mund des vermeintlich von einem Schwächeanfall Niedergestreckten ein frisch gebratenes Hühnerbein geragt hätte.

»Was sind deine Pläne hier in Prag?«, fragte Pater Stefano.

»Zunächst einmal werde ich die Gemeinschaft von Brevnov

aufsuchen und dort wieder zu Kräften kommen«, sagte Pater Xavier mit einem treuherzigen Augenaufschlag. »Danach –«, er machte eine flatternde Handbewegung, die ausdrücken sollte, dass es die Benediktinische Regel nicht gestattete, einem Außenstehenden Einzelheiten einer Mission mitzuteilen. Pater Stefano nickte.

»Wenn du meine Hilfe weiter benötigst, lass es mich wissen.«

»Du hast schon viel zu viel für mich getan.«

»Wollen wir weitergehen?«

»Einen Augenblick noch«, sagte Pater Xavier und breitete die Arme aus. »Ich bin noch immer außer Atem. Ein steiler Abstieg kann schlimmer sein als ein Aufstieg, wenn das Fleisch nicht mehr so will wie der Geist.«

»Es ist nur – wir haben immer noch eine kleine Weile zu laufen, und hier ist es so einsam wie in der Wüste.«

Pater Xavier streckte sich und tat so, als würde er tief Luft holen müssen. Seine Muskeln schmerzten von all dem Hinken und Taumeln und Stolpern und Vorwärtsschlurfen am Arm des anderen. So gesehen fühlte er sich wirklich halb zerschlagen. Einen Tag hat mich diese Scharade gekostet, dachte er, selbst mit dem Kopf unter dem Arm hätte ich die Strecke bis nach Prag spätestens gestern Abend hinter mich gebracht. Aber der verlorene Tag war gut investiert. Er betrachtete Pater Stefano von der Seite. *Iesum Habemus Socium* – wir haben Jesus als Gefährten. Heute nicht, dachte Pater Xavier, heute hat Jesus dich verlassen.

»Es kommt jemand«, sagte Pater Stefano überrascht.

»Ach ja?«, sagte Pater Xavier. Er drehte sich nicht um. Pater Stefano versuchte, in die Dunkelheit zu spähen. »Ein halbes Dutzend Leute«, sagte er. »Mindestens.« Plötzlich hellte sich seine angespannte Miene auf. »Das sind die, die wir vorhin passiert haben!«

Pater Xavier hatte die Schritte der Männer schon gehört,

während Pater Stefano noch vor sich hingeplappert hatte. Seine Augen mochten trüber geworden sein, aber sein Gehör funktionierte prächtig. Wenn Pater Stefano ein wenig mehr von der Schlauheit gehabt hätte, die man seinen Ordensbrüdern nachsagte, hätte er sich gefragt, warum die Reisenden vollkommen schweigend marschierten und warum sie sich über die ganze Straße verteilt hatten.

»Habt ihr euch doch noch entschlossen, euer Glück zu versuchen?«, fragte Pater Stefano. »Vielleicht lassen sie euch in die Stadt, wenn ihr in unserer Gesellschaft seid. Ich werde ein gutes Wort für euch einlegen.« Er drehte sich einmal um sich selbst, nickte und lächelte den Männern zu, die einen lockeren Kreis um sie geschlossen hatten. Pater Xavier schwieg und beobachtete die Neuankömmlinge unter gesenkten Lidern.

»Das is' sehr freundlich«, sagte einer der Männer. Er trug eine schwarze Filzkappe mit einer Schmuckkette aus weißen Steinen. Bei näherem Hinsehen wurde deutlich, dass die Steine menschliche Zähne waren. Pater Stefano lächelte nervös.

»Hier is' der Fluss am nächsten zur Straße«, sagte der Mann mit dem eigenwilligen Geschmack für Schmuckketten. Er wandte sich an Pater Xavier. »Hätt' nich gedacht, dass Sie es schaffen und genau hier anhalten. Respekt, Hochwürden.«

Pater Xavier zuckte mit den Schultern. Der Mann sprach schnell und aufgeregt, doch er war leidlich zu verstehen. Pater Xaviers Plan hatte sich ausgezahlt, auf der ganzen Strecke zwischen Wien und hier immer wieder Helfer anzuheuern, die ihm die Sprache beibrachten – und zwar die Sprache, die gesprochen wurde, und nicht das tote Flüstern der Buchseiten.

»Was wir ausgemacht ham, gilt noch, oder?«

»Ich stehe zu meinem Wort«, sagte Pater Xavier. »Die Hälfte zuvor, die Hälfte danach.«

»Ich würd' gern vorher sehen, ob Sie noch so viel dabeiham.«

»Du wirst dich auf mein Wort verlassen müssen, mein Freund.«

Pater Stefanos Kopf flog hin und her. Auf seiner Stirn stand eine steile Falte. »Kennst du die Männer doch, Bruder?«, fragte er. »Ich dachte, du hast gesagt, du kennst sie nicht?«

»Na gut, von mir aus«, sagte der Mann mit der Zahnkette.

»Fasst ihn mit Samthandschuhen an«, sagte Pater Xavier. »Ich möchte keine gebrochenen Knochen, eingeschlagenen Zähne oder ausgerenkten Gliedmaßen, keine Messerstiche, keine eingedrückten Augen, keine abgerissenen Ohren, keine Bisse, keine zermalmten Rippen und keine zerquetschten Finger. Es muss aussehen, als sei er einfach in den Fluss gefallen und ertrunken.«

»Das ham wir schon mitgekriegt«, sagte der Mann mit der Zahnkette und rollte gelangweilt mit den Augen.

»Äh?«, machte Pater Stefano. »Was geht hier eigentlich vor, Bruder? Was soll das Gerede?«

»Wie wollt ihr ihn zum Ufer bringen, ohne dass er bis nach Prag hinein um Hilfe schreit?«

Der Mann mit der Zahnkette schnippte mit den Fingern. Ein anderer Mann hielt etwas hoch. Es sah wie ein Sack aus.

»Das dämpft das Geschrei nicht«, sagte Pater Xavier. »Schlechte Idee, mein Freund.«

Pater Stefano keuchte plötzlich auf. Er warf sich herum und versuchte davonzurennen. Die Männer fingen ihn mühelos ab. Pater Stefano schlug um sich und wollte sich den Fluchtweg freikrallen, doch die Männer hielten ihn zu fest. Der Sack näherte sich von hinten und wurde über seinen Kopf gezogen. Sie rissen ihn zu Boden. Pater Stefano fand endlich den nötigen Atem und setzte zu einem lauten Schrei an. Der Mann mit der Zahnkette holte aus und schmetterte einen Stein gegen das Ende des Sackes, unter dem Pater Stefanos

Kopf steckte. Die verhüllte Gestalt des Jesuiten erschauerte und wurde dann schlaff. Der Mann mit der Zahnkette wog den Stein in der Hand.

»Wenn einer ins Wasser fällt, schafft er's meistens, wieder rauszukrabbeln. Es is' nich' so, dass die Moldau besonders tief wär, und kalt is' das Wasser zur Zeit auch nich'. Wenn aber einer beim Reinfallen mit 'm Schädel an 'nen Stein stößt, krabbelt er nich' mehr raus.«

»Na schön«, sagte Pater Xavier. »Zieht den Sack noch mal hoch.«

Er beugte sich zu Pater Stefano hinab und tätschelte seine Wange. Der Jesuit kam halb zu sich. Er stöhnte und versuchte, den Blick auf Pater Xavier zu fokussieren. Seine Hände und Beine zuckten kraftlos.

»Warum?«, lallte er. Er war kaum zu verstehen. »Ich habe dir doch geholfen. Bruder Xavier? Bruder Xavier?«

Pater Xavier zeichnete ihm ein Kreuz auf die Stirn. »*Ego te absolvo*«, murmelte er. »*Omnia ad maiorem Dei gloriam*. Tröste dich damit, dass es zur höheren Ehre Gottes geschieht.« Er fasste in die Kutte des Jesuiten und riss das kleine hölzerne Kreuz mitsamt der Lederschnur ab. Dann stand er auf. Pater Stefano ächzte und lallte immer noch mit schwerer Zunge. Sein Gesicht sah schon jetzt eingefallen und käsig und wie das eines Toten aus. »Weg damit«, sagte Pater Xavier.

Der Sack wurde wieder über den sich schwach wehrenden Pater Stefano gezogen. Pater Xavier hörte ein heiseres Stöhnen – zu einem lauteren Hilfeschrei war der halb Betäubte nicht in der Lage. »Bruder Xavier?«, hörte er dann. »Bruder Xavier, um Christi willen!« Drei Männer fassten den Stammelnden unter und schleppten ihn wie ein Bündel durch die abgeernteten Felder davon.

»Bruder Xavier?«

Pater Xavier holte seine Börse hervor und zählte fünf Münzen auf die Handfläche des Mannes mit der Zahnkette. Dieser hatte die Kappe mittlerweile abgenommen und drückte sie gegen die Brust.

»Ich hab das mit 'm Geld nur gesagt, dass die anderen das mit der Hälfte auch glauben«, murmelte er. »Nich', dass Sie meinen, ich hab keinen Respekt nich', Hochwürden.«

»Was mich betrifft, mein Freund, habe ich dir gestern Nacht drei Pfennige gegeben und jetzt auch drei. Mehr weiß ich nicht«, sagte Pater Xavier.

Der Mann mit der Zahnkette grinste. Er ließ die Münzen in verschiedenen Taschen verschwinden. »Küss die Hand, Hochwürden«, sagte er und kniete nieder.

Pater Xavier winkte ihn fort. Im Davonhasten setzte der Mann sich die Kappe auf und versuchte, seine Kumpane einzuholen. Pater Stefano war offensichtlich noch immer so wenig bei Bewusstsein, dass er kaum zappelte. Die Männer kamen schnell mit ihm voran. Pater Xavier glaubte, ein letztes »Bruder Xavier?« zu hören, aber wahrscheinlich war es nur ein Nachtvogel gewesen.

Wenn er die Topografie Prags richtig verstanden hatte, würde der Leichnam Pater Stefanos wahrscheinlich bei der großen Flussschleife nach dem Hradschin wieder an Land gespült werden. Falls nicht, und die Moldau nahm ihn mit über Prag hinaus oder spülte ihn gar in die Elbe, hatte Pater Xavier nichts dagegen. Falls doch, und Pater Stefano sah tatsächlich aus, als wäre er bei einem Unfall umgekommen, war es ebenfalls gut. Und falls der Mann mit der Zahnkette und seine Kumpane doch schwach wurden und dem Jesuiten ein paar Abschiedsgrüße mit auf den Weg gaben, würde der Hinweis, den er nachher beim Augustertor den Stadtwachen zu geben vorhatte, nämlich dass bei seiner letzten Etappenrast ein Jesuit eine Weile vor ihm aufgebrochen, jetzt aber spurlos verschwunden sei, hilfreich sein.

Ich habe noch mit ihm gesprochen, würde er erklären. *Er sagte, er sei lange Zeit in Spanien gewesen, und ich stamme daher, also unterhielten wir uns. Er hatte sogar spanische Dublonen in seiner Börse. Und das hier* – er würde das kleine Holzkreuz zeigen – *habe ich zufällig neben dem Weg liegen sehen, dort hinten am Waldrand.*

Es würde nicht lange dauern, bis sechs abgerissene Gestalten auffielen, die mit den spanischen Dublonen zu zahlen versuchten, die Pater Xavier ihrem Anführer gegeben hatte. Ihre Aussage, ein Dominikanerpater habe sie zu dem Mord gedungen, würde als lächerlich bewertet werden und das Strafmaß bestenfalls erhöhen – Erhängen mit der Kette zum Beispiel statt mit dem vergleichsweise gnädigen Strick.

Pater Xavier machte sich auf den Weg. Er hatte das beruhigende Gefühl, alles wasserdicht geregelt zu haben. Der richtige Mann am richtigen Platz. Perfekt.

10

»Du kannst ihn nicht umstimmen«, sagte Agnes.

»Ich will nicht mein Leben mit der Frage verbringen, ob ich's nicht vielleicht doch gekonnt hätte«, erklärte Cyprian.

»Diesmal sind er und meine Mutter sich sogar einig. Wenn sie unterschiedlicher Meinung gewesen wären – aber so …«

»Ich hätte nicht versucht, deine Mutter und deinen Vater in dieser Frage gegeneinander auszuspielen.«

Agnes warf Cyprian einen Blick zu. »Nicht mal um meinetwillen?«

Cyprian vermutete, dass es halb scherzhaft hatte klingen sollen, aber es klang nur verzweifelt. Er setzte ein Lächeln auf. »Es gibt nichts, was ich um deinetwillen nicht tun würde«, sagte er. »Außer, deinem Vater eins auf die Nase zu geben.« Der Scherz war verunglückt. Cyprian verfluchte sich innerlich dafür. Agnes hatte genauso wie alle anderen mitbekommen, was damals passiert war.

»Wir haben keine Chance, Cyprian«, sagte Agnes. »In ein, zwei Wochen geben sie meine Verlobung mit Sebastian Wilfing bekannt, und dann ist alles aus.«

»Ein, zwei Wochen sind eine lange Zeit, um sich etwas einfallen zu lassen.« Cyprian stellte fest, dass es ihm schwerfiel, den Optimisten zu spielen. Er versuchte, sich nichts anmerken zu lassen. In den letzten Wochen hatte er mehrfach versucht, mit Niklas Wiegant zu sprechen. Der Kaufmann hatte ihm stets einen Termin verweigert; es schien, dass der sonst so zugängliche Mann sich davor fürchtete, jemand könnte ihm in aller Ruhe auseinandersetzen, dass er seine einzige Tochter auf den Weg in ihr Unglück schickte. Cyprian hatte aus Agnes' Berichten herausgehört, dass mehr hinter der Weigerung, einer Verbindung der Familien Khlesl und Wiegant zuzustimmen, zu stecken schien als nur ein Versprechen unter Geschäftsfreunden oder die Raison d'être zweier Firmen, die hart um ihr Überleben kämpften. Agnes hatte nackte Angst in den Augen ihres Vaters gesehen. Cyprian konnte sich nicht vorstellen, was es war, das Niklas Wiegant trieb – doch er vermutete, dass ein Gesprächstermin mit Agnes' Vater ihm zumindest einen Hinweis eröffnen würde. Vielleicht lag auch darin Niklas Wiegants Verweigerung begründet; ohne jede Selbstüberschätzung wusste Cyprian aus den früheren Begegnungen mit Agnes' Vater, dass dieser ihm eine Menge zutraute. Umso weniger verständlich war es, dass er sich darauf versteifte, Agnes mit Sebastian Wilfing junior zu verheiraten.

»Sebastian ist ein Teigkloß«, murmelte Agnes hasserfüllt. Cyprian horchte schon lange nicht mehr auf, wenn ihrer beider Gedanken wieder einmal parallel liefen. »Er ist drei Wochen vor seinem Vater von der Reise zurückgekommen, angeblich um sich auf die Verlobungsfeier vorzubereiten. Dabei habe ich gehört, dass er solche Angst vor der Schiffsreise von Lissabon nach Madeira hatte, dass der alte Wilfing ihn nach Hause schickte.«

Sebastian Wilfing und Cyprian waren gleichen Alters. Als Kinder hatten sie in der Gasse gespielt – der kompakte, bullige Cyprian, dem man schon als Kind ansah, dass er nie flink, sehnig oder drahtig aussehen würde, genauso, wie ein guter Beobachter ihm auch ansah, dass er dennoch alles dies unter einer dünnen täuschenden Schicht vermeintlicher Trägheit sein würde; und Sebastian Wilfing, von ähnlicher Gestalt – bloß dass selbst der schlechteste aller Beobachter sofort gewusst hätte, dass Sebastian junior alles das war, wonach er aussah. Als Heranwachsende hatten beide ihren Kinderspeck verloren; Cyprian hatte ihn durch Muskeln ersetzt, Sebastian durch den Speck eines Erwachsenen. Cyprian hatte sich bislang nicht um die Defizite des ehemaligen Spielkameraden gekümmert.

»Was hat er bei dir gewollt?«, fragte Agnes.

Cyprian sah auf. »Woher weißt du, dass er mich besucht hat?«

»Gelegentlich riskiere ich einen Blick zum Fenster hinaus.«

Schritte näherten sich. Einer der Stadtknechte kam auf seiner Runde an ihnen vorbei. Bei Tag und in Friedenszeiten hatte niemand etwas dagegen, wenn die Wiener Bürger den Wehrgang der Stadtbefestigung hinaufstiegen; es konnte nicht schaden, wenn sich so viele wie möglich dort oben zurechtfanden, für den Fall, dass die ständig drohende Türkengefahr in einem neuerlichen Angriff auf Wien kulminierte. Das Kärntnertor war den Angriffen am stärksten ausgesetzt gewesen und beinahe unterminiert worden; seitdem gab es ein halbes Dutzend bewachter und gesicherter Anfänge von Stollen, die von der Torinnenseite aus in den Boden führten, um im Fall eines Falles schneller mit Gegenminen zur Stelle zu sein; und kaum ein Bewohner der Kärntner Straße und der umliegenden Gassen wusste nicht, wo die Schaufeln lagen oder bei welcher Gruppe er sich melden musste, wenn es darauf ankam, schneller zu buddeln als der Feind. Der Stadtknecht warf einen Blick auf den rot werdenden Westhimmel.

»Die Sonne geht, das Volk geht auch«, sagte er in unmelodischem Singsang

»Wir sind gleich weg«, sagte Agnes leise. »Es ist so schön hier heroben.«

Der Stadtknecht entdeckte etwas Glänzendes in Cyprians Fingern. Als es ihm zugeschnippt wurde, bereitete es ihm keine Mühe, es zu fangen. Die Blicke des Stadtknechts huschten an Agnes auf und ab, er zwinkerte Cyprian zu und machte eine anerkennende Miene, ehe er weitermarschierte.

»Da wäre noch ein Anwärter, falls du dich weder für Sebastian Wilfing noch für mich entscheiden kannst«, sagte Cyprian.

Agnes lächelte nicht. »Er hat dir gesagt, du sollst mich in Ruhe lassen«, sagte sie. »Dieser pompöse Bastard.«

Cyprian fand es unnötig zu widersprechen.

»Hat er dir gedroht?«

»Ist doch völlig egal, Agnes. Denk einfach nicht an ihn.«

»Wie soll ich nicht an ihn denken, wenn ich ihn nächste Ostern heiraten soll?«

»Ich rede noch einmal mit deinem Vater.«

Agnes warf die Hände in die Höhe und ließ sie wieder fallen. Sie gab einen Laut der Hoffnungslosigkeit von sich. Als sie sich abwandte und nach draußen sah, füllte das Licht der schwindenden Sonne ihr blasses Gesicht mit Wärme und Leben. Cyprian streckte eine Hand aus und strich mit einem Finger über ihre Wange.

»Geh mit mir weg«, flüsterte sie.

»Wohin?«

Sie packte seine Hand und drückte sie. »Nach Virginia«, stieß sie hervor. »Geh mit mir nach Virginia! Ich habe Vater darüber reden hören. Einer von den englischen Kaperfahrern hat in der Neuen Welt eine Kolonie gegründet. Zuerst war es nur ein Schlupfwinkel für die Seeräuber, aber jetzt will man, dass sich Menschen dort ansiedeln. Vater hat bereits darüber nachgedacht, ob man sich exklusive Handelsrechte nach dorthin sichern sollte.«

»Sir Walter Raleigh«, sagte Cyprian. »Er hat es Virginia genannt zu Ehren der Jungfräulichkeit von Königin Elisabeth. Ich habe auch davon gehört. Die Namensgebung hat einige Lacher hervorgerufen. Das sind alles Protestanten, Agnes.«

»Das ist mir doch so egal wie dir, Cyprian!«

»Vielleicht ist es denen nicht egal, dass wir Katholiken sind.«

»Dann konvertieren wir! Ich glaube an die Liebe, Cyprian, nicht an irgendeine Konfession!«

»Agnes!« Cyprian wand seine Hand aus der ihren und betrachtete die Stellen, an denen ihre Fingernägel blutunterlaufene Halbmonde in seine Haut gedrückt hatten. »Ich bin einmal konvertiert. Ich konvertiere nicht noch einmal. Mein Onkel hat meine Familie nicht überredet – er hat uns überzeugt.«

»Aber um meinetwillen!«

»Ich gehe um deinetwillen bis ans Ende der Welt – vor allem mit dir. Virginia?« Er nahm ihre Hände und drückte sie. »Wenn sie uns nicht als Katholiken haben wollen, dann zum Teufel mit ihnen.«

»Du willst es tun?«

»Als dein Mann, ja.«

Sie starrte ihn an. Cyprian fühlte einen Stich, als das Funkeln aus ihren Augen wich. »Aber«, sie stöhnten, »du weißt doch …«

»Ich flüchte nicht«, sagte er. »Unser ganzes Leben würde ständig im Zeichen der Flucht stehen, und das Wissen, dass wir hier ein Unrecht begangen haben, würde zwischen uns stehen. Nach einem Jahr würdest du dich nur noch vage daran erinnern, dass du deine Eltern gehasst hast; nach zwei Jahren würdest du mir die Schuld dafür geben, dass du sie ohne Abschiedswort verlassen hast; nach drei Jahren würdest du aufgehört haben, sie zu hassen, und dafür mich hassen.«

»Nein!«, rief sie. Sie entriss ihm ihre Hände. »Nein, das würde ich nie tun!«

Ihr Blick suchte den seinen. Cyprian wich ihr nicht aus. Ihm war klar, dass dies das erste Mal war, dass er sich einem ihrer Wünsche widersetzte. Er blinzelte nicht. Er hatte nie wirklich gewusst, was sie in ihm sah oder was sie zu ihm hinzog, von diversen Rettungsaktionen abgesehen, die auch ein anderer vollbracht hätte, wäre er nur so schnell zur Stelle gewesen wie Cyprian. Aber er wusste, was sie in ihm sehen würde, wenn er jetzt nachgab – was sie in ein paar Jahren in ihm sehen würde: den Mann, der ihre Familie zerstört hatte.

Agnes senkte den Kopf. Er fühlte ihre Hände kalt und leblos werden. Als er sie losließ, sanken sie herab. Sie ließ sie hängen.

»Wir haben keine Chance«, sagte sie und starrte wieder hinaus in den Sonnenuntergang. »Wir haben keine Chance, keine Chance.«

Er trat hinter sie und nahm sie in die Arme. Er roch den Duft ihres Haars und fühlte die Schwere ihres Körpers, als sie sich an ihn lehnte. Sie war fast ebenso groß wie er; kein zartes Hühnchen – das war sie nie gewesen –, sondern eine junge Frau, die den Stürmen trotzen konnte, auch wenn sie ihr die Tränen in die Augen trieben. Überrascht erkannte er, dass es das erste Mal war, dass diese Nähe, dass ihre Umarmung nicht im Spaß geschah, und dass der letzte Ringkampf, den sie miteinander ausgefochten hatten, Jahre zurücklag. Irgendwo in diesen Jahren war die Unschuld auf der Strecke geblieben, die den Berührungen innegewohnt hatte; etwas anderes hatte sie ersetzt, das beinahe drohend war, weil es von Gefühlen sprach, die um so vieles größer waren als der Spaß und die Kameradschaft der früheren Jahre. Seine Überraschung war umso größer, als ihm klar wurde, dass diese Gefühle trotz der ausweglosen Situation in ihm erwachten. Er wollte sie noch stärker an sich drücken; er wollte, dass sie sich umdrehte und die Umarmung erwiderte; verwirrt stellte er sich vor, dass ihre Hand seine Wange streichelte und dass ihre Lippen die seinen suchten und sie einen Kuss miteinander teilten. Er spürte das Gefühl in seine Lenden sinken und ließ sie los. Sie regte sich nicht, als er einen Schritt zurücktrat, und er war froh darüber, dass sie sich nicht umdrehte. Er wusste nicht, was sie in seinem Gesicht hätte lesen können.

»Alles wird gut«, sagte er und hatte die dumpfe Ahnung, dass er selten etwas Sinnloseres gesagt hatte.

»Bevor ich das letzte Mal versuchte, meinen Vater umzustimmen, war ich in der Heiligenstädter Kirche«, sagte Agnes.

Cyprian fühlte die Erregung in sich zu Asche werden. Er betrachtete ihren Rücken, ihre hochgezogenen Schultern. Das Sonnenlicht webte nun einen goldenen Saum um ihr schwarzes Haar, der Wind, der wie stets von Osten her kam, an den Mauern des Kärntnertors in die Höhe stieg und darüber hinwegfuhr, zauste es und ließ es wie einen Schleier um ihren Kopf wehen. Er konnte nicht einmal ihre Wangenlinie ausmachen.

»Ich war schon einige Male dort, seit du mich damals in den Katakomben gefunden hast«, sagte Agnes. »Das hast du nicht gewusst, stimmt's? Ich habe es dir nie gesagt.«

»Du kannst natürlich gehen, wohin du willst«, sagte er mit einer Leichtigkeit, die er nicht empfand.

»Willst du nicht wissen, warum ich es getan habe?«

»Warum hast du es getan?«

Sie blickte über die Schulter. Der Wind wehte ihr eine Strähne über die Augen. Als sie sie weggewischt hatte, hatte Cyprian seine Gesichtszüge in der Gewalt. »Ich bin immer dorthin gegangen, wenn ich über etwas nachdenken musste, aus dem es keinen Ausweg zu geben schien. Es schien mir stets, als gäbe es eine Verbindung zwischen dieser Kirche und mir seit damals; manchmal dachte ich sogar, es hätte sie immer gegeben.« Sie lachte nervös. »Wenn ich dort war und über meine Sorgen nachdachte, musste ich mich nur daran erinnern, dass es auch damals keinen Ausweg zu geben schien, doch dann kamst du und brachtest mich zurück ins Licht.« Sie musterte ihn. Ein Lächeln huschte über ihre Züge. »Du siehst aus, als wäre dir die Erinnerung daran unangenehm.«

»Nein«, sagte er. »Nein, ist sie nicht.« Er war erleichtert, dass sie sich wieder abwandte.

»Manchmal frage ich mich, was passiert wäre, wenn die Tür zu den Gewölben ebenso offen gestanden hätte wie die oben hinter dem Altar. In welche Dunkelheit wäre ich geraten? Hätte es auch von dort noch einen Ausweg gegeben? Wäre ich in den See gefallen und ertrunken? In dem Labyrinth verhungert, von dem der alte Pfarrer sprach?«

»Es gibt den See doch gar nicht«, sagte Cyprian heiser. »Und wer weiß, was für ein Märchen das mit dem Labyrinth war!«

»Vielleicht wäre es besser gewesen, wenn ich hinter die Tür hätte vordringen können. Vielleicht wäre ich dann darauf vorbereitet gewesen, dass es eine Dunkelheit gibt, die noch schlimmer ist als die, in der ich mich damals befand.« Sie begann zu weinen. Cyprian fühlte sich so schlecht, dass sein Magen einen sauren Klumpen bildete. »Die Dunkelheit einer Liebe, die sich nicht erfüllen kann!«

Er legte ihr die Hände auf die Schultern. Er fühlte den Schweiß, der ihm am ganzen Körper ausgebrochen war, und dachte, auch sie müsse ihn wahrnehmen. Stattdessen lehnte sie sich erneut an ihn. Ihr Körper wurde von ihrem Schluchzen erschüttert.

»Wir finden auch von hier heraus wieder ans Licht«, flüsterte er.

Sie schüttelte den Kopf. »Ich wollte ihn nochmals sehen«, schluchzte sie. »Ich habe den Pfarrer gebeten, mir die Tür zu öffnen. Ich wollte sichergehen, dass es ihn wirklich gegeben hat – diesen Weg zurück ans Licht.«

Cyprian hielt den Atem an.

»Er ist weg!«, schrie sie. »Die letzte Überschwemmung hat alles mit Schlamm gefüllt, und der ist hart gebacken wie Stein!«

Cyprian fühlte ihre Not und hasste sich für die Erleichterung, die er empfand. »Er war nur ein Symbol«, hörte er sich sagen. »Es bedeutet nichts, dass es ihn nicht mehr gibt.«

Ihr Weinen sagte ihm, dass sie ihm nicht glaubte. Sie schmiegte sich in seine Arme, und er hielt sie fest. Der Wind zerrte an ihnen, und der Sonnenuntergang übergoss sie mit warmem Licht, das weder seine noch ihre Seele erreichte. Der Stadtknecht wanderte erneut vorüber, betrachtete sie, grinste Cyprian an und zwinkerte ihm ein zweites Mal zu.

»Halt's Mädel nur gut fest, Bub«, murmelte der Stadtknecht. Er war ein alter Mann mit grauem Bart. »Es gibt nix Flüchtigeres als wie die Liebe.«

Cyprian lächelte zurück mit einem Gesicht, das aus Gips zu sein schien. In seinem Körper hallten die Herzschläge wie in einer tönernen Schale mit vielen Rissen.

11

Der Hofkaplan und ehrwürdige Bischof von Wiener Neustadt, Doktor Melchior Khlesl, hatte sich verändert, und nicht alle Veränderungen waren zu seinem Vorteil: Sein Gesicht war so hager geworden, dass seine Nase wie ein Fremdkörper daraus hervorragte, sein Kinn so spitz, dass der Bart, den er trug, davon abstand wie der eines Ziegenbocks. Seine Augen lagen tief in den Höhlen, dunkle Murmeln, die die Schatten darunter spiegelten und in denen sich kein Lichtpunkt zeigte, so tief waren sie beschattet. Sein schwarzer spanischer Samtrock, auf dem alle Verzierungen, Troddeln, Litzen und Stickereien ebenfalls in Schwarz gehalten waren, hing an ihm wie an einem Kleiderständer. Eine fiebrige Erkältung hatte ihn noch dünner werden lassen; der Pelz um seine Schultern war so fahl wie seine Gesichtsfarbe. Er hatte keinerlei Ähnlichkeit mit seinem Neffen Cyprian – abgesehen von diesem langen, ruhigen und intensiven Blick. Cyprians Augen waren blau, die seines Onkels schwarz – dennoch hätte jeder flüchtige Beobachter zu wetten gewagt, dass beide dieselbe Augenfarbe hatten. Agnes Wiegant hätte in dem Mann hinter dem wuchtigen Arbeitstisch den Priester nicht wiedererkannt, der sich damals so eilig aus der Heiligenstädter Kirche verabschiedet hatte und der nicht in jenes heilige Haus zu gehören schien.

»Du hast die Höhle unter der Heiligenstädter Kirche zuschütten lassen«, sagte Cyprian statt einer Begrüßung. Für ihn war es leicht, zum Bischof von Wiener Neustadt vorzudringen – der Bischof hatte ein vierundzwanzigstündiges Besuchsrecht für seinen Neffen erteilt, und die einzigen Hindernisse, die sich in Cyprians Weg zu Melchior Khlesl zu stellen pflegten, waren Dienstboten, die die Türen nicht schnell genug aufreißen konnten, um den jungen Mann durchzulassen.

Melchior Khlesl blickte auf. »Eines Tages wirst du wieder so hereinstürmen, ich werde arglos aufblicken, du wirst mir einen Dolch ins Herz stoßen, und alles, was ich noch sagen kann, wird sein: *Tu quoque, fili?*«

»Wenn Cäsar überhaupt etwas zu Brutus gesagt hat, dann: *Kai su, teknon?*«, erwiderte Cyprian. »Die römischen Herrschaften sprachen Griechisch miteinander. Hast du mir selbst beigebracht, Onkel.«

»Der Schüler macht dem Lehrer Ehre.«

»Ich dachte, du sagtest, das Buch müsse irgendwo da unten sein?«

»Ich sagte, ich weiß nicht, ob es sich um ein Buch handelt. *Wir* hätten ein Buch daraus gemacht – die Heiden können alles

Mögliche verwendet haben, um das Wissen festzuhalten, einschließlich Zeichnungen an Höhlenwänden.« Melchior Khlesl zögerte einen Moment. »Ursprünglich waren es mal Zeichnungen an Höhlenwänden, da bin ich mir sicher«, sagte er dann. »Das Böse ist unter uns, seit Adam und Eva aus dem Paradies vertrieben wurden und die Menschen wie die Tiere lebten.«

»Und jetzt hast du deine Suche aufgegeben?«

»Wenn irgendetwas dort unten ist, dann ist es so gut getarnt, dass nicht einmal ich es gefunden habe. Nachdem ich es nicht an mich nehmen und vernichten konnte, habe ich es lieber dort unten versiegelt. Die Vakanz der Kirche nach dem Tod des alten Pfarrers hat mir gerade die nötige Zeit dazu gelassen, und die Verwüstungen der letzten Flut haben mir geholfen.«

»Gut«, sagte Cyprian. »Gut, dass das zu Ende ist. Dann brauchst du meine Hilfe nicht mehr, und ich kann meine eigenen Wege gehen.«

Es schien nicht so, als ob der Bischof Cyprian gehört hätte. Aber bei Melchior Khlesl konnte man nie so genau wissen. Der Bischof starrte auf den Haufen Dokumente auf seinem Tisch. »In Wahrheit fürchte ich, dass wir ohnehin zu spät gekommen sind«, murmelte er.

»Zu spät? Du hast doch dort unten gesucht, seit die große Überschwemmung das alte Heiligtum freigelegt hat. Fast zwanzig Jahre!«

»Cyprian, wenn ich sage ›zu spät‹, meine ich: um Jahrhunderte zu spät. Der Aberglaube der Leute hat immer gewusst, dass dort unten etwas Unheimliches war – bis hin zu der Tatsache, dass die Höhlen eine Verbindung zum Fluss hatten und es wirklich einen kleinen See gab, der abhängig von den Jahreszeiten mehr oder weniger Wasser besaß. Die versteinerte Frau, die schwarzen Fische mit den leuchtenden Augen: die stehen für das Böse, das dort unten war und das die Leute sich nicht erklären konnten. Was glaubst du, warum das alte

Heiligtum ursprünglich vernichtet und zugeschüttet worden ist? Man hat es dem heiligen Severin als Missionierungstat zugeschrieben, aber ich bin sicher, dass es die Menschen selbst waren, die zu der Zeit hier lebten und die versuchten, die Macht des Teufels in der Erde einzukerkern.«

Cyprian schob Pergamente und Listen beiseite und setzte sich auf die Kante des Arbeitstisches. Sein Onkel lehnte sich zurück und sah zu ihm auf. Cyprian musterte ihn.

»Onkel«, sagte er schließlich. »Die Suche ist vorbei. Und ich bin froh darüber. Ich habe all die Jahre nichts lieber getan, als dir dabei zu helfen. Doch jetzt möchte ich mich meiner eigenen Suche widmen. Du hast die Hälfte deines Lebens nach einem Buch gesucht, das du vor deiner Nase versteckt geglaubt hast – in den Katakomben unterhalb der Heiligenstädter Kirche. Ich habe fast genauso lange die einzige Liebe vor der Nase gehabt, die ich jemals wollte, und jetzt will sie mir jemand wegnehmen. Ich bin dir dafür dankbar, dass du mich aus dem Dreck gezogen hast, Onkel. Jetzt lass mich bitte gehen.«

»Ich habe etwas gefunden, das darauf hinweist, dass mir jemand zuvorgekommen ist.« Melchior Khlesl seufzte.

»Was?«

»Ein aus Ruß gemaltes Kruzifix in einer Nische, die mit einem Stein verschlossen war. Wenn sich nicht ein Ring aus feinem Schlamm in den Ritzen abgesetzt hätte, hätte ich die Nische nie erkannt. Ich lockerte den Stein und zog ihn heraus. Die Nische war leer – bis auf das gemalte Kreuz.«

Cyprian wollte nicht auf seinen Onkel eingehen; dennoch hörte er sich fragen: »Wie alt?«

Melchior Khlesl zuckte mit den Schultern. »Bis vor der letzten Überschwemmung lag die Stelle unterhalb des Wasserspiegels des Sees. Danach muss der Spiegel gesunken sein, vielleicht weil die angeschwemmten Sedimente irgendwas blockierten – ich weiß es nicht.«

»Das Kreuz kann also ein paar Hundert Jahre alt sein – oder nur zwanzig.«

Der Bischof antwortete nicht.

»Offenbar waren es keine Höhlenmalereien«, sagte Cyprian, »die sich in der Nische befanden, sondern etwas, das man mitnehmen konnte.«

»Wachstäfelchen, Tontäfelchen, in Wachs versiegeltes Leinen …«

»Was kann man damit schon anfangen?«

»Jemand kann es übersetzt haben«, sagte Melchior Khlesl und starrte ins Leere. »Das Heiligtum war römischen Ursprungs – also werden die Schriften lateinisch oder griechisch gewesen sein.«

»Jeder halbwegs gebildete Pfarrer oder Mönch …«

Melchior Khlesl lachte unlustig.

»… wie es sie vor ein paar Hundert Jahren noch gab …«, ergänzte Cyprian.

»Mit der Bildung ist es nicht mehr weit her«, sagte Melchior Khlesl. »Alles, was sie können, ist, das Ketzertum verfluchen oder ihm verfallen, manchmal genau in der Reihenfolge. Und Mordkomplotte schmieden.«

»Schon wieder?«

Melchior Khlesl stand auf und ging zum Fenster. Cyprian stellte sich neben ihn. Zwei Stockwerke tiefer, unten auf dem gepflasterten Hof des Bischofspalastes, war eine helle rotbraune Stelle zu sehen; Cyprian glaubte Steinstaub und Splitter in den Pflasterfugen zu entdecken.

»Vorgestern fielen rein zufällig zwei Dachziegel, die sich schon vor Jahren gelockert haben müssen, in den Hof, genau auf die Stelle, an der ich stand.«

»Ein blöder Zufall«, sagte Cyprian und sah seinen Onkel an.

»Ich hörte das Scharren und sprang beiseite.« Melchior Khlesl tippte an eine Stelle auf seinem Wangenknochen, wo im Licht des Fensters ein kleiner Schnitt zu sehen war. »Ich habe einen Splitter abgekriegt, das ist alles.«

»Täter?«

»Nicht gefunden. Es steht natürlich außer Frage, dass es einer aus dem Gesinde war, ebenso wie es außer Frage steht, wer ihn bezahlt hat.«

Cyprians Blick ruhte immer noch auf seinem Onkel. »Hast du wieder einen Klagebrief an den Papst geschrieben?«, fragte er schließlich mit leichtem Lächeln. »Du weißt doch, dass deine Nachrichten abgefangen werden.«

»Manchmal muss man sich eben Luft machen«, brummte der Bischof und starrte missmutig zum Fenster hinaus.

»Hast du die kaiserlichen Hofräte wieder als Quellen allen Übels, als Unterstützer gottloser Prälaten und als Anstifter des Aufruhrs gegen deine Bischofswürde beschuldigt und sie als Parasiten und den Hof als Misthaufen bezeichnet?«

»Schlimmer«, sagte Melchior Khlesl düster, ohne näher zu erklären, was noch schlimmer sein konnte.

Cyprian trat vom Fenster zurück und betrachtete den überfrachteten Arbeitstisch seines Onkels. »Wachstäfelchen und Leinwandbahnen. Was glaubst du, wo die Schriften jetzt sind?«

»Cyprian, wie ich ohne Zweifel schon hundertmal erklärt habe, –«

»– sind die Wachstäfelchen und die Leinwand nicht mehr da, so wie die griechischen Steintafeln nicht mehr da sind, von denen die Römer auf die Wachstafeln übertragen haben, so wie es die ägyptischen Schriftzeichen nicht mehr gibt, von denen die Griechen abgeschrieben haben.«

»Und und und«, sagte Melchior Khlesl. »Zurück bis zu Sodom und Gomorrha, bis zur Sintflut, bis zu Kains Mord an Abel, wenn du willst.«

»Und du glaubst, so eine lange Kette kannst du einfach durchtrennen, indem du die letzte Ausgabe dieses Vermächtnisses des Bösen vernichtest.«

»Was ich persönlich glaube, ist, dass die Möglichkeit des Scheiterns sehr groß ist«, sagte der Bischof und warf Cyprian einen raschen Seitenblick zu. »Was ich aber auch glaube, ist, dass wir es versuchen *müssen*, weil das Böse immer dann unbesiegbar wird, wenn niemand auch nur den Versuch wagt, sich dagegenzustemmen.«

Cyprian lächelte. Melchior Khlesl hustete, zerrte an seinem Pelz und erschauerte. Cyprian fasste hinüber und zog den Pelz an den schmalen Schultern seines Onkel zurecht. Sie sahen sich in die Augen. In diesem Augenblick wirkten sie trotz aller Unterschiedlichkeit – hier der alternde, hagere Bischof mit dem müden Gesicht, dort sein junger, bulliger Neffe, der es liebte, sein Haar kurz zu scheren, obwohl er damit aussah wie ein minderbemittelter Bauer mit locker sitzenden Fäusten – wie Vater und Sohn. Cyprian war von Anfang an der Protegé seines Onkels gewesen, der Cyprians älteren Bruder und all seine jüngeren Schwestern ignoriert hatte; und Cyprian hatte die Geschenke des aufstrebenden Klerikers – meistens Lektionen, Reisen, Einladungen zum Essen mit Doktoren, Professoren und anderen hochgebildeten Kirchendienern – akzeptiert, genossen, umgesetzt und in der Regel die Erwartungen Melchior Khlesls übertroffen. In dem Alter, in dem die erstgeborenen Söhne von Fürsten an andere Höfe überwechselten, um dort eine Ausbildung und Geiselhaft in einem zu absolvieren, und in dem die erstgeborenen Söhne von Kaufleuten bei Geschäftspartnern in die Lehre gingen, hatte Melchior Khlesl seinen Neffen in die Jagd eingeweiht, der er sein eigenes Leben gewidmet hatte.

»Lebt dein Vorkoster noch?«, fragte Cyprian.

Der Bischof zog eine Grimasse. »Ich habe mir nur einen Zug eingefangen, das ist alles. Wenn man versucht hätte, mich zu vergiften, lägen jetzt ein paar Leichen in diesem Palast herum.«

»Auch Vorkoster können bestochen werden.«

»Ich rede von meinen Hunden. Die probieren alles, bevor

ich es esse. Meinem Vorkoster traue ich schon lange nicht mehr. Ich gebe ihm nur zu kosten, damit es ihn wenigstens auch erwischt, wenn mir einer mit Gift an den Kragen will.« Melchior Khlesl zog eine Braue in die Höhe. Das Lächeln in seinem Gesicht erlosch. »Cyprian, irgendwann springe ich zu spät zur Seite, und dann treffen mich die Dachziegel. Ich möchte dich zu meinem Erben machen. Ganz offiziell. Ich möchte dich an Sohnes statt annehmen. Ich möchte, dass du eine Karriere in der Kirche anstrebst. Ich möchte dich am Hof einführen und dich in alle Beziehungen, die ich über die ganzen Jahre hinweg in Rom und zum Kardinalskollegium aufgebaut habe, einbinden. Ich möchte, dass du meine Arbeit fortführst, wenn ich tot bin, und das kannst du nur, wenn du eine gewisse Machtposition in diesem Wolfsrudel hast, das sich das Heilige Römische Reich nennt. Ich werde deine Ausbildung, dein Studium und alle nötigen Bestechungsgelder bezahlen, und ich werde dafür sorgen, dass du schneller als jeder andere den Bischofsstab in der Hand hältst. Nimmst du mein Angebot an?«

Cyprian betrachtete seinen Onkel. Was immer er für den Mann empfand, es war nicht weit von bedingungsloser Liebe entfernt. »Von ganzem Herzen: Nein«, sagte er.

Der Bischof schüttelte den Kopf. »Gerade deswegen bist du der Richtige.« Er seufzte. »Jeder andere in deinem Alter und in deiner Lage würde seine Seele dem Teufel verpfänden, wenn ich ihm so ein Angebot machte. Dein Bruder erbt die Bäckerei; deine Schwestern brauchen Geld für die Mitgift. Was bleibt für dich übrig? Nichts. Ich mache dir dieses Angebot nicht, um mir deine Loyalität zu erkaufen; wir beide wissen, woran wir miteinander sind. Ich mache es dir nur zu dem einen Zweck, dass du meine Suche fortführen kannst, wenn ich sie zu Lebzeiten nicht zu Ende bringe. Wenn das Testament des Teufels unter die Menschen kommt, wird es zu einer unvorstellbaren Katastrophe kommen. Denk an das Strafgericht über Sodom; denk an die Sintflut; denk daran, wie das römische Imperium gefallen ist. Unsere Welt wird in Flammen aufgehen.«

»Vielleicht habe ich mich vorhin unklar ausgedrückt: Ich bin hierhergekommen, weil ich um deinen Abschied bitten wollte«, sagte Cyprian nach einer Pause.

»Du hast dich sehr klar ausgedrückt.«

Cyprian schaute aus dem Fenster in den sich einschwärzenden Abendhimmel. »Ich weiß, dass ich dich nicht zu bitten brauche. Du bist nicht mein Herr, und ich bin nicht dein Knecht. Aber ich bin in deiner Schuld. Lass mich gehen, Onkel – es wartet jemand auf mich.«

»Das Schlimmste an all dem ist«, sagte der Bischof, als ob er Cyprians Worte nicht gehört hätte, »dass immer mehr Menschen Bescheid wissen. Es ist, als habe das Testament des Teufels für sich selbst entschieden, dass es nun lange genug geruht hat. Und die meisten, die davon Wind bekommen, wollen es für gute Zwecke benutzen – die Reformation beenden, die Welt unter der Herrschaft von Jesus Christus einigen, den Teufel endgültig aus der Hölle verbannen, was weiß ich. Sie verstehen nicht, dass man das Böse nicht für gute Zwecke einsetzen kann; es wird immer nur neues Böses daraus erwachsen. Diejenigen, die aus finsteren Gründen hinter den Schriften her sind, sind die leichtesten Gegner, weil man sie auf die Ferne erkennen kann. Die anderen, die der Überzeugung sind, das Richtige zu tun – die müssen wir fürchten.« Er wandte sich seinem Neffen zu. Cyprian war bestürzt über die fleckige Röte, die die Wangen seines Onkels überzogen hatte. »Ich kann diesen Kampf nicht allein führen. Ich bin zu schwach.«

»Du wirst dich nicht verführen lassen.«

»Ich bin nicht weniger verführbar als alle anderen. Ich werde das Buch ungesehen verbrennen, wenn es mir in die Hände fällt. Aber ich habe keine Chance, es allein zu finden.«

Cyprian erwiderte nichts. Melchior Khlesl zerrte wieder an

seinem Pelz. Cyprian betrachtete sein Gesicht von der Seite. Plötzlich gruben sich Falten in die Wangen des Bischofs. Er lächelte wieder.

»Jemand wartet auf dich, wie? Die Liebe, die du die ganze Zeit vor der Nase hattest, so wie ich die Gewissheit, dass die Heiligenstädter Kirche nicht nur eine alte Legende unter ihren Mauern verbirgt?«

»Das Warten hat jetzt ein Ende.«

»Ich höre, es gibt andere Pläne für Agnes Wiegant.«

Cyprian war nicht überrascht, dass sein Onkel Bescheid wusste. Er stellte fest, dass es auf diese Weise sogar leichter war. Melchior Khlesl war nicht bekannt als einer, der seinen Mitmenschen Brücken baute. Für seinen Neffen Cyprian machte er Ausnahmen, wenn er das Gefühl hatte, dass es dem Jungen sonst zu schwer fiel, aus seiner Schale herauszukommen. Cyprian wusste genau darüber Bescheid. Es gab viele Gründe, warum nach Agnes sein Onkel der Mensch war, der ihm am meisten bedeutete. »Agnes ist ein illegitimes Kind. Wusstest du das auch?«

Melchior Khlesl musterte seinen Neffen über die Schulter hinweg. Seine Augenbraue war wieder in die Höhe gerutscht. »Nein«, sagte er. »Woher hast du es?«

»Von ihr. So ein schleimiger Dominikanerpater, den Agnes' Vater von früher her kennt und der im Frühjahr zu Besuch war, hat sich wohl verplaudert.«

»Und?«

»Ihr Vater sagt, er habe sie aus einem Wiener Findelhaus gerettet.«

»Na, das ist doch eine gute Tat.«

»Warum hat er es ihr dann bislang verschwiegen?«

»Manchmal möchte man seine Lieben vielleicht nicht vor den Kopf stoßen oder sie aus ihren Träumen reißen – manchmal möchte man sich vielleicht selbst nicht aus seinen Träumen reißen –«

»Er hat jedenfalls kein Problem damit, sie mit jemandem zu verheiraten, den sie nicht liebt.«

Melchior Khlesl wandte sich vom Fenster ab. Er schlenderte zu seinem Tisch und setzte sich. »Wenn ich dir helfen könnte, würde ich es tun, das weißt du. Ich glaube aber kaum, dass das Oberhaupt der Familie Wiegant auf mich hören würde.« Er lächelte schief. »Damit meine ich nicht den guten alten Niklas.«

Cyprian schwieg. Er war sorgfältig darauf bedacht, einen neutralen Gesichtsausdruck zu wahren.

»Nein«, sagte Melchior Khlesl schließlich. »Erstens: ich wüsste nicht, was ich tun sollte; zweitens: eine Liebe, die man sich nicht selbst erkämpft, hat keinen Wert.«

»Ite, missa est«, sagte Cyprian.

Der Bischof lächelte müde. »So trennt die Liebe unsere schöne Kameradschaft.«

Cyprian schwieg einen so langen Augenblick, dass die Stille Zeit hatte, sich bemerkbar zu machen. »Nein«, sagte er zuletzt. »Aber deine Predigt war unnötig.«

»Es war keine.«

Cyprian zuckte mit den Schultern. Sein Blick wich nicht vom Gesicht seines Onkels.

»Wen soll sie heiraten?«

»Sebastian Wilfing junior.«

»Keine schlechte Wahl«, sagte der Bischof.

»Ich nehme auch nicht an, Niklas Wiegant will seine Tochter vorsätzlich quälen.«

»Wart ihr nicht einmal Freunde, du und Sebastian Wilfing?«

»Das hieße den Begriff Freundschaft herabwürdigen. Aber wir waren keine Feinde.«

Melchior Khlesl nickte. Wenn er die Vergangenheitsform herausgehört hatte, ließ er es sich nicht anmerken.

»Agnes erinnert sich nicht an das, was sie in den Katakomben unterhalb der Kirche gesehen hat«, erklärte Cyprian. Er dachte daran, was Agnes ihm heute gestanden hatte. »Sie hat die Kirche und alles, was mit ihr zusammenhängt, vollkommen vergessen«, log er, ohne wirklich zu wissen, warum er es tat.

»Cyprian – was diese Angelegenheit betrifft, so ist alles auf irgendeine Weise miteinander verbunden. Dazu brauche ich keinen Stein der Weisen, kein Wissenselixier oder sonst einen Unsinn der Alchimisten. Meine Nase sagt mir das, und meine Nase hat mich noch nie betrogen.«

»Deine Nase, hm? Hat deine Nase dir nicht auch gesagt, es sei klug, sich mit Erzherzog Matthias zusammenzutun, und hat dir deswegen die Feindschaft der kaiserlichen Räte eingebrockt?«

»Das heißt noch nicht, dass sich meine Nase geirrt hätte. Cyprian, ich bitte dich, lass mich nicht im Stich. Du wirst nichts dagegen tun können, dass Agnes den Mann heiratet, den ihr Vater für sie vorgesehen hat. Ich brauche mein Angebot nicht ein zweites Mal zu äußern.«

»Meine Karriere in der Kirche.«

»Es geht nicht um die Karriere. Es geht darum, dass das Werk fortgesetzt wird, das Jesus Christus begonnen hat: die Menschheit vor der Verführung durch das Böse zu beschützen. Es geht darum, dass Menschen wie du nötig sind, um diese Arbeit zu tun.«

»Meine Antwort bleibt die gleiche.«

Der Bischof trommelte mit den Fingern auf den Tisch. »Cyprian – hilf mir dabei, dieses unheilige Manifest zu finden. Ich sorge dafür, dass du dein Studium hier unter meinen Fittichen absolvieren kannst. Du wirst Wien nicht einmal verlassen müssen. Und du wirst ständig mit Agnes in Verbindung bleiben, weil sie irgendwie zu dieser Geschichte dazugehört, sonst wäre sie damals unter der Heiligenstädter Kirche nicht dem Ruf der Katakomben gefolgt. Dass sie Sebastian Wilfings

Frau ist, heißt noch lange nicht, dass sie nicht deine Geliebte werden kann. Die Kirche braucht deinen ungeteilten Geist, nicht deine ungeteilte Manneskraft.«

»Du bist zu lange Bischof gewesen, Onkel, du denkst schon wie ein Kleriker in Rom«, sagte Cyprian.

Melchior Khlesl wirkte betroffen. »Ich habe es gut gemeint«, murmelte er schließlich.

»Onkel, wenn ich mich auf so etwas einlassen würde, dann wäre ich nicht nur der falsche Mann für Agnes, sondern auch für deine Aufgabe. Wenn Agnes und ich zusammenkommen, dann nicht auf der Basis von Betrug und Heimlichtuerei, und es ist mir ganz egal, ob der Zustand, den du mir vorgeschlagen hast, für die Hälfte aller Liebenden die probate Lösung ist. Für uns ist es die falsche Lösung.«

»Hilf mir nur noch bei einer einzigen Sache«, sagte Bischof Khlesl. »Es gibt neue Entwicklungen, und ich möchte, dass du sie dir mit mir zusammen anhörst.«

»Welche neuen Entwicklungen?«

»Ich lasse dich holen, wenn ich sie selber erfahre.«

Cyprian lauschte den Worten des Bischofs nach. »Du bist nicht mehr der Einzige, der der Teufelsbibel auf der Spur ist.«

»Ich sagte es ja schon: Sie ist wieder erwacht.«

»Wenn du mich rufst, komme ich.«

»Danke.«

Cyprian wandte sich zum Gehen.

»Woher wusstest du, dass der Zugang zu den Katakomben unter der Kirche nicht mehr existiert?«, fragte der Bischof.

Cyprian blickte sich nicht um. »Ich war dort«, sagte er. »Du hast nicht gesagt, ich dürfe nicht auch mal dort vorbeischauen.«

»Kein Problem«, erklärte der Bischof.

Cyprian konnte nicht sagen, ob sein Onkel seine Lüge durchschaute oder nicht. Es verursachte ihm Magenschmerzen, dem Bischof die Wahrheit zu verschweigen, doch er hatte das Gefühl, er tat es zu Agnes' Schutz. Er öffnete die Tür; aus dem angrenzenden Raum sprintete ein Diener heran und nahm ihm die restliche Arbeit ab. Dann wandte er sich noch einmal um. Bischof Khlesl war wieder in seine Dokumente vertieft. Während er darin raschelte, zog er mit der anderen Hand seinen Pelz zurecht. Er hustete. Der Diener schloss die Tür.

»Pass auf dich auf«, murmelte Cyprian gegen das geschlossene Türblatt, drehte sich um und ging.

12

Nachdem Cyprian gegangen war, starrte Bischof Khlesl eine ganze Weile die geschlossene Tür an. Schließlich nahm er ein vielfach abgeschabtes Pergament aus einer Ledermappe und glättete es. Ein schmales Holzkästchen enthielt daumennagelgroße Stücke Kohle, kantig zugeschliffen. Bischof Khlesl begann zu malen: einen leeren Kreis in der Mitte des Blattes; drei kleinere Kreise, die über dem leeren Kreis zu schweben schienen wie Krähen. In die Kreise kratzte er Initialen und daneben etwas, das einem Birett glich – mit einiger Übung hätte der Bischof auch als Skizzenzeichner für den bis vor wenigen Jahren für Kaiser Rudolf arbeitenden Giuseppe Arcimboldo seinen Lebensunterhalt verdienen können.

Unter den leeren Kreis – und deutlich von den dreien abgesetzt – kamen zwei weitere. Über die Züge des Bischofs huschte ein leises Lächeln, als er an den einen Ring eine große, krumme Nase zeichnete und dem anderen ein Fell aus kurz geschorenen Haaren verpasste. Die Kohle huschte über das Pergament, kratzte und schabte in der Stille und der fallenden Dunkelheit des Raumes, die der Bischof nicht wahrnahm. Ein dritter Ring schwebte neben den beiden; nach einigem Zögern malte Khlesl ein »A« hinein. Dann zuckten Striche von dem großen leeren Kreis zu allen anderen Kreisen hin; die drei Kreise bekamen Verbindungslinien untereinander, desgleichen die Kreise, die für den Bischof selbst und für Cyprian standen. Ein neuer kleiner Ring entstand weit abseits, östlich der beiden Khlesl-Ringe, wenn man so wollte und wenn man den leeren großen Kreis in der Mitte als Zentrum nahm; so, wie die drei Ringe sich südlich und westlich von ihnen befanden. Eine punktierte Linie führte von einem der Birett-Kreise zu dem ganz neuen Kreis; er wurde mit einem Fragezeichen ausgestattet.

Bischof Khlesl lehnte sich zurück. Der leere Kreis in der Mitte sah aus, als hätte er ein Dutzend Tentakel, die sich in die kleineren Kreise gekrallt hatten, und jetzt zog der leere Kreis die Tentakel ein und holte sich seine Beute. Unschlüssig zog Khlesl eine punktierte Linie rund um den Mittelkreis – ein Grenzwall, ein poröser Limes, dessen schwache Linienführung darauf hinzudeuten schien, dass sein Schöpfer weniger über ihn wusste als über alles andere.

Zuletzt kam eine Verbindungslinie zwischen den beiden Kreisen für Agnes und Cyprian. Dann zögerte der Bischof und wischte sie mit dem Daumen weg. Sie war immer noch sichtbar, ein Schatten, der sich auch nochmaligem Rubbeln widersetzte. Bischof Khlesl grinste und schüttelte den Kopf. Dann sah er sich um, als hätte er die Dunkelheit in seinem Raum erst jetzt bemerkt. Er nahm das Blatt auf und trug es zum Fenster, legte es auf die Fensterbank, trat zurück und betrachtete es. Eine Augenbraue zuckte in die Höhe.

Aus ein paar Schritten Entfernung war zu erkennen, dass eine der Linien, die vom Kreis im Zentrum zu den kleinen Kreisen führte, stärker war als alle anderen.

Bischof Khlesls zweite Augenbraue wanderte langsam nach oben, und seine Augen wurden schmal. Er hob die rechte Hand und betrachtete sie, betrachtete den Kohlestaub an den Kuppen von Daumen, Zeige- und Mittelfinger, als suche er nach einer Spur, dass seine Hand von einer unsichtbaren

Macht gelenkt worden war. Zuletzt wischte er sie nachdenklich an der Soutane ab. Dann musterte er sein Schema erneut.

Der kräftige Strich war der, der zu Agnes Wiegant führte.

Bischof Khlesl nahm die Zeichnung vorsichtig auf, trug sie zum Kaminfeuer, legte sie hinein und beobachtete ihr Vergehen in den Flammen, bis auch die letzte Flocke verkohlten Pergaments hochgewirbelt, zerstäubt, zu Asche geworden war.

Dann läutete er nach einem Diener. Er lächelte nicht mehr.

13

Als der Ruf zu den Laudes ertönte, lag Pater Xavier bereits seit zwei Stunden wach. Er hatte alle Geräusche aus dem Schlafsaal der Mönche ausgeblendet; allein lebenslange Gewohnheit sorgte dafür, dass der Gebetsruf zu ihm durchdrang. Er hatte die Augen geöffnet gehalten, aber das langsame Hereinsickern der Morgendämmerung durch die großen Bogenfenster hatte er nicht wahrgenommen, ebenso wenig wie die beginnende Herbstkühle, die in der Stunde vor Sonnenaufgang am harschesten war und wie ein Hauch durch die geborstenen Fenster wehte. Pater Xavier war allein in dem persönlichen Raum gewesen, den seine Konzentration geschaffen hatte und in dem es außer ihm nur die Frage gab, die er zu beantworten versuchte, seit er vor sieben Tagen in Prag angekommen war.

Um ihn herum erhoben sich die Mönche von Brevnov, manche freudig den Beginn des neuen Tages begrüßend, die meisten ächzend und schnaubend, als wäre das Leben in der Halbruine, die ihr Kloster seit den Hussitenkriegen war, bis in ihre Knochen gedrungen und hätte sie ebenfalls zu morschen Überresten einstiger Stärke reduziert.

Pater Xavier schwang die Beine von der Pritsche, nickte den Benediktinern zu, gab sich den passenden Anschein von

Bescheidenheit und Zurückhaltung, der dem Angehörigen eines anderen Ordens, der als Gast aufgenommen war, anstand, und schlurfte am Ende der schütteren Gruppe aus dem Dormitorium hinaus. Der Gottesdienst zu den Laudes würde ihm eine weitere Möglichkeit bieten, über die Frage nachzudenken, doch im Grunde hatte er sie bereits beantwortet.

Die Antwort lautete Nein.

14

»KANNST DU SIE hören, kannst du sie riechen, kannst du sie fühlen – die Stadt der hundert Glockenspiele und Choräle, der fremdländischen Düfte und höllischen Ausdünstungen, der Pflastersteine unter deinen Füßen und der zauberhaften Hände auf deiner nackten Haut? Das ist PRAG! Kannst du sie sehen, die Stadt der hundert Türme – den Weißen und den Schwarzen Turm, den Daliborka-Turm, den Mihulka-Turm, den Heinrichsturm, den Nikolausturm, die Türme von Maria vom Teyn, von Sankt Veit, den Rathausturm? Das ist PRAG! Kannst du sie sehen? Kannst du sie hören, kannst du sie riechen? Siehst du die Burg auf ihrem Hügel thronen, hörst du die Löwen im Hirschgraben brüllen, riechst du die Schwaden aus den Hexenstuben in der Goldmachergasse? Das ist PRAG! Kannst du sie sehen, die Prinzessin Libuše, wie sie ihren Rittern befiehlt, vor Přemysls Schwelle niederzuknien und die Stadt Prag zu gründen? Kannst du sie hören, Dalibors Geige, die er noch spielte, als er zum Scharfrichter geführt wurde, und die erst verstummte, als sein Kopf unter dem Beil fiel? Kannst du sie riechen, die halb verweste Brigitta, deren Geist in Gewitternächten durch die Gassen weht und jeden Vorn-übergehenden küsst, weil sie hofft, die Lippen ihres Geliebten zu schmecken, die ihm die Raben am Galgen von den Zähnen gepickt haben? Das ist PRAG, Fremder, das ist das Paradies des Teufels, das ist die Stadt der Engel, kannst du sie riechen, kannst du sie hören, kannst du sie SEHEN? Schätze dich glücklich, Fremder, denn ich kann es nicht! Almosen, ihr guten Leute, Almosen für einen Blinden, Almosen für einen Blinden!«

Pater Xavier starrte auf den Bettler hinab, der an der Flanke der Marienkirche auf dem Boden kauerte, eine Lederkappe vor sich. Sein Oberkörper pendelte hin und her, der Leinenstreifen um die Mitte seines Haupts war schmutzig und dort, wo die Augen gewesen wären, halb durchtränkt von einer wässrig roten Flüssigkeit. Der Mann schrie mit tönender, heiserer Stimme. In seiner Lederkappe befanden sich ein paar Münzen, eine Handvoll Haferkörner, ein halb aufgegessener Wecken und ein grob geschnitztes Männchen, von dem sich ein mitleidiges Kind getrennt haben musste. Über Pater Xaviers Gesicht huschte ein leichtes Lächeln. Der Blinde stellte das Pendeln ein, witterte mit ruckartigen Kopfbewegungen und richtete schließlich sein Gesicht auf Pater Xavier.

»Wie geht es dir, Fremder?«, fragte er mit ruhiger, tiefer Stimme.

»Ganz gut, denke ich«, sagte Pater Xavier. »Gott segne dich, mein Sohn.«

»Dank sei Gott dem Herrn, Bruder. Er segne auch Sie.«

Pater Xavier fühlte eine Leichtigkeit, die er die ganzen sieben Tage in der Klausur des Benediktinerklosters nicht gespürt hatte. Es war die Leichtigkeit des Jägers, der zwar noch nicht weiß, wo sich seine Beute versteckt, der sich aber endlich aufgemacht hat, nach seiner Fährte zu suchen. Der Jäger weiß, dass die Beute zuschlagen kann, noch bevor er gewappnet ist, und sei es aus purer Angst. Das war die Antwort auf die Frage, die er sich so lange gestellt hatte, wie Gott benötigt hatte, um die Welt zu schaffen: Konnte er seine Mission erfüllen, ohne sich im Hradschin aufzuhalten, im Zentrum des

Spinnennetzes, im Knotenpunkt der Macht, der Gerüchte, der Halbwahrheiten und verdrehten Tatsachen, im Magnetberg für alles, was jenseits der Grenzen des katholischen Glaubens wandelte? Konnte er anderswo als im Reich des Alchimistenkaisers eine Hoffnung haben, die Spur zu seinem Ziel aufzunehmen?

Die Antwort war Nein gewesen.

»Also gut«, sagte er. »Woher weißt du es?«

»Die Stimme, Bruder. Die Stimmen der Menschen sagen einem alles. Man muss nur zuhören wollen. Und was kann ein Blinder besser als zuhören? Almosen, ihr guten Leute, Almosen für einen Blinden!«

Pater Xavier trat beiseite, als ein Mann sich bückte, eine Münze in die Lederkappe schlüpfen ließ, sich bekreuzigte und weiterging. Der Blinde nickte ernst vor sich hin.

»Und was hat dir meine Stimme gesagt?«

»Sie ist leise, Bruder. Ein Mann Gottes hat es nicht nötig, laut zu sprechen, er weiß, dass er gehört wird. Sie hat einen Akzent, Bruder, und ich glaube verdörrte Ebenen, glühende Steine und das Blau eines kalten Meeres darin zu vernehmen. Sie spricht die Worte Gottes, Bruder, und so früh am Tag und außerhalb der Kirchen vernimmt man das Wort Gottes nicht oft.«

»Schön, schön«, sagte Pater Xavier. »Man könnte einen mit so einem scharfen Gehör geradezu beneiden.«

»O nein, Bruder, beneiden Sie mich nicht. Gott hat mir das Augenlicht genommen, weil ich ein armer Sünder war. Ich bereue und habe meine Strafe angenommen, aber beneiden Sie mich nicht, Bruder, wirklich nicht.«

»Stammst du aus Prag?«

»Dreißig Jahre auf dem Pflaster, in den Gassen und unter den Türmen – das bin ich, Pater, jawohl. Dreißig Jahre mit dem Kuss von Engeln auf der Stirn und dem Biss der Teufel im Arsch, wenn Sie entschuldigen wollen, Pater.«

»Kennst du dich gut aus?«

»Ich habe den Pflastersteinen in jeder Gasse Namen gegeben, Pater. Hier ...«, die Hände des Bettler flatterten über den Boden, »der da, der so aufragt, das ist Horymir, und der breite daneben, das ist Horymirs Pferd Šemík, wie es über die Burgmauer springt und den Abhang hinuntergleitet, um seinen Herrn vor der drohenden Hinrichtung zu retten.«

»Und auf der Burg?«

»O Bruder, wie sollte ich mich auf dem Hradschin nicht auskennen, wo ich doch die gesegneten Jahre meines Lebens dort verbracht habe? Ich war ein Dienstbote, Bruder, ich hatte es warm und trocken und jeden Tag genügend zu essen und zu trinken, und das machte mich hoffärtig und leichtsinnig. Ja, heute kann ich es zugeben, denn ich bin ein reuiger Sünder, und diesen gehört die Liebe unseres Herrn Jesus: ich habe gestohlen, Bruder, und man hat es entdeckt, mir das Augenlicht genommen und mich auf die Straße geworfen. Ich trage es ihnen nicht nach, Bruder, denn die Strafe war gerecht, und –«

Pater Xavier nickte. Er holte eine Münze aus seiner schmalen Börse, hielt sie über den Lederbeutel, rückte die Hand nach kurzem Zögern ein paar Zoll beiseite und ließ die Münze fallen.

»– die Nachsicht unseres Herrn hat mir dafür andere Sinne gegeben.«

Die Münze fiel neben den Lederbeutel auf das Pflaster und sprang davon. Pater Xaviers Fuß schoss nach vorn und nagelte Münze und Hand des Blinden, der noch schneller danach gegriffen hatte, auf dem Boden fest.

»Autsch!«, sagte der Blinde, »Gottverdammt!« Er versuchte, die Hand unter Pater Xaviers Fuß hervorzuziehen, aber der Dominikaner verlagerte sein Gewicht auf den Fuß. Der Blinde ächzte und gab seine Bemühungen auf. Halb zu Füßen Pater Xaviers liegend, starrte er mit verzerrtem Gesicht zu ihm nach oben.

»Soso«, sagte Pater Xavier. »Andere Sinne.«

»Was soll das, Pater, verdammte Scheiße?«

»Es gibt zwei Möglichkeiten«, sagte Pater Xavier. »Möglichkeit eins: ich ziehe dir die lächerliche Binde vom Kopf, die du mit Beeren rot eingefärbt hast, damit man nicht sieht, wie dünn du sie an den Stellen gescheuert hast, durch die du hindurchsehen kannst; fange dann laut zu schreien an, rufe Gott als Zeugen an, dass du ein Betrüger bist, und halte deine Hand so lange unter meinem Fuß fest, bis die Stadtwachen kommen und dich abführen; und falls du eventuell mit dem Gedanken spielen solltest, mich mit der freien Hand angreifen zu wollen, so denk daran, dass deine Finger unter meinem Fuß vor lauter Gier nach der Münze gekrümmt waren und ich sie dir ganz einfach alle vier brechen kann, indem ich noch ein bisschen mehr Gewicht verlagere ...«

Es knackte unter Pater Xaviers Sandale.

»Au!«, rief der Bettler. »Schon gut, schon gut, ich wähle die zweite Möglichkeit!«

»Was stimmt an deiner Geschichte mit dem Dienstbotendasein auf dem Hradschin?«

»Alles, außer dass ich nicht geblendet worden bin!«, jaulte der Bettler. »Hören Sie auf, Bruder, ich spiele Ihr Spiel doch mit.«

Pater Xavier hob den Fuß. Der Bettler zog die Hand an sich und hielt sie dicht vor die Binde. Die Finger sahen gequetscht aus. »O Mann, das tut WEH!«, stöhnte er.

»Du bist nicht ernsthaft verletzt, also hör auf zu jammern.«

»Gott segne Sie, Bruder, und wenn Ihnen jemals die Rübe von den Schultern fällt, dann hoffe ich, dass Er Ihnen in den Hals scheißt!«

»Wie komme ich in den Hradschin hinein?«

Das von der Binde halb unkenntlich gemachte Gesicht richtete sich überrascht auf ihn. Dann huschte ein Lächeln über die struppigen Wangen des Bettlers.

»Noch neu in der Stadt, aber schon haben Sie gehört, dass im Reich Seiner allerchristlichsten Majestät Hermes Trismegistos keine Kutten erwünscht sind?«

»Hermes Trismegistos?«

»Der Kaiser sitzt nicht nur auf seinem Thron – er sitzt auch auf dem Stuhl des Hexers. Wussten Sie das nicht, Pater? Der Kaiser besitzt alles, was es zur Magie braucht: Alraunen, getrocknete Föten, Steine mit teuflischen Zeichen, in Kristall eingeschlossene Dämonen, Bezoare, vom Himmel gefallene Steine. Er experimentiert mit Mumienstaub und Leichenfett und versucht, einen Homunkulus zu erschaffen; er studiert zusammen mit den jüdischen Rabbinern und steckt seine Nase öfter in deren Zaubersprüche als in die Bibel. Man nennt ihn deshalb Hermes Trismegistos, den dreifach Großen –«

»– den Gott des Höllenfeuers, den Gott des Todes, den Gott der Fruchtbarkeit«, murmelte Pater Xavier.

»Angst, Pater?« Der Bettler grinste und verbarg gleichzeitig seine lädierte Hand an seinem Körper. Pater Xavier ignorierte ihn.

»Wie komme ich in den Hradschin hinein?«, wiederholte er.

»Der Kaiser duldet keine Kutten in seiner Nähe, wenn er deren Träger nicht persönlich kennt, und selbst die kommen oft tagelang nicht an ihn heran«, sagte der Bettler. »Haupteingang und Nebeneingänge werden von der Eskorte bewacht, die den Kaiser auch von Wien hierherbegleitet hat. Fremde werden abgewiesen.« Der Bettler kicherte. »Wenn Sie warten wollen, Pater, befinden Sie sich wenigstens in guter Gesellschaft – ausländische Botschafter, Reichsbarone, päpstliche Legaten, Abgesandte von Königen: Auf dem Hradschin wartet alles.«

»Ich will nicht warten«, sagte Pater Xavier sanft. Das Grinsen des Bettlers erlosch.

»Sagen Sie, Sie wurden von den Doktores Maier und Ruland zu einem Disput gerufen. Maier hängt dem Rosenkreuzer-Unsinn an, und Ruland glaubt nur an Wasserbäder, Aderlässe und Schröpfköpfe, wenn es um das Heil geht – aber beide liefern sich oft Diskussionen mit gelehrten Kirchenvertretern, um ihre Theorien zu beweisen. Sie sehen wie ein gelehrter Mann aus, Pater. Versuchen Sie ein gescheites Gesicht zu machen, dann lässt man sie vielleicht durch.«

Pater Xavier bückte sich und hob die Münze auf. »Ich wähle auch die zweite Möglichkeit«, sagte er und schnippte die Münze in die Lederkappe. Dann richtete er sich auf und betrachtete das vermummte Gesicht unter sich. Er sah einem Schweißtropfen nach, der unter der Binde hervor und in den Hals seines Gesprächspartners rann. In die Morgenstille des Platzes drang der Schritt einer Gruppe von Stiefelsohlen.

»Gibt es noch irgendetwas, das du mir beinahe zu erzählen vergessen hättest und das dir gerade noch eingefallen ist?«, fragte er.

»Meiden Sie den Dienstbotentrakt«, sagte der Bettler. Pater Xavier hatte das Gefühl, dass er seine Augen hätte zucken sehen, wenn er die Binde entfernt hätte.

»Noch etwas?«

»Gehen Sie zum Teufel, Pater.«

»Gott segne dich, mein Sohn.« Pater Xavier wandte sich um und ging gelassen davon.

»Was wäre denn Ihre erste Möglichkeit gewesen, Pater?«, rief der Bettler ihm hinterher.

Pater Xavier deutete auf die Gruppe Stadtknechte mit Spießen und Armbrüsten, die über den Platz trabten und die das Stiefelgeräusch verursacht hatten. Er drehte sich nicht um dabei und warf dem Bettler auch keinen Blick mehr zu. Aber er registrierte mit Befriedigung, dass erst nach seinem Eintritt in eine der dunklen Gassen das tönende »Almosen, ihr guten Leute, Almosen für einen Blinden!« wieder zu vernehmen war.

Für eine Weile war die Hofburg in Wien Pater Xaviers Lebensraum gewesen. Als er über die Zugbrücke und durch das zwar bewachte, aber nicht gesicherte Ehrentor in den ersten Burghof des Hradschin schritt, von den Wachen nur mäßig interessiert gemustert, wusste er, dass Kaiser Rudolf hier sein Zuhause gefunden hatte. In Wien hatte der Kaiser, damals erst Erzherzog von Österreich, ständig über die offene, ungeregelte, unsymmetrische Struktur des kaiserlichen Machtzentrums gestöhnt – die enge Hofburg selbst, der völlig losgelöst davon erbaute Arkadenhof, den zu erreichen man über freies Gelände gehen musste und den man wegen seiner Unbeliebtheit kurzerhand in Stallburg umgetauft und den Pferden als Domizil überlassen hatte; selbst seinen eigenen Versuch, ein für ihn angemessenes Gebäude östlich der alten Hofburg zu errichten, hatte er zu hassen begonnen, kaum dass er sich zu dem merkwürdig trapezförmigen Grundriss hatte zwingen lassen. Drei Gebäude, verteilt über eine gewaltige Fläche, zwischen Hütten, Ställen und Gesindehäusern aufragend, von keiner Mauer geschützt, in die Wiener Ebene geklotzt mit dem offenkundigen Willen zum Kompromiss und unter dem Diktat des ästhetischen Pragmatismus; und hier das genaue Gegenteil davon: eine geschlossene Burganlage, im Norden und Süden durch tiefe natürliche Wälle der umgebenden Stadt entrückt, im Westen durch einen künstlichen Graben und im Osten durch den steil abfallenden Hang des Burgbergs geschützt. Der Hradschin zog sich auf dem Rücken des großen Felsens von Westen nach Osten hin wie die zu Quadern, Dachschrägen, Zinnen und Turmspitzen erstarrte Schaumkrone einer steinernen Welle, die über Prag hoch gegischtet und dort für immer festgehalten worden war; und mit den Schatten, die ringsherum im Lauf eines Tages an ihr herabrannen, sickerten die Krankheit ihres kaiserlichen Bewohners und die Korruption seines Hofstaates in die Stadt drunten hinab.

Man konnte dies wissen und dennoch beeindruckt sein;

man konnte, wenn man vom zweiten in den dritten Burghof gelangt war und erkannte, dass der mächtige Veitsdom in Wahrheit eine Bauruine war, die viele geniale Männer angefangen und keiner von ihnen je beendet hatte, dennoch den Kopf in den Nacken legen und staunen; man konnte die Augen schließen und die in die Höhe schießenden Monumente von Selbstbewusstsein und architektonischer Größe ringsherum fühlen und sich gleichzeitig klein und doch geborgen vorkommen – was die Macht gehabt hatte, solche Bauten zu befehlen, musste doch auch die Macht haben, der Christenheit und einem selbst in die Seligkeit vorauszuschreiten.

Pater Xavier, der ziemlich genaue Vorstellungen von der Macht des Kaisertums und den Intentionen ihres derzeitigen Inhabers hatte, fühlte nichts dergleichen. Er schlenderte auf den Eingang des Königspalastes zu, zog ein überraschtes Gesicht, als die Wachen ihn aufhielten, sagte seinen Vers über die Doktores Maier und Ruland auf und wurde nach einem winzigen Zögern eingelassen. Die Marotte des Kaisers, die den Hradschin zu einer versiegelten Festung machte, war gleichzeitig auch dessen Schwachstelle.

Pater Xavier war ohne konkreten Plan in den Hradschin gekommen, wenn man es nicht als Plan bezeichnen wollte, dass er an diesem ersten Tag nichts zu erreichen hoffte. Auch im Inneren eines Ungetüms wie des Hradschin flüsterten die losen Zungen nicht in das erstbeste Ohr; auch inmitten der tausend dienstbaren Seelen, die hier durch die Räume trieben, mussten diejenigen erst gefunden werden, denen man die richtigen, scheinbar arglosen Fragen stellen konnte. Vielleicht würde er sogar wirklich nach den beiden Männern suchen, die er als Alibi angegeben hatte, und mit ihnen in Disput treten. In ein paar Tagen würden die Wachen sein Gesicht kennen und ihn ohne Nachfragen durchlassen; in ein paar weiteren Tagen würden sie sein Gesicht schon wieder halb vergessen haben, und wenn sie in einem Archiv oder einer Bibliothek auf ihn stießen, dann würde seine Anwesenheit ihnen nicht illegal erscheinen und sie nicht im Traum darauf kommen, dass ein Spion in eigener Sache ihnen lächelnd zunickte.

Mit diesen Gedanken bog Pater Xavier um die Wendel einer engen Treppe, die nach unten und zur Burgmauer hin führte und die seiner Erfahrung nach verkommen und dunkel genug war, um zu den Gesindequartieren zu führen. Die Dienstboten kamen überall hin und waren am leichtesten von allen durch den dominikanischen Habit zu beeindrucken; unter ihnen würde er seine ersten Verbündeten suchen, so wie er es in Wien getan hatte, um auch über diejenigen Sünden seines Beichtkindes informiert zu sein, die dieses nicht gestand. Als Erzherzog hatte Rudolf einen Hang zu nicht standesgemäßem Fleisch gezeigt; keine Dienstmagd, ob alt oder jung, war vor ihm sicher gewesen. Pater Xavier gestattete sich ein verächtliches Lächeln in der Finsternis und Einsamkeit der langen, gewendelten Treppe. Sein Mund war immer noch verzogen, als er genau auf Höhe der kleinen, schießschartenähnlichen Fensteröffnung in einen sehr dicken Mann hineinlief, der ihm entgegenkam.

Der Aufprall hüllte Pater Xavier in Schweiß-, Fisch- und Bratenduft und in die glitschig-klebrige Berührung von zu viel Brokatstickereien auf einer monumentalen Menge Seide. Er blieb stehen, während der dicke Mann einen erschrockenen Schritt zurücktrat und Pater Xavier das Weiteratmen ermöglichte.

Der Mann war Leviathans Zwillingsbruder – größer als Pater Xavier, prall, gedunsen, ein Speckbulle mit hektisch roten Apfelbacken und einem tonnenförmigen Leib. Sein Mund stand vor Anstrengung und vor Überraschung offen und ließ Zähne sehen, die der Dominikanermönch, der über ein tadelloses Gebiss verfügte, lieber nicht erblickt hätte. Über den Mund hing das fleischige Ende einer langen, gebogenen Nase und imitierte die Unterlippe, die ihrerseits feucht und mit einem tiefen Grübchen in den blonden Vollbart hing. Wäre das Erstaunen über das unerwartete Zusammentreffen nicht gewesen, wären die Augen vermutlich halb in Speckwülsten versteckt gewesen – so jedoch waren sie weit aufgerissen. In dem hässlichen Gesicht stellte ihr makelloses Blau, von langen Wimpern gerahmt und vom Licht aus der Fensteröffnung perfekt beleuchtet, das einzig Schöne dar. Die Augen zuckten – wie bei den Ketzern, deren ausgekugelte Arme schlaff an ihren Seiten herabhingen, während sie stöhnten, der protestantischen Irrlehre abgeschworen zu haben, doch ihre Blicke verrieten sie. Pater Xavier starrte in die blauen Augen seines Gegenübers, und mit dem Schock, der gleichzeitig mit seinem in diesen Augen hochschoss und den seinen widerspiegelte, erkannte er die permanente Schuld, die stetige Angst und das ewige schlechte Gewissen wieder. Die Augen waren so geblieben, wie Pater Xavier sie in Erinnerung hatte; das Gesicht war zu einer unkenntlichen Fratze maßloser Ausschweifung geworden. Der Alchimist hatte die Transmutation an sich selbst vollzogen, und wie immer war lediglich der Dreck mehr geworden und das Gold ausgeblieben.

Pater Xavier senkte den Kopf, doch es war zu spät. Wie hatte er glauben können, dass der lächerliche Bart ihn auch nur eine Sekunde vor der Entdeckung schützen würde? Kaiser Rudolf hatte ihn immer mit dem Herzen angesehen, nicht mit den Augen, so wie der Hase nicht das dreieckige, schlaue Gesicht des Fuchses sah, sondern zwei Reihen scharfer Reißzähne. Pater Xaviers Herz schlug so heftig, dass er einen Augenblick lang keine Luft bekam. In seinem Hirn war völlige Leere. Was sollte er tun? Der Bettler hatte ihn gewarnt, seine eigene Erinnerung hatte ihn gewarnt: Kaiser Rudolf, der Freund der Dienstmägde. Warum hätte er hier in Prag, in seinem eigenen Reich, in seiner eigenen Machtfülle, seine Gewohnheiten ändern sollen?

Rudolf von Habsburg stieß ein Grunzen aus. Die Apfelbacken hatten sich in teigig-schlaffe Hautsäcke verwandelt. Von der Unterlippe troff ein Speichelfaden und verhedderte sich im Kinnbart. Dann fiel ein halbes Haus auf Pater Xavier, stieß ihn beiseite und quetschte ihn an die Wand des Treppenhauses, ein Monstrum heulte an ihm vorbei und brachte die Treppe zum Schwingen, und er war allein. Die Treppenstufen herab polterte das Dröhnen der Flucht des Kaisers des Heiligen Römischen Reichs und schallte sein gellendes Geheul. In die übriggebliebenen Düfte nach mangelnder Körperhygiene und schnellem Koitus in einer überheizten Küche mischte sich der Gestank von Angst und einer schwachen Blase.

Pater Xavier stieß sich von der Wand ab, gegen die der an ihm vorbeirennende Kaiser ihn geschoben hatte. Er hob eine Hand vor seine Augen. Sie zitterte. Er starrte sie an, bis das Zittern verebbte. Dann verlangsamte er seinen Atem, bis auch aus diesem das Zittern geschwunden war. Zuletzt stand er ganz still. Wer ihn gesehen hätte, hätte niemals vermutet, dass sich hinter seiner Stirn die Gedanken jagten. Das Heulen Kaiser Rudolfs verklang wie die Schritte, die es davontrugen, in den Tiefen des Königspalastes.

Pater Xavier ballte eine Faust und schlug damit gegen die Wand des Treppenhauses. Einmal, zweimal – beim dritten Mal platzten die Knöchel auf, beim vierten Mal blieben vier rote, sternförmig ausgefranste Flecke an der Wand. Der Dominikaner öffnete die Faust, betrachtete die Blutspuren an der Wand und spürte dem Schmerz nach, der das Kreischen seiner Gedanken in seinem Schädel zum Stillstand brachte. Langsam hob er die Hand und leckte das Blut vom Handrücken.

Dann drehte er sich um und stieg die Treppe hoch, seinem ehemaligen Beichtkind hinterher.

15

Der Spur des Kaisers war leicht zu folgen; der Königspalast war ein Ameisenhaufen, und Rudolf hatte eine Fährte hindurchgezogen wie ein Kind, das seinen Stock hineinsticht. Dienstboten, Beamte und Höflinge standen beieinander, machten schockierte Gesichter und starrten den Gang hinunter oder in den Raum hinein, den Rudolf als Fluchtweg genommen hatte.

Pater Xavier schritt durch ihre Verwirrung hindurch mit aller königlichen Grazie, die der Habit seiner schlanken Gestalt verlieh. Vor einer verschlossenen Tür endete die ungleiche Verfolgungsjagd schließlich; mindestens zwei Dutzend Männer in allen Arten von teurer Kleidung standen davor und redeten ratlos durcheinander. Pater Xavier hielt sich am Rand der Menge, nickte bescheiden, wenn Blicke ihn trafen, und gab sich den Anschein eines demütigen Mönchs, der zufällig am Schauplatz eines Unfalls eintrifft, nicht weiß, worum es geht, aber voller Mitleid und fest im Glauben für alle darin Verwickelten zu beten beginnt. Immer mehr Menschen trafen ein, blockierten den Gang und steigerten die Verwirrung. Hinter der Tür drang kein Laut hervor, und auch diejenigen, die ihre Ohren an das Türblatt drückten, schüttelten die Köpfe und machten besorgte Gesichter.

Zuletzt arbeitete sich ein kleiner, weißhaariger Mann durch die Ansammlung. Er sah sich um. Weiter vorn begegnete ein fülliger Kerl, der nicht viel jünger sein konnte, seinem suchenden Blick und winkte dem Neuankömmling zu.

»Gut, dass Sie da sind!«, sagte der Dicke. Pater Xaviers auf Dissonanzen trainierte Ohren hörten sofort das nicht laut Gesagte heraus: Wo waren Sie die ganze Zeit, zum Teufel?

»Ich bin erleichtert, dass Sie hier das Heft in die Hand genommen haben«, erwiderte der Neuankömmling und ließ es zu, dass Pater Xavier ebenfalls zwischen den Worten hören konnte: Wenn ich so wenig zu tun hätte wie Sie, wäre ich auch als Erster zur Stelle gewesen! »Was ist passiert?«

»Es heißt, Seine allerchristlichste Majestät sei in höchster Erregung durch die Räume gelaufen und habe sich schließlich hier verbarrikadiert.«

»Natürlich in seiner Sammlung.«

»Wo sonst, mein lieber Lobkowicz?«

Pater Xavier fing einen Blick auf, den die beiden Männer sich zuwarfen. Mittlerweile hatte die Menge ihnen Platz gemacht, so dass beide direkt vor der versperrten Tür standen. Der kleine Mann – Lobkowicz – probierte die Klinke.

»Majestät?«, rief er. »Majestät, ich bin es, der Oberstlandrichter. Reichsbaron Rozmberka ist bei mir, und viele andere Leute, die um Majestät Wohlergehen besorgt sind. Es besteht keine Gefahr, Majestät.«

Die Tür gab keine Antwort, und was immer an Räumen sich dahinter verbarg, blieb ebenfalls stumm. Lobkowicz ließ die Klinke los und ballte die Faust. »Hat denn keiner eine Ahnung, was ihm zugestoßen ist? Die ganze letzte Zeit über war er doch so ausgeglichen … Irgendwas muss passiert sein.« Der Blick des Oberstlandrichters streifte Pater Xavier und wanderte arglos weiter.

»Vielleicht hat er wieder eine Nuss verlegt«, brummte Reichsbaron Rozmberka.

»Wir können nicht warten, bis er von alleine herauskommt«, sagte Lobkowicz. »Der russische Gesandte wartet, der Gesandte des Patriarchen von Konstantinopel wartet, der päpstliche Nuntius wartet, die Generäle warten, die ganze Christenheit wartet, dass der Kaiser sich endlich dazu entschließt, das Massaker vom letzten Jahr in Konstantinopel zu rächen und die Türken zu vernichten. Er kann sich nicht in seiner Schatzkammer verstecken – er muss regieren!«

»Mir brauchen Sie das nicht zu sagen, mein lieber Lobkowicz.«

»Ich dachte, die Lage hätte sich beruhigt nach seinem letzten Anfall, als er Edward Kellys Betrügereien auf die Schliche gekommen ist und ihn hat einsperren lassen. Und jetzt das!«

»Es wird uns nichts anderes übrig bleiben.«

»Verdammt noch mal, Rozmberka!«

»Glauben Sie, mir macht das Spaß?« Der dicke Reichsbaron verzog das Gesicht und äffte die Sprechweise eines anderen Mannes nach: »*Sie kümmern sich doch darum, mein lieber Rozmberka?* Allein dafür wünsche ich mir jeden Tag, an dem ich mich daran erinnere, wir hätten ihm doch die Därme rausgezogen!«

Lobkowicz ließ die Schultern hängen. Dann wandte er sich ab und winkte den Nächststehenden heran. »Lassen Sie ins Goldmachergässchen schicken und den *fabulator principatus* holen. Sagen Sie ihm, der Kaiser braucht wieder seine Geschichte.«

Der Angesprochene drängte sich durch die Menge und verschwand. Der Oberstlandrichter musterte die Gesichter um sich herum mit finsterer Miene. Sein Blick fiel erneut auf Pater Xavier. Der Dominikaner setzte das harmlose Lächeln auf, von dem er wusste, dass es ihn mit dem Hintergrund verschmelzen ließ. Hinter der verschlossenen Tür war immer noch absolute Stille. Lobkowicz' Augen sahen durch Pater Xavier hindurch. »Ich hasse das«, murmelte der alte Mann. »Was immer er gesehen hat oder gesehen zu haben glaubt oder sich sonst irgendwie einbildet, es sei verflucht!«

»Stellen Sie sich vor, er tut sich was an«, flüsterte Reichsbaron Rozmberka. »Stellen Sie sich das mal vor – während wir hier draußen stehen und Maulaffen feilhalten.«

»Soll ich vielleicht die Tür aufbrechen lassen? Zur allerhöchst-privaten Schatzkammer des Kaisers?«, fuhr der Oberstlandrichter auf. »Auf eigene Verantwortung? Sehe ich aus, als möchte ich in einem Käfig im Hirschgraben zwischen den

Ästen verfaulen? Geben Sie doch den Befehl, wenn Ihnen danach ist, mein lieber Rozmberka!«

»Wir sind alle verflucht«, sagte der Reichsbaron.

Nach einer Weile kam ein junger Mann in Begleitung mehrerer Wachen, die unsanft einen Weg für ihn bahnten. Die beiden Reichsbeamten empfingen ihn kühl.

»Sie sind dran!«, schnappte der Oberstlandrichter.

»Was ist dem Kaiser zugestoßen?«

»Keine Ahnung«, erklärte der Reichsbaron. »Aber vielleicht ist es so schlimm, dass Ihre lächerliche kleine Geschichte diesmal nicht zieht – und dann ...« Der dicke Mann machte eine Bewegung mit dem Finger vor dem Unterleib, als würde er etwas aufwickeln.

Der junge Mann verzichtete darauf, die Türklinke nochmals hinunterzudrücken, was ihm in Pater Xaviers Augen einen Pluspunkt einbrachte. Er musterte die Menge – ein schmales Gesicht unter einem Schopf schwarzen Haars, hohe Wangenknochen, dunkle Augen, vor allem aber müde Linien um die Mundwinkel: jemand, der sein Leben sattzuhaben begann.

»Sie müssen den Befehl geben, die Tür aufzubrechen«, sagte Lobkowicz. »Anders kommen Sie nicht rein. Wir haben versucht, mit Seiner Majestät Kontakt aufzunehmen. Er hört uns nicht.«

»Treten Sie alle zurück«, sagte der junge Mann. »Seine Majestät steht gleich hinter der Tür.«

Er kauerte sich nieder und begann leise in den Spalt hineinzusprechen, der sich zwischen Türblatt und Mauer befand. Die beiden Reichsbeamten und mit ihnen die Gaffer wichen zurück. Pater Xavier konnte kein Wort von dem verstehen, was der junge Mann sagte, aber plötzlich hörte er das Geräusch eines Schlüssels, der lange in einem sehr komplizierten Schloss herumgedreht wird; der Spalt in der Tür verbreiterte sich, und der junge Mann schlüpfte hindurch. Die Tür knallte wieder zu, und der Schlüssel trat erneut in Aktion. Die Wartenden starrten sich gegenseitig an und zuckten mit den Schultern.

Oberstlandrichter Lobkowicz schnaubte, dann machte er eine exakte Kehrtwendung wie ein paradierender Gardist und stakste davon, ohne noch jemanden eines Blickes zu würden. Reichsbaron Rozmberka blieb stehen, Wut und Erleichterung zugleich im runden Gesicht – vor allem aber war das vergebliche Bemühen zu erkennen, sich beides nicht anmerken zu lassen. Pater Xavier glitt an seine Seite.

»Euer Gnaden«, sagte er sanft, »wie geht es Ihnen? Ich bin froh, in dieser beunruhigenden Situation auf einen Mann wie Sie zu treffen.«

Rozmberka sah ihn mit leerem Blick an.

»Ich gehöre zur päpstlichen Gesandtschaft«, sagte Pater Xavier und machte eine bewusst vage Handbewegung. »Man hat mir die Ehre erwiesen, mich Ihnen vorzustellen. Wissen Sie nicht –?«

»Ah ja, doch, doch«, machte Rozmberka. »Doch, klar, kann mich erinnern. Äh – tut mir leid – äh –, dass Sie das hier miterleben mussten – äh – natürlich …«

»… natürlich muss seine Ehrwürden der päpstliche Nuntius nichts davon erfahren«, sagte Pater Xavier. »Was andererseits schade ist, da er genauso wie ich davon beeindruckt wäre, wie Sie diese Angelegenheit gemeistert haben.«

»Na ja«, machte Rozmberka und widerstand der Versuchung, einfältig zu grinsen.

»Der junge Mann«, sagte Pater Xavier und lächelte, »sagen Sie: Wer ist das eigentlich? Und was ist das für eine Geschichte, mit der er Seine Majestät beruhigen kann?«

16

DER MANN SAH aus wie Bischof Melchiors um vieles älterer Bruder; aber Cyprian kannte alle seine Onkel und wusste, dass der hagere Melchior nicht repräsentativ für das Erscheinungsbild der Männer der Familie Khlesl war, und so war ihm klar, dass die Ähnlichkeit der beiden Männer in der Arbeitsstube des Bischofs weniger genetischer als vielmehr seelischer Natur sein musste. Der Besucher war vielleicht noch ein wenig schmaler als Bischof Khlesl, und Schnauz- und Kinnbart zogen sein Gesicht noch mehr in die Länge. Er trug zerschlissene Reisekleidung. Der Bischof blickte auf, musterte Cyprian und hob eine Augenbraue. Cyprian registrierte eine weitere Ähnlichkeit zwischen den beiden Männern: Ihre Gesichter waren grau, als versuchten sie einen Schock zu überwinden.

Cyprian schob die Pergamentrollen auf dem Arbeitstisch seines Onkels zur Seite und setzte sich halb auf die Tischplatte. Die Blicke des Besuchers gingen von Cyprian zu Melchior Khlesl und zurück.

»Mein Neffe ist vertrauenswürdig«, sagte der Bischof auf Lateinisch. Cyprian verbarg seine Überraschung, aber die Sprache war ihm so geläufig wie seine eigene.

»Wie viel weiß er?«, fragte der Besucher, ebenfalls auf Lateinisch.

»Alles, was ich selbst weiß.«

Es war klar, dass es nur um ein Thema gehen konnte. Melchior Khlesls weltliches Trachten kannte zwei Projekte: das Buch, das er das Vermächtnis des Bösen nannte, und die Krönung eines Mannes zum Kaiser, der besser als der derzeitige Amtsinhaber geeignet schien, den drohenden Zerfall der Christenheit abzuwenden. Was das zweite Projekt betraf, so spielte Cyprian darin keinerlei Rolle.

»Mein Großvater«, sagte Cyprian, »Bischof Melchiors und meines Vaters Vater, war Bäckermeister. Wir waren Protestanten. Mein Großvater hatte die Erlaubnis beantragt, den zum Tode verurteilten Protestanten eine letzte Mahlzeit zu stiften. Bischof Melchior als zweiter Sohn hatte den Auftrag, das Brot in das Malefizspitzbubenhaus zu bringen, wenn eine Hinrichtung bevorstand.«

»Ich war damals dreizehn Jahre alt«, sagte Melchior Khlesl. »Ich habe einige Dinge gesehen, die ich lieber nicht gesehen hätte. Wenn sich damals ein Jesuitenpater nicht meiner angenommen und mir erklärt hätte, dass all das Leid nötig war, um Seelen zu retten, wer weiß, was aus mir geworden wäre. Dieser Pater ist jetzt Rektor des Wiener Hauses der Societas Jesu. Er ist nicht mehr der Mann, der er war. Wenn ich ihm heute begegnen würde, würden mich keine zehn Pferde dazu bringen, zum wahren Glauben überzutreten.«

Beide Männer sahen Cyprian an. Dieser begriff, dass es eine Probe war, der man ihn unterzog, und dass sein Onkel diese Probe für unnötig hielt.

»Der Pater war damals gerade geweiht worden und hatte die ersten Prozesse gegen Ketzer in Gang gebracht. Er hatte auch das Todesurteil gegen einen alten Narren erwirkt, der als Alchimist aufgetreten war und die Familie eines Kaufmanns mit einem selbstgebrauten Lebenselixier versehentlich vergiftet hatte. Der Alte bat meinen Onkel am Abend seiner Verurteilung, bei ihm zu bleiben und ihm zu helfen, sich auf seine letzten Tage vorzubereiten –«

»– und er erzählte mir eine ganz und gar erstaunliche Geschichte über ein Buch«, vollendete Melchior Khlesl.

»Wie passt du ins Bild?«, fragte Cyprian den Besucher. »Eminenz?«

Der Besucher kniff die Augen zusammen und maß Cyprian. Dieser blieb gelassen auf dem Tisch seines Onkels sitzen. Er deutete auf seinen eigenen rechten Mittelfinger. Der Besucher wandte den Blick ab und betrachtete den Ring mit dem violetten Stein, der auf seinem Mittelfinger prangte.

»Den hast du wohl abzunehmen vergessen, Eminenz«, sagte Cyprian.

Melchior Khlesl lächelte. »Cyprian, das ist Giovanni Antonio Facchinetti, Kardinal von Santissimi Quattro Coronati«, sagte er. »Wir teilen uns ein Lebensziel – das Testament des Teufels aus der Welt zu schaffen.«

Kardinal Facchinetti gab sich einen sichtlichen Ruck.

»Ich vertraue dir, mein Sohn«, sagte er. »Ich vertraue dir, weil mein Freund Melchior dir vertraut. Ansonsten habe ich wenig Grund, in dieser ganzen Sache überhaupt jemandem zu vertrauen. Ist dir klar, wonach wir suchen und mit welchen Kräften wir uns anlegen?«

»Das Böse, verkleidet als Gutes. Die Macht der Vernichtung, verkleidet als die Kraft des Wissens. Das Wort Luzifers. Die Bibel des Teufels.« Cyprian schnaubte. »Ein paar Ameisen machten sich auf, den Elefanten zu Fall zu bringen.«

»Einen *sehr großen* Elefanten«, sagte Kardinal Facchinetti, ohne zu lächeln. »Wir sprechen von einem Wissen, das es schon gegeben hat, als die Erde wüst und leer war; wir sprechen von den Worten, die die Schlange sprach, als sie Eva dazu verführte, den Apfel zu nehmen. Wir sprechen von dem Wissen, das die Ägypter dazu verführte, ihre Pharaonen neben Gott zu setzen; vom Sechsten und Siebten Buch Moses. Diese Worte versuchen stets in neuer Form, in die Welt zu kommen und die Menschheit zu verderben. Als die christlichen Missionare begannen, heidnische Kultstätten zu zerstören, taten die Besten unter ihnen dies nicht aus Fanatismus, sondern weil sie hofften, damit vielleicht aus Zufall die Teufelsbibel zu vernichten. Verstehst du, mein Sohn: Dieses Wissen allein ist völlig machtlos; aber es hat die Eigenschaft, sich einen schwachen Menschen zu suchen, der es anzuwenden versucht, und da es zuallererst Macht verleiht, wird aus dem schwachen ein mächtiger Mensch; es überwältigt den, der es zu beherrschen glaubt, und narrt den, der glaubt, es zum Guten anwenden zu können. Der Teufel hat schon immer die Mitarbeit der Menschen gebraucht, um seine Saat zu säen, und mit dem, was wir sein Vermächtnis nennen, ist ihm der größte Schlag gelungen. In allen Werken des Satans riecht man den Schwefel und sieht man den Bocksfuß – in seinem Testament dagegen erkennt man auf den ersten Blick nur den hehren Glanz des Wissens.«

»Es gibt die Geschichte von Prometheus ...«, sagte Cyprian.

Kardinal Facchinetti machte das Kreuzzeichen. »Natürlich gibt es die!«, sagte er dann. »Was glaubst du, was ihre Wurzeln sind? Aber tatsächlich darf Wissen niemals ein Geschenk sein, verstehst du das nicht? Ich bin sicher, Gott hat gewollt, dass seine Geschöpfe nach und nach an seiner Weisheit teilhaben, aber wir müssen es uns erarbeiten. Wir dürfen es nur dann haben, wenn wir dafür reif sind. Das ist es doch, was das Vermächtnis des Teufels zu einem solchen Gift macht – dass wir es als Geschenk empfinden und glauben, es zum Guten anwenden zu können, während es uns nur zerstören wird!«

»Ich frage mich, warum man das Buch nicht vernichtet hat, gleich als es geschrieben war.«

Kardinal Facchinetti lachte freudlos. »Weil es in seiner Natur liegt, dass man seinen Einfluss nicht sofort erkennt. In der ersten Zeit durfte man es sogar studieren. Kaiser Friedrich von Hohenstaufen war einer der eifrigsten Studenten – was glaubst du, warum man ihn das ›Staunen der Welt‹ nannte? Er war es allerdings auch, dem klar wurde, was es anrichten konnte. Man weiß mittlerweile, dass er überlegte, es zerstören zu lassen. Ich glaube, er hätte die Macht dazu besessen; viele glaubten damals und glauben noch heute, dass er einer der wenigen Auserwählten war, die die Krone des Heiligen Römischen Reichs trugen.«

»Warum hat er's nicht getan?«

»Weil auch er nur ein Mensch war und weil die Macht des Teufels so stark ist! Er brachte es nicht übers Herz! Trotz all seiner Weisheit betrachtete auch er das Werk als ein Geschenk an die Menschheit. Du weißt, dass der eigentliche Text verschlüsselt worden ist?«

Cyprian nickte.

»Kaiser Friedrich ließ eine Kopie davon anfertigen, in der der Schlüssel zum Code fehlte, um das Wissen zu erhalten und gleichzeitig vor Entdeckung zu sichern. Diese Kopie kam ins Kloster nach Brevnov – das ist bei Prag –, weil der Mönch, der seinerzeit dazu verführt worden war, die Teufelsbibel zu schreiben, ursprünglich aus diesem Kloster stammte.«

»Verführt!«, sagte Cyprian. »Dem Burschen ist eine alte römische Version in die Hände gefallen – hier in Wien, in einem alten, fast zerstörten heidnischen Heiligtum! Er hat sie nur übersetzt.«

»Das ist meine höchstpersönliche Theorie«, sagte Melchior Khlesl und zuckte mit den Schultern.

»Verführung geschieht auf viele Weisen«, sagte Kardinal Facchinetti.

»Was ist aus der Kopie geworden?«, fragte Cyprian, dem diese Variante der Geschichte neu war. »Ist sie noch in Brevnov?«

»Die eigentliche Frage sollte lauten: Was ist aus dem Original geworden?«

Cyprian spielte das Spiel mit. »Was ist aus dem Original geworden?«

Der Kardinal und der Bischof sahen sich an.

»Schwörst du bei allem, was dir heilig ist, das Geheimnis zu bewahren?«

»Eminenz«, sagte Cyprian gelassen, »so weit, wie ich schon drinstecke, ist es fast unerheblich, wenn ich noch mehr weiß. Außerdem ist heute das letzte Mal, dass ich mich mit dieser Sache befasse. Mein Onkel hat mir auf meinen Wunsch den Abschied gegeben. Vertraut mir also oder vertraut mir nicht – ein Schwur ist dazu nicht nötig.«

»Eine der ersten Aufgaben jedes neuen Papstes ist es, die

versiegelten Nachrichten zu lesen, die sein Vorgänger ihm hinterlassen hat. Darin geht es um all die Geheimnisse des Vatikans, die außer dem Heiligen Vater keiner wissen darf, und um all die Dokumente im Geheimen Archiv, die niemand jemals lesen darf. Eines der Geheimnisse – die anderen kenne ich nicht – betrifft die Teufelsbibel. In den Dokumenten heißt es, die oberste Pflicht des Heiligen Vaters bestehe darin, das Buch im Geheimen Archiv unter Verschluss zu halten und niemandem einen Blick hinein zu gestatten; einschließlich sich selbst.« Facchinetti nahm seine Kopfbedeckung ab und fuhr sich durch das Haar. Er seufzte. »Dutzende von Päpsten haben sich daran gehalten.«

»Bis auf einen«, sagte Cyprian.

»Bis auf einen«, bestätigte Kardinal Facchinetti. »Giovanni Battista Kardinal Castagna, Großinquisitor des Heiligen Offiziums. Papst Urban VII. Er dachte, er sei der auserwählte Mann, um die Spaltung der Christenheit zu beenden. Er dachte, das Werkzeug, das für seine Aufgabe bereitgehalten würde, sei die Teufelsbibel. Er war sicher, dass er sie zum Guten würde einsetzen können.«

»Papst Urban ist voriges Jahr gestorben«, bemerkte Cyprian.

»Er hat die Kopie gefunden«, sagte Facchinetti.

Cyprian wechselte einen Blick mit seinem Onkel. Er sah in ein eingefallenes Gesicht, in dem sich mühsam eine Augenbraue hob.

»Was ist aus dem Original geworden?«, fragte Cyprian.

Der Kardinal und der Bischof sahen sich an. Sie zuckten mit den Schultern.

»Du willst mir erzählen, man habe die ganze Zeit über geglaubt, das Original befinde sich sicher verwahrt im Geheimarchiv im Vatikan, und dabei war es nur die Kopie, die Kaiser Friedrich vor vierhundert Jahren hat anfertigen lassen?«, zischte Cyprian. »Und dass ein paar hochrangige Aasgeier in der Kirche davon Wind bekommen und sich gesagt haben: Was der Papst kann, können wir auch? Dass Kardinal Facchinetti eigentlich zu diesem Kreis gehört, aber kalte Füße bekommen hat, weil ihm klar geworden ist, dass seine Kumpane die Teufelsbibel nicht vernichten, sondern für ihre eigenen Zwecke nutzen wollen?«

Bischof Khlesl warf einen Blick über die Schulter zu seinem Arbeitstisch, an dem Kardinal Facchinetti hockte und in eigene Gedanken vertieft schien. Für Cyprian sah der Mann aus, als würde er in den Tod hinüberdämmern. Der Kardinal hatte keinen Einspruch erhoben, als Cyprian seinen Onkel auf ein Wort unter vier Augen gebeten hatte.

»Was ist mit ihm los?«, fragte Cyprian. »Erzähl mir nicht, die Reise aus Rom hätte ihm so zugesetzt. Du siehst auch nicht besser aus, und du hast dich seit Tagen nicht aus deinem Arbeitszimmer herausbewegt. Wozu ist er überhaupt hier?«

»Er hat mich um Hilfe gebeten.«

»Warum dich?«

»Weil er die Spur der Teufelsbibel bis hierher nach Wien verfolgt hat. So wie auch ich.«

»Und was will er von dir?«

»Eminenz?«, fragte Bischof Khlesl und wandte sich ab.

Cyprian packte seinen Onkel am Arm. »Was habt ihr beide mir noch nicht erzählt? Was soll ich nicht wissen?«

Melchior Khlesl nahm Cyprians Hand und löste sie von seinem Ärmel. Cyprian war bestürzt über die Kälte seiner Finger.

»Giovanni?«

Kardinal Facchinetti blickte auf. Bischof Melchior nickte. Der Kardinal atmete tief ein und ganz langsam aus. Sein Brustkorb fiel in sich zusammen.

»Von Spanien aus wurde ein Mann losgeschickt«, sagte er kaum hörbar. »Pater Xavier Espinosa. Ein Dominikaner. Er hat alle Freiheiten, die er braucht, um das Buch des Teufels zu finden und zurückzubringen. Wenn ich sage *alle* Freiheiten, dann meine ich alle. Man hat ihm schon im Voraus die Absolution erteilt. Ich habe vor Prag seine Spur verloren.«

Cyprian starrte ihn an. »Du hast ihn beschatten lassen?«

»Mein Spitzel ist spurlos verschwunden. Ich fürchte, er hat ihn entdeckt und beseitigt.«

»Du willst, dass *ich* diese Aufgabe übernehme?«

»Ich will nur verhindern, dass die Teufelsbibel gefunden wird und in die falschen Hände gerät. Wenn mir jemand sagen würde, sie sei in Flammen aufgegangen, würde ich meine Seele dafür geben. Dein Onkel hat dich vorgeschlagen.«

»Warum kümmerst du dich nicht selbst darum? Hier in Wien oder in Prag – du bist ein Kardinal! Du kannst die klügsten Köpfe hinter jeder Klostermauer haben, wenn du willst.«

Facchinetti und Khlesl wechselten einen erneuten Blick. Bischof Melchior nickte ein zweites Mal.

»Ich muss nach Rom«, sagte Kardinal Facchinetti. »Ich bin heute Morgen hier angekommen und reise morgen früh wieder ab.«

»Was denn«, sagte Cyprian und schaffte es nicht, den Zynismus aus seiner Stimme zu verbannen, obwohl er versuchte, so ausdruckslos wie möglich zu sprechen, »liegt Papst Gregor auch schon im Sterben?« Er bedauerte es, kaum dass er es gesagt hatte.

»Ja«, sagte Melchior Khlesl einfach.

Cyprians Augen verengten sich.

»Es wird ein neues Konklave geben«, flüsterte Kardinal Facchinetti. »Ich möchte, dass du weißt, dass Papst Gregor und ich persönliche Freunde sind. Ich habe ihn nicht in die wahren Vorgänge um die Teufelsbibel eingeweiht, weil ich nicht gewagt habe, ihn hineinzuziehen. Vielleicht habe ich ihn deswegen auf dem Gewissen. Ich weiß es nicht. Ich weiß nur, dass ich niemals rechtzeitig in Rom ankommen werde, um mich von ihm zu verabschieden und ihn um Verzeihung zu bitten.«

»Ich steige aus der Sache aus«, sagte Cyprian. Er sah seinen

Onkel an. »Mir war es ernst, als wir das letzte Mal darüber gesprochen haben.«

»Ich habe Nachforschungen über Agnes angestellt«, sagte Bischof Melchior. »Niklas Wiegant hat gelogen.«

»Er hat ihr nichts über ihre Herkunft erzählt, weil er sie damit nicht belasten wollte – oder weil er die heile Welt seiner Familie aufrechterhalten wollte, was weiß ich. Spielt doch keine Rolle.«

»Nein, er hat gelogen, was ihre Herkunft betrifft.«

Cyprian brauchte nur einen Augenblick, um die Neuigkeit zu verarbeiten. »Und wenn? Soll sie doch *sein* Bastard sein! Ich würde sie lieben, selbst wenn Niklas sie mit einer Hure gezeugt und ihre Mutter sie in der Gosse geboren hätte.«

»Was durchaus möglich ist.«

Cyprian holte Atem und schluckte die Wut hinunter, die plötzlich in seiner Kehle saß. »Erklär dich genauer, Onkel«, sagte er heiser.

»Ich habe alle Findelhäuser in Wien überprüfen lassen ...«

»Warum? Wozu hast du das getan?«

»... und ich kann mit Sicherheit sagen, dass niemals in diesem Leben ein Niklas Wiegant ein kleines Mädchen aus einem Findelhaus in Wien geholt hat.«

Cyprian schwieg. Er sah zu Kardinal Facchinetti hinüber, aber der Blick des alten Mannes war voller Mitleid, und Mitleid war das Letzte, das Cyprian jetzt zu sehen wünschte. Ihm wurde klar, dass Melchior den Kardinal in seine Rechercheergebnisse bezüglich Agnes eingeweiht hatte. Er versuchte, Zorn auf seinen Onkel zu empfinden, doch die dunkle Ahnung, die sich auf ihn senkte, machte Zorn unmöglich. Cyprian riss seinen Blick los.

»Es muss eine Urkunde in Niklas' Kirchsprengel geben.«

»Die gibt es. Niklas Wiegant hat sie unterzeichnet. Sie ist eine Lüge. Niklas' Zeuge, um diese Lüge zur Wahrheit werden zu lassen, war sein Geschäftspartner Sebastian Wilfing.«

»Hol ihn der Teufel«, wisperte Cyprian.

»Der wird uns alle holen«, murmelte Bischof Melchior.

»Das ist doch nicht alles, was du herausgefunden hast!«

»Ich habe nachgesehen, wo Niklas Wiegant gewesen ist, bevor er nach Hause zurückkehrte mit einem Kind im Arm, das nicht ihm gehörte.«

»In Prag«, sagte Cyprian. »Du würdest mir das alles nicht erzählen, wenn er nicht in Prag gewesen wäre.«

»Agnes Wiegant umgibt ein Geheimnis«, sagte der Bischof. »Ich kann es nicht lösen, aber ich bin sicher, dass es kein Zufall ist, dass Niklas Wiegant aus Prag mit einem Kind heimgekommen ist und für das Mädchen einen Meineid schwört ausgerechnet in der Zeit, in der die Teufelsbibel wieder unter die Menschen zu kommen droht.«

»Und wenn ich in Prag einen Hinweis darauf finde, wer Agnes wirklich ist, habe ich vielleicht die Möglichkeit, ihre Hochzeit mit Sebastian Wilfings Sohn zu verhindern, willst du mir das sagen? Mit dem Sohn des Mannes, der Niklas' Meineid mitgeschworen hat!«

»Wenn du hierbleibst, mein Sohn, hast du gar keine Chance«, sagte der alte Kardinal.

Cyprians Kopf ruckte herum. Er hatte eine Erwiderung auf der Zunge, doch das Gesicht des Kardinals ließ ihn verstummen. Der alte Kardinal lächelte, obwohl sich über seine Wangen zwei Tränenspuren zogen. »Du kannst vielleicht nicht verhindern, dass die Frau, die du liebst, einem anderen gehören wird; aber du kannst verhindern, dass du dir als alter Mann vorwirfst, die Gelegenheit verpasst zu haben, das Richtige zu tun.«

»So wie du«, sagte Cyprian. »So wie du diese letzte Jagd auf dich nimmst, weil du glaubst, Papst Gregor würde nicht im Sterben liegen, wenn du ihn eingeweiht hättest; weil du glaubst, dass deine Verschwörerfreunde für seinen Tod verantwortlich sind und die Schuld dich damit auch trifft.«

»Wir haben alle einen Grund für das, was wir tun«, sagte

Kardinal Facchinetti. »Dein Onkel hat zugesehen, wie der Mann, der ihn vor dem Untergang bewahrt hat, selbst untergegangen ist in Hass und Fanatismus, und er will verhindern, dass die ganze Welt darin untergeht, wenn das Wort des Teufels erst einmal erkannt wird.«

»Die Welt ist mir im Augenblick scheißegal«, sagte Cyprian.

»Es sind nicht die schlechtesten Dinge, die wir aus Liebe tun.« Kardinal Facchinetti lächelte flüchtig.

Cyprian musterte die beiden alten Männer. Bischof Melchiors Gesicht war unbewegt und vollkommen unlesbar. Darin war er ebenso gut wie Cyprian selbst. Cyprian fühlte, wie sich in ihm etwas auflehnte und zornig schrie: Da siehst du, wie du manipuliert worden bist! Wenn es darauf ankommt, sind sie alle gleich! Er wusste, dass er seinem Onkel Unrecht tat, doch die Wut wurde dadurch nicht geringer.

»Ich stelle die Frage nur der Vollständigkeit halber«, sagte Cyprian. »Natürlich hat schon jemand überprüft, ob das Original der Teufelsbibel nicht vielleicht doch in Brevnov liegt, und der Prior benutzt es, um die Zugluft aus seiner Zelle fernzuhalten?«

Der Kardinal und der Bischof sahen ihn stumm an. Cyprian zuckte aufgebracht mit den Schultern.

»Cyprian«, erklärte der Bischof, »kein Mensch auf der Welt hat auch nur die leiseste Ahnung, wo genau sich das Vermächtnis des Bösen verbirgt. Wir wissen nur eines.«

»Es kann jederzeit gefunden werden«, sagte Kardinal Facchinetti.

17

CYPRIAN ÜBERWAND DEN Dienstboten, der ihm die Tür geöffnet hatte, und die ältliche Kinderfrau, die inzwischen Agnes' Magd geworden war; dann scheiterte er an Niklas Wiegant.

»Ich will doch nur mit Agnes sprechen«, sagte Cyprian.

»Tut mir leid.« Niklas Wiegant schüttelte den Kopf.

»Niklas«, Cyprian ballte die Fäuste und versuchte, ruhig zu bleiben, »ich verstehe Ihre Beweggründe, Agnes mit Sebastian Wilfing zu verheiraten, aber glauben Sie mir –«

»Du kannst mich nicht überreden, Cyprian. Es ist sinnlos. Ich mag dich, mein Junge. Geh nach Hause und vergiss Agnes.«

»Ich will im Augenblick nur mit ihr reden«, vollendete Cyprian zwischen den Zähnen.

Niklas musterte Cyprians Fäuste. Cyprian fiel plötzlich ein, dass Niklas Wiegant damals einer der Augenzeugen gewesen war. Er hatte das Gefühl, den Blick zu kennen, der auf seinen geballten Pranken lag, und hörte fast, wie Agnes' Vater in Gedanken die Möglichkeit in Betracht zog, dass Cyprian sich auf ihn stürzte. »Immer einen Schritt nach dem anderen, was, Cyprian Khlesl? Und plötzlich bist du dort, wo du hinwolltest.«

»Wenn Sie nicht mal so viel Vertrauen zu Ihrer Tochter haben ...«

»Ich will ihr nur Schmerz ersparen, das ist alles.«

»Sie können ja gern dabei sein und zuhören, wenn Sie sich dann sicherer fühlen.«

»Leb wohl, Cyprian. Meine Verehrung an deine Familie.«

Lass das bloß nicht deinen Hausdrachen hören, dachte Cyprian. Er sagte nichts. Niklas lächelte schwach. Cyprian sah aus dem Augenwinkel, dass der Dienstbote, der ihm die Tür geöffnet hatte, und ein weiterer, der sich zu ihm gesellt hatte, sich strafften. Es würde der Angelegenheit nicht helfen, von den zweien aus dem Haus geworfen zu werden. Noch weniger würde es helfen, sie zwischen Eingangstür und Treppenaufgang zu Kleinholz zu verarbeiten, auch wenn es das war, was Cyprians Fäuste sich wünschten; eine unsinnige Wut war in ihm gewachsen, seit er den Bischofspalast verlassen hatte, und er wusste nicht einmal, ob sie daher kam, dass Bischof Khlesl ungerührt vorausgesetzt hatte, er würde den Weg nach Prag antreten, allem Gerede von Demission, Aussteigen und Lassmich-gehen-vor-mir-liegt-ein-neuer-Weg zum Trotz. Cyprian atmete langsam aus und bemühte sich, zu überhören, wie der eine der Dienstboten spöttisch murmelte: »Was is', geh 'ma heim?«.

Niklas Wiegant blieb bei ihm, bis Cyprian auf der Straße stand. Cyprian blickte zu ihm nach oben.

»So erringen Sie ihre Liebe nicht wieder«, sagte er leise.

Niklas Wiegants Augen wurden schmal. Er setzte zu einer Entgegnung an, schloss aber dann den Mund. Cyprian hörte ihn seufzen. Niklas schüttelte den Kopf, dann drehte er sich um und schlüpfte zurück ins Haus. Die Dienstboten deuteten ein Grinsen an und verschränkten die Arme vor der Brust. Cyprians Blick fiel auf das jahrelang vertraute Gesicht der Kindermagd. Ihre Augen rollten nach rechts, dann kehrten sie wieder zurück und erwiderten seinen Blick. Ihre Lippen zuckten.

Cyprian senkte den Kopf und wandte sich ab. Die Tür schloss sich. Er hob den Kopf und blickte in die Richtung, in die die Augen der alten Frau gerollt waren. Über den Köpfen der Passanten in der Kärntner Straße und den ausladenden Wappen- und Hinweisschildern an den Häusern erhob sich der gedrungene Umriss des Turms über dem Kärntnertor.

Eine der Dienstmägde aus dem Wiegant'schen Haushalt stand neben dem Aufgang zur Mauerkrone und trat von einem Fuß auf den anderen. Als sie Cyprian erblickte, wandte sie sich ab und schaute in eine andere Richtung, um nicht irgendwann lügen zu müssen, wenn man sie befragte, ob sie den plötzlich in Ungnade gefallenen jungen Herrn Khlesl gesehen habe. Die Wachen auf der Mauerkrone ignorierten Agnes – sie war mittlerweile ein vertrauter Anblick. Cyprian begann zu lächeln, als er sie sah, obwohl ihm nach nichts weniger zumute war.

Es war tragisch – in all den Jahren zuvor hatte es kaum einen Tag gegeben, an dem sie nicht beisammen gewesen waren; und nun waren plötzlich wenige Augenblicke kostbar. Agnes erwiderte sein Lächeln nicht. Sie war bleich.

»Warum tust du das?«, fragte sie. Er konnte an ihren Augen sehen, dass sie geweint hatte. Er hatte sie umarmen und festhalten wollen, doch jetzt hingen seine Hände unbeweglich an seinen Seiten herab.

»Was habe ich denn getan?«, fragte er.

»Warum lässt du mich im Stich? Hast du uns schon aufgegeben?«

Cyprian musterte sie. Ihre Worten schienen in seinem Schädel hin- und herzuspringen wie das Echo in einer engen Höhle. Langsam sagte er: »Was meinst du damit?«

»Tu doch nicht so! Dein Onkel ist der größte Geheimniskrämer der Welt, und ich werde im goldenen Käfig gehalten – wenn die Neuigkeiten trotzdem von so einer verschlossenen Auster wie Bischof Khlesl bis zu mir gedrungen sind, dann pfeifen es in den restlichen Bezirken wahrscheinlich schon die Spatzen von den Dächern!«

Einer der Wächter warf ihnen einen schiefen Blick zu. Cyprian nahm Agnes am Arm und zog sie beiseite. Sie machte sich los. Cyprian fühlte sich völlig hilflos angesichts ihrer Wut, und zugleich erkannte er, wie sein eigener Zorn, den er von der Begegnung mit seinem Onkel und danach mit Niklas Wiegant mitgebracht hatte, sich ebenfalls wieder bemerkbar machte.

»Wovon redest du?«, fragte er heiser. »Prag?«

»Natürlich rede ich von Prag! Von was denn sonst?«

»Ich weiß doch selbst erst seit einer Stunde, was mein Onkel vorhatte.«

»Ach was! Seit einer Stunde? Zu so einer langen Stunde sagt man woanders ein paar Tage!«

»Hör mal, Agnes, ich war eben beim Bischof, und was ich

dort …« Cyprian unterbrach sich. Hatte er nicht vorhin zu Kardinal Facchinetti gesagt, er stecke schon so tief in der Geschichte, dass es keine Rolle mehr spielte, was er noch erfuhr und was nicht? Agnes hingegen steckte *nicht* darin; und er, Cyprian, würde den Teufel tun, sie hineinzuziehen.

»Was du dort … *was*? Hast du mit ihm über das Geld verhandelt, das er dir mitgibt, damit du in dieser – in dieser Stadt der Städte überleben und deinen Spaß haben kannst? In diesem ach so tollen Prag, von dem sogar mein Vater schwärmt und von dem meine Mutter glaubt, der Teufel persönlich spucke jeden Morgen seine Galle in die Gassen?«

Cyprian schwieg. Sie starrte ihn aufgebracht an. Als er nicht antwortete, verschloss sich ihr Gesicht. »Schweig mich nur an«, murmelte sie voller Bitterkeit.

»Wer hat dir das alles gesagt?«, fragte Cyprian.

»Ja, woher weiß ich es, da ich es ja sicher nicht von *dir* weiß?«

»Agnes …«

»Was soll das, Cyprian? Warum fängst du auf einmal an, mir etwas zu verheimlichen? Warum lässt du dich auf eine Reise nach Prag ein, wenn sich hier alles gegen unsere Liebe verschworen hat?«

»Agnes, woher weißt du es?«

Sie zischte: »Meine Mutter hat es mir erzählt.«

»Was?«

»Dein ehemals protestantischer Freund ist klüger als du!«, sagte Agnes, und obwohl sie ihre Stimme nicht verstellte, war Cyprian allein schon vom Tonfall klar, dass sie ihre Mutter zitierte. So viel Verachtung hinter jedem Wort zu verstecken war die Spezialität von Theresia Wiegant. »Er hat eingesehen, dass er ein nutzloses Ziel verfolgt, wenn er dir weiterhin nachstellt.« Agnes schnaubte. »Das hat sie gesagt. Weißt du, wie es sich für mich angehört hat? Weißt du das? Cyprian Khlesl hat dich aufgegeben, weil ihm bewusst geworden ist, dass du ein nutzloser Bastard bist, der nicht mal im Haus eines ehemaligen Ketzers willkommen ist. So hat es sich für mich angehört.« Sie schlug die Hände vors Gesicht und schluchzte. Alle Wächter auf der Mauerkrone starrten offen zu ihnen herüber. Einer fing Cyprians Blick auf und schüttelte halb mitleidig, halb missbilligend den Kopf. In Cyprian stieg blinder Zorn auf. Er musste sich zwingen, nicht die Fäuste zu ballen. Er wusste, dass er Agnes in den Arm nehmen sollte, um diese unerwartete Untiefe in ihrer Liebe zu umschiffen, aber er stand starr und mit hochgezogenen Schultern vor ihr.

»Woher weiß es deine Mutter?«

»Woher weiß ich es? Woher weiß sie es?«, schrie Agnes. »Das ist doch völlig egal! Woher weiß sie es? Weil sie bei deinem verfluchten Onkel war, du Holzkopf!«

»Wann?«

In Agnes' tränennassen Augen funkelte der Hass. »Übrigens war ich bei Seiner Exzellenz dem Bischof, meine Liebe«, sagte sie mit dem Tonfall ihrer Mutter. »Da du uns ja seine Beziehungen zum Hof so warm ans Herz gelegt hast, habe ich dort vorgesprochen, um mit ihm zu klären, dass es nicht einer Heirat zwischen dir und seinem Neffen bedarf, um für beide Seiten gewinnträchtige Geschäfte zu machen.«

»Verdammt«, sagte Cyprian fast gegen seinen Willen. »Der alte Drachen ...«

»Dein Onkel hat sie nicht mal warten lassen, Cyprian. Ganz süß muss er gewesen sein, verehrte Frau Wiegant hinten und verehrte Frau Wiegant vorne, und das Ganze ist von den jungen Leuten in der ersten Aufwallung übertrieben dargestellt worden, keine Sorge, verehrte Frau Wiegant, mein Neffe reist sowieso innerhalb der nächsten Tage für eine längere Zeit nach Prag.«

»Dieser ... intrigante ...«, murmelte Cyprian und schluckte den Rest hinunter. »Er hat es schon die ganze Zeit über vorgehabt. Der Kardinal hat seine Pläne nur noch bestätigt.«

»Warum hast du mir nichts davon gesagt, Cyprian!?«

»Weil ich gottverdammt noch mal nicht gehe!«, brüllte er. Die Wachen packten die Spieße fester. Ihr Anführer zögerte, dann machte er sich langsam auf den Weg zu ihnen. »Hör auf, die junge Dame so anzuschreien, Freundchen, sonst kannst du deine Kräfte mal an uns auslassen«, sagte er und schob Cyprian sein Kinn ins Gesicht.

Mit dem Kraftaufwand, mit dem sich aus einem Sünder ein Heiliger hätte machen lassen, beherrschte sich Cyprian und murmelte nur: »Schon gut. Es ist nichts.«

Agnes wischte sich die Tränen aus dem Gesicht. Ihre Hände hinterließen weiße Striemen auf ihren Wangen. Dann ließ sie den Kopf hängen. Cyprian tat das Herz weh, als er sie dabei beobachtete. Er machte einen Schritt auf sie zu. Der Schritt war so schwer, als wate er durch Schlamm. Ich liebe sie doch, dachte er, warum ist es so schwierig, auf sie zuzugehen? Er streckte die Hand aus und strich leicht über ihren Oberarm. Er fühlte, wie sie sich versteifte, doch dann löste sich ihre Anspannung.

»Was?«, wisperte sie. »Was hast du gesagt?«

»Ich gehe nicht. Mein Onkel hat fest damit gerechnet, aber ich habe ihm die Gefolgschaft verweigert.«

»Du hast – aber er ist doch – er hat dich doch –«

»Er hat mich gerettet, ja. Und heute habe ich ihn zum Dank dafür im Stich gelassen. Ich hatte die Wahl zwischen dir und ihm.«

»Ich will nicht, dass du das für mich tust«, sagte sie kaum hörbar. »Aber ich will auch nicht, dass du fortgehst. Wen habe ich denn außer dir?«

Cyprian war jedes Mal aufs Neue betroffen, wenn ihm klar wurde, wie sehr Agnes sich mittlerweile als Fremde im eigenen Haus fühlte. Er wusste, dass Niklas Wiegant mit ihr nicht anders umging als zuvor – liebevoll und stets ein bisschen scheu; wer wollte, hätte daraus schon immer einige Wahrheiten ablesen können. Auch Theresia Wiegants Verhalten hatte sich nicht grundlegend geändert, höchstens ein wenig verschärft. Und doch war alles anders, weil Agnes es anders empfand. *Wen habe ich denn außer dir?* Cyprian ließ sich nichts anmerken, aber Bemerkungen wie diese pressten sein Herz zwischen zwei Fäuste und drückten es unbarmherzig zusammen. Er zog Agnes heran und umarmte sie.

»Ich liebe dich«, flüsterte er, »was immer auch geschieht und wohin immer ich auch gehe, ich liebe dich, daran wird sich nie etwas ändern. Alles wird gut.«

Die Wächter pfiffen und applaudierten; ihr Anführer versuchte weiterhin ein saures Gesicht zu machen und grinste dann doch. Idioten, dachte Cyprian, was wisst ihr schon; aber ihr Verhalten ließ ihn ebenfalls lächeln. Agnes schmiegte sich an ihn. Cyprian spürte wieder das Begehren, als er die Berührung ihres Körpers empfand. Obwohl man ihm seinem verwegenen Aussehen nach jederzeit die Rolle dessen zugetraut hätte, der bei einem Dorffest in den Büschen zwischen zwei Krügen Wein die gesamte Jungfernschaft eines Jahrgangs in Frauen verwandelt und sich dann ohne Anzeichen von Erschöpfung um den Braten anstellt, besaß er kaum mehr Erfahrung in körperlicher Liebe als Agnes. Er fühlte Verlegenheit in sich aufsteigen, als sie vor der Härte zurückzuckte, die in seinen einfachen Beinkleidern erwacht war und sich ihrer Berührung entgegendrängte; doch als er versuchte, dieser Berührung auszuweichen, fühlte er plötzlich, wie sich unter all den Lagen Tuch, die Agnes' Ober- und Unterkleid und Hemd bildeten, ein Bein zwischen seine Oberschenkel schob und die Berührung erwiderte. Er schluckte und blickte sich wild um, doch die Wächter hatten längst wieder zu ihrer eigenen Beschäftigung zurückgefunden und bewachten Wien vor der Türkengefahr.

Agnes hob den Kopf. Er sah ihre gerötete Nase, die vom Weinen verschwollenen Augen, die Schmutzspuren, wo ihre Hände die Tränen abgewischt und wo sie Bahnen durch das wie immer nachlässig und zu leicht aufgetragene Wangenrot gezogen hatten; er sah nichts, was er nicht mit Küssen hätte bedecken, was er nicht sein Leben lang hätte betrachten und wofür er nicht mit Freuden hätte sterben wollen. Ihre Lippen öffneten sich. Es hätte keinen öffentlicheren Platz in Wien geben können als die Mauerkrone des Kärntnertors, und dennoch waren sie für einen Augenblick vollkommen allein – er und sie, Cyprian Khlesl und Agnes Wiegant. Sein Herz schlug wie verrückt. Wenn sie ihn nochmals gebeten hätte, mit ihr fortzulaufen, er wäre mit ihr durch das Tor hinaus geflohen, ohne auch nur einen Wecken Brot einzupacken; wenn sie ihn gebeten hätte, hier auf der Stelle Tatsachen zu schaffen, sie und sich selbst zu entehren und ihrem Verlangen nachzugeben, und wenn man sie nachher mit Ruten aus der Stadt peitschte, dann peitschte man sie wenigstens zusammen hinaus – er hätte ihrem Verlangen nachgegeben.

»Ich …«, begann er und wollte sagen: Ich kann dich nicht verlassen, ich kann dich nicht hergeben, du bist mein Leben, du bist in meinen Träumen, seit ich das erste Wort mit dir gewechselt habe.

»Ich …«, sagte sie.

Sie starrten sich an.

»Virginia«, hörte er sich sagen.

Sie blinzelte verwirrt.

»Ein neues Leben. Eine jungfräuliche Welt. Ein neuer Anfang. Du und ich.«

»Was? Aber …«

»Ja, ich weiß, was ich gesagt habe. Es war Geschwafel. Lieber bin ich mit dir zusammen in der Hölle als allein im Paradies.«

»Aber wie sollen wir das …?«

»Keine Ahnung. Ich kann meinen Bruder zwingen, mich auszuzahlen, aber das würde ihn ruinieren. Vielleicht leiht er mir etwas, wenn ich ihm lang genug den Hals zudrücke.«

Er lächelte. »Ich kann ja wohl nicht von einer großzügigen Mitgift für dich ausgehen, oder?«

Agnes weinte so, dass ihr Körper vibrierte. »Jetzt gleich«, schluchzte sie, »lass uns jetzt gleich gehen.«

»Nein«, sagte er, »lass es uns in Ruhe planen. Wenn wir es tun, wird es eine Flucht sein, das muss dir und mir klar sein. Eine Flucht plant man sorgfältig, sonst wird man erwischt.«

»Dein Onkel – die Bäckerei – du musst alles hier zurücklassen.«

»Nicht anders als du.«

Agnes drückte sich an ihn. »Wie kann etwas, das so wehtut, gleichzeitig so ein Geschenk sein?«, wisperte sie. »Halt mich fest, Cyprian.«

Sie schloss die Augen, und er beugte sich nach vorn, um sie zu küssen.

Jemand räusperte sich in sein Ohr. »Fräulein Wiegant?«

Cyprian hielt inne. Agnes' Magd stand neben ihnen und bemühte sich nach Kräften, den Mann nicht zu sehen, in dessen Armen ihre Herrin fast verschwand. Agnes blinzelte. Cyprian hatte das Gefühl, jemand habe ihn mit einem Stein am Hinterkopf getroffen, genau in dem Augenblick, in dem er zu fliegen begonnen hatte.

»Fräulein Wiegant – ähem –«

»Was ist denn?«, fragte Agnes mit belegter Stimme.

»Ich will Sie nicht stören, ganz *allein* hier oben und in Gedanken – ähem – aber ich dachte, Sie möchten wissen, dass Ihr Herr Vater und Ihr Herr Verlobter auf dem Weg hierher sind.«

In Agnes' Augen kehrte mit einem Schlag das Leben zurück. Sie sah Cyprian an.

»Ausgerechnet«, sagte Cyprian.

»Sebastian ist *nicht* mein Verlobter!«, sagte Agnes.

Cyprian ließ Agnes los. Sie fing unwillkürlich an, ihr Kleid zu glätten. Die Magd schaute sich nervös um.

»Wir müssen uns nicht verstecken oder weglaufen«, sagte Agnes. Sie sah Cyprian dabei fragend an.

»Nein«, sagte Cyprian, »wir gehen ihnen entgegen.« Er grinste. Er war noch immer halb von der Wirklichkeit getrennt, doch sein Hirn funktionierte wieder. »Aber getrennt.«

Agnes verstand. Sie nahm ihre Magd am Arm und schob sie zum Aufgang. Dann drehte sie sich nochmals um. Ihr Blick war voller Angst.

»Morgen«, formte Cyprian mit den Lippen.

Er huschte zum Aufgang auf der anderen Seite des Tors. Aus der Deckung des hölzernen Treppengerüsts sah er Agnes unten ankommen und mit großer Gelassenheit auf vier Männer zuschreiten: Niklas Wiegant, Sebastian Wilfing junior und zwei andere Kerle im Alter von Sebastian, die dieser vermutlich mitgebracht hatte, damit er nach Herr mit Begleitung aussah. Cyprian konnte nicht hören, was gesprochen wurde, aber er sah Agnes mit den Schultern zucken und Niklas Wiegant misstrauisch die Umgebung des Tors mustern. Cyprian zog sich in den Schatten des Gerüsts zurück. Er fürchtete sich weder vor einer Begegnung mit Niklas noch mit den anderen Männern, aber Schwierigkeiten gab es im Moment genug – es musste nicht noch der peinliche Auftritt Verlobter versus Nebenbuhler hinzukommen. Allerdings – so viel war klar – würde Niklas zumindest heute und die nächsten Tage seine Tochter nicht mehr aus den Augen lassen. Cyprians Auftritt im Hause Wiegant vor einer halben Stunde hatte die Situation ebenfalls nicht entspannt.

Dennoch fühlte Cyprian sich fast euphorisch. Er hatte so gut wie alle Brücken hinter sich abgebrochen. Onkel Melchior und Kardinal Facchinetti waren sprachlos gewesen, als er mit einer letzten höflichen Entschuldigung aufgestanden war und die bischöfliche Arbeitsstube verlassen hatte – mitten in einer wohldurchdachten Argumentation des alten Kardinals.

Vor ihm lag nur noch der Weg, den er Agnes soeben geschildert hatte. Natürlich waren seine Worte vom letzten Mal richtig gewesen: dass sie ihre Zukunft nicht auf einer Lüge aufbauen konnten. Natürlich waren seine Worte von heute ebenso richtig: dass er sich kein Leben ohne Agnes vorstellen konnte. Und er war zumindest ehrlich genug gewesen, seinen Onkel nicht zu belügen. Er hätte auch das wahrscheinlich beträchtliche Reisegeld nach Prag annehmen und dann mit Agnes verschwinden können. Nicht, dass er jemals ernsthaft mit dem Gedanken an diese Möglichkeit gespielt hatte, aber dennoch –. Eventuell war es keine Lüge, wenn sie zusammen nach Virginia flohen, sondern nur das Begehen des Weges, der ihnen vorgezeichnet schien, bis zur letzten Konsequenz.

Er erinnerte sich, wann er diese Euphorie und gleichzeitig solche Angst vor der Zukunft zum letzten Mal verspürt hatte. Es war gewesen, als er seinen Vater am Kragen gepackt und so in die Mehlsäcke geworfen hatte, dass der Mehlstaub aufwirbelte und durch die Kellerfenster in die Kärntner Straße hinausquoll wie nach einer Explosion. Sein Vater war nicht ernsthaft verletzt gewesen, lediglich weiß bestäubt wie ein zum Backen fertiges Teigmännchen, und doch war er reglos zwischen den aufgeplatzten Säcken liegen geblieben.

Cyprian hatte gewusst, dass er niemals mehr hören würde, welche Last er für die Familie Khlesl war. Dass er noch im Alter seinem großen Bruder auf der Tasche liegen würde und wie undankbar ein zweiter Sohn war, der die Gnade nicht annahm, dass sein Vater ihm eine Ausbildung im Kloster finanzieren wollte, anstatt ihn einfach auf die Straße zu setzen, und wie hoffnungslos alles schiefging, was er in die Hände nahm; warum Gott der Herr nur einmal im Leben auf den Bäckermeister Khlesl herabgelächelt hatte, nämlich bei der Zeugung seines ersten Sohnes, und dann angefangen hatte auf ihn zu pissen, indem er ihm einen völlig unfähigen zweiten Sohn und danach einen Hühnerstall voller Töchter beschert hatte; dass der sonst so kluge Melchior Khlesl dämlich war, an seinen Neffen Cyprian auch nur einen Gedanken zu verschwenden und es vielleicht besser war, den Kontakt zwischen Onkel und Neffen zu unterbinden, damit der junge Bursche nicht noch etwa glaubte, er tauge zu irgendetwas, nur weil der Priester in der Familie sich mit ihm befasste; dass in diesem Zusammenhang auch gleich verboten werden sollte, dass die Tochter der hochnäsigen Wiegants von schräg gegenüber ständig mit dem total vertrottelten Sohn zusammensteckte; am Ende war er vielleicht noch blöd genug, ihr ein Kind zu machen, und was man dann von den piekfeinen Wiegants wohl zu hören bekommen würde und –. Alle weiteren Ausführungen hatten der kurze Flug des Bäckermeisters Khlesl durch die Backstube und seine spektakuläre Landung in den Mehlsäcken unterbunden.

Cyprian hatte die Hand gegen seinen eigenen Vater erhoben, und als er – vierzehnjährig und gebaut wie ein Feuerschlucker auf dem Gauklerpodium – auf die Kärntner Straße hinausstürzte, hatte er Euphorie über seine Tat empfunden. Dass es fraglich war, ob sein Vater ihn jemals wieder über die Schwelle lassen würde und wie er sein Leben in der Gosse fristen sollte, hatte ihn in diesen ersten Augenblicken nicht bekümmert. Die Angst hatte sich erst Minuten später eingestellt.

Die vier Männer scharten sich um Agnes und die Magd. Zusammen gingen sie weg, ein Vater, der mit Freunden unterwegs ist, zufällig auf seine Tochter trifft und ihr das Geleit nach Hause anträgt. Dass die Stimmung zwischen den beiden Frauen und den Männern kühler war als sonst bei derartigen Gelegenheiten üblich, würde niemandem auffallen. Cyprians Hochstimmung flaute ab. Was hatte Bischof Khlesl andeuten wollen mit seinen dunklen Bemerkungen über Agnes' gefälschte Herkunft aus einem Wiener Findelhaus und ihrer Spur, die nach Prag wies? Nichts, dachte er, er hat nur versucht, dich zu manipulieren, damit du seinen Wünschen folgst. Aber wenn sein Onkel ihn auch oft manipuliert haben mochte in den vergangenen Jahren, er hatte ihn niemals angelogen. Wenn er sagte, Niklas Wiegant hätte mit Hilfe von Sebastian Wilfing Agnes' wahre Herkunft verschleiert, dann entsprach dies der Wahrheit.

Die Gruppe der vier Männer und zwei Frauen war aus dem Blickfeld verschwunden. Cyprian wartete sicherheitshalber noch ein paar Minuten ab, dann machte er sich auf den Weg, um seine gemeinsame Flucht mit Agnes in die Neue Welt vorzubereiten.

»Als ob ich's nicht gewusst hätte«, sagte eine Stimme hinter ihm, kaum dass er sich ein paar Dutzend Schritte vom Kärntnertor entfernt hatte und um eine Ecke gebogen war. Cyprian blieb stehen.

»Na so was«, sagte er, ohne sich umzudrehen. »Mein alter Freund. Hast du dich über den Neumarkt zurückgeschlichen?«

»Sieh mich gefälligst an, wenn ich mit dir rede.«

Cyprian wandte sich um. Sebastian Wilfings Gesicht war dunkelrot; seine beiden Freunde lächelten.

»Ich hab dich letztes Mal gewarnt: Lass meine Braut in Ruhe, Cyprian. Ich hab dir gesagt, dass es keine weitere Warnung mehr gibt.«

»Du warst nicht misszuverstehen«, bestätigte Cyprian.

Sebastian Wilfing trat einen Schritt heran. Cyprian konnte die Hitze spüren, die der gerechte Zorn des Mannes abstrahlte. »Offenbar war ich trotzdem nicht deutlich genug!«

»Doch, doch«, sagte Cyprian und musterte seinen Widersacher mit ausdrucksloser Miene. »Mir ist völlig klar geworden, dass du nicht möchtest, dass ich deine Braut belästige.«

»Na und?«, schnappte Sebastian.

»Agnes ist nicht deine Braut«, sagte Cyprian.

»Find dich mit der Wirklichkeit ab, Khlesl. Agnes ist meine Braut, und ich werde sie heiraten. Und falls dich das so treffen sollte, dass du dich aus Kummer selbst aufknüpfst, dann lass dir gesagt sein, dass ich den Brautkranz an deinen Leichnam hänge, falls er mir irgendwo im Weg baumeln sollte.«

»Sehr dekorativ«, sagte Cyprian.

»Also?«

Cyprian starrte Sebastian Wilfing weiterhin an. Der junge Kaufmann wandte seinen Blick ab. Cyprian drehte sich um und ging weg.

»Moment mal!«, rief Sebastian.

Cyprian fühlte sich am Arm gepackt und herumgerissen. »Ich hab letztes Mal gesagt, es gibt keine weitere Warnung«, stieß Sebastian Wilfing hervor. »Anscheinend bist du aber schwer von Begriff. Dein Alter hatte recht mit dem, was er dir damals auf der Straße nachgebrüllt hat.«

»Lass mich los«, sagte Cyprian wie von weit her.

»Gleich nach Ostern nächstes Jahr heirate ich Agnes. Und wenn du deinem Bruder die übriggebliebenen Eier verschenken hilfst, denk dran, dass deine geliebte Agnes zur gleichen Zeit meine Eier knetet und mich anfleht, sie noch mal zu ficken!«

Eine Schicht aus wabernder Luft schob sich vor Cyprians Augen und verzerrte Sebastian Wilfings Gesicht. Er hörte, wie Sebastians Begleiter lachten: »Hähähä!«

»Reden wir von Wachtel- oder von Spatzeneiern?«, hörte Cyprian sich fragen.

»Du blöder Hund!« Die Hand an Cyprians Arm wechselte ihren Griff und packte ihn an der Vorderseite des Hemdes. Mit der anderen Hand holte Sebastian Wilfing weit aus. Cyprian – immer noch durch die wabernde Luftschicht von allem getrennt, vor allem von sich selbst, – nahm das Handgelenk, löste die Finger mit einer schnellen Drehung von seinem Hemd, bog Sebastians Arm nach hinten und wirbelte den Mann herum. Wilfings freie Hand, noch damit beschäftigt, so weit wie möglich für die geplante theatralische Ohrfeige auszuholen, krümmte sich. Wilfing schrie auf und bückte sich unwillkürlich nach vorn. Cyprian bog ihm die Hand noch weiter zu den Schulterblättern hinauf, bis das Hinterteil seines Widersachers die höchste Erhebung an ihm war. Dann ließ er den verdrehten Arm los, hob einen Fuß und trat in das Hinterteil. Wilfing machte eine ungraziöse Bauchlandung auf dem Boden. Staub wallte auf, nicht ganz so dramatisch wie damals das Mehl in der Backstube im Keller unter dem Haus von Cyprians Familie. Sebastian quietschte. Seine beiden Freunde starrten überrascht von ihm zu Cyprian und zurück. Es schien ihnen zu schnell gegangen zu sein.

»Du Schwein!«, ächzte Sebastian und krabbelte auf allen vieren aus Cyprians Reichweite. »Worauf wartet ihr, Jungs? Zeigt's ihm!«

Cyprian schüttelte den Kopf, als Wilfings Begleiter auf ihn zukamen. »Schluss jetzt«, sagte er. Seine Zunge war schwer. »Ich will keinen Streit.« Er versuchte seine Beine dazu zu bewegen, umzukehren und wegzugehen, aber seine Beine gehorchten ihm nicht.

»Vielleicht wollen wir welchen?«, erwiderte der eine der Burschen. Er sprach so affektiert wie ein erfahrener kaiserlicher Hofarschkriecher.

»Dann helft euch gegenseitig aus, ihr seid ja zu zweit«, sagte Cyprian.

»Mit dir gefällt es uns *besser*«, keuchte der Bursche, in seinen Augen das verräterische Aufblitzen, das ein besserer Kämpfer als er nicht hätte sehen lassen; er holte aus, noch während er das letzte Wort hervorstieß, und drosch seine Faust mit aller Kraft tief in Cyprians Magengrube.

Als der unerklärliche Schmerz durch seine Finger schoss und er nach unten sah, erkannte er, dass seine Faust in der noch größeren Pranke Cyprians steckte anstatt in den Eingeweiden seines Gegners – und er hörte ein Knacken. Bei näherer Betrachtung erschloss sich, dass das Knacken aus den Knöcheln seiner Finger kam.

»Aaaah!«, schrie der junge Mann und ging vor Cyprian in die Knie. »Lass los, lass los, lass LOOOOS!«

»Was ist so schwer daran zu begreifen?«, fragte Cyprian. »Ich will mich nicht mit euch prügeln.«

Er ließ die Hand seines Gegners los. Sie hing noch einen Augenblick in der Luft wie ein welkes Blatt, dann barg der Angreifer sie an der Brust.

»Du hast mir die Hand gebrochen!«, winselte er.

»Nein«, sagte Cyprian. »Es fühlt sich nur so an.«

Der zweite Mann zögerte und blickte zwischen seinem knienden Kumpan und Cyprian hin und her. Sebastian Wilfing war wieder auf die Beine gekommen. Er verschluckte sich fast vor Wut.

»Ihr Feiglinge!«, sprudelte er. »Ihr seid zu zweit!«

Der unverletzte zweite Schläger kroch im Seitwärtsgang um seinen kauernden Freund herum. Cyprian drehte sich mit ihm. Dass es ein Fehler war, wurde ihm erst bewusst, als er das winzige Zucken sah, das durch das Gesicht seines Gegners ging. Er fuhr herum.

Der erste Schläger war mit der linken Hand genauso schnell wie mit der rechten; nur dass diesmal ein Dolch in seiner Faust steckte. Cyprian sah die Klinge aufschimmern und wusste, dass er noch einen Fehler gemacht hatte – das war keine Waffe, die ein normaler Sterblicher in sein Wams steckte, um sich vom nächsten Braten etwas herunterzuschneiden. Er wich aus; die Klinge schoss vor seinem Bauch vorbei und schnitt sein Hemd über die gesamte Breite auf. Der Dolch war so scharf, dass man die Schneide dabei beinahe singen hörte. Ein glühend heißer Striemen brannte sich quer über Cyprians Rippen. Dann prallte der Körper des Angreifers gegen Cyprian, um ihn zu Fall zu bringen.

Das Wabern vor Cyprians Augen wurde zu einem dicken

Nebel, und plötzlich brach die Wut aus, die schon den ganzen Tag versucht hatte, die Oberhand zu gewinnen. Sein rechter Arm kam herab und klemmte den linken Arm seines Angreifers ein.

Seine linke Faust prallte gegen die Schläfe des Mannes; dessen Kopf flog herum, und er sackte halb ohnmächtig gegen Cyprian.

Cyprians rechter Arm kam wieder hoch, und ohne hinzusehen knallte er den Ellbogen gegen das Kinn des zweiten Mannes, der herangestürmt war. Er packte das Handgelenk, in dessen Faust das Messer steckte, und drehte es mit einem raschen Ruck herum. Wieder knackte etwas – diesmal lauter. Der halb bewusstlose Bursche in seinen Armen heulte auf. Das Messer löste sich aus den Fingern. Cyprian fing es auf.

Der zweite Angreifer hatte sich auf den Hosenboden gesetzt. Mit rudernden Armen versuchte er, wieder auf die Beine zu kommen. Aus seinem Mund schwappte Blut. Cyprian wirbelte den ersten Angreifer herum. Vor seinen Augen waren beide lodernde Figuren ohne Gesichter, menschliche Flammen. Die lodernden Figuren prallten ineinander und rollten über den Boden. Die Klinge des Dolchs ragte aus Cyprians Faust. Er schnellte herum. Eine dritte rot glühende Figur stand ein paar Schritte entfernt und hatte beide Hände erhoben. Mit einem Satz war Cyprian bei ihr. Er hob das Messer. Er hörte jemanden vor Entsetzen schreien und fühlte Befriedigung darüber. Das Messer zuckte auf die Stelle zu, an der das Gesicht der lodernden Figur sein musste. Cyprians Finger wirbelten wie ohne sein Zutun die Klinge im letzten Moment herum, die Faust drehte sich und traf mit der unverminderten Wucht, die ihr blinde Wut und Cyprians Sprung zu Sebastian Wilfing hinüber verliehen hatten, auf Sebastians Wange. Es war eine Ohrfeige mit einem Sandsack, in dem eine Bleikugel steckte. Sebastian Wilfing machte eine vollendete Pirouette; eine halbe Mannslänge entfernt prallte er auf den Boden, bereits besinnungslos.

»Das Messer weg, oder du bist tot«, schnarrte eine Stimme.

Cyprian fuhr herum. Weitere glühende Figuren an der Ecke. Eine zielte mit einem Gegenstand auf ihn. Das Bild waberte, verlor an Hitze, das Rot rann aus ihm heraus. Cyprian blinzelte. Er stand inmitten von drei Männern: Einer wand sich stöhnend und hielt sich das Handgelenk, dessen Hand in die falsche Richtung abstand, einer blutete mit rot zerplatzenden Blasen aus dem Mund und machte die Geräusche, die jemand macht, der sich durch die Zunge gebissen hat; der dritte lag vollkommen regungslos. In Cyprians Hand war ein Dolch. Wenn man genauer hinsah, konnte man an der Klinge Blut sehen. Cyprian blinzelte erneut.

»Das Messer weg, wird's bald!«, befahl der Hauptmann der Kärntnertorwache. Der Wächter mit der Armbrust zielte weiterhin auf Cyprian. Cyprians Finger lösten sich erst vom Dolchgriff, als er sie anschaute. Der Dolch klimperte über den Gassenboden.

»Leg dich auf den Bauch, Arme und Beine gespreizt«, sagte der Hauptmann.

Cyprian tat es. »Es hilft wohl nichts, wenn ich sage, dass ich es erklären kann«, murmelte er, das Gesicht gegen den Boden gerichtet.

»Nein, hilft nichts«, hörte er den Hauptmann sagen, jetzt dicht neben sich. Er war nicht überrascht, als der erste Tritt mit einem schweren Stiefel in seiner Seite landete.

18

»Du bist ein Vollidiot«, sagte Cyprians Bruder.

Cyprian spähte mühsam zu ihm hoch. Er brauchte nicht lange, um sich zu erinnern, wo er war. Dass die Worte seines Bruders ihn aus der Besinnungslosigkeit geweckt hatten, tat nichts zur Sache.

»Zwanzig Jahre eher, und Onkel Melchior würde mir ein altes Brot zustecken«, brummte er. Er zuckte zusammen, als der Riss in seiner Oberlippe zu bluten anfing. »Ich nehme nicht an, dass *du* an ein Stück Brot gedacht hast?«

»Wovon redest du?«

»Vergiss es.«

»Schau dich an, wie du ausschaust! Grün und blau! Mutter würde dich nicht erkennen, selbst wenn du bei ihr in der Stube sitzen würdest. Was hast du dir dabei gedacht?«

»Ja, was habe ich mir bloß dabei gedacht, mich von der Kärntnertorwache bewusstlos prügeln zu lassen?«

»Du hast Sebastian Wilfing von hinten angegriffen, als er mit zwei Freunden durch die Gasse spazierte und nichts Böses ahnte.«

Cyprian tupfte mit dem Finger das Blut von seiner Lippe. Er richtete sich vom strohbedeckten Boden in sitzende Stellung auf. Seine Rippen protestierten, und der Schnitt quer über seinen Leib flammte auf. Als er sich mit der anderen Hand abtasten wollte, klirrte eine Kette und hielt sein Handgelenk fest. Er grunzte.

»Wie spät ist es?«

»Was, wie spät ist es?«

»Wie viel Zeit ist vergangen, seit ich Sebastian Wilfing hinterrücks angegriffen habe?«

»Das war gestern«, sagte Cyprians Bruder ätzend. »Es ist jetzt früher Morgen, wenn du's genau wissen willst. Eine ganze Weile vor der Terz.«

»Verdammt!«, sagte Cyprian. Er erstarrte.

»Ich hoffe, du hattest heute nicht etwas Wichtiges vor? Zum Beispiel mir mal wieder in der Backstube zu helfen? Du sitzt hier nämlich noch eine Weile ein. Wir befinden uns im Malefizspitzbubenhaus, du verdammter Idiot!«

»Ich weiß, wo wir sind. Wie kommst du hierher? Hat Onkel Melchior dich geschickt?«

»Onkel Melchior? Nein. Vor einer Stunde hat eine Wache bei uns an der Tür geklopft und uns mitgeteilt, dass man dich gestern verhaftet hat. Kannst du dir vorstellen, wie Mutter das aufgenommen hat?«

»Ich muss hier raus. Sag Onkel Melchior Bescheid.«

»Du weißt überhaupt nicht, was du angestellt hast, oder?«

»Hör zu, ich muss hier schnellstens raus. Die sollen jemanden zu Onkel Melchior schicken. Wenn's sein muss, bestich einen von den Wächtern, Onkel Melchior wird dir das Geld wiedergeben. Wenn er selbst kommt und sein Wort gibt, behalten die mich nicht lange hier.« Cyprian zog an der Kette, die sein Handgelenk festhielt, und rasselte damit.

»Weißt du eigentlich, mit wem du dich angelegt hast?«

»Wenn du glaubst, dass ich den aufgeblasenen Sebastian und seine beiden Gockel wirklich überfallen habe, bist du ein noch größerer Idiot als ich.«

»Cyprian! Hör mir doch endlich mal zu.«

Cyprian stellte sein ärgerliches Bemühen, die Verankerung der Kette aus der Wand zu ziehen, ein und starrte zu seinem Bruder hoch. Dieser saß auf einem Schemel, über seinen eigenen Bauch gebeugt und die Hände zwischen den Knien pendelnd. Der heiße Geruch nach Backofen und frischem Brot ging von ihm aus und verdrängte die Kerkergerüche nach fauligem Stroh und den Pissepfützen in den Ecken. Die Ähnlichkeit seines Bruders mit ihrem Vater war überwältigend.

»Wie damals«, murmelte er, »wie mit Vater. Damals bist du auch der Wache in die Hände gelaufen, die jemand wegen deines Gebrülls alarmiert hatte. Und danach hat du genauso ausgesehen.« Er sah sich um. »Wahrscheinlich hast du sogar im gleichen Verlies gelegen wie jetzt.«

»Ich muss hier so schnell wie möglich raus. Hat jemand Onkel Melchior benachrichtigt oder nicht?«

»Du bist in ernsten Schwierigkeiten. Hier«, der Bruder

streckte den Finger aus, »du hast die Wunde an deinem Bauch aufgerissen. Sie blutet wieder. Wie hast du dir die geholt?«

»Einer von Sebastians Kumpels hat sie mir beigebracht, während ich ihn hinterrücks –« Cyprian winkte müde ab. »Was soll's! Wo bleibt Onkel Melchior?«

»Die beiden Typen – Cyprian, du hast anscheinend tatsächlich keine Ahnung, wer sie sind.«

»Dann sag's mir doch, verdammt noch mal!«, brauste Cyprian auf. »Wer sind sie? Die Oberarschkriecher am Hof von Kaiser Rudolf?«

»Nein, ihre Söhne.«

Die beiden jungen Männer starrten sich an. »Scheiße«, sagte Cyprian.

»Sebastian Wilfing hat den größten Teil des letzten Jahres in Prag verbracht, wo sein Vater und Niklas Wiegant zusammen ein Handelskontor unterhalten. Die beiden sind auf Besuch hier.«

»Du kennst dich ja ziemlich aus.«

»Was du getan hast, ist Gassengespräch.«

Cyprian ließ den Kopf hängen. »Ihre Aussage gegen meine, oder?«

Sein Bruder antwortete nicht. In die Stille klackte mehrere Male das Schloss an der Zellentür. Wer immer die Tür zuletzt versperrt hatte, er hatte sichergestellt, dass Cyprian keine Chance bekam, sie aufzubrechen. Cyprian blickte auf.

»Na endlich«, sagte er. »Onkel Melchior.«

Es war ein Wächter, und er war allein. Er deutete auf Cyprians Bruder. »Sprechzeit zu Ende«, knurrte er. »Raus hier.«

»Ich dachte, der halbe Pfennig hätte mir eine Stunde Zeit erkauft?«, fragte Cyprians Bruder wütend.

»Die Stunde ist rum.«

»Ist sie nicht, verdammt!«

»Du hast dafür bezahlt, um mit mir zu sprechen?«

»Die Stunde ist rum, wenn ich es sage. Und ich sage, die Stunde ist rum.«

Cyprians Bruder stand auf. Die Kiefer mahlten in seinem pausbäckigen Gesicht, aber er widersprach nicht mehr. Umständlich zerrte er an seinem Kittel herum. Kleine Mehlwolken stäubten auf.

»He, Bruder«, sagte Cyprian. »Du hast dafür bezahlt, um mit mir zu sprechen? Danke.«

»Mutter wollte es. Aus eigenem Antrieb hätte ich's nicht getan.«

»Wird's bald?«, bellte die Wache.

»Wo bleibt Onkel Melchior?«, sagte Cyprian hastig. »Er braucht nur ein Wort zu sagen, und ich komme zumindest auf Ehrenwort frei. Du hast ihn doch schon benachrichtigt, oder?«

Sein Bruder wich dem Blick aus. »Onkel Melchior hat heute im frühen Morgengrauen die Stadt verlassen. Es heißt, er begleitet seinen Besucher nach Rom. Es heißt, sein Besucher ist ein Kardinal.«

»Verflucht!«, stieß Cyprian hervor. »Ausgerechnet! Das dauert doch Wochen, bevor er wiederkommt! Wieso konnte der Kardinal nicht das Zipperlein kriegen und ein paar Tage ans Bett gefesselt sein? Der alte Bursche sah so baufällig aus wie das Kärntnertor nach der letzten Türkenbelagerung!«

Cyprians Bruder schüttelte den Kopf. »Du gehst mit so hohen Herren um, als wären sie deinesgleichen, und es hat dich kein bisschen geändert.«

»Ich muss hier raus. Ich habe Agnes versprochen – hör mal, du musst mich hier rausholen. Geh zum Bischofspalast. Onkel Melchior hat auf jeden Fall seinen Verwalter dagelassen. Vielleicht kann er ein gutes Wort einlegen.« Cyprian schwieg, als ihm bewusst wurde, dass in seiner Stimme erste Anklänge von Panik zu hören waren. Er biss erbittert die Zähne zusammen und starrte seinen Bruder an.

Der Wächter trat heran. Ohne ein weiteres Wort schlug er

mit dem schweren Holzstab, den er trug, Cyprians Bruder quer über den Bauch. Es klatschte laut. Der junge Mann fuhr zusammen und keuchte überrascht. Der Wächter hob den Stock erneut.

»Mach, dass du rauskommst!«, brüllte er.

Cyprian konnte mit der freien Hand das Ende des Stocks packen, als der Wächter ausholte. Er riss daran. Der Wächter taumelte rückwärts. Cyprian griff mit der zweiten Hand zu, die Kette klirrte und spannte sich, dann lag der Stock quer über der Kehle des Wächters und der Wächter in den Armen Cyprians wie ein Liebhaber. Er starrte aus einem plötzlich fahl gewordenen Gesicht zu Cyprian empor. Cyprian verstärkte den Druck des Stocks.

»Wenn du ihn noch mal schlagen willst, stell sicher, dass du nie in meine Reichweite kommst, solange ich hier drin bin«, sagte Cyprian.

Der Wächter machte ein Geräusch.

»Lass ihn los«, stotterte Cyprians Bruder. »Um Gottes willen, du machst alles nur noch schlimmer.«

»Mein Bruder hätte gern seinen halben Pfennig wieder«, sagte Cyprian. »Häftlinge dürfen jederzeit Verwandtenbesuch erhalten, ohne die Wache bestechen zu müssen.«

»Cyprian!«

Der Wächter gurgelte und kramte eine halbierte Münze aus der Tasche. Er ließ sie fallen. Cyprians Bruder starrte darauf hinab.

»Nimm sie, sonst nehme ich sie«, sagte Cyprian.

Cyprians Bruder bückte sich und steckte die Münze ein. Cyprian stieß den Wächter von sich. Der Mann stolperte davon, dann fuhr er herum und starrte Cyprian mit gefletschten Zähnen an. Er rieb sich den Hals.

»Jetzt darfst du«, sagte Cyprian, der immer noch den Stock in den Händen hielt. Das Gesicht des Wächters verzerrte sich vor Wut.

»WAACHEEE!«, schrie er dann, fuhr herum und rannte zur Tür hinaus. »WAAACHEEE!!«

Cyprian ließ den Stock fallen.

»Du musst Agnes benachrichtigen!«, sagte er hastig zu seinem Bruder. »Sag ihr die Wahrheit. Bitte! Sag ihr, dass ich hier schon wieder rauskomme.«

»Was ist die Wahrheit?«

»Verdammt noch mal!«, sagte Cyprian.

Sein Bruder seufzte und schüttelte betrübt den Kopf.

»Sag Agnes, dass das hier nichts an unseren Plänen ändert.« Von draußen waren das Getrappel von Schritten und zornige Flüche zu hören. Cyprians Bruder schluckte und sah von Cyprian zur Tür und wieder zurück. »Bitte!« Cyprian streckte die Hand aus, aber die Kette war zu straff. Er konnte seinen Bruder nicht erreichen. »Bitte!«

»Was immer eure Pläne waren, du hast sie zerstört«, sagte Cyprians Bruder. Die anderen Wächter platzten zur Tür herein, die Stöcke erhoben und die Fäuste geballt. Sie stießen Cyprians Bruder beiseite und stürzten sich auf Cyprian. Er ging unter dem Anprall eines halben Dutzends aufgebrachter Männer zu Boden. Er spürte Faustschläge und die rohen Griffe, mit denen man seine bisher freie Hand in eine eiserne Schelle zwang. Noch einmal schaffte er es, sich freizustrampeln.

Sein Bruder stand mit bleichem Gesicht an der Tür. »Die Wiegants sind ebenfalls heute Morgen abgereist«, sagte er leise, doch Cyprian konnte ihn über den ganzen Lärm und das Gefluche hinweg hören. Eine Hand legte sich um seine Stirn und knallte ihn mit dem Hinterkopf gegen den Boden. Die Umgebung zerstob in einem Funkenregen.

»Wohin?«, schrie Cyprian und bäumte sich auf. Sein Schädel schien bersten zu wollen. Die Hand legte sich erneut um seine Stirn, und er riss blitzschnell den Kopf beiseite und biss in einen Handballen. Der Besitzer des Handballens, irgendwo im Gewühl der Arme, Beine und Fäuste verborgen, kreischte.

»Wohin?!«, brüllte Cyprian und spuckte das Blut von der Bisswunde aus. »WOHIN?!«

Dann waren sie über ihm, drückten ihm die Luft ab und stießen und traten und droschen den letzten Widerstand aus ihm hinaus.

19

PATER XAVIER ROLLTE die Botschaft zwischen den Fingerspitzen, die für die Brieftaube vorgesehen war. Es war ihm mit seinem schwächer gewordenen Augenlicht schwergefallen, sie zu schreiben, aber er hatte niemanden, dem er diese Aufgabe hätte anvertrauen können.

Hinweis auf Ziel erhalten, hatte er geschrieben. *Details unklar. Gibt es Informationen über ein Massaker an Frauen und Kindern*?

Welche Antwort hoffte er von den Männern zu erhalten, denen er berichtete? *Er* war vor Ort, oder nicht? Die Geschichte der Teufelsbibel kannte er mittlerweile so gut wie die anderen – jedenfalls besser, als sie vermutlich dachten. Ein Mönch hatte sie geschrieben, der Überlieferung nach mit Hilfe des Teufels. Kaiser Friedrich, der Antichrist, hatte sie an sich genommen. Im Geheimarchiv war der Codex nicht angekommen; dort war die Kopie gelandet. Was sprach dagegen, dass stattdessen das Original an den Ort zurückgekehrt war, an dem es entstanden war? Und wo war dieser Ort?

Pater Xavier rollte das Papier zu einem Kügelchen zusammen. Er ließ das Kügelchen in den Kelch der Wachskerze fallen, die auf seinem Tisch brannte. Im nächsten Augenblick flackerte es auf, über der Kerze standen plötzlich zwei Flammen. Die schwarzen Augen Pater Xaviers spiegelten vier Flammen wider.

Es gab noch eine weitere Botschaft, die er seinen Auftraggebern hätte senden müssen. Sie betraf Kardinal Facchinetti. Sie betraf einen Mann, den der Kardinal in Wien getroffen hatte, während die anderen Verschwörer glaubten, er sei in Prag gewesen. Pater Xavier hatte herausgefunden, dass Facchinettis Ansprechpartner Melchior Khlesl war, der Bischof von Wiener Neustadt. Worum es in den Gesprächen der beiden Männer gegangen war, hatte er nicht in Erfahrung gebracht, doch ihm war zugetragen worden, dass Bischof Khlesl sich in Wien eingehend nach der Herkunft einer bestimmten Person erkundigt hatte. Die Person hieß Agnes Wiegant. Die vier Flammen in Pater Xaviers Augen flackerten und wanden sich, dann brannten sie wieder ruhig. Pater Xavier beabsichtigte, diese Botschaft für sich zu behalten. Er lächelte, ohne dass das Lächeln sich in seinem Gesicht gespiegelt hätte.

Seine Gedanken wanderten zu dem jungen Mann, der, wie ein Aussätziger von allen gemieden, im weitläufigen Gelände des Hradschin lebte, allein in einem windschiefen Haus in der Goldmachergasse, ein einsamer Wolf, der durch einen Wald aus Verachtung schnürte. Er dachte an die Geschichte, die Kaiser Rudolf hatte hören wollen, während er sich im Inneren seiner Wunderkammer zitternd an die Tür drückte und sich einredete, er habe nur ein Gespenst auf der Treppe in den Dienstbotentrakt gesehen – ein Gespenst – nur ein Gespenst. Er dachte an die unbeholfene Version dieser Geschichte, die der Reichsbaron Rozmberka ihm verraten hatte, zusammen mit einer Menge anderer Informationen, von denen der Reichsbaron geschworen hätte, dass er sie sich niemals hatte entlocken lassen. Er dachte daran, dass manche Menschen der Schlüssel zu wichtigen Ereignissen waren und dass jeder Mensch einen Preis hatte. Pater Stefano zum Beispiel war darauf hereingefallen, dass Pater Xavier sich scheinbar von ihm hatte helfen lassen. Der Preis der meisten Menschen war erstaunlich gering.

Pater Xavier starrte in die Kerzenflamme hinein, bis das

Kügelchen vollkommen verbrannt war. Dann leckte er sich die Finger und drückte den Docht aus. Die Dunkelheit fiel über seine schmale Figur, fiel in den Raum, kroch über alle Schatten und saugte sie in sich auf. In der Finsternis funkelten lediglich die Augen Pater Xaviers, als seien die Flammenbilder darin noch nicht erloschen.

20

Pater Hernando stellte sich auf ein langes Konklave ein. Im Zweiten Konzil von Lyon hatte Papst Gregor X. in seiner Bulle *Ubi periculum* festgelegt, dass der Beginn der Papstwahl so gelegt werden müsse, dass die Sedisvakanz mindestens fünfzehn Tage dauern musste und höchstens zwanzig dauern durfte. Das war vor mehr als dreihundert Jahren gewesen, und seitdem hatten *Ubi periculum* und ihre Nachfolgerinnen *Licet, ne romani*, *Licet in constitutione*, *Periculis et detrimentis* und wie sie alle hießen genügend Zeit gehabt, sich in die Mauern des Vatikans zu graben wie die Zehn Gebote in die Steintafeln Moses'. Diesmal hätte das Konklave nicht pünktlicher beginnen können. Am fünfzehnten Oktober war Papst Gregor heimgerufen worden; der Gerufene war der Aufforderung stöhnend und tagelang grünliches Erbrochenes von sich gebend gefolgt, eine Prozedur, der Pater Hernando von weiter Ferne und mit unterdrücktem Grauen gefolgt war, während der von ihm bestochene Dienstbote ihn über die Neuigkeiten auf dem Laufenden hielt, die er aus fünfter oder sechster Hand bekommen hatte. Pater Hernando fand es mehrfach nötig, Stunden allein im Gebet zu verbringen, um sich zu versichern, dass das, was er dem Heiligen Vater angetan hatte, hatte getan werden müssen, damit die Christenheit nicht in die Katastrophe steuerte.

Heute war der siebenundzwanzigste Oktober MDXCI, des

Jahres des Herrn 1591. Die letzten Atemzüge des Papstes waren bereits vom Hämmern der Zimmerleute akzentuiert worden, mit denen zwei Säle und Kapellen im Quirinalspalast durch Bretterwände unterteilt wurden. Jetzt standen das Volk und die minderen Ränge des Klerus, unter ihnen Pater Hernando, vor den Toren des Vatikans und gaben den einziehenden Kardinälen das Geleit. Der Nieselregen dämpfte die Lust des Pöbels am Grölen, Klatschen und Schreien ganz erheblich; soweit Pater Hernando feststellen konnte, hatte nur der Jubel für Girolamo Kardinal Simoncelli natürliche Ursachen. Der Kardinal nahm bereits an der siebten Papstwahl teil und galt selbst unter den abgebrühten Römern als besonderer Zeitgenosse. Das Geklatsche und Geplärre für Kardinal Facchinetti war hingegen gesteuert. Pater Hernando wusste es deshalb so gut, weil er selbst dahintersteckte. Kardinal de Gaetes Anweisungen diesbezüglich waren genau gewesen. Facchinetti war einer aus ihrem Kreis und sollte die Tiara bekommen – Pater Hernando war sicher, dass Kardinal de Gaete und mit ihm der ganze spanisch-italienische Zirkel, den er auf seine Seite gebracht hatte, entsprechend stimmen würde, und was noch an Überzeugungsarbeit zu leisten war, würden die Kardinäle innerhalb des Konklaves verrichten.

Kardinal Facchinetti war so grau und bedrückt durch das Spalier der Menschen geschlichen, dass man meinen konnte, er ginge zu seiner eigenen Beerdigung. Er hatte nur ein einziges Mal aufgesehen, als er an einem Mann im Bischofsornat vorbeigeschritten war, der ihm zugenickt und gelächelt hatte. Pater Hernando kannte den Bischof nicht, einen hageren Mann mit struppigem Bart.

Etliche Kardinäle fehlten; einige würden zu spät eintreffen, weil sie Schwierigkeiten auf der Reise bekommen hatten, einige, weil sie sich der quälenden Prozedur nicht stellen wollten, der immer einmal wieder ältliche Kardinäle zum Opfer fielen, die diskret hinten hinausgetragen wurden, während vorne ein glücklicherer Kollege verkündete: *Habemus Papam*! Natürlich fehlte auch Gaspar Kardinal de Quiroga wieder, der Großinquisitor. Allen seinen Bemühungen zum Trotz gab es immer noch lebende Ketzer in Spanien, deren Ausrottung Vorrang vor jeder Papstwahl hatte, im Namen Gottes und der Barmherzigkeit.

Der Dominikanerpater sah den von Alter, teurem Stoff und Juwelen gebeugten Gestalten zu, in deren Händen die Wahl des nächsten Führers der Christenheit lag und aus deren Mitte er hervorgehen würde. Er konnte nicht anders als sich beklommen fühlen. Ein Abend mit Kardinal de Gaete hatte ihm erschlossen, wie anfällig für Korruption und Erpressung dieser ganze Vorgang war und wie wenig heilig sich das Heilige Kollegium in den nächsten Tagen verhalten würde. Pater Hernando hatte sich für einen Zyniker gehalten. Im Vergleich zu Kardinal de Gaete und den meisten anderen der Männer, hinter denen sich die von Schweizergardisten bewachten Tore schlossen, war er ein geradezu naiver Glaubender. Er hoffte, dass aus all dem Sarkasmus und den politischen Kungeleien letzten Endes doch das herauskommen würde, was nötiger war denn je: den Mann zum Papst zu wählen, der die größte Waffe, die ihnen jemals gegen das Böse und die Ketzerei in die Hände gefallen war, auch benutzen würde.

Noch haben wir sie nicht gefunden, dachte Pater Hernando. Er seufzte. Aber Pater Xavier würde das Vermächtnis des Satans auftreiben. Hernando zweifelte keine Sekunde daran, dass sich sein Bruder *in dominico* vom Grundsatz, dass die Kirche das Blut scheut, keine Sekunde abhalten lassen würde, jedes Hindernis zwischen sich und seinem Ziel gründlich zu vernichten. So viele weitere böse Taten, um dem Guten zum Sieg zu verhelfen – Pater Hernando war unsicher, ob irgendwo in Jesu Christi überlieferten Worten auch nur einmal davon die Rede war, dass man Gewalt anwenden musste, um den Glauben zu bewahren.

Die Menge blieb vor dem Tor versammelt, durch welches das Heilige Kollegium verschwunden war, als ob damit zu rechnen gewesen wäre, dass man das Ende des Konklaves abwarten konnte. Pater Hernando drängte sich aus dem Gewühl. Er hatte noch nie Schwierigkeiten damit gehabt, dem Flehen der Ketzer nach Gnade bei der peinlichen Befragung zuzuhören und dem Henker ein Zeichen zu geben, die Befragung zu verschärfen; das Gebrüll der bei lebendigem Leib Verbrennenden und der Anblick der schmorenden Fleischklumpen in den eisernen Ringen, zu denen sich die Körper am Ende des Autodafés reduziert hatten, hatte ihn kein einziges Mal bedrückt. Er hatte seine Pflicht mit reinem Gewissen getan, hinterher für die Seelen der Geläuterten gebetet und sich dann die Akten der nächsten Delinquenten vorgenommen. Heute jedoch erfüllte ihn eine Angst und Unsicherheit, die er nie gekannt hatte. Er stellte sich vor, wie Pater Xavier mit der Teufelsbibel in Rom ankam, und obwohl er nicht die geringste Vorstellung davon hatte, wie das Vermächtnis des Bösen aussah, sah er dennoch den greifbaren Schatten in aller Deutlichkeit, der sich mit seiner Ankunft über die Stadt legte. Pater Hernando erschauerte.

Der Dom von Sankt Peter war offen und würde es die ganze Zeit über bleiben, bis der neue Papst gewählt war.

Pater Hernando stolperte durch Gerüste und Sackleinen in die ewige Baustelle hinein und sank wenige Schritte nach dem Eingangsportal auf die Knie, die Hände vor dem Gesicht gefaltet und die Augen geschlossen. Sein Flüstern klang wie das Flattern kleiner Flügel im gewaltigen hallenden Dom. *Und ob ich auch wandle durch das Tal der Angst, ich fürchte nichts, denn Du bist bei mir … darum vertrauen auf Dich, die Deinen Namen kennen; denn Du hast nicht verlassen, die Dich, HERR, suchten … tue mir kund den Weg, darauf ich gehen soll; denn zu Dir erhebe ich meine Seele …*

Pater Hernando öffnete die Augen und richtete den Blick

auf die Figur des Gekreuzigten beim Altar. Als wäre er ein tumber Mönch und nicht einer der Exzellentesten seines Ordens, hoffte er, dass ein Zeichen geschehen und die Gestalt am Kreuz ihm zunicken oder zulächeln würde. Doch Jesus Christus hatte den Kopf gesenkt. Seine Augen blickten an Pater Hernando vorbei ins Leere, und ungeachtet der Düsternis in der Kirche und der weiten Entfernung glaubte Pater Hernando einen Ausdruck von Abscheu in dem geschnitzten Gesicht wahrzunehmen.

Am Abend des ersten Tages leerte sich der Dom. Es blieben dennoch genügend Betende, Ratsuchende und Sensationslüsterne zurück, so dass niemandem die schwarzweiße Gestalt auffiel, die sich an einer Säule zusammengerollt hatte und in einem unruhigen Schlaf seufzte und zuckte. In der Nacht wagte sich ein einsamer Kirchgänger an die Gestalt heran, hielt ihr die Hand dicht vor Mund und Nase, und als sie nicht aufwachte, ging er daran, die Taschen des Habits zu durchsuchen. Dominikaner standen im Ruch, ihre Aufgabe als die Wachhunde des Herrn versilbert zu bekommen, und wenn einer von den Kuttenträgern so dämlich war, in der Kirche einzuschlafen, dann wollte selbst Gott, dass man ihn um seinen Wohlstand erleichterte. Doch der Dieb fand nichts außer einer Brille, mit der er nichts anzufangen wusste, und einem silbern schimmernden Kruzifix, und das abzureißen reichte seine Unverfrorenheit nicht aus. Ärgerlich über die Ergebnislosigkeit seiner Suche und über seine eigene Feigheit drehte er sich mit dem Rücken zum Kruzifix, so dass der Heiland nicht sehen konnte, was er tat, holte sein Glied heraus und pisste dem schofeligen Dominikaner auf die Kutte.

Den zweiten Tag des Konklaves verbrachte Pater Hernando in fieberndem Gebet und in eine Glocke aus Uringeruch eingehüllt, den er nicht wahrnahm. Das Gesicht des Gekreuzigten sah immer mehr wie das von Papst Gregor aus, das Blut auf seiner Stirn schwarz von dem Gift, das Pater Hernando ihm verabreicht hatte. Was hatte er getan – was hatte er *getan*? *Herr Jesus Christus, Abraham wollte seinen einzigen Sohn opfern um deinetwillen; auch ich habe einen unschuldigen Menschen geopfert um deinetwillen und um die Christenheit zu bewahren.* Er merkte nicht, wie das Licht, das durch die Kirchenfenster fiel, im Lauf eines ganzen Tages die Schatten vor sich hertrieb, ohne sie aus dem Gotteshaus tilgen zu können, wie die Schatten von jeder Stelle, die das Licht verließ, wieder Besitz ergriffen.

Irgendwann rissen ihn großes Geschrei und Gejubel und eine Hand, die ihn an der Schulter schüttelte, aus dem Fieber. Er taumelte mit den anderen hinaus. Die Gassen waren schwarz vor Menschen, die tanzten und klatschten und einen Namen riefen, den er nicht verstand. Die Menge spie ihn vor dem Tor aus, durch welches das Heilige Kollegium ins Konklave gegangen war. Die Tore standen offen. Hinter den bunten Landsknechtsuniformen der Schweizergardisten erblickte Pater Hernando Gestalten im Kardinalspurpur; der Purpur sah im Schatten aus wie geronnenes Blut. Das Geschrei und der Jubel entfernten sich vom Ort des Konklaves mit dem Tempo, das ein Fähnlein Gardisten an den Tag legt, das sich – seinen kostbaren Schützling in der Mitte – einen Weg durch die Menge bahnt. Der neue Papst war unterwegs zur Sixtinischen Kapelle, um dort sein Gewand anzulegen und dann wieder zum Konklave zurückzukehren. Pater Hernando stand unter den Leuten, die um ihn herumliefen und ihn stießen oder beiseiteschubsten, wie einer, der soeben erwacht ist und nicht weiß, ob die Wirklichkeit nicht noch schlimmer wird als sein Alptraum. Er sah einen Schweizergardisten auf sich zukommen und hörte ihn etwas sagen; ohne es verstanden zu haben, folgte er dem Mann. Der Gardist führte ihn zu Kardinal de Gaete und Kardinal Madruzzo.

Das Schildkrötengesicht von Cervantes de Gaete sah starr

aus. Madruzzo hatte seinen Handschuh abgenommen und biss erbittert auf seinen Fingernägeln herum. Er rümpfte die Nase, als Pater Hernando in seine Nähe kam, und hielt sich unwillkürlich den parfümierten Handschuh vors Gesicht.

»Innozenz IX.«, raschelte die Stimme Kardinal de Gaetes. »Ich hätte erwartet, dass er sich Julius nennen würde. Wir brauchen einen kriegerischen Papst, keinen, der die Unschuld auf seine Fahne schreibt! Wie sehen Sie denn aus, Pater? Sie machen ein Gesicht, als wüssten Sie es noch nicht: *Habemus papam.*«

»Ich weiß es«, sagte Pater Hernando heiser.

»Wissen Sie, wo Ihr dominikanischer Bruder ist? Pater Xavier?«, bellte Kardinal Madruzzo.

»In Prag.«

»Wo genau?«

»Ich –«

»Wir werden ihn auf keinen Fall zurückpfeifen!«, schnappte Kardinal de Gaete. »Verfallen Sie bloß nicht in Panik, Madruzzo – ein altes Waschweib ist der Felsen von Gibraltar gegen Sie, bei der Liebe Christi!«

»Was wollen Sie! Es ist doch alles aus!«, stöhnte der deutsche Kardinal.

»Nichts ist aus. Unser Kreis hat sich nur um einen Mitstreiter verkleinert, das ist alles. Wir werden einen neuen Mann finden, der die Lücke schließt. Glauben Sie, ich gebe jetzt auf? Wo wir so nahe dran sind wie noch nie?«

»Aber was wollen Sie denn tun?« Madruzzo machte eine resignierte Geste. »Da wäre es noch besser gewesen, irgendeinen Papst zu haben als ausgerechnet ihn! Hätten Sie doch die anderen bedrängt, mich zu wählen! Ich hatte im ersten Durchgang immerhin acht Stimmen.«

Pater Hernando sah von einem der Kardinäle zum anderen. Die Augen von Cervantes de Gaete funkelten, polierte Glasmurmeln im Steinbruch seines faltigen Gesichts.

»Pater Hernando«, begann der alte Kardinal.

Pater Hernando hatte es gewusst. Er hatte nicht ahnen können, was sich abspielen würde, und auch jetzt war ihm nur ein Bruchteil dessen klar, was vorgegangen war oder was der neu gewählte Papst seinen beiden Kardinälen befohlen hatte. Die Welt schwankte um ihn herum. Er hörte das Geschrei des Pöbels wieder lauter werden und wandte sich unwillkürlich um. An der Spitze einer Parade von winkenden Händen, fliegenden Hüten und einer Welle von »Papa! Papa!«-Rufen näherte sich das Kontingent der Schweizergardisten. Pater Hernando konnte eine weiß schimmernde Gestalt zwischen ihnen erkennen. Die unsicher geschliffenen Linsen seiner Brille und der Regenschleier darauf hätten ihn kein Gesicht ausmachen lassen dürfen, dennoch sah er ganz deutlich das magere, graubärtige Gesicht Giovanni Facchinettis. Papst Innozenz IX. Kardinal de Gaetes Intrigen, Bestechungen und Verhandlungen hatten offenbar genau das Ergebnis gezeitigt, auf das er und der gesamte Zirkel um ihn herum gehofft hatten: der dritte Kardinal unter ihnen war der neue Papst. Und doch – Pater Hernando blinzelte in den Regen. Würde ein Papst, der sich den Namen Innozenz gab, eine Waffe für den Kampf um die Einigkeit des Christentums in die Hand nehmen, die der Teufel selbst geschmiedet hatte?

»Pater Hernando?«

Der Dominikanermönch wandte sich ab. Kardinal de Gaete starrte ihn an.

»Sie müssen gehen. Pater Hernando, wir haben uns doch verstanden?«

Pater Hernando schloss die Augen und trat einen Schritt in den großen Abgrund hinein. *Und ob ich auch wandere …*

»Natürlich«, flüsterte er.

1592:
Die Stadt aus Gold

»Alles besiegt die Liebe, alles erreicht das Geld,
alles endet mit dem Tod.«

Spanisches Sprichwort

1

Prag im Januar war ein Muster aus Schwarz und Grau, eine Ansammlung von Schatten in den Schatten, ein Wald aus senkrecht in den eisigen Winterhimmel emporsteigenden Rauchsäulen, ein Sumpf aus Rauch und Gestank, wenn der Ostwind die Emissionen aus den Schornsteinen in die Gassen drückte. Pater Xavier fror. Er war die Kälte in Kastilien gewöhnt, doch dort war sie trocken und still gewesen; die Kälte in Prag war windig, trotz der eisigen Temperaturen feucht und ständig drückend. In Kastilien hatte der Schnee die ockerfarbene Landschaft überstäubt; wenn die Sonne schien, hatte das Ocker golden gewirkt und der Himmel darüber tiefer als das tiefste Meer. Hier hing der Himmel die meiste Zeit zum Greifen nah über den Turmspitzen. Was vom Bewuchs der Hügel rund um die Stadt unter den Schneemassen zu sehen war, war grau oder hatte die unbeschreibliche Farbe von Starre und Tod. Kastilien im Winter war die Zeit der Meditation, der Ruhe und der klaren Luft; Prag im Winter lag in einer Art Totenstarre, und Pater Xavier musste gegen den Eindruck ankämpfen, dass die Stadt daraus nie mehr erwachen würde.

Zwischen dem November des vorangegangenen Jahres und Heilige Drei Könige war er ohne jegliche Nachricht seiner Auftraggeber geblieben. Die letzte Botschaft hatte nur aus drei Wörtern bestanden: *Subsiste in votum*. Verharre im Gebet. Pater Xavier wusste, was damit gemeint war: sein Auftrag ruhte. Etwas musste geschehen sein, was den glatten Ablauf der Ereignisse durcheinandergebracht oder gestoppt hatte.

Nach und nach erreichten die offiziellen Nachrichten Prag. Es gab einen neuen Papst, er nannte sich Innozenz IX. Es war Kardinal Facchinetti, ganz wie es geplant gewesen war; und doch musste etwas schiefgegangen sein.

In den Wochen der Stille hatte Pater Xavier versucht, sich an das Gesicht des Kardinals zu erinnern, das er das eine Mal bei dem Treffen in der Hütte am Ufer des Tejo gesehen hatte. Eine verzerrte Grimasse stand ihm vor Augen; das Erstarren des Mannes, als sein, Pater Xaviers, Blick auf ihn gefallen war. Niemand musste Pater Xavier sagen, dass die unerwartete Wendung etwas mit Papst Innozenz zu tun hatte.

Waren sich die Verschwörer um Kardinal Cervantes de Gaete weniger einig, als es den Anschein gehabt hatte? Hatte den neuen Papst die Angst gepackt – oder die Gier? Pater Xavier machte sich seine eigenen Gedanken über das kurze Pontifikat von Gregor XIV., ohne dass diese seiner Miene jemals anzumerken gewesen wären. Als zu Beginn des neuen Kirchenjahres, am ersten Adventssonntag, noch immer keine neuen Nachrichten vorlagen, begann er sich Gedanken darüber zu machen, wie lange das Pontifikat Innozenz' IX. wohl dauern würde.

Natürlich hatte er in dieser Zeit, als die Wälder um Prag sich in lohendes Gold verwandelten, dann ihr Festkleid verloren und in Gräue und Schimmelfarbe zerfielen und sich zuletzt in das schmutzfarbene Leichentuch des Schnees hüllten, nicht ausschließlich im Gebet verharrt. Er war nicht mehr im Hradschin gewesen; aber es gab viele Möglichkeiten, das Kommen und Gehen einer bestimmten Person dort zu überwachen, ohne selbst vor Ort sein zu müssen. Pater Xavier hätte jederzeit ohne Nachdenken in die Rolle des jungen Mannes schlüpfen können, der Kaiser Rudolf nach der Begegnung mit einem bestimmten Gespenst auf der Treppe des Dienstbotentraktes beruhigt hatte; so gut kannte er ihn mittlerweile.

Andrej von Langenfels lebte vollkommen allein in einem der Häuschen in der Goldmachergasse und schien, seit er dort eingezogen war, in die Starre verfallen zu sein, auf der Pater Xaviers letzte Anweisung für ihn selbst insistiert hatte. Er verließ seinen Unterschlupf nur, wenn der Kaiser ihn holen ließ oder wenn er in ein Bordell ging.

Es gab die Geschichte von der Tanzveranstaltung, die Kaiser Rudolf zu Ehren des Bildnisses veranstaltet hatte, das ihn als Vertumnus zeigte, als eine abscheulich obszöne Fratze, zusammengesetzt aus Gemüse und Feldfrüchten, an dem Rudolfs bizarre Seele Gefallen gefunden hatte. Rudolf hatte seinen *fabulator principatus* dazubefohlen, doch während aller Tänze hatte der junge Mann abseitsgestanden. Kaiser Rudolf schien ihn vergessen zu haben, und niemand sonst machte sich die Mühe, ihn einer der anwesenden Hofdamen vorzustellen, was sich gehört hätte, selbst wenn man sich bereits kannte. Hatte Andrej versucht, einer der Frauen zuzulächeln, hatte diese sich umgedreht und war in die entfernte Ecke des Saals geschritten. Es hatte sich die seltsame Situation ergeben, dass auf der einen Seite des Saals genügend Frauen herumstanden, die auf einen Tanzpartner warteten, während auf der anderen Flanke ganz allein Andrej von Langenfels stand, aus mangelndem Mut oder aus Resignation klug genug, keine der Schönheiten aufzufordern. Am Ende wollte ihn jemand in einem der angrenzenden Räume gesehen haben, wie er mit einer ältlichen Dienstmagd zu den dumpf herüberklingenden Melodien tanzte, die Dienstmagd verlegen kichernd und rot im Gesicht und sichtlich nur deshalb nicht auf der Flucht, weil sie Andrej fälschlicherweise für jemanden hielt, dem sich zu widersetzen nachteilige Konsequenzen gehabt hätte.

Und es gab die Geschichte, dass Andrej von Langenfels nicht nur einmal bei seinen Besuchen im Bordell das Mädchen seiner Wahl nicht gevögelt, sondern sich mit ihr unterhalten, sie mit einem verzweifelten Redefluss zugedeckt hatte, den sie mit demselben gelangweilten Gesichtsausdruck über sich ergehen ließ, den sie zweifellos gezeigt hätte, wenn er versucht hätte, sich auf ihr liegend den Dämon Einsamkeit aus dem Leib zu rammeln – anstatt ihn mit Reden zu bannen.

Alle weiteren Geschichten fielen in dasselbe Muster. Pater Xavier hatte die Schilderungen in seinem unbestechlichen

Gedächtnis aneinandergereiht und zu einem Bild geformt. Als die neue Nachricht eintraf, war Andrej von Langenfels bereits Wachs in den Händen Pater Xaviers, ohne dass die beiden sich einmal begegnet wären oder dass Andrej auch nur um die Existenz des Dominikaners gewusst hätte. Pater Xavier hatte ihn in der Hand; er hatte nur noch nicht zugedrückt und mit dem Verformen begonnen.

Pater Xavier sah zu, wie das Kügelchen, zu dem er die Botschaft gedreht hatte, verbrannte. Dann verließ er seine Zelle.

Die Gassen Prags lagen in der Stille eines zwielichtigen Januarnachmittags. Die Glocken aller Kirchen schwiegen. Pater Xavier wusste, dass es mit diesem Schweigen spätestens morgen vorbei sein würde; er war zu sehr Realist, um nicht zu wissen, dass er nicht der Einzige in der Stadt war, dem Brieftauben geheime Neuigkeiten überbrachten, wenngleich er davon ausging, dass er sie vermutlich einen Tag früher bekam als alle anderen. Er stapfte durch den Schneematsch, der sich nach der Mittagsstunde überall dort bildete, wo die Sonne genug Zeit hatte, auf den Gassenboden zu scheinen. Das Schlurfen seiner Sandalen klang zwischen den Hauswänden wider. Morgen würde sich dort das Echo der stundenlang läutenden Glocken brechen, deren Klang der Himmelfahrt der Seele von Giovanni Antonio Kardinal Facchinetti, Papst Innozenz IX., hinterherläutete.

Die Botschaft, von der nur noch ein schwarzer Punkt im Unschlitt seiner Kerze zeugte, war kurz gewesen: *Das Hämmerchen hat gesprochen: Erwache.* Das Hämmerchen war das Instrument, mit dem nach alter Überlieferung der Kammerherr des Papstes dem Verstorbenen an die Stirn klopfte und dreimal fragte: »Schläfst du?«, um dann zu verkünden, dass der Pontifex wahrhaftig tot sei. Demnächst würde das neue Konklave einberufen werden. Er wusste nicht, welche Strategie Kardinal de Gaete und sein Kreis aus Verschwörern nun verfolgten, aber er ahnte, dass es ein schwieriges Konklave werden und nicht in wenigen Tagen beendet sein würde. Nun, umso besser. Pater Xavier wusste genau, was er zu tun hatte, aber je mehr Zeit ihm zur Verfügung stand, desto besser. Sobald der neue Papst gewählt war, würde er eine weitere Botschaft erhalten, die ihn nach den Fortschritten seiner Arbeit befragte, und er wollte sie beantworten können. Er betrachtete seine rechte Hand, während er durch die Gassen ging, und ballte sie, als habe er schon mit dem Verformen des Wachses darin begonnen.

Das Kloster der heiligen Agnes lag im Nordosten der Altstadt, am Ende des fast rechtwinkligen Bogens, den die Moldau beschrieb, um dem Höhenzug auszuweichen, auf dem auch der Hradschin stand. Jenseits der Klostermauern war nur noch ein schmaler Uferstreifen, auf dem in den drei anderen Jahreszeiten Boote und Flöße lagen. Das Kloster war ein weitläufiger Bezirk im Gassengeflecht zwischen Sankt Kastulus und Sankt Simon und Juda, und es war zum größten Teil eine Ruine. Wie überall in Böhmen hatten auch hier die Hussitenkriege ihre Spuren hinterlassen und schienen zu zeigen, was aus dem gesamten Reich werden würde, wenn man das Ketzertum nicht bekämpfte. Am Ende der Auseinandersetzungen war das Kloster verlassen gewesen; vor vierzig Jahren hatten Dominikaner begonnen, es in Besitz zu nehmen, als sie ihr ursprüngliches Kloster bei der Karlsbrücke zu Gunsten der Jesuiten hatten aufgeben müssen.

Dies war der eine Grund gewesen, warum Pater Xavier das Agneskloster gewählt hatte: weil es von Brüdern seines eigenen Ordens geführt wurde. Der andere Grund war, dass mit den Dominikanern Zug um Zug auch die Klarissen zurückgekommen waren, die das Kloster in Gemeinschaft mit den benachbarten Minoriten ursprünglich errichtet hatten. Ihre Gruppe war klein und beschränkte sich auf den Dienst an der Gesellschaft, den sie als am dringendsten notwendig empfanden: die Sorge um gefallene Frauen. Die Klarissen lebten im Südtrakt des Klosters, der früher den Minoriten gehört hatte. Es hieß, die Sterblichkeitsziffer unter den Schützlingen der Klosterschwestern sei nur unwesentlich höher als die bei einem Türkenfeldzug.

Die Mutter Oberin war ein kleiner Vogel von einer Frau; weniger ein Sperling als ein Falke, dachte Pater Xavier. In ihr hatte er eine Grausamkeit kennen gelernt, die ihm bislang unbekannt gewesen war: die Grausamkeit der Barmherzigen. Die Mutter Oberin wusste, dass sie nur einem ganz geringen Prozentsatz der Mädchen, die sie zu sich nahm, helfen konnte; den anderen sah sie zu, wie sie an Krankheiten verendeten, aus Kummer eingingen, an Verletzungen krepierten, die ihnen ein brutaler Freier in irgendeiner Gasse zugefügt hatte, wie sie innerlich verbluteten, die rostigen Eisenhaken, mit denen die Engelmacherinnen bei ihnen zugange gewesen waren, noch im Schoß.

»Danke für Ihre Nachricht, Schwester Oberin«, sagte Pater Xavier und lächelte.

»Die arme Seele hat es verdient«, sagte die Oberin. »Sie werden nicht enttäuscht sein.«

Bei seinen ersten Vorsprachen hatte er von der Oberin nur eine schemenhafte Gestalt gesehen, verborgen hinter dem kleinen Gitterfenster in der Zelle, durch das sie miteinander kommuniziert hatten. Schließlich hatte er sie überzeugen können, ihn wenigstens in die Außenbezirke des Klosterbereichs einzulassen und mit ihm von Angesicht zu Angesicht zu sprechen.

»Sie erfüllt die Anforderungen?«

»Jung und hübsch«, sagte die Oberin und verzog das Gesicht. »Wenn ich nicht um Ihre vollkommen aufrechte Gesinnung und Frömmigkeit wüsste, Pater Xavier, würde ich diese Forderung als abstoßend empfinden.«

»Das Mädchen wird vor den gekrönten Häuptern der

Christenheit singen«, erklärte Pater Xavier. »Sie und ich wissen, dass die eigentliche Schönheit von innen kommt – aber Sie wissen doch genauso gut wie ich, wie man draußen in der sündigen Welt denkt.«

Die Oberin, die als Kind in ein Kloster der Klarissen unweit von Prag gegeben worden war und von der Welt nur das gesehen hatte, was man sah, wenn man sich im Kreuzgang auf den Rücken legte und in den blauen Himmel hinaufstarrte, nickte und seufzte. »Und Sie werden das Ihre tun, dass sie wohlbehalten hierher zurückkehrt?«

»All unsere Wege sind in Gottes Hand«, sagte Pater Xavier und vermochte zu klingen wie jemand, auf dessen Rat Gott hören würde.

»Amen, Pater Xavier.«

»Amen, Schwester Oberin.«

Die Oberin führte Pater Xavier durch den Kreuzgang, dessen Westflanke eingesunken und der daher unbrauchbar war, durch die ehemalige Klosterkirche der Minoriten, über deren blanken Dachsparren der Januarhimmel sichtbar war, und über einen ungepflegten Hof, in dem Gras und Unkraut hoch und gelb geworden stand und jetzt frostig weiß unter ihren Schritten splitterte und klirrte.

»Ich hätte immer gedacht, dass es nicht so einfach ist, jemanden zur Sängerin auszubilden.«

»Ich bin sicher, das junge Mädchen wird alle Erwartungen erfüllen.«

»Aber Sie haben sie doch noch nie gesehen, Pater!«

»Wir müssen mit dem Material arbeiten, das Gott uns gibt, nicht wahr, Schwester Oberin? Wenn wir es nicht tun, werden am Ende diese grässlichen gequälten Geschöpfe, die man zum Gaudium der Herrschenden auftreten lässt, in unseren Kirchen das Gotteslob singen.«

Die Mutter Oberin erbleichte beim Gedanken an die Kastraten und beschleunigte ihren Schritt.

»Ich möchte sie sehen, bevor sie mich sieht«, sagte Pater Xavier. »Ich möchte nicht unnütze Hoffnung in dem armen Geschöpf wecken.«

Der ruinierte Gebäudetrakt im Südteil des Klosters, der sich an der äußeren Klostermauer entlangzog, war mit einem lecken Dach versehen worden; die schlimmsten Beschädigungen hatte man repariert. Die Verbesserungen sahen aus, als hätte jemand einem Leichnam Farbe ins Gesicht gemalt, um so zu tun, als stecke noch Leben in dem Kadaver. Pater Xavier folgte der Oberin in den Flügel, in dem früher weltliche Besucher des Klosters untergebracht gewesen sein mussten. Direkt nach dem klaffenden Loch, das einmal ein Portal mit vermutlich wertvollen Türflügeln gewesen war, erstreckte sich eine Reihe von niedrigen Türen, die in Mönchszellen führten und sich in der Dunkelheit verloren, die sich rund um eine einzelne Unschlittkerze zusammenballte. Wenn es überhaupt möglich war, war es hier noch feuchter und kälter als draußen. Die Minoriten hatten seinerzeit dafür gesorgt, dass ihre Besucher das Armutsgelübde des Franz von Assisi empfanden; nun, leer stehend und mit all den Schäden, war der Anblick nur noch trostlos und gemein.

Die Oberin stieg vorsichtig über den aufgebrochenen Steinboden und nahm die Kerze aus der Halterung. Sie winkte Pater Xavier, stehen zu bleiben, und machte sich an einer der Türen zu schaffen. Sie war nicht verschlossen.

»Bleiben Sie hier in den Schatten«, sagte die Oberin. Dann steckte sie den Kopf in die geöffnete Tür und sagte freundlich: »Yolanta, mein Kind, komm heraus.«

Nach ein paar Augenblicken schlich eine zerfledderte Gestalt in den Gang und spähte mit zusammengekniffenen Augen in die Flamme. Sie war in zerrissene Decken gehüllt; ihr Haar war zerzaust und strähnig. Die Oberin nahm sie an der Schulter und drehte sie sanft herum; die Kerzenflamme beschien ein Gesicht, über das sich Schmutzstreifen zogen.

»Wer ist da?«, sagte die Gestalt. Sie warf den Kopf herum und blies die Kerzenflamme aus, bevor die Oberin reagieren konnte. Pater Xavier sah ihr Abbild in Komplementärfarben vor seinen Augen tanzen. Er hörte, wie sie in ihre Zelle zurückschlüpfte. »Wollen Sie mich vorführen, Mutter Oberin? Was soll das?«

»Ich will dir nur helfen, mein Kind.«

Pater Xavier lächelte. Was er von dem Gesicht der jungen Frau unter dem Schmutz gesehen hatte, war, wenn man sich ein bisschen rundere Wangen und ein etwas weniger verhärmtes Aussehen vorstellte, makellos gewesen, ein Diamant, den man lediglich polieren musste, damit er wieder funkelte. Der Name passte zu ihr – altgriechisch: zart und schön. Jemand hatte entweder keine Ahnung gehabt, als er den Namen für dieses Kind ausgesucht hatte, oder jede Menge Hoffnung. Was das Aussehen anging, hatte sich die Hoffnung erfüllt, was das Leben betraf, in das das junge Mädchen entlassen worden war – nun, das Zusammentreffen beider Umstände war genau, was Pater Xavier gesucht hatte. »Perfekt«, flüsterte er.

Die Mutter Oberin tastete sich zu Pater Xavier nach vorn. Er fasste sie zuvorkommend am Arm und führte sie nach draußen ans Licht. Sie hielt die ausgeblasene Kerze in der Hand und war sprachlos vor Verlegenheit.

»Das war – Sie dürfen nicht glauben – Wir haben sie nur überrascht –«

»Was hält sie hier? Warum öffnet sie nicht einfach die Tür und geht?«

Die Mutter Oberin seufzte. »Weil sie hofft«, sagte sie. »Nur die Mädchen, die noch hoffen, haben eine Chance auf Rettung.«

»Und worauf hofft sie?«

»Darauf, dass sie ihr Kind zu sich nehmen kann, wenn sie sich von ihrem Makel befreit hat.«

»Sie hat ein Kind?«

»Es braucht wenig, um eine gefallene Frau zu werden, Pater Xavier. In dieser Stadt trennt nur eine Haaresbreite die Sünde von der Sicherheit.«

»Wo ist das Kind jetzt?«

»In einem Findelhaus. Ich kann Ihnen die Adresse geben.«

»Perfekt«, sagte Pater Xavier.

Die Adresse, die die Mutter Oberin ihm genannt hatte, befand sich auf der Kleinseite, eine dunkle Burg von Haus direkt an der westlichen Stadtmauer, die von Karmelitinnen geleitet wurde. Pater Xavier fand hier eine ähnliche Grausamkeit wie in Sankt Agnes, nur dass die Härte an diesem Ort durch keinerlei Hoffnung gemildert wurde. Die Kinder, die überlebten, würden hinausgehen, um ein Leben zu führen, das zuallererst zu weiteren Kindern führte, die wiederum hier einpassierten, und wenn es einem der ehemaligen Insassen gelang, aus diesem Teufelskreis auszubrechen, dann würden es die Karmelitinnen niemals erfahren. Die Mutter Oberin in Sankt Agnes hatte, wenn auch keinen Dank, so doch wenigstens die Genugtuung, zu wissen, dass sie zuweilen eines ihrer Schäflein retten konnte; die Karmelitinnen hatten nicht einmal das. Ihre Priorin hatte die Hautfarbe einer Todkranken und den müden Gesichtsausdruck von jemandem, der schon lange aufgegeben hat, nach dem vermeintlichen Edelstein in der Asche seines Lebens zu suchen. Sie nahm Pater Xavier in einen Verschlag mit, der sich als ihre Zelle und gleichzeitig als Schreibstube des Findelhauses herausstellte.

»Wir haben hier ein Kind von einer Mutter namens Yolanta Melnika, wobei der Name nichts bedeutet außer vielleicht, dass die Mutter in der Nähe einer Mühle lebte oder ein Müllersknecht sie geschwängert hat oder es das Erste war, was ihr einfiel, als sie danach gefragt wurde.«

»Wann wurde das Kind hierhergebracht?«

»Vor nicht ganz drei Monaten – ein Herbstbalg.«

»Wie lautet sein Name?«

»Zwölfter November.« Die Priorin zuckte mit den Achseln. »Wenn an diesem Tag zwei eingeliefert worden wären, hätte es noch eine Nummer. Wer kümmert sich um die Namen? Selbst wenn die Mütter sich die Mühe machten, diesen Geschöpfen einen Namen zu geben, würden wir ihn nicht erfahren. Es sind nicht die Mütter, die zu uns kommen und uns diese schreienden Bündel auf die Schwelle legen, sondern die Büttel, die die Mütter verhaftet haben.«

»Wie alt war es damals?«

Die Priorin spähte in ihre Liste. »Drei, vier Wochen, so genau kann man das nie sagen. Diese Oktoberkinder sind wie Herbstkätzchen – stets viel zu klein und zu dünn. Die meisten von ihnen sehen nicht einmal mehr das Weihnachtsfest.«

»Das ist das Kind, das ich suche. Hat es das Weihnachtsfest gesehen?«

Die Priorin fuhr mit dem Finger die Zeile entlang, quer über die ganze Seite des mit Stricken gebundenen Folianten.

»Nein«, sagte sie knapp. »Es hat nicht einmal die heilige Barbara gesehen. Es ist zwei Wochen nach der Einlieferung gestorben.«

Pater Xavier schwieg einen Moment. »Wo ist es begraben?«

Die Priorin deutete stumm in eine Richtung. Pater Xavier wusste, dass dort die Stadtmauer lag. Jenseits der Stadtmauer war ein stets offenes Massengrab, das von Knechten des Stadthenkers bewacht wurde. Jedweden Leichnam, den man ihnen brachte, warfen die Knechte in die Senke und bedeckten ihn mit Erde und Kalk. Sie waren Fährmänner der Unterwelt ganz besonderer Art, denen man keinen Obolus zu entrichten brauchte, weil diejenigen, die ihre Toten zu ihnen brachten, in der Regel nichts besaßen. Pater Xavier dachte an einen formlosen, kleinen Sack, der den Knechten keinerlei körperliche Mühe bereitet haben würde.

»Das Kind war ein Junge«, sagte Pater Xavier.

Die Priorin konsultierte ihre Liste. »Stimmt«, sagte sie.

»Es hieß Wenzel.«

Die Priorin zuckte mit den Schultern. »Sehr unpassend«, sagte sie.

»Die Mutter besaß Hoffnung«, sagte Pater Xavier.

Die Priorin hob erneut die Schultern. »Sehr unpassend«, sagte sie zum zweiten Mal.

Als Pater Xavier wieder in Sankt Agnes war und der jungen Frau, die er ausgewählt hatte, in ihrer Zelle gegenübersaß, war es dunkel geworden.

»Yolanta Melnika«, sagte er. Er bemühte sich nicht erst, ein Lächeln auf sein Gesicht zu zaubern. »Ich bin Pater Xavier.«

»Ein Hund Gottes«, sagte Yolanta.

Pater Xavier neigte den Kopf. »Am Ende des Tages sind wir alle irgendjemandes Hund«, sagte er. »Ich mache ein Geschäft mit dir. Mein Anteil daran: ich hole dich hier heraus.«

»Und was ist mein Anteil?«

»Nichts, was du nicht schon kennst. Du wirst dich als Gegenleistung besteigen lassen und dabei so tun, als würde es dir den höchsten Genuss bereiten. Was von dir verlangt wird, das wirst du tun – so oft, so lange und auf welche Art auch immer es verlangt wird.« Er hatte auf dem Rückweg vom Findelhaus her überlegt, wie er seine Worte wählen sollte. Er hatte keinen Grund gesehen, sein Angebot in schöne Phrasen zu kleiden. Wenn das Mädchen dort vor ihm auf das Geschäft einging, wurde sie zu seinem Werkzeug, und es war wichtig, dass es keinerlei Missverständnisse gab zwischen einem Werkzeug und dem, der es benutzte. Vielleicht machte die Kälte und Nässe seine Stimme schroffer, als sie es in der Regel war. Er kümmerte sich nicht darum. Er wusste, dass er sie bereits am Haken hatte.

»Warum gehen Sie nicht einfach ins nächste Hurenhaus, Pater? Da treffen Sie jede Menge von Ihresgleichen.«

Pater Xavier verzog keine Miene. Er gab ihren Blick zurück,

bis sie den Kontakt unterbrach und einmal hart schluckte. Sie schwieg. Pater Xavier wartete das Schweigen ab. Fast fühlte er sich befriedigt, als sie schließlich doch weitersprach und dabei das Thema wechselte. Er hatte sie nicht unterschätzt. Was er brauchte, war nicht nur ein verzweifelter, sondern auch ein kluger Mensch – eine dumme Göre hätte irgendwann vergessen, worum es ging und dass sie nicht mehr war als eine Puppe, an deren Fäden er, Pater Xavier, nach Belieben ziehen würde. Er hatte bereits gewusst, dass Yolanta verzweifelt war; mit jeder verstreichenden Minute in ihrem stockenden Gespräch wurde ihm bewusst, dass sie auch so klug war, wie er gehofft hatte. Die Mutter Oberin hätte ihr nicht Überlebensaussichten attestiert, wenn sie dumm gewesen wäre.

»Woher wissen Sie meinen vollen Namen? Ich habe ihn nicht einmal der Mutter Oberin gesagt.«

Pater Xavier lächelte.

»Waren Sie bei den Karmelitinnen?« Zum ersten Mal klang ihre Stimme nicht barsch, sondern dünn und ängstlich.

»Sie kennen ihn dort unter dem Namen Zwölfter November.«

»Ich habe den Bütteln doch seinen Namen …« Sie brach ab. Pater Xavier hörte, wie sie ein Schluchzen unterdrückte.

»Er war der Einzige, der an diesem Tag zu ihnen gebracht wurde – sonst hätte er eine zusätzliche Nummer bekommen«, sagte Pater Xavier.

Sie begann zu weinen. Pater Xavier bot ihr keinen Trost an. Auf einem der baufälligen Hocker sitzend, stützte er die Hände auf die Knie und betrachtete den schluchzenden Schatten vor sich. Er glaubte zu sehen, wie sie um ihre Fassung kämpfte und wie sie den Kampf mehrfach verlor, ehe sie sich aufrichtete und mit den Händen durch das Gesicht fuhr.

»Geht es dem Kleinen gut?«, fragte sie zuletzt, die Stimme dünner denn je.

»Er ist krank«, sagte Pater Xavier.

»O mein Gott, o heiliger Wenzel, hilf deinem Patensohn – er ist doch nur ein Kind, das nichts getan hat.«

»Es wird Zeit, dass jemand ihn dort herausholt.«

»Kann ich ihn sehen? Kann ich ihn zu mir nehmen? O Pater, bitte, kann ich ihn sehen?«

»Wir müssen noch weiter über unser Geschäft sprechen.«

»Pater, bitte – mein Kind – er ist mein Kind –. Bitte, kann ich ihn sehen?«

Pater Xavier schwieg und wartete. Es war beinahe zu schnell gegangen. Ihm fiel wieder ein, wie gering der Preis war, den die Menschen für ihre Seele verlangten, wenn man sie nur an der richtigen Stelle erwischte. Sie weinte erneut. Einen Augenblick lang fragte er sich, ob sie glaubte, damit sein Herz zu rühren, und fühlte sich versucht, ihr mitzuteilen, dass dies ein hoffnungsloses Unterfangen sei. Doch er hielt sich zurück. Er war zu oft in derartigen Situationen gewesen, um nicht zu wissen, dass jedes Wort, das man sagte, die eigene Position geschwächt hätte. Wer auf das Leid eines anderen antwortete, und sei es nur mit Grobheit, verriet, dass er es erkannte. Pater Xavier hatte nicht vor, sich diese Blöße zu geben.

»Was wollen Sie von mir, Pater?«

Pater Xavier lächelte erneut. »Du wirst alles rechtzeitig erfahren.«

»Wie viele Kerle sind es?«

»Mach dir keine Sorgen. Ich denke, du hast schon größere Sünden begangen.«

»Die Schwestern dort, kümmern sie sich gut um ihn? Er war so klein –. Ich dachte, ich sterbe bei der Geburt, und ich war fast sicher, dass er sterben würde. Doch er hielt sich am Leben fest. Pater, ich liebe ihn so sehr. Ich hatte ihn nur so kurze Zeit, und ich liebe ihn so sehr.«

Pater Xavier gab keine Antwort. Er hatte keine Ahnung, wie gut sie in diesem schlechten Licht sah, aber sicherheitshalber hatte er sein leichtes Lächeln aufgesetzt. Es war das

Lächeln, das man manchmal an Heiligenstatuen sehen konnte und das verblasste, wenn man der Figur in die steinernen Augen blickte. Dann überraschte sie ihn.

»Ich rede da von etwas, von dem Sie nichts verstehen, nicht wahr, Pater? Liebe?«

Pater Xavier war froh über die Dunkelheit und darüber, dass sein Gesprächsbeitrag bislang im Wesentlichen aus Pausen bestanden hatte. Es bestand die Hoffnung, dass ihr nicht auffiel, dass sein Schweigen im Augenblick von völliger Sprachlosigkeit herrührte.

»Was passiert, wenn Sie mich nicht mehr brauchen?«

»Wenn deine Schuldigkeit getan ist, entlasse ich dich.«

»Wann darf ich mein Kind sehen?«

»Wenn deine Schuldigkeit getan ist.«

»Sie haben gesagt, Wenzel ist krank. Wenn es zu lange dauert –«

»Wie lange es dauert, hast du in der Hand.«

»Hören Sie, Pater«, sagte sie. »Ich kann lesen, schreiben und rechnen. Ich kann ein bisschen Latein verstehen und ein paar griechische Buchstaben erkennen. Ich kann kochen, nähen, ich spiele die Harfe und kann singen. Ich weiß, dass Sie mich für eine Dirne halten, die einfältig genug war, sich von einem Freier ein Kind machen zu lassen, aber Sie sind im Irrtum.«

Tatsächlich, dachte Pater Xavier. Ich habe mich tatsächlich geirrt. Einen Moment schwankte er, ob er nicht besser aufstehen und wortlos gehen sollte, doch etwas in ihm jubilierte beinahe. Er hatte sich ein kluges, aber willenloses Werkzeug gewünscht, um ihm bei seinen Plänen zu helfen, und stattdessen präsentierte das Geschick ihm einen intelligenten Menschen, der fast genauso schnell zu denken vermochte wie er selbst und dem nach wenigen Minuten das gelungen war, was anderen, besser gestellten Menschen in Jahren nicht gelungen war: ihn, Pater Xavier, für Augenblicke sprachlos zu machen.

»Kläre mich auf«, sagte er. Nur wer ihn sehr gut kannte, hätte eine kleine Heiserkeit in seiner Stimme vernommen.

»Ich bin Yolanta Melnika aus Strahov. Mein Urgroßvater war einer der Müller für das Kloster Strahov, mein Großvater war der Herr über alle Mühlen, die insgesamt für das Kloster mahlten, mein Vater ist Kaufmann, der mit Getreide und Mühlenkonzessionen handelt. Meine ganze Familie ist katholisch. Der Vater meines Kindes ist es nicht. Wir liebten uns. Als wir erfuhren, dass weder seine noch meine Eltern jemals einer Heirat zustimmen würden, wollten wir sie vor vollendete Tatsachen stellen. Wir schliefen so oft miteinander, bis ich schwanger wurde.« Sie machte eine Pause; Pater Xavier hatte das Gefühl, sie warte ab, ob er sich dazu äußerte, dass sie planmäßig und mit voller Absicht Unzucht getrieben hatte, und fragte sich, ob er sie nicht doch überschätzt hatte. Dann wurde ihm klar, dass sie geschwiegen hatte, weil sie ihre Stimme sonst nicht unter Kontrolle gebracht hätte.

»Als ich es meinen Eltern eröffnete, warfen sie mich aus dem Haus. Ich habe zwei ältere Schwestern und drei Brüder – Sie können den Wert ermessen, den ich ohnehin für meine Familie hatte. Eine Weile habe ich in der Gasse, in der meine Eltern leben, im Rinnstein geschlafen, weil ich dachte, sie würden barmherzig sein und mich aufnehmen. Als der Herbst kam und ich nächtelang durchnässt an der Hauswand kauerte, ohne dass man mir öffnete, klopfte ich schließlich an die Tür und bat um Verzeihung und um Gnade für das Leben in meinem Schoß.«

Pater Xavier wartete die nächste Pause ab. In der Zelle war es mittlerweile vollkommen dunkel geworden. Die Kerze, die draußen im Gang brannte, zeichnete einen schmalen Lichtsaum rund um die undichte Tür.

»Mein Vater ließ Büttel kommen, die mich von seiner Schwelle vertrieben. Ich wandte mich in meiner Verzweiflung an die Eltern meines Geliebten und erfuhr bei dieser Gelegenheit, dass mein Vater ihn angezeigt hatte, mich geschändet zu haben, und dass man …«

Sie kämpfte gegen das Weinen und verlor erneut. Pater Xavier verstand kaum, was sie hervorstieß, doch er wusste, was sie zu sagen versuchte. Er kannte die Strafe für Notzüchtigter: Ertränken. In Prag hatte das Ertränken eine gewisse Tradition, angefangen bei Bischof Johannes Nepomuk. Er ahnte, was gefolgt war, als Yolanta versucht hatte, bei den Eltern ihres Freundes Hilfe zu bekommen: sie war ebenso verjagt worden wie von der eigenen Schwelle, entweder weil man in ihr den Grund für den Tod des eigenen Sohnes sah oder weil man fürchtete, sich weitere Schwierigkeiten einzuhandeln. Was danach folgte, war einfach: Armut, Hunger, unlizenziertes Betteln, Mundraub. Er war sicher, dass sie sich nicht prostituiert hatte. Es gab nicht viele Männer, die sich für eine Schwangere interessierten, weil einem diese an allen Ecken begegneten, in der Regel im eigenen Schlafzimmer und ebenfalls in den Frauenhäusern, wo eine große Anzahl der Dirnen ständig schwanger war. Aber auch falls es ihr leichtgefallen wäre, sich zu verkaufen – er ahnte, dass sie es nicht einmal um den Preis ihres eigenen Lebens getan hätte. Den einzigen Preis, für den sie es zu tun bereit war, hatte Pater Xavier gefunden – vor der Stadtmauer auf der Kleinseite, unter drei Monaten Winter, Erde, Kalk und weiteren kleinen Leichen verscharrt.

»Der kleine Wenzel ist alles, was mir von meiner Liebe geblieben ist«, flüsterte Yolanta. »Ich nehme Ihr Geschäft an, Pater, aber nicht aus Demut vor Ihrer Kutte oder aus Angst vor Ihren toten schwarzen Augen – ich nehme es an, weil es die einzige Möglichkeit ist, mein Kind wiederzusehen und es aus diesem grässlichen Haus zu retten.«

»Gut«, sagte Pater Xavier ausdruckslos.

»Schwören Sie, dass ich mein Kind wieder sehen werde.«

Pater Xavier wusste, dass er nachgeben musste. »Ich schwöre«, sagte er.

»Schwören Sie, dass Sie für ihn sorgen werden, solange er dort ist, und dass es ihm gut geht.«

»Es wird ihm an nichts mangeln.«

»In Ihre Hände, Pater, befehle ich meine Seele.«

Pater Xavier stand auf.

»Folge mir«, sagte er.

2

WENN DU NICHT sicher bist, ob du das Richtige tust, aber auch nicht weißt, ob du damit aufhören sollst, dann setz dich hin und mach eine Liste, hatte Andrejs Vater immer gesagt. Schreib die Nachteile und die Vorteile auf. Tu dann das, bei dem die Vorteile die Nachteile aufwiegen. Andrej sah das vergnügte Blinzeln des alten Langenfels vor sich. Natürlich hatte sich der Alte selbst nie daran gehalten. Es hatte immer einen Grund gegeben, warum das Gefühl des alten Langenfels die Entscheidung besser trug als die Liste. Andrej dachte an die Geschehnisse vor zwanzig Jahren, die er nun durch die ständigen Bitten Kaiser Rudolfs, ihm die Geschichte zu erzählen, andauernd vor Augen hatte – die Schatten im Nebel, die zu fliehen versuchten und unter den Axthieben fielen, das Geschrei, der brüllend aufgerissene Mund im Gesicht des verrückt gewordenen Mönchs, aus dem plötzlich die Spitze des Armbrustbolzens ragte; er konnte nicht umhin zu denken, dass der Trick mit der Liste vermutlich mehr versprach, als sich auf sein Gefühl zu verlassen. Zumindest konnte es damit nicht schlimmer kommen.

Die Februarkälte im Inneren seines Häuschens war so beißend, dass selbst das Wasser im Krug eine dicke Eisschicht trug. Der Rauch aus den Kaminen, von denen manche so niedrig waren, dass ein großer Mann mit der flachen Hand die Abzugsöffnung hätte zudecken können, drückte in die gewundene, enge Gassenführung, hinter der die Böschung steil zum Hirschgraben abfiel. Andrej fühlte sich zu resigniert, um auch nur aufzustehen und das Feuer im Kamin zu schüren, und zugleich zu nervös, um ruhig sitzen zu bleiben. Seine Hände fuhren auf der Tischplatte herum, seine Knie pumpten im Rhythmus eines unsichtbaren, hektischen Taktgebers, und ohne dass es ihm bewusst war, hatte er seine Unterlippe bereits wund genagt. Das Haus hatte nur einen Raum; selbst die Behausung, die er mit Giovanni Scoto geteilt hatte, war geräumiger gewesen. Dennoch vermochte es das Feuer im zugigen Kamin in der Regel nicht einmal, den Wasserkrug über Nacht aufzutauen. Es kam ohnehin nicht oft vor, dass Andrej sich genügend Holz leisten konnte, um die Glut bis zum Morgen am Leben zu halten. In der Nische zwischen Kamin und Seitenwand stand ein Bett, das Andrej zusammen mit dem Haus übernommen hatte; sein Vorgänger hatte ihm außerdem einen Tisch und eine vergammelte Ansammlung von Vexierkolben, Phiolen, Mörsern und Flaschen mit undefinierbarem Inhalt hinterlassen, die Andrej verkauft hatte, um sich zwei Stühle zu seinem Tisch leisten zu können. Er hätte auch nur einen Stuhl kaufen und damit einen Teil des Verkaufserlöses der Alchimistenküche sparen können, doch es war ihm erschienen, als sei er nicht ganz so allein, wenn wenigstens ein weiterer Stuhl im Haus war und andeutete, dass irgendwann vielleicht irgendjemand kommen und sich darauf niederlassen könnte. Sein Vorgänger hatte außerdem einen mysteriösen sternförmigen braunen Fleck an einer der mit vielen Flecken übersäten Wände hinterlassen, und Andrej wurde den Verdacht nicht los, dass sein Vorgänger gar nicht über Nacht gepackt und Prag verlassen hatte, sondern immer noch da war. Bis jetzt hatte Andrej es vermieden, dem Fleck mit Wasser und einem Lappen zu Leibe zu rücken; er war nicht scharf darauf, womöglich zu entdecken, dass der Fleck sich in rote Flüssigkeit auflöste. Er hatte den Tisch neben die Eingangstür unter das eine der beiden Fenster gerückt und die Stühle so danebengestellt, dass sie einander gegenüberstanden. Nach einigen Wochen war es Andrej leid geworden, den leeren Stuhl zu betrachten; er hatte den seinen herumgedreht, so dass er zum Fenster hinausblicken konnte. Nicht, dass dort draußen etwas Interessanteres zu sehen gewesen wäre als der ständige Rauch und Nebel, die abblätternden Fassaden der Häuschenreihe gegenüber und gelegentlich eine Gestalt, die schnell über das Pflaster huschte. Jeder in der Goldmachergasse schien geduckt zu gehen und sich zu beeilen; das Verhalten der Bewohner trug dazu dabei, dass man sich in einem Reich wähnte, das nur halb real war und in dem die Lebenden mit den Geistern der Toten um die Wette spukten.

Halb real, dachte Andrej. Mehr ist es auch nicht. Alle hier leben von der Gnade des Kaisers – oder besser gesagt: von seiner Verrücktheit. Morgen kann es ihm einfallen, alles hier niederreißen zu lassen oder alle hilflos rätselnden Astronomen, ergebnislos forschenden Alchimisten, Unsinn schwätzenden Traumdeuter, fälschenden Raritätensammler und meine eigene jämmerliche Wenigkeit in Käfige zu stecken und im Hirschgarten aufzuhängen, um uns dort beim Verrotten zuzusehen. Er dachte an den Mann, den er heute wieder in seiner Sammlung aufgesucht hatte – das erste Mal nach Wochen der Abstinenz. In der warmen Jahreszeit gab es Wochen, in denen er dem Kaiser näher war und ihn öfter sah als jeder seiner Höflinge, einschließlich seiner Familie oder seiner seit Jahren einsam resignierenden spanischen Verlobten; nicht, dass diese Nähe dazu geführt hätte, dass Andrej seine Angst verlor, ganz im Gegenteil. An manchen Tagen sah er geradezu den Gefangenen, der im immer grotesker werdenden Körper des Kaisers steckte, aus den Gitterfenstern der wimpernverhangenen Augen spähen, sah er Rudolf von Habsburg, deformiert durch ein Leben der Unterdrückung, der erbarmungslosen Abrichtung, in Ketten gelegt durch die Reflexe der spanischen

Hoferziehung und von Anfang missverstanden, ungeliebt, am falschen Ort, mit der falschen Aufgabe betraut. Und er sah die Verzweiflung, zu der der Geist des Kaisers des Heiligen Römischen Reichs geronnen war, aus den wässrigen Pupillen starren. An diesen Tagen wartete Andrej darauf, dass sich das unförmige Monster, das vor ihm in den Kissen lag, plötzlich brüllend über ihn wälzen und ihn verschlingen würde; er brauchte alle seine Kraft, um seine Stimme ruhig und sein Gesicht ausdruckslos bleiben zu lassen. Kaiser Rudolf war an drei von sieben Tagen vollkommen unzurechnungsfähig, aber mit der Schlauheit der Verrückten durchschaute er sofort, welche Gefühle sein Gegenüber beherrschten, wenn man sich nicht sehr vorsah. Andrej war nicht sicher, was der Kaiser, wenn er die Todesangst seines *fabulator principatus* gespürt hätte, getan hätte, und er wollte es nicht darauf ankommen lassen, es herauszufinden.

Kaiser Rudolf war heute nicht in seiner Sammlung gewesen, sondern hatte im Bett in seinem Schlafzimmer gelegen. Er schien friedlicher Stimmung gewesen zu sein, denn er hatte sogar seinem Leibarzt erlaubt, ihn zu untersuchen. Ein wochenlanger Anfall von völliger Ablehnung jedweder Körperhygiene war vor wenigen Tagen zu Ende gegangen, die Mägde hatten die Decken, Bettvorhänge und die Teppiche verbrannt und dafür gesorgt, dass Ersatz kam, hatten die Fenster geöffnet und in einem zweitägigen Kampf den Sieg über den Gestank nach verfaulender Scheiße, gangränöser Haut, schwärenden Körperfalten und verkästen Geschlechtsteilen davongetragen, der zuvor in jedem Winkel des Palastes zu riechen gewesen war. Des Kaisers Schlafzimmer hatte geradezu frisch geduftet, als Andrej eingetreten war; mit nur einem leichten Oberton nach aufgebrühten Kräutern und Alkohol und einer weiteren Note, die kaum zu spüren war und sich nur dann bemerkbar machte, wenn man sich dem Bett des Kaisers näherte – etwas wie verbranntes Haar oder heiß gewordenes Horn, ein Duft, der sich eher in der Kehle als in der Nase bemerkbar machte und der einen zum Erbrechen reizen würde, wenn er stärker würde. Doktor Guarinoni behandelte Andrej mit äußerster Verachtung, aber da er allen und jedem außer seinem Patienten mit demselben monumentalen Ausmaß an Verachtung begegnete, fühlte Andrej sich in seiner Nähe fast wie in der Gegenwart eines Freundes. Der Arzt drückte Andrej einen gepichten Beutel in die Hand, der oben zugebunden war und sich eiskalt anfühlte.

»Seine Majestät klagen über Hitze und Schmerzen im Unterkiefer«, brummte Guarinoni. »Drücken Sie ihm das aufs Kinn, wenn er danach verlangt, aber passen Sie auf – zu großer Druck verursacht ihm ebenfalls Schmerzen.«

»Was fehlt ihm?«, raunte Andrej.

Der Arzt musterte ihn mit einem Blick, der besagte, dass es gleich war, wie einfach auch die Erklärung ausfiele, für ihn, Andrej, wäre sie Meilen außerhalb jeglichen Verständnisses. Andrej wusste, dass Bartholomäus Guarinoni alle möglichen Amphibien und Insekten sammelte und in alkoholgefüllten Flaschen aufbewahrte; er stellte sich vor, dass derselbe Blick einen Frosch traf, der die Kühnheit besaß, fragend zu quaken, während der Arzt sein konservierendes Grab vorbereitete.

»Etwas frisst seine Knochen auf«, sagte Guarinoni schließlich. Er hielt Andrej eine Hand unter die Nase. Von der Hand stieg der Geruch nach zerstörtem Horn auf, dessen Hauch auch in der Luft lag. Andrej prallte zurück. »Sie riechen nachher genauso, keine Sorge«, sagte Guarinoni. »Sie können den Kühlbeutel gar nicht mit so spitzen Fingern anfassen, dass ihnen der Gestank nicht in die Haut steigt. Sie müssen sich die Hände mit Asche abreiben, bis sie fast wund sind, um ihn abzubekommen. Viel Vergnügen beim Geschichtenerzählen – halten Sie die Luft an, wenn er Sie bittet, ihm ins Ohr zu flüstern.« Der Arzt lächelte kalt und marschierte hinaus.

Danach hatte Andrej zum hundertsten Mal die Geschichte

erzählt, wie sein Vater einem Buch nachgejagt war, das die Weisheit des Teufels enthielt und das ihn und seine Frau das Leben gekostet hatte, während ihr kleiner Sohn nur durch eine glückliche Fügung entkommen war, und fragte sich dabei zum tausendsten Mal, ob es dem Kaiser nicht einmal in den Sinn kam, dass es seinen Ersten Geschichtenerzähler schmerzte zu berichten, wie er zur Vollwaise geworden war.

Und jetzt saß er wieder in seiner winzigen Kerkerzelle von Haus, starrte in den trägen Tanz der Rauchschwaden und fror, ein weiterer Tag in der Kette aus stumm schreiender Qual, Einsamkeit und Langeweile, zu der sich sein Leben reihte. Es gab Gelegenheiten, da hätte er sich am liebsten mitten in die Gasse gestellt, die Ohren zugehalten, Mund und Augen aufgerissen und geschrien, geschrien, geschrien, bis ihm die Halsschlagader platzte oder das Herz stillstand. Der Kaiser hatte kein einziges Wort gesprochen, hatte nur dagelegen mit halb offen stehendem Mund, hatte aus dem Mundwinkel gesabbert und ab und zu ein Geräusch gemacht, das ein Stöhnen hätte sein können. Andrejs Hand war halb erstorben, während sie den Eisbeutel hielt, und er hatte die ganze Zeit über so flach geatmet, dass er fast zu ersticken meinte, obwohl der Geruch auch in unmittelbarer Nähe des Kaisers nicht schlimmer war als direkt bei der Tür. Nachdem er die Schlafkammer verlassen hatte, hatte er vorsichtig an seiner Hand geschnuppert. Sie hatte keinerlei Geruch angenommen. Der Arzt hatte ihn angelogen, oder er hatte seinen Patienten mutiger angefasst, als Andrej es gewagt hatte, und daher mehr von dem Duft in seine eigene Haut gerieben. Mit dem Gefühl, einmal mehr der Trottel gewesen zu sein, war Andrej nach Hause geschlurft.

Unvermittelt ging ihm auf, dass die Schritte, die er vor einer kleinen Weile vom Palast her kommen gehört hatte, seine Tür nicht passiert hatten. Er hatte auch keine der Türen in den nächsten beiden Nachbarhäusern gehört, aus denen die Geräusche bis in sein eigenes Domizil drangen. Schlagartig brach ihm der Schweiß aus. Das war der Augenblick, den er gefürchtet hatte seit dem Tag, an dem Oberstlandrichter Lobkowicz ihn aus Giovanni Scotos Hütte hatte schleppen lassen: Kaiser Rudolf hatte entweder das Interesse an ihm und seiner Geschichte verloren, oder er war gestorben. In jedem Fall hatte er ihn der Gnade der Schakale überlassen, die Andrej dafür hassten, dass sein Aufstieg am Hof nicht über jahrzehntelanges Buckeln erfolgt war, und die jetzt das Urteil an ihm vollzogen, das seit damals nur aufgeschoben war: an eine Leiter gebunden über den Köpfen des Volkes zu schweben und dem Henker dabei zuzusehen, wie er einem die Bauchdecke aufschlitzte, einen Haken in das Gewickel der Därme steckte und dann an der Winde drehte, mit der der Haken über eine Schlachterkette verbunden war. Andrej saß starr. In seinen Ohren rauschte das Blut, als höre er bereits sein eigenes wahnsinniges Schmerzgebrüll.

Das Pochen an der Tür ließ ihn auffahren. Die Instinkte gewannen die Oberhand über ihn. Er stieß den Stuhl um, krabbelte über den Tisch und riss wie verrückt an den Fensterflügeln. Der Krug hüpfte über den Tisch, machte einen vollendeten Salto und krachte auf den Boden; das Wasser spritzte auf, die Eisschicht rollte als fingerdicke Scheibe zum Kamin und fiel dort graziös auf die Seite.

Die Fenster waren eingefroren. Andrej zerrte daran, dass der Tisch auf seinen vier Beinen zu scharren begann und der zweite Stuhl umstürzte. Die Eingangstür öffnete sich; Andrej stöhnte in blinder Panik und sprang auf, stand breitbeinig und halb gebückt auf seinem Tisch und spannte die Arme, um die Fensterstöcke aus der Wand zu reißen. Nichts wie hinaus! Dass er – weil seine beiden einzigen Fenster auf die Gasse hinausführten – lediglich seinen Häschern in die Arme fliehen würde, kam ihm nicht in den Sinn. Die Fenster klemmten immer noch und widersetzten sich seinen Kräften.

»AaaaaahgottverfluchteschweineBIESTER!«, kreischte Andrej.

Er merkte, dass jemand hereingekommen war. Aus, dachte er. Aus dem Augenwinkel glaubte er den weißen Schopf des Oberstlandrichters Lobkowicz und die sonnenverfinsternde Gestalt des Reichsbarons Rozmberka zu sehen, ein halbes Dutzend Soldaten hinter ihnen. Seine Hände verloren alle Kraft; plötzlich musste er sich an den Fensterflügeln festhalten, anstatt sie aufzureißen. Er drehte den Kopf und spähte über seine Schulter.

In der immer noch offenen Tür stand eine schmale Gestalt mit einer pelzverbrämten Kapuze über dem Kopf und einem langen, farbenprächtigen Mantel, der auf dem Boden aufstand. Die Gestalt war allein. Sie hob die Hände und nahm die Kapuze ab. Die Gestalt war eine junge Frau mit schmalem, herzförmigem Gesicht, einer geraden Nase, großen Augen und starken, kühn geschwungenen Brauen. Ihr Haar war nach der spanischen Mode streng zurückgekämmt und nach oben gestrichen, wo ein kleiner Hut versuchte, es festzuhalten. Eine Locke hatte sich befreit und fiel ihr dunkelblond in die Stirn. Sie sah zu Andrej nach oben und begann plötzlich zu lächeln.

»Äh –«, sagte Andrej. Er wurde sich bewusst, dass er in geduckter Haltung wie ein Ringer auf seinem Tisch stand und die Griffe an den Fensterflügeln umklammert hielt, dass die Stühle wie gefallene Gegner im Raum lagen und dass das Wasser in den Scherben des Krugs sich mit einer Eisschicht zu überziehen begann. Er ließ die Griffe los und gestikulierte hilflos zum Fenster.

»Klemmt es?«, fragte die unbekannte junge Frau.

Andrejs Hände flatterten zum Fensterkreuz und waren absolut unbrauchbar für die Suche nach einer vernünftigen Antwort. Sie sah zu ihm auf, und ihr Lächeln wurde immer breiter. Andrej wusste nicht, was ihn mehr sprachlos machte: dass es nicht Lobkowicz und Rozmberka waren, dass sich zum ersten Mal überhaupt jemand in sein Haus verirrte oder dass er ausgerechnet zu diesem Anlass wie eine storchenbeinige Vogelscheuche auf dem Tisch stand und sich so eloquent gab wie ein Stück Brot. Er merkte, dass er immer noch in den Knien federte, richtete sich abrupt auf und knallte mit dem Kopf gegen die Decke. Seine Besucherin begann nun zu lachen.

»Wenn Sie das immer tun, um Ihre Besucher zu erheitern, hoffe ich für Ihre Gesundheit, dass Sie nicht oft besucht werden«, sagte sie.

Andrej, der sich den Kopf rieb, angelte mit der anderen Hand nach Halt und erwischte den Fenstergriff. Er drehte sich, und das Fenster ging ohne Schwierigkeiten auf. Nach außen. Im letzten Augenblick hielt sich Andrej an einem Deckenbalken fest. Seine Besucherin schlug die Hände vors Gesicht und lachte, dass ihr die Tränen kamen. Der Instinkt tief in Andrejs Innerem erkannte, dass mit der Rückkehr des Kameraden Vernunft so bald nicht zu rechnen war, und übernahm das Kommando. Andrej kletterte steifbeinig vom Tisch und blieb dann vor ihr stehen. Sie reichte ihm kaum bis zum Brustbein und sah selbst in der ausladenden spanischen Tracht jung und zart aus.

»Ähem«, sagte er.

Sie hörte zu lachen auf. Andrej schluckte. Ihre Mundwinkel tanzten verräterisch, aber sie blieb ernst.

»Wollten Sie zum Fenster hinaus?«, fragte sie.

»Nein, ich – nur ein bisschen frische Luft hereinlassen –«

»Mir scheint, hier drin ist es kälter als draußen.«

»Ah –«

»Es sah wie ein Ringkampf aus. Wollten Sie die Fensterflügel aufziehen? Sie öffnen sich nach draußen, wie die Tür.«

»Gestern noch nicht«, sagte Andrej mit einem letzten Rest von Geistesgegenwart.

Sie lachte erneut. Es war so verblüffend, dieses Geräusch hier in diesem kalten Grab von einem Haus zu hören, dass Andrej blinzelte.

»Lachen Sie doch auch«, sagte sie schließlich. »Ich lache Sie ja nicht aus, sondern *wegen* Ihnen.«

»Na ja«, sagte Andrej. Das Lächeln wollte ihm nicht gelingen. Er starrte wie ein Tölpel in ihr Gesicht, ihre Augen, starrte ihre Brauen an, die amüsiert über ihre Stirn zuckten und sich an den äußeren Ecken sacht nach oben wanden wie die Flügel einer Möwe.

»Sind Sie Andrej von Langenfels?«

»Ja«, sagte er hastig, nachdem er gemerkt hatte, dass er eine volle Sekunde lang keine Antwort auf ihre Frage gegeben, sondern sie nur mit gefurchter Stirn angegafft hatte. »Ja. Bin ich.«

Sie reichte ihm eine Hand in einem hellen Lederhandschuh, und er ergriff sie und schwang sie wie einen Pumpenschwengel, bis ihm etwas ins Ohr flüsterte, dass man es mit Damen anders machte. Daraufhin beugte er sich nach vorn, um einen Kuss auf den Handrücken zu drücken, und knallte mit der Stirn gegen ihren Scheitel. Sie taumelte, aber noch im Taumeln lachte sie.

»Um Gottes willen!« Andrej fuhrwerkte im Raum herum, stellte einen Stuhl auf, schob ihn ihr förmlich unter den Hintern, so dass sie darauf niederplumpste, und irrte dann auf der Suche nach dem Wasserkrug umher, bis er in die Scherben trat.

»Ich habe das Gefühl, seit Jahren nicht so gelacht zu haben«, sagte sie außer Atem und rieb sich die Stelle, wo Andrej sie getroffen hatte.

»Entschuldigen Sie, ich wollte nicht – Es tut mir so schrecklich leid. – Ich habe – Ich bin sonst –« Andrej verstummte und seufzte. Plötzlich gab er sich einen Ruck, fischte den zweiten Stuhl vom Boden auf, schob ihn unter den Tisch, trat einen Schritt zurück und machte eine Verbeugung wie die, die er im Ballsaal gesehen hatte.

»Ich bin Andrej von Langenfels. Wie kann ich Ihnen dienen?«

Sie lächelte ihn weiterhin an, doch dann begann das Lächeln zu verblassen. Bestürzt erkannte Andrej, dass Tränen in ihre Augen stiegen.

»Sie können mir sagen, was aus meiner Mutter geworden ist«, sagte sie und schluckte.

»Wie könnte ich das tun?«, fragte Andrej.

»Setzen Sie sich, setzen Sie sich doch. Sie sind – Ich muss unbedingt – Nein, ich muss anders anfangen.«

Sie griff in ihren Mantel und holte ein kleines Kästchen hervor. Als sie es aufklappte, sah Andrej darin einen Siegelring liegen, der um zwei ihrer Finger passen musste. Das Siegel war eine komplizierte Angelegenheit aus inversen Schnörkeln und Runen. Er sah seine Besucherin ratlos an. Sie klappte das Kästchen zu und steckte es weg.

»Ich bin Jarmila Anděl«, sagte sie. »Mein Urgroßvater war Achylles Anděl aus Opotcno.«

Andrej zuckte mit den Schultern.

»Sie kennen meine Familie nicht. Ist auch kein Wunder.« Die junge Frau machte ein finsteres Gesicht. »Wir waren die Grundherren über Opotcno und Olessna, aber mein Urgroßvater hat sich so verschuldet, dass er vor fast siebzig Jahren alles für ein paar Kopeken verkaufte. Seitdem sind wir verarmt.«

Andrej bemühte sich vergeblich, ihr zu folgen. Sie schien es ihm anzumerken, denn sie schüttelte sich. Gleichzeitig zog sie den Mantel enger um die Schultern. Sie nestelte umständlich einen Handschuh von den Fingern und fuhr damit über die Tischplatte. »Sagen Sie, diese Geschichte – stimmt sie wirklich?«

»Welche Geschichte?«

»Die Seine Majestät der Kaiser ständig von Ihnen hören will?«

Andrej lehnte sich in seinem Stuhl zurück. Misstrauen machte seine Stimme rau. »Woher wissen Sie davon?«

»Ich hab es schon wieder falsch angefangen«, erklärte sie mit gesenktem Blick. »Es tut mir leid – ich bin so aufgeregt und so ungeschickt.«

»Diese Geschichte kennen nicht viele Leute«, sagte Andrej.

»Mehr, als Sie denken. Sie ist sogar bis zu mir gedrungen.«

»Bis nach Olessna?«

»Wir leben nicht mehr in Olessna, seit meine Familie dort alles verloren hat. Ich genieße die Gnade einer entfernten Tante, die Besitz in der Nähe Prags hat.«

»Sie allein? Was ist mit Ihren Eltern?«

»Sehen Sie, ich habe das vollkommen falsch angepackt. Darf ich noch mal anfangen?«

Andrej machte eine hilflose Geste. »Bitte!«

»Aber, Herr Langenfels – entschuldigen Sie, ich will nicht unhöflich sein, und vielleicht bin ich nur verweichlicht, aber – es ist bitterkalt bei Ihnen. Ich erfriere.«

»Warten Sie, ich mache ein Feuer.« Sie sahen beide zu der Ecke neben dem Kamin, wo zwei, drei dünne Äste lagen. »Äh –«

»Darf ich Sie in mein Haus einladen? Keine Sorge, es ist schicklich. Ich habe Dienerschaft.«

»In das Haus Ihrer ... Tante?«

Sie lachte plötzlich. »Nein, das wäre zu weit außerhalb. Meine Großtante hat mir zugestimmt, als ich ihr sagte, ich hätte von Ihnen gehört und wollte versuchen, das Schicksal meiner Mutter zu klären. Sie hat mir eine kleine Apanage gegeben, damit ich für ein paar Wochen ein Haus hier in Prag mieten kann. Es ist auf der Kleinseite, nicht weit vom Hradschin.«

»Das Schicksal Ihrer Mutter?«

Jarmila stand auf und zog den Handschuh wieder an. »Kommen Sie«, sagte sie kurz entschlossen. »Mein Wagen wartet im ersten Burghof. Ich lasse Sie wieder hierher zurückfahren, machen Sie sich keine Sorgen über den Rückweg.«

»Sie haben einen Wagen?«

»Meine Großtante hat ihn mir geliehen.«

»Ich folge Ihnen mit Vergnügen, Gnädigste«, sagte Andrej.

Auf dem Kutschbock saßen zwei vermummte Gestalten und würdigten Andrej keines Blickes. Jarmila kletterte in den Wagen und winkte Andrej, ihr zu folgen.

Im Inneren des Gefährts war es stickig kalt und roch nach altem, muffig gewordenem Leder. Sie zog an einer Schnur, und von draußen ertönte das Kommando des Wagenlenkers an die beiden Pferde. Das Fahrzeug setzte sich mit einem Ruck in Bewegung und holperte über das bucklige Pflaster des ersten Burghofs. Andrej rückte vom Fenster ab.

»Wir können die Vorhänge nicht zuziehen«, sagte Jarmila. »Jedenfalls nicht, wenn wir nur zu zweit hier sind. Es schickt sich nicht.«

»Keine Sorge«, sagte Andrej und kauerte sich in seinen dünnen Mantel. Jarmila saß ihm gegenüber und musterte ihn.

»Ich bedauere, dass ich Sie so aus Ihrem Tag gerissen habe und alles … Ich bin sehr selbstsüchtig.«

»Ein bisschen Pause kann nicht schaden bei all der Arbeit, die ich zu Hause habe«, sagte Andrej.

»Oh, das tut mir so leid. Es hatte nicht so ausgehen, und daher dachte ich, – Sie hätten jederzeit ablehnen können, wissen Sie.«

»Es war ironisch gemeint«, sagte Andrej und lächelte.

Sie blinzelte verwirrt, dann erwiderte sie sein Lächeln. »Oh. Na gut.«

»Wieso haben Sie zwei Lenker auf dem Bock? Fürchten Sie einen Überfall – hier in den Gassen der Stadt?«

»Ich weiß nicht – muss ich einen fürchten?«

»Wenn Sie bestimmte Viertel während der Nachtzeit meiden, dann nicht.«

»Welche Viertel wären das?«

»Alle.«

Sie starrte ihn an. Andrej fühlte sich leicht im Kopf. Er konnte nicht aufhören zu lächeln.

»Das war wieder Ironie«, sagte sie.

»Nein.«

»Sie wollen mir Angst machen. Ich bin erst seit kurzem hier in der Stadt.«

»Angst würde ich Ihnen machen, wenn ich Ihnen sagte, dass man bestimmte Viertel auch bei Tag meiden sollte.«

Ihre Augen waren groß. »Und – muss man das?«

»Natürlich«, sagte er und lachte. Sie lachte ebenfalls, obwohl sich auf ihrer Stirn eine Falte zeigte.

»Alle?«, fragte sie.

»Fast.«

»Wie gut, dass ich Sie bei mir habe.«

»Ich fürchte, ich wäre kein großer Kämpfer.«

»Nein, ich meine zum Abwerfen von Ballast. Wenn ich Sie aus dem Wagen stoße, können wir viel schneller fliehen.«

Andrejs Mund blieb offen. Sie brach in schallendes Gelächter aus. »Jetzt sind wir quitt.«

»Äh –«

»Mit Ihnen kann man lachen«, sagte sie. »Das ist schön.«

»Wozu ist dann der zweite Mann auf dem Bock?«

»Beachten Sie ihn gar nicht. Meine Großtante hat ihn mir aufgedrängt. Es ist unser Hauskaplan. Er ist sehr griesgrämig und würde bestimmt versuchen, Sie zu einem Leben in Askese und Kasteiung zu überreden.«

Darin bin ich ohnehin Experte, dachte Andrej. In Gegenwart Jarmilas hatte der Gedanke jedoch keinen Stachel. Obwohl der Wagen holperte und es erbärmlich durch die offenen Fenster zog, fühlte er sich beinahe wohl. Wir haben hier aber keine phantastischen Hoffnungen, oder?, fragte er sich. Andrej lächelte in sich hinein. Nein, antwortete er sich selbst. Sie ist einfach nur ein anderer Mensch, der nicht vor meiner Gegenwart flieht. Halt den Mund und genieße es.

»Wir könnten *ihn* über Bord werfen, wenn wir verfolgt werden«, sagte Andrej.

»Man würde ihn uns zurückwerfen«, sagte sie.

Sie sahen sich an. Beide platzten heraus.

Der Wagen rollte in der einsetzenden Dämmerung den steilen Weg vom Hradschin hinunter. Die Pferde scheuten und schnaubten vor jeder der steilen Kehren. Aus dem Inneren des Verschlags drang das helle Lachen zweier junger Menschen. Die beiden vermummten Gestalten auf dem Bock bewegten sich nicht. Angesichts der Fröhlichkeit im Wageninneren schienen Düsterkeit und Kälte draußen noch schlimmer zu werden, als gönnten sie den Insassen drinnen nicht, dass das Lachen sie für ein paar kostbare Momente in Licht und Wärme hüllte.

Jarmila Anděl hatte übertrieben, was das Personal anging. Außer dem Wagenlenker, der mit seinem Gefährt verwachsen oder zumindest auf und in ihm zu leben schien, gab es noch eine rundliche, ältere Frau von kühlem Ausdruck und den Hauskaplan, ein magerer Vogel, der sich wortlos in die entfernteste Ecke des kleinen Saals setzte, welcher das Obergeschoss von Jarmilas Haus bildete. Anders als in Andrejs Behausung brannte hier ein Feuer im Kamin. Obwohl es noch immer so kalt war, dass man den Mantel ohne weiteres anbehalten konnte, schien es Andrej im Vergleich doch mollig warm. Er sah sich unschlüssig um.

»Ich lasse gewärmten Wein kommen«, sagte Jarmila. »Der wird uns wieder auftauen.«

Andrej nickte. Auf der Herfahrt hatte er sich ihr seltsam nahe gefühlt; jetzt, in ihrem Haus, war er beklommen. Jarmila schien es zu spüren. Sie stand einen Augenblick verloren im Raum, dann nahm sie kurz entschlossen einen der Hocker und schob ihn Andrej hin. Sie bückte sich zu einer zweiten Sitzgelegenheit.

»Schieben wir sie vor das Feuer«, sagte sie.

Als die Wärme der Flammen auf Andrejs Wangen brannte, konzentrierte er sich auf sein Gegenüber. Jarmilas Gesicht glühte im Feuerschein, in ihren Augen tanzte Gold. Sie hatte den Mantel von ihren Schultern gleiten lassen und saß jetzt in ihrem steifen spanischen Oberteil und ihrem ausladenden Rock da wie eine Puppe. Die Eisen- und Fischbeinstäbe ihres Korsetts pressten ihren Oberkörper in eine knabenhafte Form; die Taille wirkte, als könnte Andrej sie mit beiden Händen umfassen. Statt der Halskrause trug sie einen links und rechts hoch aufgestellten Kragen, von dem Andrej zuerst gedacht hatte, er gehöre zu ihrem Mantel. Wenn sie sich bewegte, knarrte ständig etwas an ihr. Angesichts der Lagen Stoff, die sie trug, fühlte Andrej sich beinahe nackt. Sie fing seinen Blick auf und errötete noch mehr. Unwillkürlich zog sie die Beine enger an den Leib und verschränkte die Hände im Schoß.

»Dieses Kleid macht mich hässlich«, flüsterte sie.

»Nichts könnte Sie hässlich machen«, flüsterte er zurück.

Sie lächelte flüchtig und starrte dann ins Feuer. Ihre Blicke trafen sich erst wieder, als der Wein gebracht war und sie sich zutranken. Der Wein war schwer von Gewürz, und die alte Frau schien dem Wasser hier mitten in der Stadt zu misstrauen, denn sie hatte den Wein ohne Verdünnung erwärmt. Hitze stieg in Andrejs Magen auf wie eine Sonne. Er stellte den Becher vorsichtig ab.

»Was wollen Sie mir erzählen?«, fragte er.

Sie zögerte und nestelte an der Verschnürung ihres Oberkleids. »Mein Vater ist vor zwei Jahren gestorben«, sagte sie schließlich zögernd. »Bis dahin lebte ich im Glauben, dass meine Mutter an einer Krankheit gestorben sei, als ich noch ein Säugling war. Mein Vater erzählte mir auf dem Totenbett, dass das eine Lüge gewesen war.« Unvermittelt stiegen Tränen in ihre Augen. »Verstehen Sie – er hat mich so sehr geliebt, dass er nicht wollte, dass ich meine Tage mit dem Rätseln über ihren Tod zubrachte. Daher log er mich an – aus Liebe.«

Andrej räusperte sich. Sie brauchte eine Weile, bis sie sich beruhigt hatte. Aus dem Augenwinkel nahm Andrej wahr, dass der Kaplan den Kopf hob und zu ihnen herüberspähte, sich dann aber wieder in die Bibel vertiefte, die vor ihm lag.

»Sind Sie Protestant oder Katholik?«, fragte Jarmila.

Andrej zuckte mit den Schultern. »Ich habe an Konfessionsfragen kein Interesse.«

»Sie müssen sich zu einer Seite bekennen.«

»Vor Ihnen?«

»Vor Gott.«

»Glauben Sie wirklich, dass *Gott* sich für Konfessionen interessiert?«

»Meine Familie war immer katholisch«, sagte Jarmila leise. »Aber nach dem, was mein Vater mir erzählte, dachte meine Mutter wie Sie. Wir hatten zwar unser Vermögen verloren, aber in der ganzen Gegend nordöstlich von Prag hatte unser Name noch lange danach einen guten Klang. Meine Mutter nutzte diesen Namen, um sich für die Verständigung zwischen Katholiken und Protestanten einzusetzen. Sie gewann viele Damen von Stand für ihre Pläne und reiste mit ihnen alle bekannten Klöster ab, um mit den Äbten und Prioren zu sprechen und um Unterstützung für die Familien zu bitten, die in Not geraten waren – es waren vor allem die Kinder, deren Eltern umgekommen oder ermordet worden waren, die ihr am Herzen lagen. Mein Vater hat gesagt, dass sie immer erklärte, für Kinder gebe es keine Konfession und kein Ketzertum, sondern nur die Reinheit ihrer Seelen, die Gott so geschaffen hat.«

Andrej spürte, wie eine Saite in ihm anklang. Er bemühte sich, den Schmerz zu unterdrücken, den ihre Worte in ihm geweckt hatten. Für Kinder gab es nur die Reinheit ihrer

Seelen und die Allmacht ihrer Liebe zu den Menschen, zu denen sie gehörten. Diese Macht war für niemanden stärker zu spüren als für den, der alle diese Menschen verloren hatte. Er blickte in ihre in Tränen schwimmenden Augen und ahnte, dass auch seine Augen feucht waren. Was das Schicksal betraf, waren sie sich ähnlich: wem immer ihrer beider Liebe gegolten hatte, sie waren alle tot.

»Meine Mutter kehrte im Herbst nicht mehr zurück«, sagte Jarmila. »Im Herbst des Jahres, in dem das grässliche Massaker an den Hugenotten in Paris stattfand. Sie war mit einer Gruppe von fast einem Dutzend anderer Frauen unterwegs gewesen. Einige der Frauen hatten Kinder dabei, eigene oder Waisen, die sie angenommen hatten. Mein Vater wartete auf sie bis kurz vor Weihnachten, dann wusste er, dass etwas passiert war. Ich denke, ich war noch zu klein – ich war kaum ein Jahr alt –, doch mein Vater sagte, auch ich hätte gewartet. Als die Wege im Frühjahr wieder passierbar waren, suchte mein Vater nach ihr. Er fand nichts – keine Spuren, keine Gerüchte, gar nichts, weder von ihr noch von den anderen Frauen. Als ich alt genug war, um halbwegs zu verstehen, erklärte mein Vater mir, meine Mutter sei an einer Krankheit gestorben. In Wahrheit ist meine Mutter jedoch verschwunden. Sie ist vor zwanzig Jahren verschwunden, und ... und ...« Jarmila krümmte sich zusammen und schluchzte laut. Andrej versuchte um den Schmerz in seiner Kehle herumzureden, brachte aber kein Wort heraus. Er streckte eine Hand aus, um sie an der Schulter zu berühren, doch er wagte es nicht. Plötzlich ergriff sie blind seine Hand mit Fingern, die nass waren von ihren Tränen, umklammerte sie und drückte sie.

Der Kaplan sah auf und starrte zu ihnen herüber. Andrej verzog das Gesicht und zuckte mit den Schultern. Der Kaplan zeigte keine Regung, doch er kehrte auch nicht mehr zu seiner Lektüre zurück. Durch den ganzen Raum von ihnen getrennt, beobachtete er sie. Er bot kein Wort des Trostes oder wenigstens des Verständnisses an. Andrej spürte, wie tiefe Verachtung für den spröden Mann in ihm aufstieg.

»Seit zwanzig Jahren –«, schluchzte Jarmila, »und jetzt erfahre ich von Ihnen und Ihrer Geschichte, dieser schrecklichen Geschichte, wie Sie Ihre Eltern verloren haben. Und ich habe – und ich dachte – und ich sagte mir –«

»Und jetzt denken Sie, meine Geschichte ist die Lösung für die Ihre – dass es Ihre Mutter und Ihre Begleiterinnen waren, deren Sterben ich gesehen habe und denen auch mein Vater und meine Mutter in den Tod gefolgt sind.«

Sie nickte.

»Wissen Sie«, sagte er, »wissen Sie, dass auch für mich meine Eltern verschwunden sind seit jenem Tag? Ich weiß, dass sie gestorben sind, aber ich habe es nie gesehen. Meine Mutter war ein Schatten unter Schatten, und meinen Vater habe ich zuletzt gesehen, als er in ein baufälliges Klostergebäude trat mit seinem üblichen beschwingten Schritt, als sei die Welt ein Obstbaum und er brauche ihn nur zu schütteln.«

Ihre Hand drückte noch fester zu. Dann zog sie die seine zu sich heran, drückte sie an ihre Wange und umklammerte sie mit beiden Händen. Andrej spürte ihren Atem auf seiner Haut, die Nässe ihrer Wangen, die Tränen, die auf seinen Handrücken liefen. Er schluckte und wusste nicht, was er hätte sagen sollen, ahnte zugleich, dass es ihr ging wie ihm: es gab nichts, das ein Außenstehender zu diesem Schmerz hätte sagen können.

Als er aufsah, stand der Kaplan neben ihnen.

»Es ist spät«, sagte er. »Du musst gehen, mein Sohn.«

Andrej gestikulierte hilflos und wütend zugleich mit der freien Hand. »Ich kann sie doch jetzt nicht allein lassen«, sagte er.

»Es gibt nichts, was du für sie tun kannst, mein Sohn«, sagte der Kaplan.

»Wir könnten gemeinsam versuchen, herauszufinden, wo das Kloster liegt, in dem ihre Mutter und meine Eltern umkamen!«, stieß Andrej hervor. »Ich war dort – ich weiß nur nicht, wo ich war.«

»Gute Nacht, mein Sohn«, sagte der Kaplan und starrte ihn an.

Andrej spürte, wie Jarmila ihren Griff löste. Er wandte den Kopf und sah sie an. Ihr Gesicht war nass, ihre Schminke zerlaufen und ihre Nase und Wangen rot und geschwollen. Er atmete unwillkürlich ein, als er erkannte, wie schön sie in Wahrheit war, und die Schwingungen von Verlust, Schmerz und Angst, die von ihr ausgingen, trafen ihn über ihre äußere Schönheit hinweg.

»Ich komme zurecht«, sagte sie und ließ seine Hand los. »Der Schmerz ist immer noch –« Sie schluckte und räusperte sich. »Hochwürden kennt das schon, nicht wahr?«

Der Kaplan neigte stumm den Kopf.

»Sie müssen gehen, Andrej«, sagte sie.

»Ich bringe dich hinaus, mein Sohn«, sagte der Kaplan. Verwirrt stand Andrej auf und folgte dem mageren Kirchenmann. Als er schon fast durch die Tür war, fielen ihm seine Manieren ein, und er drehte sich um. Jarmila saß auf dem Hocker neben dem Feuer, ein Häuflein Elend in einem prachtvollen Kleid wie ein Panzer, und sah ihm nach. Er verbeugte sich. Sie lächelte flüchtig.

»Hier entlang«, sagte der Kaplan.

Der Wagenlenker saß auf dem Bock, als hätte er sich nie von dort wegbewegt. Er gab mit keiner Regung zu verstehen, dass er Andrej wiedererkannte oder was er davon hielt, noch einmal eine Fahrt durch Nacht und Kälte zum Hradschin hinauf unternehmen zu müssen.

»Mein Schützling macht sich große Hoffnungen«, sagte der Kaplan, als Andrej sich zu ihm umdrehte, um sich zu verabschieden.

»Vielleicht kann ich ihr helfen. Ihr und mir selbst«, flüsterte Andrej.

»Geh mit Gott, mein Sohn«, sagte der Kaplan. Zu Andrejs Überraschung verschwand er ohne ein weiteres Wort im Inneren des dunklen Hauses.

Andrej kletterte in die Kutsche. Er war so aufgewühlt und durcheinander, dass er die Kälte in ihrem Inneren nicht empfand. Der Wagen schaukelte, als er sich auf die Lederbank plumpsen ließ. Unwillkürlich spannte er die Muskeln an und erwartete den Ruck, mit dem der Kutscher losfahren würde, doch sie bewegte sich nicht. Ratlos wartete er ein paar Sekunden ab. Hatte der Mann auf dem Bock vergessen, wohin er ihn bringen musste? Er lehnte sich aus dem offenen Fenster.

»Was ist los?«, fragte er halblaut.

Der dunkle Umriss des Wagenlenkers beugte sich zu ihm herab und deutete mit einem Daumen. Andrej folgte dem Fingerzeig.

Im Obergeschoss war ein Fenster geöffnet worden; der rechteckige Umriss flackerte und zitterte rot von seiner einzigen Beleuchtung, dem Feuer im Kamin. Andrej konnte erkennen, dass Jarmila sich aus dem Fenster lehnte. Ihre Blicke trafen sich.

Jarmila legte einen Finger auf die Lippen und winkte mit der anderen Hand.

Andrej öffnete den Verschlag wie im Traum und kletterte hinaus.

Er hatte seinen Fuß kaum auf die Gasse gesetzt, als der Wagen mit Kettengeklirr und Hufgeklapper anfuhr. Ohne ihn eines Blickes zu würdigen, ließ der Lenker die Zügel auf die Rücken der Pferde knallen. Andrej starrte ihm nach. Der Wagen schlug die Richtung zum Hradschin ein.

Er sah wieder nach oben. Jarmila blickte reglos zu ihm herab. Er glaubte zu sehen, dass sich eine weitere Locke aus ihrem Schopf gelöst hatte und in der Zugluft tanzte. Er schluckte, doch sein Herz machte einen Sprung und pochte bis in seine Fingerspitzen, als er die Treppe hinaufrannte.

Seit den Tagen seiner Gassenexistenz war Andrej es gewöhnt, für alles zu bezahlen. Er hatte beim Bettlerkönig dafür bezahlen müssen, dass dieser ihn in seine Kolonnen schmuggelte und nicht den Behörden anzeigte; die Bezahlung hatte darin bestanden, dass er alles, was er ergattert hatte, zu hundert Prozent hatte abliefern müssen, anstatt die Hälfte behalten zu dürfen, und dass von der Gnade des Bettlerkönigs abhing, was dieser ihm zurückgab, um ihm das Überleben zu ermöglichen. Er hatte bei den anderen Gassenkindern dafür bezahlen müssen, dass sie ihn in ihre Mitte aufnahmen; auch hier hatte die Bezahlung aus einer Art Zehnten des von ihm Erbettelten bestanden, der nicht weniger wucherisch war als der des Bettlerkönigs.

Mit den Jahren hatte sich sowohl die Art der Schuld als auch die der Bezahlung geändert. Der Bettlerkönig gab sich mit der Hälfte aller Einnahmen zufrieden, nachdem Andrej sich als zuverlässiges Mitglied der Bettlergemeinde erwiesen hatte; unter seinen Kameraden ging es jedoch bald um die Hierarchie. Es gab Orte, an denen das Betteln sich lohnte, und andere, an denen man gezwungen war, zusätzlich zu stehlen, um über die Runden zu kommen. Die älteren und stärkeren Jungen besaßen das Platzrecht über erstere, waren aber für Gegenleistungen bereit, einem minderen Mitglied des Rattenpacks den Ort für einen halben Tag zu überlassen. Nachdem sich Andrej zum ersten Mal mit einem der halbwüchsigen Jungen in eine der fast nachtdunklen Brandgassen zwischen den Häusern gezwängt und sich dort in der stinkenden Finsternis auf gänzlich unbekannte und Abscheu verursachende Art hatte berühren lassen; nachdem er den gezischten Anweisungen seines jugendlichen Herrn und Meisters gefolgt war und seinerseits gekniffen und gerieben hatte; nachdem er hart mit dem Gesicht gegen die Wand gedrängt und ihm die Beinlinge bis zu den Knien herabgezogen worden waren; nachdem er etwas Hartes und Heißes zwischen die Beine geschoben bekommen hatte und ihn plötzlich der Schmerz durchzuckt hatte, als das Harte und Heiße versuchte, in ihn einzudringen; nachdem unvermittelt zähe warme Flüssigkeit an ihm heruntergelaufen war und ein schwerer Körper sich stöhnend und keuchend an ihn lehnte – nach all dem und nachdem sein Bezwinger ihn allein gelassen hatte, hatte er sich in Kot und Abfällen auf dem Boden der Brandgasse zusammengerollt und geweint und nicht imstande gefühlt, auch nur eine Minute der so teuer erkauften Zeit zu nutzen. Doch schließlich besiegte der Hunger die Erinnerung an den Ekel, und er trieb sich mit verbissenem Gesicht in dem ihm zugewiesenen Quadranten herum und erzielte die höchste Einnahme seines bisherigen Bettlerlebens.

Danach versuchte er nur noch einmal, die ihm rangmäßig zustehenden Plätze zu verlassen. Auf der Suche nach einem der älteren Jungen gelangte er zu einer anderen Brandgasse und folgte den Geräuschen, die um eine kleine Biegung in dem engen Gassenschlauch drangen. Unter einem Abtritt, aus dessen unterer Öffnung halbtrockene Kotstalaktiten hingen, erweiterte sich die Brandgasse, und er sah den Jungen, den er gesucht hatte. Seine Beinkleider ringelten sich um seine Knöchel, er kniete auf dem schmierigen Boden und hatte den Mund auf den Schoß eines Mannes gepresst. Der Mann hatte die Finger in das Haar des Jungen verkrallt und stöhnte und keuchte genauso, wie Andrej ein paar Monate zuvor in die Ohren gestöhnt und gekeucht worden war. Dem Jungen auf dem Boden liefen die Tränen aus den Augen, während er versuchte, nicht zu ersticken. Keiner der beiden sah ihn, und Andrej schlich wieder zurück. Er hatte den Mann gekannt – es war einer der Ratsherren gewesen, in dessen Zuständigkeit die Bettler lagen.

Noch später gab es weitere Zahlungsverpflichtungen; etwa an die füllige Witwe, die vom Rat Geld dafür bekam, ein paar der verwaisten Kinder und Jugendlichen in der kalten Jahreszeit unter ihrem Dach zu beherbergen. Die Zahlung erfolgte entweder an die Witwe selbst oder an verstohlen in der Dämmerung hereinschleichende Männer und bestand wiederum aus jungen Seelen. Das Schema hatte sich durchgezogen bis zu Giovanni Scoto, der nicht Andrejs Körper, dafür aber seine Unterwerfung gefordert hatte, und Kaiser Rudolf, für dessen Protektorat Andrej mit der einzigen Erinnerung bezahlte, die ihm etwas wert schien.

All das flog in Sekundenschnelle durch seinen Kopf, als er durch den Saal im Obergeschoss von Jarmilas Haus stolperte und sie, die ihm auf halbem Weg entgegenkam, in die Arme schloss. Dann küsste sie ihn so ungestüm, dass ihm der Atem wegblieb und mit ihm alle Gedanken an ekelhafte Verrichtungen, mit den Füßen in der Scheiße einer engen, stinkenden Brandgasse stehend oder im feucht geschwitzten Bett einer schwabbeligen, grunzenden alten Frau, und der Funke stob auf, der Funke des Lebens, der sich darin äußert, dass auch der Leib nach Vereinigung strebt, wenn sich zwei Seelen gefunden haben.

Andrej und Jarmila taumelten eng umschlungen in ihre Schlafkammer und fielen in eine weiche, warme Gruft aus Federn und duftendem Leinen.

Das Fieber der Berührung des anderen Körpers, nach dem man sich sehnt, erhöht durch die Tatsache, dass der Körper fast unspürbar ist unter dem Panzer der spanischen Mode ... Der Geschmack der Lippen und Zunge des Partners und der Hauch seines Atems, den man mit ihm teilt ... Das Gebausche und Geraschel einer Menge von Stoff und Seide, mit der man einen halben Straßenzug Hausmägde hätte einkleiden können ... Der Versuch, unter der Deckung von Brokat und steif gefälteltem Leinen und hinter dem Gefängnis von Fischbein- und Eisenstäben eine Rundung zu spüren, den menschlichen Körper, der sich stöhnend darin windet ... Zwei Hände, die an

Verschnürungen, Knöpfen, Haken und Bändern zerren, unterstützt von zwei weiteren Händen, die gemeinsam die ganze Unternehmung unmöglich machen, die unter der gegenseitigen Berührung erschauern und sich umtanzen wie vier Falter im taumelnden Brautflug … sich ineinander verschränken und lösen und liebkosen und knisternde Funken miteinander zu tauschen scheinen … Gewisperte Worte, die nicht viel mehr sind als Stöhnen auf der einen und halbes Schluchzen auf der anderen Seite, untermalt vom Knarren und Protestieren des Skeletts des Reifrocks …

»Hier, hier … nein, hier ziehen … küss mich, bitte, küss mich … nein, ich zeig's dir, so musst du ziehen …«

»Jarka, oh, Jarka, du bist so schön, du bist so … ich dachte … ah, du bist so schön …«

»Küss mich!«

Ein paar Knöpfe geben nach, eine Naht reißt …

Die enge Verschnürung des Korsetts löste sich plötzlich. Jarmila holte Atem, die dreieckige Öffnung des Oberkleids, die sich vom Kragen bis zur Taille herunterzog, weitete sich. Jarmila riss sich den Kragen von den Schultern; weitere Knöpfe sprangen auf, eine Handvoll davon prasselte an die gegenüberliegende Wand. Mit fliegenden Fingern schnürte sie an den Bändern des Unterkleids, und Andrej, dessen Hände zitternd an ihrem Oberkörper auf und ab fuhren und in dessen Hirn ein Feuer brannte, das Stein geschmolzen hätte, sah plötzlich weiße Haut, den Beginn der Falte zwischen zwei erbarmungslos zusammengepressten Brüsten. Jarmila zerrte an Oberkleid und Unterkleid, und Andrej erhaschte einen Blick auf rote Pressstriemen in Jarmilas Fleisch, auf zwei Brüste, die förmlich aus dem aufgerissenen Gewand quollen, auf fast wundgescheuerte Brustwarzen. Dann drückte sie seinen Kopf an ihren Busen, und er drückte Küsse auf die geschundene Haut, schmeckte das Salz ihres Schweißes, leckte über einen weichen Bogen und dann über einen harten Knoten, nahm den Knoten zwischen die Zähne und hörte, wie sie den Atem einzog. Seine Hände fuhren in den Ausschnitt, den sie geschaffen hatten, spürten glühende Haut, schlossen sich um die Weichheit ihrer Büste und drückten, fühlten, kneteten, streichelten, entflammten …

Niemand hatte ihm je gezeigt, was zu tun war, um einer Frau Lust zu bereiten. Niemand hatte ihm je gesagt, welche Möglichkeiten es gab, selbst Lust zu empfangen. Es hatte die dicke alte Witwe gegeben, die harte schnelle Stöße bevorzugte und der der Gedanke, dass sich ein halbes Kind voller Abscheu auf ihr abmühte, die eigentliche Lust gewesen war; es hatte viel später die Dirnen gegeben, die aus ganz anderen Gründen harte, schnelle Stöße bevorzugten und deren höchste Zärtlichkeit der klammernde Griff nach unten war, wenn die bezahlte Zeit sich dem Ende zuneigte, der Liebhaber sich aber noch nicht verausgabt hatte. Außer der halben Vergewaltigung in der Brandgasse hatte es nie mehr einen Mann gegeben, auch keinen, der sich seiner in freundlicher Weise angenommen hätte. Andrej war ein Blinder, Tauber und Lahmer, der in eine neue Welt vordrang, von der er nicht einmal eine Beschreibung besaß, und was er tat, flüsterte ihm entweder ein gütiger Gott der Liebe ein oder erriet er aus den Bewegungen Jarmilas. Das Misstrauen, das zu seinem Wesen geworden war, war verstummt: er ließ sich in Jarmila fallen. Die Vorsicht, die ihn in all den Haifischbecken der letzten zwanzig Jahre hatte überleben lassen, war eingeschlafen: er gab sich Jarmila hin. Die Stimme, die nie verstummte und die unablässig geflüstert hatte, seit er ihr am Feuer gegenüber gesessen hatte, sank zu einem noch leiseren Wispern herab und schien zu sagen: *Was soll's!*

Vage spürte er die Schauer, die über seinen Körper liefen, und als sie das Hemd von seinen Schultern gezogen hatte und mit fahrigen Händen über seinen nackten Rücken fuhr, begann er hilflos zu zucken. Ihre Fingernägel zogen sanfte Furchen durch seine Haut. Er stöhnte.

Sie zappelte und wand sich unter ihm. Ihre Bemühungen hatten sie halb aus dem Korsett schlüpfen lassen. Sie quälte sich heraus und schlang die Arme um ihn; er zog ihren nackten Oberkörper an sich und keuchte, als die Berührung von Haut auf Haut tausend Reize in ihm explodieren ließ; ihre Brustwarzen waren zwei harte Punkte, die er in der Sanftheit ihrer Brüste spürte, als sie sich an ihm rieb. Der Reifrock ballte sich um sie herum, eine Festung aus gepresstem Filz und Rosshaar, ein Wallsystem aus starren Reifen. Er versuchte, sie auf Armeslänge von sich zu schieben, weil er sie ansehen wollte, aber sie klammerte sich an ihn. Ihre Hände zogen Funkenspuren über seinen Rücken, fuhren unter die billige Heerpauke, die sich auf seinen Oberschenkeln bauschte, lösten die Bänder von Unter- und Überhose; das lächerliche Kleidungsstück fiel herab.

Andrej hätte lachen und schreien gleichermaßen mögen, während seine Finger hinter ihrem Rücken nicht einmal ansatzweise die Bänder fanden, mit denen er ihren Rock hätte lösen können. Sein Unterleib begann wieder zu zucken, als ihre Hände um sein Gesäß herumstrichen. Die Braguette war zusammen mit der Heerpauke gefallen, das dünne Leinen der Bruche beiseitegeschoben von dem Drängen darunter. Er spürte, wie ihre Hände sich um ihn schlossen; seine Gedanken verwirrten sich. Etwas ballte sich in ihm zusammen, zog alles Fühlen an diese eine Stelle, die sich in ihre Hände schmiegte. Es war, als ob Andrejs Wesen plötzlich ein fühlbarer Schauer geworden wäre, der über seine Haut lief und sich in seinem Schoß zentrierte. Sein Herzschlag setzte aus und seine Lunge bekam keinen Atem, er wollte es aufhalten und wollte gleichzeitig nichts so sehr, als dass es passierte, und dann schoss dieser Schauer aus ihm hinaus, pulste und quoll und nahm sein ganzes Wesen mit sich, leerte ihn aus, ergoss sich in ihre Hände, ergoss sich über ihre Haut, ließ seinen

Körper sterbend zurück und füllte ihn im nächsten Moment erneut mit Leben, das sich heiß und prickelnd in ihm ausbreitete, mit Trommeln und Blitzen in seine Sinne floss. Er hatte das Gefühl zu explodieren und wie ein Kometenschauer in alle Richtungen zu schießen und wieder in sich zusammenzusinken, als das Pulsen verebbte …

Die hilflose Euphorie verging, als ihm bewusst wurde, was geschehen war. Scham wollte seinen Magen umdrehen. Doch dann begann Jarmila zu lachen und sank gegen ihn, ohne ihn loszulassen, er spürte die Nässe, die ihre Finger mit seiner Haut verband, und erkannte, dass sie nicht aufgehört hatte mit ihren Bewegungen und jeder Strich ihm schmerzvoll und lüstern zugleich in den Leib fuhr, und er wusste, dass es das Lachen reiner Freude war, das er von ihr hörte. Er öffnete den Mund, doch sie presste ihre Lippen auf die seinen und schien ihn mit ihrer Zunge ausfüllen zu wollen.

»Jetzt ich«, keuchte sie. »Ich weiß, wie das geht. Ich will das auch … Ich zeige es dir …«

Er sank neben ihr zusammen und sah ihr zu, wie sie ihren Rock löste, beobachtete sie, wie sie sich auskleidete, weil er zu schwach gewesen wäre, um ihr zu helfen, genoss es, ihr dabei zuzusehen, wie sie daranging, ihm ihre letzten Geheimnisse zu enthüllen, und hatte das Gefühl, dass auch sie es genoss.

Dass er ebenfalls bis auf seine Beinstrümpfe nackt neben ihr lag, erfüllte ihn nicht mit Scham; dass sie nicht einmal ihre Hände abgewischt hatte, bevor sie sich an ihren Kleidern zu schaffen machte, dass Streifen von Nässe sowohl zwischen ihren Brüsten als auch in seinem Schoß glitzerten und sie nicht im Geringsten daran Anstoß nahm, erweckte erneute Erregung in ihm.

Als sie zu ihm kam, hatte er seine Eltern, seine Jahre unter den Bettlern, hatte er Kaiser Rudolf und die Geschichte, die dieser immer wieder hören wollte, zum ersten Mal vergessen und war glücklich.

Später in der Nacht erwachte er, weil er sie weinen hörte. Im Halbschlaf zog er sie an sich. Sie schien in ihn hineinschlüpfen zu wollen, so sehr presste sie sich an ihn. Bevor er einschlief, hörte er das Flüstern der Stimme wieder, deren Ratschläge ihn so lange hatten überleben lassen, aber er war für dieses Mal zu müde und zu ausgelaugt, um sich von ihr unglücklich machen zu lassen.

3

SIE HATTEN ES nicht gewagt, ihn umzubringen. Im Lauf der Zeit hatten sie begonnen, sich an ihn zu gewöhnen, und Cyprian hatte die beschämende Entdeckung gemacht, dass es nicht nur reiner Pragmatismus war, mit dem er die Normalisierung des Umgangs der Wachen im Malefizspitzbubenhaus akzeptierte, sondern auch ein großer Teil Erleichterung dabei war. Die Schmerzen der Prügel hatten ihn weniger zermürbt als der Hass, der immer würgender in ihm hochgestiegen war und von dem er ahnte, dass er sich auf die ganze Welt ausdehnen und ihn für immer beherrschen würde, wenn die Brutalitäten nicht aufhörten. Sie hatten rechtzeitig aufgehört. Die Wachen hatten so getan, als sei nichts geschehen, und von einem Tag auf den anderen mit ihm zu scherzen begonnen wie mit allen Langzeitgefangenen, mit denen sie mehr Zeit zubrachten als mit ihren Familien.

Cyprian hatte sich selbst dabei zugesehen, wie er auf ihre Scherze eingegangen war, froh um das Ende der Prügeleien. War er schwach geworden? War er ihnen in den Arsch gekrochen? Cyprian, der es nicht gewohnt war, Dingen aus dem Weg zu gehen, beobachtete sich Tag für Tag dabei, wie er sorgfältig um diese Fragen herumschlich. Er wusste, dass er sich richtig verhielt, wenn er jemals heil hier herauskommen wollte, und war sich zugleich darüber im Klaren, dass auch ein

Bulle wie er niemals vollkommen heil aus der Kerkerhaft entkam. Wenn man an eine Wand gekettet über so lange Zeit hinweg vollkommen von den Launen anderer Menschen abhängig war, zerbrach etwas in einem. Es war keine Frage von Stärke, es geschah einfach. Es war eine Frage von Stärke, mit diesem Bruch sein vorheriges Leben wieder aufnehmen und Vertrauen haben zu können zu Gott, zum Lauf der Dinge und zum Rest der Menschheit.

»No geh«, sagte der Wächter, als er die abendliche Kerkersuppe brachte, »vielleicht is' dir ja wirklich nicht klar, aber wennst den Scharführer höflich fragen tust, gibt er bestimmt nach. Mir sind ja alle Männer, nicht wahr.«

»Nett von dir, Pankraz, aber du verschwendest deine Zeit.«

»Er würd' wahrscheinlich nicht einmal ein Geld von dir verlangen. Er fragt sich schon die ganze Zeit, wie du das aushältst.«

»Sag ihm, dass es hilft, wenn einem in der Nacht die Ratten über den Bauch laufen.«

»Weißt«, sagte Pankraz und rückte näher an Cyprian heran. Er besaß die Freimütigkeit dessen, der zeit seines Lebens gesehen hat, wie Menschen aufrecht in den Raum gegangen sind, den er hinter ihnen verschlossen hat, und wie sie nach unterschiedlich langer Zeit angefangen haben zu kriechen. Jeder Einzelne von ihnen. »Weißt, einmal hatten wir einen, der hat jeden Tag gewichst wie ein Verrückter. Fünf-, sechsmal am Tag, du glaubst es nicht. Der hat seine Kerz'n weniger oft zum Pieseln in der Hand gehabt als zum Nudeln. Irgendwann hat der Scharführer gesagt, der bringt sich noch selber um, der Trottel, irgendwann mal kommt doch bloß noch Blut, und er hat ihm ein Weiberleut in die Zelle geschickt, damit sie ihm einmal zur Hand geht, sozusagen, nicht wahr.«

»Rührend«, sagte Cyprian.

»Nein, eben nicht«, sagte Pankraz und begann zu gackern. Er kauerte sich neben Cyprian und stieß ihn kameradschaftlich gegen die Schulter. »Der Trottel hat sich so hineingesteigert, als wir ihm die Süße geschickt haben, dass ihn der Schlag getroffen hat. Pfeilgerade! Der hat ihn ihr nicht mal mehr reinstecken können. Was glaubst, wie der Scharführer geschwitzt hat, als er das melden musste. Wie bringst du so was der Witwe bei, nicht wahr?«

»Das Leben hat tragische Seiten«, sagte Cyprian.

»Weißt, und drum macht sich der Scharführer Sorgen wegen dir. Weil du dir nämlich nicht einmal einen runterholst in der Nacht. Er sagt, das ist doch nicht normal. Da erstickt man ja an seinem Zeug.«

»Schön, dass ihr euch solche Sorgen um mich macht. Ich nehme an, ihr wechselt euch in der Nacht am Guckloch ab, um sicherzustellen, dass ich die Hand nicht in der Braguette habe.«

»Da brauchen wir nicht zu spionieren«, sagte Pankraz. Er erhob sich seufzend. »Was glaubst, wie lange ich das hier schon mach? Da fällt dir alles auf, was deine Schützlinge treiben.«

»Ich sende dir ein Geschenk, wenn ich wieder draußen bin und du noch hier.«

»No geh«, sagte Pankraz. Er schlurfte hinaus. »Schlechtes Geschäft für mich, Cyprian, weil, weißt, ich bin sicher eher draußen als du.«

»Ja, ja«, sagte Cyprian und winkte dem Wächter, als er die Tür hinter sich schloss. Er hörte ihn davonschlurfen, bis seine scharrenden Schritte verklangen. Stille fiel über die Zelle. Dann wurden die Schritte wieder lauter, kamen bis zur Tür, hielten davor an, der Schlüssel drehte sich, und Pankraz war zurück. Er hatte seinen Helm in der Hand und kratzte sich gleichzeitig am Kopf. Sein Mund stand offen. Cyprian starrte ihn an.

»Was ist los? Schlaganfall in der Nachbarzelle?«, fragte er.

Pankraz schüttelte den Kopf.

»Nein«, stotterte er. »Sollst mitkommen. Du bist soeben freigelass'n word'n.«

4

DAS HAUS IN Prag war kaum anders als das in Wien: zwei Obergeschosse auf einem doppelt hohen Erdgeschoss, ruhend auf den Lager-, Keller- und Verkaufsräumen, gekrönt von einem Dachspeicher; dazwischen: dunkle, kleine Räume, die sich um ein breites, repräsentatives Treppenhaus anordneten und die weniger gemütlich als vielmehr vollgestopft waren mit wertvollen Tischen, Schränken, Kaminverzierungen und unablässig tickenden, tanzenden, sich drehenden, schwingenden, pendelnden, gurgelnden, summenden Uhren, die sich mit den Singvögeln in den Käfigen verbissene Wettbewerbe in der Disziplin lieferten, den Hausbewohnern den letzten Nerv zu rauben. Wo die Schatten in den Räumen am dunkelsten waren, brannten Kerzen und rußten die Wände ein. Es gab sogar mehr Freiheit für Agnes hier als zu Hause: in der Kärntner Straße hatte sie in einem Raum zusammen mit ihrer Magd und zwei jungen Küchendirnen geschlafen und hatte das Zimmer außerdem mit der verwitweten Schwester ihres Vaters geteilt, sobald diese auf Besuch war.

Hier, im Haus beim Goldenen Brunnen, nur einen Steinwurf weit weg von der mächtigen Baustelle des Jesuitenklosters und in einem der ältesten Teile der ganzen Stadt, verfügte Agnes über einen Raum im obersten Geschoss nur für sich und ihre Magd. Der Rest des Gesindes lebte im Dachgeschoss oder im Keller, und das Bett, das in Agnes' Stube stand, war so breit, dass man sich bei einiger Mühe vorstellen konnte, ganz allein darin zu liegen – und wenn man die Angewohnheit der Magd ignorierte, sich in der Nacht herumzudrehen und Agnes dicht an sich heranzuziehen, weil sie im Schlaf vergessen hatte, dass ihr Schützling kein kleines Kind mehr war, das Geborgenheit suchte.

Und dennoch war das ganze Haus für sie ein Gefängnis. Wenn sie zum Fenster hinausstarrte und den Brunnen betrachtete, über dem man einen schmiedeeisernen Käfig errichtet hatte, war ihr zumute, als wäre die Gitterkonstruktion in Wahrheit über ihrem Leben errichtet worden.

Agnes sah blicklos in die Düsternis. Der späte Februar war keine lichte Zeit, schon gar nicht in Prag. Sie lauschte auf die regelmäßigen Atemzüge der ältlichen Frau neben sich und auf das ununterscheidbare Stimmengewirr, das aus der großen Stube im ersten Geschoss zu ihr nach oben driftete. Sie war einmal mehr aus diesem großen Raum geflohen, in dem sich zu den zwei Hauptmahlzeiten des Tages alle Komödianten der Tragödie trafen, die hier aufgeführt wurde; Titel: *Agnes Wiegants Weg In Die Dunkelheit. Ein Trauerspiel In Drei Akten*.

Die Dunkelheit war ihre Zukunft, der Weg dorthin führte über die Hochzeit mit Sebastian Wilfing, und sie war auf diesem Weg schon ein gehöriges Stück vorangekommen. Genau genommen befand sie sich am Ende des zweiten Akts. Der Verrat des Geliebten hatte schon stattgefunden, die Entführung der Heldin ebenfalls. Was blieb, war der Pomp der Hochzeitsfeierlichkeiten, die nach Ostern stattfinden würden, und als Antiklimax das langsame Verlöschen der Heldin in der verhassten Ehe mit einem ungeliebten Gatten, während ihre Gedanken um den Mann kreisten, den sie geliebt und der sie ihrem Untergang ausgeliefert hatte.

Die Mahlzeiten waren kaum erträglich für sie. Sie saß schweigend inmitten des Geplappers von Menschen, die wussten, dass eine unter ihnen Finsternis in ihrer Seele spürte, und die sich dennoch nach Kräften bemühten, so zu tun, als würden sie es gar nicht bemerken. Was war heute das Thema gewesen? Der Frühling wollte dieses Jahr gar nicht kommen. – In Wien würde man schon die ersten Schneeglöckchen sehen. – Es lag an der Kessellage hier in Prag, da konnte die Kälte nicht abziehen. – Der Vorteil war, dass man wenigstens noch nicht im Matsch in den Gassen versank; es ging die Sage, dass in Wien jedes Frühjahr ganze Ochsenkarren samt Zugtieren, Ladung und Lenker im Morast versanken und nie wieder gefunden wurden. – Und wenn dann der erste warme Windhauch kam, zitterten die weißen Blüten, und man wusste, dass der Lenz endlich da war. – Ja, und gleich danach ersaufen deine Schneeglöckchen im Matsch, zusammen mit den Ochsenkarren! AAAAHahaha ... hahahahAAAA – äh? – was ist los, Agnes, iss doch wenigstens was, mein Kind.

In Agnes' Herz würde der Frühling niemals ankommen. In ihm war Winter, seit sie Hals über Kopf Wien verlassen hatten und hierher nach Prag gekommen waren, und eine eisige Kälte, wenn sie daran zurückdachte, wie Cyprian sie verraten und sein Versprechen gebrochen hatte. Virginia? Was schert mich mein Geschwätz von gestern? Und – am bittersten von allem: Wir müssen uns nicht verstecken oder weglaufen. Nein, wir gehen ihnen entgegen. Statt ihrem Vater und den anderen entgegenzugehen, hatte Cyprian die Beine in die Hand genommen. Nicht, dass sie ihm unterstellt hätte, es aus Feigheit getan zu haben. Nein, es war seine Sturheit gewesen, seine gnadenlose Halsstarrigkeit, wenn er ein Verhalten für sich als richtig und ehrenhaft einschätzte; er würde dann nicht mehr anders handeln, und wenn alle Heiligen selbst auferstünden, um ihn vom Gegenteil zu überzeugen. Alles, was er getan hatte, war, sie zu beschwichtigen, sie zu beruhigen, ihr Rauch in die Augen zu blasen mit seinen Beteuerungen, dass er seine Meinung geändert habe und mit ihr fliehen, wolle. In Wahrheit hatte immer noch gegolten, was er zuvor gesagt hatte: dass er es für falsch hielt, gemeinsam zu fliehen, anstatt mit dem Segen ihrer Familie zu gehen. Und wenn Herr Khlesl etwas für falsch *hielt*, dann hatte es falsch zu *sein*, und zwar für die ganze Welt! Natürlich hatte er sie nicht aus Boshaftigkeit angelogen, sondern um sie zu schonen, um die Erkenntnis abzupuffern, dass ihre Liebe sinnlos war. Sie hasste ihn dafür umso mehr. Wie hatte er sich so in der Gewalt haben können, zu seinen falschen Schwüren auch noch zu lächeln, obwohl er wusste, dass die Konsequenz daraus das Todesurteil für ihre Liebe war! Sie zweifelte nicht einen Augenblick daran, dass Cyprian sie liebte; das machte es nur umso schlimmer. Er hatte nicht nur ihr, sondern auch sich selbst den Dolch ins Herz gestoßen. Sie hasste ihn jetzt, sie *hasste* ihn, und gleichzeitig war jeder Tag, an dem er nicht in ihrer Nähe war, ein dunkler Tag aus Asche und sinnlos vertickenden Stunden.

Sie dachte an das Ritual, das sich all den Mahlzeiten anschloss, bei denen sie kaum etwas zu sich nahm (also den meisten): Jemand legte ihr etwas vor. In der Regel war es ihr Verlobter. Sein rundes, blondbärtiges Gesicht war besorgt. »Iss doch was, Agnes«, sagte er fast jedes Mal. »Du bist schon ganz dünn.«

»Kein Hunger«, sagte sie.

»Du musst mehr essen, sonst holst du dir in der Saukälte hier noch den Tod. Ich mach mir doch bloß Sorgen um dich, Liebes.«

Liebes!

Seit ihrer Ankunft hier war Sebastian von ausgesuchter Höflichkeit und Zuvorkommenheit gewesen. Er hatte es geduldet, dass sie sich tagelang in ihrem Zimmer aufgehalten hatte; er hatte es hingenommen, dass sie sich danach geweigert hatte, auch nur ein Wort mit ihm zu sprechen; er hatte es ertragen, dass sie einige Male einen Teller, auf dem er ihr vorgelegt hatte, einfach wortlos umgedreht und den Inhalt auf den Boden geschüttet hatte. Wenn Theresia Wiegant ihre Tochter mit beißenden Worten zurechtwies, so dass man meinte, die Temperatur fiele noch ein paar weitere Grade, hatte er Agnes in Schutz genommen; wenn Niklas Wiegant versucht hatte, ihr zuzureden, hatte er gebeten, sie in Ruhe zu lassen. Er war ein Mann mit einem Bauch, der für sein Alter zu groß war, O-Beinen, runden Schultern und einem klotzigen Kopf, dem man ansah, dass er halbwegs gut aussehend hätte sein können, wenn nicht so viel Speck an ihm gehangen hätte; nur wenn er lächelte, kam etwas von dem Charme durch, den seine Züge früher gehabt hatten.

Mit der Zeit hatte Agnes festgestellt, dass ihre Wut auf Cyprian größer war als die auf Sebastian, und das hatte sie noch mehr entsetzt als alles andere. Sie ertappte sich zusehends dabei, dass es ihr ein schlechtes Gewissen bereitete, ihn zu schneiden. Er war ihr noch kein einziges Mal zu nahe getreten, hatte noch nicht einmal so viel getan wie die Hand auf ihre Stuhllehne zu legen. Wenn man in ganz Prag nach einem Mann suchte, der sich seiner Verlobten gegenüber absolut untadelig, ritterlich und liebenswert verhielt, dann hätte man zuerst in das Haus der Familie Wilfing gehen und nach dem jungen Herrn fragen müssen.

Als das Stimmengewirr unten abrupt abbrach, meinte Agnes, die Stille klingen zu hören. Dann hörte sie, wie ein Stuhl umfiel – der Laut flatterte durch das Treppenhaus. Sie fuhr zusammen.

»Nein!«, hörte sie die Stimme von Sebastian Wilfing senior, zuverlässig in höchste Tonlagen steuernd. Sie schnitt durch zwei Deckenkonstruktionen aus Brettern, Stroh und Parkett, als wäre es nichts. »Das ist unsere Sache als Hausherren …« Seine Stimme brach und schnappte über.

Die Hausherren waren Sebastian senior und Agnes' Vater gemeinsam. Sie hatten nebeneinanderliegende Häuser auf dem dreieckigen Platz gekauft, in dessen Mitte der Goldene Brunnen lag, hatten sie umbauen lassen und in eine Art Festung von Geschäftssinn und Partnerschaft verwandelt, in der beide Familien samt Gesinde und Kontoristen Platz gefunden hätten, selbst wenn im Hause Wiegant außer Agnes noch andere Kinder gewesen wären und wenn Sebastian Wilfing nicht seine jüngeren Sprösslinge in der Obhut eines Bruders in Wien gelassen hätte. Seit ihrer gemeinsamen Ankunft hier in

Prag hatte sich allerdings eine Konstellation ergeben, in der Sebastian junior wie der Hausherr auftrat, Sebastian senior und Niklas Wiegant ihm die Zügel ließen, Theresia Wiegant mit einem Gesicht, mit dem man Eier hätte abschrecken können, dabei zusah und Agnes der Sand im Getriebe dieses künstlich aufrechterhaltenen Ablaufs war. Agnes hörte die Schritte der beiden älteren Männer im Treppenhaus. Sie erstarrte, als sie dachte, sie kämen nach oben, doch dann wurde ihr klar, dass Niklas und Sebastian nach unten eilten.

Das Geschehen unterschied sich so massiv von der Komödie der letzten Wochen, dass Agnes plötzlich Neugier empfand. Sie schlüpfte aus dem Bett, huschte über den kalten Bretterboden und spähte zum Fenster hinaus. Mit etwas Mühe konnte sie den Gassenabschnitt direkt vor ihrem Eingang einsehen. Sie erkannte die langen Schatten, die drei Gestalten warfen und die von diesen und dem beleuchteten Eingang wegstrebten. Zwei der Schatten gehörten zum Gesinde, der dritte stand mitten vor dem Eingang und schien von den beiden anderen aufgehalten worden zu sein. Das dicke Glas beschlug von Agnes' Atem. Sie wischte mit dem Handballen darüber.

Die dritte Gestalt stand reglos in der Gasse, eine breite Kappe mit drei Hörnern bedeckte den Kopf, ein langer Magistratsmantel mit einem mächtigen Pelzkragen versteckte das Gesicht. Überrascht begriff sie, dass die Kopfbedeckung ein Birett war und zu einem Priester gehörte.

Als sie beobachtete, wie ihr Vater und Sebastian Wilfing senior die Gasse betraten und dicht vor dem Priester stehenblieben, öffnete sie vorsichtig den Riegel und zog das Fenster ein Stück auf. Die Kälte strömte herein und machte ihr bewusst, dass sie nur ihr Hemd trug.

»Du kannst hier nicht herein«, hörte sie ihren Vater sagen und erinnerte sich plötzlich an den Dominikanerpater, der vor ungefähr einem ganzen Leben in ihrem Haus in Wien aufgetaucht war und den Vater herzlich begrüßt hatte. Sie merkte, dass sie unwillkürlich einen Schritt zurückgewichen war. Es machte sie so ärgerlich, dass sie die Fäuste ballte und wieder ans Fenster trat. Die Versuchung, den nächstbesten schweren Gegenstand zu nehmen und ihn aus zehn Klaftern Höhe auf das Birett fallen zu lassen, war fast unwiderstehlich. Sie dachte an den fühllosen Blick, mit dem der Dominikaner sie in der Stube ihres Vaters in Wien betrachtet hatte, und erschauerte vor Wut und Furcht gleichermaßen.

Der Priester murmelte etwas.

»Nein«, sagte Niklas Wiegant. »Der Respekt vor deinem Gewand geht nicht so weit.«

»Wie hast du uns überhaupt hier *gefunden*?«, quiekte Sebastian Wilfing, räusperte sich und brummte: »... gefunden?«

»Das spielt keine Rolle, Sebastian. Er darf nicht eintreten. Nicht mehr. Zu viel ist geschehen seit seinem letzten Besuch.«

Agnes verfolgte den Wortwechsel überrascht. Sie hätte nie erwartet, dass ihr Vater gegen seinen alten Gefährten aus spanischen Zeiten Stellung beziehen würde, und doch hörte sie ihm soeben dabei zu. Und Sebastian Wilfing leistete ihm sogar Beistand. Ein Gefühl, das sie selbst nicht hätte beschreiben können, regte sich in ihrem Leib. Agnes war sich bis auf die letzten Monate der Liebe ihres Vaters stets sicher gewesen, und nun schien es plötzlich, als könne sie dies wieder sein: der Dominikaner war gekommen und hatte aus Agnes' Existenz einen Trümmerhaufen gemacht, und Agnes' Vater hielt seinem alten Freund dies nun vor und verweigerte ihm den Zutritt zu ihrem Haus. Ihr Herz schlug heftig. Sie bemerkte nicht, dass die Stimme in ihr, die in der letzten Zeit stets mechanisch Einspruch erhoben hatte, wenn sie an Niklas Wiegant als ihren Vater dachte, diesmal schwieg.

Der Priester machte einen Schritt vorwärts, als wolle er einfach zwischen den beiden Männern hindurchgehen. Niklas Wiegant und Sebastian Wilfing nahmen sich an den Händen und versperrten ihm den Weg. Agnes hielt den Atem an. Die beiden Alten machten den Eindruck, als würden sie sich eher totschlagen lassen, als dem dunklen Priester auch nur eine Elle weiteren Raum zu geben.

Sie sah das Birett langsam nicken. Am liebsten hätte sie die Faust aus dem Fenster gereckt und geschrien: »Zieh ab, du Teufel!« Sie besaß genug Geistesgegenwart, sich stattdessen am Fenstergriff festzuhalten, als wolle sie ihn herausreißen.

Der dunkle Mann wandte sich ab, ohne noch ein weiteres Wort zu sagen. Seine schwarze Kleidung verschmolz mit seinem Schatten und dieser mit der Dunkelheit außerhalb des Lichtkreises des Hauseingangs. Dann drehte er sich um und sah über die Schulter nach oben – als ob er gespürt hätte, dass Agnes dort oben stand. Sie wollte zurückweichen, doch dann traf sein Blick sie, und sie blieb stehen. Es gab keine Beine mehr, die sie hätten tragen können; es gab keinen Körper mehr, der so etwas wie Beine aufgewiesen hätte. Alles, was es gab, war ihre Seele, und dass sie nicht im selben Augenblick verging, lag an den Augen des dunklen Priesters, die sie bannten. Alles, was sie sah, war sein Blick. Alles, was sie hörte, war der Schlag ihres Herzens, der hallte, als poche es in einer weiten, menschenleeren Kathedrale. Hinterher fragte sie sich, ob der Mann unten in der Gasse sie überhaupt hatte sehen können, doch im Moment des Geschehens gab es keinerlei Zweifel, dass er sie erkannte. Sie erkannte ihn ja ebenso.

Der dunkle Priester war Cyprian Khlesl.

Das Haus war erst zur Ruhe gekommen, als man draußen die Nachtwache schon ihre Runden ziehen hörte: Alles ist gut! Tatsächlich war nichts gut. Agnes lag auf ihrer Seite des Bettes, versuchte flach zu atmen und nicht von ihrem eigenen Pulsschlag erstickt zu werden. Es hatte Geschrei gegeben. Zum ersten Mal war Agnes bewusst geworden, dass die Stimme Sebastian Wilfings junior in der Aufregung ebenso quiekte wie die seines Vaters. Sie hatte jedes Wort verstehen können; von der eher rätselhaften Tirade darüber, dass auf niemanden Verlass sei und jeder Richter in Wien sein Fähnlein in den gerade am stärksten wehenden Wind hänge statt in den steten Lufthauch der Gerechtigkeit, bis zu der erstaunlich vielfältigen Eruption von Schimpfwörtern, mit denen der junge Herr Khlesl bedacht wurde und der dem Nimbus des jungen Herrn Wilfing als beispielhafter Lieblingsschwiegersohn eine größere Delle verpasst hätte, hätte ihn jemand anderer gehört als die Menschen, die ihn ohnehin kannten. Als sich die Lage endlich beruhigte, hatte das Haus förmlich nachvibriert von dem Hass, der in der Stube im ersten Stock freigelassen worden war.

Die Magd schniefte und schmatzte im Schlaf. Agnes horchte auf das Knacken, mit dem sich die Balken entspannten, als die unsichere Wärme im Inneren des Hauses von der Februarkälte besiegt wurde, auf das Ticken der Holzkäfer im Gebälk und auf Geräusche, die darauf hingedeutet hätten, dass unter den Bewohnern des Hauses noch jemand wach war. Was Letzteres betraf, so hätten sie und die Magd ganz allein in dem mächtigen Bau sein können.

Agnes fühlte ihren Herzschlag in der Kehle, als sie sich langsam aufrichtete. Es war ihr nie aufgefallen, wie sehr das Bett sich bewegte, wenn man darin nicht still lag. Der Atem der Magd geriet ins Stocken. Agnes wagte nicht einmal mehr zu schlucken. Die Magd begann zu schnarchen. Agnes schwang die Beine aus dem Bett und tastete nach ihren Schuhen. Erst als das kalte Leder ihre Füße umfing und ihre Haut in der Kälte zu kribbeln begann, wagte sie wieder zu atmen. Ihr Herz pochte in ihren Ohren.

Sie stand auf – der Holzboden knarrte. Sie verfluchte ihn und hätte gleichzeitig weinen mögen vor Anspannung. Der Weg zur Tür dauerte eine Ewigkeit und war vermint mit unebenen Dielen, über die man stolperte, schwingenden Brettern, die quietschten, und Hohlstellen unter der Vertäfelung, auf denen sogar eine Katzenpfote einen hallenden Tritt verursacht hätte. Als sie an der Tür war, fühlte Agnes die Kälte im Raum nicht mehr; ihre Wangen waren erhitzt. Sie zog die Tür zollweise auf und schloss bei jedem kleinen Knarr- und Quietschlaut die Augen vor Entsetzen. Sie war selbst am meisten erstaunt, als sie endlich im Treppenhaus stand und niemand wach geworden war.

Am oberen Ende des Treppenabsatzes blakte ein blaues Flämmchen in einer Tranlaterne und würde vielleicht noch eine weitere Viertelstunde brennen; kurz vor seinem Ende würde ein halbwacher Dienstbote heranschlurfen und sich die Finger verbrennen beim Nachfüllen des Trans. Die Herren Wiegant und Wilfing ließen sich die Minderung des Risikos, sich bei einem nächtlichen Ausflug auf den Abtritt im geräumigen Treppenhaus den Hals zu brechen, etwas kosten. Am Treppenabsatz des ersten Stockwerks brannte eine weitere Laterne, eine dritte würde im Erdgeschoss zu finden sein. Agnes tastete sich auf Samtpfoten die Stufen hinunter.

Die Eingangstür war zweiflügig und hätte einem Türkenangriff geraume Zeit standgehalten. Unter den vielen Eisennägeln war das Holz kaum zu sehen; der Riegel war eine Angelegenheit aus Eisenbändern, Haken und Metallstangen, der das Jahresauskommen eines Schmieds samt Frau, Kindern und schmarotzendem Schwager gesichert haben musste. Agnes umklammerte ihn. Dann zögerte sie. Auf einmal war ihr klar, dass etwas enden würde, wenn sie dort hinausging, etwas, dessen Ende begonnen hatte, als sie sich auf dem Kärntnertor von Cyprian getrennt hatte. Die Monate seither waren nur eine Verzögerung gewesen. Zugleich würde etwas anderes beginnen. Ihre Hand erlahmte, als der Verräter, der in uns allen sitzt und auf den rechten Zeitpunkt wartet, um sich zu melden, hervorkam und sie fragte, ob der Komfort eines großen Hauses, eines reichen Ehemannes, einer gesicherten

Zukunft etwas war, das man unbedingt aufs Spiel setzen musste. Und wofür? Außerdem war es kalt, man war mangelhaft bekleidet und würde sich den Tod holen, ganz zu schweigen von der Nachtwache, die mit Sicherheit in dem Moment vorbeikam, an dem man im Hemd auf die Gasse huschte, und erklär *diesen Skandal* mal der Familie, die du bis jetzt mit Melancholie, Wortkargheit, Trotzanfällen und beständig finsterer Miene für dich eingenommen hast.

Agnes hing am Riegel, plötzlich überzeugt, dass es egal war, was sie tun würde, weil alles in die Katastrophe führte, und dass der einzig richtige Schritt der gewesen wäre, im Bett zu bleiben und sich die ganze Nacht vorzusagen: Ich-kenne-keinen-Cyprian-Khlesl-ich-kenne-keinen-Cyprian-Khlesl ... Dann legte sich eine Hand auf ihre Faust, und wenn sie mehr Kraft gehabt hätte, hätte sie wie am Spieß geschrien vor Schreck.

»Der vermaledeite Riegel hat einen Federmechanismus«, sagte eine Stimme hinter ihr. »Wenn du ihn nicht arretierst, sperrst du dich aus.«

Agnes drehte sich um auf Beinen aus Werg. Im Licht der Tranlampe ein paar Schritte entfernt schwamm das Gesicht ihrer Magd, in der Düsternis magisch verjüngt zu der Person, die Agnes, dem Kind, zum ersten Mal vorgestellt worden war, nachdem ihre Vorgängerin das Missfallen Theresia Wiegants erregt hatte. Fünfzehn Jahre waren eine lange Zeit. Das Gesicht lächelte traurig, bekam ein paar Falten und war wieder das Antlitz der ältlichen Frau, die allnächtlich neben Agnes im Bett schnarchte und bei der man sich darauf verlassen konnte, dass sie einen im letzten Moment an der Tür abfing und einen Mantel aufdrängte, weil es draußen angeblich zu kalt war und weil alle Kindermägde, die das Leben ihres Schützlings vierundzwanzig Stunden am Tag teilen, einen siebten Sinn haben, der ihnen sagt, wann ihr Lebensinhalt eine Tür öffnet, um draußen eine Dummheit zu begehen.

»Ich habe dir einen Mantel mitgebracht«, sagte die Magd und hängte ihn der widerstandslosen Agnes um die Schultern.

»Es ist Cyprian«, sagte Agnes. »Er ist wieder da.«

»Ich weiß, Kindchen. Seit gestern. Er hat sich nach dir erkundigt, aber ich durfte es dir nicht verraten. Er ist jetzt ein Hochwürden.«

Agnes fühlte die Tränen, die jeder Herzschlag ihr in die Augen treiben wollte. Sie hatte geglaubt, sie hätte ihn verloren. Nun *wusste* sie, dass sie ihn verloren hatte. »Hochwürden«, flüsterte sie.

»Ich würde dir raten, geh nicht hinaus«, sagte die Magd. »Aber ich weiß, dass du trotzdem gehen wirst, also mache ich mir erst gar nicht die Mühe. Ich an deiner Stelle würde nicht gehen. Vielleicht ist das der Grund, warum ich dein Leben gelebt habe und nicht mein eigenes. Ich liebe dich, Kindchen, das weißt du. Wenn du hinausgehst, wirst du wahrscheinlich unglücklich werden. Wenn du hierbleibst, wirst du auf jeden Fall unglücklich.« Zu Agnes grenzenloser Überraschung wurde das Lächeln der Frau breiter. »Was immer er jetzt ist und was immer du bist: vielleicht habt ihr nur eine einzige Stunde miteinander. Manchmal kann man sich an einer einzigen Stunde ein Leben lang festhalten. Tu, was Gott der Herr dir zu tun eingegeben hat.«

Die Magd griff an Agnes vorbei und zog den Riegel zurück. Er glitt geräuschlos aus dem Bügel. Die Tür öffnete sich einen Spalt und Eiseskälte hauchte herein. Agnes begann zu zittern.

»Ich warte hier auf dich und lasse dich wieder ein«, sagte die Magd.

Dann war Agnes draußen, die Tür schloss sich leise, die Dunkelheit war fast absolut und die Kälte mörderisch, was von der Umgebung zu sehen war, verschwamm hinter den Tränen in ihren Augen.

Aus dem schwarzen Abgrund einer Tordurchfahrt gegenüber löste sich ein Schatten und glitt auf sie zu, und wenn der Schatten in diesem Augenblick von ihr verlangt hätte, mit ihm gemeinsam zu sterben, hätte sie es getan.

Im Inneren des großzügigen Wagens war es nicht weniger kalt als draußen; der Luftzug fehlte, dafür schien sich eine Glocke ganz besonderer Kälte hier gehalten zu haben. Agnes schlotterte, kaum dass sie sich hingesetzt hatte. Das Leder der Sitze war wie ein Eisblock. Cyprian, eine massige Gestalt aus Finsternis, setzte sich ihr gegenüber, starrte sie wortlos an, zerrte sich den Mantel von den Schultern und hüllte sie darin ein, bevor sie protestieren konnte. Sie hätte ihm sagen können, dass auch ein dritter Mantel nutzlos gewesen wäre, weil die Kälte aus ihrem Inneren kam. Cyprians Kleidung roch nach ihm; der Duft stieß einen Eiszapfen in ihr erstarrtes Herz.

»Agnes«, sagte Cyprian. Seine Stimme brach kaum merklich. Es war der letzte Tropfen, der das Fass zum Überlaufen brachte. Etwas drehte ihr das Herz in der Brust herum und zerquetschte es, und der Schmerz war so schlimm, dass ihr die Tränen kamen.

»Wo bist du die ganze Zeit gewesen?«, schluchzte sie.

»Ich wollte dich nicht alleinlassen.«

»Du hattest mir versprochen ...«

»Ich weiß. Mein Versprechen gilt immer noch.«

Sie hörte seine Worte kaum. Ihr Schluchzen kam so stoßweise, dass es ihr selbst in den Ohren klang.

»Wo bist du gewesen?« Sie merkte, dass etwas in ihrer Kehle hochstieg und sich Bahn brach, bevor sie es aufhalten konnte. »Wo bist du GEWESEN?«, schrie sie.

Sie fühlte seine ruhige Musterung. In ihrem Hirn tobte ein Unwetter, das Wellen auftürmte. Die Wellen überschwemmten sie und ließen sie untergehen.

»Ich habe auf dich GEWARTET!«, schrie sie. »Gewartet!

Mit einem Herz voller Hoffnung und dem Mund voller Lügen, wann immer mir jemand von meiner Familie oder vom Gesinde über den Weg lief. Den ganzen Tag habe ich darauf gewartet, dass du dein Versprechen wahr machst und mich holen kommst – ich habe selbst dann noch gewartet, als meine Eltern mich mit Gewalt aus Wien verschleppten. Ich habe nie gedacht, dass du mich im Stich lassen würdest! Ich habe noch gewartet, als wir schon fast hier in Prag angekommen waren!«

»Hast du aufgehört zu warten?«, fragte er.

Sie blinzelte verwirrt. Sie konnte ihm keine Antwort darauf geben. »Wo warst du?«, fragte sie ruhiger.

Er musterte sie weiterhin auf seine aufreizend ruhige Art. Sie sah seinen Atem, der in der Kälte sofort zu Dampf wurde. Auf dem Boden des Wagenkastens stand eine kleine Laterne, die Klappen halb geschlossen; von außen würde kaum ein Lichtschein zu sehen sein. In der Düsternis blitzten zwei matte Spitzlichter in seinen Augen. Auf seltsame Weise hatte sie den Eindruck, dass es plötzlich doch nicht mehr so kalt war. Sie zog seinen Mantel fester um die Schultern.

»Ich war im Gefängnis«, sagte er schließlich.

Sie stellte fest, dass sie nicht überrascht war. »Sebastian«, sagte sie. Sie erinnerte sich, dass Sebastian Wilfing an jenem Tag, an dem sie vergebens auf Cyprian gewartet und die Abreisevorbereitungen der beiden Familien Wiegant und Wilfing ungläubig ignoriert hatte, in ihr Haus gekommen, einem bepackten Dienstboten ausgewichen und gegen einen Balken gerannt war. Er hatte sich den geschwollenen Kieferknochen gerieben und gleichzeitig gelacht und gestöhnt, mit aufmerksamen Seitenblicken in ihre Richtung. In Agnes' Erinnerung schwamm ein Eindruck hoch, der damals in all dem beginnenden Entsetzen, das ihr Innerstes ausfüllte, fast untergegangen war. Sebastians Missgeschick hatte reichlich hölzern gewirkt. Sie hatte gedacht, er habe die Burleske aufgeführt, um sie zu erheitern. Danach hatte sie sein geschwollenes, geschundenes Gesicht gesehen und gedacht, dass es eine reichlich selbstzerstörerische Burleske war; und wieder danach hatte sie überhaupt nichts mehr gedacht, weil Cyprian immer noch nicht gekommen war und sie im Reisewagen saß und die Räder eilig über Pflaster und festgetretenen Dreck ratterten.

»Ich hatte mich darauf verlassen, dass Onkel Melchior mich rausholen würde, aber Onkel Melchior war bis nach Weihnachten in Rom. Er wollte Papst Innozenz unterstützen. Weißt du, dass Papst Innozenz tot ist?«

Sie nickte.

»Der dritte Papst innerhalb von nicht einmal zwei Jahren. Onkel Melchior ist überzeugt, dass das Ende der Welt nahe ist.«

»Meine Welt ist untergegangen, als du nicht kamst«, sagte sie. Diesmal war ihre Stimme ohne Vorwurf. Er erwiderte nichts.

Sie fühlte ein Verlangen, ihn zu berühren und an sich zu drücken, das ebenso stark war wie die plötzliche Wut, die sie überfallen hatte. Die Wut war spurlos verpufft und hatte dieses Verlangen nach seiner Berührung zurückgelassen, das schmerzte, weil es sich nicht erfüllte. Er bewegte sich keinen Zoll, und auch sie saß wie erstarrt. Sie hatte das Bild vor Augen, wie er unten vor dem Eingang gestanden hatte, ein Priester der Dunkelheit. Hochwürden –

»Was ist passiert?«, flüsterte sie.

»Onkel Melchior hat mich aus dem Kerker geholt, kaum dass er erfahren hatte, was geschehen war. Mein Bruder hatte ganz am Anfang einen Versuch unternommen und dann aufgegeben. Die Wachen brachten mich hinaus, und da stand er, Melchior Khlesl, magerer und blasser denn je. Er sagte: ›Schön, wieder zurück zu sein.‹ Ich sagte: ›Ich bin deiner Ansicht.‹ Dann brachte er mich in seinen Palast, und ich nahm das erste Bad seit drei Monaten. Während einer seiner Diener mich rasierte, erzählte er mir, was in Rom geschehen war.«

»Was interessiert mich Rom?«, fragte sie. »Was ist mit *dir* geschehen?« Sie machte eine schwache Handbewegung zu seiner Kleidung hin. Die Wärme, die sich im Inneren ihrer Höhle aus zwei Mänteln gesammelt hatte, verflüchtigte sich wieder. Ihre Füße waren Eisklumpen.

»Onkel Melchior stellte eine Bedingung.« Er zupfte an seinem Gewand herum.

»O mein Gott – Cyprian –«

Cyprian nickte. Dann lächelte er plötzlich breit. Er nahm das Birett, das er neben sich gelegt hatte, und reichte es ihr. Aus der Nähe erkannte sie, dass es nur die hohe Krone eines ganz normalen Huts war, an den erforderlichen Stellen eingedrückt und ohne Krempe. Cyprian lehnte sich zurück. Sie sah, dass seine Kleidung nicht die eines Priesters war, sondern lediglich schwarz und schmucklos; was unter dem Mantel wie ein Priesterrock ausgesehen hatte, war lediglich ein dünnes Cape, und statt der Kesselpauke trug er eng anliegende knielange Hosen. Sie sagte das Erste, was ihr in den Sinn kam: »Du hast gelogen.«

»Nein«, sagte er. »Ich habe nur nicht widersprochen, als dein Vater und der alte Wilfing glaubten, ich hätte den Eid abgelegt.«

Agnes legte das falsche Birett neben sich. Wenn man wusste, was es war, schien es unglaublich, dass man darauf hereingefallen war. Sie erinnerte sich an die Gefühle, die sie durchzuckt hatten, als ihre Magd »Hochwürden« gesagt hatte. »Du hast es sie glauben lassen.«

»Onkel Melchiors Einfluss reicht nicht bis nach Prag. Wenn deine Familie und die Wilfings glauben, ich sei Priester und nur dem Kirchenrecht unterworfen, dann fangen sie nicht an, die alten Anschuldigungen hervorzukramen. Und ich habe nicht mal eine Sünde begangen. Alles, was ich getan habe, war, einen alten Hut ein bisschen einzudellen und die Dunkelheit auszunutzen.«

»Du hast es *mich* glauben lassen«, sagte Agnes.

»Ich bin kein Priester«, sagte er. »Und ich will immer noch mein Versprechen einlösen.«

Sie sah auf. In den letzten Sekunden hatte sie ihm nicht in die Augen blicken können. Sie hatte befürchtet, er sähe darin die Fassungslosigkeit über seine Tat. Er hatte sich für schlau gehalten, und wahrscheinlich war er es auch. Was er nicht bedacht hatte, war der Dolchstoß, den sein Anblick ihr versetzt hatte.

»Welche Bedingung hat der Bischof dir gestellt?«, fragte sie tonlos.

»Weißt du noch, was ich zu dir gesagt habe – letzten Herbst auf dem Kärntnertor?«

»Jedes Wort.«

»Sag es.«

»Ein neues Leben. Eine jungfräuliche Welt. Ein neuer Anfang. Du und ich.«

»Ich habe auch gesagt, dass ich lieber mit dir zusammen in der Hölle wäre als allein im Paradies.«

»Ich war in der Hölle in den letzten drei Monaten«, flüsterte sie. *»Allein.«*

Seine Antwort dauerte lange. Sie wusste, dass sie sich nicht so verhielt, wie er es erwartet hatte, aber sie konnte nicht anders. Sie wollte in seinen Armen liegen und ihn gleichzeitig ohrfeigen; sie wollte ihn gleichzeitig küssen und ihm Beschimpfungen ins Gesicht schreien. Das Priestergewand hatte sich als Täuschung entpuppt, und doch war seine Macht immer noch vorhanden – oder es war die Macht von etwas anderem, die Macht von drei Monaten in der Hölle – in seinem Fall das Malefizspitzbubenhaus, in ihrem Fall das Heim ihrer Familie in Prag –, von einem gebrochenen Versprechen, von sauer gewordenen Hoffnungen und einem verhungerten Traum, die zwischen ihnen stand und verhinderte, dass sie sich auch nur an den Fingerspitzen berührten.

»Ich bin hier«, sagte er. »Du warst nicht allein. Ich war in Gedanken stets bei dir.«

»Ich habe nichts davon gemerkt.«

Sie spürte, wie er sie zu begreifen versuchte. »Bin ich vergeblich gekommen?«, fragte er zuletzt.

Alles in ihr krampfte sich zusammen, dabei hatte sie mit der Frage gerechnet. Ein Teil von ihr sah ihr dabei zu, wie sie die schwache Grundfeste einriss, die ihre Liebe bisher gebaut hatte und die ihr ganzes Leben hätten tragen sollen, und sie schrie sich selbst an: *Hör auf, hör auf, hör auf damit, dich und ihn zu zerstören!* Doch der größere Teil, der, welcher von einem unentwirrbaren Gemisch aus Angst, Verlust und Enttäuschung angetrieben wurde, stieß und krallte und rüttelte an jedem Mäuerchen, jeder Säule und jeder Tragkonstruktion ihres gemeinsamen Seelenhauses.

»Du bist nicht meinetwegen gekommen. Welche Bedingung hat Bischof Khlesl dir gestellt?«

»Ich bin deinetwegen nach Prag gekommen. Wärst du am anderen Ende der Welt, wäre ich dorthin gereist.«

»Hätte dir dein Onkel dann auch geholfen, mit seinem Wagen und allem?«

Cyprian antwortete nicht. Sie hob die Schultern und ließ sie wieder fallen. Der Mantel rutschte herab. Cyprian fasste herüber und zog ihn wieder hoch. Dann legte er einen Finger an ihre Wange. Sie wünschte sich nichts sehnlicher, als seine Hand zu packen, ihn zu sich heranzuziehen und endlich, endlich in seine Arme zu fallen. Aber sie bewegte sich nicht. Cyprian zögerte, dann lehnte er sich wieder zurück. Sein Gesicht war weiterhin im Schatten, und selbst wenn sie es hätte sehen können, ahnte sie, dass er sich nicht hätte anmerken lassen, wie sehr sie ihn verletzte. Sie spürte es dennoch. Sie spürte die letzten Säulen und Grundmauern wanken.

»Wozu hat er dich verpflichtet?«

»Ich habe mich wieder in seinen Dienst gestellt.«

»Und die Aufgabe, die du für ihn erledigen sollst, hat dich zufällig nach Prag geführt. Was für ein Glück für mich.«

»Agnes«, sagte er ruhig. »Ich bin hier. Spielt sonst noch etwas eine Rolle?«

»Ist dein Lenker vertrauenswürdig?«

Sie sah ihn überrascht stutzen. »Ja«, sagte er.

»Gut.« Etwas in ihr schrie: *Tu es nicht, tu es nicht so, gib ihm eine Chance!* Sie ignorierte das Rufen. »Gib ihm den Befehl, sofort loszufahren. Jetzt. Wir verlassen den Wagen erst wieder, wenn wir ein Schiff besteigen, das in die Neue Welt fährt. Jetzt sofort. Sag es ihm.«

Er rührte sich nicht. Agnes schnaubte.

»Ich habe nichts anderes erwartet«, sagte sie, während neue Tränen ihre Stimme erstickten.

»Ich halte mein Versprechen«, sagte er langsam. »Ich halte es nicht aus einer Verpflichtung heraus, sondern weil ich es will. Ich halte es, weil du der Mensch bist, mit dem ich mein Leben teilen will. Ich halte es, weil ich dich liebe. Aber ich muss zuerst etwas anderes erledigen.«

»Weil du auch das versprochen hast!«, stieß sie hervor.

Er nickte.

»Du bist ein Füllhorn voller Versprechen«, zischte sie. »Immer kommt noch mal ein neues obendrauf. Wann wird das, das du mir gegeben hast, unter all den anderen vergraben sein?«

»Es tut mir leid, dass ich dich so sehr verletzt habe«, sagte er.

»Wir sind nur Spielbälle«, sagte sie. »Spielbälle in den Spielen schwarz gekleideter Männer mit Kutten oder Biretten. Ich, weil mein Vater zugelassen hat, dass es so gekommen ist, du, weil du dich selbst ergeben hast.«

Cyprian versuchte etwas zu sagen, doch sie schnitt ihm das Wort ab.

»Wo ist der Unterschied?«, fragte sie. »Was unterscheidet Bischof Melchior Khlesl von diesem Dominikanerpater? Sie ziehen an Fäden, und wir tanzen. Weißt du, was ich glaubte, als ich dich zuerst vor unserem Haus stehen sah und mein Vater und Sebastian Wilfing ließen dich nicht ein? Ich dachte, du seist dieser Pater, diese kalte, seelenlose Schlange! So ähnlich bist du denen schon geworden, die dich lenken!«

Sie brach in Tränen aus. Der Mantel rutschte erneut von ihren Schultern. Sie spürte die Kälte nicht. Alles, was sie spürte, war der Schmerz, ihr eigener und der, den sie ihm zugefügt hatte. In ihrem Inneren hörte sie die Stimme weiterhin kreischen, die rief: *Jetzt hast du endgültig die einzige Liebe zerstört, die dir je etwas bedeutet hat!*

5

Pater Xavier lag ausgestreckt auf der Pritsche in seiner Zelle und hörte aufmerksam zu.

»... ich dachte, du seist dieser Pater, diese kalte, seelenlose Schlange ... dieser schamlose Tyrann, dieser Ausbeuter, dieser Abschaum aus der Hölle, den der Teufel zum Frühstück ausgespieen hat, dieser durch und durch verdorbene ...«

Pater Xavier streckte den Fuß aus und gab dem Bettler einen Tritt.

»Aua! Ich kann nichts dafür, das hat sie gesagt! Wortwörtlich.«

»Überspringen wir die Details«, sagte Pater Xavier. »Hast du herausgefunden, in welcher Mission Cyprian Khlesl hier ist?«

»Nein, Hochwürden, er hat kein Wort darüber verloren.«

»Wie ist es weitergegangen?«

»Sie hat geheult und ist aus dem Wagen gesprungen und davongerannt. Ich wusste nicht, ob ich sie verfolgen sollte oder bei der Karre bleiben. Aber dann kam er heraus und rannte ihr ein paar Schritte nach, und da beschloss ich, lieber in Deckung zu bleiben, bevor er mich noch entdeckt.«

»Ich kenne das Haus, in dem mein alter Geschäftspartner Niklas Wiegant hier in Prag lebt. Du hast dich richtig entschieden.«

Der Bettler warf sich in die Brust.

»Und er?«

»Stieg wieder ein und ließ losfahren. Ich konnte mich gerade noch wieder unten dranhängen. Er ist aber nur nach Hause gefahren, nirgendwohin sonst.«

»Ich kann Bischof Khlesl nicht einschätzen«, sagte Pater Xavier mehr zu sich selbst. »Ich weiß, dass er Kardinal Facchinetti unterstützt hat. Dass er einen Agenten nach Prag schickt, kann nur bedeuten, dass Facchinetti geplaudert hat und dass Khlesl Bescheid weiß.«

»Worüber Bescheid, Hochwürden?«

Pater Xavier blickte auf. »Ich möchte über jeden Schritt, den Cyprian Khlesl macht, informiert werden. Er hat den gleichen Namen wie der Bischof, also müssen sie verwandt sein. Der Bischof versucht das Ganze in der Familie zu halten. Ein vorsichtiger Bursche.«

»Es wäre leichter, wenn ich wüsste, worum es sich handelt«, sagte der Bettler.

Und das Erste, was sein Agent tut, ist, sich hier in Prag mit Agnes Wiegant zu treffen, dachte Pater Xavier. Jeder Mensch hat seinen Preis. Es mochte gut sein, dass der Preis, mit dem Cyprian Khlesl zu bekommen war, unter dem Dach von Niklas Wiegant lebte. Er würde die junge Frau im Auge behalten müssen.

»Ich meine, am Ende überhöre ich noch was, was Hochwürden wichtig ist«, erklärte der Bettler.

»Wenn ich dich einweihe, was hier gespielt wird, muss ich dich nachher töten«, sagte Pater Xavier gleichmütig.

Der Bettler schluckte. »Also wenn man's genau bedenkt, schaffe ich es auch so«, sagte er.

Pater Xavier nickte. »Du behältst Agnes Wiegant im Auge.

Mag sein, dass sie nur zufällig in dieser Geschichte eine Rolle spielt. Aber Bischof Khlesl hat letzten Herbst in Wien eingehende Erkundigungen über sie eingezogen. Ich glaube nicht an Zufälle, wenn sie sich derart häufen.«

»Es war saukalt, Hochwürden«, sagte der Bettler. »Ich dachte, mir frieren die Gliedmaßen ab, als ich da die halbe Nacht unter der Karre hing.«

»Du wirst dir bei deinen nächsten Beobachtungen etwas Wärmeres anziehen müssen«, sagte Pater Xavier.

»Ich habe nichts anderes als das, was ich auf dem Leib trage.«

»Du hast die Binde, mit der du untertags den Blinden mimst«, sagte Pater Xavier.

Der Bettler starrte die hagere Gestalt auf der Pritsche an. Ihm war vollkommen klar, worauf der Dominikaner angespielt hatte.

»Gehen Sie zum Teufel, Hochwürden.«

»Gott sei mit dir, mein Sohn.«

6

Es war schwer genug, wenn die geografische Lage des nächsten Ziels als ›irgendwo östlich von Prag‹ beschrieben wurde.

»Nordöstlich, südöstlich oder einfach *nur* östlich?«

»Keine Ahnung.«

»Wie weit entfernt von Prag?«

»Mindestens zwei Tagesreisen.«

»Es können aber auch mehr sein?«

»Keine Ahnung.«

»Indien liegt auch östlich von Prag, mindestens zwei Tagesreisen davon entfernt.«

»Haha, Cyprian. Ich habe glatt vergessen, wie man lacht.«

»Ich auch, Onkel.«

Die Lage wurde nicht leichter, wenn man zudem gezwungen war, sich so vorsichtig und heimlich wie möglich näher zu erkundigen, sobald man in Prag angekommen war. Und vollends kompliziert war die Situation, wenn man den ganzen Tag nur daran dachte, dass man irgendeinen Fehler gemacht hatte und dass die Frau, die man liebte und derentwegen man sich auf das Ganze eingelassen hatte, plötzlich mit Wut, Schmerz und Hass auf diese Liebe reagierte.

Onkel Melchior war nicht untätig gewesen in jenen Wochen in Rom, in denen Giovanni Facchinetti die ersten Schritte in seinem neuen Amt unternommen hatte und während derer der Bischof sein enger Vertrauter gewesen war. Doch alles, was seine Recherchen ergeben hatten, waren vage Hinweise gewesen – halb verwischte Spuren, die zu alten benediktinischen Klöstern führten, zu vormaligen kirchlichen Zentren, über die die Zerstörungswut der Hussitenkriege gekommen war. Die deutlichste Spur wies nach Brevnov bei Prag, doch Brevnov war zu unbedeutend und durchsichtig, als dass es das Versteck der Teufelsbibel hätte sein können. Brevnov war nur ein kleines Kloster, eine späte Gründung, deren Wurzeln viel weiter östlich lagen, an einem Ort, der bei jedem, den man fragte, Schulterzucken hervorrief. Podlaschitz –

Cyprian saß im Wagen, auf dem das Wappen des Bischofs von Wiener Neustadt prangte, schaukelte in einen düsteren Februartag hinein und starrte blicklos auf das sanft gewellte Land, grauscheckig unter dem Reif, der Schnee durchsetzt mit dem Flickwerk aus Wäldern und Dörfern, schmutzig braun und trist, eine Reise in die Trübnis.

Drei Tage – er wusste, dass seine Reisegeschwindigkeit am untersten Ende der Möglichkeiten lag, und wer sich darüber Gedanken machen wollte, konnte entweder zum Schluss kommen, dass Cyprian den Wagenlenker auf seinem Bock neben der Februarkälte nicht auch noch schneidendem Fahrtwind aussetzen wollte und ihn deshalb in seiner langsamen Fahrt gewähren ließ – oder dass etwas hinter ihm in Prag lag, das ihn mit einer unüberhörbaren Stimme zurückhielt.

Drei Tage – rechnete man die zwei Tage hinzu, die er vor der Abreise gebraucht hatte, um herauszufinden, dass sein Ziel in der Nähe der Stadt Chrudim liegen musste, waren es fünf, in denen sein Körper die richtigen Bewegungen gemacht und sein Mund die richtigen Fragen gestellt hatte, während sein Geist sich anderweitig beschäftigte, nämlich mit Agnes Wiegant und der Frage, ob es nicht besser gewesen wäre, im Gefängnis zu bleiben und wenigstens an der Hoffnung festhalten zu können.

Der Wagen hielt mit einem sanften Ruck an. Cyprian lehnte sich nach draußen.

»Sichte Fahrzeug voraus«, meldete der Lenker. »Scheint 'ne Panne zu haben, Baas.«

»*Was* hat er?«

»Sitzt fest. Beschädigt. Kaputt«, übersetzte der Kutscher, »auf Grund gelaufen, sagt man auf See, Baas.«

Onkel Melchior hatte Cyprian Anweisungen gegeben, wo in Prag er sich sein Personal aussuchen sollte. Letzten Endes hatte Cyprian nur jemanden gebraucht, der sich in der Gegend auskannte, Cyprians Sprache beherrschte und den Wagenlenker ersetzen konnte, der Cyprian nach Prag gebracht hatte. Er hatte seinen Mann unter den Moldaufischern gefunden, ein Kerl wie ein verwitterter alter Wurzelstock, mit nur einem Bein, der seinen eigenen Angaben nach zur See gefahren war und sein anderes Bein dort gelassen hatte, woraufhin er in seine Heimat zurückgekehrt und dem Element Wasser, diesmal in Form der Flüsse Moldau, Beraun und Elbe, auf denen er Waren transportierte, einen Unterarm geopfert hatte. Die fehlenden Gliedmaßen hatte er durch Holzstümpfe ersetzt und zumindest in Cyprians Gegenwart noch keine Sekunde lang erkennen lassen, dass er sich in irgendeiner Weise behindert fühlte. Benachteiligt fühlte sich eher Cyprian, der nur die Hälfte der Ausdrücke verstand, die der alte Seebär gewohnheitsmäßig benutzte. Der Anrede »Baas« hatte er sich schon längst ergeben; er mutmaßte, es bedeutete so viel wie Meister und hätte sich auch nicht gewundert, wenn es »Vollidiot« geheißen hätte. Letzteres war die Anrede, die Cyprian im Zwiegespräch mit sich selbst verwendete.

»Soll'n wir ihn bergen, Baas?«, fragte der Kutscher. Er wartete einen Augenblick und fügte dann hinzu: »Abschleppen, mein' ich.«

Cyprian kletterte aus dem Wagen und kniff die Augen zusammen. Die Straße verlief fast gerade und hob und senkte sich mit dem Landschaftsprofil. Hinter dem Abbruch der letzten Bodenwelle ragten die kahlen Äste einer Baumreihe hervor. Cyprian wusste mittlerweile, dass diese einen Flusslauf oder wenigstens einen Bach andeuteten und dass ihnen demnächst entweder eine wacklige Überfahrt über unzulänglich begradigte Holzstämme oder die Suche nach einem Fährmann bevorstand, der keine wirkliche Lust hatte, sich wegen eines vereinzelten Reisewagens im eiskalten Flusswasser nass zu machen. Bislang hatten sie drei Begegnungen mit Fährleuten gehabt. Beim ersten hatten sie höflich vor seiner Hütte gewartet, bis ein Ächzen und Stöhnen und rhythmisches Stoßen verklungen war und der Mann nach draußen stolperte, sich im Gehen die Hosen zubindend; mit dem zweiten hatten sie erbittert um den Preis gefeilscht, bis Cyprians Wagenlenker ihm die Unterarmprothese über den Schädel gezogen hatte; der dritte war so betrunken gewesen, dass Cyprian sich auf die Seemannskenntnisse seines Kutschers verlassen und gehofft hatte, sie würden sich auch auf den Betrieb eines an Seilen hängenden Bretts auf einem halb zugefrorenen Fluss anwenden lassen. Vor dem unscharfen Hintergrund der Äste konnte Cyprian einen kleinen Wagen ausmachen, der quer über der Straße stand.

»Das sieht aus wie eine Blockade von Wegelagerern«, sagte Cyprian.

»Was, mit so 'nem kleinen Schlickrutscher? Nä, Baas, keine Sorge. Den stoßen wir in' Schiet mit unserm Kahn, wenn wir's drauf anlegen, ohne dass uns auch nur 'n Steert wackelt.«

»Schön«, sagte Cyprian. »Ich habe zwar kein Wort verstanden, aber ich entnehme deinen Worten, dass ich beruhigt sein darf.«

»Außerdem hab ich den Wagen schon gesehen. Der hat uns heute Morgen bei der Kreuzung hinter Tschaslau überholt.«

»Hab ich nicht bemerkt.«

»Macht nix, Baas.«

»Vor oder nach der Kreuzung?«

Der Wagenlenker starrte verständnislos von seinem Sitz herab.

»Hat er uns vor oder nach der Kreuzung überholt?«

»In Lee, Baas.« Pause. »Nachher, mein' ich.«

Cyprian nickte. »Dann schauen wir mal, was es mit den Leuten auf sich hat. Leinen los!«

Der Wagenlenker strahlte überrascht. »Ahoi, Baas!«

Die Leute entpuppten sich als junges Paar, das, wären sie nicht allein mit ihrem Wagenlenker unterwegs gewesen, Cyprian für frisch Vermählte auf der Reise zu einem neuen Wohnort gehalten hätte. Sie gingen vorsichtig und mit der Zärtlichkeit von Menschen miteinander um, die sich erst noch genauer kennen lernen müssen, aber das Gefühl haben, dass der jeweils andere ein Seelenverwandter ist. Die junge Frau wirkte zurückhaltender als der junge Mann, als habe sie sich noch einen Rest Misstrauen bewahrt; er hingegen, das war für einen scharfen Beobachter deutlich zu sehen, war ihr bereits völlig verfallen. Cyprian hätte in sich hineingegrinst, hätten sie ihm nicht deutlich vor Augen geführt, was er mit Agnes *nicht* hatte und wahrscheinlich niemals haben würde. Sie war mittelgroß und zierlich, soweit man das trotz der Rüstung sagen konnte, aus der ihr Kleid nach der spanischen Mode bestand; sie wirkte wie ein Mädchen, aber Cyprian konnte in ihren Augen lesen, dass sie wenn schon nicht die erforderlichen Jahre, so doch den nötigen Widerstand in ihrem Leben erfahren hatte, um die Bezeichnung Frau zu verdienen. Der junge Mann mochte in Cyprians Alter sein, ein dünner Kerl, dessen Bewegungen graziös, aber an der Schwelle zum Komischen waren – wenn er noch ein paar Pfund verlor, würde er wie ein Storch wirken. Sein Gesicht war hübsch und kam Cyprian nach längerem Betrachten bekannt vor. Diese Ahnung verwirrte ihn; er war noch nie in Prag gewesen, der junge Mann hatte von Wien zwar gehört, hatte die Stadt jedoch noch nie besucht. Was immer es war, das Cyprian wiederzuerkennen glaubte, es war nicht unangenehm.

Die beiden Wagenlenker verstanden sich auf Anhieb, zwei Fachmänner, die unter dem schräg stehenden Wagen lagen und darüber diskutierten, ob die gebrochene Achse repariert werden konnte oder besser ausgetauscht werden sollte.

»Wie auch immer, Baas«, sagte Cyprians Fahrer, nachdem er ihn beiseitegenommen hatte. »Die Schaluppe hier ist erst mal aufgelaufen, und das gründlich.« Er senkte seine Stimme. »Ich glaube, jemand hat ihnen gewünscht, dass das passiert.«

»Wie darf ich das verstehen?«

Der Lenker vollführte mit der Handkante eine sägende Bewegung über seine Holzprothese. Cyprian zog die Augenbrauen hoch.

»Ich kann's nicht mit Sicherheit sagen, Baas. Aber 'n Teil der Bruchkante sieht zu sauber aus. Die Leute können von Glück sagen, dass wir hier vorbeigesegelt sind. Wer weiß, welche Freibeuter sie sonst gekapert hätten.«

»Sabotage, um sie auf der Straße festzuhalten und dann auszurauben?«

Der Kutscher zuckte mit den Schultern. »Was glauben Sie, warum ich jede Nacht, in der wir in irgend'ner Stadt vor Anker lagen, in unserem Kahn geschlafen habe?«

»Der Wagenlenker?«

»Ich kann nich' für jeden die Hand ins Feuer legen, Baas.«

Cyprian überlegte einen Moment, dann wandte er sich dem jungen Paar zu.

»Unsere Kutscher sind sich einig, dass Ihr Wagen so schnell nicht wieder fährt.« Etwas in ihm sagte, dass er seine Mission so schnell wie möglich erfüllen und sich nicht mit zusätzlichen Reisegefährten belasten sollte; er ignorierte die Stimme. »Ich kann Sie mitnehmen bis zur nächsten Stadt. Dort können Sie dann veranlassen, dass Ihr Wagen geholt und repariert wird.«

»Das können wir nicht annehmen«, sagte der junge Mann.

Cyprian blickte sich um. Es mochte allenfalls um die zweite Stunde nach Mittag sein, und schon schien es, als sei die Dämmerung nicht mehr fern. Weiter vorn tanzte eine träge Schleppe aus Schneekristallen über die Straße und fiel wieder in sich zusammen. Momente später traf die kleine Bö, die den Schnee aufgewirbelt hatte, auf sie und hüllte sie in einen feinen Schauer.

»Was gefällt Ihnen so an der Alternative?«, fragte Cyprian und lächelte schwach.

Der junge Mann seufzte. »Sie sind sehr freundlich.«

»Ich bin Cyprian Khlesl.« Als der junge Mann einen Seitenblick auf das Wappen an Cyprians Wagen warf, fügte er hinzu: »Den hat mein Onkel mir geliehen. Mein Onkel ist der Bischof von Wiener Neustadt.«

»Dieser Wagen ist auch nur geliehen«, sagte der junge Mann. »Das ist ja das Schlimme an diesem Schaden. Darf ich vorstellen? Jarmila Anděl. Ich bin Andrej von Langenfels.«

»Ich dachte, Sie seien –«, sagte Cyprian und biss sich auf die Zunge.

»Ja?« Plötzlich wurde der junge Mann rot. »O nein, nein! Ich bin nur – wie sagt man – der Lehrer der junge Dame?«

»Natürlich«, sagte Cyprian. »Entschuldigen Sie.« Bei sich dachte er: Ihr armen Narren, man sieht es euch doch an den Nasenspitzen an. Habt ihr euch ein paar Tage Zeit gestohlen oder seid ihr auf der Flucht? Eine hässliche Stimme in seinem Inneren setzte hinzu: *nach Virginia?* »Wo wollten Sie hin?«

»Nicht eine Last für Sie sein wollen«, radebrechte die junge Frau.

»Keine Sorge. Dieses – äh – Grudimm liegt auf meiner Strecke, das ist die nächste größere Stadt. Dort finden Sie garantiert Unterkunft und einen Wagner. Oder hatten Sie ein anderes Ziel?«

»*Chrudim*«, sagte sie und lächelte schüchtern.

»Grudimm«, sagte Cyprian und zuckte mit den Schultern. Sie lachte.

»Wir sind Ihnen dankbar, wenn Sie uns nach Chrudim mitnehmen wollen«, erklärte der junge Mann.

»Also schön. Frau Anděl, Herr von Langenfels, genießen Sie die Gastfreundschaft von Bischof Melchior Khlesl.«

»Andrej«, sagte Andrej. Er streckte die Hand aus.

Cyprian ergriff sie. »Ich bin Cyprian. Und jetzt lassen Sie uns Männer Ihre Pferde abschirren und den Wagen beiseiteschieben, damit wir weiterfahren können.«

Als sie fertig waren, ließ Cyprian seinen neuen Bekannten vor sich einsteigen. Er warf seinem Wagenlenker, der bereits auf dem Bock saß und beiseitegerutscht war, um seinem Zunftgenossen Platz zu machen, einen Blick zu. Der alte Seebär gab ihn ruhig zurück. Dann griff er mit seiner gesunden Hand wie zufällig neben sich und lockerte etwas, das unauffällig in einer engen Lederschlinge steckte und wie ein lang gezogener Holzkeil aussah, wenn man nicht genauer hinblickte und den lederumwickelten Griff und das eiserne Band sah. Das Band saß da, wo das Holzteil mit dem Schädel eines Menschen in Kontakt kam, wenn man ihm das Ding überzog. Cyprian nickte seinem Wagenlenker zu, dann stieg er ein.

Chrudim lag auf einem Buckel, der sich unvermittelt aus der Landschaft schob, und krönte diesen mit zwei ungleichen Zwillingskirchtürmen und einer Stadtmauer mit vierschrötigen Wachtürmen, über denen sich ein massiger Torbau erhob und nach Westen schaute. Kurz zuvor hatte sich ein Streifen Himmel geöffnet, und die Abendsonne schien auf die Westfassaden der Gebäude: grauer und brauner Stein, plötzlich golden gefärbt vor dem dunklen Osthimmel. Jetzt war die Wolkendecke wieder geschlossen und ließ die Häuser und Wehranlagen aussehen, als habe sie jemand aus dem Acker gebrochen und im schmutzigen Schnee vergessen. Der Wagen hielt erneut an.

»Sichte Wachgänger voraus, Baas!«, rief Cyprians Wagenlenker. »Ich meine –«

»Ich kann's mir denken«, brummte Cyprian. Er wechselte einen Blick mit Andrej und schwang sich aus dem Wagen. Als Andrej ihm folgte, trat er ein Stück beiseite. Auf der Straße, noch weit vor den ersten Pfahlbürgerhütten außerhalb der Stadtmauern Chrudims, hatten sich vier Männern postiert. Die Männer trugen Spieße und Armbrüste und hatten einen entasteten Baum über die Straße gelegt.

»Was soll das bedeuten?«, fragte Cyprian.

Andrej zuckte mit den Schultern. Er sah besorgt aus.

»Muss ich noch irgendetwas über Sie beide wissen, damit ich mich nicht verplappere?«, fragte Cyprian. Er begegnete dem überraschten Blick Andrejs, ohne eine Miene zu verziehen. Andrej schüttelte den Kopf.

»Folgen wir der Strömung«, sagte Cyprian zu seinem Wagenlenker.

»Hä?«

»Weiterfahren.«

»Ach so. Alles klar, Baas.«

Beim Posten war die Weiterfahrt endgültig zu Ende. Cyprian, der zusammen mit Andrej neben dem Wagen hergegangen war, hatte gehofft, der Anblick des Wappens und das selbstbewusste Weiterfahren würden die Soldaten dazu bewegen, das Hindernis beiseitezuräumen. Näher gekommen, sah er, dass ihre Haltung weniger wütend als vielmehr ängstlich wirkte. Ein paar Griffe an Spießen wurden gewechselt, Armbrüste hoben sich kaum merklich und zielten zwar immer noch auf den Boden, aber auf den Boden zwischen Cyprians und Andrejs Beinen.

Andrej versuchte unaufgefordert sein Glück und erhielt auf seine Frage eine einsilbige Antwort. »Alle sollen aussteigen«, übersetzte er. Er wirkte so nervös, dass Verdacht zu schöpfen selbst dem dümmsten Wachposten leichtgefallen wäre. Cyprian verfluchte ihn im Stillen.

»Sie stehen unter dem Schutz des Bischofs von Wiener Neustadt«, sagte er aus dem Mundwinkel. »Beruhigen Sie sich.«

»Glauben Sie, die hier wissen, wo Wiener Neustadt liegt?«

Andrej half seiner Gefährtin heraus. Die Wagenlenker kletterten zögernd von ihrem Bock, der alte Seebär, indem er dabei demonstrativ seine Prothesen zeigte. Die Wachposten sahen sich gegenseitig an, als alle in einer Reihe aufgestellt waren. Cyprian erkannte, dass sie noch nervöser waren als Andrej. Sein Herz, das seit dem Anblick des Postens schneller geschlagen hatte, pochte nun schmerzhaft. Dann trat einer der Männer vor – und etwas wie Eiswasser rann Cyprians Rücken hinab, als der Wächter sich einen Tuchfetzen vor Mund und Nase schob. Man konnte sehen, wo der Atem des Wachtpostens das Tuch bewegte. Seine Augen waren starr vor Angst.

»Verdammt«, sagte Cyprian heiser.

»O mein Gott, die haben hier die –«, begann Andrej.

»Haben sie nicht«, sagte Cyprian. »Seien Sie still.«

Der Wachtposten näherte sich ihnen so vorsichtig, wie man an eine Schlange herantritt. Er musterte sie mit weit aufgerissenen Augen, einen nach dem anderen, und trat dabei so nahe an sie heran, dass Cyprian seinen Angstschweiß riechen konnte. Sein Blick heftete sich auf die Holzprothesen von Cyprians Wagenlenker. Er zog einen Dolch heraus und richtete ihn auf den alten Mann. Die Dolchspitze zitterte.

Cyprian hörte ein Wimmern. Es kam von Jarmila. Er sah, wie Andrej nach ihrer Hand griff und sie festhielt. Einer der anderen Wachposten reagierte, indem er seine Armbrust auf Andrej richtete. Aus dem Augenwinkel erkannte Cyprian, dass Andrej verzerrt lächelte und dem Wachposten zunickte. Dieser ließ die Waffe langsam wieder sinken.

Die Dolchspitze näherte sich der Stelle am verstümmelten Arm des Alten, an der sein ausgefranster Ärmel den Beginn der Holzprothese bedeckte. Sie schob den Ärmel langsam hinauf. Das Tuch vor dem Mund des Wachpostens bewegte sich heftig; Cyprian konnte seinen Atem pfeifen hören. Der alte Mann fasste ruhig mit der gesunden Hand hinüber und krempelte den Ärmel zurück. Über seinen Oberarm zog sich ein Geflecht aus Lederbändern, das die Prothese festhielt. Die Dolchspitze zitterte heftig. Der alte Mann löste die Prothese mit ein paar Handgriffen und zeigte den Armstumpf. Die Dolchspitze schwebte bebend über den zusammengenähten Hautlappen und den roten Abdrücken, wo sich die Manschette der Prothese in das Fleisch gedrückt hatte, dann zuckte sie zurück. Die Blicke des Wachpostens fielen auf die Beinprothese. Der alte Mann verdrehte die Augen. Der Wachposten blickte Hilfe suchend zu seinen Kameraden hinüber.

»Fragen Sie ihn, wo sie ihn haben«, sagte Cyprian zu Andrej.

»Wo sie ihn – *haben*? Wen?«

»Den Aussatz«, murmelte Cyprian.

»Sie meinen – o mein Gott –«

»Fragen Sie schon.« Der alte Wagenlenker machte Anstalten, sich ächzend hinzusetzen. »Bevor wir hier noch alle auseinandergenommen werden.«

Andrej räusperte sich und rollte etwas in der Sprache, die Cyprian seit seiner Ankunft hier ein Buch mit sieben Siegeln war. Der Scharführer der Wache antwortete nach einigem Zögern.

»Südosten«, sagte Andrej mit schwacher Stimme.

»Fragen Sie ihn, ob er weiß, wo diese Straße herkommt.«

Der Scharführer musterte Cyprian. Selbst über die zwanzig Schritte Entfernung konnte Cyprian erkennen, wie sich in seinem Gesicht der Wunsch widerspiegelte, alles richtig zu machen, und die Angst, bei einem Fehler seine ganze Heimatstadt auf dem Gewissen zu haben.

»Westen.«

»Fragen Sie ihn, ob er den Eindruck hat, dass wir von Westen gekommen sind.«

»Aber wir *sind* von Westen gekommen.«

»Fragen Sie ihn.«

Ein längerer Disput entspann sich. Offenbar hatte Andrej verstanden, worauf Cyprian hinauswollte. Der Wachposten mit dem Tuch vorm Gesicht nutzte die Gelegenheit und trat ein paar Schritte zurück; der alte Seebär begann damit, seelenruhig seine Prothese wieder anzuschnallen. Der Scharführer biss die Zähne zusammen und maß Cyprian erneut. Cyprian schenkte ihm ein Grinsen. »Das ist das Wappen des Bischofs von Wiener Neustadt«, sagte er und deutete auf seinen Wagen. »Wir sind heute Morgen in Tschaslau aufgebrochen. Wir kommen geradewegs aus Westen. Was immer im Südosten eurer Stadt vorgeht, wir sind nicht dort gewesen. Von uns geht keine Gefahr aus.«

»Irgendwie«, sagte Andrej, »fühle ich plötzlich gar kein so großes Bedürfnis mehr, nach Chrudim zu kommen.«

»Wenn sie den Aussatz schon in der Stadt hätten, würden sie keine solchen Vorsichtsmaßnahmen ergreifen. Ich bin überzeugt, die Stadt ist sicher.«

»Ich habe Angst um Jarka«, sagte Andrej schlicht.

»Kann ich verstehen«, sagte Cyprian. Die beiden Männer sahen sich an. Andrej senkte den Blick.

Der Scharführer schien zu einem Entschluss gekommen zu sein. Zwei seiner Männer wuchteten den Baumstamm so weit beiseite, dass der Wagen passieren konnte. Cyprian nickte ihm zu. Der Scharführer nickte zurück, das Gesicht noch immer von Zweifeln verzerrt. Cyprian beneidete ihn nicht; gute Wächter zweifeln immer, und der Scharführer war ein *sehr* guter Wächter.

Jarmila war bleich, als sie im Wageninneren Platz nahm. Sie flüsterte Andrej etwas zu. Andrej seufzte. Jarmila schüttelte den Kopf und redete auf ihn ein. Cyprian beobachtete sie, bis Andrej sich zurücklehnte und ein unglückliches Gesicht machte. Der Wagen fuhr mit dem üblichen leichten Ruck an.

»Was wollen Sie eigentlich in Chrudim?«, fragte Cyprian.

Die beiden wechselten einen Blick. »Jarka sucht nach Spuren ihrer Mutter«, sagte Andrej schließlich. Cyprian hatte den Eindruck, dass das nur die Hälfte der Wahrheit war. »Sie ist verschollen, als Jarka ein Kleinkind war – niemand weiß genau, wo.«

»Und Sie wollten ihr ausreden, die Reise fortzusetzen, aber wie die Frauen so sind, hat sie darauf bestanden, weiterzumachen.«

Andrej starrte ihn an.

»Na ja«, sagte Cyprian. »Irgendwo müssen Sie ja übernachten, wenn Sie nicht in Ihrem defekten Wagen bleiben wollen.« Er lehnte sich aus dem Fenster und musterte die Wachen, die am Straßenrand standen und dabei zusahen, wie der Lenker vorsichtig den Baumstamm umkurvte, als manövriere er ein zerbrechliches Schiff um eine Klippe herum, und vermutlich fühlte er sich auch so.

»Andrej – könnten Sie den Wachführer fragen, welche Orte im Südosten von der Lepra betroffen sind?«

Der Scharführer gab brummig Auskunft.

»Es ist nur ein kleines Gebiet, und sie haben es weiträumig abgeriegelt«, sagte Andrej. »Er sagt, wir haben nichts zu befürchten.«

»Na schön«, sagte Cyprian.

Der Scharführer folgte ihnen mit den Blicken. Cyprian gab einen Blick zurück. Es lag ihm nichts daran, den Scharführer zu reizen; der Mann tat nur seine Pflicht, und er hätte sie schlechter tun können. Cyprian setzte ein Lächeln auf und winkte ihm mit einer Bewegung zu, die ein halber Salut war. Der Scharführer sagte einen Satz, der sich anhörte wie eine längere Beschimpfung.

»Was meint er?«

»Er hat uns die Namen der betroffenen Orte genannt«, sagte Andrej.

»Und wie lauten sie?«

»Chrast, Rositz, Horka, Chacholitz, Skala und Podlaschitz.«

7

DIE GUTEN BÜRGER von Chrudim hatten einen Kreis um ein Gebiet gezogen, das etwa so groß sein musste wie Wien mit seinen Vorstädten, hatten auf allen Straßen, Wegen und Pisten Wachposten platziert und neben der Hauptstraße einen Galgen errichtet, um zu demonstrieren, was dem zustieß, der nicht einsah, warum er in dem abgeriegelten Gebiet bleiben sollte. Der Galgen war leer, aber das musste nichts weiter bedeuten, als dass jeder Gehängte sofort abgenommen und verscharrt wurde, weil er möglicherweise auch noch im Tod die Krankheit verbreitete. Wer sich innerhalb der Grenze befand, war entweder leprös oder musste sich damit abfinden, als leprös zu gelten. Wer das Pech gehabt hatte, sich dort auf Besuch zu befinden, besaß plötzlich die Bürgerrechte dieses lebenden Friedhofs; wer das Glück gehabt hatte, anderswo auf Besuch gewesen zu sein, während die Räte von Chrudim handelten, legte keinen Wert mehr darauf, seine Chraster, Rositzer, Horkaer, Chacholitzer oder Podlaschitzer Rechte einzufordern und antwortete auf die Frage, ob er nicht auch von dort stamme, mit einem empörten Augenaufschlag und der örtlichen Sprachvariante von »Wer, iiich?«. Man hatte ein Gebiet unbetretbar gemacht, das im Nirgendwo lag, durch das keine wichtigen Straßen liefen und das weder genügend Lebensmittel lieferte, um einen Posten im landgräflichen oder kaiserlichen Haushalt auszumachen, noch von strategischem Interesse war. Die Bewohner der betroffenen Orte hatten niemanden interessiert, als der Fluch des Aussatzes noch nicht über sie gekommen war; jetzt waren die Ortsnamen zwar in aller Munde, aber man konnte nicht behaupten, dass die Teilnahme an den Schicksalen der Menschen größer geworden wäre. Die Gegend wäre selbst im Hochsommer bestenfalls beruhigend gewesen; im Februar und in der Morgendämmerung war sie trostlos. Die braunen und weißen Flächen sahen aus, als wäre das Land selbst von der Lepra befallen. Es war kein Wunder, dass die Lage des Orts, an dem das Vermächtnis des Satans entstanden war, jedem Gedächtnis entschwunden war; und jemand, der leichter zu beeindrucken gewesen wäre als Cyprian, hätte sich beklommene Gedanken gemacht angesichts der Tatsache, dass hier, wo einst ein eingemauerter Mönch und der Teufel versucht hatten, einander zu betrügen, Land und Leute gleichermaßen vom Aussatz befallen waren.

Stattdessen machte Cyprian sich Gedanken, ob es ihm gelingen würde, aus dem Kessel wieder zu entkommen. Hineinzukommen war einfacher gewesen, als er es sich vorgestellt hatte. In der Morgendämmerung war die Aufmerksamkeitsspanne der Wächter auf dem Tiefpunkt. Alles, was es gebraucht hatte, war, sich aus Chrudim hinauszustehlen, bevor die Tore geschlossen wurden, sich zu Fuß auf den Weg nach Chrast und Umgebung zu machen, während der Nacht nicht von der Richtung abzuweichen und sich dann in der Nähe eines Postens zu verstecken. Als der Himmel erste Anzeichen von Dämmerung zeigte und die Posten von der Nachtwache erschöpft, von der Kälte zermürbt und von der Aussicht auf Ablösung abgelenkt waren, hatte er sich durch einen niedrigen Streifen Nadelwald geschoben und das Land der Teufelsbibel betreten.

Chrast war ein formloser Haufen Häuser. Es lag an der Flanke eines nach Südosten abfallenden Hügels. Man konnte die anderen Ansiedlungen gut von dort überblicken: sie lagen Chrast zu Füßen wie die verschmachteten Kälber einer toten Kuh. Dass Podlaschitz einmal der Mittelpunkt dieser Gegend gewesen sein musste, bevor die Teufelsbibel, die Hussitenkriege oder beides miteinander über Land und Leute gekommen waren, war klar zu erkennen – die Klosterkirche, die zwei halbzerstörte Türme in die Gräue reckte, inmitten geborstener Mauern lag und an das halb zerfressene Skelett eines riesigen Kadavers erinnerte, war bis hierher zu sehen. Aus den Häusern derjenigen, die beschlossen hatten, statt zu erfrieren lieber zu verhungern, stiegen Rauchsäulen und hauchten den Geruch von feuchtem Holzbrand in die Morgenkälte. Entgegen der landläufigen Meinung starb es sich an Lepra nicht so leicht, wenngleich die meisten, die sich mit der Seuche angesteckt hatten, von ihrer Umgebung als tot betrachtet wurden und es sich zweifellos selbst wünschten. Es waren wenige Häuser, an denen ein derartiges Lebenszeichen wahrzunehmen war. Wie es in denen aussah, die still unter der Wolkendecke lagen, wollte Cyprian sich nicht vorstellen.

Er benutzte kahles Gebüsch, Heuschober und Bodenwellen als Deckung auf seinem Weg nach Podlaschitz hinunter, obwohl er keine Menschenseele erblickte. Er ertappte sich dabei, wie er vor Berührungen all der Dinge zurückzuckte, die von Menschenhand gemacht waren – Steinmauern, zusammengetragene Totholzhaufen, die geschälten Pfosten von Unterständen – und redete sich ein, es sei wegen der Kälte. Das Bewusstsein eines Mannes konnte ihm noch so oft vorsagen, dass nie ein Mensch vom Aussatz befallen worden war, weil er in einem Lepragebiet etwas angefasst hatte, das seit langem Wind und Wetter ausgesetzt gewesen war; doch der Körper hatte sein eigenes Wissen und zog die Hände schneller zurück als das Denken den Reflex überwinden konnte. Als Cyprian die Bachböschung hinunterrutschte, die das halb zugefrorene Rinnsal neben der Klosterruine einfasste, schwitzte er. Von seinem Versteck aus musterte er das Areal, das vor ihm lag und über dem sich das Gerippe der Kirche erhob. Er hatte es sich größer vorgestellt. Es war natürlich idiotisch, zu glauben, dass Bosheit und Verderben immer räumliche Größe brauchten, um zu gedeihen; man erwartete es dennoch nicht anders.

Der Torbau war in sich zusammengefallen und stellte sich als das perfekte Hindernis dar, um jedem den Zutritt zu verwehren; allein der gemauerte Bogen war noch übriggeblieben und spannte sich über ein grau-weiß geschecktes Trümmerfeld. Die in sich zusammengesackte Mauer gleich daneben bot sich als neuer Tordurchgang an; die herausgebrochenen Steine lagen so, dass man sie als Treppe benutzen konnte. Cyprians Atem ging stoßweise und verdampfte in der Luft. Es regte sich nichts in jenem Monument der Zerstörung, in jenem Zentrum menschlicher Fäulnis, nicht einmal Raben, die sich überall dort sammelten, wo es etwas zu picken gab, waren zu sehen. Wer wollte, konnte das Verderben spüren, das noch immer von den Mauern ausströmte, in denen einst ein Mönch das Testament des Satans geschrieben hatte. Cyprian wollte es nicht und meinte dennoch, es zu fühlen. Je länger er die erstarrte Trümmerlandschaft betrachtete, umso mehr stellten sich seine Haare auf.

»Verdammter Mist«, flüsterte er schließlich in die Totenstille.

»Ich pflichte Ihnen bei«, antwortete eine Stimme.

Cyprian warf sich herum. Er hatte wie immer keine Waffe eingesteckt. Seine Hände ballten sich zu Fäusten. Um die Biegung des mäandernden Baches herum spähte ein bleiches Gesicht zu ihm herüber, auf dem die roten Wangen und die erfrorene Nase wie aufgemalt wirkten.

»Ich bin Ihnen gefolgt«, sagte der Mann. »Sie machten den Eindruck, als wüssten Sie, was Sie tun, und ich habe ehrlich gesagt nur darin Erfahrung, vor Stadtknechten davonzurennen.«

Cyprian starrte ihn an. Der Mann zuckte die schmalen Schultern.

»Sie dagegen bewegten sich so, als hätten Sie Ihr ganzes Leben nur damit verbracht, Wachposten zu umgehen.«

»Sie sind ein Bettler oder ein Dieb«, sagte Cyprian zuletzt.

»Der kleine Andrej war einer. Und Sie – Sie sind ein Spion, stimmt's?«

»Alles, was der kleine Cyprian nie werden wollte«, sagte Cyprian.

Die beiden Männer musterten sich. Cyprian verfluchte sich im Stillen, nur darauf geachtet zu haben, dass er nicht entdeckt wurde, anstatt zu versuchen, jemand anderen zu entdecken, der ihm nachschlich. Hinter Andrejs magerer Fassade schien mehr zu stecken, da er es geschafft hatte, Cyprian zu überraschen. Cyprian stieß die Luft aus.

»Kommen Sie herüber«, zischte er.

Andrej von Langenfels krabbelte an Cyprians Seite. Er war bedacht, dass sein Kopf nicht über dem Rand der Bachböschung zu sehen war. Als er sich neben Cyprian auf die kalte Erde presste, konnte Cyprian erkennen, dass der andere nicht weniger schweißgebadet war als er selbst. Unwillkürlich stahl sich ein Lächeln auf seine Lippen.

»Meine Mutter hat mich immer davor gewarnt, verschwitzt im Schnee zu liegen«, sagte er.

»Hätte meine eigene Mutter sein können«, sagte Andrej, aber er erwiderte das Lächeln nicht. Er wandte den Blick ab.

»Was haben Sie hier verloren?«

»Wie ich sagte: Jarka sucht nach den Spuren ihrer Mutter. Ich habe Grund zur Annahme, dass sie hier in diesem Kloster umgekommen ist.«

»In diesen gottverlassenen Ruinen?«

Andrej spähte über den Rand und zog den Kopf wieder zurück. In seinem Gesicht arbeitete es. Er warf Cyprian einen Seitenblick zu. »Hat sich ganz schön verändert, seit ich zuletzt hier war.«

»Sie waren schon einmal hier?«

»Als kleiner Junge. Als hier der Aussatz noch nicht herrschte. Als es noch ein Tor gab in jenem Torbogen.«

»Mit Ihrer Mutter?«

Andrej erstarrte. Cyprian war betroffen, wie sehr sein Körper sich versteifte. Andrejs Blick war fast gehetzt. »Wie?«

»Jemand hat mich gelehrt, auf gewisse Dinge Acht zu geben. Ich habe Recht, oder?«

»Der Jemand, für den Sie hier spionieren?«

Cyprian grinste schwach.

»Was suchen *Sie* hier, Cyprian?«

»Was ist Ihrer Mutter zugestoßen? Und – Jarkas? Das ist Jarmila, oder? Sie nennen sie Jarka?«

»Ich weiß, was Sie hier wollen«, sagte Andrej.

»Tatsächlich?«

»Ich kenne Typen wie Sie. Mein Vater suchte das Gleiche hier. Gefunden hat er nur den Tod.«

Cyprian sagte sehr langsam: »Ich denke, wir sollten uns gegenseitig reinen Wein einschenken.«

»Fangen Sie an.«

Cyprian hob die Hand. Sein Blick schweifte ab.

»Was …?«

»Seien Sie still!«, zischte Cyprian. Andrej presste sich noch enger an die Böschung. Seine Augen erwiderten Cyprians Blick. Auch er hatte es gehört.

Cyprian hob den Kopf so vorsichtig wie ein Landsknecht, der in einer umkämpften Stadt um die Ecke späht. Die Ruine lag immer noch so tot und stumpf vor seinen Augen wie zuvor. Andrej schob sich neben ihm nach oben. Als Cyprian zu glauben begann, dass er sich getäuscht hatte, hörte er es wieder: ein Scharren und Schlurfen. Als es verstummte, rasselte etwas. Cyprian schluckte, als ihm klar wurde, dass das Rasseln der Atem eines Menschen war. Dann stand plötzlich eine hochgewachsene Gestalt in der Lücke, die als neuer Tordurchgang diente. Sie trug eine zerfetzte schwarze Kutte mit einer Kapuze über dem Kopf.

Andrej machte ein Geräusch in der Kehle, das Cyprian dazu veranlasste, seine Pranke auf Andrejs Hand zu legen. Sein Begleiter hatte die Faust in den halb gefrorenen Dreck gekrallt. Vorne pendelte die schwarze Gestalt, den Kopf unter der Kapuze, hin und her wie eine Schlange, die glaubt, Witterung aufgenommen zu haben.

Cyprian rutschte unter die Kante der Böschung und zog Andrej mit sich. Sein Herz schlug bis zum Hals, und auf einmal spürte er die Kälte und Nässe des Bodens, auf dem er lag. Er hatte einen Blick in das Gesicht unter der Kapuze werfen können, bevor er in Deckung gegangen war.

Er hatte etwas erblickt, das nicht menschlich ausgesehen hatte, und in zwei Augenlöchern etwas zucken sehen, dem Schmerz, Hass und Einsamkeit alle Menschlichkeit genommen hatten.

8

»IHRE GESCHICHTE IST unvollständig«, sagte Cyprian. Er und Andrej hatten sich zwischen die vollkommen leblos daliegenden Hütten zurückgezogen, die das Dorf rund um das ruinierte Kloster bildeten. Mittlerweile hatte ein Nieselregen eingesetzt, der zur Hälfte aus Eiskristallen und taumelnden Schneeflocken bestand. Sie duckten sich unter einen löchrigen Dachüberstand.

»Wie damals«, brummte Andrej. »In dieser Gegend ist es ständig Winter.«

Cyprian beobachtete die schwarze Gestalt, die durch das Flimmern des Niederschlags sichtbar war wie ein langsam flackerndes Loch in der Realität. Sie schlurfte um das Kloster herum, blieb da und dort stehen, kratzte mit umwickelten Fingern auf dem Boden oder an den Steinen und taumelte dann weiter. Es hatte sich keine weitere Gestalt gezeigt. Irgendetwas in Cyprians Hirn weigerte sich, das Wesen in der Kutte als Menschen zu bezeichnen.

»Was ist aus Ihren Eltern geworden?«

Andrej sah auf. »Das ist es, was meine Geschichte und die Jarkas verbindet. Ich weiß es nicht mit Sicherheit. So wie sie nicht weiß, was mit ihrer Mutter geschehen ist, außer, dass sie tot sein muss. Aber ich bin Zeuge geworden, wie ein Dämon ein Dutzend Frauen ermordet hat, und es passt damit zusammen, was sie von ihrer Mutter weiß.«

»Der Dämon war ein Mönch, und Mönche pflegen Menschen zu sein«, sagte Cyprian.

Andrej wies mit dem Kinn zu der schlurfenden Schattengestalt, ohne hinzusehen. »So wie das da?«

Cyprian schwieg. Andrej schenkte ihm ein schiefes Lächeln.

»Sie sagen, es gab zwei Sorten Mönche? Die üblichen und die schwarz gekleideten?«

Andrej nickte.

»Glauben Sie, dass die einen spezielle Wächter für das Buch waren?«

»Was mich angeht«, sagte Andrej, »glaube ich nicht mal, dass es das Buch überhaupt gibt. Mein Vater war voll von solchen Geschichten, und der Codex, der das Wissen des Teufels enthält, war nur die Spitze seiner Fantastereien. Sie tun mir leid, wenn Sie auch dieser Chimäre nachjagen.«

Cyprian zuckte mit den Schultern. Er verzichtete darauf, Andrej darauf hinzuweisen, dass sein Vater niemals wieder aus dem Kloster aufgetaucht war und dass er selbst Zeuge geworden war, wie ein Wahnsinniger mit seiner Axt unter Frauen und Kindern gewütet hatte.

»Wieviel weiß Jarmila von Ihrer Geschichte?«

»Alles. Warum?«

»Nur so.«

»Hören Sie, Cyprian. Ich habe diese Geschichte mindestens tausendmal einem Menschen erzählt, der in des Kaisers Kleidern in des Kaisers Palast in Prag hockt und das Leben einer gedunsenen Giftkröte führt, die jeder fürchtet und deren Goldschatz jeden mit Gier erfüllt. Weshalb hätte ich sie nicht der Frau erzählen sollen, die ich –«

»Ja, weshalb?«, sagte Cyprian.

»Sie unterstellen Jarka unlautere Motive, nur weil sie und ich –«

»Ich wünsche Ihrer Liebe von Herzen alles Gute«, sagte Cyprian in einer Tonlage, die Andrej dazu brachte, aufzusehen und ihn zu mustern.

»Andrej, es ist mir egal, ob Sie hier sitzen und auf mich warten, bis ich wieder aus diesem zusammengefallenen riesigen Rattenloch auftauche, oder ob Sie auf eigene Faust nach Chrudim zurückzugelangen versuchen. Aber wenn Sie Ihr Ziel weiter verfolgen wollen, herauszufinden, was mit Ihren Eltern und mit Jarmilas Mutter wirklich geschehen ist, dann haben Sie nur eine Chance, wenn Sie mich dorthinein begleiten. Und wenn Sie das tun, tun Sie es nach meinen Regeln. Haben Sie das verstanden?«

»Tun Sie nicht so, als hätten Sie alle Weisheit mit dem Löffel gegessen! Das Leben, das ich als Junge geführt habe, hätten Sie keine zwei Wochen überlebt.«

»Sie sind in diese Geschichte persönlich verwickelt«, sagte Cyprian ruhig. »Ich führe nur einen Auftrag aus und will ihn so schnell wie möglich hinter mich bringen. Wer geht mit kühlerem Herzen in diese Sache hinein?«

»Ihr Herz ist nicht so kühl, wie Sie es gerne hätten.«

Cyprian erwiderte nichts. Andrej machte eine wegwerfende Handbewegung. »Verdammt«, sagte er. »Na gut. Machen Sie den Anführer, wenn Sie unbedingt wollen. Ich komme mit.« Er nestelte an seiner Gürteltasche herum und zog zu Cyprians Überraschung aus einem versteckt in ihren Quetschfalten liegenden Futteral ein dünnes Messer hervor. Er wog es in der Hand und blickte dann zu Cyprian auf.

»Ich habe Ihnen doch gesagt, Sie hätten meine Kindheit nicht überlebt«, sagte er.

»Lassen Sie das Messer hier«, sagte Cyprian. »Wer eine Waffe hat, benutzt sie auch. Wir wollen keine späte Rache üben oder etwas mit Gewalt erzwingen.«

»Sie sorgen sich um das Leben von wandelnden Toten«, sagte Andrej, aber er legte das Messer unter ein modriges Brett.

»Ich sorge mich mehr um das Leben von zwei Arschlöchern, die in das Reich der Toten eindringen wollen«, sagte Cyprian.

Andrej sah ihn an. Cyprian lächelte. Andrej lächelte zurück. Cyprian sah die Tränen in den Augen des anderen, die dieser mühsam zurückhielt. Er wandte sich ab und trat in den Nieselregen hinaus.

9

ABT MARTIN STAND in den Schatten außerhalb der Zelle und betrachtete die Truhe. Die Ketten glänzten matt im Licht der Tranfunzeln. Er konnte *sie* hören, gesichert in ihren mehrfachen Sarkophagen aus kleiner werdenden Truhen, deren jede mit Weihwasser besprengt und mit Rosenkranz und Kruzifix behängt worden war, konnte *sie* hören in ihrem Leichentuch aus Sackleinen tief im Zentrum ihres Verlieses: die Teufelsbibel. Sie vibrierte. Sie brummte. Sie pochte. Er nahm an, dass er die Geräusche mehr in seinem Herzen als in seinen Ohren vernahm, aber es gab keinen Zweifel daran, dass sie da waren. Die Teufelsbibel lebte. Sie rief nicht. Sie lockte nicht. Sie drohte nicht. Sie war nur da. Sie wartete. Sie wusste, dass irgendwann jemand kommen und die Truhe öffnen und ihr die Macht verleihen würde, derentwegen sie geschaffen worden war, und bis dahin konnte sie warten. Abt Martin spürte die leidenschaftslose Geduld des Buches in seinem Kerker und fror.

»Ehrwürdiger Vater?«

Abt Martin drehte sich langsam um. Pavel war ein magerer, kapuzenverhüllter Umriss, der sich neben ihm aus dem Dunkel geschält hatte. Die beiden Männer standen nebeneinander und starrten in die Zelle hinein. In den vergangenen Jahren hatten sie oft so gestanden und die Truhe angestarrt.

»Die Zeit des Friedens geht zu Ende«, sagte Martin.

»Es hat nie eine Zeit des Friedens gegeben«, sagte Pavel. »Nicht in der Welt. Hier drinnen schon.«

»Den Frieden der Angst. Den Frieden des Wartens darauf, dass etwas passiert.«

»Es war dennoch ein Frieden.«

»Er hat aufgehört an jenem Tag vor zwanzig Jahren.«

Martin nickte. »Ich weiß. Jeder Tag seither war ein geschenkter Tag.«

»Für mich«, sagte Pavel, »war jeder Tag seither ein heiliger Tag. Dasselbe gilt für Buh, auch wenn er es nicht so ausdrücken könnte.«

»Sein Sprachproblem hat sich nie gebessert, stimmt's?«

»Gnnnn!«, machte Pavel und lächelte. Abt Martin spürte, wie das Lächeln auch auf seinem Gesicht erschien. Niemand außer Pavel hätte Buh verspotten dürfen; niemand außer Pavel hätte es getan; und Pavels Spott war so voller Zuneigung und Wärme für den großen, ungeschlachten Mann, dessen er sich seit seiner Novizenzeit angenommen hatte, und so frei von aller Schärfe und Zynismus, dass es einem die Kehle eng machen konnte. Hier hatten zwei Seelen zusammengefunden.

Pavel wandte sich von der Truhe ab und trat einen Schritt zurück. Martin folgte ihm in den finsteren Schacht hinein. Wie jedes Mal, wenn er sich aus dem unmittelbaren Bannkreis des Buches begab, fühlte er Erleichterung und den Wunsch, nie wieder hierher zurückzukehren. In der Regel verblasste der Wunsch, sobald er wieder an die Oberfläche kam, und wurde abgelöst von dem Bedürfnis, sofort wieder hinunterzusteigen und nachzusehen, ob es wirklich noch *sicher* war. Er hatte sich seit langem darauf beschränkt, dem Bedürfnis nur einmal in der Woche nachzugeben. Die anderen Tage waren seine persönliche Buße. Es gab Mönche, die sich jede Nacht in ihrer Zelle geißelten, bis das Blut kam. Abt Martin versagte sich sechs Nächte von sieben, zum Verlies der Teufelsbibel zu schleichen und sich zu vergewissern, dass die Ketten noch hielten. Er beneidete die Flagellanten um die vergleichsweise geringe Pein, die sie erdulden mussten. Dumpf ahnte er, dass er eines Tages vor der Truhe stehen, die Ketten aufschließen, die einzelnen Sarkophage öffnen und das Buch aus seiner Umhüllung befreien würde, nur um sicherzugehen, dass – – und sie damit befreien und das Übel über die Welt bringen würde. Es war eine Ahnung, die ihn in den Stunden zwischen Mitternacht und Dämmerung auf dem Boden seiner Zelle knien und mit verkrampften Händen und geschlossenen Augen wie ein Kind beten ließ: *Herr, hilf mir in meiner Not.*

»Wie sieht es draußen aus?«, fragte Pavel.

»Schatten, die zwischen Mauern taumeln und warten, dass der Tod sie holt«, sagte Martin. »Wer hätte gedacht, dass wir einmal von Seuche und Verderbnis belagert würden?«

»Barmherzigkeit?«, fragte Pavel.

»Es wird immer schwerer, die Brüder dazu zu bewegen, Trost und Wärme zu spenden. Ich will sie nicht dazu zwingen. Sie haben alle zu große Angst, sich mit der Seuche anzustecken.«

»Wir haben keine Angst. Wir würden ...«, begann Pavel.

Abt Martin blieb auf der unregelmäßigen Steintreppe stehen, die hinauf an die Oberfläche führte. Weit oben schimmerte ein Lichtpunkt – die Klappe in der ansonsten verschlossenen Tür, durch die Pavel und seine sechs Mitbrüder nach draußen kommunizieren konnten. Er legte dem mageren kleinen Mönch eine Hand auf die Schulter.

»Ich weiß«, sagte er sanft. »Aber es ist nicht die Aufgabe der Kustoden.«

»Unsere Aufgabe ist der Schutz der Klostergemeinschaft und der Welt. Wir fürchten uns nicht, ehrwürdiger Vater. Könnte man sich nicht vorstellen, dass dieser Dienst auch beinhaltet, den Brüdern oben und den Menschen draußen zu *helfen*?« Auch Pavel verstand sich auf die Kunst, mit ungesagten Sätzen zu sprechen. In diesem Fall verschwieg er, dass er eigentlich sagen wollte: *dir zu helfen, ehrwürdiger Vater.*

Abt Martin wusste genau, dass der junge Mönch ihn verehrte und sich hätte kreuzigen lassen, wenn er nur das Gefühl gehabt hätte, Abt Martin damit unter die Arme greifen zu können. Pavels Verehrung erfüllte ihn mit Wärme und Entsetzen gleichermaßen; er hatte nicht den Eindruck, dass er, ein Mann der Fehler, Schwächen und Ängste, es verdiente, von jemandem verehrt zu werden, und schon gar nicht von einem aufrechten, loyalen Glaubensbruder wie Pavel. Er räusperte sich.

»Du kennst die Aufgabe, Bruder Pavel«, sagte er.

Pavel nickte und zuckte gleichzeitig mit den Schultern.

Sie stiegen weiter nach oben.

»Es wird jemand kommen«, sagte Abt Martin.

»Zu uns?«

»Zu *ihr.*« Martin deutete in die Finsternis, aus der sie emporkletterten.

»Woher weißt du das?«

»Ich spüre es. Ich höre es. Ich stehe vor ihrem Versteck und fühle, wie sie wartet. Es ist, als ob sie zu mir spräche, auf eine Weise, die die Ohren nicht erreicht, aber die man trotzdem vernimmt. Sie wartet. Wer wartet, zu dem wird irgendwann jemand kommen.«

Er hörte, wie Pavel vorsichtig einatmete.

»Ehrwürdiger Vater …«, begann er.

»Es wird jemand kommen«, wiederholte der Abt. »Die Zeit des Friedens ist vorüber. Ich weiß es. *Sie* weiß es.«

»Ehrwürdiger Vater …«

»Spürst du es nicht, Pavel? Du bist Tag und Nacht in ihrer Nähe. Spricht sie nicht zu dir?«

»Ich muss umkehren, ehrwürdiger Vater.«

Martin blickte auf und erkannte, dass sie oben an der Tür angekommen waren. Mechanisch griff er nach dem Schlüsselbund. Pavels Gesicht sah im einfallenden Licht jung, hager und bleich aus. Die Kapuze beschattete seine Augen, doch Martin wusste, dass der junge Kustode ihn musterte. Er versuchte vergeblich zu lächeln.

»Wir müssen darauf vorbereitet sein«, sagte er und legte Pavel erneut die Hand auf die Schulter. Pavel griff nach ihr, drückte sie fest und küsste sie dann.

»Gott der Herr segne und behüte uns«, sagte er.

»Ja«, sagte Martin. »Amen.«

Er sah Pavel zu, wie dieser die Treppe hinunterstieg, bis die Dunkelheit ihn samt seiner schwarzen Kutte verschlang. Dann schloss er die Tür auf, trat ins Freie und verschloss sie wieder sorgfältig. Als er sich abwandte, begann der Wurm in seinem Herzen bereits zu nagen: Hatte er sich wirklich vergewissert, dass die Ketten um die Truhe fest saßen?

10

»Was hat er gesagt?«

Der Heilige Vater war nicht ganz bei der Sache. Die breitschultrige Gestalt Ippolito Aldobrandinis – Papst Clemens VIII. – saß zwar reglos in seinem Sessel, seinen Bittstellern zugewandt, aber der Kopf mit seinem wallenden weißen Großvaterbart neigte sich ständig zur Seite, und seine eindrucksvoll geschwungenen Brauen hoben und senkten sich unaufhörlich, während er gleichzeitig dem Flüstern der Priester lauschte, die links und rechts neben seinem Stuhl standen. Flüstern – Papst Clemens, nach seinen hinfälligen und vergreisten Vorgängern endlich wieder ein Mann, welcher dem Äußeren nach zu schließen voller Kraft und Leben steckte, war so taub wie eine Nuss, und was er an leisen Tönen hätte hören können, verschlang das Geraschel der *vittae*, der beiden losen Bänder an der Tiara, die nach hinten hätten herunterhängen sollen, ihm aber ständig über die Ohren fielen.

Pater Hernando war der Nächste in der Reihe derer, die zur Privataudienz des Heiligen Vaters zugelassen waren, und obwohl das bedeutete, dass er mindestens zwanzig Schritte entfernt war, verstand er jedes Wort, das Papst Clemens an den Mann richtete, der vor ihm kniete. Was das betraf, verstand er auch jedes Wort, das der Kniende vorzubringen hatte; nicht, weil dieser selbst so laut gesprochen hätte, sondern weil der eine Priester an des Papstes Seite es mit donnerndem Flüstern in eine für den Heiligen Vater vernehmbare Lautstärke übersetzte.

»Raben?«, erwiderte der Papst mit seinem eigenen dröhnenden Flüstern.

»Knaben, Heiliger Vater. Es geht um die Knaben.« Der zweite Priester deutete etwas an, was ihm selbst bis zum Brustbein gereicht hätte. »Junge männliche Kinder, Heiliger Vater.«

Papst Clemens neigte sich zu dem Priester an seiner anderen Seite. »Ein guter Hinweis«, flüsterte er in voller Lautstärke. Die Augen des Priesters, in dessen Ohr er flüsterte, zuckten schmerzvoll. »Wir hätten beinahe vergessen, danach zu fragen. Wie viele hast du selektiert, mein Guter?«

»Knapp zwei Dutzend, Heiliger Vater.«

»Zwei Dutzend.« Papst Clemens nickte.

Der Mann auf dem Boden sagte etwas. Pater Hernando konnte von hinten erkennen, dass seine Ohren glühten.

»Hä?«

»Er sagt, es sind drei, Heiliger Vater. Nur drei, aber trotzdem –«

Papst Clemens lächelte auf den Mann vor seinem Thron nieder. »Du hast Uns drei von den göttlichen Geschöpfen mitgebracht, mein Sohn? Der Segen des Herrn sei mit dir.«

»Nicht ganz, Heiliger Vater«, sagte der zweite Priester mit betont gleichmütiger Miene. »Er hat keine Knaben mitgebracht. Es geht vielmehr darum, dass der Priester des Dorfes, dessen Ältester dieser gute Christ hier ist, sich an den Knaben –«

»Exakt«, sagte der Papst. »Es wäre wirklich ein christlicher Einfall, wenn jede gute Gemeinde ihre viel versprechenden Knaben hierher nach Rom senden würde.« Er lehnte sich zu dem anderen Priester hinüber. »Notiere diesen Einfall, mein Guter. Wir werden ein Dekret herausgeben.«

»Sehr wohl, Heiliger Vater.«

Papst Clemens fasste den Bittsteller vor sich ins Auge. Er lächelte erneut. »Drei ist eine gute Zahl, mein Sohn. Vier wären natürlich besser, gar nicht zu sprechen von zwei Dutzend.«

»Heiliger Vater«, sagte der Priester, der als Übersetzer diente, »darf ich Euer Augenmerk nochmals darauf lenken, dass dieser Mann hier eine Klage gegen den Priester seines Dorfes vorbringt und ihm ein geradezu monströses Vergehen vorwirft, nämlich sich über Jahre hinweg an drei Knaben vergangen –«

»Gott liebt Musik«, sagte der Heilige Vater. Er lächelte den Mann vor sich unverwandt an. »Gott liebt die hellen Töne. Er kann sie so viel besser hören als die tiefen.«

Gott, dachte Pater Hernando. Kein anderer als er. Er hört uns zu und freut sich an den hellen Tönen. Ganz gewiss. Sein Herz sank mit jedem Satz, den er von vorn vernahm.

»Musik!«, sagte der Papst. »Aber hast du dich einmal in den Kirchen hier in Rom umgesehen, mein Sohn? Hast du dem Jubel gelauscht? Ordensschwestern, wohin man schaut! Kaum eine hehre männliche Seele, die das Kyrie singt, und wenn, dann hört man nur *brumm-brumm-brummelbrumm* – als ob Gott das vernehmen könnte!« Papst Clemens schüttelte den Kopf, dass die *vittae* flatterten. »Ein Bär im Wald singt schönere Töne.« Er wandte sich an den Priester zu seiner Linken. »Zwei Dutzend, hast du gesagt, mein Guter?«

»Nicht exakt, Heiliger Vater.«

»Exakt, wie? Gott der Herr schaut wohlgefällig auf Uns herab.«

»Was nun das Anliegen dieses Mannes betrifft –«, sagte der zweite Priester, »er hat sich schon an den Bischof seiner Diözese gewandt, aber keine Hilfe erhalten. Er ist hierhergereist im festen Vertrauen auf das Verständnis und die Hilfe des Heiligen Stuhls.«

»Exakt«, sagte Papst Clemens. »Nur Knaben haben jene

Stimmen, die Gott als Gesang hören will. Knaben –« Er lächelte und zuckte gleichzeitig mit den Schultern. »Aber aus Knaben werden Männer, nicht wahr? Aus Glockentönen wird Bärengebrumm – doch Wir wissen, wie Wir das verhindern können, mein Sohn, und Wir danken dir im Namen der drei Geschöpfe, die du zu Uns senden willst, dass du ihnen das Schicksal ersparst, das sie sonst zu tragen hätten.« Der Papst lächelte gütig. Er legte Daumen und die beiden ersten Finger der rechten Hand zusammen, als würde er zwischen ihren Fingerspitzen ein delikates Werkzeug halten, und machte zwei kleine, ruckartige Bewegungen, als würde er im Kreis um etwas herum schneiden. »So ein kleiner Eingriff nur, und Gottes Gnade und der Dienst am Gotteslob für das ganze Leben!«

Pater Hernandos Hoden, die sich angesichts der Handbewegung des Papstes in die Bauchhöhle zurückgezogen hatten, schienen dort vorerst bleiben zu wollen. Seine Bauchmuskeln verkrampften sich schmerzhaft. Er hatte Mühe, ein ausdrucksloses Gesicht zu machen. Er hörte das unwillkürliche Winseln, das dem Mann auf den Knien vor dem Papstthron entwich.

»Warten die drei Geschöpfe draußen, mein Sohn? Führ sie herein. Ich bin sicher«, – ein freundlicher Blick traf Pater Hernando –, »dass jeder gerne wartet, wenn es darum geht, die künftigen Verkünder des Gotteslobs zu begrüßen.«

»Heiliger Vater!«, sagte der Priester, der übersetzte, und man konnte beim besten Willen nicht mehr sagen, dass er flüsterte. »Heiliger Vater, dieser Mann bittet um Rat und Hilfe, weil drei Knaben in seinem Dorf den Priester beschuldigen, ihnen seit Jahren Gewalt anzutun!«

Papst Clemens blickte auf. Kühn geschwungene Augenbrauen rutschten bis zum Ansatz der Tiara. Seine Blicke zuckten von dem Bittsteller zum Priester und zurück.

»Wenn das so ist«, begann er. Seine Miene hellte sich auf.

»Umso besser, mein Sohn, wenn du die drei Geschöpfe zu Uns sendest. Unsere Chirurgen werden sich ihrer annehmen, und dann gibt es nichts mehr, was sie daran erinnert, dass sie einen Mann Gottes – unbeabsichtigt, da bin ich mir sicher, Knaben sind die reinsten Gotteskinder! – verführt haben. Alles, was es noch geben wird, ist Musik und die Glockentöne des wunderbarsten Gesangs. Gehe hin in Frieden, mein Sohn. Gott sei mit dir.«

Der Bittsteller wankte an Pater Hernando vorbei, ein grauhaariger, gebeugter Mann mit unrasierten Wangen, von dem der Straßengeruch einer langen Reise ausging und der noch Stiefel und Mantel trug. Hernando sah die Tränen in den Augen des Mannes glitzern; er stolperte nach draußen, ohne einen anderen Menschen anzublicken. Pater Hernando schluckte. Als er aufsah, traf sein Blick auf das erwartungsvoll-freundliche Gesicht des Papstes und die gleichmütigen Mienen der Priester links und rechts von ihm. Er war an der Reihe.

Er hatte sich genau zurechtgelegt, was er sagen würde. Er hatte in seiner Zelle geprobt, flüsternd und gestikulierend, jedes Wort auf die Goldwaage legend. Er war davon ausgegangen, dass ihm nur wenig Zeit zur Verfügung stehen würde und dass er würde zu Ende erzählen müssen, was er dem Papst mitteilen wollte, bevor dessen Berater ihn unterbrechen oder den Heiligen Vater ablenken konnten. Er hatte Papst Clemens, als er noch Ippolito Kardinal Aldobrandini gewesen war, bei der einen oder anderen Gelegenheit beobachtet und aus seiner Schweigsamkeit, seinen ruhigen Gesten und seinen langen, unverwandten Blicken geschlossen, einen vernünftigen, gelassenen Mann vor sich zu haben. Er hatte nicht gewusst, dass die Schweigsamkeit daher kam, dass Kardinal Aldobrandini keine Ahnung hatte, was das Gesprächsthema war, die Gelassenheit daher stammte, dass er es nicht einmal gehört hätte, wenn die anderen um ihn herum auf seinen

Namen Spottlieder gegrölt hätten; und dass die ruhigen, langen Blicke lediglich bedeuteten, dass Seine Eminenz sich fragte, ob der andere Kardinal, den er gerade anschaute, zu ihm sprach oder nur mit der Zunge einen Fleischfetzen aus den Zähnen herauszupulen versuchte. *Entschuldigen Sie, Eminenz, haben Sie gerade was gesagt? – Nein, Eminenz, ich kaue nur.*

Die Bibel, Heiliger Vater, hatte er sagen wollen, ist das Buch, auf dem der Bestand unseres Glaubens ruht. Darf ich den Heiligen Vater auf ein Buch aufmerksam machen, das der Untergang unseres Glaubens sein wird?

O ja, das hätte Papst Clemens wachgerüttelt – wenigstens in der Theorie. Die Praxis, wie sie sich nun innerhalb weniger Sekundenbruchteile als zweites Gesicht vor Pater Hernandos innerem Auge abspielte, sah dagegen anders aus.

Äh?

Ein Buch, Heiliger Vater!

Ah ja, du hast von der Neuausgabe des Index Librorum Prohibitorum *erfahren, mein Sohn. Wir freuen Uns, dass ein aufrechter Bruder des heiligen Dominikus Uns bei der Arbeit der Neuauflage unterstützen will.*

Nein, Heiliger Vater, ich meine ein ganz bestimmtes Buch –

Genau, mein Sohn, der Index der verbotenen Bücher. Es kann nie zu viele davon geben, nicht wahr?

Das meine ich, Heiliger Vater, und daher möchte ich –

Exakt. Unser Privatsekretär wird dir einen Platz im Archiv zuweisen, mein Sohn. Wir sehen, dass du es kaum erwarten kannst, in die Katakomben hinunterzusteigen. Der Herr sei mit dir.

Pater Hernando zitterte. Seit er seinen Entschluss gefasst hatte, war es ihm nie so klar gewesen, dass er ganz allein war. Von seinem früheren Leben, von seinen früheren Gefährten hatte er sich durch die Todsünden losgesagt, die er begangen hatte, und vor seinen neuen Gefährten und deren Plänen graute es ihm, seit ihm aufgegangen war, wozu sie ihn missbraucht hatten. Er hatte sie auf Pater Xavier gebracht. Es war seine Schuld. Er hatte ihnen das Werkzeug verschafft, mit dem sie das Buch des Teufels der Vergessenheit entreißen und es über die Menschheit bringen konnten. *Mea culpa, mea maxima culpa.* Es gab niemanden, der ihm ein *Ego te absolvo* ins Ohr flüstern konnte, weil es niemanden gab, der ihm vergeben würde.

Das freundliche Lächeln des Papstes hatte sich noch nicht einmal in eine erstaunte Miene gewandelt. Pater Hernando stand stocksteif auf seinem Platz, anstatt vorzutreten. Dann fuhr der Dominikaner herum, senkte den Kopf und eilte an der langen Reihe der Bittsteller, die hinter ihm standen, vorbei nach draußen.

11

ANDREJ BLIEB STEHEN, als sie durch den Mauerdurchbruch neben dem Tor geklettert waren.

»Ich glaube, ich kann das nicht«, sagte er leise.

»Reißen Sie sich zusammen«, sagte Cyprian.

»Ich sehe es alles vor mir, wie es damals war ... der Torbau hier ... der freie Klostervorhof ... Dort stand ich, und der Wahnsinnige stürmte auf mich los. Es ist, als wäre es gestern gewesen.«

»Schön«, sagte Cyprian. »Dann können Sie mir ja helfen, mich zurechtzufinden.«

Andrej starrte ihn an. Cyprian seufzte.

Selbst jemand, der mit allgemeiner Klosterarchitektur vertraut war, hätte es schwer gehabt, sich in dem Trümmerfeld zu orientieren. Es gab kaum eine freie Fläche; die Mauern schienen weniger eingesackt als übereinandergestürzt zu sein, Bruchkanten ragten in die Höhe, Quadersteine und Balken bildeten Tunnels. Fährten zogen sich darüber hinweg, helle

Streifen im Grau, auf denen keine Flechten krochen und die davon zeugten, dass sich hier regelmäßig schlurfende Schritte entlangbewegten. Die Fährten verschwanden nicht selten in Höhlenöffnungen, als ob sie der Pfad zu einer Behausung wären.

Das Kloster war nicht groß – in Wien gab es größere, von denen kein Mensch bewundernd sprach –, doch in seiner Verwüstung schien es sich in alle Richtungen auszudehnen und jeden Durchlass abzuwehren.

Cyprian erinnerte sich an einen späten Januartag in seiner Heimatstadt, an dem nach hartem Frost plötzlich Tauwetter eingesetzt hatte: eine kleine Flut war herangerollt, hatte das Eis in der fast vollkommen zugefrorenen Wien gebrochen und die Schollen in der weiten Kurve beim Ochsengries aufeinandergetürmt. Die zackige Eislandschaft war mehrere Tage lang über die Kiesebene aufgeragt, so dass man meinen konnte, sie kletterte an der steilen Böschung dahinter in die Höhe. Auf dem Stubentor und der Braun-Bastei hatten sich die Leute gedrängt und gegafft; die Unternehmungslustigeren unter ihnen hatten sich in die wüsten Verwerfungen gewagt und waren darin herumgeklettert. Cyprian war selbstverständlich unter ihnen gewesen. Er erinnerte sich an die Trostlosigkeit, die er angesichts der übereinandergetürmten, zersplitterten, kantigen Eisschollen unter dem düsteren Januarhimmel empfunden hatte, obwohl die Stadt nur ein paar Steinwürfe weit entfernt lag. Im Schlagschatten der hohen Uferböschung, die die Mittagssonne abblockte, und unter den überhängenden Eisplatten hatte ihn ein eisiger Hauch angeweht; durch die Spalten, Durchlässe und Tunnel und über die schrundigen Gipfel war ein beständiger Wind gekrochen. Er spürte den Eishauch auch hier.

Die Kirche ragte hinter der Verwüstung auf und machte den Anblick nur noch schlimmer mit ihrem bloßgelegten Dachgerippe und den zerfressenen Turmstümpfen. Zu ihr zu gelangen, war fast unmöglich; der Trümmerhaufen, der direkt davor aufragte, war fast so hoch wie ein einstöckiges Haus. Andrej wies mit dem Kinn darauf.

»Dort war der Eingang zum inneren Klosterbereich«, sagte er. Seine Stimme klang gereizt. »Ich hoffe, ich konnte Ihnen eine Hilfe sein.«

Etwas scharrte, und sie duckten sich unwillkürlich hinter einen Mauerbrocken. Die abgerissene schwarze Gestalt mit dem Nicht-Gesicht konnte noch nicht wieder von ihrem Gang um das Kloster herum zurück sein; sie hatten gewartet, bis sie um die entfernte Ecke des ehemaligen Klosterbereichs herumgekrochen war, bevor sie sich auf den Weg gemacht hatten. Dennoch sahen sich beide nach ihr um. Das Scharren kam jedoch von irgendwo dort vorn, wo die vielen Fährten über das Gestein führten. Dann sahen sie den Trümmerstein, der sich ruckartig vorwärtsbewegte. Cyprian hatte das Gefühl, dass ihm die Realität abhandenkam. Er kniff die Augen zusammen.

»Wahrscheinlich nimmt man die Farbe des Staubs an, wenn man lange genug hier gewesen ist«, sagte Andrej.

Der Trümmerstein war eine weitere zerfledderte Gestalt, gebeugt, rundrückig, in sich selbst zusammengekrümmt und von graubraunen Fetzen bedeckt, die sich nicht vom Hintergrund abhoben. Sie beobachteten, wie sie mit quälender Langsamkeit in eine Höhlenöffnung kroch und sich in der Dunkelheit darunter auflöste. Cyprian wandte sich ab und betrachtete Andrej.

»Mit Ihrer Kleidung sind Sie hier genauso unauffällig wie eine Spinne auf einem Quarkkuchen«, sagte er.

»Sie müssten sich auch erst eine halbe Stunde im Dreck wälzen, um denen hier ähnlich zu sehen«, versetzte Andrej. »Sie tragen zwar Schwarz, aber ein Schwarz, das leuchtet, wenn Sie verstehen, was ich meine.«

Cyprian ignorierte Andrejs Feindseligkeit. Er richtete sich

auf und balancierte über die Brocken. Die Geräusche sagten ihm, dass Andrej ihm folgte.

»Da – werfen wir die Decken über«, sagte Cyprian und deutete auf ein kleines Bündel neben einem Höhleneingang.

»Sind Sie verrückt? Glauben Sie, ich will mich anstecken?« Andrej stieß das Deckenbündel mit dem Fuß an. Eine Decke verrutschte und offenbarte ein Gesicht, in dem zwei unregelmäßige Löcher klafften – ein aufgerissener Mund und eine Nasenhöhle. Die Augen waren geschlossen, die Gesichtsfarbe gelb wie geronnenes Wachs. Im Inneren der klaffenden Öffnungen sah man träge wimmelndes Leben. Andrej sprang zurück.

»Verdammt noch mal«, flüsterte er.

Cyprian schwieg. Er wusste, dass seine Stimme nicht besser geklungen hätte als die Andrejs. Er erneuerte seinen Vorschlag nicht, sich mit den Decken zu tarnen. Sie kletterten über einen Pfad, der auch im Hochgebirge hätte sein können, auf die mächtige Klippe des eingesunkenen Klostergebäudes zu. Es kostete Überwindung, sich mit den Händen abzustützen, wenn man wusste, welche Hände dort vielleicht zuvor Halt gesucht hatten.

Cyprian drehte sich um und ertappte Andrej dabei, wie dieser versuchte, seinen Ärmel so weit nach vorn zu ziehen, dass er den Stoff über die Handballen zerren konnte. Andrej gab seinen Blick zurück und starrte dann trotzig auf Cyprians Brust. Cyprian folgte ihm und erkannte, dass er sich bereits mehrfach dort die Hände abgewischt haben musste; das Wams war ruiniert.

Aus der Nähe besehen wirkte die Ruine des Klosterbaus nicht mehr so unwegsam. Ein Teil der Außenmauer war unter dem Gewicht des eingestürzten Dachs nach außen gedrückt worden und in sich zusammengefallen, aber der Haupttrakt schien im Wesentlichen unversehrt; es waren andere Gebäude, die gegen seine Mauern gesackt und zusammengestürzt waren.

Die Ruine besaß ein intaktes Eingangsportal mit einer verzogenen Holztür. Cyprians erster Impuls war, sie aufzudrücken, doch dann merkte er, dass er unwillkürlich zögerte, die flache Hand auf das Holz zu legen. Es gab mehrere dunkle, abgewetzte Stellen, die bewiesen, dass auch andere mit ihren Händen gegen das Türblatt gedrückt hatten. Cyprian biss die Zähne zusammen und versuchte eine Stelle zu finden, die halbwegs unberührt aussah. Er war sich der Blicke Andrejs bewusst. Die Tür regte sich nicht.

»Abgeschlossen«, murmelte er und war froh, die Hand wegnehmen zu können.

Andrej sah sich um. »Wo sind sie alle?«, wisperte er.

Cyprian zuckte mit den Schultern.

»Ich denke – es ist ja nicht so, dass hier niemand wäre, oder? Die Spuren über den Schutt – die Gestalten, die wir bereits gesehen haben – der Tote –«

»Sie liegen alle in ihren Löchern«, sagte Cyprian.

»Sie meinen – gestorben?«

»Nein, versteckt.«

»Ach ja«, sagte Andrej und grinste humorlos. »Aus Angst vor uns vermutlich. Sollen wir ihnen verraten, dass wir mehr Angst vor ihnen haben als sie vor uns?«

Cyprian warf ihm einen Seitenblick zu. »Angst vor uns?«

»Die erkennen doch, dass wir gesund sind. Was meinen sie wohl, was die Unglücklichen glauben? Die halten uns für Gesandtschaft aus Chrudim, die nachschauen kommt, ob dieser Friedhof hier brennt, wenn man genug Öl darüber gießt!«

»*Incendium purgat*«, sagte Cyprian. »Das Feuer reinigt.«

»Amen.«

Cyprian schüttelte den Kopf und sah sich gleichzeitig um. Es wirkte, als würde er wittern. »Nein«, sagte er. »Nein. Wenn die guten Bürger von Chrudim so etwas vorgehabt hätten, wäre es schon lange geschehen – und das wissen die armen Schweine ganz genau.«

»Was haben die Leute hier dann Ihrer Meinung nach?«

»Angst vor dem Ende der Welt«, sagte Cyprian, ohne zu überlegen. Er musterte Andrej, der ihn anstarrte. »Vor dem Ende ihrer kleinen, unglücklichen, höllischen Welt.«

Andrej erwiderte nichts, aber er zog die Schultern hoch. Cyprian wusste selbst nicht, warum er das gesagt hatte, aber er war überzeugt, dass es der Wahrheit entsprach. Es lag in der Luft – wie der Hauch von Verwesung über einem Totenacker, und damit meinte Cyprian nicht den tatsächlichen Gestank, der an den Schutthaufen klebte.

»Wie hat es hier ausgesehen, als Sie zum ersten Mal hier waren?«, fragte er.

»Nicht so sehr zerstört«, sagte Andrej nach einer langen Pause. »Das Kloster war damals schon eine Ruine, aber seither – Ich weiß nicht, was hier passiert ist, aber es sieht aus, als wäre der Zorn Gottes darüber hinweggezogen. Mein Vater ist in dieses Gebäude gegangen, und aus diesem Gebäude sind auch der Wahnsinnige und die anderen Klosterbrüder gekommen, und der schwarze Mönch mit der Armbrust, der den Rasenden erschossen hat.«

»Was glauben Sie, warum es in dieser Ruinenlandschaft eine abgeschlossene Tür gibt?«

»Weil jemand was zu verstecken hat?«

Cyprian hob den Fuß, um die Tür einzutreten. Andrej packte ihn am Arm.

»Schauen Sie«, sagte Cyprian. »Sie wollen herausfinden, was aus Ihren Eltern und aus Jarmilas Mutter geworden ist. Ich will nur das Buch. Sie glauben nicht mal, dass das Buch existiert. Meinen Sie, Sie finden dort drin irgendjemanden, der Ihnen die Antworten gibt, die Sie hören wollen?«

»Meinen Sie, Sie finden das Buch?«

»Ich kann zumindest alles auf den Kopf stellen.«

»Sie werden mich nicht los. Ich gehe mit Ihnen hier rein.«

Cyprian musterte ihn. Er dachte daran, dass Andrejs Vater

hier eingetreten und nie wieder herausgekommen war. Er versuchte sich vorzustellen, wie er sich fühlen würde, wenn es sich um seinen Vater gehandelt hätte. Er sah das Bild wieder vor sich, wie der Bäckermeister Khlesl ins Mehl flog und der weiße Staub explodierte und Cyprian ebenso erstickend einhüllte wie die unsägliche Wut auf den massigen Mann, der wie betäubt zwischen seinen Säcken lag. Ihm fiel ein, dass er nicht da gewesen war, als sein Vater starb; als er eintraf, hatte er nur noch einen erkaltenden Leichnam in seinem Bett vorgefunden. Er hatte überraschend klein und alt ausgesehen und eher so, als hätte ein ungeschickter Künstler versucht, Cyprians Vater in Wachs nachzubilden. Es war schwer, sich vorzustellen, dass dies der Mann war, den er so sehr geliebt hatte, dass die Liebe in Hass umgeschlagen war, als sie keine Erwiderung fand. Ja, er konnte Andrej verstehen.

»Los jetzt«, sagte er. »Glauben Sie, ich will die ganze Arbeit allein machen?«

Sie traten gemeinsam gegen die Tür. Sie flog auf und prallte an die Wand dahinter. Das Echo flatterte über die Trümmerlandschaft und in das Gebäude hinein, wo es erstickte. Andrej hielt sich an Cyprian fest und schüttelte sein Bein aus. »Verdammt«, knurrte er. »Das tut weh! *Sie* haben darin Übung, oder?«

Cyprian erwiderte nichts. Er starrte in die Dunkelheit hinein, die sich vor ihnen auftat. In der Dunkelheit war Leben.

»Gut«, sagte Andrej. »Gut. Sie sind immer noch Herr der Lage, oder?«

»Keine Ahnung«, knurrte Cyprian. »Aufpassen, Kopf!«

Es war zu spät. Das Obergeschoss des Baus war durchgesackt, und dass die heruntergebogenen, halb geborstenen Tragbalken die Last noch hielten, war eines von Gottes geringeren Wundern. Die Balken waren so gekrümmt, dass selbst der stämmige Cyprian den Kopf einziehen musste, um darunter hindurchzukommen. Der hoch aufgeschossene Andrej jedoch – Cyprian verdrehte die Augen, als der Aufprall durch den Gang dröhnte. Es hörte sich an, als habe Andrejs Dickschädel der Ruine den Rest gegeben; ein Knacken und Knistern lief durch das zerstörte Gebälk wie Mäusefüße, die nach allen Richtungen flüchten. Vielleicht waren es tatsächlich Mäuse, die um ihr Leben rannten; Cyprians und Andrejs stumme Begleiter jedenfalls huschten ebenfalls auseinander, ein Knäuel Spinnen, neben dem jemand mit dem Fuß aufgestampft hatte. Cyprian stand still und horchte dem Knacken hinterher, mit dem die Ruine sich weigerte einzustürzen.

Die vermummten Gestalten krochen wieder näher heran. Andrej stöhnte und rieb sich die Stirn.

»Hören Sie auf zu simulieren und kommen Sie weiter«, sagte Cyprian.

»Haben Sie eine Ahnung, was die Kerle von uns wollen?«, ächzte Andrej.

»Frühstück?«, schlug Cyprian vor.

»Wir werden eingeladen?«

»Nein, wir sind der erste Gang.«

Andrej schwieg eine Weile. »Und was glauben Sie in Wirklichkeit?«

»Sie wollen uns was zeigen.«

»Ich denke nicht, dass ich es sehen will.«

»Irgendwas stimmt hier nicht. Und damit meine ich nicht den Umstand, dass die armen Teufel hier zusammengetrieben worden sind, um lebendig zu verfaulen.« Cyprian versuchte die Finsternis mit Blicken zu durchdringen. Er war sicher, dass die Merkwürdigkeit, die er fühlte, den Rahmen dessen sprengte, der für die unseligen Erkrankten längst zur Normalität geworden war. Er dachte daran, was er draußen zu Andrej gesagt hatte: er hatte Angst gefühlt, Angst vor dem Ende. Auch an ein Leben wie dieses konnte man sich klammern, wenn man sonst keines hatte.

Niemand hatte sie bedroht; niemand hatte sie zu etwas gezwungen; niemand hatte sie angesprochen. Die Mauer aus lebendig verfaulenden, verhüllten Leibern, die hinter der eingetretenen Tür gestanden hatte, hatte sich vor ihnen geteilt, hatte sie in ihre Mitte aufgenommen und sich dann schweigend in Bewegung gesetzt. Cyprian und Andrej waren der sanften Aufforderung gefolgt; sie ahnten, dass man ihnen sonst einfach auf die Pelle gerückt wäre, bis Körperkontakt entstanden wäre. Und bei aller Höflichkeit und dem Versuch, kaltes Blut zu bewahren – ein Hindernis zu sein, gegen das sich ein in gammelige Fetzen gehüllter, zerfallender Körper schmiegte, bis man dem Druck nachgab, besaß keine große Attraktivität.

Der Weg führte um eine Gangbiegung und dann hinab. Das bisschen Licht, das er erhielt, stammte von Löchern in der Zwischendecke, durch die man den eingestürzten Dachstuhl sehen konnte. Cyprian war noch immer schleierhaft, was eine solche Zerstörung hatte verursachen können; es schien, als wären die Gebäude auf einem Fundament aus Sand errichtet gewesen und als wäre dieses Fundament dann einfach in sich zerfallen. Sie kletterten die Treppe hinunter, die jemand wenigstens so weit von Schutt und herabfallenden Trümmern befreit hatte, dass man sie benutzen konnte, ohne sich sofort den Hals zu brechen.

»Das ist ein Weg, der öfter gegangen wird«, sagte Cyprian.

Andrej brummte etwas. Er ging in gebückter Haltung und schielte ständig nach oben, obwohl das Treppengewölbe intakt war. Es war nicht so einfach, eine Treppe hinunterzuklettern, an deren Rändern Steine und Bruchstücke lagen und deren Beleuchtung ständig schwächer wurde, je weiter sie vorankamen, und gleichzeitig aufzupassen, dass man sich nicht den Kopf einrannte. Cyprian erwartete jeden Moment, seinen unfreiwilligen Begleiter nach einem Aufschrei die Treppe hinunterkugeln zu sehen, seine bunten Höflingsgewänder ein nach unten verschwindender Wirbel aus Farben und Seidenschimmer.

»Vater sprach von einem Gewölbe«, murmelte Andrej.

»Ein Versteck für das Buch?«

»Er nahm an, dass es irgendwo in der Tiefe verborgen sein würde; irgendwo, wo man es in der Dunkelheit verstecken könnte; irgendwo, wo man im Notfall den Zugang für immer versperren würde können, wenn man es zum Einsturz brachte.«

Cyprian dachte an die halb zusammengebrochenen Katakomben der heidnischen Kultstätte unter der Heiligenstädter Kirche. Das Muster passte. Er bewegte die Schultern, als er wie von einem kalten Hauch angeweht wurde. Plötzlich sah er sich, eine um viele Jahre jüngere Ausgabe seiner selbst, wie er mit einer Fackel durch die Gänge eilte, die Fabelwesen an den Gangwänden schnappten nach ihm und zuckten im vorbeihuschenden Licht, wie er eine zusammengerollte zierliche Gestalt aufhob und, so schnell es ging, vor den Eingang zu diesem unterirdischen Labyrinth brachte, bevor der Priester herausfand, wie weit Agnes tatsächlich vorgedrungen war; wie er sie am Fuß der Stufen niederlegte und sie aufzuwecken begann und hoffte, sie würde sich nicht daran erinnern, wo sie gewesen war.

»Es ist dort unten«, sagte Andrej.

Cyprian schüttelte den Kopf, aber er war nicht überzeugt. Er hatte sich nie für jemanden gehalten, der besonders empfänglich für Schwingungen war, doch hier – hier vibrierte die Luft. Etwas sagte ihm, dass es nicht so einfach sein konnte, dass das Ziel von vierhundert Jahren Verschwörung und einer Suche, der Päpste zum Opfer gefallen waren, nicht einfach in den Ruinen eines zerstörten Klosters liegen konnte. Und doch –

»Wir werden sterben«, sagte Andrej.

Sie hatten den Fuß der Treppe erreicht. Das Tageslicht

reichte nicht bis hierher, doch voraus schien das gelbe Flackern einer Fackel. Cyprian schnupperte – der übliche Gestank war zu bemerken, aber bei weitem nicht stark genug. Die Fackel war eigens für sie entzündet worden. Er blieb stehen. Der Eindruck, den er auch gehabt hatte, als er zum ersten Mal vor dem Labyrinth unterhalb der Heiligenstädter Kirche gestanden hatte, war so stark, dass er ihn lähmte. Was von den Wänden im Fackellicht zu sehen war, schien roh behauen und aus jenem Gemisch aus hart zusammengebackenem Lehm, Geröll und Gestein zu bestehen, das den Untergrund des Landstrichs bildete. Es war kein zuverlässiges Material, um ein Gewölbe hineinzugraben. Die Ahnung, dass Millionen Tonnen von Schutt darauf warteten, bei der geringsten Erschütterung herunterzukommen und sie zu zerquetschen, war stärker als jemals zuvor im Ruinenfeld des Klosters. Cyprians Nackenhaare stellten sich auf.

»Gehen Sie weiter«, flüsterte Andrej und drängte sich von hinten an ihn heran, als ihre Begleiter aufrückten. Cyprian hörte die Panik in seiner Stimme. Er hoffte, dass Andrej nicht die Fassung verlor; er hätte darauf bestehen sollen, dass die lange Bohnenstange draußen blieb. Er ahnte, wenn Andrej vollends in Panik verfiel, dann würde auch er die Nerven verlieren.

Man zwang sie weiter. Der Gang war niedrig, die Decke unregelmäßig. Der Boden war trocken, obwohl das Bachbett relativ nahe liegen musste. Wäre der Untergrund wasserdurchlässiger gewesen, wäre dieser Gang schon längst in sich zusammengestürzt. Cyprian glaubte ein Ächzen zu hören. Seine Füße waren kalt. Etwas flüsterte unentwegt, Fetzen von korruptem Latein und beinahe deutlichen Silben. Plötzlich schienen all die Geschichten von verfluchtem Wissen, für das Männer töteten und von dem sie getötet wurden, nicht mehr so abwegig, und die Legende vom eingemauerten Mönch, dem der Teufel bei seinem Werk beistand, verlor an Naivität.

Wer hatte gesagt, dass man das Vaterunser nur rückwärts zu beten brauchte, und man habe dem Teufel gehuldigt? Das Flüstern wehte durch die Düsternis wie die hasserfüllte Beschwörung aller Dämonen der Hölle.

Sie näherten sich zwei, drei niedrigen Öffnungen in die totale Finsternis. Die Luft, die daraus drang, roch vollkommen leblos. Würmer wären darin vertrocknet, Ratten aus Verzweiflung zugrunde gegangen. Sie passierten sie, und Cyprian ertappte sich dabei, wie er die Fäuste öffnete; er hatte sie unwillkürlich geballt bei dem Gedanken, von ihren Begleitern dort hineingestoßen zu werden. Hatte er tatsächlich zu Andrej gesagt, er solle keine Waffe mitnehmen? Was war nur immer mit ihm, dass er Dinge sagte, die er kurz darauf schon bereute? Doch in seinem Herzen war ihm klar, dass er vermutlich ein Messer gezogen hätte, anstatt nur die Fäuste zu ballen, als sie die schwarzen Schlünde passierten, und dass dann der Weg zum Blutvergießen nicht mehr weit gewesen wäre.

Cyprian hörte ein verzweifeltes Räuspern hinter sich. Andrej versuchte, nicht zu stöhnen. Beinahe hätte er nach hinten gefasst und den Mann an der Hand gepackt, aber er ließ es sein. Er hatte das Gefühl, ihn verstehen zu können. Wahrscheinlich fragte er sich, ob sein Vater auch durch diesen Gang getrieben worden war, bevor er auf Nimmerwiedersehen verschwunden war. Möglicherweise lag seine vertrocknete Leiche in einer der Kammern, zu denen die niedrigen Öffnungen führten, mumifiziert, vertrocknet, schwarz. Möglicherweise waren es keine Kammern, sondern Hallen, die sich in die Tiefe dehnten, und in ihnen lagen Hunderte von Toten – Männer, die gerade eben noch der Ansicht gewesen waren, weiterhin Herren der Lage zu sein.

Die Gestalt in der schwarzen Kutte stand so plötzlich vor ihnen, dass Cyprians Herzschlag aussetzte. Andrej geriet ins Stolpern und rempelte ihn an. Die Gestalt sagte kein Wort. Licht wanderte von hinten heran, riss die Kutte aus der Dunkelheit und verlieh ihr gleichzeitig einen Schatten, der vor ihr in die Finsternis flüchtete. Cyprian fühlte Schwindel. Ein Lumpenbündel kroch an ihm vorbei; er zuckte unwillkürlich zurück. Das heisere Flüstern hing um die Gestalt in der Kutte wie Schwefelgeruch … *confiteor Dei, qui tollis peccáta mundi, miserére nobis … credo in unum Deum, patrem omnipotentem, factorem coeli et terrae, visibilium omnium et invisibilium … dómine Deus, miserére nobis, miserére nobis* … erbarme dich unser, erbarme dich unser …

Die Gestalt in der Kutte streckte eine Hand nach der Fackel aus und packte sie. Die Hand war weiß und vollkommen unbefleckt. Cyprian sah, dass die Kutte nicht schwarz war, sondern alle Schattierungen von Grau, Braun, Altersschwäche und Schmutz hatte und weniger eine Mönchskutte als vielmehr ein altertümliches Kleid ohne Gürtel war. Die Kapuze war kein Skapulier, sondern der Überrest eines Mantels. Er blickte überrascht in den Schatten, in dem das Gesicht lag; er erkannte, dass er eine Frau vor sich hatte.

Als würde sie auf seine Überraschung antworten wollen, zog sie die Fackel näher heran. Sie mochte dreißig oder sechzig Jahre alt sein, kein Mensch hätte es zu sagen vermocht. Ihre Gesichtshaut war fast weiß, ihr Gesichtsschnitt ebenmäßig. Unter der Sonne und mit entsprechender kosmetischer Unterstützung hätte sie schön sein können. Unter der Sonne und ohne den Aussatz –. Die linke Hälfte ihres Mundes war eine schwarzgraue Angelegenheit aus totem Fleisch, das sich von den Zähnen zurückgezogen hatte und bis zu den Nasenlöchern hinaufgeeitert war, eine einzige nässende Wunde, aus der zerstörte Zahnruinen schimmerten. Das Loch in ihrem Gesicht war von Pusteln umgeben, die über die linke Wange und zum Kinn hinabkrochen, um dort das Zerstörungswerk fortzusetzen. Stillzustehen und nicht zurückzuprallen war alles, was Cyprian tun konnte. Er betete, dass sein Gesicht sich nicht vor Ekel verzog; als der Anblick des vernichteten Antlitzes verschwamm, wurde ihm bewusst, dass ihm stattdessen Tränen in die Augen gestiegen waren.

Die Frau starrte ihn unbewegt an, große Augen unter eleganten Brauen. Sie bewegte den Mund. Er wusste nicht, ob das Fleisch ihrer unteren Gesichtshälfte schon tot war oder ob es schmerzte, als die Wunde an ein paar Stellen aufriss und Flüssigkeit in den Rissen schimmerte; und er konnte kaum verstehen, was sie sagte, aber sein Gehirn übersetzte, was seine Ohren sich aufzunehmen weigerten.

Sie sagte: »Dank sei dem Herrn, dass ihr gekommen seid.«

Der alte Mönch lag auf einem Lager aus Stein; sie hatten versucht, es mit Lumpen und trockenem Gras bequemer zu machen, aber er hatte alles heruntergefetzt und wälzte sich nun schwach auf dem nackten Stein. Sein eingefallener Mund stieß die geflüsterten Gebete aus, trockener Schaum in den Mundwinkeln. Cyprian trat vorsichtig näher heran, gefasst auf den Gestank von Verwesung und Exkrementen, doch alles, was er wahrnahm, war der staubige Geruch von ungeheuer altem Sackleinen und einem noch älteren Körper, der darin vertrocknete. Hände und Füße des Mönchs waren nackt, fast fleischlos, Haut und Knochen; sein Kopf lag auf der Kapuze, anstatt sich darin zu verstecken.

Cyprian hob die Fackel und beleuchtete den alten Mann. Er hatte sie mit zusammengebissenen Zähnen von der aussätzigen Frau übernommen, mit dem Gefühl, es ihr schuldig zu sein, seine bloßen Hände nicht zuerst mit seinem Ärmel zu schützen. Ihrem Gesicht war nicht anzumerken gewesen, ob sie seine Geste würdigte oder nicht. Der alte Mönch blinzelte in die Flamme. Ungläubig trat Cyprian noch einen Schritt näher.

»Er hat keinen Aussatz«, brachte die Frau hervor. »Hat ihn nie bekommen – in all den Jahren nicht.«

»Wer ist er?«

»Unser Halt in der Welt.«

»Er hat sich um die – er hat sich um euch gekümmert?«

»Gekümmert?« Sie keuchte; vermutlich war es ein Lachen. »Gekümmert? Nein. Er war einfach nur da. Er hat sich fast nur hier aufgehalten, und wenn man ihn fragte, bekam man nur ausnahmsweise eine Antwort. Aber dass es ihn gab, dass er nicht floh und dass er nicht erkrankte, gab uns Mut. Ich glaube nicht, dass du das verstehen kannst.«

»Nein«, sagte Cyprian.

»Er stirbt«, sagte sie. »Ihr müsst ihm helfen.«

»Wie sollen wir das anstellen?«

»Ich weiß nicht. Ihr seid hier hereingekommen – Ihr habt sicher einen Weg gefunden, wie ihr wieder hinauskommt – Nehmt ihn mit. Wir können hier nichts für ihn tun. Und selbst wenn es nur darum geht, dass er stirbt, dann soll es nicht hier unten geschehen. Irgendwie hat er uns ein wenig Licht gespendet in all der Zeit. Wir wünschen, dass er das Licht noch einmal sieht, bevor er die Welt verlässt.«

»Das ist alles?«

»Das ist alles?«, echote Andrej und griff nach Cyprians Arm. »Und wie stellen Sie sich das vor?«

Cyprian gab den Blick aus den schönen Augen zurück. »Sie glauben hoffentlich nicht, dass wir nur deswegen gekommen sind.«

»Ich glaube, dass Gott eure Schritte gelenkt hat.«

»Wir können ihn nicht mit hinausnehmen.«

»Warum nicht?«

»Weil – weil –« Verlegen erkannte Cyprian, dass der erste Grund, der ihm einfiel, für die Frau und all die anderen Erkrankten ein Schlag ins Gesicht war. Er verstummte und wich ihrem Blick aus. Andrej neben ihm wand sich unbehaglich.

»Na gut«, sagte die Frau. »Dann dürftet ihr selbst auch nicht mehr zurückkehren.«

Er sah sie überrascht an. Sie zuckte mit den Schultern.

»Wenn *er* die Welt draußen anstecken kann dadurch, dass ihr ihn mit hinausnehmt, könnt ihr es auch.«

»Wir sind nicht lange genug hier –«

»Was heißt lange? Was glaubst du, wie lange ich Seite an Seite mit einem Aussätzigen gelebt habe, bevor ich die Krankheit bekam?«

Cyprian räusperte sich. »Wie lange?«, fragte er schließlich, als sie nicht weitersprach.

»Ich weiß es nicht«, sagte sie. »Ich bin nie wissentlich auch nur von fern mit einem Aussätzigen in Kontakt gekommen. Eines Tages hatte ich ein Mal im Mundwinkel, das nicht mehr heilen wollte.«

Cyprian hörte das Geräusch, das Andrej machte; auch ihm war nach diesem entsetzten Winseln zumute, aber er beherrschte sich.

»Warum fragen Sie nicht, wozu wir wirklich hierhergekommen sind?«

Sie schwieg; Cyprian, der sich bisher für denjenigen in einem Gespräch gehalten hatte, der es durch sein Schweigen steuern konnte, sah sich in die Verliererposition gedrängt. Die Situation, die unwirkliche Umgebung, der Anblick dieser Frau, in deren schönem Gesicht die hässliche Leprawunde schwärte –. Er holte Atem.

»Es geht um …«, begann er.

»Meine Eltern sind hier ermordet worden«, fiel ihm Andrej ins Wort.

Die Augen der Frau verengten sich, als sie Andrej anblickte. Cyprian spürte, wie sein Begleiter zusammenzuckte.

»Vor zwanzig Jahren, als dies hier noch ein Kloster war und keine – äh –«

»Dies ist seit zweihundert Jahren kein funktionierendes Kloster mehr gewesen«, sagte die Frau.

»Ich war mit dabei.«

»Und ich habe mein ganzes Leben in Chrast gelebt. Das

Kloster von Podlaschitz war eine Ruine seit den Hussitenkriegen. Ich kann mich an einen oder zwei Klausner erinnern, die dort ihr Auskommen fristeten, sonst nichts.«

»Ich habe die schwarzen Mönche gesehen.«

»Es gab keine schwarzen Mönche.«

»Wie oft sind Sie hierher nach Podlaschitz gekommen, bevor die Krankheit ausbrach?«, fragte Andrej feindselig. Die Frau blinzelte.

»Nie«, sagte sie schließlich nachdenklich. »Aus irgendeinem Grund ist kaum jemand hierhergekommen. Man sah die Ruine von weitem, und man dachte –« Sie stockte und zuckte mit den Schultern. »Ich weiß es nicht.«

Andrej nickte grimmig.

»Es *gab* die schwarzen Mönche«, sagte er. »Ich habe gesehen, wie einer von ihnen eine Gruppe Frauen und Kinder ermordet hat. Meine Mutter war unter ihnen; mein Vater ist hier ebenfalls umgekommen. Ich habe von beiden niemals die Leichen gesehen, aber sie sind seither verschwunden, und ich habe den Wahnsinnigen dabei beobachtet, wie er mit seiner Axt durch die Unglücklichen rannte!«

Das Flüstern des alten Mönchs erstarb mit einer letzten Silbe. Cyprian wandte sich von Andrej ab und musterte den Alten. Dieser starrte in die Luft. Sein Mund hatte aufgehört zu arbeiten; seine welken Lippen zitterten.

»Meine Mutter war unter den Frauen, als der Wahnsinnige über sie herfiel«, sagte Andrej. »Die anderen waren nicht von hier. Ich erinnere mich, dass sie ganz anders gekleidet waren und ganz anders aussahen. Seit einiger Zeit weiß ich, dass es eine Gruppe von adligen Damen unter der Führung der Gräfin Anděl war. Ich bin hierhergekommen, um herauszufinden, was wirklich aus ihr geworden ist – und aus meinen Eltern.«

Die Frau schwieg. Sie sah Andrej nachdenklich an. »Es gibt eine Geschichte«, sagte sie schließlich.

Der alte Mann auf seinem Lager rollte den Kopf herum.

Seine Augen starrten in die Cyprians. Cyprian konnte förmlich sehen, wie das Leben, das schon fast von diesem hinfälligen Körper Abschied genommen hatte, in sie zurückkroch.

»Es ist nicht viel mehr als ein Gerücht. Es heißt, dass eine Gruppe von Flüchtlingen in unseren Landstrich kam. Es waren ausnahmslos Frauen und Kinder, die in einer fremden Sprache redeten. Keiner konnte sie verstehen, keiner wollte etwas mit ihnen zu tun haben. Jemand behauptete, sie stammten aus England und seien vertriebene Katholiken; andere erzählten, sie wären aus Frankreich und wären Hugenotten, die nach dem Massaker am Bartholomäustag geflohen waren. Wer auch immer sie waren – dem Gerücht zufolge sandte man sie zu den Klausnern von Podlaschitz in der Hoffnung, dass man dort Rat wisse. Aber unterwegs tat sich plötzlich die Erde auf, der Teufel erschien auf seinem feurigen Ross und mit einer brennenden Kutsche, und die Frauen stiegen dort ein und fuhren mit dem Leibhaftigen in die Hölle; was dafür sprechen würde, dass sie tatsächlich Ketzerinnen waren.« Sie machte eine ratlose Geste mit ihren unbeschädigten Händen. »Was nun auch immer stimmt: die einzigen näheren Details dieser merkwürdigen Geschichte beschränkten sich auf das Aussehen des Teufels und seiner Kutsche. Niemand, der einigermaßen bei Verstand war, nahm sie ernst. Ich hätte sie beinahe vergessen. Es ist nur eine Geschichte unter vielen, die sich die Leute erzählen, wenn sie nicht wissen, was sie wirklich gesehen haben.«

»Der Sturm«, stöhnte der alte Mönch plötzlich. Cyprian fuhr zusammen. Er hatte ihn verstanden; so wie er die aussätzige Frau verstand, die mit einem ähnlichen Akzent sprach wie Andrej. Das Alter hatte jeden Akzent aus der Stimme des Alten getilgt.

»Der Sturm – der Atem des Satans –«

Die Frau wandte sich ab und beugte sich über den alten Mann.

»Still, Bruder«, sagte sie. Ihre Hände zuckten, als ob sie ihm über die Wange streichen wollte, doch dann zog sie sie zurück. »Still.«

Der Alte bäumte sich auf. »Der STURM!«, schrie er plötzlich. »Er kam nach dem Frevel! Das Grab war noch kaum eingesunken, da kam der Hauch des Drachen über uns! O Herr, vergib uns, wir haben gesündigt! Kyrie eleison, kyrie eleison!«

»O mein Gott«, flüsterte die Frau. »Der Sturm! Man vergisst alles, wenn man hier gefangen ist –«

Der Sturm war vor fast zwanzig Jahren über Podlaschitz gekommen. Während der alte Mönch abwechselnd Gott um Vergebung anflehte oder schrie: »Der STURM!«, teilte die Frau ihre lückenhafte Erinnerung mit ihnen.

Cyprian verstand nicht, weshalb der alte Mann sich verantwortlich dafür fühlte, dass die Katastrophe geschehen war, aber dass er es tat, war unbestreitbar. Es war auch unklar, was das Unwetter mit dem Grab zu tun hatte, von dem der Mönch stöhnte; doch was der Alte am Ende des Berichts stammelte, ließ Cyprian einen kalten Schauer über den Rücken rieseln, der jenen Eishauch, den er vorher in diesen Gewölben verspürt hatte, zu einem Nichts reduzierte.

Der Sturm.

Ein Gewitter, das sich den ganzen Tag über angekündigt hatte; drückende Hitze schon am Morgen, Feldarbeiten, die nur schleppend erledigt wurden; Warentrecks, die über die Straße von Chrudim nach Westen krochen; gereizte Tiere, gereizte Menschen – die Fliegen waren so bösartig gewesen, dass Kühe stampfend über die Weide liefen und Pferde mit geblecktem Gebiss ausschlugen. Dann hatte sich Dunkelheit über den flachen Kessel gelegt, in dessen Zentrum die Ruinen von Podlaschitz standen. Die Wolken hingen bauchig am Himmel, indigofarben, schienen herabfallen zu wollen.

»Wie damals«, sagte Andrej.

»Herr vergib uns, Herr vergib uns«, flüsterte der Mönch.

Zuerst war es nur ein heftiger Wind; der Wind schwoll an zu einem Orkan. In den Wolken flackerten Blitze, ohne jemals die Erde zu erreichen. Der Donner rollte so laut, dass Kinder sich auf den Boden fallen ließen und sich weinend die Ohren zuhielten; Erwachsene kniffen sich die Nasen zu und pusteten, um den Druck loszuwerden, doch der Druck legte sich auf sie, sobald sie wieder einatmeten. Es regnete nicht. Der Herr hatte das Strafgericht heraufbeschworen, wie Er es damals in Sodom und Gomorrha getan hatte, und Sein Zorn kam mit heulenden Winden, nicht mit Wasser. In Chrast brach ein mächtiger Ast aus der alten Gerichtslinde; in Rositz zerbarst der größte Schuppen des Orts, als eine plötzliche Bö hineinfuhr; in Horka wirbelten die Grasdächer fast aller Häuser davon, und in Chacholitz löste ein wütender Staubsturm eine Panik in einer Schweineherde aus, die die Tiere quiekend und blind vor Furcht zwischen den Hütten umherrasen ließ, bis sie sich die Schädel an Hauswänden oder Bäumen einrannten. Podlaschitz stand – die Zwillingstürme zitterten, von den eingestürzten Gebäudeteilen lösten sich kleinere Teile und rollten über den Klosterhof, aber Podlaschitz stand.

»Bis der Schwanz des Drachen die Erde berührte«, sagte die Frau, aus deren klaffender Wunde Blut und Eiter tropften.

Kurz vor Podlaschitz streckte das Unwetter, das von Westen nach Osten zog wie die Wilde Jagd, eine lange Hand aus, einen Tentakel, einen Riesen aus Staub und Wind und Dreck und Trümmerteilen, der tanzte und stampfte und zertrat und emporschleuderte und über die Klosterruinen herfiel und brüllte wie eine Million verhungernder Rinder und kreischte wie alle verdammten Seelen im Fegefeuer –

»Mea culpa, mea culpa, mea maxima culpa, dómine Deus, miserére nobis, miserére nobis!«

Cyprian versuchte, den alten Mann auf dem Lager festzuhalten, aber in dem halb mumifizierten Körper steckten die

Kräfte des Irrsinns. Der Mönch taumelte auf die Beine und packte Cyprian am Kragen.

»Es war ein Befehl!«, brüllte er. *»Regula Sancti Benedicti, Caput V: De oboedientia! OBOEDIENTIA! Das heißt GEHORSAM!!«* Er sank gegen Cyprians Brust und schluchzte trocken. »Warum hast du das verlangt, Vater, warum hast du das verlangt?«

Der Tentakel griff in die Öffnungen halb abgedeckter Dächer und riss die Dachsparren heraus; er warf sich gegen die bröckelnde Ruine des Torbaus und ließ sie in sich zusammenfallen, als bestünde sie aus Geröll; er tobte zwischen den Zwillingstürmen der Klosterkirche und schleuderte einzelne Steine wie Wurfgeschosse davon, knickte den einen Turmhelm ein und fetzte den anderen herunter; drosch in das Kirchenschiff, dessen Dachschindeln und Balken in die Höhe flogen wie bei einer Explosion; er hatte einen Halo aus Schmutz und wirbelnden Teilen, der sich in aufrecht stehende Mauern und Gebäudeteile grub wie tausend Morgensterne in den Fäusten von Riesen. Wenn der Zorn Gottes je eine Gestalt gehabt hatte, dann war es dieser von den Wolken bis zum Erdboden reichende Teufelsrüssel; wenn er je eine Stimme besessen hatte, dann dieses sausende, heulende Gebrüll. Sodom und Gomorrha waren in Feuer und Asche untergegangen; Podlaschitz versank in Kreischen und Staub und wirbelnden Trümmerstücken.

Cyprian griff unwillkürlich zu, als dem alten Mann die Beine nachgaben und er nach unten rutschte. Er meinte, eine Gestalt aus Stroh und Luft festzuhalten. Er versuchte, den Mönch zu seinem Lager zu tragen.

»Tötet das Kind«, murmelte der Alte. Seine Lippen bebten, sein Gesicht war nass von Speichel und Tränen. »Tötet das Kind. Es ist ein Neugeborenes, es ist vollkommen unschuldig, aber TÖTET ES!« Er stöhnte. *»OBOEDIENTIA!«*, brüllte er dann. »Was ist die fünfte Ordensregel, Bruder? GEHORSAM!«

Cyprian ließ ihn zu Boden sinken, als habe er sich an dem dürren Körper verbrannt. Das Entsetzen, das ihn erfüllte, war auch in den Augen von Andrej und der aussätzigen Frau zu erkennen. Andrejs Mund arbeitete.

»Gehorsam!«, stöhnte der Alte. »Gehorsam – töte das Kind, Bruder Tomáš! – Ich gehorche, Vater Superior, ich gehorche!«

Der Sturmtentakel ließ keine einzige Struktur auf dem Klostergelände heil. Er verwandelte die Kirche in das Skelett eines toten Ungeheuers und das gesamte Kloster in einen Friedhof. Er vernichtete den alten Obstgarten, ebnete die Gemüsebeete ein, trug die Hasenställe davon und verwandelte die Hühner in weit über das Land verstreute, zerschmetterte Federbälle. Er tötete zwei von den drei Mönchen, die sich dort aufhielten; dann fiel er auf dem Weg den langen Hügel östlich von Podlaschitz hinauf in sich zusammen und verschwand, als hätte es ihn nie gegeben. Lediglich das zerstörte Kloster und eine mehrere Hundert Mannslängen messende Spur aus aufgerissener Erde zeugte davon, dass er da gewesen war; der Regen begann zu fallen wie aus Eimern und bildete kleine Tümpel, Weiher, Seen in der Spur und auf dem Trümmerfeld des Klosters, und wenn jener Tentakel Gottes Zorn gewesen war, dann war der Platzregen Gottes Trauer, und was immer Seinen Zorn erregt hatte, Seine Tränen wuschen seine Überreste ab und aus und salzten das Land mit Seinem Fluch.

»Warum hast du das verlangt, Vater, warum? Erbarme dich unser, o Herr, erbarme dich unser! Erbarme dich unser!«

»Ich habe von dieser alten Geschichte gehört«, sagte die Frau. »Ein Buch, das ein verfluchter Mönch geschrieben hat und mit dem er den Teufel übertölpelte. Diese Geschichten gibt es doch überall. Ich habe sie nicht mit unserem Land hier in Verbindung gebracht, und ich habe ehrlich gesagt auch nie jemanden gehört, der es getan hätte.«

Sie wies mit ihrer makellosen Hand auf den ungeordneten Haufen aus zerrissenem Papier und Pergament, der in einer Ecke der Kirche lag und vor sich hinmoderte. Für Cyprian war es dieser niedrige Hügel aus zerfallendem Papier und zerlaufenden Buchstaben, aus verlöschendem Goldilluminat und schimmelig gewordenem Indigo, der mehr noch als das zerbrochene Kruzifix und der geborstene Altar verkündete, dass Kirche und Kloster von Podlaschitz tot waren. Andrej seufzte.

»Wenn es ein Buch gegeben hat, dann liegen hier seine Überreste.«

Cyprian erwiderte nichts.

»Dafür ist mein Vater in den Tod gegangen«, sagte Andrej. »Für nichts.« Er sah zu Cyprian. »Ihre Mission war auch für nichts. Und wofür bin ich hergekommen?«

Cyprian zuckte mit den Schultern. Die Frau sah von einem zum anderen.

»Die Ungewissheit hat einen Vorteil: man kann noch hoffen«, sagte sie.

Andrejs Augen verengten sich. Er starrte in die Ferne. »Da haben Sie Recht«, sagte er. »Da haben Sie verdammt Recht.«

12

»Das Leben kehrt zurück, meine Liebe.«

»Ja.«

»Schau nur nach draußen, was in den letzten drei Tagen mit den Bäumen passiert ist. Jetzt weiß ich, was man meint, wenn man sagt, die Bäume schlagen aus. Da muss man sich ja vorsehen, dass man nicht erschlagen wird. Hahaha!«

»Ja.«

»Schau doch raus – es sieht wunderbar aus. Der Frühling kommt endlich.«

»In Wien wäre er schon längst da.«

Sebastian Wilfing drehte sich zu seiner Schwiegermutter in spe um, die in der Tür stand.

»Da haben Sie Recht, Frau Mutter. Aber sind manche Dinge nicht umso schöner, je länger man darauf wartet? Was meinst du, Agnes?«

»Ja.«

Agnes spürte die wachsende Verzweiflung ihres Bräutigams. Sie rührte sie nicht, ebenso wenig wie die Wellen aus Abneigung, die förmlich von ihrer Mutter ausstrahlten und die sie fühlte, obwohl eine ganzer Saal sie trennte und Agnes ihr den Rücken zugekehrt hatte. Nichts konnte in die Tiefsee aus Abscheu vordringen, in deren Abgründen die Leiche von Agnes Wiegant lag und von den Ungeheuern aufgefressen wurde, die dort unten lebten: Selbstverachtung, Reue und die Gewissheit, ihre Zukunft verspielt zu haben.

»Wie zum Beispiel unsere Vermählung. Den ganzen Winter haben wir gewartet, und jetzt endlich – In fünf Wochen ist Ostern –«

Sebastian Wilfings Stimme wurde der seines Vaters immer ähnlicher. Sie stellte sich vor, wie er auf die Frage des Pfarrers »– und willst du, Sebastian Wilfing, die hier anwesende Agnes Wiegant zu deiner rechtmäßig angetrauten Frau nehmen, sie lieben und ehren, bis dass der Tod euch scheidet?« antwortete: »Oiiiink!« Ihr drehte sich der Magen um.

»Schau doch hinaus, wie schön die Welt wieder geworden ist«, sagte Sebastian Wilfing hilflos und räusperte sich.

Sie hatte Cyprian zurückgewiesen. Er war bis nach Prag gekommen, und ihre erste Reaktion war gewesen, ihm Vorwürfe zu machen. Nein, nicht ganz. Ihre erste Reaktion war gewesen, im Hemd zu ihm in die Kälte hinauszulaufen. Doch dann hatte er von seinem Onkel gesprochen und von dem Auftrag, den er vorher noch erledigen müsse –. Ein kleines Flämmchen Zorn erhitzte den Körper, der in der Grabeskälte der Tiefsee lag, aber diese Flämmchen waren in der letzten

Zeit immer schwächer geworden und vermochten jetzt nicht mehr, als die Tränen anzuregen, die Agnes jedes Mal wegblinzelte. Wie lange litt sie hier nun schon, seit sie aus Cyprians Kutsche gesprungen war? Eine Woche? Und er hatte sich seitdem nicht ein einziges Mal gemeldet, nicht einmal versucht, mit ihrer Magd Kontakt aufzunehmen. Er hatte genug von ihr. »Lass sie in Ruhe«, hörte sie die Stimme ihrer Mutter. »Sie weiß gar nicht, welches Glück sie hat, dass du sie trotz allem nehmen willst, Sebastian. Sie hat dich nicht verdient.«

»Das dürfen Sie nicht sagen, Frau Mutter. Ich bin glücklich, Agnes' Fußabtreter zu sein.« Sie hörte das Lächeln in seiner Stimme und die Falschheit.

Was blieb noch für sie zu tun?

Der Mann, den sie liebte, hatte seinen Onkel und irgendeinen obskuren Dienstbotengang vor die Liebe zu ihr gestellt; und selbst wenn dies irgendwann einmal nicht mehr zwischen ihnen stehen würde, gäbe es doch immer noch die Tatsache, dass Agnes sich nicht weniger lieblos verhalten und ihn zurückgewiesen hatte. Er hatte die Botschaft offenbar verstanden. Weshalb sonst meldete er sich nicht mehr?

Der Mann, den sie heiraten und mit dem sie ihr Leben teilen würde, war ihr unerträglich. Was immer er für sie empfand, in ihren Augen waren alle seine Gefühle korrupt, und auch wenn sie ehrlich gewesen wären, so wären sie doch verdorben worden durch den Abscheu, mit dem sie sie aufnahm. Er hatte versucht, Cyprian verprügeln zu lassen, und als er den Kürzeren gezogen hatte, hatte er mit Hilfe seiner Freunde dafür sorgen wollen, dass Cyprian im Gefängnis vermoderte. Was würde er mit ihr anstellen, wenn sie sich seinen Plänen zum ersten Mal in den Weg stellte? Wenn sie ihn in der Hochzeitsnacht zurückwies, zum Beispiel? Würde er sie schlagen, bis sie nachgab? Oder würde er auch hier Hilfe anfordern? Würde er sich mit der gezwungenen Zuvorkommenheit und Würde, die er seit ihrer Ankunft in Prag an den Tag legte, zurückziehen und am nächsten Tag seine Schwiegereltern auffordern, ihre Tochter zur Räson zu bringen? Sie schüttelte sich.

»Frierst du, meine Liebe? Wo sind die Faulpelze – heizt den Kamin ein, zum Teufel!«

Was konnte sie tun? In der Kirche bei der Vermählungszeremonie für einen Skandal sorgen, indem sie »Ich will … nicht!« antwortete? Die Folge wäre die Rückkehr zu ihren Eltern, bis diese sich dazu entschieden, sie mittels des Eintritts in ein Kloster aus ihrer Welt zu schaffen. Zwei Gefängnisse nacheinander – und ihres Vaters gebrochenes Herz.

Warum bist du nicht mit mir geflohen, Cyprian?, dachte sie. An jenem Tag auf dem Kärntnertor hätten wir uns einfach bei der Hand nehmen und die Stadt verlassen sollen, anstatt auf die Vernunft zu hören und die Flucht auf den nächsten Tag zu verschieben. Und wenn wir unterwegs verhungert wären, wären wir gemeinsam verhungert. Wenn wir nie angekommen wären, hätten wir es wenigstens gemeinsam versucht. Wir hatten eine Chance, aber wir haben sie nicht genutzt.

Was konnte sie tun?

»Ja«, sagte sie. Als sie die Verwirrung spürte, drehte sie sich um. Sebastian und ihre Mutter wechselten einen bedeutungsvollen Blick.

»Was hast du gesagt, Sebastian?«, zwang sie sich zu fragen.

»Nichts, meine Liebe.«

Plötzlich war ihr klar, was sie tun konnte. Sie starrte in die Gesichter ihres Bräutigams und ihrer Mutter und fragte sich, wie um alles in der Welt sie die Lösung darin hatte lesen können. Aber wahrscheinlich war sie gar nicht dort zu finden gewesen, sondern in ihr selbst und war die ganze Zeit zum Greifen nah gewesen, und durch irgendeine kleine Verschiebung in ihrem Inneren konnte sie sie jetzt sehen. Oder lag es daran, dass sie sich plötzlich erinnerte, wie ihr Vater und die beiden

Wilfings sich über neue Märkte unterhalten hatten, an einem der vergangenen Tage?

»Entschuldigung, ich war in Gedanken«, sagte sie und lächelte so süß, dass ihr Bräutigam unwillkürlich mitlächelte. Sie wandte sich zum Fenster. »Stimmt, es ist wirklich schön draußen. Man hat den Eindruck, die Welt steht einem wieder offen, und man möchte am liebsten hinaus- und in sie hineinrennen und nicht mehr aufhören, bis man an ihrem Ende ankommt.«

Sebastian Wilfing war die Personifizierung von Überraschung, Verwirrung und hoffnungsvollem Liebesglück. Seine Stimme machte sich selbständig.

»Ja«, quiekte er. *Oiiink!*

13

DER MANN BRANNTE. Judas Ischariot musste so gebrannt haben, als er mit seinem Säckchen voller Silbermünzen zu den Sadduzäern im Tempel rannte, voller verzweifelter Hoffnung, rückgängig machen zu können, was er getan hatte. Judas Ischariot war gescheitert. Melchior Khlesl fragte sich, ob er sich wünschen sollte, dass der Mann vor ihm ebenfalls scheitern würde.

Er sprach spanisch gefärbtes Latein, das sich vor allem durch harte Konsonanten auszeichnete. Seine Brillengläser waren so verschmiert, dass seine verzerrt vergrößerten Augen dahinter wie lauter Katarakte aussahen. Der Bischof ahnte, dass der Mann dennoch hindurchblicken konnte, ohne die Schmiere überhaupt wahrzunehmen; ein Blick wie seiner drang durch Wände.

»Pater Hernando de Guevara«, sagte Bischof Melchior vorsichtig in seinem eigenen geschliffenen Latein und legte die Hände flach auf den Tisch. »Ich muss gestehen, ich habe kein Wort verstanden von dem, was du gesagt hast.« Die Lüge war seinem Gesicht nicht anzusehen. Er hatte sehr wohl verstanden. Er hatte vor allem eines verstanden: der junge Mann auf dem Besucherstuhl hatte zwei Päpste auf dem Gewissen.

Die vergrößerten Augen hinter den Brillengläsern zuckten schmerzvoll.

»Ich kann meine Schuld nicht wiedergutmachen«, stöhnte Pater Hernando. »Aber ich kann verhindern, dass sie noch größer wird. Ich brauche deine Hilfe, Ehrwürden.«

»Warum ausgerechnet meine?«

»Du bist der Mann, den ich gesehen habe, als der Heilige Vater ins Kollegium einzog. Ihr habt euch zugenickt.«

»Papst Innozenz? Kardinal Facchinetti?«

»Und du hast ihm beigestanden, als er –«

»Gestorben ist«, sagte Bischof Melchior, ohne dass jemand seiner Stimme angemerkt hätte, dass er dabei mit den Zähnen knirschte.

»Ich habe Erkundigungen eingezogen und deinen Namen dabei herausbekommen, Ehrwürden.«

»Und jetzt bist du hier. Von Rom nach Wien in ein paar Tagen. Eine mörderische Strapaze, Pater.« Vor Beginn des Frühlings, über Straßen, die sich lediglich dadurch von den umgebenden Äckern unterschieden, dass man auf ihnen nicht weiter als bis zu den Knöcheln im Schlamm versank. Aber die Dominikaner hatten ein weit verzweigtes Netz an Klöstern und Klausen, und die Angehörigen des Ordens, die sich in der Welt bewegen durften, waren zumeist von der Machart, dass sie die unmenschlichsten Strapazen, ohne mit der Wimper zu zucken, noch vor der Morgenmahlzeit ertrugen und danach, mit einem einzigen Becher heißen Wassers als Stärkung, erst wirklich zu Hochform aufliefen.

»Ich muss nur noch so lange am Leben bleiben, bis ich meine Mission erfüllt habe.«

»Jetzt kommen wir zu dem Teil, den ich nicht verstanden habe«, sagte der Bischof.

»Ehrwürden, bitte –« Der unglückliche Mönch hob beide Hände. »Ich bin sicher, der Heilige Vater hat dir sein Herz ausgeschüttet.«

Bischof Melchior schwieg.

»Ich werde sie verbrennen!«, stieß Pater Hernando hervor. »Wenn es sein muss, springe ich mit ihr zusammen ins Feuer. Wenn es sein muss, brenne ich ein ganzes Land ab, nur um sicherzugehen, dass sie danach nicht mehr existiert.«

»Hmmm«, machte Bischof Melchior. In seinen Magen begann sich ein Stein zu senken.

»Sie ist das Werk des Teufels, und kein Mensch kann dagegen bestehen«, sagte Pater Hernando. »Es ist nicht in Gottes Plan, den Teufel zu besiegen. Wir können ihm nur entsagen; das ist alles. Kardinal de Gaete und Kardinal Madruzzo – ich weiß nicht mehr, ob sie das Buch wirklich zerstören wollen.« Er fuhr sich mit beiden Händen durch das Gesicht, so dass seine Brille verrutschte und auf seinen Wangen rote Striemen zurückblieben. Er starrte Bischof Melchior an. Mit seiner schiefen Brille, den Schmutzstreifen im Gesicht, der gesträubten Tonsur und dem Geruch nach Schweiß, Dreck und verschimmelnden Kleidern, den er ausströmte, wirkte er wie ein wahnsinnig gewordener Häftling aus den Kerkern des Vatikans. »O Gott, vergib mir, ich habe mich schon mit dem Teufel eingelassen«, stöhnte er.

Hinter Bischof Melchiors unbewegter Fassade jagten sich die Gedanken. Hatte ihm das Schicksal einen Verbündeten gesandt? Aber ein Verbündeter wie dieser war schlimmer als tausend Feinde. Er konnte sich weiterhin dumm stellen und den Mönch seiner Wege schicken, doch was würde der Dominikaner dann tun? Der Mann war kein Idiot, immerhin hatte er den Weg zu ihm, Bischof Melchior, gefunden. Wenn er ihn ignorierte, würde der Mönch einfach weitermachen und sich zu einer unberechenbaren Figur in diesem verfluchten Spiel entwickeln. Besser, er versuchte ihn zu lenken, auch wenn er ahnte, dass es dem Versuch gleichkam, einen vor Wut und Panik irre gewordenen Elefanten mit verbundenen Augen durch die kaiserliche Porzellansammlung zu steuern. Er musste ihm etwas zu tun geben, etwas, das ihn an den Rand des Geschehens manövrierte.

»Also gut«, sagte er. »Ich habe mir Dinge zusammengereimt. Dinge, an die ich persönlich nicht glaube.«

Der Dominikanermönch schwieg. Seine blinden Brillengläser funkelten trüb. Er versuchte den Bischof nicht zu einer gegenteiligen Meinung zu bekehren, und Melchior Khlesl erkannte daran, dass es dem Mann zumindest in einem ernst war: er wollte nicht, dass die Teufelsbibel unter die Menschen kam. Ein Bild stieg vor seinem geistigen Auge auf, eine Tür hinter einem Altar und eine Treppe, die ins Nichts führte.

»Dein Bruder *in dominico* ist in Prag? Ich fürchte, er sucht am falschen Ort«, sagte Bischof Melchior bedächtig.

»Wo ist der richtige Ort, Ehrwürden?«

»Es gibt eine Geschichte. In einer Kirche, nicht weit von hier, gab es einst einen unterirdischen See. Ein dunkles Wasser voller Geräusche und unheimlicher Lichter und seltsamer Kreaturen. Es heißt, mitten in diesem See liegt eine Insel.« Bischof Melchior tastete sich vorsichtig durch seine persönliche Edition der alten Legende und erfand sie, während er sprach. »Auf dieser Insel wiederum ist eine Truhe vergraben, und wer sie findet –«

Der Blick des Dominikaners tat fast weh. Irrsinn und Hoffnung flackerten darin wie das Feuer, in dem er nötigenfalls ein Land untergehen lassen wollte, nur um die Teufelsbibel zu vernichten. Mit einer Kälte, die nicht nur sein Herz ergriff, verstand Bischof Melchior, dass der einzig zuverlässige Weg, diesen halb Wahnsinnigen aus der ganzen Angelegenheit herauszuhalten, gewesen wäre, ihn zu ermorden. Die Kälte wurde größer, als Bischof Melchior erkannte, wie weit seine Gedanken bereits ohne sein Zutun auf diesem Pfad vorangekommen waren: er stellte bereits Verbindungen her – wen kannte er, der jemanden kannte, dessen Gewissen darüber, dass er jemand anderem in einer Gasse einen schweren Stein auf den Kopf hatte fallen lassen, mit Geld beruhigt werden konnte?

»– und wer sie findet, findet einen Goldschatz«, vollendete der Bischof. Er lehnte sich zurück und musterte den Dominikaner.

Dieser starrte ihn an. »Ich verstehe nicht«, brachte er hervor.

»In einer anderen Version der Geschichte heißt es, dass derjenige, der die Truhe öffnet, die Weisheit der Welt erlangt.«

Die riesigen Augen hinter den Brillengläsern blinzelten. »Wo ist diese Kirche?«

»Warte, Pater, warte. Ich muss dich warnen. Ich kenne diese Kirche, und ich weiß, dass es tatsächlich ein ausgedehntes System von alten Höhlen darunter gibt. Aber –«

»Ich lasse mich nicht aufhalten, und wenn der Höllenhund persönlich darüber wacht«, sagte Pater Hernando.

»Es gibt keinen Höllenhund, Pater. Aber es gibt Tonnen und Abertonnen von hart gebackenem Schlamm, der seit einer der letzten Überschwemmungen die ganzen Katakomben erfüllt. Du müsstest dich *hindurchgraben*, Pater. Sollte dieses verfluchte Buch wirklich dort ruhen, dann kannst du es getrost auch in Ruhe lassen. Niemand wird darankommen.«

Der Bischof betrachtete Pater Hernando unter gesenkten Lidern und wartete darauf, dass er den Köder annahm. Er hoffte es von ganzem Herzen. Er wollte nicht für seinen Tod verantwortlich sein, weil dies geheißen hätte, dass er die Welt vor der Teufelsbibel mit genau den Methoden zu schützen versuchte, für die das verfluchte Werk stand.

»Dieses Risiko kann ich nicht eingehen, Ehrwürden«, flüsterte der Dominikaner. »Wenn ich danach graben muss, dann grabe ich. Ich kann erst ruhen, wenn ich selbst sehe, wie es in Flammen aufgeht. Ich werde graben, und wenn es hundert Jahre dauert!«

»Ich werde für dich beten.«

»Wo ist diese Kirche?«

Bischof Melchior legte die Fingerspitzen aneinander und gestattete sich ein Lächeln. Es wirkte Anteil nehmend, die tatsächliche Emotion dahinter war jedoch tiefe Erleichterung. Er begann, dem Dominikaner den Weg zur Heiligenstädter Kirche so gut wie möglich zu beschreiben.

14

PATER XAVIER FÜHLTE das rasende Pochen ihres Herzens in seiner Handfläche. Er strich ihr mit dem Daumen über den Kopf, über den Nacken, langsame, fast zärtliche Bewegungen. Er gab den Blick aus den angstvollen schwarzen Augen zurück und lächelte. Die Knochen waren zu spüren und vermittelten ihm die Gewissheit, über einen Leib zu streicheln, den er mit einer Handbewegung zerdrücken konnte; er beherrschte das Zucken, das sich unwillkürlich mit diesem Gedanken einstellte. Nach und nach beruhigte sich das Pochen, entspannte sich der zierliche Körper. Der Widerstand der heißen, harten Krallen ließ nach. Pater Xavier drehte die Brieftaube um und nestelte die Botschaft von ihrem Fuß. Er ließ das Tier los. Es duckte sich, doch dann erkannte es das Körnerhäufchen auf dem Tisch und trippelte darauf zu. Pater Xavier machte sich daran, die Botschaft zu entschlüsseln.

Einige Zeit später starrte er nachdenklich ins Leere, während die Taube pickte. Das rhythmische Klopfen des Vogelschnabels war wie ein Uhrwerk. Es war ansteckend. Pater Xavier ertappte sich plötzlich dabei, wie er mit dem Finger auf das alte Pergament, auf das er die entschlüsselte Botschaft gekritzelt hatte, tippte. Er schob die Kerze näher heran, riss den

Text ab und hielt ihn an die Flamme. Das Pergament krümmte sich, bevor es zu glimmen begann und die Buchstaben sich in Rauch auflösten. Pater Xavier las sie im Wettstreit mit dem Feuer noch einmal.

»CK und AvL von weitem beobachtet. Mission in P gescheitert. Keine Spur zur T gefunden. Vorhandensein 1572 wahrscheinlich; Aufenthalt heute ??? Wann sehe ich mein Kind?«

Pater Xavier beobachtete, wie der letzte Buchstabe der Botschaft, ein Y, in der Flamme verschwand. Er ließ den Rest des Pergamentfetzens auf den Tisch fallen und sah ihm zu, wie er sich in ein Ascheflöckchen verwandelte. Y. Sie unterzeichnete jede ihrer Botschaften mit Y, als ob er nicht wüsste, von wem sie kamen. Es war, als ob sie ihm damit zu verstehen geben wollte, dass sie ein menschliches Wesen war, kein Werkzeug. Was das betraf, konnte sie nicht ahnen, dass der Unterschied in Pater Xaviers Augen kein beträchtlicher war.

Die Frage nach ihrem Kind war ebenfalls fester Bestandteil der Nachrichten Yolanta Melnikas. Pater Xavier lächelte. Solange sie fragte, hatte sie Hoffnung. Solange sie Hoffnung hatte, würde sie alles tun, was er verlangte.

Er klaubte ein paar Körner auf und ließ die Taube auf seine Handfläche klettern. Während sie den Rest der Mahlzeit aufpickte, streichelte er die glatten grauen Federn. Cyprian Khlesls wohlüberwachte Reise nach Südböhmen hatte nichts erbracht außer der Gewissheit, dass es nun mindestens einen Ort gab, an dem er, Pater Xavier, nicht mehr suchen musste; außerdem viele Einblicke in das Herz Andrejs von Langenfels, der so unverhofft zum Begleiter Cyprians geworden war.

Pater Xavier nahm die Taube und trug sie zu den anderen. Die Tiere waren wieder vollzählig. Yolanta würde keine weitere mehr abschicken können; sie hätte die letzte zurückbehalten, wenn sie nicht gedacht hätte, dass diese eine Mission beendet war.

Wann sehe ich mein Kind?

Pater Xavier lächelte. »Wenn ich dich nicht mehr brauche«, flüsterte er.

15

WENN MAN DEN Pfarrer der Heiligenstädter Kirche fragte, wie es ihm ging, erwiderte er in der Regel, dass die Jahre gut zu ihm gewesen seien; gefolgt von einem nachdenklichen Händefalten vor seinem mageren Leib und dem Zusatz: »Zu gut, mein Kind, zu gut.« Er hatte als blutjunger Kaplan seinen damaligen Pfarrer dies tun sehen, und es war ihm als Ausdruck von Bescheidenheit, Lebensfreude und glücklicher Fügung in die Ratschlüsse des allmächtigen Gottes geschienen. Dass der Pfarrer damals die notwendige Plauze besessen hatte, um den Spruch zu unterstreichen, hatte er vergessen, und der unfreiwillige Sarkasmus, der sich aus diesem Spruch in Zusammenhang mit seiner dürren Figur entwickelte, entging ihm. Zuweilen verwirrte ihn das zynische Lächeln, das er als Antwort darauf von einem Gemeindemitglied erhielt, das ebenso wenig Fleisch auf den Rippen hatte, weil die letzte Überschwemmung ihm alles genommen hatte. Noch mehr verwirrte ihn allerdings im Augenblick der dünne, abgerissene, stinkende Dominikanermönch, der plötzlich im Kirchenschiff stand und sich mit einer Brille zu orientieren versuchte, mit der man gefahrlos in die Sonne hätte blicken können, so trüb war sie. Der Neuankömmling machte keine Anstalten, nach des Pfarrers Wohlergehen zu fragen.

»Wo ist der unterirdische See?«, fragte er statt einer Begrüßung. Die Konsonanten seines Lateins prallten von den Wänden ab und flogen als Querschläger durch das Kirchenschiff.

Der Pfarrer benötigte ein paar Momente, um zu verstehen, was er gefragt worden war.

»Der unterirdische See?«, erkundigte er sich vorsichtig.

Der Dominikaner deutete auf die Tür hinter dem Altar. »Wohin führt sie?«

Der Pfarrer erinnerte sich an die junge Frau, die letzten Herbst hier gewesen war, rätselhafte Dinge gesagt und schließlich in seinen behelfsmäßigen Vorratsraum gestarrt hatte, als hätte sie wirklich eine Treppe in ungekannte Tiefen und ein Labyrinth aus Katakomben und phantastischen Grotten dort erwartet. In seinem kleinen, schüchternen Hirn bildete sich der Gedanke, ob Gott oder jemand anderer sich einen Spaß daraus machte, ihm alle paar Monate einen Verrückten zu senden.

»Nirgendwohin«, sagte er. »Womit kann ich dir helfen, Bruder?«

Der Dominikaner blickte sich um. Der Pfarrer stellte fest, dass der verschwimmende Blick hinter den Brillengläsern seine Nackenhaare dazu brachte, sich aufzurichten.

»Gibt es noch eine andere Tür?«

»Hinter dem Altar? Nein – hier geht's zur Sakristei, und dort ist der nördliche Seitenausgang, aber beide sind natürlich nicht hinter –«

Der Pfarrer wandte sich zu seinem Gast um, der sich in Bewegung gesetzt und zu der vermaledeiten Tür geschritten war. Er lief ihm nach.

»Womit kann ich dir helfen, Bruder?«

Der Dominikaner rüttelte an der Tür. »Sperr sie auf.«

»Nach dem letzten Mal habe ich ein Schloss daranmachen lassen«, erklärte der Pfarrer hilflos. »Ich wachte nachts auf und träumte, dass jemand auf meinen Vorräten herumtrampelte, während er irgendwelche Höhlen suchte, und so.«

»Höhlen?« Der Dominikaner fuhr herum. »Höhlen mit einem See?«

»Dies ist meine Vorratskammer«, versuchte es der Pfarrer erneut, weil er das Gefühl hatte, er müsse zuerst die grundlegenden Dinge mit seinem Gast klären.

»Wo ist der Schlüssel? Sperr auf!«

»Es gibt dort nichts außer meiner Vorratskammer, tut mir leid«, sagte der Pfarrer, horchte seinen Worten hinterher, fand sie ein wenig zu barsch für einen Diener Gottes und wiederholte: »Tut mir leid.«

Der Dominikaner rüttelte an der Tür, stöhnte und gab ihr einen Tritt.

»Nur die Ruhe, nur die Ruhe!« Der Pfarrer nestelte hastig an seinem Schlüsselbund herum. Es hingen drei Schlüssel daran, der zur Kirche, der zur Sakristei und der zum Vorratsraum. Er steckte die beiden falschen Schlüssel ins Schlüsselloch und triumphierte endlich mit dem dritten. Die Tür schwang auf; der Dominikaner packte das Türblatt und riss sie ungeduldig weiter auf. Das kühle, leidenschaftslose Licht des leeren nachmittäglichen Kirchenschiffs sickerte die paar Treppenstufen hinunter, kroch über den unebenen, schlammfarbenen Boden mit seinem Mosaikmuster aus Rissen und präsentierte das welke Gemüse in der Ecke.

»Na also!«, sagte der Pfarrer, horchte und sagte nochmals: »Tut mir leid.«

Der Dominikaner stieg die Stufen hinunter und stampfte auf den Boden. Der Pfarrer hörte ihn seufzen.

»Wenn dort unten wirklich etwas liegt«, sagte der Pfarrer, weil ihm plötzlich der Gedanke gekommen war, dass man einen Verrückten loswerden konnte, indem man auf seine Verrücktheit einging, »dann ist es so sicher versiegelt wie im Geheimarchiv des Vatikans.«

Der Dominikaner zuckte zusammen. »Was?«, keuchte er. »Was hast du gesagt?«

Der Pfarrer schluckte und probierte es mit Schweigen und einem zutraulichen Lächeln. Der Dominikaner setzte sich auf die letzte Treppenstufe und stützte den Kopf in die Hand. Nach einer Weile hörte der Pfarrer ein gackerndes Geräusch. Der Mönch lachte. Er drehte sich um und spähte zum Pfarrer. Mit einem Mal nahm er die Brille ab, putzte sie mit einem Zipfel seiner Kukulle (nicht, dass der Pfarrer eine wesentliche Verbesserung ihres Zustands wahrgenommen hätte), setzte sie wieder auf und sagte: »Sie ist sicher. Es wird Jahre dauern, und bis dahin ist sie sicher.« Der Mann klang glücklich.

»Ich habe ja auch den Schlüssel«, sagte der Pfarrer ratlos und weil er hoffte, seinen Gast noch mehr von der Sicherheit von Was-auch-immer zu überzeugen.

Der Dominikaner schwieg. Ganz langsam rann das Lächeln aus seinem Gesicht, bis es wieder von den riesigen Augen und den blinden Brillengläsern beherrscht wurde. »Was hast du vorhin gesagt? Beim letzten Mal?«

»Ja«, sagte der Pfarrer und versuchte, unbeschwert zu klingen. »Das letzte Mal. Eine junge Frau wollte die Treppe hinuntersteigen. Sie fragte mich dieselben Dinge wie du.« Ein Verdacht schwamm unvermittelt in ihm hoch. »Kennst du sie?«

Der Dominikaner kam die Treppe herauf. Der Pfarrer hatte nicht wahrgenommen, wie er aufgestanden war. Er blickte in die Augen des abgerissenen Mannes und begann rückwärtszugehen. Der Dominikaner folgte ihm. Der Pfarrer stieß mit dem Hintern an den Altar und stoppte; sein Oberkörper bog sich so weit nach hinten, wie es ging, während der Dominikaner sich über ihn beugte. Ihre Nasenspitzen stießen zusammen. Der Pfarrer hörte sein Rückgrat knacken.

»Wer ist sie?«, flüsterte der Mönch.

Der Pfarrer war überzeugt, dass seine letzte Stunde bevorstand. Sein Hirn leerte sich, und seine Blase hätte es auch getan, wenn genügend Flüssigkeit darin gewesen wäre. »Du kennst sie also nicht?«, brachte er hervor.

16

Pavel streifte die graue Kukulle ab und faltete sie ordentlich zusammen; dann half er Buh, der sich wie immer darin verheddert hatte. Er atmete die kühle, dumpfe Luft des Klosterinneren ein – ein tiefer Atemzug wie der eines Mannes, der die letzten Stunden fast gar nicht geatmet hat. In Pavels – und Buhs – Fall traf dies genau zu.

Sie waren im Morgengrauen in die Stadt hinausgegangen, die grauen Kukullen über den schwarzen Kutten. Mit ihnen hatten sie auf den ersten Blick ausgesehen wie normale Mönche, wie zwei Klosterbrüder, die durch die Gassen streiften, um festzustellen, ob sie helfen konnten. Einen zweiten Blick verschwendete in diesen Zeiten niemand; auf den zweiten Blick hätte man eventuell feststellen können, dass der Mensch, dem man soeben begegnet war, die Krankheit hatte, und das hätte zum einen die bange Frage wachgerufen, ob man sich durch diese flüchtige Begegnung angesteckt hatte, zum anderen die Gewissheit erbracht, dass keiner gefeit war. Solange man nur Gesunde durch die Stadt huschen sah und es schaffte, um die Karren der Abdecker einen großen Bogen zu machen, solange in der eigenen unmittelbaren Familie noch niemand gestorben war und man alle aushäusigen Kontakte abgebrochen hatte, um nicht mit dem Leid in den anderen Häusern konfrontiert zu werden – solange konnte man sich der Illusion hingeben, dass man vielleicht verschont bleiben würde. Freilich wurden die Menschen, die diese Haltung einnahmen, täglich weniger.

»Sch… sch… sch…«, stammelte Buh und ließ es zu, dass Pavel sich auf Zehenspitzen stellte und ihm die Tonsur glatt strich.

»Ja«, sagte Pavel. »Schlimme Zeiten.«

Abt Martin hatte sich Pavels Bitten lange verweigert, aber Pavel hatte nicht lockergelassen. Seit kurzem verließen einmal pro Woche jeweils zwei Kustoden, mit grauen Kukullen notdürftig getarnt, für ein paar Stunden das Kloster, wanderten durch die Stadt und kehrten dann zurück. Es waren immer zwei. Sie passten aufeinander auf, so wie sie auf das teuflische Buch aufpassten, das in ihre Obhut gegeben worden war. Pavel war überzeugt, dass er mit dieser Maßnahme verhindern konnte, dass jemals wieder so etwas passierte wie vor zwanzig Jahren; es reichte, wenn der brüllende, Axt schwingende Mönch alle paar Wochen durch seine Träume rannte, wenn die panischen Frauen und die schreienden Kinder durch seinen Geist flüchteten, während er sich stöhnend auf seiner Pritsche wälzte; wenn der Leib der Frau mit dem zerschmetterten Schädel in einem letzten Aufbäumen das Kind in die Welt stieß –

Dieses Mal waren sie den langen Abhang heruntergegangen, auf dem die Stadt Braunau sich – vom Kloster ausgehend – hinunter in die Flussebene zog, waren durch das kaum bewachte Niedertor hinaus- und den jenseitigen steilen Hügel wieder hinaufgestiegen bis zur Kirche der Heiligen Jungfrau Maria auf dem Friedhof. Buh hatte die Stirn gerunzelt, aber nichts gesagt. Wenn Pavel es für angemessen hielt, eine Kirche aufzusuchen, die in den letzten Jahren von den Protestanten für ihre Messen eingenommen worden war, dann würde es schon seine Richtigkeit haben.

Pavel machte sich über die verfeindeten Konfessionen keine großen Gedanken. Die Aufgabe, die er und die sechs anderen Kustoden zu erfüllen hatten, war unabhängig von jeder Auslegung des Glaubens, und wenn sie darin versagten, würde die Zugehörigkeit zum katholischen oder lutherischen Glauben nur insoweit eine Rolle spielen, als der Teufel den einen wie den anderen mit Vergnügen erschlug. Von der Friedhofskirche hatte man einen hervorragenden Blick auf die gesamte Stadt. Sie hatten über zwei Stunden dort oben gestanden und Braunau beim Sterben zugesehen.

Buh hatte beim Herumwandern um die hölzerne Kirche eine Reihe von Votivtafeln gefunden. Gebannt von der Faszination, die die für ihn unlesbaren Buchstaben stets ausübten, war er davor stehen geblieben und hatte sie angestarrt, bis Pavel gekommen und ihm den Text leise vorgelesen hatte. Von der Überschwemmung von 1570 war zu lesen gewesen, von den beiden Hungersnöten im gleichen Jahr und ein Jahr später, von den Pestepidemien 1582 und 1586 mit insgesamt über eintausend Toten. Eine Tafel hatte mit einem Stoßgebet geendet: *Der ewig gütige Gott wolle seinen Zorn von uns wenden und uns vor der gleichen Heimsuchung und noch größerer Strafe gnädiglich behüten.* Ob Protestanten oder Katholiken – in der Todesangst riefen alle den gleichen Gott an, und ihr Flehen unterschied sich nicht. Auf den Votivtafeln der katholischen Pfarrkirche war keine Rede mehr davon, dass Gott zornig darüber war, dass so viele Bewohner der Stadt der lutherischen Ketzerei erlegen waren und er deshalb biblische Plagen über Braunau schickte; ebenso wenig wie hier bei der Kirche der Heiligen Jungfrau zu lesen war, dass selbstverständlich die Katholiken mit ihrem Festhalten an den verderbten papistischen Praktiken daran schuld waren.

Genützt hatten weder der rechte noch der falsche Glaube, weder Votivtafeln noch das darauf eingegrabene Flehen um Gnade. Braunau, die reiche Tuchmacherstadt, das Juwel Nordböhmens, die selbstbewusste, fast selbständige Gemeinde reicher Bürger, von den Äbten den Königen und Fürsten und von den Bürgern den Äbten abgetrotzt, zerschmettert von mehreren Fluten, zerfressen von der Pest – Braunau war am Ende. Pavel wusste, dass Abt Martin sich insgeheim selbst die Schuld daran gab, und es schmerzte ihn. Die Schuld, unter der der Abt sich beugte, hatte ihn beinahe gelähmt, hatte ihn sich zurückziehen und die Dinge einfach laufen lassen – hatte ihm einen so katastrophalen Ruf in der Stadt eingebracht, dass Pavel sich manchmal wünschte, die Pest möge sie alle von der Erdoberfläche tilgen, damit die falsche Schmach vergessen und der Name des Abtes nicht durch alle Zeiten hindurch beschmutzt wäre.

Schließlich waren sie heimgekehrt. Keiner hatte sie angesprochen, man hatte sie weder verflucht noch um Beistand gebeten. Die Bewohner der sterbenden Stadt waren jenseits selbst dieser Regungen.

Als Pavel von Buh abließ und sich umdrehte, stand einer der Mönche des Klosters in der Eingangshalle. Pavel lächelte, obwohl es sinnlos war; jeder, der mit ihm oder den anderen Kustoden zu tun hatte, machte ein steinernes Gesicht und sandte den Wunsch, sich am liebsten am anderen Ende des Klostergeländes aufzuhalten, wie einen Geruch aus. Gegen dieses Stigma half nicht einmal das Lächeln, das das einzige Geschenk Gottes an seine Kreatur namens Pavel darstellte und das fast jeden Menschen dazu zwang, zurückzulächeln.

»Der ehrwürdige Vater Abt will dich sprechen.«

Pavel nickte und wandte sich zu der Treppe, die hinab in die Eingeweide des Klosters führte.

»Jetzt«, sagte der Mönch.

»Ich muss meinen Brüdern Bescheid sagen«, erklärte Pavel, sein Lächeln unbeirrt festhaltend. »Die Kustoden müssen immer wissen, wo sich alle Mitglieder –«

»JETZT«, sagte der Mönch. Seine Abneigung machte seine Stimme rau.

Pavel wechselte einen Blick mit Buh.

»Allein«, sagte der Mönch.

Pavels Augen verengten sich. »Gib den Brüdern Bescheid«, sagte er zu Buh.

»G… g… g… guuut«, sagte Buh.

Pavel nickte. Er wandte sich dem Mönch wieder zu, den Abt Martin gesandt hatte. Sein Lächeln zeigte sich erneut, doch es fiel ihm schwer, es aufrechtzuerhalten. »Nach dir, Bruder«, sagte er.

Der Sendbote des Abtes drehte sich um und schritt davon, ohne Pavel noch eines zweiten Blickes zu würdigen. Pavels Lächeln verlosch. Er folgte dem Bruder, und mit jedem Schritt begann sein Herz schmerzhafter zu schlagen.

Der Abt sah aus, als würde er jeden Moment ohnmächtig werden. Der Mönch, der Pavel hergebracht hatte, verbeugte sich und schritt hinaus. Abt Martin standen der Kapitelsaal, ein komfortables Sprechzimmer für weltliche Gäste im äußeren Klostertrakt und ein kleineres Sprechzimmer für die Mitglieder der Gemeinschaft beim Aufgang zum Refektorium zur Verfügung. Dennoch hatte er Pavel zu seiner eigenen engen Zelle bringen lassen. Der Abt stand am Fenster, als brauche er das Tageslicht, um sich zu vergewissern, dass es noch so etwas wie Realität gab. Er schwieg, bis sie allein waren. Der Mönch hatte beim Hinausgehen die Tür geschlossen. Das Schweigen war eines von der Sorte, die einem laut in den Ohren gellen. Außer ihm hörte Pavel nur seinen eigenen Herzschlag. Er sah dem Abt dabei zu, wie dieser mehrfach dazu ansetzte, etwas zu sagen und wieder verstummte. Der junge Kustode fühlte die Erschütterung seines Klosteroberen, als wäre es seine eigene.

»Der Friede des Herrn sei mit dir, ehrwürdiger Vater«, flüsterte Pavel schließlich, und es war weniger ein Gruß als vielmehr ein Herzenswunsch.

»Kannst du dich noch an Bruder Tomáš erinnern?«, stieß der Abt hervor.

Sie standen durch die ganze Länge der Zelle voneinander getrennt. Abt Martin wirkte wie eine graue, gebeugte Statue im Lichtkegel des Zellenfensters; Pavel war ein Schatten in der Düsternis neben der Tür, der sagte: »Wie könnte ich ihn vergessen haben, ehrwürdiger Vater?«

»Ich habe mich an Gott, an ihm und an dem Kind versündigt«, sagte Abt Martin. Es klang fast wie ein Schluchzen. »Ich habe das Richtige getan, und doch war es eine Sünde.«

»Du hast das Richtige getan, ehrwürdiger Vater, das ist es, was zählt.«

»Ich weiß es nicht. Glaubst du, dass ich das Richtige getan habe? Ich weiß es nicht, Bruder Pavel.«

Pavel zögerte, doch dann trat er auf den Abt zu. Aus der Nähe erkannte er, dass die Augen Martins gerötet waren. Das schmerzhafte Pochen seines Herzens hatte noch nicht aufgehört, doch jetzt mischte sich in seine Furcht und dunkle Vorahnung ein geradezu brennendes Mitleid. Dieses Gefühl erstickte jeden Zweifel in ihm. Was Abt Martin auch wünschen würde, er würde dem Wunsch folgen.

»Ehrwürdiger Vater, warum denkst du gerade jetzt an ihn? Bruder Tomáš ist schon lange beim Herrn, und der Herr hat ihm verziehen, so wie er dir und uns allen verzeihen wird.«

Die Hände des Abts schossen aus den Ärmeln seiner Kutte, in denen er sie verschränkt hatte. Er packte Pavel an den Handgelenken. Martins Hände waren Klammern aus Eis.

»Nein«, sagte er und schüttelte den Kopf wie ein halb Wahnsinniger, »nein, nein, NEIN! Bruder Tomáš lebt. Er ist hier. Er ist nach Braunau gekommen. Er liegt im Sterben und wünscht meine Absolution, doch ich habe nicht den Mut, zu ihm zu gehen und der Sünde ins Auge zu blicken, die ich selbst befohlen habe!«

»Still, ehrwürdiger Vater, still!«

Der Aufschrei des Abts hallte in der Zelle und echote draußen in den Gängen des Klosters. Pavels Gedanken rasten hilflos auf einer Kreisbahn. Sein Herz bewegte seinen Mund, bevor sein Hirn es tun konnte.

»Ich werde dich begleiten, ehrwürdiger Vater«, sagte er. »Dies ist auch eine Sache, die die Kustoden betrifft.«

Die Augen des Abts schwammen in Tränen. Pavel kniete nieder und legte sich die eiskalte Hand seines Klostervorstehers auf den Kopf. Er fühlte sie zittern und hörte das heftige Atmen, mit dem Abt Martin versuchte, seine Fassung wiederzuerlangen. Die Gedanken in Pavels Hirn liefen immer noch auf ihrer Kreisbahn, doch jetzt drehten sie sich einzig und allein um die Frage, was den alten Tomáš bewogen hatte, nach Braunau zu kommen. Dass es nicht nur daran lag, dass er den Tod fühlte und nicht ohne Absolution sterben wollte, war für Pavel so klar, als sei es mit Feuerbuchstaben auf die Innenseite seines Schädels graviert. Warum bist du gekommen, Bruder Tomáš? Warum?

Als er den alten Mann auf dem Lager sah, das sie ihm in einer Ecke des Dormitoriums bereitet hatten, wusste Pavel, dass das Einzige, was diesen Körper noch am Leben hielt, der Wahnsinn war. Tomáš war mit zwei anderen Brüdern in Podlaschitz zurückgeblieben, als der alte Abt von Braunau, Johannes, gestorben und sein Amt an Prior Martin gegangen war. Es hatte jede Menge Diskussionen gegeben, als Martin erklärt hatte, er wolle die Teufelsbibel mit nach Braunau nehmen. Seit dem Massaker hatte er sie in Podlaschitz nicht mehr für sicher gehalten. Der damalige Obere der Kustoden hatte versucht, sich Martins Wunsch zu verweigern, doch der neue Abt hatte nicht nachgegeben. Sie hatten die schwere, kettengesicherte Truhe schließlich mit zwei Eseln transportiert. Der Weg war ein Alptraum gewesen. Sie hatten die beiden Esel mit Geschirren ausgerüstet, diese mit zwei langen Tragstangen verbunden und die Truhe an den Stangen befestigt, so dass die Esel hintereinandergingen, zwischen sich die Truhe. Der vordere Esel rannte fast, als versuche er verzweifelt, dem Ding hinter sich zu entkommen, während der hintere Esel die Hufe in den Boden stemmte und sich sein Fell sträubte, als er der Truhe vor sich folgen musste. Sie hatten den vorderen Esel gezügelt und zurückgerissen, bis seine Schultern da, wo das Geschirr auflag, wund gerieben waren; den hinteren Esel hatten sie gepeitscht, bis seine Flanken von Striemen überzogen waren. Pavel hatte die Panik in den Augen der Tiere erkannt und sich gekrümmt bei diesem Anblick, doch er hatte geschwiegen. Am Ende war es Buh gewesen, der nach einem längeren Monolog, in dem kein einziges vollständiges Wort vorkam und den kein Mensch wirklich verstand, die Lösung gefunden hatte. Er hatte sich in die Tragstangen gestellt, direkt hinter der Truhe und vor dem Kopf des hinteren Esels, hatte sich ihm zugewandt und ihn zu streicheln begonnen. Pavel hatte reagiert und es ihm vor der Truhe gleichgetan. Der gewaltige Körper Buhs blockierte die Sicht des hinteren Esels auf seine Last, und was immer es war, das der schmächtige Leib Pavels vermochte, auch der vordere Esel beruhigte sich, sobald Pavel als Puffer zwischen ihm und der Truhe stand. So waren sie weitergezogen. Buh war fast die ganze Strecke rückwärtsgegangen. Sie hatten keinerlei Pause eingelegt, auch nicht bei Nacht.

Bei ihrer Ankunft in Braunau knappe zwei Tage später war es irgendwie klar geworden, dass Pavel und Buh die Hauptverantwortung dafür trugen, dass die Truhe an ihren Bestimmungsort gelangte. Sie machten in der Unterstadt direkt unterhalb des steilen Klosterfelsens Halt, schirrten die Esel, als diese sich lieber hätten totschlagen lassen als noch einen Schritt weiterzugehen, aus und schleppten die Truhe zu zweit den Trampelpfad hinauf, der durch den tiefen natürlichen Graben zwischen den Klostergärten und dem Hauptgebäude und unter der Holzbrücke zum Klostereingang hindurch zur Stadt hinaufführte. Abt Martin hatte sie vor der Pforte warten lassen, während er das Kloster betreten hatte. Als er wieder herausgekommen war, schien der unmittelbare Eingangsbereich leergefegt und ausgestorben. Sie hatten den Anweisungen Martins folgend die Truhe eine Treppenflucht hinuntergetragen und waren mit ihr in den alten Höhlengängen unterhalb des Klosters untergetaucht. Danach hatten sie nie wieder etwas von Podlaschitz oder den zurückgelassenen Brüdern gehört. Es war, als sei eine Epoche beendet worden. Mittlerweile war Pavel klar, dass die Epoche für Abt Martin niemals beendet gewesen war; in seinem Herzen hatte Podlaschitz weitergeschwärt, eine brandige Wunde, die in Fäulnis verfiel und nicht absterben wollte.

Tomáš' Augen waren offen und starrten an den um ihn versammelten Brüdern vorbei den Abt an.

»Schick sie hinaus, ehrwürdiger Vater«, sagte er statt einer Begrüßung. Seine Stimme war wie das Geraschel von altem Gras im Wind. Unter den Brüdern erhob sich ein überraschtes Murmeln. Sie hatten genügend Sterbende gesehen, um zu wissen, wie es um Bruder Tomáš stand, und den Klosterregeln sowie den Geboten der Menschlichkeit folgend hatten sie sich versammelt, um ihn auf seinem letzten Weg zu begleiten.

»Tut, was er gesagt hat, Brüder«, murmelte Abt Martin.

Die Mönche defilierten mit der größtmöglichen Würde der Beleidigten hinaus. Es gab Dinge, die man empörend fand, selbst wenn sich vor den Mauern die Pesttoten stapelten. Pavel blieb im Hintergrund stehen. Tomáš' Blicke fielen auf ihn.

»Diese Verhöhnung des heiligen Benedikt auch«, flüsterte Tomáš und deutete auf Pavel. Pavel wich das Blut aus dem Gesicht.

»Bruder Pavel bleibt«, sagte Abt Martin; es hatte sich entschlossen anhören sollen, war aber nur ein Winseln.

»Er und seinesgleichen sind schuld«, begann Tomáš, aber dann unterbrach ihn ein Hustenanfall. Nach seinem Ende fiel er schwer auf sein Lager zurück, lag mit offenen Augen und offenem Mund da und regte sich nicht.

Ungläubig trat Pavel einen Schritt näher, um sich zu vergewissern, dass der Alte wirklich tot war. Abt Martin beugte sich über das Lager.

Tomáš' Hand schoss nach oben und verkrallte sich in Martins Kukulle. Der Abt keuchte. Tomáš zog ihn zu sich hinunter. Pavel sprang herbei, um den Abt aus dem Griff des Sterbenden zu befreien, doch dann hörte er die papierene Stimme rascheln: *»Confiteor dei …«*

»Erleichtere deine Seele, mein Bruder«, sagte Abt Martin mit schwankender Stimme.

»Podlaschitz ist tot«, sagte der Alte. Abt Martin legte ihm fast das Ohr auf den Mund, so leise sprach er. Dennoch hallte jedes Wort in Pavels Gehirn wie ein Schrei. »Ich war der Letzte. Diejenigen, die jetzt dort sind, leben noch, aber sie sind tot.«

Pavels Schultern sanken herab. Das Mitleid, das er mit dem Abt empfunden hatte, dehnte sich plötzlich auf Tomáš aus. Der Alte war nicht mehr bei Trost. Er hatte die unglaubliche Reise von Podlaschitz bis hierher bewältigt, um erlöst in den Tod zu gehen, und nun spielte ihm sein Verstand einen Streich. Wenn das die Art Scherze war, die Gott liebte, dann hatte er einen kranken Humor. Ein ratloser Seitenblick des Abts traf ihn.

»Ich habe sie verlassen«, flüsterte Tomáš. »Sie haben sich auf mich gestützt, doch ich habe sie verlassen.«

»Gott wird dir verzeihen«, murmelte der Abt. »Du bist gegangen, um deine Seele für die Ewigkeit vorzubereiten. Das ist die heilige Pflicht jedes ...«

»Hör mir zu, ehrwürdiger Vater«, keuchte Tomáš. Er zog sich an Martins Kukulle halb in die Höhe, dann sank er zurück. »Was ich meinen Mitmenschen an Bösem getan habe, habe ich bereits gebüßt. Ich habe inmitten der vergessenen Seelen Gottes gelebt.«

»*Ego te absol...*«, begann der Abt.

»Aber ich habe eine Sünde gegen den heiligen Benedikt begangen«, flüsterte Tomáš. »Kannst du mich auch davon freisprechen, ehrwürdiger Vater? Kannst du das? KANNST DU DAS?«

»Ich weiß nicht«, sagte Martin, der bei Tomáš' letztem Schrei zusammengezuckt war wie unter einem Schlag.

»Du allein kannst es«, hauchte Tomáš. »Nur du. NUR DU! Nur du kannst es tun, ehrwürdiger Vater, WEIL DU DARAN SCHULD BIST, DASS ICH SIE BEGANGEN HABE!«

Der Alte umklammerte Abt Martins Kutte, dass der Abt vor dem Lager auf die Knie gezwungen wurde. Pavel trat einen Schritt näher. Martin winkte fahrig ab. Er versuchte, sich aus Tomáš' Griff zu befreien, doch die Hand des Alten war wie eine Eisenzwinge.

»Erinnerst du dich, was du mir zu tun befohlen hast? Damals?«

Martin senkte den Kopf. Pavel sah voller Grauen zu, wie das Gesicht des Abtes vor seinen Augen verfiel.

»Ja«, flüsterte der Abt.

»*Oboedientia.* Weißt du, was das heißt, ehrwürdiger Vater?«

»Es ist nicht deine Schuld, Bruder Tomáš. Es ist ganz allein meine Schuld. Das Blut dieses unschuldigen Wesens kommt über mich, nicht über di...«

»*Oboedientia!* Dagegen habe ich verstoßen, ehrwürdiger Vater. Du hast mich gezwungen, und ich habe dagegen verstoßen!«

Pavel schluckte. Er griff sich unwillkürlich an den Hals. Das Grausen, das in ihm aufstieg, löschte das Entsetzen über die Hunderte von Pesttoten draußen in den Gassen völlig aus.

»Zwei Männer waren in Podlaschitz«, sagte Tomáš kaum hörbar. »Zwei Männer. Sie haben nach dem verdammten Buch gefragt. Sie wussten, wo es einst gewesen ist.«

»Bruder Tomáš, was hast du getan?«

»Hast du gehört, ehrwürdiger Vater? Zwei Männer haben danach gefragt. All deine Bemühungen waren vergeblich. Du hast die Spur zur Teufelsbibel nicht verwischen können. Früher oder später wird jemand hierherkommen, und du wirst wieder Morde befehlen müssen.«

Abt Martin packte das dürre Handgelenk Tomáš' mit beiden Händen. Seine Knöchel waren weiß.

»Was hast du getan, Bruder?«, stöhnte er.

»OBOEDIENTIA!«, brüllte der Alte plötzlich. »Ich habe

gegen das Gebot verstoßen! Gehorsam, Bruder, Gehorsam! Ich konnte ihn nicht leisten, ehrwürdiger Vater! Ich bin verdammt, und es ist deine Schuld!«.

Der Abt warf Pavel einen Blick zu, der dem jungen Kustoden durch Mark und Bein ging. Pavel wünschte sich, er könnte dem Verstehen, das er in den Augen seines Klosteroberen sah, widersprechen, könnte ihn beruhigen, könnte ihm sagen, dass er die falschen Schlüsse gezogen habe. Aber es wäre eine Lüge gewesen.

»Er hat das Kind nicht töten lassen«, sagte er. Seine Stimme hörte sich in seinem eigenen Mund an wie die eines Fremden. »Er hat es verschont. Es ist der einzige Hinweis darauf, was damals passiert ist und warum, und es ist irgendwo da draußen und sucht nach der Wahrheit.«

»Das können wir nicht wissen«, stammelte Abt Martin.

»Die Frage ist«, sagte Pavel und hatte das Gefühl, dass ihm seine eigene Stimme noch fremder wurde, »können wir es riskieren, das nicht zu wissen?«

»Ehrwürdiger Vater«, flüsterte Tomáš. »Ich habe gegen die fünfte Regel des heiligen Benedikt verstoßen, weil du mich zwingen wolltest, gegen die fünfte Regel Gottes zu verstoßen. In dem Augenblick, in dem du es mir auftrugst, hast du mich verdammt.«

Martin starrte den alten Mönch an. Seine Augen waren weit. »Wolltest du mich warnen?«, fragte er. »Bist du deshalb gekommen – um mich zu warnen? Wer waren die Männer?«

»Ich bin gekommen, um dich um Erlösung zu bitten, ehrwürdiger Vater. Ich bin gekommen …«

»WER WAREN DIE MÄNNER!?«, schrie der Abt. »Wer waren sie? Wo sind sie hergekommen? Wo sind sie hergekommen? SPRICH! Sprich, sprich, SPRICH!!«

»Erlöse mich, ehrwürdiger Vater.«

Pavel trat an die Seite des Abtes. Er legte ihm eine Hand auf die Schulter. Abt Martin fuhr herum. Die Hand des alten

Tomáš zerriss ihm fast die Kutte. Der Abt zerrte an dem dünnen Handgelenk wie ein Wahnsinniger.

»Sag den Kustoden Bescheid!«, keuchte Martin. »Das Geheimnis ist entdeckt. Wir müssen etwas tun. Der Augenblick ist da. O mein Gott, der Augenblick ist da …«

»Ehrwürdiger Vater …«, begann Pavel.

»Lass mich los!«, stöhnte Martin und riss an Tomáš' Hand. Er versuchte aufzuspringen und fiel wieder vor dem Sterbelager auf die Knie. »Verflucht, lass mich los, LASS MICH LOS!«

»Erlöse mich …«

»LASS MICH LOS! Bruder Pavel, du musst deiner Aufgabe folgen, du und die anderen. O Gott, wenn du kannst, lass diesen Kelch an uns vorübergehen!«

Abt Martin zerrte Tomáš' Hand mit übermenschlicher Anstrengung los. Der Kragen seiner Kutte riss bis zur Brust ein.

»Schnell, Bruder Pavel, wir haben keine Zeit zu verlieren!«

Pavel schwieg und bekreuzigte sich. Der Abt hielt inne und folgte seinem Blick. Er hielt immer noch das Handgelenk Bruder Tomáš' umfasst. Tomáš starrte an ihm vorbei an die Decke des Dormitoriums, doch Pavel wusste, dass der Blick des Alten in Wahrheit viel weiter ging und in ein Land fiel, das jenseits der Grenze lag. Ihm war, als hörte er noch das letzte »Erlöse mich …« im Raum widerhallen. Tomáš war umsonst gekommen. Wo immer für ihn Erlösung zu finden gewesen wäre, Braunau war es nicht gewesen.

Abt Martin starrte den Leichnam endlose Herzschläge lang reglos an. Dann bettete er die welke Hand, die er festgehalten hatte, sanft neben den Toten auf das Lager. Er stand auf und drehte sich zu Pavel um. Pavel biss die Zähne zusammen, als er sah, um wie viele Jahre der Abt in den letzten Minuten gealtert war.

»Dies ist deine Stunde«, sagte er. »Versammle deine Brüder.« Dann ging er hinaus, aufrecht und starr. Vor Pavels Augen stand plötzlich das Bild, wie der Abt in der Kirche in

Podlaschitz nach dem Mordbefehl zusammengebrochen war. Dies war schlimmer. Es schien, als sei Martin innerlich vereist.

Pavel folgte ihm langsam. Bevor er den Saal verließ, drehte er sich um. Bruder Tomáš war nur noch ein Bündel aus Schatten in der Düsternis; wer nicht gewusst hätte, wo er lag, hätte ihn übersehen. Nur ein nachlässiges Bündel aus grobem Stoff, dachte Pavel, und doch hatte dieses Bündel soeben Pavels Welt in Stücke zerschlagen.

17

YOLANTA SETZTE SICH vor das Feuer. Es war wohl mehr aus Gewohnheit als wegen der Kälte, denn sie streckte ihre Hände und Füße nicht der Wärme entgegen. Sie hätte eine lebensgroße Puppe sein können, die jemand dort platziert hatte. Pater Xavier betrachtete sie ungeniert. Seine Einschätzung war richtig gewesen: mit ein wenig Pflege und gutem Essen war in kürzester Zeit eine Schönheit aus dem hageren Geschöpf geworden.

Pater Xavier hatte einen Krug Wein bereitstellen lassen und zwei Becher, die er bereits eingeschenkt hatte. Er plante nicht, auch nur einen Schluck davon zu nehmen, aber die Menschen tranken leichter, wenn sie dachten, dabei Gesellschaft zu haben. Der Wein für Yolanta war keine freundliche Geste, sondern ein Mittel, ihr Misstrauen zu lähmen; Pater Xavier sah mit einer Mischung aus Ärger und heimlicher Befriedigung, dass sie nicht darauf hereinfiel.

»Wann bekomme ich mein Kind zurück?«, fragte sie.

»Bist du jemandem aufgefallen?«

Yolanta schwieg. Der Dominikaner wartete geduldig.

»Wem hätte ich schon auffallen sollen?«, fragte sie schließlich voller Bitterkeit. »Cyprian Khlesl und seiner Reisegesellschaft? Einem der Aussätzigen, weil ich in seinem alten Heuschober im Dreck lag und mir fast den Tod holte?«

»In Chrast? In Chrudim?«

»Nein. Die Leute dort glauben, sie hätten das Gelände abgeriegelt, aber es gibt so viele Schlupflöcher, dass die Aussätzigen zu Dutzenden aus ihrem Gefängnis entkommen könnten, wenn sie nur wollten. Cyprian und Andrej hatten keinerlei Mühen, ungesehen hinein- und wieder herauszukommen, ebenso wenig wie ich.«

»Erstaunlich«, sagte Pater Xavier. Yolanta verstand die Anspielung.

»Hoffnung«, sagte sie. »Selbst in meiner Zelle im Kloster hatte ich Hoffnung, und die Mutter Oberin sprach von nichts anderem. Ein Aussätziger hat keine Hoffnung. Worauf auch? Höchstens auf den Tod – und den findet er unter seinesgleichen genauso gut wie anderswo.«

Pater Xavier dachte nach. Es schien sicher, dass Podlaschitz das Kloster war, von dem die bruchstückhafte Überlieferung der Teufelsbibel sprach: das Kloster, in dem ein Mönch eingemauert worden war, um sich vom Satan persönlich sein Vermächtnis diktieren zu lassen. Das Kloster existierte nicht mehr. Hatte ein Fußtritt des Teufels es ausgelöscht? Als die Römer Karthago dem Erdboden gleichgemacht hatten, schütteten sie Salz in den aufgerissenen Erdboden, um ihn für alle Zeiten zu zerstören. Es mochte gut sein, dass Aussatz und Fäulnis des Teufels Äquivalent für das Salz waren. Die Teufelsbibel war dort gewesen, darüber war Pater Xavier sich sicher. Dass sie nicht mehr dort war, stand nun ebenfalls fest. Die Reise war zugleich vergeblich und höchst aufschlussreich gewesen.

»Du hast deine Sache gut gemacht«, hörte er sich sagen und war selbst erstaunt darüber.

»Wann bekomme ich mein Kind?«

»Häufiges Fragen macht die Sache nicht besser.«

Sie warf ihm einen brennenden Blick zu. Anfangs hatten stets Tränen in ihren Augen gestanden. Mittlerweile hatten sie dem nackten Hass Platz gemacht. Sie gab sich keine Mühe, ihn zu verbergen. Für ein paar Momente gestattete Pater Xavier sich einen Traum: er würde Yolanta mit zurück nach Spanien nehmen – seine eigene junge, schöne Agentin, mit der er Bischöfe, Kardinäle und Minister des Königs aushorchen, sich gefügig machen, sie zurechtformen würde. Doch das Druckmittel, das er gegen Yolanta in der Hand hatte, wurde von Tag zu Tag schwächer, und in Spanien wäre es wirkungslos. Sie würde niemals zustimmen, Prag ohne ihr Kind zu verlassen. Er konnte natürlich irgendein Kind aus dem Waisenhaus holen und es ihr als ihr eigenes unterschieben; er war sicher, dass sie keine Chance hatte, den Unterschied zu bemerken, und selbst wenn, würde die Mutterliebe alles Misstrauen unterdrücken. Doch womit sollte er sie erpressen, für ihn zu arbeiten, wenn sie das Kind erst hatte? Es gab selbstverständlich die Möglichkeit, es ihr in Spanien wieder wegzunehmen. Für eine Weile ließ der Dominikaner seinen Gedanken freien Lauf. Es wäre ohne weiteres möglich – das Kind ein *puer oblatus* in einem Dominikanerkloster in Kastilien, einzelne Besuchstage als Belohnung für erwiesene Dienste und als große, antreibende Hoffnung die Aussicht, es irgendwann wieder in die Welt zurückzuholen und mit ihm für immer zusammen sein zu können.

Pater Xavier schüttelte kaum merklich den Kopf. Es war zu kompliziert. Gefallene Mädchen gab es auch in Spanien; er brauchte nicht Yolanta in seine Heimat zu schleppen, um auf diese Weise weiterzuarbeiten. Nein, Yolanta würde hier in Prag mit ihrem Kind wiedervereint werden, so bedauerlich es auch war, ein derart hervorragendes Werkzeug vernichten zu müssen.

»Cyprian Khlesl hat nach seiner Ankunft in Prag als Erstes ein Haus aufgesucht, das zu gleichen Teilen zwei Wiener

Kaufleuten gehört: Sebastian Wilfing und Niklas Wiegant«, sagte Pater Xavier. »Niklas Wiegant hat eine Tochter namens Agnes; Khlesl ist es ausschließlich um sie gegangen. Er ist zwar der Abgesandte von Bischof Melchior, aber ich nehme an, dass er hier auch eigene Pläne verfolgt. Agnes ist der Schlüssel, um an ihn heranzukommen.«

»Das ist die einzige Kategorie, in der Sie denken, wenn es um Menschen geht«, sagte Yolanta. »Wie Sie sie benutzen können.«

»Selbstverständlich«, sagte Pater Xavier und lächelte. »Und die Menschen machen es einem so leicht.«

»Ihre Seele ist verdammt, Pater.«

»Dann werden wir uns ja in der Hölle wiedersehen.«

»Sie wollen, dass ich diese Agnes aushorche?«

Pater Xavier neigte den Kopf und lächelte erneut.

»Ich habe schon befürchtet, Sie würden verlangen, dass ich mich Cyprian Khlesl an den Hals werfe.«

»Wenn ich den Eindruck hätte, dass es bei ihm wirken würde, hätte ich das durchaus erwogen. Ich bedauere, dass dein tatsächlicher Auftrag nicht das Vergnügen beinhaltet, sich mit einem kräftigen Mann der Lust hinzugeben.«

»Fahren Sie zur Hölle, Pater.«

Pater Xavier lehnte sich behaglich zurück. »Früher oder später höre ich diesen guten Wunsch immer«, sagte er.

»Dies ist der letzte Sklavendienst, haben Sie mich verstanden?«

»Das hast du nicht in der Hand.«

»Sagen Sie es: dies ist der letzte Sklavendienst!«

»Was hindert mich daran, Ja zu sagen und später mein Versprechen zu brechen?«, fragte Pater Xavier, doch er gestattete seiner Stimme plötzlich eine kleine Schärfe. »Was hindert mich daran, jedes meiner Versprechen zu brechen und der Sünderin den Lohn zukommen zu lassen, der ihr gebührt, nämlich nichts?«

Sie wurde bleich und schluckte. Pater Xavier lächelte sie so freundlich an wie ein Tuchhändler in seinem Kontor, der soeben zu seiner Lieblingskundin gesagt hat: ›Für einen Stoff müssen Sie sich entscheiden, werte Dame – Seide oder Brokat?‹

»So verdorben sind nicht mal Sie«, sagte sie rau.

Pater Xavier behielt das Lächeln bei. Nun schimmerten doch Tränen in ihren Augen.

»Bischof Melchior wäre garantiert selbst gekommen, wenn er nicht das Gefühl gehabt hätte, einen noch besseren Mann zu schicken. Dieser Mann ist Cyprian Khlesl. Im Augenblick mag die Spur zu unserem Ziel erkaltet sein, aber wenn einer sie wieder aufnehmen kann, dann er. Andrej von Langenfels hat uns dorthin geführt, wo die Teufelsbibel gewesen ist; Cyprian Khlesl wird uns früher oder später dorthin führen, wo sie jetzt ist. Agnes ist seine schwache Stelle.«

»Ich gehorche«, sagte Yolanta erstickt.

»Ich habe mich ein bisschen umgehört über die Herren Wilfing und Wiegant«, sagte Pater Xavier. »Ihre Geschäfte hier reichen viele Jahre zurück, und sie haben sich stets großzügig gebärdet. Jeder zweite Zöllner oder Torwächter kennt ihre Namen, die Bestechungsgelder sitzen den Herren locker. Besonders Niklas ist in guter Erinnerung; er hat vor zwanzig Jahren ein halbes Vermögen für eine Spende an ein Findelhaus ausgegeben.«

Yolanta blickte auf. Pater Xavier nickte.

»Genau«, sagte er.

»O mein Gott«, flüsterte Yolanta.

»Die Welt ist ein Dorf«, erklärte Pater Xavier. »Für mich hat sich damit eine interessante Frage beantwortet. Wenn er selbst einen Bastard gezeugt hätte, den er nicht verkommen lassen wollte, hätte er sein Geld nämlich besser anlegen können als bei den Karmelitinnen. Wenn eine seiner Mägde ein Kind in die Welt gesetzt hat, dem er unter die Arme greifen wollte, hätte er dafür gesorgt, dass es gar nicht erst dorthin kommt. So gut kenne ich ihn.«

Er sah auf und wurde sich bewusst, dass Yolanta ihn anstarrte, als wolle sie ihn im nächsten Moment umbringen.

»Wenzel geht es gut«, sagte er beiläufig. »Dass das Karmelitinnen-Findelhaus die Vorstufe zur Hölle ist, weißt du so gut wie ich. Aber ich habe für deinen Sohn gesorgt.«

Sie erstickte fast, als sie »Danke« sagte. Pater Xavier verzichtete auf eine seiner sanften, zynischen Bemerkungen.

»Guter, gutmütiger Niklas Wiegant«, sagte er. »Dort heraus hast du dein Kind geholt. Sie hätten es dir gratis mitgegeben, da bin ich sicher. Warum hast du so viel Geld gezahlt?«

»Ich könnte es für Sie herausfinden«, sagte Yolanta langsam. »Ich gehe zum Kloster der Karmelitinnen und horche die Oberin aus. Und dann könnte ich bei der Gelegenheit –« Sie verstummte.

Pater Xavier legte die Fingerspitzen zusammen und betrachtete sie über dieses Dach hinweg. »Eine Gelegenheit wie die anderen beiden Male?«

»Sie wissen es?« Ihre Reaktion dauerte eine geraume Weile.

»Ich habe dort gewisse Anweisungen hinterlassen«, erklärte der Dominikaner.

»Ich habe die Oberin auf Knien angefleht!«, zischte Yolanta.

»So hat man es mir berichtet.«

»Warum haben Sie mich deswegen nicht zur Rede gestellt?«

»Weswegen? Für einen vergeblichen Versuch, mich zu betrügen? Versuche sind erlaubt.«

Nichts demoralisiert mehr als misslungene Versuche, dachte Pater Xavier. Strikte Verbote führen dazu, dass man darüber nachdenkt, wie man sie außer Kraft setzen kann. Lass einen Menschen aber genügend oft scheitern, und er ergibt sich irgendwann.

»Ich habe einen erneuten vergeblichen Versuch unternommen, bevor ich hierherkam«, sagte sie verächtlich. »Nur für den Fall, dass man es Ihnen noch nicht berichtet hat.«

»Man wird, keine Sorge.« Pater Xaviers Lächeln war väterlich. Im Stillen dachte er: manche Menschen allerdings brauchen erstaunlich lange, bis sie sich ergeben. Er fühlte Hochachtung für die junge Frau.

»Woher kennen Sie Niklas Wiegant?«

»Alte Zeiten.«

»Ich frage nicht, ob Sie damals sein Freund waren. Ich bin sicher, Freundschaft ist Ihnen ebenso fremd wie Liebe.«

Pater Xavier zuckte mit den Schultern. Es war ihm gelungen, das Unbehagen, das ihn stets überkam, wenn sie aus dem Hinterhalt mit derartigen Bemerkungen über ihn herfiel, fast bis zur Nichtexistenz zu verdrängen.

»Wenn Sie ihn so gut kennen, warum besuchen Sie ihn dann nicht selbst?«

»Warum sollte ich das tun, wenn ich dich habe?«

»Wann bekomme ich mein Kind zurück?«

»Bald«, sagte Pater Xavier. »Habe ich dir erzählt, was die Oberin in einer ihrer letzten Botschaften berichtet hat?« Er war einem spontanen Einfall gefolgt und überlegte nun, was er ihr sagen sollte. Das Kind war tot und verfaulte unter dem Kalk, und Nachrichten von der Oberin der Karmelitinnen kamen nur dann, wenn Yolanta versuchte, zu ihm vorzudringen. Pater Xavier hatte vorausgeahnt, dass sie das tun würde. Die Oberin war einfach auf seine Seite zu bringen gewesen; er hatte ihr mitgeteilt, dass das gestorbene Kind in Wahrheit der Bastard eines hohen Ratsherrn war und Yolanta versuchen würde, es aus dem Findelhaus zu holen und ihn damit zu erpressen. Die Geldspende, die während dieses Gesprächs zur Übergabe kam, stammte laut Pater Xavier von jenem um seinen Ruf besorgten, gut katholischen Ratsherrn. Konsequenterweise hatte man Yolanta vom ersten Besuch an, als sie ihren Namen genannt hatte, noch nicht einmal in den Außenbereich des Klosters gelassen. Das Geld ermöglichte für eine Weile bessere Verhältnisse für die noch lebenden Kinder; wen kümmerte da das Schicksal eines toten Kindes und seiner draußen im Schneematsch knienden, weinenden Mutter, dieser Sünderin vor dem Herrn? Es war schön zu wissen, auf wen man sich verlassen konnte. »Wenzel – äh – hat eine der Schwestern besonders ins Herz geschlossen. Er hält sie wohl für seine Mutter.«

»O Gott, o Pater, wann darf ich endlich bei ihm sein?«

»Bald«, sagte Pater Xavier und lächelte. »Bald.«

18

Zu Hause in seiner kleinen Hütte hatte ein Abgesandter des Oberstlandrichters auf Andrej gewartet. Er sah gelangweilt auf, als Andrej die Tür aufstieß.

»Das ist vielleicht eine Scheißbude, die Sie hier haben«, sagte er und grinste. »Passt zu Ihnen.«

»Was haben Sie hier verloren?«

»Hoffentlich nichts, aber wenn Sie's finden, geben Sie's mir gewaschen zurück, ja?«

Andrej seufzte und setzte sich auf den anderen Stuhl. Er musterte den jungen Mann und vermochte nicht, durch die Mauer aus eingetrichterter Abneigung und natürlicher Arroganz hindurchzublicken. Er hatte ihn nie zuvor gesehen. »Sie sollten den Zwerg als Hofnarren ablösen, bei Ihrer Schlagfertigkeit.«

»Seine Hochwohlgeboren will Sie sehen, Geschichtenerzähler. Gute Reise gehabt?«

»Ich habe mich ordnungsgemäß abgemeldet und die Erlaubnis von Seiner Majestät ...«

»Ja, ja. Die Erlaubnis von Seiner Majestät zu irgendwas ist so viel wert wie ein Fliegenschiss, weil er beim Nachtisch schon nicht mehr weiß, was er zum Hauptgang gegessen hat. Sollten Sie doch am besten wissen, so oft wie Sie bei ihm sind.«

Am Hof jedes Herrschers ist Neid die einzige Form der Anerkennung, dachte Andrej müde. Aber er war dennoch besorgt.

»Hat Seine Majestät nach mir verlangt?«

»Hoffentlich.«

»Ich werde sofort zu Oberstlandrichter Lobkowicz gehen.«

»Umso besser.« Der Abgesandte stand auf und wischte sich demonstrativ die Hände an der Hose ab. »Deshalb bin ich nämlich hier. Ich habe den halben Tag auf Sie gewartet. Sie sind heute zwischen der Terz und der Sext in die Stadt zurückgekehrt. Jetzt ist es nach der Non. Wo waren Sie die ganze Zeit? Den Reisestaub weggerammelt?«

»Was geht Sie das an?«, erwiderte Andrej im Hinausgehen.

»Nur nicht so verlegen, Geschichtenerzähler. Erzählen Sie mir doch auch mal eine Geschichte. Man hört ja so allerhand über Sie in der letzten Zeit. War ja wohl 'ne parfümierte Fut, in die Sie ihn gesteckt haben, Sie Tröster abgebrannter Adelsfräulein. Keine falsche Scham.«

Andrej ballte die Fäuste und versuchte seinen Weggefährten mit langen Schritten abzuhängen. Der Mann begann zu keuchen; er war schlank und breitschultrig, aber die korrekte spanische Mode machte jede schnelle Bewegung zu einem Gewaltakt.

»Erzählen Sie Seiner Majestät doch mal davon!«, zischte er. »Vielleicht bekommt er dann Appetit auf seine Verlobte und heiratet sie endlich, damit das Reich nicht noch mehr vor die Hunde geht. Wie wär's damit, Geschichtenerzähler?«

Schließlich blieb der Bursche hinter ihm zurück. Andrej stürmte allein zum Oberstlandrichter, voller Wut und Angst. Natürlich hatte der Abgesandte Recht. Kaiser Rudolf hatte ihm den Urlaub gewährt, doch was, wenn es dem Kaiser schon am nächsten Tag wieder anders eingefallen war und er seinen *fabulator* bei sich haben wollte? Sollte man sagen: ›Majestät haben wohl vergessen, dass Majestät dem Mann freigegeben haben?‹ Es gab Dinge, die sagte man nicht zu Majestäten, und abgesehen davon hätte sich für Andrej niemand am Hof ins Zeug gelegt.

Er stürmte durch das Antichambre des Oberstlandrichters wie ein Landsknecht, riss die Tür zu seiner Studierstube auf und empfand eine perverse Genugtuung dabei, den alten Mann mit einem Finger tief in seiner Nase zu ertappen.

»Euer Ehren wollten mich sehen?«

Lobkowicz, der zusammenzuckte und den Finger aus der Nase riss, wobei er sich das Narrenbein an der Kante des Schreibpults anstieß und einen Schwung Blätter auf den Boden verteilte, funkelte ihn böse an. Er rieb sich die schmerzende Stelle am Ellbogen, und Andrej versuchte, den Schatz, den Lobkowicz aus seiner Nase zutage gefördert hatte und der nun, von ihm unbemerkt, an der Spitze seines Zeigefingers hing, nicht anzusehen.

»Sie waren nicht da«, sagte Lobkowicz. »Wissen Sie, was Seine Majestät getan hat, als Sie nicht da waren?«

Furcht stieg in Andrej auf. Lobkowicz sah ihn schweigend an. Die Blätter auf dem Boden wirkten wie eine Anklage; selbst der Nasenpopel war auf eine nicht näher bestimmbare Weise feindselig.

»Gar nichts«, sagte Lobkowicz schließlich. »Er hat Ihnen Urlaub gegeben, und er hat sich die ganze Zeit daran erinnert. Er hat gesagt, wenn Sie sich nach Ihrer Rückkehr genügend ausgeschlafen hätten, sollten Sie sich zurückmelden.« Langsam sickerte in Andrejs Hirn, dass Lobkowicz ihn nur schikaniert hatte.

»Herzlich willkommen«, sagte Lobkowicz. »Ich wollte, dass Sie sich keine Sorgen wegen Seiner Majestät machen. Hähähä.«

So war Andrej heimgekehrt, aus dem Land der lebenden Toten in das Land der toten Herzen. Und als er sich von der niedrigen Rache des Oberstlandrichters erholt hatte und allein in seiner Hütte saß, wurde ihm bewusst, dass ihm das Schlimmste an dieser Heimkehr noch bevorstand.

Jarkas griesgrämiger Hauskaplan hatte wie üblich versucht, sie lesend am Ende des langen Tisches auszusitzen, aber junge Liebende haben bei aller Ungeduld und Leidenschaft eine erstaunliche Ausdauer, wenn es darum geht, abzuwarten, bis ein störender Dritter sie endlich allein lässt. Andrej fragte sich, ob der Mann zu borniert war, um zu merken, was sie taten, wenn er endlich gegangen war, oder zu klug, um sein Versagen als Wachhund anzuerkennen. Der magere Bursche warf ihm einen seiner durchdringenden Blicke zu, vergewisserte sich, dass Andrej nur noch seinen Becher leeren und dann sofort gehen würde, und stolzierte hinaus.

Als er weg war, wurde Andrej bewusst, dass heute eine Stille über dem Raum hing, die es vor ihrer Reise nach Podlaschitz nicht gegeben hatte. Kein Wunder, dachte er unglücklich, nach allem, was ich erfahren habe; zugleich drehten seine Gedanken sich beklommen um die Frage, warum auch Jarka so schweigsam war. Vielleicht war es ja wegen des Wagens ihrer Großtante, den sie notgedrungen in Chrudim zurückgelassen hatten. Der angeheuerte Wagenlenker hatte, nachdem Andrej ihm einen Teil seines Lohnes vorenthalten hatte, zugesagt, ihn nach der Reparatur allein nach Prag zurückzufahren. Es blieb zu hoffen, dass Jarkas Großtante nicht plötzlich Lust auf eine Landpartie bekam. Cyprian Khlesl hatte sie in seinem Wagen mit zurückgenommen.

»Ich mag diesen Burschen«, sagte Jarka plötzlich, als hätte sie Andrejs Gedanken gelesen.

»Ja, es war sehr höflich, uns mitzunehmen.«

»Das meine ich nicht.«

Andrej schwieg einen Augenblick. »Ja, ich mag ihn auch«, sagte er dann. »Er hat so eine Art –«

»Man ahnt, dass er gewöhnt ist, sich um seine Angelegenheiten selbst zu kümmern, aber wenn man sich ihm anschließen will, stößt er einen nicht zurück.«

»Ja«, sagte Andrej.

»Und doch hatte ich das Gefühl, dass er tief in seinem Innern – wie soll ich sagen? – traurig ist.«

»Keine Ahnung.« Andrej schaffte es nicht, sich auf das Gespräch zu konzentrieren. Sprich es an, dachte er sich. Jede weitere Minute verlängert die Qual. Gleichzeitig war er für jede Verzögerung dankbar. Wie bringt man der Frau, die man liebt, bei, dass man sie für eine Lügnerin hält?

»Ich dachte, er hätte vielleicht irgendetwas zu dir gesagt, als ihr in der Klosterruine wart.«

»Ich kann mich erinnern, dass er sagte, ich solle mir nicht den Kopf anstoßen. Er sagte es zu spät«, murmelte Andrej. Der Scherz blieb ohne Wirkung.

»Vielleicht ist er unglücklich verliebt?«

Andrej blickte auf. Jarka lächelte ihn an, ein Lächeln, das sagte: so verliebt, wie ich es bin, nur bin ich glücklich. Er schluckte.

»Jarka, er ist ein Abenteurer, so wie mein Vater einer war.«

»Ich meine ja nur. Du und ich, wir sind so allein hier. Ich dachte, vielleicht wäre es gut, einen Freund zu haben.«

»Leute wie er sind heute hier, morgen dort. Ich kann mich nicht erinnern, dass mein Vater Freunde gehabt hätte. Sicher, er sprach immer von ›seinen Freunden‹. Das waren die Menschen, die ihm für einen Becher Wein oder ein paar Münzen irgendetwas verrieten, dem er dann nachjagen konnte.«

Wo führt das hin?, dachte er. Ich will nicht über Cyprian Khlesl reden. Ich will nicht über meinen Vater reden. Ich will über dich und mich reden und darüber, ob Liebe sich auf einem Fundament aus Betrug aufbauen lässt.

»Ich bin überzeugt, er hat irgendwo ein Mädchen. Vielleicht sind ihre Eltern nicht mit ihm einverstanden, weil er arm ist? Vielleicht sucht er deshalb das Glück, so wie dein Vater?«

»Sein Onkel ist der Bischof, hast du das vergessen? Er braucht ihn nur anzupumpen. Wer würde nicht gern in die Familie eines Bischofs einheiraten?«

»Ja«, sagte sie, »eine interessante Frage.«

Sie legte eine Hand auf die seine und drückte sie. Ihre Augen blinzelten nicht, als sie ihn ansah. Er sah die roten Ränder und erkannte, dass sie entweder todmüde war oder geweint haben musste. Er fragte sich, ob ihre Worte eine tiefere Bedeutung hatten. Versuchte sie ihm mitzuteilen, dass ihre Familie für sie Pläne hatte, die eine gemeinsame Zukunft mit Andrej von Langenfels nicht vorsahen? Der Nachmittag, den er auf dem Hradschin verbracht hatte, war lange genug gewesen, damit in dieser Zeit eine Botschaft hätte ankommen können. Hatte sie deshalb geweint? Andrej erkannte, dass es vermutlich keinen unglücklicheren Zeitpunkt als diesen gab, um sie mit der Wahrheit zu konfrontieren, und zugleich keinen geeigneteren. Wenn dies ein unverhoffter Scheidepunkt auf ihrem gemeinsamen Weg war, dann war es besser, sich Klarheit zu verschaffen.

»Deine Mutter –«, begann er.

»Mach dir keine Gedanken. Ich habe nicht wirklich geglaubt, dass du irgendwelche Spuren finden würdest.«

»Deine Mutter – war ihr Name Isabeau oder Margot oder so ähnlich?«

Jarka starrte ihn verwirrt an. »Markéta, aber das weißt du doch.«

»Und sie war katholisch?«

Sie schwieg. In ihren Augen schimmerte plötzlich Unruhe. Andrejs Herz krampfte sich zusammen. Er hatte in diesen Augen nichts anderes sehen wollen als Liebe, und dies sein ganzes restliches Leben lang, und plötzlich lag Misstrauen darin und ein Spur von Härte, die ihm völlig unbekannt war.

»Also deine Mutter war auf keinen Fall eine französische Hugenottin«, sagte Andrej. Er hatte sich zwingen müssen, es auszusprechen. Von hier gab es kein Zurück mehr.

Sie nahm ihre Hand weg. »Worauf willst du hinaus?«

»Ich habe keine Spur von Markéta Anděl gefunden; nichts zum Anfassen und auch keine Geschichte. Ebenso wenig wie ich eine Geschichte von einer Gruppe böhmischer Adelsfrauen gehört habe, die mit einer Mission der Barmherzigkeit in der Gegend herumgezogen wären.«

»Mit wem hättest du dort in Podlaschitz auch darüber reden sollen?«, sagte sie. Klang ihre Stimme verächtlich?

»Ich habe mit jemandem gesprochen, Jarka. Ich habe mit einer Frau gesprochen, die ihr ganzes Leben in der Gegend verbracht hat, und sie hat mir versichert, dass dort niemals eine Gruppe von Frauen hingekommen ist wie die, als deren Anführerin du deine Mutter beschrieben hast.«

»Vielleicht war meine Mutter ja woanders.«

»Was es allerdings gibt, ist die Geschichte von einer Gruppe von Flüchtlingen, Frauen und Kinder aus Frankreich, Hugenotten, die vor den Massakern in der Folge der Pariser Bluthochzeit geflohen und bis hierher an unser Ende der Welt gelangt sind.«

Jarka sagte nichts. Dafür sprachen ihre Hände. Sie umklammerten einander mit weißen Knöcheln.

»Ich habe diese Frauen und Kinder gesehen«, sagte Andrej. Er konnte nicht verhindern, dass seine Stimme schwankte. »Ich habe gesehen, wie sie unter den Axthieben des Wahnsinnigen gefallen sind. Meine Mutter war unter ihnen. Die Geschichte, die du mir erzählt hast, ist wahr, Jarka. Sie hat nur einen Schönheitsfehler.«

»Ach«, sagte sie, aber er konnte hören, dass sie sich ebenso dazu zwingen musste wie er.

»Du hast mir meine eigene Geschichte erzählt, Jarka. Du hast mir alles erzählt, was ich selbst wusste, und kein bisschen mehr. Ich wusste nichts von französischen Flüchtlingen, also wusstest du es auch nicht. Ich habe nur Frauen und Kinder gesehen. Du hast mir die Geschichte erzählt, die ich Seiner Majestät erzählt habe, und sie ein bisschen ausgeschmückt.«

Jarka ballte die Fäuste. Sie sah ihn unentwegt an. Ihre Augen waren jetzt feucht, aber sie liefen nicht über. Er wusste mittlerweile, wie nahe am Wasser sie gebaut war. Dass sie die Tränen jetzt unterdrückte, machte ihn gleichzeitig traurig und erfüllte ihn mit Schrecken.

»Ich könnte jetzt fragen: von wem hast du die Geschichte gehört, die ich eigentlich nur dem Kaiser erzählt habe? Aber ich habe sie ihm so oft erzählt, dass ich annehme, genügend Leute haben ein Ohr an die Tür gedrückt und gelauscht. Ich könnte dich auch fragen, in wessen Auftrag du handelst, aber ich will gar nicht wissen, ob der fiese Oberstlandrichter oder der fette Rozmberka dahinterstecken oder irgendein anderer von den zahlreichen Neidern, die mich hassen. Aber was ich doch fragen muss, –«

»Tu es nicht«, sagte sie. »Frag nicht.«

»– warum hast du es getan, und –?«

»Bitte.«

»– ist unsere Liebe eine genauso große Lüge wie die Geschichte mit deiner Mutter?«

»Herr vergib mir«, flüsterte sie und begann nun doch zu weinen. Andrejs Kehle schmerzte, als würde jemand sie zudrücken.

»*Ich* möchte dir vergeben, Jarka. Aber ich möchte verstehen.«

»Geh, Andrej. Geh. Er wird dich nicht weiter verfolgen. Du hast deine Schuldigkeit getan.«

»Was?«

»Geh. Du kannst mir nicht helfen. Du kannst nur dir selbst helfen.«

»Erzähl es mir, Jarka!«

»Geh.«

»Ich denke nicht dran.«

Plötzlich sprang sie auf. Andrej erschrak und schob seinen Stuhl unwillkürlich nach hinten. Jarka stützte sich auf den Tisch und beugte sich zu ihm herüber. Ihre Wangen glühten, und aus ihren Augen liefen die Tränen wie das Blut aus zwei Wunden.

»Geh!«, zischte sie. »Du willst verstehen? Gut! Ich helfe dir zu verstehen. Alles war eine Lüge. Die Geschichte mit meiner Mutter, die Geschichte mit meiner Großtante, selbst mein Name ist eine Lüge! Und unsere Liebe ist die allergrößte Lüge von allen. Ich liebe dich nicht. Ich habe dich nie geliebt; und was du liebst, ist eine erfundene Person, die es nie gegeben hat. Sie ist aus den Nebelschatten entstanden, in denen deine Mutter und die Frauen damals untergegangen sind. Sie sollte dich dazu bringen, dass du dich erinnerst und zu dem Platz zurückkehrst, an dem das Massaker geschehen ist; zu dem Platz, den dein Vater gesucht hat, weil er herausbekommen hat, dass dort ein Buch verborgen liegt, das die Kirche entweder untergehen oder triumphieren lässt. Sie durfte alles tun, um dich dazu zu bringen, ihr zu vertrauen und sie dorthin zu führen. Du hast wie erhofft gearbeitet, Andrej, und dass das Buch nicht mehr dort war, ist nicht deine Schuld, und alles, was geschehen wird, ist, dass die Suche weitergeht, nur du spielst keine Rolle mehr darin. Du hast vielleicht eine Rolle für Jarmila gespielt, aber Jarmila hat es nie gegeben.«

»Das ist alles?«, brachte Andrej hervor. Er war sicher, gestorben zu sein. Er fühlte seine Hände und Füße nicht mehr.

»Ja!«, sagte sie, noch immer über den Tisch gebeugt. »Das ist alles! Geh!«

»Warum weinst du, wenn das alles ist, was du mir sagen willst?«

»Ich weine nicht!«, schrie sie fast. »Und wenn doch, dann nicht um dich.«

»Nein«, sagte er, »nicht um mich, sondern um dich.«

Sie machte den Mund auf und klappte ihn wieder zu. Ihre Augen funkelten.

»Geh!«, flüsterte sie. »Geh, bevor ... bevor ich dich aus dem Haus werfen lasse.«

Andrej stellte fest, dass er aufstehen konnte. Er spürte den Boden nicht unter seinen Füßen. Jarka ließ sich zurücksinken und sah zu ihm auf. »Viel Glück«, sagte sie.

»Du lügst schon wieder«, sagte er. »Das ist nicht alles.«

»Das ist alles, was ich für dich habe.«

Er nickte. Er nickte ein zweites Mal. »Gut«, sagte er tonlos. »Gut. Das ist alles. Gut.«

Andrej wankte zur Tür. Als er sich umdrehte, begegnete er ihrem Blick. Sie sah ihm unverwandt nach. Als er zögerte, machte sie eine aufmunternde Kopfbewegung, wie um ihm zu bedeuten: Da ist die Tür! Er ging hinaus auf Beinen, die ihm nicht gehörten, in ein Treppenhaus, das er noch nie gesehen zu haben meinte. Die Luft brauste in seinen Ohren, und doch war es ihm, als herrsche um ihn herum Totenstille. Sein Herz musste schlagen, sonst wäre er tot zu Boden gesunken, aber er spürte es nicht. Er sah einer Hand zu, die einem Arm entwuchs, der zu seinem Körper zu gehören schien; die Hand legte sich auf das Geländer der Treppe und strich daran entlang, während er Schritt um Schritt nach unten stieg. Die Hand hatte kein Gefühl, und doch schnitt jede Unebenheit, jede Kerbe im hölzernen Handlauf in seine Haut. Am Treppenabsatz blieb er stehen und drehte sich um. Die Treppenstufen, die er gerade heruntergekommen war, dehnten sich vor seinen Augen, bis es schien, als würde er einen endlosen dunklen Turm hinaufblicken, den zu erklimmen ihm für immer verwehrt war. Er hörte das Ächzen, das in der Stille widerhallte und das direkt aus seiner Seele kam. Er wollte zu Boden sinken und konnte es nicht; er wollte sich übergeben und konnte es nicht; er wollte sterben und konnte es nicht. Er konnte nur weinen; die endlose Treppe in die Dunkelheit verschwamm vor seinen Augen, und er presste die Fäuste an die Schläfen und weinte, wie er damals um seine Eltern geweint hatte.

19

CYPRIAN LEGTE DIE Feder beiseite und wartete, bis die Tinte auf dem kleinen Papierröllchen trocknete. Er hätte Sand darüberschütten können, aber er war dankbar für die Atempause, die ihm das Warten gewährte. Seine Augen schmerzten. Er betrachtete seine Fingerkuppen, die schwarz vor Tinte waren. Die winzigen Röllchen mit halbwegs lesbaren Schriftzeichen zu füllen kam einer Aufgabe gleich, der Herkules nicht gewachsen gewesen wäre.

Er hatte die Teufelsbibel nicht gefunden. Je nachdem, wie man es betrachtete, hatte er entweder versagt, oder die Suche war schlicht und einfach vorbei. Er dachte an den Haufen verschimmelnden Pergaments in der Ecke der Kirchenruine. Wie auch immer, er hatte seine Schuldigkeit getan. Bischof Melchior hatte diesen einen Dienst von ihm erbeten, und er hatte ihm versprochen, ihn zu erfüllen. Was seinen Onkel anging, war er ein freier Mann.

Er konnte zum Haus der Wiegants gehen, diesmal nicht in Priesterverkleidung, sondern stolz und aufrecht als er selbst, Cyprian Khlesl, zweiter Sohn des Bäckermeisters aus der Kärntner Straße, ehemaliger Agent des Bischofs von Wiener Neustadt, Habenichts und ohne Zukunft, und jeden beiseitefegen, der sich ihm auf dem Weg zu Agnes entgegenstellte. Er war überzeugt, dass er es mit einer Armee aufgenommen hätte, um zu ihr zu gelangen. Doch was dann?

Bei ihrem letzten Treffen war sie davongerannt. Sie hatte ihn gehasst. Was konnte er tun? Reden? Reden genügte nicht – nicht mehr. An der Fassade emporklettern und sie entführen? Sie würde nicht mit ihm kommen. Virginia, eh? Virginia lag auf dem Mond, selbst wenn man so tat, als würde man von Onkel Melchior ein bisschen Geld erbetteln können und als würde man den großen Bruder dazu bringen, dass er einen auszahlte, obwohl er sich damit selbst ruinierte. Virginia war das Ziel gewesen, zu dem ihre Liebe sie hätte tragen sollen, doch wie es schien, war das Schiff zerstört und auf den Grund des Ozeans gesunken, dessen Wasser nach Enttäuschung, Entfremdung und verspieltem Vertrauen schmeckte.

Die Tinte war trocken. Cyprian rollte das Band ein, verstaute es in der Röhre, die so klein war, dass er mit zusammengekniffenen Augen und der Zungenspitze zwischen den Lippen arbeiten musste, damit seine Finger es hineinbekamen. Die Tauben gurrten in ihrem Käfig; er nahm eine heraus, spürte den Herzschlag in seiner Handfläche und die heißen Krallen, die sich gegen ihn wehrten. Er trug die Taube zur Fensterluke und öffnete den Riegel. Die Abendluft kam kalt und frisch herein. Die Taube trippelte auf seiner Handfläche herum, witterte die Öffnung, wippte und war plötzlich in einem Flirren aus Flügeln und dem Geruch staubiger Federn verschwunden. Auf Cyprians Handballen glänzte eine frische schwarzweiße Spur. Die Taube war ein alter Profi und hatte Ballast abgeworfen, bevor sie gestartet war. Cyprian betrachtete den Kotstreifen.

Ein freier Mann, aller Verpflichtungen ledig. Ein gefangener Mann, dem die Liebe wie ein Mühlstein um den Hals hing, weil sie unglücklich war und sich nicht erfüllen wollte. In Kürze stand das Osterfest bevor; danach würde er einen Mord begehen müssen, um Agnes bekommen zu können. Er schnaubte; war es nicht egal, ob sie ihn hasste oder einfach einem anderen gehörte?

Dann wurde ihm plötzlich klar, was er die ganze Zeit falsch gemacht hatte. Er hatte Agnes seiner Liebe versichert und ständig andere Dinge über sie gestellt. Er hatte ihr erklärt, dass er mit ihr ein neues Leben anfangen wollte, aber zuerst war da noch dies und das, was er Wichtigeres zu erledigen hatte. Er war seinem Onkel verpflichtet gewesen, moralisch und überhaupt, das stand außer Frage, doch dabei hatte er übersehen, dass die Liebe ihre eigenen Verpflichtungen besaß. Glaube, Hoffnung, Liebe – diese drei blieben, und die Liebe war das Größte unter ihnen. Er jedoch hatte sie wie etwas Nachrangiges behandelt und hatte der Frau, die er liebte, das Gefühl gegeben, sie käme an letzter Stelle nach all den anderen Armseligkeiten, um die herum er sein Leben eingerichtet hatte. Er hatte Agnes gesagt, dass er sie liebe, und ihr gleichzeitig klargemacht, dass dies aber zu warten hätte, bis alles andere getan war. Die Liebe war das Größte von allen, und so war sie auch zu nehmen – das hatte er vergessen.

Er trabte die Treppe vom Dachgeschoss hinunter und machte sich auf die Suche nach einem Lappen, mit dem er den Taubenkot abwischen konnte.

20

JARKA LAG AUF dem Boden vor dem Feuer, zusammengekrümmt wie ein Säugling. Das Ächzen kam von ihr. Sie hatte sich Striemen in die Wangen gekratzt und schlug die Stirn immer wieder auf den Boden. Andrej ging neben ihr in die Knie wie ein alter Mann und schob eine Hand zwischen ihre Stirn und den Fußboden. Sie hörte mit dem Schlagen auf und ließ den Kopf auf seiner Hand ruhen.

»Du hast noch mal gelogen«, sagte Andrej. »Als du sagtest, ich solle gehen, bevor du mich aus dem Haus werfen lässt. Du wolltest etwas anderes sagen.«

»Ich wollte sagen, bevor mein Herz bricht.« Sie war kaum zu verstehen.

»Du hast meines gebrochen«, sagte er. Er lächelte unter Tränen, obwohl sie ihn nicht sehen konnte. »Allerdings schon beim ersten Mal, als ich dich sah.«

»Er hat mein Kind«, flüsterte sie.

Andrej schwieg eine lange Weile. »Wie heißt du?«, fragte er zuletzt.

»Yolanta.«

»Tja«, sagte er. »Das ist Pech. Jarmila hat mir besser gefallen.«

Sie hob den Kopf und starrte ihn restlos überrascht an. Die Striemen auf ihren Wangen leuchteten, und an ihrer Stirn war eine Beule. Ihr Gesicht war so verschmiert, dass er es kaum erkennen konnte. Die Liebe zu ihr packte und würgte ihn. Er grinste.

»Andererseits würde ich dich auch lieben, wenn du Otákar heißen würdest.«

Sie lächelte nach einer so langen Pause zurück, dass er dachte, er habe sie verloren. »Nicht die Geringsten unseres Volkes haben Otákar geheißen«, sagte sie.

»Vermutlich haben sie sich alle von Herzen gewünscht, anders zu heißen.«

»Es kann nicht jeder Andrej heißen.«

»Nein. Gott sei Dank.«

»Ich muss tun, was er mir befiehlt. Nur so sehe ich mein Kind wieder.«

»Wer ist ›er‹?«

Yolanta rappelte sich auf, bis sie sitzen konnte. Andrej hätte sie gern in den Arm genommen, aber im Augenblick fühlte er sich ihr ohnehin so nahe wie nie zuvor. Sie deutete auf einen Stuhl am Ende des langen Tisches, der etwas zurückgerückt und seitlich stand.

»Er ist nicht der Hauskaplan meiner Großtante«, sagte sie. »Ich weiß nicht, wer er ist. Ich kenne lediglich seinen Namen – Xavier Espinosa, *Pater* Xavier Espinosa – und ich weiß, dass er Dominikanerpater ist. Mehr hat er mir nicht verraten. Wer er wirklich *ist*, kann ich nicht einmal ahnen, und ich will es auch gar nicht wissen.«

»Warum ausgerechnet du?«

Yolanta zuckte mit den Schultern. »Warum fällt einem ein Ziegelstein auf den Kopf? Warum bekommt man eine Krankheit und stirbt daran? Er ist in das Heim für gefallene Mädchen gekommen, das die Klarissen in Sankt Agnes führen. Ich weiß nicht, was er der Oberin erzählt hat, aber sie hat mich mit ihm gehen lassen – sie hat mich geradezu weggeschickt. Ich nehme an, er hat sie belogen. Ich glaube nicht, dass sie einen ihrer Schützlinge mit vollem Wissen diesem Ungeheuer anvertraut hätte.«

»Ungeheuer? Er ist doch nur ein mürrischer, magerer Bursche mit einem harten Akzent –«

»Er erpresst mich mit meinem Kind«, sagte sie.

Andrej schwieg. Yolanta wischte sich mit dem Ärmel über das Gesicht, schnäuzte in ein Tuch und machte sich an halbherzige Restaurierungsarbeiten. Mittendrin verließ die Energie sie wieder, und ihre Arme sanken herab. Sie begann aufs Neue zu weinen. »Ich kann nicht mehr«, flüsterte sie. »Ich kann nicht mehr –«

»Wie alt ist dein Kind?«, fragte Andrej.

»Fast sechs Monate«, schluchzte sie.

»Ein Mädchen?«

»Ein Junge.«

»Wie heißt er?«

Sie vergrub das Gesicht in den Händen und weinte rau. Er konnte sie fast nicht verstehen. »Wenzel.«

»Wo ist er?«

»Im Findelhaus bei den Karmelitinnen. Ich darf ihn nicht sehen. Er sagte – er sagte zuerst, er sei krank, dann sagte er, es gehe ihm wieder gut, weil er die Schwestern angewiesen habe, sich besonders um ihn zu kümmern. Und er sagte, es wäre ein Leichtes, seine Anweisung zurückzunehmen. Wenzel ist so klein und schwach – Herr im Himmel, hilf meinem Sohn!«

Ihr Kummer drückte ihm das Herz ab. Er fasste sie an der Schulter, und sie lehnte sich an ihn. Seine Arme schlossen sich ohne sein Zutun um sie, und er begann sie zu wiegen.

»Ich bringe ihn um«, flüsterte sie in den Stoff seines Wamses hinein. »Sobald ich Wenzel wiederhabe, bringe ich ihn um. Ich bringe ihn um!«

Andrej zuckte zurück. Sie hatte den letzten Satz herausgeschrien.

»Schsch«, sagte er. »Soll er dich hören?«

Sie lachte voller Hass. »Glaubst du, er schläft unter diesem Dach? Es sieht nur so aus. In der Nacht sucht er seine eigene verdammte Höhle auf. Ich würde mich nicht wundern, wenn es ein Loch in der Erde wäre, das direkt in die Hölle hinunterführt. Ich bin sicher, er lässt mich beobachten, aber er verbringt die Nacht nicht unter demselben Dach wie ich.« Sie zögerte. »Wenn es so wäre, hätte ich ihn schon längst getötet.«

»Jar … Yolanta«, sagte er und strich ihr über den Rücken, plötzlich beklommen angesichts ihres mörderischen Hasses. Er verfluchte sich dafür, dass ihm ihr wirklicher Name nicht auf Anhieb über die Lippen gekommen war, und ahnte, dass es ihm schwerfallen würde, sich an ihn zu gewöhnen. »Beruhige dich.«

Sie drückte sich an ihn. Schweigend saßen sie eine Weile vor dem Feuer. Andrejs lange Beine fühlten sich an, als wären sie mehrfach unter ihm gefaltet, der Boden war trotz des Feuers im Kamin kalt, das Feuer röstete seine linke Seite, aber insgesamt war hier mit Yolanta zu kauern und zusammen die

Wahrheit zu erkunden süßer, als jede Reise in die Lust, die sie in ihrem Bett unternommen hatten.

»Er hat dich ausgesucht, weil du erpressbar bist«, sagte er. »Aber wozu? Was will er von dir?«

Yolanta antwortete nicht.

»O mein Gott«, sagte Andrej. Er fühlte, wie Kälte ihn erfasste.

»Ich habe dich nur belogen, Andrej«, sagte sie. Ihre Stimme war kaum zu vernehmen. »Ich habe dir kein einziges Mal die Wahrheit gesagt. Ich habe dich benutzt, wie ich nur konnte, dir Schmerzen bereitet und deine Seele verkauft.«

»Das Buch«, sagte Andrej. Sein Körper fühlte sich auf einmal wie taub an.

»Er will es haben.«

Andrej rang nach Fassung. Er verlor den Kampf. »O Vater, ich verfluche dich!«, flüsterte er erstickt.

»Dein Vater kann nichts dafür. Wenn es stimmt, was ich mir zusammengereimt habe, gibt es dieses Buch schon seit vielen Hundert Jahren. Es war in Vergessenheit geraten und –«

»Mein Vater hat es wieder daraus hervorgezerrt!«

»Andrej, das ist nicht irgendein Buch. Es sucht sich die Zeit selbst, in der es wieder zum Vorschein kommen will!«

»Unsinn. Es ist ein Buch, nichts weiter. Wenn man es ins Feuer wirft, verbrennt es. Wenn man es zerreißt, bleiben nur Fetzen und einzelne Blätter übrig, die in der Ecke einer Kirchenruine verfaulen.«

Yolanta schüttelte den Kopf. »Nein. Er ist überzeugt, dass es nicht mehr in Podlaschitz ist.«

»Das war der Grund, warum wir dort hinmussten, nicht wahr? Du hast mich mit der Geschichte deiner Mutter so lange manipuliert, bis ich selbst angefangen habe zu glauben, ich wollte den Ort wiederfinden, an dem meine Eltern umkamen.«

»Es tut mir leid«, wisperte sie.

»Aber ich habe es nicht herausgefunden! Wie –« Andrej stockte, »wie Cyprian Khlesl!«

»Er sucht das Buch auch, aber nicht für sich, sondern im Auftrag des Bischofs, in dessen Wagen er gereist ist.«

»Gehören er und Pater Xavier zusammen?«

»Nein. Pater Xavier hat ihn bespitzeln lassen. Cyprian kam hier an und begann, Fragen nach Klöstern in Südböhmen zu stellen – Klöstern, die vor Hunderten von Jahren groß und berühmt waren und die jetzt keiner mehr kennt. Als er aufbrach, befahl Pater Xavier mir, ihm zu folgen und dich mitzunehmen.«

»Und die defekte Achse?«

»Der Wagenlenker war bezahlt. Wir hielten uns immer hinter Cyprian, bis es nach der Kreuzung bei Tschaslau nur noch eine Straße gab, die er nehmen konnte. Dann haben wir ihn überholt.«

»Ich habe von all dem nichts bemerkt.«

Yolanta senkte den Kopf. »Ich habe mich bemüht, dich von der Außenwelt abzulenken.«

Andrej versuchte zu lächeln, aber es gelang ihm nicht. Das Stoßen und Schaukeln des Wagens, die gepolsterte Enge darin – es hatte ihm geschienen, dass ihm die nahe liegende Beschäftigung, mit der man die Reisezeit angenehm gestalten konnte, selbst eingefallen war, doch nun stellte sich heraus, dass es anders gewesen war.

»Ich schäme mich so«, sagte sie.

»Die drei Brieftauben waren auch nicht für deine Großtante bestimmt.«

»Nein.«

Andrej schwieg. Er ahnte dumpf, dass er, wenn er dem Gefühl, das in ihm aufstieg, weiter Raum gab, alle Erinnerungen an die Tage mit Yolanta verlieren würde, dass sie sich in Asche und Gift verwandeln würden. Sie hat im Auftrag Pater Xaviers gehandelt, sagte er sich vor, sie hat sich verhalten wie ein eiskalter, berechnender Agent, aber sie hat es nicht freiwillig getan. Wut brachte seine Gedanken durcheinander, erstickende Wut auf den Dominikaner, aber auch Wut auf Yolanta. Er kämpfte dagegen an.

»Ich habe keine einzige der wunderbaren Stunden verdient, die du mir geschenkt hast«, sagte sie.

»Unsinn.« Andrej hörte selbst, wie blechern es klang.

Ihr Gesicht war grau. »Ich habe dich verloren.«

»Warum hast du mir nicht vertraut?«

»Um den Preis von Wenzels Leben? Ich konnte es nicht.«

»Vielleicht hätte ich helfen können. Ich hätte jemanden am Hof …«

»Wen? Kaiser Rudolf? Du hast selbst gesagt, du hast dort keine Freunde, und der Kaiser ist wahnsinnig.«

»Was soll ich jetzt denken, Jarka?« Er merkte, dass er erneut den falschen Namen verwendet hatte, und fühlte perverse Befriedigung dabei. Im nächsten Moment schämte er sich dafür. Sie hatte kein Recht gehabt, so mit ihm zu spielen; doch während er dies dachte, schob sich das Bild aus seinem Gedächtnis vor seine Augen, das Bild aus der Erweiterung der Brandgasse unter dem Abtritt; der ältere Gassenjunge, sein Beinahe-Vergewaltiger, der in der Scheiße gekniet hatte und den Ratsherrn mit dem Mund befriedigen musste. Was konnte man aus der Parallelität der Erfahrungen lernen? Der Junge hatte die Demütigungen, die er erfahren hatte, an die Nächstschwächeren weitergegeben, von denen Andrej einer gewesen war. Yolanta hatte ihm Liebe, Hingabe und Leidenschaft geschenkt und das Gefühl, dass er nicht mehr alleine auf der Welt war. Sicher, es waren alles Lügen und Zwang gewesen, aber sie hatte einen sanften Weg gewählt, mit ihm umzugehen. Und was auch immer er jetzt denken sollte oder fühlen durfte – »Was soll ich mein Herz fragen angesichts dieser Geschichte, Jarka?«, – eines war vollkommen klar: er liebte sie mit jeder Faser seiner Existenz. Er konnte sie von sich stoßen und in gerechtem Zorn brennen, aber *ver*brennen würde er aus unerfüllter Liebe zu ihr. »Was soll ich jetzt tun, Ja… Yolanta?«

»Nenn mich weiter Jarka«, sagte sie leise. »Es ist ja nur ein Kosename, und ich möchte von dir nicht anders genannt werden.«

»War denn alles eine Lüge?« Er hob hilflos die Hände.

Sie machte sich von ihm frei. Sie nickte. Es schoss ihm einen Stich durchs Herz. »Jedes einzelne Wort.«

Er konnte nicht antworten. Jemand in seinem Inneren fragte spöttisch: *Na, was hast du denn gedacht? Deine Zeit, an Märchen zu glauben, war zu Ende, als der verrückte Mönch mit seiner Axt auf dich losging!* Jemand anderer antwortete: *Und doch geschah ein Wunder. Ich lebe noch.* Er schüttelte den Kopf, um die Stimmen zum Schweigen zu bringen.

»Jedes einzelne Wort«, sagte sie. »Jedes Wort, das ich sagte, als ich dich vorhin anschrie: Ich liebe dich nicht. Ich habe dich nie geliebt. Alles war eine Lüge.«

Andrejs Gedanken verknoteten sich und kamen zum Stillstand.

»Ich habe für mein ganzes restliches Leben nur drei Wünsche«, sagte Yolanta. »Ich möchte meinen Sohn wiederhaben, ich möchte mit dir zusammen sein, und ich möchte Pater Xavier töten. Wenn ich die ersten beiden haben kann, verzichte ich auf den dritten.«

»Ich –«, sagte Andrej, aber es war nur eine Art Lautäußerung, die nicht mit seiner Gehirntätigkeit verbunden war. Sein Gehirn versuchte weiterhin, den Knoten zu lösen, zu dem sich all sein Denken verwickelt hatte, und kümmerte sich nicht darum, was der Rest seines Körpers tat. »Ich –«

»Ich liebe dich«, sagte sie. »Als ich dich auf dem Tisch in deiner Hütte kauern sah, verliebte ich mich. Als du aufgesprungen und mit dem Kopf an die Decke geknallt bist, liebte ich dich schon von ganzem Herzen. Und als wir im Wagen saßen und lachend durch die Nacht fuhren, wusste ich, dass ich nie mehr jemand anderen zum Gefährten würde haben wollen als dich.«

»Er hat dich auf mich angesetzt wegen meiner Geschichte –«

»Ja. Dies ist vermutlich die einzige gute Tat in seinem ganzen Leben. Dafür soll er leben dürfen, auch wenn er ein Ungeheuer ist. Gott hat gefügt, dass aus einer bösen Tat eine gute wurde.«

Der Knoten in Andrejs Hirn platzte auf einmal. Es war wie eine Offenbarung. Eine böse Tat, die zu einer guten geworden war? Er war nicht hilflos, ganz im Gegenteil.

»Wie geht es weiter mit dir und Pater Xavier?«

»Er hat noch einen Auftrag für mich. Ich glaube, es ist der letzte. Er hat so eine Andeutung gemacht.«

»Wohin wird er dich führen?«

»Ich soll hier in Prag eine Frau aushorchen. Die Frau, die Cyprian Khlesl liebt. Er will über sie an ihn herankommen.«

»Willst du das tun?«

»Was habe ich für eine Chance?«

»Wie lange soll das dauern?«

»Ich muss ihre Freundschaft gewinnen. Ich weiß auch nicht, wie. Aber Pater Xavier ist wie eine Spinne im Netz – er hat Zeit.«

»Wir haben keine Zeit. Schleich dich in das Haus. Brich ein, wenn es nötig ist. Stiehl etwas, was ihr gehört, etwas Wertvolles. Wir denken uns eine Geschichte aus, wie wir in seinen Besitz gekommen sind, und geben es ihr zurück. Dann hast du ihr Vertrauen gewonnen.«

»Und dann?«

»Dann kannst du sie warnen. Wenn du als vollkommen Fremde einfach in ihrem Haus vorsprichst, wird sie dir nicht zuhören, oder?«

»Ich kann sie nicht warnen! Wenn Pater Xavier dahinterkommt!«

»Hör zu. Wenn Pater Xavier über sie an Cyprian Khlesl herankommen will, dann viel Vergnügen. Der Mann ist niemand, den man zum Feind haben möchte – ich habe ihn erlebt. Er scheint vollkommen ruhig, aber ich bin sicher, wenn sich ihm jemand in den Weg stellt, dann walzt er ihn platt. Der lässt nicht mit sich spielen; schon gar nicht, wenn er weiß, was auf ihn zukommt.«

»Warum sollen wir das riskieren? Cyprian Khlesl ist nicht unser Freund.«

»Weil Pater Xavier, wenn er sich unter diesen Umständen mit ihm anlegt, entweder verliert oder alle Hände voll zu tun hat und sich nicht weiter um dich kümmern kann.«

»Aber …«

»Dann bist du ihn los. Dann sind wir ihn los! Ist das nicht jedes Risiko wert?«

»Und Wenzel? Ein Wort von diesem Ungeheuer genügt, und – Ich kann nicht mehr, Andrej.« Sie weinte wieder. »Ich fühle mich so – ausgelaugt!«

Andrej brannte wie in einem inneren Feuer. Er hörte ihr nicht zu. »Ich muss ein paar Vorbereitungen treffen. Es wird zwei, drei Tage dauern. Es kann gar nicht schiefgehen. Ich sage dir Bescheid, wenn ich alles organisiert habe.«

Sie starrte ihn an. Bislang hatte er sich immer ihr unterlegen und hilflos gefühlt, doch dieser Abend war eine Katharsis gewesen. Er hatte einen Plan, und er war überzeugt, dass er funktionierte. Er beugte sich vor und küsste sie auf den Mund, mit einer Selbstsicherheit und einem Ungestüm, das ihm selbst fremd war. Dann sprang er auf.

»Das ist der erste Tag in unserem neuen Leben«, rief er.

In der Gasse draußen war er noch immer so aufgeregt, dass er mit langen Schritten durch die Nacht zum Hradschin hinauflief und sich nicht wie sonst bemühte, leise zu schleichen und die Nachtpatrouille nicht auf sich aufmerksam zu machen.

Er bemerkte die zerlumpte Gestalt mit der fadenscheinigen Binde um die Stirn nicht, die aus einem Schatten kroch und ihm hinterhersah. »Das auch noch«, murmelte die Gestalt. »Warum fickst du sie nicht, bis du nicht mehr stehen kannst, du Vollidiot?« Die Gestalt setzte sich mit schmerzenden Füßen in Bewegung und hielt nach wenigen Metern wieder an. »Auch noch laufen, gottverdammt. Du kannst mich mal.« Der Mann starrte dem davoneilenden Andrej mit schmalen Augen hinterher. »Warum hast du's bloß so eilig, du Trottel? Sonst bist du immer nach Hause *gekrochen*. Aber was soll's! Du kennst deinen Auftrag, Abschaum? Jawohl, Pater, die Kleine beschatten! Vertrauen Sie ihr nicht mehr, Pater? Halt die Klappe und mach bloß keinen Fehler, Abschaum! Keine Sorge, Pater, ich halte mich an Ihre Anweisungen, bis der Herr Jesus vom Kreuz springt und mir was anderes sagt! Dein Glück, Abschaum, dein Glück!«

Er wandte sich ab und schlich wieder in den Schatten neben Yolantas Haus, der ihn verborgen hatte.

»Mach bloß keinen Fehler«, brummte er, »mach bloß keinen Fehler. Und vor allem: halt die Klappe. Äääh! Fahr zur Hölle, Pater-Scheiß-Xavier!«

21

»N ... N ... NICH' N ... N ... NOCH MAL«, brachte Buh hervor.

»Nein«, sagte Pavel und zerquetschte ein Moospolster zwischen den Fingern. Braunes Wasser lief heraus wie Blut. »Nicht noch mal.«

Sie betrachteten den Weiler abseits der Straße aus ihrer Deckung heraus. Rauchsäulen standen über den Kaminen. Der Frühling hatte zwar inzwischen Tritt gefasst und würde sich nicht mehr vom Winter durcheinanderbringen lassen, aber im Inneren der Häuser herrschte immer noch die feuchte

Kälte des Tauwetters. Weit entfernt hinter den flachen Hügeln glaubte Pavel ein graues Flimmern in der Luft wahrzunehmen, eher aus dem Augenwinkel zu erkennen als bei direkter Betrachtung. Das würde Prag sein. Auch dort würden die Kamine rauchen.

Ihre Reise hätte genüsslich verlaufen können: Seit ihrem Aufbruch war es warm gewesen, vor den sporadischen Frühlingsregengüssen hatten sie sich jedes Mal rechtzeitig in Sicherheit bringen können, und durch den Umstand, dass die Straßen voller Reisender waren, hatten sie stets gut gegessen – am Anfang der Reisesaison gab man wandernden Mönchen gern ein Almosen, um Gott und die Heiligen günstig für die eigenen Zwecke zu stimmen. Die Vögel sangen so laut in den Wäldern, dass Pavel und Buh, wenn sie ihr Lager im Freien aufgeschlagen hatten, regelmäßig in der Morgendämmerung geweckt worden waren, doch das war immer noch besser als vom Geläut der Primglocken aus dem Schlaf gerissen zu werden, das dünn und misstönend in die Höhlen unterhalb des Braunauer Klosters drang. Das Wasser in den Bächen war klar und frisch gewesen und hatte noch nach Schnee geschmeckt, was man schätzte, wenn die Frühlingssonne die Kutte wärmte und der Winter nur noch eine Erinnerung war. Und doch – und doch waren fünf von den sieben Tagen, die sie unterwegs waren, eine Strapaze gewesen.

Die Ursache war Buh. Es war nicht seine Schuld, es war vielmehr Pavels Schuld, oder wenn man schon einen wirklich Schuldigen suchte, dann war es die Schuld des Teufels, der der Welt sein persönliches Testament hinterlassen hatte, damit sie sich selbst damit verdarb; aber da der Teufel nicht zu fassen war und Pavel dazu neigte, die Dinge persönlich zu nehmen, war es am Ende doch seine Schuld.

Buh, der Fliegen in seinen großen Tatzen fing und sie an der frischen Luft freiließ, der selbst die Asseln, die es in ihrem selbst gewählten Verlies unter dem Kloster zu Tausenden gab, lieber vorsichtig beiseiteschubste, anstatt sie wie alle anderen mit einem Fingerschnippen in die nächste Ecke zu katapultieren, Buh, der jetzt gedankenverloren die Knöchel seiner rechten Faust rieb, wo sich die Haut schon wieder über den aufgeplatzten Stellen geschlossen hatte –. Ich habe gehofft, dich von allen Sünden fernhalten zu können, dachte Pavel. Ich habe versagt. Er hatte die schlimmste Sünde auf sich genommen, wie Abt Martin es ihm aufgetragen hatte, aber er hatte nicht vermocht, Buh rein zu halten.

»Nicht noch mal«, bekräftigte er.

»V… v… versp…prochen?«

»Es wird diesmal keine Schwierigkeiten geben. Sie ist eine alte Frau. Zwanzig Jahre sind eine lange Zeit. Den Leuten auf der Straße waren unsere schwarzen Kutten egal, aber sie wird sie sofort wiedererkennen, und sie wird sich nicht weigern.«

»D… d… der … Kn… Kn…«

»Ja, der Knecht hat sie natürlich auch erkannt und sich nicht beeindrucken lassen. Ich weiß.« Pavel seufzte. »Aber diesmal ist es anders. Ich verspreche es.«

»V… v… viel… viel… leicht… gnnnnn… vielleicht … viel…«, Buh gab es auf. Pavel nickte. Wie immer wusste er, was der Riese sagen wollte. Vielleicht – vielleicht war die alte Frau nicht zu Hause? Vielleicht waren sie umsonst gekommen und würden somit umkehren? Er schnaubte. Sie würden nicht umkehren, weil sie nicht umkehren konnten. Der düstere Schatz, den sie hüteten, war in Gefahr, solange es auch nur die geringste Möglichkeit gab, dass die Welt wieder auf ihn aufmerksam wurde. Wenn er in Gefahr war, dann war das Kloster in Gefahr; war Abt Martin in Gefahr. Pavel verstand, dass es um mehr ging als nur um ihr Kloster oder den Vater Abt, aber in seiner Gefühlswelt war es die Bedrohung für diese beiden, die ihn antrieb.

Er stand auf. Buh musterte ihn von der Seite.

»Hör zu«, sagte Pavel deutlich. Buh war nicht schwer von

Begriff, er tat sich nur mit dem Reden hart, doch die Welt neigte dazu, einem Stotterer zu unterstellen, dass seine Gedanken ebenfalls langsam vorankamen. Pavel wusste es besser, und dennoch ertappte er sich manches Mal dabei, dass er mit Buh sprach, als könne dieser noch nicht mal zur Latrine finden, wenn nicht ein Vorgänger auf dem Donnerbalken versehentlich den Deckel offen gelassen hatte. »Es war schwieriger, den Knecht zu finden, weil wir seine damalige Reise mühsam nachvollziehen mussten. Das ist hier nicht der Fall.«

Der Knecht war nicht weit gekommen, nachdem er und die Frau mit Bruder Tomáš' Segen und dem Geld von Prior Martin Podlaschitz verlassen hatten – nur bis Kolin. Es war schwer genug gewesen, seine Spur bis dorthin zu verfolgen. Dass die Frau bis in die Nähe von Neuenburg geflohen war, war leichter herauszubekommen gewesen. Nein – es war nicht leichter gegangen, lediglich schneller, und auch das nur im Vergleich mit der tagelangen Suche, die seinem Aufstöbern vorausgegangen war. Es hatte zwei Stunden gedauert, und zwei Stunden mochten kurz erscheinen, waren es aber nicht, wenn sie mit den Geräuschen von Schlägen und von Schmerzensschreien begleitet vergingen. Es war erstaunlich, wie lange ein Mensch Folter ertragen konnte, um jemanden zu schützen, den er nicht einmal gut genug gekannt hatte, um sich mit ihm denselben Ort als neue Heimat auszusuchen. Buh rieb sich erneut die heilenden Knöchel an der rechten Hand, als habe er Pavels Gedanken verstanden; sein Gesicht war finster.

»Andererseits ist Kolin größer als Neuenburg, und sie lebt auch noch außerhalb der Stadt auf diesem Weiler dort vorn. In Kolin konnten wir das Haus finden, einbrechen und den Burschen festhalten, ohne dass die Nachbarn etwas merkten; das geht hier nicht, schon weil wir gar nicht wissen, in welchem Haus sie lebt.«

Buh nickte. Pavels Ortskenntnisse waren nicht überwältigend, aber dass beide Flüchtlinge sich in Richtung auf Prag zu bewegt hatten, war ihm klar. Hatten sie ursprünglich gehofft, in der großen Stadt untertauchen zu können? Oder war es nur um die größere Anonymität dort gegangen, die es leichter machte, die Spur eines kleinen Kindes zu verwischen? Sicher war nur, dass beide sich Orte als neue Bleibe gesucht hatten, die protestantisch beherrscht waren. Es schien, dass sie nicht nur Tagesreisen, sondern auch Konfessionsgrenzen zwischen sich und ihre frühere Heimat hatten bringen wollen.

»Wir müssen sie herauslocken«, sagte Pavel.

»W … w … wo … wo?«

»Wohin?« Pavel deutete auf ein Bauwerk am Waldrand: ein bis zum Boden heruntergezogenes, mit Strohgarben bedecktes Dach, eine Halbtür, deren unterer Flügel offen stand. »Die Ziegen sind irgendwo beim Weiden«, sagte Pavel. »Da kommt so schnell niemand hin.«

»W … w … wie?«

»Wie wir sie herauslocken?« Pavel deutete auf eine schmale Gestalt, die langsam über den von Gebäuden des Weilers gebildeten Platz schlenderte, zwischen den Hausdächern verschwand und dann wieder auf dem Pfad auftauchte, der von den Häusern zum Waldrand und an ihm entlang führte, bis er irgendwann auf die Straße oder einen anderen Weiler treffen würde. »Er wird uns helfen.«

»Wenn's so wichtig is'«, sagte der Junge. Er kaute an einem Grashalm und betrachtet die beiden Mönche mit gefurchter Stirn.

»Es ist wichtig«, bekräftigte Pavel.

»Na ja«, sagte der Junge. »Aber ihr seid auf'm Holzweg, das sag ich euch.«

»Tatsächlich?«

»Ja. Meine Mutter is' hier geboren. Die is' nich' von woanders gekommen. Die war schon immer hier.«

»Hm«, machte Pavel. »Uns wurde gesagt, es handle sich um deine Mutter.«

»Nee, nee.«

»Der ganze Weg umsonst. Gott prüft uns, Bruder Petr, hast du gehört?«

Buh, der zuerst seinen Namen nicht erkannte und vor sich hinbrütete, schreckte hoch und nickte theatralisch. Der Junge musterte ihn, wie er einen Bären gemustert hätte, den Gaukler an einem Nasenring hinter sich herzogen.

»Vielleicht meint ihr ja die alte Katka?«

Pavel blinzelte nicht. Bruder Tomáš hatte ihnen nie die Namen der beiden Menschen genannt, denen er das Kind, das sie hätten töten sollen, stattdessen anvertraut hatte, um es in Sicherheit zu bringen. Der Knecht jedoch hatte geredet – nach jenen zwei Stunden, in denen Buhs Statur und Körperkraft zu einer Perversion ihrer selbst geworden waren. Katerina – Katka –

»Ich dachte, deine Mutter heißt Katerina.« Pavel beschloss, die Scharade zu Ende zu spielen.

»Nee!« Der Junge lachte. »Meine Mutter heißt –«, er kratzte sich nachdenklich am Kopf, um einen Namen hervorzuholen, der nicht oft im Gebrauch war, »– Barbora.«

»Wir sind dir dankbar, dass du unseren Irrtum aufgeklärt hast, mein Sohn.«

»Ja?«

»Und wir können sehen, dass du ein kluger junger Mann bist.«

Buh grunzte und nickte. Der Junge beäugte ihn misstrauisch, dann wandte er sich wieder Pavel zu.

»Nun«, sagte Pavel. »Wir wollen kein Aufsehen erregen und euer friedliches Zuhause durcheinanderbringen. Aber wir haben eine wichtige Botschaft für Katka. Ich könnte mir keinen Besseren vorstellen als dich, um sie ihr zu überbringen.«

»Ich muss aber nach –«

»Aber sicher musst du. Und Gottes Segen wird dich begleiten, wenn du zwei demütigen Dienern des Herrn vorher eine winzige Spanne deiner Zeit widmest.«

»Ja?«

Es tat Pavel weh, den Jungen so zu missbrauchen. Er sah sich selbst in diesem schmalen, zu klein gewachsenen, sehnigen Halbwüchsigen mit den schmutzigen Füßen und den wirren Haaren. So hatte er ausgesehen, als er seine Reise angetreten hatte, die ihn schließlich vor das Tor des Klosters in Braunau gebracht hatte. Aufgebrochen war er aus einem ähnlichen Weiler. Der Hauptunterschied war, dass der halbwüchsige Pavel schneller von Begriff gewesen war – und sich beeilt hätte, zwei Mönchen einen Dienst zu erweisen; immerhin war sein ganzes Trachten darauf ausgerichtet gewesen, selbst einmal die Kutte in Demut und Bescheidenheit und im Eifer für den Herrn zu tragen.

»Ja.«

»Ich muss aber dringend –«

»Und Gottes Segen wird dich begleiten.«

Der Junge starrte Pavel an. »Gilt das auch für meine kleine Schwester?«, fragte er schließlich.

Pavel war verwirrt. Der Junge deutete hinter sich.

»Meine kleine Schwester. So groß.« Er deutete etwas an, das ein junger Hund hätte sein können. »Is' erst 'n paar Tage alt. Vater sagt, sie macht's nich'. Aber sie tut mir leid. Vielleicht könnt ihr den Herrn bitten, dass er auf sie 'n bisschen aufpasst? Ich komm schon zurecht.«

»Wir werden für sie beten«, sagte Pavel und fühlte sich wie ein Ungeheuer. Das Ungeheuer erkannte, was nötig war, und verzog Pavels Gesicht zu dem Lächeln, von dem er wusste, dass es Steine schmelzen konnte.

Der Junge lächelte zurück. »Was soll ich sagen?«

»Wir haben eine Botschaft für sie. Von einem jungen Mann. Aus Prag.«

»Aus Prag!«, sagte der Junge beeindruckt.

»Er hat von dem Tuch geträumt, in dem er als Säugling getragen worden ist. Er hat von der Frau geträumt, die ihn getragen hat. Er möchte sich dafür bedanken, dass sie sein Leben gerettet hat.«

»Die alte Katka hat ’nen Sohn?«

»Nein. Es ist eine viel kompliziertere Geschichte.«

Der Junge sah ihn an und hatte offensichtlich große Lust, die viel kompliziertere Geschichte erzählt zu bekommen.

»Wenn du der alten Katka das sagst, können wir sofort für deine kleine Schwester beten.«

»Ah ja!«, sagte der Junge und wirbelte herum.

»Moment. Weißt du noch, was du sagen sollst?«

Der Junge wiederholte Pavels Worte mit der Präzision eines Menschen, dessen Fantasie viel zu unterentwickelt ist, um an einem ihm vorgegebenen Text Änderungen vorzunehmen.

»Gut. Sag ihr, wir warten in dem alten Ziegenstall am Waldrand. Sie wird schon verstehen, warum dies eine Sache ist, die nicht alle Leute hören dürfen.«

»Warum?«

»Nun wollen wir für deine Schwester beten.«

»Richtig!« Der Junge wandte sich ab und lief zu den Gebäuden zurück. Pavel riss sich von seinem Anblick los.

»Los, schnell«, zischte er Buh zu. »Sie darf uns nicht sehen, bevor sie den Stall betreten hat. Sonst flüchtet sie sofort vor unseren Kutten.«

»W… wa… was is… gnnnh… was is… dran falsch?«, würgte Buh hervor.

»Nichts!« Pavel winkte ab und zwang sich zu einem Lächeln. Buh zuckte mit den Achseln und lächelte zurück. Pavel packte Buh am Arm. »Beeil dich!«

Als Katka endlich kam – was viel länger dauerte, als Pavel erwartet hatte, – rannte sie fast. Pavel hatte genügend Zeit gehabt, sich in dem kleinen, scharf riechenden Stall zu orientieren und einen Platz zu finden, an dem Buh sich wenn schon nicht verstecken, so doch im Hintergrund halten konnte. Sein baufälliger Anblick hatte den Stall von ferne kleiner wirken lassen, als er war. Er musste die Ziegen und Schafe der gesamten Ansiedlung beherbergen, und dem Geruch nach zu urteilen erstreckte sich seine Gastfreundschaft auch auf das eine oder andere Schwein. Hühner scharrten in einem gesondert abgetrennten Pferch und beäugten die Neuankömmlinge mit dem Misstrauen, das sie Pavels Meinung nach auch verdient hatten. Während Buh im Schatten eines Heuhaufens saß und sehnsüchtig zu den Hühnern hinüberschielte in der Hoffnung, dass die Razzia von heute Morgen ein Ei übersehen haben mochte, war Pavel nichts anderes übriggeblieben, als zu warten. Er war nervös hin- und hergewandert und hatte alle paar Momente nach draußen gespäht; durch das undichte Dach fielen Sonnenstrahlen, fingen sich im tanzenden Staub und bildeten Säulen aus Licht, in denen der unruhige Pavel als Schatten auftauchte oder zwischen ihnen in der Dunkelheit unsichtbar wurde. Ihm schien selbst, als vollführe er eine Wanderung zwischen Himmel und Hölle, und im wechselnden Licht wurde seine Erinnerung geweckt an jene eine lange Wanderung, die ihn schließlich und endlich hier in diesem Stall hatte ankommen lassen mit Absichten, die umso schwärzer waren, je reiner er ihre Motivation wusste. Jene Wanderung hatte ihn als Halbwüchsigen vor die Klosterpforte von Braunau geführt.

Als er dort angekommen war, hatte Pavel sich am Ziel aller Wünsche gewähnt. Am fünften Tag seines Verharrens vor dem Tor verstand er, was die erste Mönchsregel für den Eintritt neuer Brüder bedeutete: Prüfet die Geister, ob sie aus Gott sind.

Wenn es regnete, regnete es hartnäckig im Braunauer Talkessel. Die Wolken trieben von Westen her über den Riegel hinweg und sanken danach in das Braunauer Land, in ihrem weiteren Vormarsch nach Süden und Osten gehindert durch die bewaldeten Kuppen, die das Sterngebirge, die Heuscheuer und das Heidelgebirge ihnen entgegentürmten. Wenn sie diese Hindernisse überqueren wollten, mussten sie sich erleichtern, und das dauerte eine Weile. Wenn es regnete im Braunauer Land, regnete es immer ein paar Tage hintereinander.

Fünf Tage, um genau zu sein, dachte Pavel resigniert. Natürlich war all die Wochen zuvor schönes Wetter gewesen – ein Altweibersommer, der in einen goldenen Herbst überging, das Heu auf den Feldern von allein trocknen und die größeren Ansiedlungen – Braunau, Adersbach, Starkstadt – unter Staubglocken verschwinden ließ, während auf die Straßen, die sie und die vielen Dörfer verbanden, die Sonne niederbrannte. Der Schweiß war über Pavels Körper nicht nur getropft, er war förmlich geronnen auf seiner Reise und hatte sein bisheriges Leben abgewaschen. In der Mühle von Liebenau hatte er angegeben, aus Schömberg zu stammen, als man ihm einen Schluck Wasser gegeben und nach seiner Herkunft gefragt hatte. In Buchwaldsdorf hatte er erklärt, der neue Lehrling des Müllers von Liebenau zu sein; in Lochau war er angeblich aus Buchwaldsdorf und in Weckersdorf angeblich aus Lochau gewesen, und was er von den Leuten in der jeweils vorherigen Ortschaft erfahren hatte, während er Wasser aus dem Dorfbrunnen schöpfte, hatte genügt, um ihn in der nachfolgenden Ortschaft zu legitimieren.

Schließlich hatte er vor dem schroffen Graben gestanden, der das Kloster und den Hauptteil der Tuchmacherstadt vom sanft auf sie zulaufenden Umland trennte, hatte die hölzerne Brücke darüber betreten und sich am Ziel seiner langen Reise gewähnt, die selbstverständlich auch in Schönberg nicht ihren Anfang genommen hatte. Es gibt Schicksale, bei denen auch noch so viele Schweißtropfen nicht reichen, um das bisherige Leben eines Vierzehnjährigen abzuwaschen.

Dies war das Ziel von Pavels Reise, in physischer wie in psychischer Hinsicht: das Kloster des heiligen Wenzel, gebaut auf dem Stadtfelsen Braunaus und in gewisser Weise längst selbst der Stadtfelsen geworden mit seinen festungsartigen Mauern, Türmen und Bollwerken.

Zuletzt hatte Pavel an die Klosterpforte geklopft und dem faltigen alten Gesicht, das sich in der kleinen Luke gezeigt hatte, erklärt, er wolle die Welt hinter sich lassen und sein Leben dem Dienst an Jesus Christus und der Erlangung von Wissen widmen – was der Wahrheit entsprach –, und er sei zwanzig Jahre alt und seine Eltern mit seiner Wahl einverstanden – was beides gelogen war –, sein Elternhaus sei weit entfernt und seine Familie zu arm, um ihn mit einer Spende für das Kloster auszustatten – was wiederum stimmte –, und so erbitte er voller Demut, der Welt entsagen und ins Kloster eintreten und die niedrigsten Dienste verrichten zu dürfen, um seine Lauterkeit zu beweisen; das alles gefolgt von dem Lächeln, dessen Wirkung Pavel erstmals als Zwölfjähriger erfahren hatte, als er bei einem Diebstahl im Haus des Gutsherrn ertappt und anstatt bestraft zu werden von der massigen Köchin in eine dunkle Ecke der Küche gezogen worden war, wo er sich den Ablass für seine Sünde zwischen zwei prallen Schenkeln erarbeitete und ganz nebenbei seine Unschuld verlor; er hatte als Zwölfjähriger schon wie sechzehn ausgesehen, genau wie er nun, mit vierzehn, ohne weiteres als Zwanzigjähriger durchging – kleiner und schmaler als der Durchschnitt, aber mit einem Gesicht, das seiner Zeit vorausgereift war.

Das Lächeln strahlte in das Gesicht des Klosterbruders, der durch die Luke schielte, prallte daran ab und starb, noch bevor es wusste, wie ihm geschehen war.

»Prüf deinen Geist, ob er aus Gott ist«, hatte der Klosterbruder gebrummt und die Luke geschlossen. Geschlossen war auch die Pforte geblieben.

In den fünf Tagen, die darauf folgten, hatten sich weitere Leidensgenossen um Pavel geschart. Im Herbst fanden sich regelmäßig mehr Bittsteller als sonst vor den Klosterpforten ein und baten um Aufnahme – der Winter stand bevor, die Gutsherren brauchten weniger Hilfsarbeiter und ihre Pächter wurden geiziger beim Teilen ihrer Vorräte mit Herumtreibern und Entwurzelten. Seit die Christenheit gespalten war und sich ganz handfest mit Armeen bekämpfte im Namen dessen, der gestorben war, um der Welt den Frieden zu bringen, waren die Aufnahmezahlen ohnehin höher als sonst; die saisonale Herbstspitze war dennoch spürbar. Die jungen Männer hatten sich wie Pavel in den dürftigen Schutz gekauert, den der Torbogen über der Klosterpforte bot, hatten kleine Dienste für die weltlichen und geistlichen Besucher des Klosters verrichtet, hatten die dünne Suppe geschlürft, die der Bruder Pförtner zweimal am Tag für sie herausbringen ließ, hatten seinen kurzen Ermahnungen gelauscht und ganz allgemein ihren Geist geprüft, während die Pfützen, in denen sie standen und saßen, immer tiefer wurden. Am Ende hatten sie alle bis auf Pavel und einen weiteren Jungen gefunden, dass ihr Geist nicht aus Gott stammte, und aufgegeben.

Der andere Junge hatte sich von Anfang an von allen ferngehalten. Mit der Zeit hatten sie festgestellt, dass das Ausmaß seiner Intelligenz den Vergleich mit seiner Körpergröße nicht aushielt. Vom Körperbau her war er ein Bär, der selbst unter Bären groß gewirkt hätte; doch er reagierte kaum auf irgendwelche Reize und sprach so gut wie nicht; die hauptsächlichen Geräusche, die aus seinem Mund kamen, waren das Rülpsen nach der Suppe und das Schnarchen in den Nachtstunden. Irgendwann hatte einer es lustig gefunden, sich leise von hinten an den Jungen heranzuschleichen, seine Lippen ganz nahe an dessen Ohr zu bringen und lauthals »Buh!« zu brüllen. Der Junge schoss vor Schreck in die Höhe und sprang gegen die Klosterpforte, die zwar beachtlich erzitterte, ansonsten aber standhielt, rutschte daran herab und begann zu weinen. Die anderen nahmen um ihn herum Aufstellung und lachten und schrien »Buh! Buh! Buh!«, bis Pavel unter sie trat und ihnen erklärte, was er davon hielt, einen Menschen zu necken, der die Arme um den Kopf geschlungen hatte und versuchte, sich in einer Schlammpfütze zu verstecken und Rotz und Wasser heulte. Pavel machte zu seiner Erklärung eine Miene, die nicht zu Widerspruch einlud. Er war kleiner als die anderen, aber ein Blick in sein Gesicht zeigte jedem halbwegs für stumme Signale Empfänglichen, dass sein Besitzer durch seine bisherige Lebensführung gut darin geübt war, seine Ansichten durchzusetzen. Der Junge war in Ruhe gelassen worden, wenngleich die anderen ab sofort einen Spitznamen für ihn hatten: Buh. In Ermangelung der Information, wie der Junge tatsächlich hieß, nannte auch Pavel ihn schon bald in Gedanken Buh.

Am fünften Tag, als er und Buh nur noch zu zweit waren, bekam Buh einen Hustenanfall, der länger dauerte, als Pavel die Luft anhalten konnte. Als er endlich verklang, lag der riesenhafte Junge auf dem Boden, rang mit bleichem Gesicht und blauen Lippen nach Atem und krümmte sich schaudernd vor Kälte zusammen – und Pavel verlor die Geduld. Er hämmerte gegen das Tor. Nach einigen Augenblicken ging die Luke auf und zeigte das Gesicht des alten Torhüters. Der greise Mönch musterte Pavel mit zusammengekniffenen Augen.

»Prüf deinen Geist, ob er aus …«, begann der Mönch und unterbrach sich dann. »Dich kenne ich ja«, murmelte er. »Schön, dass du immer noch hier bist. Dein Herz ist stark in der Demut.«

»Ich begehre Einlass«, sagte Pavel.

»Na, na«, begann der Torhüter.

»Ich begehre Einlass, nicht in meinem Namen, aber im Namen der Barmherzigkeit. Ich begehre Einlass, aber nicht für mich, sondern für meinen Freund hier, der sich den Tod holen wird, wenn die Gemeinschaft von Braunau nicht einen Weg findet, unseren Geist mit einem Dach über dem Kopf zu prüfen!«

Das Gesicht des alten Torhüters erstarrte. Das war's, dachte Pavel, da geht meine Hoffnung dahin in zwei unbedachten, ärgerlichen, zum falschen Zeitpunkt gesagten Sätzen. Dennoch fühlte er sich hitzig, aufgebracht und gut. Der Torhüter schlug die Luke zu.

Pavel drehte sich um. Buh hatte sich aufgerichtet und gegen den Torbogen gelehnt. Um seine Augen waren Schatten. Er sah resigniert zu Boden.

Die Klosterpforte schwang auf und zwei Mönche traten heraus. Sie hatten Decken in den Händen. Der Torhüter folgte ihnen.

»Unser Dienst ist der Dienst am Herrn und seinen Geschöpfen«, sagte der Torhüter. »Wir verrichten ihn in Demut. Zur Demut gehört vor allem auch die Demut vor dem Wert des Lebens, und daher müssen wir sprechen, wenn wir es in Gefahr finden, und keine Mühe scheuen, um es zu schützen. Dein Herz ist stark, mein Junge. Ihr dürft eintreten.«

Die Gestalt bewegte sich voller Hast zwischen den Hütten des Weilers. Wenn sie noch schneller gewesen wäre, wäre sie gerannt. Pavel sah ihr mit leerem Blick zu, wie sie dem Weg aus der Ansiedlung heraus folgte und auf den Waldrand zusteuerte, den Oberkörper vorgebeugt, als kämpfe sie gegen Sturm an, die Beine in trippelnder Bewegung. Sie hastete die leichte Steigung hinauf. Am Waldrand gabelte sich der Pfad; der breitere Teil führte um den Wald herum zum Rest der menschlichen Zivilisation. Eine ausgetretene Spur brachte einen zum Ziegenstall. Die Gestalt blieb auf der Weggabelung stehen und verschnaufte. Der helle Fleck eines Gesichts wandte sich dem Stall zu. Pavel blinzelte und erkannte, worum es ging.

»Sie kommt«, zischte er über die Schulter zu Buh. Buh verkroch sich in sich selbst. Pavel fing seinen besorgten Blick auf und bemühte sich, ihn zuversichtlich anzulächeln. Er spähte wieder zur oberen Hälfte der Tür hinaus und schmiegte sich gleichzeitig an den Türpfosten, um nicht gesehen zu werden.

Die Gestalt hatte bereits ein gutes Stück von der Weggabelung zurückgelegt. Allerdings hastete sie in die falsche Richtung. Pavel starrte ihr ungläubig nach.

»Sie haut ab«, flüsterte er. Dann schrie er Buh zu: »Sie haut ab!«, doch zu diesem Zeitpunkt war er schon draußen und rannte mit pumpenden Beinen auf die Weggabelung zu.

Die rundliche Gestalt war eine ältere Frau. Sie hörte seinen Schrei und drehte sich um. Was er von ihrem Gesicht erkennen konnte, verzerrte sich. Sie versuchte schneller zu laufen und kam ins Stolpern. Pavel rannte, dass die Kutte flog. Wenn sie es auf die Straße hinaus schaffte, waren ihre Pläne dahin – so wie der Verkehr in den letzten Tagen gewesen war, würde sich irgendjemand in Rufweite befinden. Nicht, dass dieser Irgendjemand eingegriffen hätte, wenn zwei Mönche eine alte Frau packten und in den Straßengraben zerrten, aber im nächsten Ort würde dieser Jemand eine Menge zu erzählen haben; und alles hing davon ab, dass Pavels und Buhs Mission geheim blieb.

Pavel hörte Buh hinter sich, der aufholte. Auf langen Strecken war Buh nicht zu schlagen; seine muskulösen Beine trieben ihn ungeachtet seines massigen Körperbaus vorwärts, und wenn er erst einmal in Fahrt war, zog ihn das schiere Gewicht vorwärts. Pavel war viel kleiner und viel leichter – es gehörte zu seinem Schicksal, dass er stets das Gefühl hatte, gar nicht von der Stelle zu kommen, wenn er lief.

Die Frau – Katka, daran konnte kein Zweifel bestehen – drehte sich erneut um. Pavel sah ihr ins Gesicht. Hass und

Angst waren fast körperlich und trafen ihn über die Distanz hinweg. Katka versuchte zu beschleunigen, stolperte, und diesmal fiel sie zu Boden. Als sie auf die Beine zu kommen versuchte, war Pavel heran.

»Lass mich!«, kreischte sie. »Lass mich, du Teufel! Lass mich!«

»Wir tun dir nichts«, keuchte Pavel.

Sie warf sich auf den Rücken und krabbelte auf allen vieren von ihm weg, ins Dickicht neben der Straße. Ihre Füße traten nach ihm. Er versuchte einen zu packen und verlor ihn wieder, erhielt einen Tritt gegen die Schulter und einen zweiten gegen das Knie.

»Lass MICH LOS!!«

»Halt still, wir wollen doch nur –«

»Teufel! Teufel! TEUFEEEEL!!«

Pavel griff erneut zu. Ein Fuß in einem abgelatschten Lederschuh schoss nach oben. Pavel riss den Kopf beiseite. Der Tritt schrammte über seinen Wangenknochen und trieb Tränen in seine Augen. Katka wühlte sich rückwärts in das Dickicht hinein. Sie kreischte wie von Sinnen. Ihr Gesicht war dunkelrot und ihr Blick irr. Jeden Moment würden die wenigen Leute, die im Weiler zurückgeblieben und nicht auf die Felder gezogen waren, herauskommen und nachschauen, wer solchen Lärm machte.

»Heiliger Wenzel!«, zischte Pavel und machte einen Satz ins Gebüsch, um ihr den Mund zuzuhalten. Sie strampelte. Pavel fühlte eine Schuhspitze, die sich in seine Weichteile grub, und erstarrte; dann *fühlte* er den Tritt wirklich und sank langsam zu Boden. Er hörte sich selbst grollen, während die Welt im Nebel versank und zu rotieren begann, wobei der Mittelpunkt in seinem zerquetschten Hodensack lag. Katka verstummte; er hörte das Rascheln und Knacken, mit dem sie sich vorwärtskämpfte, und ihr triumphierendes Ächzen, als sie auf der anderen Seite ins Freie unter die höher gewachsenen Bäume gelangte.

Dann war Buh heran und flog durchs Dickicht, und wo Katkas Strampeln gebrochene Zweige hinterlassen hatte, war nun plötzlich eine Schneise, in der es frische junge Blätter regnete. Pavel vernahm Katkas Entsetzensschrei und Buhs Stammeln: »B… b… bi… gnnn… bitte!«

Aufzustehen war eine Heldentat. Pavel versuchte Luft zu bekommen und taumelte in Buhs breiter Spur in den Wald hinein. Seinen Leib überrollten Wogen von Übelkeit. Er schlang die Arme um den Körper. Er sah Buh, der neben Katka auf den Knien lag und ihre Schultern mit beiden Händen auf den Boden drückte. Sie starrte ihn an, von der Angst stumm gemacht. Pavel wusste, dass unter dem sanften Druck von Buhs Händen rohe Eier heil geblieben wären. Er hörte eine Stimme, die aus den Tiefen eines Brunnens kam und beim Heraufkommen durch Feuer, Eis und schnappende Reißzähne hatte hindurchmüssen. Dass es seine eigene Stimme war, erkannte er nur daran, dass sie das sagte, was er hatte sagen wollen.

»Dir geschieht nichts, Katerina. Wir wollen dich nur etwas fragen!«

WOCK! Ein durchgehender Stier rammte Pavel und schickte ihn erneut zu Boden. Pavel dachte, er zerbreche. Der Stier fiel über ihn her und drosch und trat ihn. Die aufgeschrammte Stelle auf seiner Wange flammte auf; ein Ohr wurde zu Brei geschlagen; in seinen Magen grub sich der Rammbock eines Belagerungsheers. Verspätet riss er die Arme hoch und wehrte die nächsten Schläge ab.

»Verschwindet!«, keuchte der Stier. »Mörderbande! Verschwindet! Lasst sie in Ruhe.«

Das Gewicht verschwand. Das Schimpfen ging weiter. Pavel mühte sich, seinen Blick zu fokussieren. Er sah eine zappelnde Gestalt, die in Buhs Armen hing. Buhs Blick war gehetzt. Die Gestalt spuckte Gift und Galle.

»Ich scheiß auf euer Gebet!«, schrie sie. »Was wollt ihr von Katka? Lasst sie in Ruhe!«

»Wir wollen ihr nichts tun, Junge, wir wollen sie nur etwas fragen.« Pavel hatte das Gefühl zu lernen, wie schwer es Buh jeden Tag fiel, Silben aneinanderzureihen.

»Scheiße!«, schrie der Bursche. Er trat um sich und erwischte Buh am Knie. Buh riss die Augen auf und knickte ein. Sein Griff ließ nach, und der Junge wand sich heraus und sprang auf die Straße zu. Pavel angelte verzweifelt nach seinem Fuß und brachte ihn zu Fall. Dann war Buh wieder da und packte den Jungen erneut.

»Katka!«, rief der Junge. »Ham sie dir was getan? Ich dacht, ich geh dir nach, weil du mir die Tür so vor der Nase zugehau'n hast!«

»Sie ist in Ordnung!«, sagte Pavel aufgebracht. »Halt den Mund, sonst hält Buh ihn dir zu.«

»B... b... gnnn... bitte!«

»Lasst den Jungen gehen«, sagte Katka matt.

Die Augen des Jungen verengten sich, aber Pavel hatte es auch schon gehört: Stimmen, die aus dem Weiler heraufdrifteten. Pavels Gedanken begannen sich zu überschlagen.

»HIIIILFEEEE!«, schrie der Junge aus Leibeskräften. Er strampelte wie verrückt in Buhs Griff. Buhs große Hand presste sich auf seinen Mund. Der Junge bewegte sich so wild, dass Buh ins Stolpern kam und auf ein Knie sank. Seine Hand verrutschte. Die Zähne des Jungen gruben sich hinein. Buh ächzte. Er riss den Jungen zu Boden und drückte ihm wieder die Hand auf den Mund. Der Junge wehrte sich weiter, hielt aber endlich still, als Buh sich wirklich auf ihn lehnte. Der riesige Mönch sah verzweifelt aus.

»Sie erwischen euch!«, zischte Katka. »Dann steinigen sie euch.«

Die Stimmen aus dem Weiler kamen heran. Pavel sah sich plötzlich selbst, in seinem früheren Leben, die magere Beute irgendeines Diebstahls in den Händen, irgendwo in die Enge getrieben, während sich draußen die Meute mit Prügeln,

Mistgabeln und einem Strick näherte. Angst schoss in ihm hoch. Erstaunt erkannte er, dass es hauptsächlich Angst um Buh war. Er hatte ihn mit hineingezogen; wenn ihm etwas zustieß, würde es ganz allein Pavels Schuld sein.

»Ihr seid widernatürlich!«, spuckte Katka. Man hört den alten Tomáš reden, dachte Pavel zusammenhanglos.

»Gnnn… gnnnn…!«, machte Buh, der den Jungen noch immer zu Boden drückte. Es sah fast wie eine Umarmung aus.

»Hallo?«, kam eine Stimme vom Weg her. Sie war leise, aber sie war nicht mehr weit genug entfernt, als dass sie sich hätten tief in den Wald zurückziehen können.

»Haltet euch still«, hörte Pavel sich sagen. »Ganz still! Ich regle das.«

»Ich brauche nur zu schreien«, sagte Katka.

»Und Buh braucht nur zuzudrücken. Wir wollen niemandem wehtun. Aber wir tun es, wenn wir müssen. Hast du das verstanden?«

Die alte Frau öffnete den Mund, doch dann warf sie einen Blick zu Buh und dem Jungen hinüber. Sie biss die Zähne zusammen.

»Ihr lasst ihn gehen!«, flüsterte sie.

»Wir lassen euch beide gehen«, sagte Pavel. Er bohrte seinen Blick in Katkas Augen. Sie wandte sich ab und senkte den Kopf.

»Buh!«

Der Riese blickte auf. Sein Gesicht war waidwund.

»Halt den Burschen ganz fest. Wir haben eine Chance. Er darf nicht schreien, hörst du? Auf keinen Fall! Kriecht dort hinter den umgefallenen Baum. Schnell!«

Buh nickte. Seine Augen flackerten, und auch er wich Pavels Blick aus. In Pavel krampfte sich etwas zusammen. Buh schleifte den Jungen mit sich hinter den Baumstamm. Katka folgte ihm auf allen vieren.

Pavel trat in die Schneise hinein, die Buhs Vordringen

geschaffen hatte. Von draußen vernahm er das Murmeln der Leute, die sich näherten. Er sah sich hastig um. Am Rand der Schneise stand, von Buh nur gestreift, eine verfilzte Mischung aus Hundsrose und Schlehe. Die Rose hatte sich in die Schlehe verkrallt; die Dornen der einen und die Stacheln der anderen starrten nach allen Richtungen wie eine Verteidigungsformation von Landsknechten. Pavel schluckte. Er breitete die Arme aus, öffnete den Mund, schrie aus Leibeskräften: »HIIIIILFEEEE!« und ließ sich in das mörderische Gestrüpp hineinfallen.

Die Kutte fing einiges auf; sein Kopf und seine Hände waren schlimmer dran. Er spürte, wie die Dornen und Stacheln seine Kopfhaut dort, wo sich seit der Abreise aus dem Kloster ein dünner Flaum auf der Tonsur gebildet hatte, aufschlitzten. Etwas riss ihm fast ein Ohr ab, sein Nacken und seine Wangen wurden aufgekratzt. Links bohrte sich ein langer Stachel unter die Haut seines Handrückens, schob sich eine halbe Handspanne weit darunter und brach ab. Der Schmerz war wie ein Feuerstoß. Dann lag er in den Ästen und Zweigen und stöhnte. In seinen Augen standen Tränen. Er versuchte die linke Hand zu drehen, um nachzusehen, wie groß der Schaden war, aber er hing in den Dornen fest wie in einer Fessel.

Drei Gesichter schoben sich in sein Blickfeld. Sie verzogen sich vor Überraschung, dann vor Anteilnahme.

»Au!«, sagte eines.

»Au Mann, Bruder, wie bist du denn dort reingekommen?«, sagte das zweite.

»Hast du so geschrien?«, fragte das dritte.

Es waren drei ältere Männer mit wettergegerbter Haut, ledrigen Falten, Stoppelbärten und vereinzelten Zahnruinen in staunend offenen Mündern. Es waren die Sorte Männer, die man von der Feldarbeit aussparte und im Dorf oder dem Weiler ließ, weil sie für die Arbeit draußen schon zu langsam waren, aber um auf die Feuer, die Tiere und die kleinen Kinder aufzupassen immer noch genügend Verstand und Kraft besaßen. Es wäre Buh nicht schwergefallen, sie alle drei kampfunfähig zu machen, aber es hätte eine weitere Sünde auf dem Gewissen des Riesen bedeutet, und es hätte ihr Hiersein und ihre Mission noch mehr kompromittiert.

»Helft mir«, ächzte Pavel.

Die Männer sahen sich nach abgebrochenen Ästen um, ermaßen dabei die Schneise und nickten anerkennend. Schließlich fanden sie, was sie suchten, drückten die dornenbestückten Äste beiseite und streckten die Hände aus, um Pavel herauszuziehen. Pavel versuchte nicht zu schreien und versagte. Als sie ihn hinstellten, knickten seine Knie ein. Seine linke Hand brannte und tobte. Das Blut war über sein Handgelenk und in den Ärmel geronnen wie auf Darstellungen des Gekreuzigten. Der Stachel war eine fast fingerdicke, blaurote Erhebung, die unter der Haut quer über den Handrücken verlief; er ragte eine Daumenbreite aus der Eintrittswunde. Pavels Magen drehte sich um.

»Au«, sagte der eine der alten Männer nochmals. Pavel fühlte an einem Dutzend Stellen an Kopf, Gesicht und Nacken kleine Blutrinnsale.

»Das musst du rausmachen, Bruder.«

»Sieht so aus«, sagte Pavel schwach.

»Soll'n wir dir helfen?«

»Ich bitte darum.«

Die Männer sahen sich an. Einer zuckte mit den Schultern. Sie nötigten Pavel, sich am Waldrand hinzusetzen. Pavel war alles recht, solange es sie nur davon abhielt, der Schneise zu folgen. Der umgefallene Baum lag keine zwanzig Schritte von hier entfernt, halb unsichtbar hinter dem Vorhang der Hecke, aber dennoch weniger als einen Steinwurf weit. Pavels Herz klopfte. Einer der Männer zog ein Messer mit einer so kurzen Klinge heraus, dass feststand, es war nur ein Bruchstück eines größeren Dolchs, der vermutlich noch zu drei, vier anderen Messern verarbeitet worden war. Eisen war immer kostbar. Der Besitzer des Messers starrte von Pavels Hand zu seinem Instrument und zurück. Pavel sah die Flecken und die Fettschmiere auf der kurzen Klinge; offenbar hatte das Messer vor kurzem noch dazu gedient, Fleisch oder Speck abzuschneiden. Der Mann hob das Messer, leckte es sorgfältig ab und wischte danach mit der Klinge unter seiner Achsel hindurch. Schließlich legte er Pavels linke Hand auf sein Knie, nagelte sie mit seiner eigenen Linken fest – der geübte Griff eines Mannes, der strampelnde Jungtiere ebenso halten konnte wie einen erregten Schafbock, der zu einem Schaf geführt wurde, – und setzte die Klinge sanft auf Pavels Handrücken. Pavel schaute weg und spannte alle seine Muskeln an.

»Was is'n einglich hier passiert?«, fragte einer der anderen und pflückte mit nachdenklichem Gesicht einen Dorn aus Pavels Kopfhaut. Pavel zuckte zusammen und wartete auf den Schnitt, der seine Handfläche entlang des eingedrungenen Stachels aufschlitzen würde, damit man den Stachel herausheben konnte. Ihn herauszuziehen hätte die Wunde noch schlimmer aufgerissen. Pavel wusste das; dennoch war ihm schlecht.

»Ein Hirsch«, sagte er, »kam plötzlich aus dem Wald und sah mich.« Er produzierte ein Lachen, das falsch klang, was den drei Männern aber für Pavels Lage nur natürlich schien. »Er erschrak wohl genauso wie ich. Er brach da durch zurück in den Wald und stieß mich in den Dornenbusch.«

»Was hast'n da gemacht, Bruder?«

Pavel ahnte, dass falsche Zurückhaltung fehl am Platz gewesen wäre, wenn er wollte, dass sie seine Geschichte glaubten. Nur zwanzig Schritte trennten sie von der Entdeckung Buhs und seiner Gefangenen, von einem Strick um den Hals oder der Steinigung. Er machte ein betroffenes Gesicht.

»Mich gerade zum Kacken hingehockt«, sagte er.

Die drei Männer sahen ihn verblüfft an. Dann begannen sie zu lachen.

»Fertig geworden?«

»Noch nicht mal angefangen«, sagte Pavel.

Die drei alten Männer brüllten vor Heiterkeit. Einer schlug Pavel auf die Schulter und trieb einen Dorn, der in der Kutte hängen geblieben war, in seinen eigenen Handballen. »Autsch, verdammt!« Er räusperte sich. »Tschuldigung, Bruder.«

»Nein, mein Sohn«, sagte Pavel, der zwanzig Jahre jünger war als der Jüngste von ihnen. »Du hast ganz recht: Verdammt!«

»War's 'n großer Hirsch?«, fragte der Mann mit dem Messer.

»Riesig«, sagte Pavel.

»Großes Geweih?«

Pavel sah dem Mann ins Gesicht. »Warum fragst du?«

»Fleischvorrat«, sagte einer der anderen. »An so 'nem Riesenvieh können alle 'ne Woche essen.« Er zwinkerte. »Vorausgesetzt, der Grundherr merkt's nich', dass wir ihn erlegt haben.«

Das Messer lag immer noch leicht auf der Eintrittswunde des Stachels. Pavels Hand glühte und pochte. Die Schmerzen an den anderen Stellen, an denen er sich aufgerissen oder gestochen hatte, verblassten dagegen zu nichts. Seine Augen wurden immer wieder mit kranker Faszination zu seiner Verletzung hingezogen und zu dem ruhigen, unbeweglichen Messer.

»Im März«, sagte Pavel langsam, »haben die Hirsche kein Geweih. Das haben sie im Herbst vorher abgeworfen. Die Rosenstöcke waren zu sehen.«

Der Mann mit dem Messer machte eine leichte Bewegung mit den Fingern, und einen schwindelnden Moment lang sah Pavel, wie die gespannte Haut über dem eingedrungenen

Stachel sich von dem Fremdkörper zurückzog und ihn freigab. Ein Flicken mit dem Messer, und der Stachel löste sich aus seinem Fleisch und fiel zu Boden. Die Rinne füllte sich mit Blut und lief über. Erst dann kam der Schmerz. Pavel hätte gedacht, dass er nicht schlimmer werden konnte, aber er hatte sich geirrt. Er stöhnte.

Der Mann mit dem Messer packte Pavels andere Hand und drückte sie auf die Wunde, um der Blutung Einhalt zu gebieten. Pavel krümmte sich über seiner linken Hand zusammen.

»Kennst du Spitzwegerich, Bruder?«, fragte der Mann.

»Ja«, ächzte Pavel. »Hilft bei offenen Wunden ... Blätter zerkauen und Brei auf die Wunde ... mit unzerkautem Blatt fixieren ... Herr im Himmel, tut das weh!«

»Du kennst dich aus, Bruder«, sagte der Mann mit dem Messer und stand auf. »Was suchst'n hier bei uns?«

»Auf Wanderschaft«, sagte Pavel.

»Franziskaner? Kapuziner?« Das Messer deutete, mit dem Griff voran, auf Pavels unbekannte Kutte. Von allen tumben Bauern, dachte Pavel erbittert, muss ich auf den stoßen, der offensichtlich ein wenig in der Welt herumgekommen ist. Seine Gedanken machten Bocksprünge.

»Benediktiner«, sagte er schließlich wahrheitsgemäß. »Ich tue Buße, daher die schwarze Kutte.« Der zweite Teil seiner Aussage war gelogen, doch er verließ sich darauf, dass der Mann wenigstens das nicht wissen konnte. Ein Benediktinermönch im Stadium der Buße würde nicht in die Welt draußen ziehen, sondern niedere Dienste in der Gemeinschaft verrichten, bis der Abt und die Brüder ihn wieder in Gnade aufnahmen.

»Wolltest du zu uns kommen?«

»Nur für eine Nacht. Es gehört zu meiner Buße, Dienste zu verrichten.«

»Was willst'n für uns tun?«

»Was habt ihr?«

»Barboras Kind liegt im Sterben, vielleicht kannst du da was tun, Bruder.« Der Bauer zuckte mit den Schultern. »Sonst – – mit der Pfote kannst du nich' mal helfen, die Jauche auszubringen.«

»Ich danke euch«, sagte Pavel.

»Komm, wir helfen dir runter.«

»Nein, nein, ich – ich muss noch beten. Lasst mich hier meine Gebete verrichten und Gott danken, dass Er mir den Hirsch geschickt hat, um meine Buße zu vergrößern, und euch, um mir zu zeigen, wie gütig Er ist. Ich komme am Ende des Tages zu euch.«

»Soll'n wir dir was zu essen bringen?«

»Nein, fasten gehört zu meiner Buße.« Pavel brachte es nicht übers Herz, zur Lüge auch noch die Beleidigung hinzuzufügen, indem er den Bauern ihr Brot nahm, ohne eine Gegenleistung zu erbringen – oder jedenfalls keine, die willkommen gewesen wäre. Er dachte an den Jungen und die alte Katka in der Deckung hinter dem Baum. »Aber vielen Dank.«

»Na, dann«, sagten die Männer. Sie zögerten. Pavel brachte sein strahlendes Lächeln zustande. Die drei lächelten zurück.

»Pass auf dich auf, Bruder«, sagte einer.

»Und vergiss nich' zu kacken. Jetzt kommt kein Hirsch mehr.«

»Nein, ich glaube nicht«, sagte Pavel.

»Denk an den Spitzwegerich«, sagte der Mann mit dem Messer.

Pavel nickte. »Gott behüte euch.«

Sie nickten und marschierten langsam zum Weiler zurück. Pavel sah ihnen hinterher, bis sie in verschiedene Hütten eingetreten waren und nicht wieder herauskamen. Wackelig kämpfte er sich auf die Füße, stolperte zu dem umgefallenen Baum hinüber und hockte sich dahinter schwer auf den Boden. Buh hatte auf Sicherheit gesetzt und hielt dem Jungen immer noch die Hand vor den Mund. Der Junge hatte sich Buhs überlegenen Kräften ergeben und starrte ins Leere; er fand es nicht einmal der Mühe wert, Pavel einen hasserfüllten Blick zuzuwerfen. Katka tat sich in dieser Hinsicht keinen Zwang an.

»Wir werden es so machen«, sagte Pavel. Er drängte die Erschöpfung zurück, die sich plötzlich auf ihn legen wollte. »Du beantwortest uns unsere Fragen. Danach lassen wir dich in Ruhe. Den Jungen nehmen wir mit und geben ihn, wenn wir genügend Strecke zwischen uns und hier gebracht haben, frei. Er kann dann zurücklaufen. Mein Wort darauf.«

»Auf dein Wort ist geschissen«, sagte Katka. »Monster!«

»Nicht alles, was der alte Tomáš dir damals gesagt hat, muss stimmen.«

»Ich hab gesehen, was mit den Franzosenweibern geschehen ist damals. Das war einer von euch.«

Pavel antwortete nicht. Katka kämpfte mit sich und seufzte schließlich. »Tut ihm nichts«, bat sie. »Er ist der Sohn meiner Schwester.«

»Barbora ist deine Schwester?«

»Darum bin ich seinerzeit hierher zurückgekommen«, sagte Katka.

»Zurückgekommen? Von wo?«

»Prag.«

»Prag?«

»Wenn ich euch alles erzähle, kommt ihr dann nie wieder hierher?«

»Ich verspreche es. Auch wenn du auf mein Wort nichts gibst.«

»Schwör's beim heiligen Benedikt.«

»Ich schwöre«, sagte Pavel, ohne zu zögern.

»Sag dem Riesen, er soll den Jungen loslassen.«

Pavel schüttelte den Kopf. »Er ist mir zu unberechenbar. Erzähl, was du zu erzählen hast.«

»Was soll's«, sagte Katka, »ihr werdet sie ohnehin niemals finden.«

»Wer ist ›sie‹?«

»Das Kind. Das Mädchen, das Bruder Tomáš hätte töten lassen sollen, wenn es nach dem Ungeheuer von Prior gegangen wäre.«

»Das Kind war ein Mädchen?«

»Was weißt du überhaupt, du Schwarzkutte?«, sagte Katka verächtlich. »Daran hab ich gemerkt, dass deine Geschichte faul ist. Dass du von 'nem jungen Mann gesprochen hast.«

»Ich weiß, dass ich die Arbeit des Herrn tue, auch wenn du es nicht glaubst.«

»Pah!« Katka spuckte auf den Boden.

»Sprich«, sagte Pavel und presste die verletzte Hand gegen seinen Leib. Er hätte sich am liebsten hingelegt und geschlafen. Buh hatte die Augen halb geschlossen; der Junge hatte seinen ausdruckslosen Blick auf Pavel gerichtet und schien durch ihn hindurchzusehen. Pavel erschauerte. »Sprich«, sagte er nochmals, »lass uns das hier hinter uns bringen.«

Dies war Katkas Geschichte: Bruder Tomáš hatte getan, was der Gehorsam ihm geboten hatte; er hatte zwei Menschen ausgesucht, eine junge Frau – Katka – und einen jungen Mann – den Knecht –, hatte ihnen das Kind anvertraut und einen Beutel mit Münzen. Dann hatte er gegen das Gehorsamsgebot verstoßen und ihnen gesagt, sie sollten das Kind in Sicherheit bringen.

Wohin, Bruder?

Nach Prag. Die Stadt ist groß. Seine Spur wird sich dort verlieren.

Wir tun, was wir können, Bruder.

Gott der Herr und der heilige Benedikt werden euch beschützen.

Katka hatte das Kind wie ihr eigenes angenommen; ihr Kind war nach der Geburt gestorben, und zu der Trauer kam die Milch, die sie plagte. Das Kind trank wie jemand, der wusste, dass ihm Strapazen bevorstanden. Der Rest verlief nicht so glatt. Der Knecht begleitete Katka bis hinter Kolin, dann war er eines Nachts verschwunden, und mit ihm das Geld. Katka wusste, dass der Mann in Kolin Verwandte hatte. Ihm in die Stadt zu folgen war sinnlos. Er würde alles abstreiten, einschließlich der Tatsache, dass er sie jemals gesehen hatte, und seine Verwandten würden, selbst wenn sie die Wahrheit kannten, hinter ihm stehen. Immerhin ging es um das Geld, das er mitgebracht hatte. Sie überlegte, ob sie seine Annäherungsversuche nicht stets hätte zurückweisen sollen – und erwog, was schlimmer war: sich von einem Mann bestrampeln zu lassen, der sich ihr aufgedrängt hatte, oder alleingelassen mit dem Kind zusammen im Straßengraben umzukommen? Katka biss die Zähne zusammen. Sie wusste, dass ein, zwei Tage weiterer Fußmarsch sie zu dem Weiler bringen würde, in den ihre Schwester eingeheiratet hatte. Fußmärsche waren nichts Besonderes, und tatsächlich war sie noch nicht einmal aus der Grafschaft herausgekommen – aber sie war noch von der Geburt und den nachfolgenden Tagen vergeblichen Bangens geschwächt; es war November, der Regen bitterkalt, die Straße war nicht sicher, und sie war eine junge Frau. Sie hätte sich von ihrem Begleiter vergewaltigen lassen sollen, er hatte wenigstens echtes Interesse an ihr gehabt und hätte dem Kind nichts angetan. Mit diesen Gedanken kam sie zu ihrem eigenen Erstaunen unbeschadet bis nach Neuenburg.

»Ich bewundere deine Stärke«, sagte Pavel.

»Ich scheiß drauf«, sagte Katka.

In Neuenburg hatten sie die Kräfte verlassen. Die Milch begann zu versiegen, das Kind wurde immer stiller und blasser. Sie hatte ihm keinen Namen gegeben; sie hatte es nicht übers

Herz gebracht. Ihr eigenes Kind hatte sie nach ihrer eigenen Großmutter Yolanta nennen wollen; ihre Großmutter war ursprünglich aus dem Herzogtum Luxemburg gekommen, aber von dort nach Osten ausgewandert, und hatte ihrer Enkelin immer wieder die Geschichte ihrer Namenspatronin erzählt, der Prinzessin Yolande, die um ein Leben im Kloster gekämpft hatte. Etwas in ihr weigerte sich jedoch, diesen Namen an den Findling weiterzugeben, der ihr anvertraut worden war. Natürlich war da der Gedanke, das Kind einfach selbst zu behalten, doch sie war ehrlich zu sich selbst: war sie nicht trotz aller Trauer auch ein wenig erleichtert gewesen, als ihr eigenes Kind gestorben war? Es hatte eine Zeit gegeben, in der zwei junge Männer in Podlaschitz um sie geworben hatten, während der Raunächte, in denen die Menschen in immer wechselnden Häusern zusammentrafen, Geschichten erzählten, wenn draußen die unheimlichen Gestalten des Jahreswechsels umgingen, tranken, sich zulächelten – die Kaminfeuer brannten, bis die simplen Räume der Bauernkaten vor Hitze brüllten – bis die jungen Leute sich genügend Mut angetrunken hatten, um in die Ställe zu schleichen, weil es ja möglich war, dass es stimmte: dass die Tiere in den Raunächten sprachen und die Zukunft vorhersagten. Katka war in zwei aufeinander folgenden Nächten schwach geworden, erst mit dem einen, dann mit dem anderen. Die Tiere hatten ihr nicht vorausgesagt, dass dies damit enden würde, dass sie neun Monate später in Schande über die Dorfstraße ging, dass sie wenig später ihr eigenes Kind würde zu Grabe tragen müssen und dass sie mit einem fremden Kind, das an ihren Brüsten hing, aus ihrer Heimat fliehen würde.

In Neuenburg hatte sie ihre Scham überwunden und zu betteln begonnen. Der vermutlich letzte Warentreck dieses Jahres hatte dort Station gemacht, umfangreich genug, um ihr den Gedanken einzugeben, dass sein Besitzer ein wohlhabender Mann war. Der Mann zeigte sich nicht nur wohlhabend, sondern auch großzügig. Er lud Katka ein, sich an seinen Tisch zu setzen, als er ihre nur leicht veränderte Geschichte gehört hatte; darin war das fremde Kind ihr eigenes, aber die Schande der Geburt war geblieben; und der feige Knecht der Vater, aber dass sie theoretisch wusste, wohin er sich gewandt hatte, verschwieg sie. Der Mann hatte das Kind nur einmal kurz angeschaut und eine nichts sagende Bemerkung gemacht; Katka nahm ihm sein Desinteresse nicht übel.

Es zeigte sich, dass das Zusammentreffen ein Glücksfall für Katka war. Der Mann bot ihr an, im Schutz seines Trecks nach Prag mitzukommen.

»Und dort?«, fragte Pavel atemlos.

Katka zuckte mit den Schultern. »Er hat mir geholfen, es in 'nem Findelhaus unterzubringen, und sogar noch gespendet, damit die Schwestern dort es besser behandeln als die anderen. Er sagte, ein Kind, das all das überlebt hat, was ich ihm erzählt hatte, ist von Gott geliebt, und er will das seine tun, damit es 'ne Zukunft hat. Er sagte, es gibt 'ne Menge gute Leute auf der Welt, die immer wieder Kinder aus Findelhäusern holen und in ihre eigenen Familien bringen, und vielleicht klappt das hier auch.«

»Ist das geschehen?«

»Weiß ich nich'. Ich hab mich bei ihm bedankt, der Kleinen Lebwohl gesagt und bin gegangen.«

Pavel spürte den Schmerz, den die alte Frau vermutlich sogar vor sich selbst verheimlichte. In seinem Hals war ein Kloß. Er konnte keine Rücksicht darauf nehmen.

»Du weißt nicht, was aus ihr geworden ist?«

»Sag ich doch.«

Pavel schüttelte den Kopf. Er wusste nicht, was er erwidern sollte. Er wechselte einen Blick mit Buh, der nicht reagierte.

»Welches Findelhaus war das? In Prag gibt es bestimmt mehrere.«

»Weiß ich nich'. Es war irgendwie außerhalb der Mauern,

daran erinnere ich mich, direkt am Fluss. Irgendein Schwesternorden hat es geführt. Der Mann sagte, dass die anderen Findelhäuser von den Prager Behörden kontrolliert werden oder so, aber dass dort, wo die Schwestern waren, keiner fragen würde, was das für 'n Kind wäre und warum wir es nich' selber behielten und so Sachen.«

»Ein Haus für die Kinder gefallener Frauen«, sagte Pavel. »Nur dort fragt keiner nach. Der Kaufmann war ein kluger Bursche.«

Katka reagierte nicht. Sie atmete aus und spuckte erneut auf den Boden.

»Das war's«, sagte sie. »Ich will jetzt gehen.«

Pavel sah durch sie hindurch. »Wir müssen nach Prag«, sagte er. »Ich hatte gehofft, es wäre nicht nötig, aber wir müssen nach Prag.«

»Ich will jetzt gehen.«

Pavel bemühte sich, sich auf die alte Frau zu konzentrieren. Die Erkenntnis, dass sie immer noch am Anfang standen, hatte ihn erschüttert. Er durfte den Mut nicht verlieren. Es stand zu viel auf dem Spiel.

»Gut«, sagte er. »Es geschieht wie folgt: wir gehen los und nehmen deinen Neffen mit. Wir lassen ihn später frei, wie versprochen. Er wird hierher zurückkommen, in dieses Versteck. Ihr könnt dann gemeinsam in euren Weiler zurückkehren. Ich möchte, dass du dich vorher nicht von der Stelle rührst, verstanden?«

»Wie lange wird das dauern?«

»Bis zum Einbruch der Dämmerung. Es kommt darauf an, wie schnell wir auf der Straße vorwärtskommen und wie schnell er zurückläuft.« Pavel lächelte. An Katka war seine Mühe verschwendet.

»Ich hab wohl keine Wahl«, brummte sie.

»Wenn du nach unserem Weggang deine Leute alarmierst und sie uns verfolgen, ist der Junge tot.«

»Hab ich schon verstanden. Schweinekerl!«

Pavel stand auf. »Buh, nimm den Jungen mit. Lass ihn nicht entkommen. Lebwohl, Katka. Ich möchte dir noch mal sagen, dass du meine Hochachtung hast.«

»Steck dir deine Hochachtung sonst wohin«, sagte Katka.

Sie stolperten quer durch den Wald davon in die Richtung, in der Pavel die Straße vermutete. Der Junge hielt sich in Buhs Armen still, nicht zuletzt, weil Buh ihm immer noch den Mund zuhielt. Buhs Gesicht war dunkel und wie aus Stein, und er sah Pavel nicht an. Pavel trottete ihm voran, unglücklich und ratlos, wie es in Prag weitergehen sollte. Mehrmals drehte er sich um und sah Katka, die regungslos auf dem Boden saß und ihnen nicht hinterhersah. Schließlich verschwand ihr Anblick zwischen den Bäumen und hinter einigen Bodenwellen. Pavel blieb stehen.

»Ich habe kein gutes Gefühl«, sagte er zu Buh. »Wir hätten sie fesseln sollen.«

Buh grunzte etwas. Pavel ballte die gesunde Hand zur Faust. »So wie den Knecht«, sagte er. »Da bin ich auch noch mal zurückgegangen und habe ihn gefesselt, für alle Fälle. Wir hätten das hier auch tun sollen.« Er sah Buh an. Buhs Blick war nicht zu deuten. Pavel gab sich einen Ruck.

»Ich gehe noch mal zurück«, sagte er. »Sicher ist sicher. Warte hier.«

Buh gab keine Antwort. Pavel wandte sich ab und schritt, so schnell er konnte, zurück zu ihrem Versteck. Seine linke Hand war starr; er konnte sie nicht verwenden, so wie er es in Kolin im Haus des ehemaligen Knechts getan hatte. Nur seine Rechte funktionierte. Er hob einen abgebrochenen Ast vom Boden auf, ohne innezuhalten. Ein Blick über die Schulter zeigte ihm, dass Buh ihn schon nicht mehr sehen konnte. Er schwang den Ast durch die Luft – hartes, luftgetrocknetes Holz, unterarmdick, ein paar Borkenreste verrieten seine Herkunft von einer Eiche. Der Ast pfiff, als er ihn schwang.

Katka sah auf, als sie ihn herankommen hörte. Zuerst lächelte sie, doch dann erkannte sie, dass er nicht ihr Neffe war. Ihr Gesicht verzog sich vor Erstaunen, dann vor Entsetzen, als ihr klar wurde, wozu er zurückgekommen war. Sie rappelte sich auf und versuchte auf die Beine zu kommen. Pavel begann zu rennen. Diesmal war er bei weitem schneller als sie. Sie kletterte über den Stamm, da war er heran und riss sie zurück. Sie fiel zu Boden und sah zu ihm auf, die Augen aufgerissen und die Hände flehend erhoben.

»Herr, vergib mir, ich bin dein Knecht!«, stieß Pavel hervor und begann zuzuschlagen.

22

Auf dem Rückweg zu Buh rasten Pavels Gedanken ungeordnet durch seinen Schädel, während sein Unterbewusstsein das Kommando übernahm und die erforderlichen Schritte einleitete, er Blutspritzer an Kutte und Händen suchte und sie mit einer Handvoll Erde abrieb. Egal, ob er sie alle entfernen konnte – von der Wunde in seiner linken Hand war genügend Blut auf die Kutte gekommen, so dass die Überreste auch davon hätten stammen können. Seine Gedanken zeigten ihm derweil Phantombilder einer jüngeren, hübscheren Katka, die ein Kind durch den November trug, das schon längst hätte tot sein sollen, vermischt mit Vorstellungen von dem blutig geschlagenen Gesicht des Knechts, der eine späte und unbeabsichtigte Tracht Prügel für seinen Treuebruch erhalten hatte und nun schwach die Hände abzuwehren versuchte, die sich um seinen Hals legten und zudrückten. Abt Martins Anweisungen waren eindeutig: das Kind war eine Gefahr für das Geheimnis, das sie alle in den Höhlen unterhalb des Klosters bewachten; die Menschen, die es fortgebracht hatten, waren es gleichermaßen.

Aber sie haben so lange geschwiegen, hatte Pavel eingewendet.

Du musst sicherstellen, dass sie auch weiterhin schweigen werden, hatte Abt Martin geantwortet.

Pavel fühlte das verzweifelte Zucken der Muskeln im Hals seines Opfers, als er es erdrosselte, und er fühlte jeden Aufprall des Eichenholzes auf einen menschlichen Körpers, der sich in seine Hand fortsetzte, als er habe er mit bloßer Faust zugeschlagen. Er weinte, ohne es zu merken, und flüsterte Gebete, ohne sie zu hören.

Plötzlich stand er vor Buh. Der Riese sah auf ihn herab. Er hielt den Jungen immer noch fest.

»Setz ihn auf den Boden, er soll selber laufen«, sagte Pavel.

Buh setzte den Jungen ab. Dessen Beine knickten ein, und er sank so schlaff auf den Waldboden, dass Pavel wusste, er war tot. Er starrte von den offen stehenden Augen des Jungen zu Buh. Der Riese zitterte.

»Gnnn…«, machte er, und seine Hände vollführten eine Bewegung, als würden sie einen Stock zerbrechen. »Gnnn… ich… ich … k… k… kann nichts … gnnn…«

Natürlich nicht, dachte Pavel. Der Junge hatte sich gewehrt. Pavel hatte ihm befohlen, dem Jungen den Mund zuzuhalten. Der Junge hatte sich herumgeworfen und gezappelt. Buh hatte fester zugedrückt, um ihn nicht entwischen zu lassen. Buhs Kräfte waren enorm; der Junge war nur ein unterernährter kleiner Sperling gewesen.

»Nein«, sagte Pavel sanft. »Du kannst nichts dafür.«

Etwas in ihm schrie und tobte und verdammte ihn. Er bemühte sich, nicht darauf zu hören. Buh zitterte immer stärker. Die ganze Zeit über hatte er den Leichnam festgehalten, um Katka im Glauben zu lassen, sie hätten etwas, mit dem sie sie erpressen konnten, sie hätten etwas, um dessen Leben zu retten es sich lohnte, ein zwanzig Jahre lang gehütetes Geheimnis zu verraten.

Buh sank zu Boden, neben dem Jungen, den er getötet hatte. Er begann zu schluchzen. Pavel stand daneben und konnte nichts tun. Wenn in diesem Moment die Bauern aus dem Weiler gekommen wären und ihn hätten erschlagen wollen, er hätte sich nicht gewehrt. Er dachte an Abt Martin und die Truhe, und plötzlich hörte er das Brummen aus ihrem Inneren, das Singen von purer, bösartiger Energie, das bislang nur der Abt zu hören geglaubt hatte. Es war da. Es war zu hören. Es offenbarte sich all denen, die zum Knecht des Buches geworden waren, das im Inneren der verschachtelten Truhe auf seine Zeit wartete. Es war für die zu vernehmen, deren Seelen verdammt waren.

23

NATÜRLICH STAND ES für die Kaufleute Prags, der Hauptstadt des Heiligen Römischen Reichs – des Heiligen *Katholischen* Römischen Reichs –, vollkommen außer Frage, dass mit den Untertanen Ihrer Majestät, der jungfräulichen Königin von England – der Protestantin Elisabeth – in jeglicher Weise Handel getrieben werden und auch weitergehende Kontakte zum Inselreich von Albion aufrechterhalten werden durften und sollten. – So viel wusste Agnes bereits, auch ohne sich näher in das Thema vertieft zu haben. Trotz allem sinnvollen oder paranoiden Taktieren des Kaisers und Hinhalten seines spanischen Onkels und seiner Verlobten: Er war in Spanien aufgewachsen und erzogen worden, sein Wesen hatte dem Hof seinen Stempel aufgedrückt, und eher kamen Feuer und Wasser gut miteinander aus als spanischer und englischer Geist. Abgesehen davon waren alle Engländer protestantische Ketzer, ihre Kapitäne Freibeuter, ihre Händler Betrüger, ihre Königin eine Hure, ihre Köche Giftmischer und die ganze verdammte Insel ein Schandfleck der Nordsee.

So sprach Boaventura Fernandes, und grinste.

Agnes hatte noch immer nicht ganz verstanden, womit der Portugiese sein Geld verdiente. Sie war verblüfft gewesen, festzustellen, wie schnell man an zwielichtige Gestalten geriet, wenn man die Handelsverbindungen des Hauses Wiegant & Wilfing einmal bis auf die dritte und vierte Ebene verfolgte. Es half nichts, dass sie sich vorsagte, es sei bei allen anderen erfolgreichen Kaufleuten auch nicht anders. Sie fühlte sich beschmutzt.

Irgendwann in den letzten Tagen hatte Agnes ihre Kindermagd in ihre Pläne eingeweiht. Sie war sich bewusst gewesen, dass jedermann im Haus sie ständig aus dem Augenwinkel beobachtete und jedes ihrer Worte auf die Goldwaage legte, und so war es leichter gewesen, die Magd mit gewissen Nachforschungen zu betrauen. Die Magd hatte eine Bedingung gestellt: was immer Agnes auch vorhatte, sie würde ihre Magd mitnehmen. Und jetzt saß Boaventura Fernandes auf einer Truhe in Agnes' Zimmer, misstrauisch beobachtet von der Magd, duftete intensiv nach Rosen, als wäre er ein fünf Fuß kleiner, zweibeiniger Liebesbrief, und lächelte sein Seeräuberlächeln. Er hatte einen kehligen Akzent, sprach aber vollkommen fehlerlos, und seine Versicherung, dass er noch vier weitere Sprachen fließend beherrschte, wirkte vollkommen glaubwürdig. Er sah nicht aus wie ein Kaufmann; er sah aus, wie man sich einen der Piraten vorstellte, die er mit Eloquenz verfluchte, und Agnes hatte den Verdacht, dass er mit einigen von diesen auf einer Basis bekannt war, die gegenseitiges Schulterklopfen, gemeinsame Saufabende und diverse im Dunkeln einer Spelunke gesiegelte Geschäftsverträge nicht ausschloss.

»Virrginia«, sagte Fernandes. »Virrginia.«

»Muss man Engländer sein, um in die Kolonie dort aufgenommen zu werden?«

»Nein«, sagte Fernandes. »Man muss ein Idiot sein.«

»Was soll das heißen?«

Fernandes griff nach dem Weinkelch, den er neben sich auf der Truhe abgestellt hatte. Agnes hatte keine Vorstellung von gutem oder schlechtem Wein, aber sich daran zu orientieren, ob der Wein in einer Tonamphore oder einer teuren Glasflasche gelagert wurde und welche davon im Keller des Hauses am schwersten zu erreichen und am staubigsten waren, war offensichtlich richtig gewesen. Fernandes hatte bereits am Ende der Präliminarien rote Backen und glänzende Augen gehabt. Agnes wäre beunruhigter gewesen, hätte sie geahnt, dass die Fähigkeit, noch im Zustand des Vollrauschs vorteilhafte Geschäfte abzuschließen, eine Grundvoraussetzung für einen Kaufmann war, der im Überseehandel erfolgreich sein wollte.

»Hörren Sie«, sagte Fernandes und schwenkte den Wein in seinem Kelch hin und her. Er trank einen Schluck, dann stellte er ihn entschlossen ab. »Sie sind die Tochter von Niklas, meinem Freund, und Sie sind die Verrlobte von Jung-Sebastian. Ich will ehrlich zu Ihnen sein.«

»Schön, dass sich meine Verlobung schon herumgesprochen hat«, sagte Agnes.

»Händler sind Waschweiber«, sagte Fernandes und lächelte stolz.

»Was ist das Problem mit Virginia?«

»Meine Damen«, sagte Fernandes und breitete die Arme aus, selbst im Augenblick der Wahrheit ein Charmeur, »es ist verflucht.«

Agnes und ihre Magd wechselten einen Blick. Agnes versuchte die Vorstellung lächerlich zu finden und versagte angesichts der ernsten Miene des Portugiesen.

»Glauben Sie mir, wenn ich Ihnen sage, dass einer meiner Brüder Navigatorr auf einem englischen Schiff war?«

Agnes zuckte mit den Schultern.

»Ist aber so. Es ist Krieg zwischen Spanien und England,

doch aus dem Königreich Philipps kommen die besten Navigatorren; das ist schon seit den Zeiten Ferdinands und Isabellas und Prinz Heinrich des Seefahrrers so. Kein englischer Kapitän würrde einen spanischen Steuerrmann auf sein Schiff lassen, aber wir Porrtugiesen genießen – wie soll ich sagen – einen Vertrauensvorrteil, weil wir eigentlich ein eigenes Volk sind.« Fernandes grinste. »Natürrlich gibt es den einen oder anderren Navigatorr, der eigentlich Berenguer heißt anstatt Berengário, oder Jimeno statt Ximeno, aber was soll's? Solange das Schiff dorrt ankommt, wo es hinsoll –«

»Wo führt uns diese Geschichte hin?«, unterbrach Agnes.

Fernandes zog die Augenbrauen hoch. Offenbar ließen sich die Männer, wenn sie Geschäftliches zu besprechen hatten, mehr Zeit für Geplauder. Sein Lächeln kehrte zurück.

»Mein Bruder Simon war Navigatorr auf einem Schiff, das von Sir Walter Raleigh ausgerüstet wurrde. Daher stammen meine guten Kontakte im Überseehandel, obwohl ich hier in Prag ferrn von jedem Ozean –«

»Raleigh ist dieser Engländer, der Virginia gegründet hat«, sagte Agnes. »So viel weiß ich auch.«

Boaventura Fernandes hatte sich schnell an Agnes' Gesprächsführung gewöhnt. Sein Lächeln flackerte nicht einmal.

»Aber der Kapitän des Schiffes war nicht Raleigh, sonderrn ein Mann namens White«, sagte Fernandes. »Ein Freund von Raleigh. Sie fuhren mit über hunderrt Menschen an Bord in die Neue Welt, Männer, Frauen, Kinder, alles. Sie wollten sich auf einer Insel, die dem Festland vorrgelagert ist, Roanoke, mit den Soldaten verreinigen, die bei einem errsten Kolonisierungsverrsuch ein Jahr zuvorr dorrt zurückgeblieben waren.«

Fernandes legte eine Pause ein und nahm einen weiteren Schluck Wein. Als er sich über die Lippen leckte, waren sie dunkel, als hätte er Blut getrunken.

»Die Soldaten warren verrschwunden«, flüsterte er. »Alle bis auf einen. Sie fanden seine Knochen im Eingang einer dunklen Höhle, die bis in die Hölle zu führen schien, so tief war sie. Alles Suchen nach den anderren war verrgebens.«

»Sie können fortgesegelt sein«, sagte Agnes unsicher.

»Natürrlich«, sagte Fernandes. »natürrlich können sie forrtgesegelt sein. Weiß mein Freund Niklas eigentlich, dass wir uns hier unterrhalten?«

Agnes war für ein paar Augenblicke aus dem Gleichgewicht. »Ja«, sagte sie dann.

»Ah. Gut. Ich dachte nur, weil ich sonst den Haupteingang zu nutzen errlaubt bin und nicht die Türr für die Dienstboten.« Fernandes' Lächeln hätte als Vorlage für die Statue eines freundlichen Engels dienen können.

»Mein Fehler«, sagte Agnes' Magd. »Entschuldigen Sie bitte meine Dummheit, Herr.«

»Keine Urrsache, keine Urrsache.« Er wandte sich Agnes zu. »Vierrzehn schwerrbewaffnete Soldaten spurrlos verrschwunden!«, schnappte er. Agnes fuhr erschrocken zurück. »Und ein fünfzehnter tot. Die Eingeborrenen in der Nähe schwörren, dass sie nichts wissen, und erzählen vom bösen Geist, der aus dem Wald kommt und die Herrzen der Menschen vergiftet.« Er lehnte sich zurück und trank. »Aber natürrlich können sie auch einfach nur forrtgesegelt sein.«

»Bitte erzählen Sie weiter«, sagte Agnes und ärgerte sich darüber, dass er sie überrascht hatte.

»Das war vor etwa fünf Jahren«, erklärte Fernandes. »Die Siedler ließen sich trotzdem auf der Insel nieder und bauten Häuser. Es warr schon spät im Jahr, Juni, zu spät, um noch eine Ernte einzufahren. Die Siedler planten, mit den Eingeborrenen zu handeln, aber die Eingeborrenen warren plötzlich feindselig und furrchtsam. Ein Kind wurrde geborren; doch am nächsten Tag fanden sie einen der ihren tot im flachen Wasser der Bucht. Er warr allein hinausgegangen, um Krabben zu fangen; niemand weiß, wer oder was ihn getötet hat.«

»Die Eingeborenen«, schlug Agnes vor.

Fernandes nickte. »Die Eingeborenen des Landes, in dem Sie ein neues Leben aufbauen wollen? Viel Verrgnügen.«

Agnes schwieg. Sie begann zu ahnen, dass sie den Mann unterschätzt hatte und dass sie froh sein konnte, dass er ihr offenbar wohlgesonnen war. Dass er durchschaut hatte, dass sie nicht mit Zustimmung ihres Elternhauses handelte, stand außer Frage. Sie wünschte sich Cyprian und seine herausfordernd gelassene Art zur Unterstützung und schob den Gedanken dann sofort beiseite. Die Zeit, von anderen Menschen durch die Schwierigkeiten getragen zu werden, war vorbei. Sie würde ihm erst wieder in die Augen sehen, wenn sie sagen konnte: ›Dies habe ich allein vollbracht. Dies ist mein Leben. Ich brauche niemanden, um es zu führen.‹ Um dann anzufügen: ›Aber ich würde mir wünschen, dass du es mit mir teilst.‹

»Hm?«, sagte sie, weil sie bemerkte, dass Fernandes weitergesprochen hatte.

»Die Siedler drängten White, nach England zu segeln und dorrt um Unterrstützung zu bitten. Mein Bruder hielt es für Wahnsinn, die Passsage zu machen; es war berreits November. Zuletzt fuhren sie doch und kamen mit Müh und Not heil in England an. Sie ließen die Siedler zurrück – hunderrtzwanzig Männer, Frauen und Kinder, darrunter zwei Neugeborrene. White und mein Bruder wussten beide, dass sie die Rückfahrrt in dieser Saison nicht mehr wagen konnten. Dann kam das Jahr 1588 –«

»Mein Gott«, sagte Agnes. »Ich glaube, ich verstehe.«

»Die Arrmada«, sagte Fernandes. »Alle seetüchtigen Schiffe wurrden zur Verrteidigung beschlagnahmt. Und danach – ich mache es kurrz, meine Damen: es dauerte drrei Jahre, bis White in die Neue Welt zurückkehren konnte. Mein Bruder war errneut sein Navigatorr. Die Kolonie war unbeschädigt. In den Häusern fanden sich alle Möbel, in den Werrkstätten angefangene Arbeit. Es gab kein Anzeichen von Streit, keine Spurren eines Kampfes. Alles sah so aus, als würrden die Bewohner jeden Moment wiederkehren. Doch die Menschen waren verschwunden. Über neunzig Männer, fast zwanzig Frauen, zehn Kinder – verschollen. Nichts, kein Überbleibsel, kein Fetzchen. White suchte nach den Leuten – eine der Frauen war seine Tochter, eines der Kinder seine Enkelin. Sie fanden nichts. Man hat nie wieder etwas von den Siedlern gehörrt.«

»Diese Geschichte ist mir völlig unbekannt«, sagte Agnes und versuchte, ihre Beklemmung abzuschütteln.

»Ich habe sie von meinem Bruder errfahren, der ein Jahr in England eingekerkert warr, weil die Geldgeber Whites, die seine zweite Fahrt finanzierrt hatten, ihm vorwarrfen, er sei zu langsam gesegelt; außerdem verloren sie bei einem Wirbelsturm ein Schiff samt Ausrüstung. Ich habe meinen Bruder errst vor ein paar Monaten getroffen, und glauben Sie mir, er hat keine Veranlassung, diese Geschichte herrumzuerzählen.«

»Weshalb erzählen Sie sie dann mir?«

»Weil Sie eine Dummheit begehen wollen, Fräulein Wiegant, und weil ich zu oft Ihrren Vater von Ihnen und seiner Liebe zu Ihnen habe reden hörren, als dass ich tatenlos zusehen möchte, wie Ihnen etwas zustößt.«

»Selbst wenn es stimmt, was Sie berichtet haben – es wird eine neue Kolonie geben. Es ist die Neue Welt. Es ist die Chance, ein neues Leben anzufangen. Die Menschen werden immer versuchen, dorthin zu gelangen.«

Fernandes stand auf. Er lächelte und streckte die Hand aus.

»Leben Sie wohl, Fräulein Wiegant. Ich werrde Ihnen nicht helfen, in Ihr Unglück zu ziehen. Ich bin mir bewusst, dass es viele Wege gibt, auf ein Schiff zu kommen, wenn wieder eines dorthin fährt, auch hier in Prag, und ich bin mir bewusst, dass Sie mich nicht geholt hätten, wenn Ihr Entschluss nicht schon weit gereift wärre. Also – denken Sie darrüber nach, ob es nicht besser ist, Ihrre Pläne zu ändern, auch wenn Sie Ihnen noch so teuer sind. Ich lasse mir ein paar Tage Zeit. Wenn ich dann keine Botschaft von Ihnen bekommen habe, dass Sie es sich anders überrlegt haben, schreibe ich an Ihren Vater.«

Agnes funkelte ihn an. Sie ließ die Hand des Portugiesen in der Luft hängen. Fernandes zuckte mit den Schultern. »Sie mögen es nicht glauben, aber ich bin Ihr Freund. Manchmal hinterrlässt der Teufel seinen Fußabdruck auf der Welt, und es ist keinem Menschen zu raten, dorrt hineinzustolpern.«

24

Andrej wartete nicht länger als eine Stunde; ein gutes Zeichen. Dann folgte er dem Dienstboten durch ein weiteres Antichambre und stand schließlich in einem Kabinett. Gemälde hingen an den Wänden und standen auf Staffeleien. Es roch nach Öl und Terpentin. Die Gemälde waren dunkel und zeigten biblische Szenen, Allegorien oder Porträts von Leuten, die Andrej fremd waren. Zwischendrin hing einer der unvermeidlichen Arcimboldos. Gebildet aus Zwiebeln, Knoblauch, Dörrpflaumen und trockenen Getreidegarben, starrte ihn das Gesicht von Oberstlandrichter Lobkowicz an. Aus einer Ecke betrachtete ihn ein anderes Gesicht mit fast demselben Ausdruck tödlicher Langeweile wie das aus Gemüse zusammengesetzte Antlitz auf der Leinwand: eine Magd, ihre Anwesenheit der Schicklichkeit geschuldet, damit die Dame des Hauses und ein männlicher Besucher nicht allein zusammen waren.

»Was kann ich für den Ersten Geschichtenerzähler am Hof Seiner Majestät tun?«, fragte die Frau, die inmitten der mehr oder weniger bedeutenden Kunstwerke saß und sich selbst wie ein Kunstwerk in einem ausladenden Stuhl inszeniert hatte. Es war schwer zu sagen, wo die brokatschimmernden

Gewänder aufhörten und der Behang des Stuhls anfing. Der radgroße Spitzenkragen trennte Kopf und Körper, die Taille war die einer Wespe, das Gesicht hager, die Augen groß und hungrig. Vor dem Stuhl stand ein Fußschemel. Sie deutete mit graziöser Geste darauf, kaum dass Andrej sich aus einer Verbeugung erhoben hatte, die er bewusst weniger tief angelegt hatte, als es ihm angestanden hätte. »Setzen Sie sich.«

Andrej ignorierte die Einladung. Stattdessen betrachtete er die Bilder, als sei er allein in dem kleinen Kabinett. Er bemerkte aus dem Augenwinkel das erstaunte Gesicht seiner Gastgeberin; doch sie war viel zu sehr Profi, was das Auftreten in den haiverseuchten Untiefen der höfischen Gewässer betraf, als dass sie ihre Überraschung noch mehr verraten hätte.

»Wir sind uns noch gar nicht vorgestellt worden«, sagte sie. »Sie kommen mir dennoch bekannt vor. Wahrscheinlich sind wir uns schon einmal begegnet, und ich habe es vergessen. Verzeihen Sie dem schwachen Gedächtnis einer Frau, das sich Tag für Tag so viele *bedeutende* Gesichter merken muss.«

»Wir sind uns schon mal begegnet«, sagte Andrej. »Zweimal.«

»Ich hoffe, es war jedes Mal ein angenehmer Anlass.«

»Ich hatte diesen Eindruck.« Beim ersten Mal hab ich dich zur Tür hereingelassen, und beim zweiten Mal hast du gerade deinen weißen Hintern in die Luft gereckt und gestöhnt: ›O ja, Meister, stecken Sie ihn mir dorthin, wohin ihn die römischen Imperatoren ihren Mätressen gesteckt haben!‹ Leider wurde ich Zeuge dieser Szene, weil ich zu früh zurückkehrte; aber soll ich dir was sagen: du und Meister Scoto habt es nicht mal bemerkt, und ich konnte mich leise wieder rausschleichen.

»Ich sehe, Sie haben einen Arcimboldo«, sagte er.

»Jeder hat einen, seit er Seine Majestät den Kaiser als Vertumnus gemalt hat.«

»Seine Majestät der Kaiser haben das Bild geschenkt bekommen.«

»Anderswo war *Messere* Arcimboldo nicht so großzügig.«

»Kann ich mir vorstellen.«

»Wenn Sie meinen Gatten sprechen wollen, so finden Sie ihn an dem Ort, an den Sie beide täglich die Pflicht führt – auf dem Hradschin«, sagte Madame Lobkowicz.

»Nein«, sagte Andrej, »ich wollte Sie sprechen. Ich möchte Sie um Ihre Hilfe bitten.«

»Ich helfe wo ich kann, mein Guter«, sagte die Frau des Oberstlandrichters mit dem Tonfall in der Stimme, der bedeutete: Selbstverständlich werde ich den Dienstboten, an den ich deine Bitte weiterleite, anweisen, sie sofort wieder zu vergessen.

»Und ich möchte Ihnen die Verehrung und die besten Wünsche eines gemeinsamen Bekannten übermitteln.«

»Das ist sehr galant. Ich hätte mir nie vorgestellt, dass Sie und ich einen gemeinsamen Bekannten haben könnten.«

»Es ist ein sehr guter Bekannter.«

»Tatsächlich«, sagte Madame Lobkowicz.

»Um die Wahrheit zu sagen: Ich war einmal sein Diener.«

»Ah ja? Na gut, das ist natürlich jederzeit möglich. Sie müssen ja von irgendetwas gelebt haben, bevor Seine Majestät beschloss, dass Ihre Geschichten ihn amüsieren.«

»Es ist nur *eine* Geschichte, Gnädigste. Seine Majestät will immer nur die gleiche Geschichte hören.«

»Schade, nicht?«

»Ja, sehr schade. Dabei hätte ich so viele Geschichten zu erzählen. Von Herzögen und Helden, von Räubern und Rittern, von Amazonen und – Alchimisten.«

Nicht einmal ein Härchen erzitterte an ihr. »Sehr nett. Eine viel versprechende Zusammenstellung.«

»Es geht mir um Folgendes«, sagte Andrej. »Eine gute Bekannte von mir – diesmal keine gemeinsame Bekannte, Gnädigste! – hat ein Kind. Jemand, der ihr übelwollte, hat ihr das Kind weggenommen und in ein Findelhaus gegeben.«

»Mit anderen Worten, das Kind ist ein Bastard«, sagte Madame Lobkowicz einfühlsam.

»Mit anderen Worten, gewiss. Sehr treffend, Gnädigste.«

»Ich nehme an, Ihre – ›Bekannte‹ – ist ein Mädchen von der Straße, das sich an Sie gehängt hat?«

»Gnädigste überschätzen meine Wirkung auf das weibliche Geschlecht.«

Sie sah ihn lange an und ließ ein Schmucktuch langsam durch ihre Finger gleiten. »Schlüpfrig wie ein Aal«, murmelte sie, ohne den Blick von ihm zu wenden oder sich Mühe zu geben, leise zu sprechen.

»Glatt wie Seide, würde ich sagen«, erklärte Andrej. Er deutete auf das Tuch. »Wenn wir davon gesprochen haben, selbstverständlich.«

»Was ist mit dem Kind? Ist es verendet, und jemand soll sich um das Begräbnis kümmern?«

Andrejs Lächeln kämpfte darum, in seinem Gesicht zu bleiben. »Keine so tragische Angelegenheit, Gnädigste. Eher etwas Erfreuliches. Meine Bekannte möchte das Kind aus dem Findelhaus holen und zu sich nehmen, aber der Mann, der es dort hineingebracht hat, hat verfügt, dass dies nicht geschehen darf.«

»Vielleicht weiß er, was er tut?«

»Er ist überzeugt, alles unter Kontrolle zu haben.«

»Warum gehen Sie nicht zu meinem Gatten? Er ist der Richter; er kann eine Verfügung treffen, die alle anderen aussticht, wenn das Findelhaus sich in seiner Jurisdiktion befindet.«

»Das tut es.«

»Na also.«

»Ich kann mir keinen Grund vorstellen, warum Ihr Gatte, der sehr verehrte Oberstlandrichter, meine Bitte nicht abschlagen sollte oder wenigstens beim Verursacher all dieses Leids nachfragt, wieso dieser das Kind im Findelhaus zu lassen wünscht.« Andrej war über sich selbst erstaunt, welche gedrechselten Worte aus seinem Mund fielen, obwohl er der Frau in ihrem teuren Gewand inmitten ihrer Kunstschätze am liebsten ins Gesicht gespuckt hätte. Er rief die Erinnerung in sich wach, wie sie mit gerafften Röcken auf Meister Scotos Lager kniete und ihn bat, ihren Hintereingang zu begatten, und an das Vokabular, das sie bemüht hatte, während der Alchimist diesem Wunsch nachgekommen war, und das bis vor die Tür auf die Gasse zu hören gewesen war.

»Aber ich habe einen Grund, Sie bei dieser obszönen Sache zu unterstützen?«

»Sagen wir, ich hoffte, Sie würden es um der alten Tage und gemeinsamer Bekannter willen tun.«

Er erkannte, dass sie ahnte, worauf es hinauslief; aber sie musste es genau wissen. »Wer ist dieser gemeinsame Bekannte, dieser Ihr ehemaliger Herr?«

Andrej kostete den Augenblick aus. »Giovanni Scoto.«

Sie musterte ihn. »Mhm«, sagte sie zuletzt. Dann befahl sie über die Schulter, ohne sich umzublicken. »Lass uns allein.«

Die Magd schlurfte hinaus. Andrej nutzte die Unterbrechung, sein Lächeln zu entkrampfen; die Mundwinkel taten ihm schon weh.

»So ein hübscher kleiner Bursche«, sagte Madame Lobkowicz und musterte Andrej erneut. »So eine nette Larve und so ein eleganter, schlanker Körper; selbst die spanische Gockeltracht steht dir gut. Und steckst doch voller Fäulnis.«

Andrej antwortete nicht.

»Außerdem gewitzt«, fuhr sie fort. »Kein verdächtiges Wort, solange wir zu dritt waren. Kein Zeuge dieses miesen, verdammten kleinen Erpressungsversuchs einer Kröte.« Sie holte Atem. »Ich fände noch ganz andere Worte für dich, du Nichts, wenn ich nicht eine Dame wäre.«

Keine Angst, ich kenne die Farbigkeit deines Wortschatzes, dachte Andrej. Er erwiderte ihren Blick und erkannte, wie sehr sein Schweigen sie verunsicherte. Sie wedelte sich mit der Hand Luft zu.

»Ich brauche bloß alles abzustreiten. Wer wird dir glauben, wenn mein Wort gegen das deine steht?«

»Jedermann weiß, dass Ihr Wort mehr gilt als meines.«

»Das will ich meinen!«

»Umso mehr würde jeder sich fragen, warum ich mir die Mühe machen sollte, Sie anzuschwärzen, wenn nichts dahintersteckt.«

Sie presste die Lippen zusammen.

»Ich darf Sie aber beruhigen, Gnädigste. Ich werde Sie nicht kompromittieren, ganz gleich, wie Sie sich entscheiden. Ich habe nur eine Bitte geäußert, das ist alles.«

»Nicht kompromittieren, wie? Glaubst du, ich könnte meinen Mann nicht beschwichtigen, und wenn du ihn noch so voll mit deinem Gift pumpst?«

»Natürlich könnten Sie das.«

Sie kniff die Augen zusammen. Ratlosigkeit wich plötzlichem Erschrecken. »Der Kaiser?«, flüsterte sie.

Andrej schwieg beharrlich.

»Das sieht dir ähnlich«, keuchte sie. »Endlich eine andere Geschichte, was? Was willst du ihm erzählen? Dass Margarete Lobkowicz mit dem ehemaligen Alchimisten Seiner Majestät fertig ist und nun darauf brennt, Majestät selbst zwischen die Schenkel zu bekommen? Das würdest du tun, du kleines Schwein, ich seh's dir an. Und der Kaiser? Jeder weiß, dass er die Dienstmägde in der Küche bumst und seine Verlobte sich mit seinem Bruder begnügen muss, weil er bei einer Gleichgestellten keinen hochbringt.« Sie griff sich an den engen Kragen. Ihr Gesicht war verbissen. »Was bin ich Besseres als eine Dienstmagd für ihn? Könnte ich mich ihm verweigern, ohne unseren Ruin zu riskieren? Das hast du fein eingefädelt, du kleines Aas, mir damit zu drohen, dieses … dieses monströse Ding auf mich aufmerksam zu machen, damit es mir Gewalt antut! Ich wünsche dir, dass du zusehen musst, wie deine Metze und ihr Balg verrecken, bevor man dich bei lebendigem Leib verbrennt.«

Andrej schaffte es irgendwie, die Fassung zu bewahren. Er war überrascht und entsetzt zugleich, wie wirkungsvoll sein Schweigen gewesen war. Wenn man es recht bedachte, hatte er ihr weder gedroht noch sie unter Druck gesetzt. Sie hatte es selbst getan, sie hatte alle verhängnisvollen Aussagen selbst getroffen, und auf die Idee, Kaiser Rudolf ins Spiel zu bringen, wäre er im Leben nicht gekommen. Er fragte sich vergeblich, was es bedeuten mochte, dass ihr der Gedanke, der Kaiser wolle sich an sie heranmachen, so nahe zu liegen schien, während er ihr dabei zusah, wie sie sich langsam beruhigte. Ein Funkeln trat in ihre Augen.

»Oder geht's dir um dich selbst, kleiner Mann? Willst *du* was von mir haben? Was hast du von mir gesehen, als du bei Giovanni Scoto Knecht warst? Hast du von meinem Arsch geträumt, wenn du dir den Stachel selbst massiert hast? Hast du dir meine Fut vorgestellt, während du deine kleine Hurenmama gevögelt hast? Träumst du von mir und vom Fick deines Lebens?« Sie musterte ihn. »Oh, bin ich der Wahrheit nahe gekommen, mein Hübscher?«

Andrej hätte ihr sagen können, dass sie von der Wahrheit nicht weiter entfernt hätte sein können. Doch er erkannte, dass sie irgendwie dabei war, den Spieß umzudrehen, und sein Instinkt gab ihm die Antwort ein, die sie am meisten treffen würde, bevor der Verstand dazu in der Lage war. »Leider würde das auch nicht helfen, Ihnen die Jugend zurückzugeben, Gnädigste«, sagte er.

Ihre Augen verwandelten sich in zwei Steine. »Ich verfluche dich«, zischte sie.

»Es würde mir schon reichen, wenn Sie mein Anliegen gnädig aufnehmen.«

»Spuck's aus, du … du …«

»Ja«, sagte Andrej, dem mit einem Mal ein so bitterer Geschmack in den Mund stieg, dass er am liebsten tatsächlich ausgespuckt hätte. »Ja, bestimmt. Das und noch viel mehr, da bin ich sicher. Ich möchte Folgendes, Gnädigste: Ich möchte, dass Sie das Siegel Ihres Gatten ausborgen und es mir morgen zwischen dem Non- und dem Vesperläuten in mein Haus bringen lassen. Senden Sie Ihre Magd, sie kennt mich ja nun. Sie kann darauf warten, dass ich es wieder zurückgebe. Ich brauche es keine fünf Minuten lang.«

»Was willst du damit tun?«

»Eine gute Tat.«

Sie verzog verächtlich den Mund. »Wenn ich nicht an das Siegel herankomme?«

»Ich habe diese Möglichkeit gar nicht erst in meine Pläne einbezogen«, sagte Andrej freundlich.

Sie zischte wie ein Waschweib. »Wenn er es genau in der Zeit, in der du es hast, vermisst?«

»Dann müssen Sie ihn ablenken, Gnädigste. Ihnen wird schon was einfallen.«

Sie tat so, als wolle sie auffahren, dann schien ihr klar zu werden, wie hohl diese Geste in ihrer Situation gewesen wäre. »Gut«, sagte sie stattdessen.

Andrej sah sie so lange an, dass sie begann, unruhig auf ihrem Thronsessel herumzurutschen. »Ich habe gesagt ›gut‹!«, rief sie. »Was willst du noch?«

Andrej setzte zu einer Verbeugung an, die so tief war, dass sie beinahe als Hohn hätte gedeutet werden können. Aber Hohn lag ihm fern; er war so erleichtert, dass er fürchtete, seine Gesichtszüge könnten ihn verraten. Als er sich erhob, zerrte sie bereits an der Samtschnur, mit der man jemanden vom Gesinde herbeiläuten konnte.

»Bemühen Sie sich nicht, ich finde allein hinaus«, sagte Andrej.

»Wenn du dich noch einmal hierherwagst, bringe ich dich

eigenhändig um«, sagte sie. »Lieber lasse ich mich als Mörderin ertränken, als mich ein zweites Mal mit dir einzulassen.«

»Vielen Dank«, sagte Andrej und ging mit einer weiteren Verbeugung hinaus.

Erst als er ein paar Gassen weiter war und das Plätschern eines öffentlichen Brunnens hörte, blieb er stehen. Er lehnte sich gegen den Löwenkopf, aus dessen Maul das Wasser in ein kleines Becken lief. Er hatte einmal gelesen, dass man einen Feind am besten mit seinen eigenen Waffen schlug, und letztlich hatte er nichts anderes getan als das, was Pater Xavier Espinosa getan hatte, um Jark… Yolanta in seine Gewalt zu bringen. In dem Text hatte nicht gestanden, ob man sich gut fühlen musste, wenn man die Methoden des Feindes anwandte.

Andrej bückte sich und ließ das Wasser in seine hohle Hand laufen. Es war prickelnd kalt. Er spülte sich den Mund aus. Es war Flusswasser, eine lange Strecke durch moosige Leitungen gelaufen, und schmeckte faulig. Der Geschmack war nichts gegen den, den seine eigenen Worte in seinem Mund hinterlassen hatten und der sich nicht fortspülen ließ.

25

Alles liess sich lernen, sogar, ein Ungeheuer zu sein. Pater Xaviers hervorstechende Eigenschaft war, sich nicht selbst die Hände schmutzig zu machen. Yolanta Melnika ließ sich durch den Trubel schieben, der in den ersten Marktwochen nach dem Ende der Wintersaison erfahrungsgemäß immer am stärksten war, und beobachtete den Rücken des Gassenjungen, den sie angeheuert hatte. Der Gassenjunge seinerseits beobachtete – hoffentlich – Agnes Wiegant und ihre Magd. Sie hatte mit ihm vereinbart, dass sie ihm den Wert jeglichen Gegenstandes, den er ihr stehlen konnte, doppelt ersetzen würde, wenn er bei ihrem Plan mitspielte. Sie ahnte, dass der Junge versuchen würde, sie später auf das Dreifache hochzuhandeln, und hatte bereits beschlossen, es geschehen zu lassen. Warum auch nicht – es war Pater Xaviers Geld.

Sie wartete auf das Zeichen des Gassenjungen, dass er bereit wäre. Er hatte höchst geheimnisvoll getan, doch eigentlich war Yolanta klar, wann der richtige Moment gekommen war: wenn das Opfer stehen blieb und sich auf etwas anderes konzentrierte, und wenn so wenig Leute in der Gasse waren, dass man zwischen ihnen hindurchschlüpfen konnte, andererseits aber auch so viele, dass man in der Menge untertauchte und auf Nimmerwiedersehen verschwand. Heute waren elementare Änderungen in diesem Ablauf vorgesehen, aber Yolanta war sicher, dass der Gassenjunge sich grundsätzlich an das erlernte Schema halten würde.

Die langsame, schlendernde Verfolgung brachte sie in den Teil der Gassen zwischen den Moldaubrücken. Das Flussufer wimmelte von Flößen, Booten und kleinen, halb getakelten Schaluppen. Hier gab es einige wenige Händler, die sich dem Überseegeschäft verschrieben hatten – wenn auch das Meer weit war, so war doch wenigstens Wasser nahe, und was einem der Fluss an Basiswissen beibrachte, war eine solide Grundlage für das Geschäft über die Ozeane hinweg. Natürlich wurde das Meiste, was für die Schifffahrt benötigt wurde, in oder nahe der Häfen an den Meeresküsten hergestellt; doch es gab Dinge, die man anderswo vielleicht besser beherrschte, und wer das vor allem finanzielle Wagnis einging, eine Flotte auszurüsten, war durchaus bereit, für das eine oder andere tiefer in die Tasche zu greifen oder länger darauf zu warten, nur weil es die Händler in Prag oder Wien oder Budapest oder sonst wo fern der Küste in der allerhöchsten Qualität liefern konnten. Umgekehrt waren diese Händler auch bereit, für die mitgebrachten Güter besser zu bezahlen als diejenigen in den Häfen, die der Neuheiten bereits überdrüssig waren.

Der Junge blieb stehen; was bedeutete, dass die beiden Frauen, die er beschattete, Halt gemacht hatten. Das Gedränge war weniger dicht als weiter vorn; die Händler hier hatten nichts zu bieten, was eine Köchin oder Dienstmagd oder eine höchstselbst einkaufende Frau des Hauses benötigt hätte, es sei denn, Schiffszwieback hätte auf der Speisenfolge gestanden oder die neueste Mode hätte vorgeschrieben, gepichte und kalfaterte Taue zu tragen. Der eine oder andere Gewürzhändler war dazwischen, aber die Preise waren jetzt, zu Beginn der Saison, vermutlich jenseits von Gut und Böse. Yolanta schob sich näher heran, ratlos, was Agnes und ihre Magd hierhergetrieben hatten.

Diese Gegend von Prag war ihr völlig fremd. Sie kannte keinen der Händler und konnte das Gerücht, dass hier jeder zweite ein Fremder war und entweder reines Portugiesisch sprach oder solches mit spanischem oder englischem Akzent, nicht bestätigen. Der Junge hielt sich abseits an einer Hauswand, weit genug entfernt von Ladenöffnungen und Klapptischen, um nicht den Argwohn eines Händlers zu erregen. Wenn man nicht wusste, dass er da war, hätte man ihn übersehen. Yolanta sah, wie Agnes vor der dunklen Höhle eines Ladeneingangs stehen blieb und ihre Magd hineinging. Die junge Frau stand unschlüssig da und wie jemand, der sich seiner Sache nicht vollkommen sicher ist, aber auch keine andere Möglichkeit sieht als die, seinem Plan zu folgen.

Yolanta hatte das Gefühl, dass sie diese Situation nur zu gut kannte. Auf dem Klapptisch neben der Ladenöffnung standen kleine Tonkrüge, bewacht von einem halb dösenden Aufpasser, der in einer Hand einen Wecken und in der anderen eine Wurst hielt und abwechselnd davon abbiss.

Agnes hob den Deckel von einem der Töpfe, und das scheinbare Phlegma des Aufpassers wich einem halb dienstfertigen, halb aggressiven Interesse. Yolanta kannte das Szenario: in den Tontöpfen waren Gewürzproben, und selbst wenn es sich nur um kleine Mengen handelte, waren sie doch wertvoll genug, dass jemand versucht sein könnte, sich mit ihnen aus dem Staub zu machen. Sie musterte die Gasse; wenige Passanten, die eher auf dem Weg hindurch schienen, als dort etwas erledigen zu wollen. Ein magerer Bursche, struppig wie ein Köter und betrunken wie zwei Dutzend Landsknechte, stolperte langsam und mit vielen Unterbrechungen vom Flussufer heran, offenbar ein Hilfsarbeiter, dessen Dienste in Bechern Wein bezahlt worden waren oder der die paar lumpigen Münzen sofort wieder in den Prager Schankkreislauf investiert hatte. Sie blickte zu dem Jungen hinüber. Er sah sie an und nickte. Die Gelegenheit war da. Sie hielt den Atem an und nickte zurück –. Doch im gleichen Augenblick kam die Magd wieder aus der Tür, im Schlepptau einen kleinen, dunklen Mann. Eine Gruppe von Müßiggängern schob sich zwischen Yolanta und die drei, und als sie wieder freie Sicht hatte, standen sie bereits dicht beieinander und unterhielten sich. Der Junge hatte jetzt keinerlei Chance mehr, ungesehen an Agnes heranzukommen. Sie warf ihm erneut einen Blick zu; er war bereits wieder mit der Hauswand verschmolzen und regte sich nicht.

Yolanta sah den Mann den Kopf schütteln. Agnes redete heftig auf ihn ein. Der Mann schüttelte den Kopf erneut. Die Magd versuchte ihr Glück. Was immer sie kaufen oder verkaufen wollten, der Mann war nicht an einem Handel interessiert. Sie konnte ihn kaum erkennen, nur sein dunkel glänzendes, öliges Haar und dass er irgendein Bündel in den Händen trug. Sie hatten ihn offenbar bei etwas gestört, und er war nicht glücklich darüber. Er wandte sich an den Burschen, der auf seine Gewürzproben aufpasste, und dieser schoss eilfertig in die Höhe, legte Wecken und Wurst auf den Klapptisch und war bereit, seinem Herrn zur Verfügung zu stehen. Die Wurst rollte über eine abschüssige Partie des Klapptischs und fiel auf den Boden.

Dann, unvermittelt, brach das Chaos über den Gewürzstand herein. Es kam in Gestalt des struppigen Betrunkenen und eines nicht minder struppigen Straßenköters, über dessen Betrunkenheitszustand keine Aussage gemacht werden konnte. Außer ihrem äußeren Erscheinungsbild hatten beide noch eine weitere Gemeinsamkeit: einen Bärenhunger; und ein gemeinsames Ziel: die Wurst. Sie war schwer und fett und fiel zu Boden wie ein Sack, rollte in die nächste Spalte des Flusssteinpflasters und blieb dort liegen.

Der Hund schoss von irgendwoher heran und sauste zwischen den Beinen der Fußgänger hindurch wie ein Blitz. Der Betrunkene war weniger behände, hatte aber einen Vorsprung, weil er mehr oder weniger schon direkt vor dem Gewürzstand angekommen war und sich nur noch zu bücken brauchte. Als seine Finger sich um die Wurst schlossen, schlossen die Zähne des Hundes sich um seine Finger.

Der Schwung des Hundes riss den Betrunkenen mit sich. Er blieb auf den Beinen, aber er vollführte eine unfreiwillige Pirouette, einen Arm ausgestreckt, an seinem Ende Hund und Wurst als Schwungmasse. Als er die erste Drehung vollendet hatte, war der Schmerz offenbar in seinem Gehirn angekommen. Er stierte auf das, was vorher noch seine Hand mit einer viel versprechenden Zwischenmahlzeit darin gewesen war und sich nun in einen verhungerten kleinen Köter verwandelt hatte, der mit geschlossenem Kiefer jappte und knurrte. Der Schreck leitete die zweite Drehung ein, diesmal mit einem Ziel: den Hund abzuschütteln. Der Hund ließ sich nicht abschütteln. Die Beine des Betrunkenen kamen durcheinander. Zweite Drehung beendet – und ein Klappern ertönte, von dem Gewürztopf verursacht, den der Körper des Hundes von der Tischplatte wischte. Einer der taumelnden Füße trat auf den Topf, der den Sturz überstanden, dieser Attacke aber nichts entgegenzusetzen hatte. Gelbes Pulver wolkte auf.

»Heee!«, brüllte der Aufpasser.

Der Hund wog nicht viel, vermutlich weniger als die Wurst, und er schien beschlossen zu haben, den Kampf um Wurst und Hand als Sieger zu beenden oder dabei heroisch unterzugehen. Der ergebnislosen Drehung folgte ein Schütteln. Die Ohren des Hundes flogen. Die Kiefer saßen fest. Der Betrunkene holte mit der freien Hand aus und hieb dem Hund die Faust auf den Schädel.

»Aaaaooooh!«

Das Schnappen, mit dem die Zähne des Hundes noch weiter in die Hand des Betrunkenen getrieben wurden, konnte Yolanta nicht hören, aber sie wusste, dass es zu hören gewesen sein musste. Der Betrunkene vollführte eine Art Moriskentanz, mit einem auf und ab fliegenden Hund als interessante Variante.

»HAU AB!«, brüllte der Aufpasser. Sein Herr stand wie erstarrt neben den beiden Frauen.

Der Betrunkene drosch Hand und Hund von unten gegen die Tischplatte. Sie bestand aus drei Segmenten; das äußerste davon schnellte in die Höhe und katapultierte die darauf stehenden Gewürztöpfe gegen die Hauswand, wo sie rote Staubflecken und den Gegenwert mehrerer Tagelöhne hinterließen.

»Madre de Dios!« Der dunkle Mann drückte das Bündel, das er gehalten hatte, Agnes in die Hand und sprang auf den Betrunkenen zu. Dieser fuhr herum, der Beginn einer dritten Pirouette und der Anfang vom Ende des Hundes – am Ende der Bewegung würde er ihn aufs Pflaster schmettern, und das hielt nicht einmal ein Prager Straßenköter aus. Doch der Herr des Gewürzladens, der dunkle Mann mit dem öligen Haar, kam irgendwie dem Schwung in die Quere.

Der Hund klatschte dem dunklen Mann ins Gesicht, eine Ohrfeige mit einem Lumpensack voller Flöhe. Er stolperte rückwärts. Der Betrunkene stolperte mit. Der Hund zappelte. Der Herr des Gewürzladens sah, wohin ihn sein Stolpern bringen würde – zum linken der beiden verbliebenen Tischsegmente –, und versuchte sich am Betrunkenen festzuhalten. Statt standzuhalten flog der Betrunkene dem dunklen Mann in die Arme. Dann kam jenes Tausendstel eines Augenblicks, an dem alles im Gleichgewicht scheint und jede Entwicklung möglich ist, bis Schwerkraft und Momentum sich durchsetzten und die Skulptur aus zwei Männern und einem Hund graziös auf die Tischplatte fiel.

Die Platte schnappte hoch wie ein Katapult. Zwei Gewürztöpfe schossen senkrecht in die Höhe, ein dritter flog zwischen dem Aufpasser und den beiden Frauen hindurch, einen Kometenschweif aus getrockneten Kräutern nachziehend. Der Besitzer des Gewürzladens und der Betrunkene schnappten nach Luft, starrten gemeinsam nach oben. Dann warfen sie sich in entgegengesetzte Richtungen auseinander, und die hochgeschnellten Gewürztöpfe prallten neben ihren Köpfen auf den Boden und zersplitterten in wohlriechende Scherben. Stille – das Klappern des dritten Gewürztopfs, der irgendwo landete – das Geräusch, das entsteht, wenn sich fest verbissene Zähne aus einem Handgelenk lösen – und das hektische Wetzen von Hundekrallen über Straßenpflaster, als der Hund – unverletzt – mit seiner tapfer erstrittenen Beute stiften ging.

Der dunkle Mann sprang auf. Er zerrte den Betrunkenen auf die Füße. Der Betrunkene hielt sein Handgelenk und jammerte. Der dunkle Mann trat ihn in den Hintern, dass er davonschoss, vage in Richtung des geflohenen Hundes. Erstes Gelächter ertönte. Der stehen gebliebene Überrest des Tischs gab ein trauriges Ächzen von sich und kippte langsam seitwärts, verstreute die letzten Gewürzproben auf den Boden und klappte dann zusammen –

– und Yolanta erkannte überrascht, dass der Junge bereits Agnes' Börse von ihrem Gürtel gerissen hatte und auf sie zurannte.

Sie hätte die Börse niemals erwischt, wenn der Junge sie ihr nicht förmlich in die Hand gedrückt hätte. Dann schlug er einen Haken und verschwand in der nächsten Gasse. Heute Abend würde er mit ein paar Kumpanen vor Yolantas Haus auftauchen, die Steine wurfbereit, falls sich der Handel als Betrug herausstellen sollte. Yolanta riss sich zusammen und eilte auf Agnes zu, die wie vom Donner gerührt dastand und dem Jungen nachblickte. Sie trug das Stoffbündel, das der dunkle Mann ihr übergeben hatte, noch immer auf den Armen.

»Keine Sorge, ich hab sie ihm abgejagt«, begann Yolanta und prallte dann wie gegen eine Mauer. Das Bündel in Agnes' Armen bewegte sich und krähte. Es war ein Kind.

Sie standen keine fünf Schritte voneinander entfernt. Ihre Augen trafen sich über das Kind hinweg. Was immer Yolanta noch hatte sagen wollen, blieb ungesagt. Unbewusst hatte sie sich selbst mit Agnes gleichgesetzt, hatte versucht, eine geistige Verbindung mit der Frau herzustellen, die sie einen halben Tag lang beobachtet hatte, weil sie wusste, dass sie ein gemeinsames Schicksal teilten: Pater Xaviers kühles, mörderisches Interesse.

Agnes mit einem Kind im Arm zu sehen versetzte Yolanta einen Schock. Ihre Hand mit der erbeuteten Börse sank herab. In diesem Augenblick waren sie Gefährtinnen, Verbündete, Schwestern, war Agnes das Ziel, das Yolanta antrieb: wieder ein Kind im Arm zu halten, *ihr* Kind im Arm zu halten.

Agnes' Augen weiteten sich, als wäre es tatsächlich möglich, Gedanken und Gefühle über Blicke zu transportieren.

Dann war der dunkle Mann heran, nach exotischen Gewürzen duftend und das Haar rot und gelb bepudert. Er nahm Agnes das Kind aus dem Arm und wiegte es hin und her. *»Ay, niño, ay niño«*, verstand Yolanta. Das Kind begann herzhaft zu brüllen, nun in Sicherheit in den Armen des Vaters.

»Wer sind Sie?«, flüsterte Agnes.

»Retten Sie sich«, hörte sich Yolanta sagen. »Der Teufel hat die Hand nach Ihnen ausgestreckt.«

26

»Was würden Sie an meiner Stelle tun?«, fragte Agnes. Sie stand am Fenster ihres Zimmers und sah auf den im Abenddämmer zerfließenden Platz hinaus. Der Käfig über dem Brunnen war ein verwirrend geometrisches Gebilde inmitten des schwindenden Lichts.

Yolanta schnaubte. Nach ihrem Treffen vor dem Laden von Boaventura Fernandes hatte Agnes die junge Frau einfach mit zu sich nach Hause genommen – einerseits, weil dies allem Anschein nach keine Unterhaltung für die Öffentlichkeit einer Gasse werden würde, andererseits, weil Agnes sich auf so merkwürdige Art zu Yolanta hingezogen fühlte, dass sie wünschte, mehr über sie zu erfahren.

Sie *hatte* mehr über sie erfahren; sie hatte Dinge gehört, die sie niemals hatte hören wollen und die ihr Herz in eine kalte Klammer der Furcht zwängten.

»Ich an Ihrer Stelle«, sagte Yolanta, »würde ein scharfes Messer in jede Faust nehmen und noch ein weiteres zwischen die Zähne und mich unter dem Bett verkriechen und jedem, der daruntergreifen will, die Finger amputieren.«

»So schlimm?«, flüsterte Agnes.

»Sie haben die Aufmerksamkeit eines Ungeheuers erregt.«

»Ich kenne dieses Ungeheuer. Mein Vater denkt, es wäre sein Freund.«

»Ihr Vater denkt falsch.«

Agnes schüttelte den Kopf.

»Vorher war mir bange«, sagte sie. Sie drehte sich um und musterte die zierliche junge Frau, die auf einer ihrer Truhen saß. Als sie vorhin nebeneinander gestanden hatten, hatte Yolanta Agnes nur bis unters Kinn gereicht. »Jetzt habe ich so richtig Angst.«

»Ich gestehe, die habe ich auch.«

Die beiden Frauen musterten sich.

»Ich frage mich, warum mich dieses Geständnis beruhigen soll«, sagte Agnes.

Yolanta lächelte schwach. »Ich wollte Sie nicht beruhigen, ich wollte meine Last mit Ihnen teilen.«

»Geht's Ihnen jetzt besser?«

»Nicht wesentlich.«

Sie sahen sich weiterhin an. Agnes merkte, dass Yolantas Lächeln sich auf ihrem eigenen Gesicht widerspiegelte.

»Sie haben da was im Haar«, sagte Yolanta.

Agnes fasste sich in die Haare und schnupperte dann an ihrer Hand. »Gelbwurz«, sagte sie. Sie versuchte ein aberwitziges Kichern zu unterdrücken. »Wenn man schon Jagd auf mich macht, dann hinterlasse ich wenigstens eine angenehme Fährte.«

»Nicht so einen Schweißgeruch wie die Männer.« Yolantas Mundwinkel zuckten.

»Die Männer können gar nichts richtig machen«, sagte Agnes. »Sie sind nicht mal eine stilvoll duftende Beute.«

Beide platzten heraus, albern kichernd und gleichzeitig die Hand vor den Mund schlagend. In ihre Augen stiegen Tränen, aber es waren keine Lachtränen, so wie auch das Gegacker eigentlich nichts mit Lachen zu tun hatte. Schließlich beruhigten sie sich. Einen lähmenden Augenblick lang sah Agnes eine solche nackte Angst in den Zügen Yolantas, Angst um ihr Kind, Angst um Andrej, Angst um ihre Liebe, dass es ihr das Herz abdrückte. Bevor sie sich versah, streckte sie die Hand aus, und Yolanta griff danach. »Ich hätte Sie gern vor einem Jahr kennen gelernt«, flüsterte sie.

»Sie haben nicht viel versäumt.«

»Warum haben mich alle, denen wir hier im Haus begegnet sind, so freundlich gegrüßt?«

»Mein Vater, sein Partner Sebastian und mein Verlobter? Ich denke, sie haben geglaubt, Sie sind die Schneiderin.«

»Die Schneiderin?«

»Für das Hochzeitskleid.«

»Ich dachte, Sie wollen Ihren Verlobten auf keinen Fall heiraten?«

»Ja, aber ich habe sie gestern Abend vom Gegenteil überzeugt, damit ich mich frei draußen bewegen kann – Hochzeitsvorbereitungen und so.«

Yolanta lächelte erneut. »Sie haben Ihre gesamte Familie angelogen?«

Agnes nickte. Sie machte ein ernstes Gesicht. Dann grinste sie. »Und es hat mir Spaß gemacht!«

»Wenn ich die Kraft gehabt hätte, meine Eltern anzulügen, wäre ich jetzt mit meinem Kind zusammen.«

Agnes' Lächeln verschwand spurlos. Es hatte gutgetan, ein paar Augenblicke lang die Gegenwart zu vergessen, aber wie gewöhnlich meldete sie sich dann wieder zurück, wenn man gerade ohne Gegenwehr war. Sie schluckte.

»Sie haben mir gesagt, was *Sie* an meiner Stelle tun würden. Yolanta, was soll *ich* tun?«

Yolanta drückte ihre Hand.

»Das wissen Sie doch. Das, was Ihre Liebe zu Cyprian rettet. Was immer auch sonst an Bösem passiert, die Liebe wird es erträglich machen. Was immer auch an Gutem passiert, ohne die Liebe wird es wertlos sein.«

27

Pavel hatte erwartet, Buh direkt vor dem Eingang zum Findelhaus der Karmelitinnen zu finden. Er erschrak, als er ihn nirgends sah. Dann hörte er so etwas wie ein Brummen und folgte dem Geräusch um die Ecke des Gebäudes herum, das sich mit seiner Rückseite direkt an die Mauer lehnte. Ein paar Dutzend Schritte weiter waren zwei Männer damit beschäftigt, direkt am Fuß der Mauer zu graben. Buh kniete neben ihnen und wiegte den Oberkörper vor und zurück. Das Brummen war in Wahrheit sein unartikulierter Gesang. Die Männer beachteten ihn nicht.

Pavel stolperte über die Flusskiesel und am Ufer entlang zu ihnen hinüber. Buh sah auf und blickte gleich wieder zu Boden. Um die Stelle, an der die Männer gruben, versuchte der ätzend-staubige Geruch von Kalk die Verwesungsschwaden zu überdecken und schaffte es nicht. Vor Buh lag ein Bündel auf dem Boden. Das Bündel war weiter oben offen. Man konnte ein kleines Kinn und blaue Lippen sehen; über den Rest war das Einschlagtuch gnädig gedeckt. Das Bündel war nicht viel länger als eine Elle.

»O Herr, nimm dich dieser Seele an«, sagte Pavel unwillkürlich.

Buhs Gesicht war ausdruckslos und sein Gesang monoton. Ich verliere ihn, dachte Pavel. Wenn diese Mission nicht bald beendet ist, verliere ich ihn. Er blickte zu den Männern hinüber, die sich Tücher vor Mund und Nase gebunden hatten und ab und zu husteten. Nach ein paar Augenblicken erkannte Pavel, dass sie nicht gruben, sondern den Inhalt der Grube umschichteten. Er fühlte sich nicht versucht, näher heranzutreten. Einer der Männer wurde auf ihn aufmerksam und nickte ihm zu. Pavel nickte mechanisch zurück.

Schließlich traten die Männer beiseite, stellten ihre hölzernen Schippen auf den Boden, zogen sich die Tücher herab und sahen und hörten Buh zu, wie er sein wortloses Lied beendete. Als er fertig war, bekreuzigten sie sich. Buh beugte sich nach vorn und steckte das geöffnete Tuch wieder fest. Das Bündel war jetzt nur wieder ein Bündel, doch für Pavel, der nun wusste, was darin war, war dieser Anblick noch übler als zuvor. *Sic transit gloria mundi*, hatte er sich manchmal gedacht, wenn sie – noch als Novizen – zu einem Begräbnis in die Stadt geeilt waren und man an den prunkvollen Gewändern der trauernden Hinterbliebenen hatte erkennen können, dass das in Leichentücher eingewickelte Ding auf dem Boden im Leben ein einflussreicher, wohlhabender Mensch gewesen war. Hier hatte die Welt noch gar keine Chance gehabt, sich zu entfalten, ob ruhmvoll oder nicht; hier war einer Seele die Möglichkeit genommen worden, im Weinberg des Herrn zu arbeiten. Der Trost, dass die unschuldigen Seelen direkt zum Herrn auffuhren, verblasste angesichts eines so kleinen Bündels, das darauf wartete, in ein Massengrab gelegt zu werden.

Buh stand auf und nahm das Bündel auf den Arm. Pavel gesellte sich zu ihm. Buh ließ es zu, dass er mit anpackte, obwohl das Gewicht nicht fühlbar war. Sie traten an die Grube, wo zwischen Kalk, Kies und Lehm viele andere Bündel lagen, unpersönlich, ihrer Menschlichkeit beraubt. Pavel musste unwillkürlich an Brotlaibe denken, die in weißem und grauem Mehl lagen. Sein Magen rebellierte. Er schluckte hinunter, was beinahe herausgekommen wäre.

Als sie den Neuzugang sanft hineingelegt und ein Gebet gesprochen hatten, wandten sie sich ab. Zu Pavels Erstaunen schaufelten die Totengräber das Grab nicht zu, sondern trotteten zu einem Holzverschlag, der offenbar ihre Bleibe war.

»Wollt ihr nicht zuschütten?«, rief er ihnen nach.

Einer der Männer drehte sich um. »Wozu, Bruder? Um es morgen wieder aufzubuddeln?«

Pavel führte Buh zurück zum Stadttor. Der Riese schwieg.

»Ja«, sagte Pavel dennoch. »Ich habe die Spur gefunden. Ihre Spur.«

»G… g… g…«, mühte sich Buh.

»Gut?«

Buh schüttelte verbissen den Kopf. »G… g… gnnnn! … g… gehen wir h… h… heim!«

»Wir müssen unsere Aufgabe erfüllen.«

Buh schnaubte verächtlich. Er sagte nichts, aber Pavel wusste auch so, was ein weniger stotternder Buh als Antwort gegeben hätte; er gab sie sich selbst: keiner von ihnen hatte seine Aufgabe so verstanden, dass gedroht, geschlagen und getötet werden musste.

»Erinnerst du dich, dass Katka gesagt hat, sie habe mit dem Gedanken gespielt, das Kind Yolanta zu nennen?«

Buh zuckte die Achseln.

»Kinder, die dort abgegeben werden, erhalten nur dann einen Namen, wenn ihnen der Abgebende einen verleiht. Ansonsten werden sie nach dem Tag genannt, an dem sie ins Findelhaus kamen.«

Buh sah ihn von der Seite an und verzog das Gesicht. Pavel nickte.

»Als ich das hörte, war ich überzeugt, dass Katka ihrem Schützling letztlich doch noch den Namen ihrer Großmutter gegeben hatte. Ich bin sicher, es ist ihr schwergefallen, sich von dem Kind zu trennen.« Pavel verdrängte die Erinnerung, wie er die alte Frau im Versteck hinter dem Baumstamm erschlagen hatte.

Buh grunzte etwas.

»Genau. Also habe ich nach einem Mädchen namens Yolanta gesucht, das von einer jungen Frau Ende November oder Anfang Dezember 1572 abgegeben wurde. Ich habe nichts gefunden, auch nicht unter den Kindern, die ohne Namen angekommen waren oder einen anderen Namen bekommen haben.«

Eine Reihe von Gefühlen huschte über Buhs wuchtiges Gesicht. Zu Pavels großer Beklommenheit blieb es schließlich bei einem Ausdruck der Erleichterung. Er hasste den Gedanken daran, was die Erleichterung bedeutete, und noch mehr den Umstand, dass er sie mit seinen nächsten Worten zunichtemachen würde.

»Dann fiel mir ein, dass Katka erzählt hat, ab Neuenburg sei sie im Schutz des Warentrecks gereist. Tatsächlich wurde ein Kind von einem reisenden Kaufmann im Findelhaus untergebracht, genau am Andreastag. Er hat dabei dem Findelhaus eine großzügige Geldspende geschenkt.«

Buh musterte ihn.

»Am Nikolaustag hat er es wieder abgeholt, verbunden mit einer erneuten Geldspende.«

Buh musterte ihn immer noch.

»Der Mann war nicht von hier, sondern aus Wien.«

Buhs Augen verengten sich. Er begann, den Kopf zu schütteln. Pavel wehrte ab.

»Ja, ich weiß. Wie sollen wir es bis nach Wien schaffen? Und dort unsere Mission erfüllen? Aber der Herr hilft uns, Buh! Der Herr hilft uns.«

Pavel sah die Zahlenkolonnen in der krakeligen Handschrift, die sich über zwanzig Jahre hinweg zu einer nicht exorbitanten, aber anständigen Summe kumuliert hatten. Vermutlich waren sie einer der Gründe dafür, warum das Findelhaus überhaupt existieren konnte, wenn schon nicht als Garant für das Überleben der Kinder.

»Der Kaufmann hat immer wieder Geld gespendet. Nicht von Wien aus, sondern wenn er in Prag war. Buh – der Mann hat hier eine Handelsniederlassung! Und weißt du, was das Beste ist? Die letzte Spende wurde erst vor kurzem getätigt. Er ist zurzeit in Prag, und ich habe herausbekommen, wie wir ihn finden können! Wir müssen uns beeilen – diese Kaufleute fangen zu reisen an, sobald die Straßen es zulassen. Ich bin sicher, er wird die Stadt entweder noch vor oder gleich nach Ostern verlassen.«

Pavel nahm Buh am Arm und zog ihn zum Stadttor. Ebenso gut hätte er an einem der Tortürme selbst ziehen können. Buh rührte sich nicht vom Fleck. Er schüttelte erneut den Kopf. Pavel wusste, was er ihm mitzuteilen versuchte.

»Buh, wir können es nicht wissen. Wir wissen nicht einmal, wie viel der Kaufmann selbst weiß. Was hat Katka ihm alles verraten in der Zeit, in der sie zusammen nach Prag reisten? Wir können das Risiko nicht eingehen, ihn und das Kind zu ignorieren.«

Buh rieb mit verzweifeltem Grunzen und Ächzen die Finger aneinander.

»Er hat Geld, ja. Nicht viel, von seinen Spenden her zu schließen, aber er ist einigermaßen wohlhabend. Na und? Lass eines seiner Geschäfte schiefgehen, und er ist bankrott. Willst du, dass er dann plötzlich in Braunau vor der Klosterpforte steht und sagt: ›Ich weiß, was vor zwanzig Jahren in Podlaschitz geschehen ist, und ich weiß, was ihr da drinnen versteckt. In meinem Haus lebt der atmende Beweis dafür. Was ist euch mein Schweigen wert?‹«

Buh kniff die Augen zusammen.

»Oder noch schlimmer – er versucht, die Teufelsbibel in die Finger zu bekommen. Was haben Menschen nicht schon alles aus Geldgier getan? Alle Anstrengungen von Abt Martin wären vollkommen umsonst gewesen. Nein, wir können das Risiko nicht eingehen.«

Buh ließ die Schultern sinken. Er seufzte deprimiert. Pavel zupfte ihn am Ärmel.

»Lass uns das so schnell wie möglich hinter uns bringen. Ich weiß, wo der Mann wohnt. Wenn wir Glück haben, ist seine Familie bei ihm, und wir erwischen sie alle auf einmal.«

28

Melchior Khlesl kritzelte hastig die letzten Zeichen auf das lange Papierband. Tinte spritzte. Ohne hinzusehen, fasste er nach dem Behälter mit dem Sand und drehte ihn um. Der Deckel war lose – WUMP! Statt einer dünnen Trockenschicht türmte sich plötzlich ein unregelmäßiger Kegel über der Nachricht auf. Bischof Melchior starrte ihn an. Ein Zipfelchen der Nachricht ragte noch darunter heraus. Ein Name stand darauf: Hernando! Der Bischof fragte sich, ob jemand mit einem exquisiten Sinn für Ironie sich diesen Scherz erlaubt hatte, und richtete seine Augen kurz himmelwärts.

Im Grunde genommen war die gesamte Nachricht ein einziger Aufschrei: Hernando! Pater Hernando de Guevara, der so unverhofft in Wien aufgetaucht war mit seiner eigenen Mission von Furcht, Wahnsinn und Feuer. Pater Hernando, der von Rechts wegen damit beschäftigt hätte sein sollen, sich durch den meterdicken, steinharten Schlamm zu buddeln, der die Katakomben unter der Heiligenstädter Kirche erfüllte, und der stattdessen der Fährte folgte, die ein von allen guten Geistern verlassener Priester ihm gelegt hatte.

Eine Fährte, die nach Prag führte! Eine Fährte, die zu Agnes Wiegant führte, von der Bischof Melchior mehr denn je überzeugt war, dass sie einer der Schlüssel zum Versteck der Teufelsbibel war.

Der Bischof verfluchte sich selbst. Pater Hernando, dessentwegen der Bischof nun selbst nach Prag aufbrechen musste, in der Hoffnung, wenigstens vor ihm dort anzukommen, wenn schon nicht im Glauben, dass er ihn unterwegs würde abfangen können – Pater Hernando würde den Brand eines ganzen Landes in Kauf nehmen, um das Vermächtnis des Satans zu vernichten. Wie viel war ihm da ein Menschenleben wert, das mit seiner Existenz verbunden war?

Der Bischof fasste den Rand der Nachricht, die an Cyprian Khlesl gerichtet war, mit spitzen Fingern an und zog sie aus dem Sandhaufen heraus. Abgesehen von den Kratzern und Spritzern seiner hektischen Feder war die Schrift gestochen scharf. Er begann sie aufzurollen. Als er das Röllchen in das kleine Futteral schieben wollte, mit dem es am Bein der Taube befestigt werden sollte, fiel es ihm aus den Fingern, rollte über den Tisch und fiel auf den Boden. Der Bischof bückte sich ächzend. Als er wieder über der Tischplatte auftauchte, fiel sein Blick auf einen Mann, der jetzt davorstand. Die Augen des Bischofs verengten sich. Der Mann sah ihn schweigend an; schließlich lächelte er.

»Ehrwürden?«, fragte er.

»Was?«, schnappte Bischof Melchior.

»Ehrwürden haben geläutet.«

»Habe ich nicht.«

»Bitte verzeihen Sie, Ehrwürden.«

Bischof Melchior, der sich undeutlich daran erinnerte, seiner Hand dabei zugesehen zu haben, wie sie an der Samtkordel zog, bevor das Malheur mit dem Sandgefäß passierte, räusperte sich und kehrte auf seinen Stuhl zurück. Er richtete sein Reisegewand. Sein Blick fiel auf das Röllchen in seiner Hand.

Ein erneuter Versuch, es in das Futteral zu schieben, scheiterte am Zittern seiner Finger. Er musterte sie ungnädig, als wollte er das Zittern durch pure Willenskraft beenden. Dann warf er plötzlich beides über die Tischplatte zu seinem Sekretär. Der Sekretär fing es auf.

»Ehrwürden?«

»Für Prag«, sagte Bischof Melchior.

Der Dienstbote nickte. Er schob das Röllchen in das Futteral und band es zu. Bischof Melchior stand auf.

»Ist mein Wagen reisefertig?«

»Wie Sie befohlen haben, Ehrwürden.«

»Die besten Pferde vorgespannt?«

»Die besten Pferde sind beim anderen Wagen, mit Verlaub, Ehrwürden.«

»Himmelherrgott!«

Der Dienstbote zog es vor, ausnahmsweise keine Antwort zu geben. Der Bischof verzog das Gesicht. »Unser römischer Passagier?«

»Befindet sich bereits im Wagen.«

»Na gut. Hab ich noch was vergessen?«

»Die Nachricht an den Hof, Ehrwürden.«

»Denk dir irgendwas aus. Dringende Angelegenheiten, die mit der bevorstehenden Wiedervereinigung der christlichen Kirche zu tun haben, oder so.«

»Habe ich bereits getan, Ehrwürden.«

»Muss ich sie noch siegeln?«

»Dort, Ehrwürden.« Der Sekretär zeigte auf den Sandhaufen und schaffte es, nur so vorwurfsvoll dabei auszusehen wie unbedingt nötig.

Melchior Khlesl zog an einem anderen Zipfel Papier, und das von seinem Sekretär aufgesetzte Schreiben kam zum Vorschein. Wie immer war die amtliche Unziale makellos und das Papier glatt und unbesprenkelt. Bischof Melchior sah sich nach seinem Siegellack um.

»Hier, Ehrwürden.« Eine schwarzrote Stange und eine brennende Kerze wurden vom jenseitigen Teil der Tischplatte zu ihm herübergeschoben. Der Bischof träufelte ein paar Tropfen unter den Text, ballte die Faust und hämmerte mit dem Siegelring in den noch warmen Lack, dass er nach allen Seiten spritzte. Die Spitze des Sandhaufens rieselte herab.

»Die Signatur, Ehrwürden.«

Bischof Melchior kritzelte ein »† Melchior Khlesl *episcopus*« darunter, das den Anblick des restlichen Textes beleidigte. Die Feder kratzte, dass einem die Unterarmhaare zu Berge standen.

»Sieh zu, dass beides heute noch versandt wird.«

»Sehr wohl, Ehrwürden.«

Bischof Khlesl umrundete den Tisch und stapfte hinaus. Der Sekretär nahm das Schreiben mit spitzen Fingern und blies auf Khlesls Unterschrift. Der Bischof blieb vor einem Globus stehen, der neben dem Weg zur Tür stand und insofern sein Geld wert gewesen war, als die Fantasie des Kartografen, Fauna und Flora in den Meeren und den unbekannten Regionen der Welt betreffend, die bekannten Naturgesetze spielend aufgehoben hatte.

»Und räum die Schweinerei weg.« Der Bischof wedelte in Richtung des Sandhaufens.

»Natürlich, Ehrwürden.«

»Das habe ich verschüttet. Tut mir leid.«

»Keine Ursache, Ehrwürden.«

Der Bischof wirbelte herum. Der Globus stand plötzlich im Weg. Ein paar ebenso heftige wie akrobatisch eindrucksvolle Augenblicke später stand Bischof Khlesl ein paar Schritte näher an der Tür, rieb sich das Knie und hielt sich an einem Gobelin fest. Der Globus lag aufgeplatzt auf dem Boden, eine Viertel der Erdoberfläche abgepellt wie die Schale einer Orange. Seeschlangen, Leviathane und unzureichend bekleidete Meerjungfrauen ragten in das Weltall beziehungsweise in den leeren Raum in Bischof Melchiors Arbeitszimmer.

»Und die Schweinerei hier auch«, sagte der Bischof.

»Wie Ehrwürden befehlen.«

Im Hof des Bischofspalastes stand der Wagen, aufgepackt mit einer Reisetruhe, der Kutscher bereits auf dem Bock, die Befehle des Bischofs erwartend. Bischof Khlesl verlangsamte seinen Schritt. Als er vor dem Wagen stand, atmete er tief durch. Dann riss er den Verschlag auf.

Sein Passagier besetzte eine dunkle Ecke im Wageninneren. Er war in Decken eingehüllt.

»Du«, sagte Bischof Khlesl, »ich wünschte, ich wäre dir nie begegnet.«

Der Passagier erwiderte nichts. Bischof Khlesl stieg ein. Der Wagen fuhr an und rollte in die Nacht hinaus.

29

»WIR KÖNNEN DICH zu ihm bringen, lieber Freund«, sagte Papst Clemens.

Kardinal de Gaete hielt die Luft an. »Er ist hier im Lateranpalast?«

»Wo sonst? Wir haben ihm nicht erlaubt, irgendwo anders hinzugehen.«

De Gaete wechselte einen Blick mit Kardinal Madruzzo. Wie stets war dem deutschen Kardinal viel zu leicht vom Gesicht abzulesen, was er dachte. Was er im Augenblick dachte, war dies: *Herr im Himmel, ich danke dir für die Einfalt des Heiligen Vaters!*

»Seit wann?«

»Exakt«, sagte der Papst.

Kardinal de Gaete hatte darauf bestanden, ohne die Gegenwart der beiden Priester mit dem Heiligen Vater zu sprechen. Die zwei Übersetzer standen in einer Ecke des Saals und schmollten. De Gaete holte Atem und brüllte: »SEIT WANN!?«

»Seit er zu Uns kam und sich Uns offenbarte.«

Der alte Kardinal beugte sich über die Armlehne des Papstthrons und küsste dem überrumpelten Pontifex den Ring. Papst Clemens' imposante Brauen hoben und senkten sich im Wechselspiel zwischen Überraschung und Geschmeicheltsein und verhielten in einer Miene des bescheidenen letzteren.

»Können wir gleich zu ihm gehen?«

»Gleich nach dem Vesperläuten?«

Kardinal Madruzzo spähte zu einem der hohen Bogenfenster. Die Vormittagssonne schien noch immer zur Ostflanke des Palastes herein. Er biss die Zähne zusammen. Kardinal de Gaete hingegen war die Gelassenheit in Person. »Ich danke dem Pontifex maximus dafür, dass er uns erlaubt, unsere Demut an einer Lektion in Geduld zu beweisen.«

Die Ironie vibrierte im Raum. An Papst Clemens war sie vollkommen verschwendet. »Exakt.«

De Gaete zählte im Stillen bis zehn. »ODER GEHT ES GLEICH *JETZT*!?«

»Oh!«

Papst Clemens stand auf. Ringsum raschelten Gewänder, als alle Anwesenden in einer tiefen Verbeugung zusammensanken. Der Papst blickte sich freundlich um und winkte den gesenkten Köpfen zu.

»Dein Eifer soll belohnt werden, lieber Freund«, sagte Papst Clemens.

»Ich danke Ihnen von ganzem Herzen, Heiliger Vater.«

Der Papst strahlte. »Exakt.«

Kardinal de Gaete biss die Zähne zusammen und schickte ein Lächeln zurück, das aus seinem Schildkröten- ein Krokodilsgesicht machte. Er folgte dem Papst ein paar Schritte, dann blieb er stehen. Kardinal Madruzzo hatte sich mit den anderen verbeugt und betrachtete den Fliesenboden.

»Psst!«, zischte Kardinal de Gaete, dass es im Audienzsaal widerhallte. Seine Augen funkelten vor Wut.

Madruzzo fuhr zusammen, rappelte sich auf und folgte dem freundlich in alle Richtungen nickenden Papst und dem dunkelroten Gesicht seines Kardinalskollegen in die Tiefen der Engelsburg.

Nach einem längeren Fußmarsch vorbei an in sich zusammenknickenden Höflingen, sich tief verbeugenden Nonnen und durch weite Zimmerfluchten voller glänzender Parkettböden und leuchtendem Sonnenschein auf Wandfresken erreichten zwei verwirrte Kardinäle und ein immer noch freundlicher und eifriger werdender Papst einen Raum, aus dem ein Gurgeln und Stöhnen erklang.

De Gaete und Madruzzo sahen sich mit neu erwachender Hoffnung an. Ein Mensch im Schmerz; ein Mensch, der gerade die Erfahrung machte, dass man immer noch etwas zu gestehen findet, wenn die Daumenschrauben eine weitere Umdrehung enger gemacht werden. Papst Clemens schwang die Tür auf.

Außerhalb des Lateranpalasts war die Mittagssonne so heiß und drückend, dass man hätte meinen können, es sei August, nicht Anfang März. Vielleicht kam es den beiden Kardinälen aber auch nur so vor. Der Gestank der Ewigen Stadt driftete zu ihnen und ließ Kardinal Madruzzo ein Tuch aus seiner Soutane ziehen und es sich vor Mund und Nase pressen.

Kardinal de Gaete klebte das Hemd am Körper. Er hatte während des ganzen Weges aus dem Lateranpalast heraus kein Wort gesagt und schwitzte, weil er gezwungen gewesen war, kein Wort zu sagen, sonst hätte er zu schreien begonnen.

»Kann es sein, dass er uns einen Kastraten gezeigt hat, der Stimmübungen machte?«, fragte Madruzzo schließlich ebenso ungläubig wie dumpf hinter seinem Tüchlein hervor.

Kardinal de Gaetes Gesicht war fast schwarz vor Wut. »Wir schreiben eine Nachricht an Pater Xavier«, sagte er erstickt. »Er muss wissen, dass wir Läuse im Pelz haben.«

1592: Das Vermächtnis des Satans

»Die Asche macht alle gleich.«

Seneca d. J., Moralische Briefe an Lucilius, XIV, XCI, 16

1

Das kleine Guckfenster öffnete sich mit einem Ruck. Zwei in der Dunkelheit funkelnde Augen richteten sich auf Andrej.
Er probierte unter seiner Kapuze ein Lächeln.

»Schon wieder?«, fragte die Gestalt auf der anderen Seite der Klosterpforte ungnädig.

Andrej schwieg verwirrt.

»Ich habe gesagt: schon wieder, Bruder? Hast du noch was zu fragen vergessen? Kann man sich gar nicht vorstellen.«

Die Stimme war die einer älteren Frau, trocken vom Zynismus eines Menschen, der zeit seines Lebens nicht viel Gelegenheit gehabt hat, seinen Glauben an das Gute im Menschen zu festigen. Andrej streifte die Kapuze ab.

»Ich bin kein Mönch.«

»So.« Es war nicht zu erkennen, dass sich sein Ansehen verbessert hätte. Andrej bemühte sich erneut um ein Lächeln.

»Ich möchte mit der Mutter Oberin sprechen.«

»Weswegen?«

»Es geht um ein Kind.«

»In der Tat«, sagte die alte Torhüterin.

Andrej musterte das kleine Guckloch ratlos. Sein Plan hatte funktioniert – bis hierher. In seiner Tasche war ein Pass, ausgestellt von Oberstlandrichter Lobkowicz; oder besser gesagt, von Oberstlandrichter Lobkowicz' Siegel. Der Text im Pass besagte, dass sein Besitzer im Auftrag des Kaiserhofs tat, was getan werden musste, und dass mit persönlichen Konsequenzen rechnen musste, wer sich unkooperativ verhielt. Im zweiten Absatz ging es darum, dass der Auftrag des Kaiserhofs die Abholung eines noch näher zu bezeichnenden Kindes aus dem Findelhaus für gefallene Frauen beinhaltete. Der Kaiserhof, der Oberstlandrichter und der Überbringer des Schreibens verbürgten sich für künftige Sicherheit und Wohlergehen des Kindes. Es war undenkbar, dass die Karmelitinnen den Anweisungen eines fremden Dominikanerpaters mehr gehorchten als einem unmittelbaren Beauftragten des Oberstlandrichters. Und nun kam er noch nicht einmal dazu, den Pass vorzuzeigen, weil der Drachen an der Klosterpforte schlimmer war als Zerberus der Höllenhund.

»Weshalb? Auf der Straße gefunden? Vor die Schwelle gelegt bekommen?« Der Tonfall hätte Löcher in die schwere Eichentür ätzen können.

»Hä?«

»Weshalb willst du das Kind hier abgeben? Hast du es auf der –?«

»Nein«, unterbrach Andrej. »Ich will kein Kind abgeben. Ich will eines abholen.«

»Ach?« Andrej hatte das Gefühl, dass die Temperatur ein kleines bisschen stieg. »Wozu?«

»Wozu?!«

»Glaubst du, jeder Hergelaufene kann hier ein Kind abholen, weil ihm gerade danach ist? Weiß ich, wer du bist? Du siehst aus wie ein hübscher Knabe, aber deine Seele könnte so schwarz sein wie die eines Sklavenhändlers, der billige Arbeiter für die Minen seines Herrn sucht.«

»Einen Säugling«, sagte Andrej. »Als Minenarbeiter.«

Die Torhüterin schwieg eine Weile.

»Es ist das Kind meiner Frau«, probierte es Andrej, als das Schweigen sich in die Länge zog. Es hörte sich so ungewohnt an, dass er nuschelte. Gleichzeitig erfüllte es ihn mit unsinnigem Stolz. Meine Frau. Natürlich würde Yolanta seine Frau werden – nicht hier in Prag, wo ein Pater Xavier in seiner Drachenhöhle hauste und keiner von ihnen dreien sicher sein würde, aber überall anders auf der Welt.

»Warum habt ihr euer Kind hierhergebracht?!«

»Als es abgegeben wurde, war sie noch nicht meine Frau.«

»So!«

Andrej hatte genug. Er hatte sich nicht im Schutz einer geborgten Kapuze hierhergeschlichen, um von einer alten Türsteherin aufgehalten zu werden. Er hatte nicht – auf den bloßen Verdacht hin, den Blinden mit der schmutzigen Augenbinde schon zweimal vorher gesehen zu haben, – die Hälfte seiner Barschaft in einen Korb Eier investiert mit der Bitte, ihn dem Blinden zu geben. *»Der dort drüben mit der Augenbinde, gebt ihm die Eier nur, er wird sie vielleicht nicht nehmen wollen, weil er seinen Stolz hat, aber ich lasse ihm schon lange heimlich Almosen zukommen. Er ist nämlich mein unschuldig ins Unglück geratener Bruder! Drängt sie ihm auf, Ihr tut ein gutes Werk!«* Er war nicht stehen geblieben, um zu prüfen, ob der Blinde tatsächlich versuchte, den hilfreichen Händen zu entkommen, die ihn aufhielten – aber er hatte das gleichzeitig unheimliche und bewegende Gefühl gehabt, zu verstehen, was seinen Vater täglich angetrieben hatte. Er hatte dies alles nicht getan, um schon vor der Klosterpforte zu scheitern.

»Was ist das?«, fragte die Torhüterin.

»Ein Schreiben von Oberstlandrichter Lobkowicz. Das ist sein Siegel, sehen Sie? Lassen Sie mich bitte ein.«

»Ich dachte, es geht dir um das Kind deiner Frau? Hier steht, es handelt sich um Angelegenheiten des Kaiserhofs.«

»*Ich* bin eine Angelegenheit des Kaiserhofs«, sagte Andrej.

Was die Höflichkeit nicht bewirkt hatte, vermochte die Arroganz. Die Riegel schnappten zurück und Andrej wurde in eine enge, mit Holz ausgeschlagene Kammer eingelassen. Die Torhüterin verschloss die Tür wieder und schlurfte wortlos hinaus. Die Riegel an der anderen Tür schabten. Andrej rüttelte ungläubig daran. Sie hatte ihn eingeschlossen.

Als Andrej darüber nachzudenken begann, ob er versuchen sollte, die Türen mit den Füßen zu bearbeiten, schob sich das Guckloch an der zweiten Tür auf. Die Augen hätten die der Torhüterin sein können, aber die Stimme war eine andere.

»Deine Geschichte ist eine Lüge«, sagte die Stimme.

Andrej hörte ihr zu, und ohne dass er hätte sagen können, woher die Assoziation stammte, dachte er plötzlich darüber nach, was Cyprian Khlesl in dieser Situation getan hätte. Der Mann sah aus wie einer, der sich mit bloßen Fäusten durch die Wand gearbeitet und dann die Oberin am Hals gepackt hätte, bis sie das Kind freigab und noch Geld obendrauf legte. Doch er sah nur so aus; verhalten hätte er sich ganz anders.

»Sind Sie die Mutter Oberin?«, fragte Andrej.

»Niemand am Hof kümmert sich um die Kinder hier. Niemand auf der Welt kümmert sich darum. Wenn ihr Schicksal jemanden interessieren würde, gäbe es uns nicht.«

»Ein ganz bestimmter Dominikanerpater hat sich für das Schicksal eines ganz bestimmten Kindes interessiert.«

Die Stimme hinter dem Guckloch verstummte für eine Weile. »Sind Sie in seinem Auftrag hier?«, fragte sie schließlich.

»Dies ist das Siegel von Oberstlandrichter Lobkowicz, nicht das von Dominikus von Caleruega.«

Das Schweigen dauerte so lange, dass man es ebenso als Zeichen der Erleichterung auffassen konnte wie als eines der Missbilligung. Wenn die harten Vogelaugen nicht gewesen wären, die ihn musterten, hätte der Platz hinter dem Guckloch verwaist sein können. Andrej bemühte sich, nicht auf das Klopfen seines Herzens zu hören.

»Ich bin hier, um das Kind von Yolanta Melnika abzuholen und zu seiner Mutter zurückzubringen. Ich garantiere, dass das Kind im wahren katholischen Glauben aufgezogen und von Liebe und Fürsorge umgeben sein wird und –«

»Der Name«, sagte die Stimme.

»Wie?«

»Weißt du den Namen des Kindes?«

»Wenzel.«

Wieder das Schweigen; so lange, dass sich das Klopfen von

Andrejs Herz verlangsamte und eine unbestimmte Angst in seine Beine stieg, die ihn schwach machte. »Nein«, sagte die Stimme endlich. »Nein. Wir haben ihm den Namen Zwölfter November gegeben.«

Andrej blinzelte verwirrt.

»Wir wussten seinen Namen nicht. Niemand hat ihn uns gesagt. Ich habe ihn erst durch Pater Xavier erfahren.«

»Ja«, sagte Andrej. Sein Hals schmerzte. »Was soll's. Ich werde es ihr nicht erzählen. Das ist nun alles vorbei.«

Die Mutter Oberin schnaubte. Es klang nicht verächtlich, es klang resigniert.

»Du weißt nichts«, sagte sie.

»Ich weiß, dass ich Yolanta –«

»Es ist tot.«

»– liebe und dass ich nicht länger zulasse, dass sie von irgendjemandem –«

»Es ist tot. Das Kind ist tot.«

»– damit erpresst wird, dass ihr Kind ihr vorenthalten wird und sie um seine Gesundheit –« Andrejs Stimme erstarb. »Was haben Sie gesagt?«

»Es ist tot«, flüsterte die Oberin. »Wenzel. Zwölfter November. Wie immer du es nennen willst. Es war schon tot, bevor der Dominikaner hier auftauchte.«

Andrej sagte nichts. Seine Gedanken waren zum Stillstand gekommen. Selbst sein Herz stand still. Eine Kälte erfasste ihn, die nichts mit Temperatur zu tun hatte.

»Ich verstehe nicht –«, stotterte er.

»Es war krank und schwach. Dieses Haus ist gegründet worden, damit die Kinder von gefallenen Frauen nicht in der Gosse sterben. Dafür sterben sie in unseren Händen«, sagte die Oberin. »Die Stifter haben deswegen ein reineres Gewissen, Gott behüte sie.«

»Das kann nicht sein.«

»Er hat es ihr nicht gesagt, oder?«

Andrej begann zu weinen. Er hatte das Gefühl, man habe ihm den Tod seines eigenen Kindes mitgeteilt.

Die Oberin schnaubte aufs Neue. »Er hat es ihr nicht gesagt. Er hat sie weiterhin hoffen lassen, obwohl er die Wahrheit wusste. Gott sei ihrer Seele gnädig. Und deiner Seele auch, mein Sohn.«

Andrej schlang die Arme um den Oberkörper und schluchzte. Er weinte um das Leben eines Kindes, das nicht hatte erblühen dürfen, weil niemand ihm eine Chance gegeben hatte, und um das Herz Yolantas, das bei dieser Nachricht brechen würde. Er weinte um die Liebe, die sie ohne ihr Wissen einem toten Kind gegeben hatte, und um all die Angst und Demütigung, die sie um dieses toten Kindes willen ertragen hatte. Vielleicht weinte er auch, weil er zum ersten Mal in seinem Leben das schlummernde Talent seines Vaters, das Erbe eines Abenteurers, Charmeurs, Trickbetrügers und Fälschers, angewendet hatte, und es war für nichts und wieder nichts geschehen.

Seine Hand zerknüllte das Pergament, das er gefälscht hatte. Dann erstarrte sie plötzlich. Er legte das Knäuel wie in Trance auf sein Knie und strich es glatt. Das Siegel des Oberstlandrichters war gebrochen, aber nicht abgefallen. Er las den Text, den er selbst geschrieben hatte. Er sah zum Guckloch hoch. Die Oberin wollte es gerade zuschieben.

»Warten Sie«, sagte er atemlos. »Warten Sie.«

2

BUH KNIETE ERNEUT im Gebet versunken, als Pavel sich zu ihm gesellte; nur kniete er diesmal nicht vor einem Massengrab, sondern in einer Seitenkapelle der Nikolauskirche, und er sang nicht, sondern schwieg mit zusammengepressten Kiefern. Pavel schob die Frage beiseite, ob es etwas zu bedeuten hatte, dass die Kirche, in der sie Zuflucht gesucht hatten, um den Rest des Tages totzuschlagen, dem heiligen Nikolaus geweiht war, dem Schutzpatron der Kinder; oder dass die Kirche ursprünglich von deutschen Kaufleuten erbaut worden war. Wenn der Heilige seine Aufgabe ernst nahm, würde er Pavel und Buh heute scheitern lassen.

Pavel kniete neben Buh nieder und betete ebenfalls. Seine Gedanken waren verwirrt, und es gelang ihm kaum, bei der Sache zu bleiben. Er hörte sein Herz pochen, aber ein anderes Geräusch hörte er noch viel lauter: das geduldige Vibrieren der Teufelsbibel. Ihm war, als befände sich ihr Versteck in seinem Inneren, und die Ketten um die Truhe herum glühten und verbrannten seine Eingeweide. Vage kam ihm zu Bewusstsein, dass er den ganzen Tag noch keinen Bissen zu sich genommen und keinen Schluck Wasser getrunken hatte. Der dumpfe Druck in seinem Magen ließ nicht zu, dass er Abhilfe schuf, obwohl Abt Martin sie mit genügend Geld ausgestattet hatte, um sich auf dem Markt Rüben oder Karotten zu kaufen. Sie hatten die Münzen bisher noch kaum angefasst.

»Er ist mit seiner ganzen Familie und einem Geschäftspartner angereist. Er hat eine Tochter – nur eine. Darum hat er das Kind vermutlich aus dem Findelhaus geholt: weil seine anderen Kinder alle gestorben sind oder die Ehe unfruchtbar geblieben ist. Ich habe herausgefunden, dass die Tochter einen Raum im Haus für sich hat.«

Buh bekreuzigte sich und drehte sich zu Pavel um.

»G... g... gehen wir heim«, sagte er.

Pavel schüttelte den Kopf. Er legte eine Hand auf Buhs Oberarm. Normalerweise pflegte Buh seine eigene Pranke darüberzulegen. Pavel spürte die Muskeln, die sich unter der Kutte dieses aus Stein gemeißelten, in seinem Inneren sanften und scheuen Riesen wölbten. Buh bewegte sich nicht, bis Pavel seine Hand fortnahm.

»Wir warten bis kurz vor Torschluss, nach Einbruch der

Dunkelheit. Das ist die beste Zeit; die Leute sind schon in ihren Häusern, und die Nachtwache hat sich noch nicht formiert. Der Dienstboteneingang bleibt in der Regel unversperrt. Wir können ohne Schwierigkeiten eindringen. Ich habe das Fenster des Raumes gesehen – wenn wir erst drin sind, werde ich schon hinfinden.«

Buh stand auf.

»Es geht ganz schnell und sauber. Und niemand sonst wird zu Schaden kommen.«

Buh wandte sich ab und stapfte in das Kirchenschiff hinaus. Pavel sah ihm beklommen hinterher. Hielt er Buh wirklich für so dumm, das zu glauben: niemand sonst wird zu Schaden kommen? Wenn das Kind beseitigt werden musste, dann auch der Kaufmann, der es aus dem Findelhaus geholt hatte; und wenn er, dann auch seine Frau. Selbst dann war das Risiko noch immer groß; Pavel hatte keine Ahnung, wie viele Mitwisser es insgesamt geben konnte. Buh ging zur anderen Seite des Kirchenschiffs, kniete dort in einer leeren Seitenkapelle nieder, schlug das Kreuz und begann erneut zu beten. Allein zurückgelassen in der ersten Nische, starrte Pavel zu ihm hinüber und wusste nicht, dass seine Augen von unvergossenen Tränen brannten.

Die Tür zum Dienstboteneingang öffnete sich mit einem sanften Knarren, das tagsüber vermutlich niemandem aufgefallen wäre. Pavel hielt den Atem an. Vom Ölfeuer, das in einer Schale auf der Krone des Brunnenkäfigs auf dem Platz brannte, fiel trübes Licht in einen vollkommen finsteren Gang. Vor einiger Zeit war ein Dienstbote hier aus diesem Haus gekommen, war mit einem Krug und einer hölzernen Staffelei zum Brunnen hinübergegangen und hatte in einer gemessenen Prozedur die Staffelei aufgeklappt, war hinaufgeklettert, hatte die Schale mit Tran gefüllt, war wieder hinuntergestiegen und hatte den Krug abgestellt, hatte Feuer in Zunder geschlagen, sich wieder nach oben begeben und den Tran entzündet. Ein gichtkranker Pfarrer mit Augenleiden und Hämorrhoiden, der versuchte, die oberste Kerze vor seinem Altar zu entzünden, hätte sich schneller bewegt. Schließlich war die Leiter zusammengeklappt, der Krug aufgenommen und das Ganze zurück ins Haus getragen worden. Zu diesem Zeitpunkt hätte Pavel bereits schreien mögen vor Nervosität. Am schlimmsten war es, als der Dienstbote am Schloss der Dienstbotentür herumfummelte. Würde er entgegen dem, was Pavel heute Nachmittag durch harmloses Getue herausgefunden hatte, absperren? Doch als Pavel und Buh vor einem endlich stillen Haus standen und die Eingangstür musterten, erkannte Pavel, dass der Dienstbote sich nur einen Dienstbotenscherz erlaubt hatte: auf der Klinke war der Inhalt eines Nasenlochs verschmiert. Pavel packte die Klinke und drückte sie, obwohl es ihn grauste.

Er bewegte die Tür ein wenig hin und her, holte Atem und schwang sie mit einem Ruck bis fast zur Wand auf. Das Knarren verklang in einem kurzen, unverdächtigen Laut. Pavel stieß die Luft aus.

Der Gang war kurz und führte an einer Treppe ins Obergeschoss vorbei. Im Erdgeschoss waren Türen, die vermutlich zu Vorratskammern und kleinen Werkstätten führten. Am Ende des Ganges zeichnete sich schwach der Lichtsaum einer weiteren Tür ab: der Zugang zum Innenhof. Vom Obergeschoss sickerte das dünne Blaken eines Lichts, wahrscheinlich eine Unschlittkerze auf dem Treppenabsatz. Das Haus knackte und knarrte wie jedes andere Haus, das sich für die Nacht einrichtet, war aber ansonsten so gut wie still. Ein ganz fernes Gemurmel, das eventuell aus einem Nachbarhaus stammte, konnte sich fast nicht über das Vibrieren der Teufelsbibel durchsetzen, das Pavel nun ständig spürte.

Pavel schlich die ersten Treppenstufen hinauf und winkte Buh, die Eingangstür hinter sich zu schließen. Im ersten

Augenblick war es stockfinster, dann hob das Licht von oben die Kanten der Stufen aus dem Dunkel. Buh kam heran und erklomm die erste Stufe; die ganze Treppe knarzte sofort laut wie ein Eselsschrei.

Die beiden Kustoden erstarrten in ihren jeweiligen Posen. Nach einigen schweißtreibenden Augenblicken stand fest, dass niemand nachsehen kommen würde. Trotzdem –

Pavel schluckte und schüttelte den Kopf. Dass Buh in diesem stillen Haus die gesamte Treppe hinaufkam, ohne alle aufzuwecken, war ausgeschlossen. Dies löste auch das Dilemma, was Buh tun würde, wenn Pavel ihre Mission vollendete und die Zielperson tötete. Dass Pavel auch den Knecht und die alte Katka getötet hatte, wusste Buh nicht, und Pavel hatte es weder vorher noch nachher zum Thema gemacht, dass beide selbstverständlich nicht am Leben gelassen werden durften. Mit der Zielperson verhielt es sich anders … und Pavel wusste auf einmal, dass Buh ihn daran hindern würde, wenn er ihn Zeuge werden ließ.

»Bleib hier unten«, hauchte er ihm ins Ohr. »Du musst dafür sorgen, dass die Tür hier offen bleibt, sonst ist uns der Fluchtweg versperrt.«

Buh nickte nach kurzem Nachdenken. Er verlagerte das Gewicht langsam auf den Fuß, der noch auf dem Fußboden stand, was die Treppe mit einem fast dezenten Ächzen belohnte. Dann trat er zurück und drückte sich neben dem Dienstboteneingang an die Wand.

Pavel wandte sich ab und schlich weiter. Oben am Treppenabsatz stand eine Art Laterne mit einer Öllampe darin. Pavel nahm sie, ohne nachzudenken, mit. Er zählte die Schritte bis zu der Tür, hinter der er die Zielperson vermutete, aber er ahnte schon von weitem, welche es sein würde: die mit dem Lichtsaum. Von draußen hatten sie gesehen, wie dunkle, schwere Vorhänge zugezogen wurden, und er hatte gehofft, dass die Bewohnerin des Zimmers sich schlafen legen würde.

Offensichtlich hatte er sich getäuscht. Die Vorhänge waren zwar willkommen, weil sie vor zufällig hereinfallenden Blicken von draußen schützten; aber dass noch Licht brannte – Pavel biss die Zähne zusammen. Aus dem Zimmer drang kein Laut.

Langsam streckte er die Hand nach der Klinke aus. Von den zwei vorhandenen Möglichkeiten verbot sich diejenige, die Tür aufzureißen und polternd hineinzustürmen, von selbst. Pavels Lippen öffneten sich, und seine Zunge schob sich heraus, ohne dass Pavel sich dessen bewusst war. Die Klinke war kühl und rau. Er drückte sie so langsam nach unten, dass seine Muskeln zu schmerzen begannen. Die Tür öffnete sich mit dem kleinen Ruck, der immer entsteht, wenn der Riegel aus dem Haken gleitet. Licht schimmerte auf. Pavel schob sich Zoll um Zoll an die Öffnung heran, die entstanden war. Schließlich spähte er hinein.

Ein Tisch, der vermutlich einmal ein Esstisch gewesen war, hier oben aber zum Schreibpult geworden war; eine Frau saß daran und schrieb. Pavel hörte die Feder quietschen und kratzen. Sie blickte auf, und Pavel sah ihr Halbprofil von hinten: eine junge Frau. Er hatte sich nicht geirrt – sie waren am Ziel.

Du kannst noch umkehren, sagte eine Stimme in Pavel. Du musst nicht noch mehr Blut auf deine Seele laden.

Pavel ignorierte sie; er hatte eine Aufgabe zu erledigen. Abt Martin hatte ihm das Vertrauen geschenkt, den Dienst als Kustode anzutreten, er hatte ihn zum Anführer der kleinen Schar werden lassen, und er hatte ihm diese Mission überantwortet. Er würde ihn nicht enttäuschen.

Er erkannte, dass er sich bereits halb ins Zimmer geschoben hatte; die Tür hatte er nicht viel weiter öffnen müssen, klein und mager wie er war. Pavel schob einen Fuß vor den anderen. Es kam darauf an, so schnell bei ihr zu sein, dass sie keine Zeit hatte zu schreien. Sobald er ihr den Mund zuhielt, hatte er gewonnen. Die andere Hand um die Kehle gelegt und zugedrückt, und kein Laut würde mehr hervorkommen; die erste Hand zur Hilfe genommen – Abt Martin hatte gesagt, dass der Tod durch Erdrosseln ein Gnadenbeweis war, den ein nachsichtiger Richter einem verurteilten Ketzer auf dem Scheiterhaufen gewährte. Pavel der Gnadenbringer –

Wie im Traum sah Pavel, wie sich plötzlich eine feine Haarsträhne bewegte und sie an der Wange kitzelte. Der Luftzug von der offenen Tür! Sie hob eine Hand und fuhr sich über die Wange, dann blickte sie auf und drehte sich irritiert um. Ihre Augen weiteten sich.

Pavels rechte Hand legte sich auf ihren Mund und die Linke um ihren Hals.

Ab diesem Augenblick ging alles schief.

3

CYPRIAN NÄHERTE SICH dem Altstädter Brückentor von der Kleinseite her, wo sich sein von Bischof Melchior zur Verfügung gestelltes Domizil befand. Eher gewohnheitsmäßig warf er einen Blick auf den Uferstreifen, der kiesig und lehmig entlang der Mauer um die Altstadt den Lauf der Moldau rahmte. Das letzte dramatische Hochwasser lag lange genug zurück, damit sich Abfall, Wurzelstöcke und unbrauchbare Überreste von Flößen dort hatten ansammeln können, durch alle Zeiten hindurch beliebtes Baumaterial derjenigen, die vor den Mauern lebten und von dem, was die Stadt nicht mehr verwerten konnte. Vor den meisten Abfallhaufen brannten Feuer; Gestalten kauerten davor. Nasser Rauch wehte gemeinsam mit dem Geruch von Fischen, die man nicht mehr hätte braten sollen, zur Prager Brücke und zu Cyprian herüber.

In den nächsten Minuten würden die Stadttore geschlossen werden und damit auch alle innerstädtischen Tore – der

Zugang von der Kleinseite zur Altstadt wäre dann durch die Torbauten des Kleinseitner und des Altstädter Tors verschlossen. Es waren fast keine Menschen mehr unterwegs; die mächtigen Bögen der Tore waren bis auf die in Grüppchen beisammenstehenden Wächter leer. Cyprian konnte durch die Öffnung des Altstädter Brückentors in den Königsweg hineinsehen, der wie eine schimmernde Zunge aus einem gähnenden Maul in die Düsternis zwischen den Gebäuden tastete. Obwohl die Nachricht seines Onkels in seiner Tasche brannte, blieb Cyprian stehen: die einsame Gestalt, die durch die Ansiedlung der Obdachlosen gestolpert war und sich jetzt langsam dem Lichtschein der Brücke näherte, kam ihm bekannt vor, und etwas an ihrem Gang ließ ihn innehalten. Während der Zeit im Gefängnis hatte er Menschen so gehen sehen, die von einem Verhör zurückkamen und wider Erwarten nicht der peinlichen Befragung unterzogen worden waren und in deren Stolpern sich Unglauben ebenso ausdrückte wie die irrsinnige Hoffnung, dass alles noch gut werden konnte.

Die Gestalt war die von Andrej von Langenfels. Als er der Beleuchtung des Altstädter Brückentors noch näher kam, sah Cyprian, dass sich das Band in seinem langen Haar gelöst hatte und es wie eine zerzauste Mähne um seinen Kopf hing. Sein Gesicht war ein Muster aus regelmäßigen Schatten. Es gab Cyprian einen Stich. Ohne dass er es hätte platzieren können, hatte er erneut das Gefühl, Andrej von früher zu kennen. Dann fiel das Licht anders, und die beklemmende Ähnlichkeit war verschwunden. Andrej wandte sich ab und arbeitete sich die Böschung hinauf, die ihn zum Brückenplatz führte. Er verschwand hinter dem Bollwerk des Torbaus, dann tauchte er Sekunden später im Torbogen wieder auf, beleuchtet von den Ölfeuern im Tordurchgang und misstrauisch beobachtet von den Wachen. Cyprian sah, dass Andrej ein Paket an sich drückte. Ein Stück vor dem Tordurchgang trafen sie zusammen.

»Was tun Sie denn hier?«, fragte Cyprian, bevor er Andrej in die Augen sah und verstummte. Durch das Gesicht des anderen ging etwas wie ein Ruck, und seine Blicke fokussierten sich.

»Ah«, sagte er mit belegter Stimme. »Ah, Cyprian.«

»Ist Ihnen nicht gut?«

»Doch – äh – doch –« Andrej sah über Cyprians Schulter hinweg, und Cyprian teilte sich der unmissverständliche Wunsch seines Gegenübers mit, allein gelassen zu werden. Beinahe wäre er beiseitegetreten, doch Andrej sah aus wie ein wandelnder Leichnam, und so konnte er sich nicht überwinden, den Weg freizugeben.

»Was tragen Sie da spazieren? Die Tore schließen gleich. Wenn Sie noch eine Besorgung vorhaben, sollten Sie sich beeilen.«

»Ja – äh – Ich weiß. Äh – leben Sie wohl.«

Lass mich in Ruhe, sagte die Körperbewegung, mit der Andrej sich an Cyprian vorbeidrücken wollte. *Los, frag mich*, kreischten die riesigen Augen in seinem bleichen Gesicht. Doch eine andere Macht enthob Cyprian der Frage.

»He, ihr da. Runter von der Brücke! Wir schließen die Tore!« Der Wachführer des Altstädter Brückentors stand breitbeinig auf der Brücke und winkte ihnen zu. »Sonst könnt ihr die Nacht hier verbringen!«

Andrej fuhr herum. Ein Knall hinter Cyprian sagte ihm, dass das Kleinseitner Brückentor bereits geschlossen war. Andrejs Kopf flog wieder zurück. Sein Mund verzerrte sich. »Nein, verdammt!«, keuchte er.

Das Bündel in Andrejs Armen machte ein ersticktes Geräusch. Andrej starrte es an. Er zupfte hastig an einem Deckenzipfel. Das Krähen wurde lauter.

»Und wessen Kind ist das?«, fragte Cyprian.

»Runter von der Brücke jetzt, verdammt noch mal!«

»Kommen Sie«, sagte Cyprian und packte Andrej am Arm.

Er zog ihn mit sich zum Tordurchgang. Ein Flügel war bereits geschlossen, der andere bewegte sich ächzend.

Der Wachführer schenkte ihnen einen zornigen Blick. »Beeilung, Beeilung!« Er winkte den Kollegen am anderen Ende der Brücke zu, dass er das Problem an seinem Ende in den Griff bekommen habe.

»Lassen Sie mich los!«, stöhnte Andrej. »Ich muss zu –«

»Sie kommen nicht mehr auf die andere Seite!«

Andrej riss sich los, drehte sich um und lief auf den Wachführer auf, der ihnen dicht gefolgt war. Das Bündel in Andrejs Armen quäkte und begann zu greinen.

»Wenn du ihn zu seiner Mami bringen willst, hast du Pech gehabt«, sagte der Wachführer fast mitfühlend. »Drüben ist schon geschlossen. Haben wir den Stammhalter ein bisschen in der Schänke rumgezeigt und die Zeit verloren?«

»Ich muss zu –«

»Ja, ja«, sagte der Wachführer. »Morgen wieder. Du wirst 'ne Abreibung von deiner Alten bekommen, aber daran bist du selbst schuld, Mann!«

Andrej schien der Panik nahe. Nicht einmal zwischen den Leprakranken in Podlaschitz hatte Cyprian ihn so verwirrt erlebt. Er zog ihn am Ärmel neben sich her, schob ihn vor sich und durch die enge Öffnung der Mannpforte, folgte ihm und schubste ihn einfach weiter durch den Ring an Fackeln tragenden Torwächtern hindurch, die die beiden großen Flügel verriegelten.

»Habt ihr keine Heimat oder was?«, brummte einer. »Wir woll'n auch mal nach Hause.«

Cyprian blickte über die Schulter. Der Wachführer stand vor einem ähnlich wie er gekleideten Mann, reichte ihm eine der frisch angezündeten Fackeln und schnarrte: »Altstädter Tor verriegelt! Brücke gesichert! Wachübergabe erfolgt!«

»Vorkommnisse?«

»Zwei Idioten auf Brücke! Idioten erfolgreich entfernt!«

Der Wachführer klopfte sich an die Brust. Der Anführer der Nachtwache tat es ihm gleich. Sie machten ernste Gesichter. Dann grinsten sich beide Männer plötzlich an, schüttelten sich in einem komplizierten Ritual die Hände und boxten sich in den Magen, während sie Cyprian und Andrej verächtliche Blicke nachschickten.

Andrej stolperte vor Cyprian her, die Blicke immer noch nach dem jetzt geschlossenen Tor gewandt. Cyprian drückte ihm den Kopf nach unten, schob ihn durch die Mannpforte am anderen Ende des Tordurchgangs hinaus, hörte hinter sich das Scharren der Riegel und schob seinen hageren Begleiter immer weiter in den Königsweg hinein, bis sie um eine Ecke und außer Sicht der Wachen waren.

»Ich muss zu Yolanta!«, zischte Andrej.

»Wessen Kind ist das? Jarkas?«

Das Kind kiekste und stöhnte vor sich hin. Andrejs Blicke irrten ab. Er wiegte das Kind wie einen Sack Kartoffeln und zupfte erneut an der Decke, die das kleine Gesicht einhüllte, um dem Kind Luft zu geben. Cyprian, Opfer eines zeitlosen Reflexes, streckte einen Finger aus und schob den Stoff beiseite, um dem Kind über die Wange zu streichen. Seine Augen verengten sich beim Anblick eines winzigen Greisengesichts mit bleichen Lippen und langsam klappernden Lidern.

»Gütiger Himmel«, sagte er.

»Ich habe es gerade eben aus dem Findelhaus geholt«, sagte Andrej. Es klang wie ein Schluchzen.

Cyprian starrte ihn an.

»Es ist Jarkas Kind«, murmelte Andrej. »Ich kann nicht anders an sie denken als an Jarka. Eigentlich ist es gar nicht ihr Kind. Aber sie wird glauben, dass es so ist – hoffentlich –«

Cyprian starrte ihn weiterhin an.

»Das können Sie nicht verstehen«, sagte Andrej.

»Garantiert nicht«, erklärte Cyprian.

»Ich muss es zu Yolanta bringen – Wir müssen es füttern – Ich brauche eine Amme – Wo kriege ich eine Amme her?« Andrej verlor ein gesiegeltes Pergament, als er das Kind anders in die Arme nahm. Aus dem kleinen Bündel stieg zusammen mit den schwachen Lauten der Gestank von wässrigen Exkrementen und käsiger, schorfiger Haut auf und vermischte sich mit dem Hauch von Holzbrand, der sich herangeschlichen hatte. Cyprian bückte sich nach dem Dokument.

»Die Amme muss uns sagen, wie wir ihm helfen können. Wenzel, er heißt Wenzel. Mein Gott, Sie sollten mal sehen, wie der arme Kleine aussieht!«

»Beruhigen Sie sich!«, brummte Cyprian und überflog das Dokument. Er konnte kein Wort verstehen, und das Siegel war ihm unbekannt. Als er es Andrej zurückgeben wollte, reagierte dieser nicht. Cyprian ließ es wieder fallen; es flatterte müde zu Boden wie eine sterbende Motte.

»Ich muss zu Yolanta!«

»Wer ist Yolanta? Die Amme?«

»Nein – Yolanta ist Jarka.«

Cyprian schwieg ein paar Sekunden lang. Andrej schien seinen eigenen Worten nachzulauschen und kam dabei ein paar Atemzüge weit aus seiner Panik heraus. »Ihr Leben hört sich reichlich kompliziert an«, sagte Cyprian schließlich.

Andrej holte Atem. »Hören Sie – Sie sind doch der Beauftragte des Bischofs. Können Sie mir nicht helfen, dass ich zur Kleinseite hinüberkomme? Wir – dass wir hinüberkommen? Wenzel und ich?«

»Wenzel«, sagte Cyprian mit Betonung, »sollte etwas zu trinken und ein warmes Bad und ein Bett bekommen. In genau dieser Reihenfolge. Und zwar schnell.«

»Genau deswegen will ich doch zu Yolanta!«, schrie Andrej.

»Reden Sie leise, Mann!«

»Reden Sie doch selber leise! Es geht um das Leben des Kindes!«

Cyprian zog Andrej noch ein paar Schritte weiter um die Ecke.

»Ich bin der Beauftragte des Bischofs von Wiener Neustadt«, sagte er. »Das zählt hier einen Hasenfurz. Sie kommen erst morgen früh wieder zur Kleinseite rüber. Aber ich habe eine Idee – kommen Sie mit mir.«

Andrejs Augen wanderten über Cyprians Gesicht. »Zu Ihnen?«

»Nein, mein Domizil ist auch auf der Kleinseite.«

»Und wohin?«

Cyprian fühlte die kleine Kapsel mit Bischof Melchiors Nachricht in der Tasche. »Ich hatte vor, heute vor einem ganz bestimmten Haus Wache zu stehen«, sagte er grimmig. »Mit Ihnen und – Wenzel! – als Begleiter stehen die Chancen gut, dass man mich reinlässt.«

Wenzel gluckste, verschluckte sich und hustete schwach. Dann begann er zu weinen. Cyprian betrachtete das verzerrte Gesichtchen mit steinerner Miene. Unter der Haut zeichnete sich der Knochenschädel ab. Eine Erinnerung an seine Mutter und seine jüngeren Schwestern machte sich selbständig, übernahm das Kommando über seinen rechten Zeigefinger und steckte ihn dem Kind vorsichtig zwischen die Lippen. Es begann daran zu saugen. Cyprian spürte einen Kloß im Hals. Als er den Finger langsam zurückzog, begann das Weinen aufs Neue.

»Los, kommen Sie«, sagte er. »Es sind nur ein paar Dutzend Schritte. Sie haben ungefähr zwanzig Sätze Zeit, mir das alles zu erklären.«

Andrej seufzte erschöpft. »Das reicht nie«, murmelte er. »Ich weiß gar nicht, wo ich anfangen soll.«

»Fangen Sie an mit: Ich bin ein Idiot«, schlug Cyprian vor. »Und jetzt traben Sie los, verdammt.«

»Ich bin ein Idiot«, sagte Andrej. »Aber das macht nichts. Sie sind auch einer.«

Cyprian erlaubte sich ein Lächeln. Andrej erwiderte es mit grauem Gesicht.

In genau diesem Augenblick stürzte das Dach des Hauses Wiegant & Wilfing ein paar Dutzend Schritte weiter vorn halb ein und eine Flammenzunge schoss in den Nachthimmel.

4

Die junge Frau schnappte nach Luft, um zu schreien, und Pavels Rechte zuckte nach vorn und presste sich ihr auf den Mund. Eingeklemmt zwischen Tisch und Stuhl konnte sie ihm nicht ausweichen. Sie versuchte, seine Hand wegzureißen. Pavels Linke umklammerte ihren Hals – und ein lähmender Schmerz zuckte durch seinen halben Arm. Die Verletzung durch den Dornbusch! Er rutschte ab, und seine Taktik war dahin.

Ihre Arme droschen durch die Luft. Sie traf Pavels zerschundenes Gesicht, aber es gab keinen Schmerz, der den in seiner Hand übertroffen hätte. Sie schaffte es, die Hand von ihrem Mund wegzuziehen, aber bevor sie schreien konnte, warf Pavel sich wieder über sie. Der Stuhl kippte um und schleuderte sie auf den Boden.

Pavel fiel schwer auf die junge Frau und spürte, wie sich eine Kante der Sitzfläche in seine Lende bohrte. Der Lärm, den ihr Sturz verursachte, dröhnte durch das Haus und ließ den Fußboden zittern. Pavel merkte, wie er in Panik geriet.

Seine Hand war wieder von ihrem Mund gerutscht, aber diesmal hatte der Aufprall ihr die Luft aus den Lungen getrieben. Sie strampelte und versuchte gleichzeitig, unter ihm hervorzukriechen und ihm die Augen auszukratzen. Sie keuchte und rang nach Atem. Er griff blind nach ihr, erwischte eine lange Haarsträhne und riss daran; sie gab ein Ächzen von sich, das ein Schrei hätte werden sollen.

Er fasste mit der Linken nach und erwischte eine weitere Handvoll Haar. Der Schmerz, der durch die Hand tobte, war fast nicht auszuhalten. Mit der Rechten umklammerte er ihren Hals und drückte. Sie riss die Augen auf und öffnete den Mund, aber nun kam nicht einmal mehr ein Gurgeln heraus. Ihr Gesicht rötete sich, ihre Blicke fokussierten sich auf ihn. Er sah, wie sich Todesangst in Hass verwandelte, und wäre beinahe zurückgezuckt. Sie wand sich, aber nun hatte er sie unter sich eingeklemmt. Tränen schossen ihr in die Augen, als sie hervorzutreten begannen. Er löste den Griff seiner tobenden linken Hand und zog sie zitternd an sich. Sie begann zu zucken. Er erwiderte ihren Blick, sah, wie plötzlich eine Ader platzte und das Weiße um die Iris rot färbte, und seine Lippen bewegten sich und flüsterten ein Gebet, baten um Vergebung, baten um die Aufnahme dieser armen Seele in die Gemeinschaft Gottes, baten um Gnade für ein Leben, das unschuldig genommen worden war, damit es nicht die schlimmste Schuld auf sich laden konnte – Gott den Herrn zu verraten –

Ihre Hände schlugen wild herum und ohrfeigten ihn, kratzten ihn, verfingen sich in dem Lederband um seinen Hals und rissen es ab, aber er spürte weder die Schläge noch die Kratzer noch den Striemen, den das Lederband in seinen Nacken brannte, versuchte nur, seine Linke zu schützen. Ihre Augen verdrehten sich. Es ging zu Ende, und es war gut, denn Pavels Kraft war ebenfalls am Ende, und jeden Moment konnte jemand in der Tür auftauchen, der vom Poltern des Falls aufgeschreckt worden war. Wie hätte er wissen sollen, dass das Abendessen im Saal des Gebäudes gerade in ein fröhliches Bacchanal ausartete; der Bräutigam ließ der Hoffnung freien Lauf, dass seine Braut sich ihm endlich unterworfen habe. Ihre Pupillen zuckten hin und her und froren auf etwas ein. Pavel folgte ihrem Blick unwillkürlich. Sie starrte auf seine linke Hand, die er vor seiner Brust hielt –

Bevor er reagieren konnte, zuckten ihre beiden Hände wie

zwei Schlangen heran, fliegende Finger fetzten den notdürftigen Verband herunter, Fingernägel krallten sich in die tiefe, kaum verschorfte Wunde quer über seinen Handrücken und rissen sie auf.

Pavel stieß sich nach hinten ab und flog von ihr herunter. Wenn jemand seine Hand abgerissen hätte, hätte es nicht schlimmer sein können. Sein Blick wurde unscharf und verengte sich zu einem Tunnel. Er prallte mit dem Rücken auf den Boden und merkte es nicht. Seine Hand brüllte, sein ganzer Arm stand in Flammen. Alles, was er tun konnte, war, nicht vor Schmerz zu kreischen. Er lag auf dem Boden und wand sich, die Rechte um das linke Handgelenk geklammert. Das Blut rann ihm zwischen die Finger und machte den Halt schlüpfrig. Er wusste es nicht, aber er hatte sich in die Lippe gebissen, so dass auch Blut aus seinem Mundwinkel rann. Ein heiseres Stöhnen kam tief aus seiner Kehle. Mit seinem Tunnelblick sah er, wie sie keuchend und hustend auf die Beine kam, zerzaust und dunkelrot im Gesicht, wie sie würgte und sich krümmte, ohne sich übergeben zu können. Ihr Mund öffnete und schloss sich; wieder kam statt eines Hilfeschreis nur ein Ächzen. Sie taumelte auf ihn zu. Sie würde an ihm vorbei und auf den Gang hinausrennen und alle im Haus alarmieren. Pavel hatte versagt. Er hatte gemordet, er hatte seinen einzigen Freund auf der Welt in das Morden mit hineingezogen, und am Ende hatte er versagt. Er merkte, dass er in eine Ohnmacht glitt –

– und schnappte ins Bewusstsein zurück, als der Tritt seine Seite traf. Er riss die Augen auf. Sie war nicht geflohen. Sie stand schwankend neben ihm, zu keinem Wort, zu keinem Laut fähig, mit einer Hand ihre Kehle schützend und mit der anderen um Halt in die Luft krallend. Sie holte aus und traf seine Seite erneut. Hass sprühte aus ihren blutunterlaufenen Augen, ihr Gesicht war verzerrt, das einer Furie. Jeder Tritt fuhr wie ein Dolch in den schreienden Knoten aus Schmerz in seiner Hand, obwohl keiner davon seine Verletzung traf. Eine Art Selbsterhaltungstrieb brachte seine Füße zum Strampeln und seine Fersen dazu, sich in den Boden zu stemmen und den Körper wegzuschieben. Sie folgte ihm stolpernd, ein Tritt ging ins Leere. Wie absurd – sie würde ihn zu Tode treten. Sie war so knapp davor gewesen, zu sterben und als unschuldiges Opfer direkt ins Paradies zu gelangen, und jetzt war sie es, die einen Mord auf sich lud und ewige Verdammnis –

Pavel sah am oberen Rand seines Blickfelds, wie die halb geschlossene Tür wieder aufgerissen wurde. Da kamen die Retter – und wenn sie sie daran hinderten, ihn zu töten, dann nur, damit man ihn später hängen konnte –

Das Türblatt knallte mit Schwung an seine Schläfe und schleuderte ihn in einen Raum, in dem es keine Realität gab, keine Namen und keine Mission, aber entgegen der landläufigen Meinung Schmerz. Und Schmerz war es, worin Pavels Bewusstsein sich auflöste.

Er kam zu Bewusstsein mit der erleichternden Gewissheit, dass alles nur ein Traum gewesen war. Buhs Felsbrockengesicht schwebte vor ihm und musterte ihn sorgenvoll; eine neue Wachperiode in der immer gleichen Düsternis der Höhlen begann, und Buh hatte ihn dafür geweckt. Dann traten die die Details hervor: die Wärme und Trockenheit des Raums, der Duft nach Haus, der Anblick von getäfelten Wänden, das Gefühl eines Holzbodens unter dem Leib und das eines Hundebisses, bei dem die Zähne noch in der Wunde steckten, in der linken Hand. Pavels Erleichterung verflog. Er lallte etwas, das hätte heißen sollen: »Was ist passiert?«

Buh runzelte die Stirn, und Pavels Blick glitt ab. In einer Ecke des Raums lagen die Schatten auf einer stillen, zusammengekrümmten Gestalt mit langem Haar und einem eleganten Kleid. Pavel hob die Hand, in der der Schmerz pochte. Sie war blutüberströmt, die Wunde sah nun endgültig aus wie stigmatisiert. Seine Ohnmacht konnte keine halbe Minute gedauert haben. Er hatte einen pelzigen Geschmack im Mund und fühlte sich so desorientiert, dass er am liebsten den Kopf wieder auf den Boden gelegt hätte.

Buh versuchte etwas zu formulieren und deutete zur Tür. Er hatte sie geschlossen. Wenn ihr Treiben bis jetzt niemanden im Haus alarmiert hatte, hatten sie damit weitere Augenblicke gewonnen und Sicherheit vor zufälliger Entdeckung; kein Grund jedoch, Zeit zu verlieren.

»Ja«, stöhnte Pavel. »Ja, ich weiß. Keine Sorge.« Er rollte sich mühsam herum, kam halb in die Höhe, und auf Knien und aufgestützt auf die rechte Hand kroch er zu der stillen Gestalt hinüber. Ächzend vor Schmerz rollte er sie herum.

Eine Wange war verschrammt und blutunterlaufen. Ihre Augenlider flatterten, aber sie war ohne Bewusstsein. Pavel ahnte, was geschehen war: sein persönlicher Schutzengel hatte eingegriffen. Er wagte sich nicht vorzustellen, was die Rechnung für diese neuerliche Sünde sein würde, die Buh zu begehen gezwungen gewesen war. Er musste den Lärm aus dem Zimmer gehört haben, war die Treppe nach oben gekommen und hatte die Tür in dem Moment aufgerissen, in dem Pavel ihr seinen Schädel in den Weg geschoben hatte. Dann hatte er erkannt, was geschehen war, und zugeschlagen. Pavel krümmte die Finger, um seine Aufgabe zu vollenden, doch dann nahm er die Hand wieder von ihrem Hals fort. Er brauchte beide Hände, um den Mord zu begehen, und seine linke Hand war unbrauchbar. Und Buh damit zu beauftragen –

Er kroch zu Buh zurück, der aufgestanden war und ihn stumm beobachtete. Als Pavel hilflos den Kopf hob, hievte der Riese ihn auf die Beine. Pavels Gedanken wateten durch Schlamm. Dort lag das Ziel, dessentwegen sie hergekommen waren, besinnungs- und wehrlos – sie würde den Tod nicht einmal spüren. Doch er hatte keine Chance, ihr den Tod zu geben. Seine Knie knickten ein, und Buh musste nachfassen, damit Pavel nicht erneut zu Boden ging. Mit der Erkenntnis des endgültigen Scheiterns gingen keine Gefühle einher – sie war zu groß, um mehr als völlige Taubheit zuzulassen.

»G… g… gnnn!«

»Gehen wir heim«, flüsterte Pavel. »Ja. Gehen wir heim.«

Eine Stimme in ihm sagte: Ich habe *einen* Mord nicht begangen. Ich danke dir, Herr.

Auch die Stimme rief keine Gefühle mehr in Pavel hervor. Er drückte die Knie durch und blieb schwankend stehen, während Buh die Tür öffnete, hinausspähte und dann mit dem Kopf winkte. Pavel versuchte vergeblich, einen Fuß vor den anderen zu setzen. Buh fasste ihn unter und nahm ihn hoch wie ein Kind; er drückte die Tür mit dem Fuß weiter auf und schlüpfte hinaus. Pavel merkte, wie sein Geist wieder wegdriftete. Beinahe ohne sein Zutun tastete seine Hand in seine Kutte, auf der Suche nach dem Medaillon, von dem es immer nur sieben Stück gab. Es war weg. Sie hatte es ihm abgerissen. Sein Verlust war nur der äußere Beweis, was er im Inneren fühlte: Er war kein Kustode mehr. Er war nicht mehr wert, ein Kustode zu sein. Er konnte Abt Martin beschreiben, wie die junge Frau aussah und auch, wie man zu ihr gelangte, und Abt Martin konnte zwei andere Kustoden losschicken, die Pavels Aufgabe vermutlich zu Ende bringen würden – aber er, Pavel, war gewogen und zu leicht befunden worden.

Buh ließ die Tür leicht hinter sich zugleiten, sicherte sie noch einmal und schlich dann zur Treppe im Dienstbotenaufgang. Pavels Kopf pendelte haltlos herunter, der Gang eine um neunzig Grad versetzt schwankende Höhle mit doppelten und dreifachen Konturen. Plötzlich sah er etwas, was sein Gehirn der Mühe wert erachtete, den Blick zu fokussieren.

Die Laterne, die er mitgenommen und vor der Tür zu Agnes Wiegants Zimmer abgestellt hatte, war umgefallen und davongerollt, bis sie an einer Biegung des Ganges aufgehalten worden war. Dort war sie liegen geblieben, der Tran in der

Öllampe war ausgelaufen, und der Docht hatte die Pfütze in Brand gesetzt. Kleine blaue Flammen leckten bereits an der Vertäfelung. Wenn im Zimmer von Agnes Wiegant nicht die meisten Kerzen durch den Kampf ausgegangen wären und räucherige Luft zurückgelassen hätten, hätte man das brennende Holz vermutlich riechen können.

Gott war trotz allem mit ihm und gab ihm eine neue Chance.

Buh bog um die Ecke, ohne etwas davon gesehen zu haben. Als er den Dienstboteneingang öffnete und in die mittlerweile fast völlig verloschene Dämmerung hinaustrat, sog Pavel gierig die frische Luft ein. Dann bat er Buh, anzuhalten und ihn herunterzulassen. Er hätte sich am liebsten übergeben vor Müdigkeit, aber es gab noch etwas zu tun. Er zog Buhs Kopf zu sich herunter, bereitete sich darauf vor, seinen Freund erneut anzulügen, und lallte ihm dann seine Bitte ins Ohr.

5

Cyprian und Andrej starrten entgeistert die Flammenzunge an, die hinter den Häuserfassaden des Königswegs in die Höhe leckte. Dann begann Cyprian zu rennen. Andrej folgte ihm stolpernd und barg das Köpfchen des Kindes an der Brust.

Der kleine Platz mit dem Brunnen in der Mitte füllte sich mit den ersten Menschen. Sie befanden sich in dem Stadium des Entsetzens, das sich mit der Ungerechtigkeit eines Geschehens befasste, das normalerweise nur anderen Leuten zustieß und einem selbst auf keinen Fall passieren *konnte*. Sie standen – im Nachthemd die einen und voll angezogen die anderen – da und starrten mit offenen Mündern auf den Funkenwirbel, der sich aus dem halb eingestürzten Dach erhob. Cyprian rannte in sie hinein wie ein angreifender Landsknecht, packte den erstbesten – einen dicken Mann mit einem Weinkrug in der Hand, dem noch das Fett vom Abendmahl auf den Backen glänzte, – und brüllte ihn an: »Die Wache! Hol die Wache!«

Ob der Mann die Worte verstand oder nicht, jedenfalls schaltete sich sein Verstand ein, er drehte sich um und rannte in Richtung der Prager Brücke davon. Cyprian stürmte durch die schüttere Menge und gestikulierte zum Brunnen.

»Eimer! Holt Eimer!« Er stutzte einen halben Augenblick, als er den völlig zerstörten, verbogenen und halb herabgerissenen Schmuckkäfig sah. Dann stieß und drängte er die Leute, seinen Anweisungen zu folgen. Langsam kehrte das Bewusstsein in sie zurück, dass ein Nachbarhaus brannte und dass es nur wenig bedurfte, um daraus einen Brand werden zu lassen, der ihr gesamtes Viertel auffraß. Schreie ertönten, hastiges Auseinanderlaufen, um Schöpfgeräte aus den eigenen Häusern zu holen. Andrej wurde gestoßen und beiseitegeschubst. Er schützte das Kind in seinen Armen, so gut er konnte. Plötzlich war Cyprian neben ihm.

»Organisier die Eimerkette!«, brüllte er Andrej ins Ohr.

Andrej machte ein hilfloses Geräusch und hob den Säugling in seinen Armen halb hoch, aber Cyprian war schon zum Eingang des brennenden Gebäudes gelaufen. Auch in Andrej setzten jetzt die Instinkte des Stadtbewohners ein, der ein Feuer mehr fürchtet als ein angreifendes Heer. Er sprang zu einer Frau hinüber, die wie eine Dienstmagd gekleidet war und mit der Faszination des Grauens auf die Flammen starrte, die aus dem Dach schlugen, beide Hände vors Gesicht geschlagen.

»Nimm das Kind!«, brüllte er sie an. Sie zuckte zusammen. »NIMM DAS KIND!«

Wenzel schrie mit seiner dünnen Stimme. Die Frau streckte eingeschüchtert die Hände aus. Er drückte das Bündel hinein und schob beide an die Seite des Brunnens; er trug die Frau mehr, als dass sie selbst ging. »HIER STEHEN BLEIBEN!«, brüllte er. Sie nickte mit weit aufgerissenen Augen. Andrej trat die Überreste des Käfigs beiseite und begann voller Hast, den Eimer heraufzuholen. Die Kette war kalt und rostig und biss in seine Handflächen.

Cyprian zerrte an den Eisenteilen, die gegen die Türen des Haupt- und Dienstboteneingangs gestellt und in den Boden gerammt worden waren. Die Türen hätten sich nach außen geöffnet; der herabgerissene Käfig hatte die Bewohner im Haus gefangen. Cyprian keuchte und riss sich die Handflächen blutig. Wenn er einen Beweis gebraucht hätte, dass es sich um Brandstiftung handelte, dann war die Blockade vor den Türen eindeutig genug; aber seine Gedanken arbeiteten nicht in dieser Richtung. Er hörte sich selbst brüllen: »Agnes! AGNES!«, und Agnes war alles, was sein Denken erfüllte. Wo war das Feuer gelegt worden? Im Erdgeschoss? Und das Dach stand schon in Flammen? Stöhnend arbeitete er weiter, trat mit den Füßen, riss an den Gitterstäben.

Ein Mann war plötzlich an seiner Seite, steckte eine lange Stange zwischen die Gitter; gemeinsam lehnten sie sich darauf und benutzten sie als Hebel, und die Eisenteile vor dem Haupteingang rutschten weg und gaben den Weg frei. Ein kalter Wasserguss überschüttete Cyprian und seinen Helfer. Beide fuhren herum – ein Mann im Nachthemd stand mit aufgerissenen Augen und einem leeren Ledereimer da. Für den Bruchteil eines Augenblicks nahm Cyprian die Szene in sich auf: die Nachbarn, die von allen Seiten her auf den Brunnen zustürmten; Andrej, der wie ein Wilder an der Kette zerrte, um den Wassereimer heraufzuziehen und währenddessen auf eine zusammengekauerte Frau an seiner Seite einschrie: »Geht es ihm gut? Geht es ihm gut?«; die Wachen, die ihre Helme beiseitewarfen und sich ins Gewühl stürzten, um Ordnung ins Chaos zu bekommen; das hektische Läuten der Sturmglocke am Altstädter Turm; der Mann mit dem Ledereimer, der sie in seiner Panik abgeschüttet hatte; dann fasste er gleichzeitig mit seinem Helfer an den Türgriff. Sie rissen daran und hörten Holz splittern, als sie den Riegel aufsprengten. Die Tür schwang auf, und ein Körper fiel ihnen entgegen. Pechschwarzer Rauch quoll heraus wie ein Kanonenschuss und drang in Cyprians Augen, Nase und Mund ein und nahm ihm die Luft. Der Körper sank zwischen ihnen zu Boden. Einen Moment lang starrte Cyprian in die Augen seines Helfers und erkannte den abgelösten Wachführer vom Altstädter Brückentor. Dann griffen sie zu und schleppten den Mann beiseite. Er rang nach Atem und hustete, krümmte sich in ihrem Griff. Zwei andere Wachen rannten heran, auch sie mit Eimern in den Händen, und schütteten sie über dem halb Besinnungslosen aus, als habe er in Flammen gestanden. Der Mann auf dem Boden spuckte und schlug um sich. Es war Sebastian Wilfing junior.

Cyprian merkte erst, dass er die Wachen beiseitegestoßen und Sebastian am Kragen hochgezerrt hatte, als er sich brüllen hörte: »Wo ist Agnes? Wo sind die anderen?«

Sebastian wedelte mit den Armen und hustete und spuckte. Cyprian schüttelte ihn. »Wo sind die anderen!?«

Sebastian öffnete den Mund und krächzte: »Hilfe!«

Cyprian holte Atem. Plötzlich verwandelte sich das rußverschmierte Gesicht seines Nebenbuhlers in eine rote Fratze, und eine Stoßwelle blinder Wut überschwemmte Cyprians Verstand. Er holte mit der Faust aus und brüllte unartikuliert. Als er zuschlagen wollte, wurde er daran gehindert. Er wirbelte herum und stieß den Wachführer von sich, der ihn aufzuhalten versucht hatte. Der Mann setzte sich auf den Hosenboden. Der Nachbar im Nachthemd kam mit seinen Ledereimer heran und drehte ihn über dem Wachführer um. Der Eimer war immer noch leer. Der Mann stammelte mit blutleeren Lippen.

»– weiß nicht –«, gurgelte Sebastian. »– oben –? Bin runtergelaufen – alles voller Rauch –« Er wälzte sich herum und übergab sich.

Cyprian, den der völlig unter Schock stehende Nachthemdträger wieder zu Bewusstsein hatte kommen lassen, stürmte zum Eingang. Der Wachführer war neben ihm und packte ihn am Arm.

»Du kannst nicht rein!«, schrie er.

»Warum nicht? Ich bin doch ein Idiot!«, schrie Cyprian zurück und versuchte die Hand abzuschütteln. Der Wachführer schaffte es, ihn vom Eingang wegzuzerren.

Über ihnen ertönte ein Donnerschlag, der sie zusammenfahren ließ. Greller Lichtschein flackerte an den Fassaden der Nachbarhäuser auf. Die Eimerkette, die unter Andrejs Kommando hin- und herstolperte und abwechselnd die Fassaden der beiden Nachbarhäuser wässerte, schrie auf und geriet ins Stocken. Als fielen sie durch im Widerschein der Flammen waberndes Wasser, sah Cyprian eine Million Scherben von Fensterglas herunterregnen, gefolgt von Fensterläden und den Trümmern der Fensterstöcke aus dem Obergeschoss. Sebastian krabbelte auf allen vieren davon; die beiden Wachen packten ihn und schleiften ihn mit sich. Der Mann im Nachthemd stand inmitten des fallenden Infernos; sein wirres Haar und seine Schultern glitzerten plötzlich von Glasscherben, ein kopfgroßes Stück Stuck schlug ihm den Ledereimer aus der Hand, ein unzerbrochener Fensterladen fiel mit der Kante voran direkt neben ihm auf den Boden und zersplitterte. Des Mannes Augen waren riesig, seine Hände hielten immer noch die Luft, wo zuvor der Eimer gewesen war.

Cyprian sprang durch den Trümmerregen, durch das Flattern von Vorhangfetzen, die heruntergaukelten wie brennende Falter, durch das Scheppern und Klirren von Essbesteck, Tellern und Schüsseln, hob den Mann im Nachthemd hoch und trug ihn aus der Gefahrenzone. Der Mann hatte nicht einmal einen Kratzer. Cyprian sah kurz Andrejs entsetztes, triefend nasses Gesicht, dann stellte er den Mann in die Löschkette, ein Eimer kam heran und landete in Nachthemds griffbereiten Händen, wie in Trance gab er ihn weiter – Cyprian wandte sich ab und sah die Flammen, die nun aus der völlig zerstörten Fensterreihe im ersten Stock schlugen.

Wachen rannten in die Eingänge der Nachbargebäude, bewaffnet mit Ledereimern, langen eisenverstärkten Brettern, Äxten und ihren Spießen. Der Donnerschlag der Explosion dröhnte immer noch in Cyprians Ohren. Das Dach brannte; das erste Geschoss brannte; sein Herz krampfte sich zusammen.

»Der Dienstbotentrakt – linke Seite, direkt unterm Dach!«, keuchte jemand in sein Ohr. Andrej. Er deutete wild auf einen Teil des Gebäudes. »Da ist jemand!«

Die Fenster waren nur kleine Luken, durch die bestenfalls eine Katze gekommen wäre. Cyprian sah eine winkende Hand. Ob der Besitzer der Hand etwas schrie, war nicht zu hören. Wer es war, war nicht zu erkennen.

»Vielleicht sind Agnes und die anderen dorthin geflüchtet?«, schrie Andrej. Cyprian starrte ihn an. Woher wusste Andrej von Agnes – aber nichts hätte im Moment unwichtiger sein können. Er wirbelte herum.

»Warte!«, brüllte Andrej. Er schwang den vollen Brunneneimer mit der Kraft des Verzweifelten, und Cyprian fühlte sich von einer eiskalten Welle erfasst und fast zu Boden geschleudert. Unwillkürlich schnappte er nach Luft.

»Wenn du da reinwillst, musst du nass sein!«, schrie Andrej und ließ den Eimer wieder in den Brunnen rasseln. In all der Panik war es diese überlegte Handlung und der mächtige kalte Guss, die Cyprians Hirn endgültig wieder funktionieren ließen. Er packte Andrej im Genick und drückte ihm einen Kuss auf die Wange. Andrejs Augen waren weiß in seinem hochroten Gesicht. »Küss sie, nicht mich!«, kreischte er.

Cyprian grinste, warf sich herum und rannte auf das brennende Haus zu. Die Wachen hatten mittlerweile die Blockade vor dem Dienstboteneingang beseitigt und die Tür aufgerissen. Sie leuchteten mit Fackeln in die Finsternis dahinter, was angesichts der tobenden Flammen im anderen Gebäudeteil völlig widersinnig aussah. Cyprian rannte einfach durch sie hindurch, riss einem die Fackel aus der Hand und schaffte es bis zur Treppe, bevor sie zu schreien begannen. Er kümmerte sich nicht darum.

Der Rauch war fett und aggressiv und griff ihm mit Krallen in die Kehle. Cyprian begann zu husten. Dennoch war er nicht so dicht wie im Haupttrakt des Hauses; er hing unter der Decke wie Gewitterwolken. Der Lichtschein der Fackel reichte so weit, dass er die nächsten paar Stufen sehen konnte. Durch die Dunkelheit waberte ihm rotes Glühen entgegen. Es wurde schlimmer, je weiter er nach oben kam. Schon bei der Hälfte der Treppe musste er stehen bleiben, weil Husten und der Würgereflex ihn in die Knie zwangen. Der Rauch war hier oben dichter und schwerer, er floss über die Treppenstufen hinunter wie Wasser. Cyprian kämpfte sich mit tränenden Augen wieder auf die Beine. Jetzt spürte er zum ersten Mal die Wärme des Feuers; sie umfing sein Gesicht, ein warmer, tödlicher Hauch.

Auf dem Treppenabsatz zum ersten Geschoss musste er sich an die Wand drücken. Die Hitze ließ ihm den Schweiß ausbrechen. Er sah ein Stück in den Gang hinein, der an den Räumlichkeiten der Familie vorbei zum Saal führte – um eine Ecke herum in den innersten Kreis der Hölle. Er kroch um die Wand herum und nahm die zweite Treppe in Angriff. Er wünschte, seine angedeutete Verkleidung als Priester hätte ihm bei seinem ersten Besuch den Zutritt ermöglicht, dann hätte er sich leichter zurechtgefunden. Andererseits waren sich Patrizierhäuser überall ähnlich. Die Hitze ließ nach, als er ein paar Treppenstufen erklommen hatte. Der Rauch hatte hier eine wieder andere Qualität, heller, weniger dicht, dafür aber noch kratziger und beißender. Das Röhren des Feuers dröhnte im Treppenhaus wie Tiergebrüll. Er machte unwillkürlich einen tiefen Atemzug und hatte das Gefühl, Glasscherben geatmet zu haben. Hustend und keuchend stolperte er weiter. Seine Lungen brannten. Er kämpfte sich aus seinem Wams und riss an einem Ärmel seines Hemdes, während er versuchte, die Luft anzuhalten. Hustenspasmen zuckten durch seinen Leib. Der Ärmel löste sich endlich; er wickelte ihn sich um die untere Hälfte seines Gesichts. Seine Lungen schmerzten noch immer, aber jetzt war das Atmen weniger schwierig. Sein Fuß stieß an die Fackel, die er abgelegt hatte, und sie rollte und hüpfte die Treppe hinunter und ging unten aus. Pfeif drauf, Feuer gab es hier ohnehin genug.

Oben war ein Gang, so niedrig, dass Cyprian sich bücken musste. Er erstreckte sich über die Länge des Gebäudes und stand weiter vorn in hellen Flammen, doch hier, direkt neben dem Ende der Treppe, war er unversehrt. Zugluft zerrte an Cyprians Gesichtsschutz; der Einsturz des Daches zusammen mit der zerstörten Fassade des Obergeschosses ließ einen Zug entstehen, der das Feuer in den Eingeweiden des Hauses zum Tosen brachte, hier aber eine fast rauchfreie Zone schuf. Cyprian wischte sich den Schweiß aus dem Gesicht und hinterließ ein schwarzes Rußband darin, aus dem die Augen hervorleuchteten. Im roten Glosen sah er Türen. Er trat die erste ein und taumelte unter dem Türsturz durch in einen leeren Raum. Über dem Prasseln hörte er jetzt gedämpfte Schreie. Sie kamen aus dem Nachbarzimmer. Er sah eine Verbindungstür und trat auch sie ein, stieß sich den Kopf an der Decke und fluchte. Im Nachbarraum fuhr ein Dutzend Leute herum und kreischte auf.

»Agnes!«, schrie er. »Agnes!« Die Leute schraken vor ihm zurück. »AGNES!!«

Jemand drängte sich an den Leibern vorbei. Cyprian hatte das Gefühl, vor Dankbarkeit auf die Knie sinken zu müssen.

Im orange glühenden Halbdunkel sah er jedoch Niklas Wiegants behäbige Gestalt.

»Cyprian?«

»Wo ist Agnes?« Cyprian hustete und riss sich den Schutz vom Mund. Für einen Augenblick dachte er, er würde sich übergeben müssen.

»Ich weiß nicht«, schluchzte Niklas.

»Raus hier!«, krächzte Cyprian. »Alle raus hier.« Sein Herz schrie: NEIN!

»Wir können nicht raus. Alles brennt!«

Cyprian taumelte auf Agnes' Vater zu und griff sich eine Handvoll Wams. Ohne ein weiteres Wort zerrte er ihn zur Verbindungstür und durch den anderen Raum nach draußen auf den Gang. Niklas schrie auf und schlug die Hände schützend vors Gesicht angesichts des brüllenden Feuers weiter vorn, ließ sie dann aber sinken, als er erkannte, dass er nicht brannte. Hinter ihm drängten sich die anderen heraus: die Dienstboten, Sebastian Wilfing senior, der vor Panik quietschte und mit den Armen ruderte, Theresia Wiegant, angstvoll erschütterte Arroganz. Er schob sie alle zur Treppe.

»Runter, runter!«, schrie er mit zerreißender Kehle. »Passt im ersten Stock auf, dann schafft ihr's!« Seine Stimme versagte, und er krümmte sich. »Hat jemand Agnes gesehen?« Er hörte sich nicht besser an als Sebastian Wilfing.

Jemand wehrte sich mit fliegenden Gliedmaßen dagegen, von der Panik und dem Gedränge mit die Treppe hinuntergerissen zu werden. Cyprian ahnte mehr, als er sie erkannte, dass es Agnes' Magd war.

»Mein Schatz!«, schrie sie. »Mein Schatz!«

Cyprian schob beiseite, wer ihm im Weg stand, und packte die Frau. Er erwischte ein Büschel Haare, und sie verzerrte das Gesicht, aber es war ihm egal. »WO IST SIE!?«, tobte er.

»– Zimmer – sie ließen mich nicht mehr runter –«

Cyprian kämpfte sich an der hustenden, weinenden und

stöhnenden Truppe vorbei, die zögerlich die Treppenstufen hinunterstolperte. Niklas machte den Anführer. Cyprian griff ihn und schleppte ihn einfach hinter sich her. Die anderen Flüchtlinge beschleunigten. Niklas schrie auf, als sie im ersten Geschoss ankamen; sein Entsetzensschrei pflanzte sich nach oben fort. Jemand wollte sich umdrehen und wieder nach oben fliehen, aber Cyprian hatte noch eine Hand frei. Er starrte in das Weiße von Theresia Wiegants Augäpfeln. Undeutlich sah er, wie hinter ihr Sebastian Wilfing ohnmächtig wurde und zwei Dienstboten in die Arme sank; sie fingen ihn auf, der Domestikenreflex war stärker als ihre Angst.

»Ihr geht da runter!«, brüllte Cyprian. Theresia wand sich in seinem Griff. Er schüttelte sie. »Wo ist dein Kind, du Rabenmutter?« Der rote Nebel schob sich vor Theresias Gesicht, und er spürte, wie er Niklas losließ und die Faust ballte. »Wo ist dein Kind? WO IST DEIN KIND!?«

Theresia fuhr ihm mit den Krallen durchs Gesicht. Er ohrfeigte sie. Ihr Kopf schnappte zurück, und als er wieder nach vorn kam, war das Weiße in ihren Augen verschwunden. Ihre Pupillen starrten ihn an, bevor sie glasig vor Hass wurden. Niklas sank mit einem Hustenanfall gegen die Wand und wäre die restlichen Treppenstufen hinuntergerollt, wenn Cyprian ihn nicht mit einem Fuß eingeklemmt hätte.

»Lass mich los, Untier!«, zischte Theresia.

»Bring die Leute hier raus, du Miststück!«, fluchte Cyprian. »Niklas und Sebastian sind außer Gefecht. Bring sie raus!«

Sie straffte sich. Cyprian wirbelte sie herum. Sie schrie auf. Stoff riss. Er drückte ihr einen Fetzen in die Hand, den er vom Rückenteil ihres Kleides abgerissen hatte. Dann schob er sich seinen eigenen Atemschutz über Mund und Nase. »So!«, schrie er grimmig. »So!« Ihre Blicke trafen sich. Sie nickte.

Dann fuhr sie herum und begann Befehle zu schreien. Zwei weitere Dienstboten stolperten herab und zerrten Niklas auf die Beine, der schwach mitzuhelfen versuchte. Cyprian sprang zum Treppenabsatz hinunter und stellte sich in die Biegung der Treppe. Die Hitze prallte auf seinen Rücken. Seine Kleider waren fast abgetrocknet, und er spürte, dass sie schmerzhaft würden, wenn es noch länger dauerte. Der weitere Verlauf der Treppe war ein lichtloser Sack; der Rauch wie eine schwarz angepinselte Wand. Niklas und seine Helfer schraken zurück.

»Weiter, weiter!«

Sie stolperten voran, der Rauch verschluckte sie. Sebastian Wilfing kam als Nächster. Theresia Wiegant stand ein paar Treppenstufen weiter oben und stieß und zerrte alle Zögernden hinunter; Cyprian zwang sie weiterzugehen.

»Das Zimmer! Das Zimmer!«

Agnes' Magd gestikulierte wie wild und wehrte sich gegen Theresia. Diejenigen hinter ihr schrien vor Angst. Theresia riss die Frau an den Haaren, damit sie sich bewegte.

»Das Zimmer, das Zimmer!«

Cyprian fuhr herum. In der wabernden Luft des Ganges erkannte er zwei Türen auf der rechten Seite. Eine stand halb offen, die andere war geschlossen. Er drehte sich zur Magd um. Sie deutete kreischend und weinend auf die geschlossene Tür.

Cyprian und Theresia wechselten einen Blick. Ihre Augen weiteten sich. Cyprian nickte ihr zu. Dann rannte er in den Gang hinein.

Die Hitze war brutal. Sie zwang ihn zu Boden, noch bevor er zehn Schritte gemacht hatte. Auch hier herrschte ein Zug, der die Hitze weitgehend vom Treppenhaus ferngehalten hatte, aber je weiter er in den Gang vordrang, desto mehr fiel sie über ihn her. Er kroch auf Händen und Knien weiter und versuchte das Gesicht zu schützen. Seine Ohren dröhnten unter dem Tosen des Feuers, seine Ohrläppchen glühten. Wie weit noch? Er hob den Kopf und dachte, ein Drache atme ihn an.

Die Tür war eine Mannslänge entfernt. Er dachte, die Haut

schäle sich von seinen Wangen; er warf sich herum, bis seine Füße voran waren. Entsetzt sah er, dass das nasse Leder seiner Stiefel dampfte. Dann war er in Reichweite und trat gegen die Tür. Sie sprang holpernd auf, rutschte oben aus der Angel und blieb schräg im Türrahmen hängen. Cyprian raffte seine Kräfte zusammen und schaffte mit einem Aufschrei eine Rolle vorwärts. Er schoss förmlich in den total verrauchten Raum hinein und empfand ihn gegenüber dem Gang als kühl.

»Agnes?« Er brachte nicht mehr als ein Krächzen heraus. Keine Antwort. Er kniff die Augen zusammen und tastete sich auf allen vieren vorwärts. Ein Stuhl – umgefallen. Er tastete weiter und rammte mit dem Kopf gegen die Kante eines Tischs. Er fluchte erbittert. Dann ertastete er den Stoff eines Gewandes und fiel fast über einen nachgiebigen Körper, der in der Ecke lag.

»O Gott, Agnes, Agnes –« Cyprian fuhr mit fliegenden Fingern über ihren Körper, bis er das Gesicht fand. Er riss die Augen auf, obwohl der Rauch sie ihm herausätzen wollte. Nichts. Totale Schwärze. Unwillkürlich wandte er den Kopf. Das Türrechteck war ein ungewisses düsteres Leuchten. Der Rauch brauchte nur ein wenig dicker zu werden, und er würde nicht mehr hinausfinden. Keuchend vor Panik versuchte er Agnes' Puls zu finden. Nichts. Er presste die Hand auf ihren Mund und fühlte die Feuchtigkeit von Tränen oder Blut. Nichts. Seine Hände flatterten über ihren Ausschnitt, er hörte sich vor Wut und Entsetzen schreien, und dann riss er ihr Dekolleté mit einem Ruck auf. Er fuhr mit der Hand darunter, ertastete ihr Herz, fühlte keinen Herzschlag.

»Nein! NEEEEIIIN!« Der Schrei zerfetzte seine Kehle. Er spürte Blut im Mund. Wie von Sinnen griff er um ihre Mitte und zerrte sie hinter sich her, robbte zur Tür, kam auf die Beine, warf sie sich über die Schulter und stürzte hinaus, unempfindlich gegen die Hitze, unempfindlich dagegen, dass seine Wimpern, seine Augenbrauen und seine Stirnhaare versengten, rannte mit seiner Last auf der Schulter den Gang entlang, empfand sie als leicht, viel leichter, als sie ihm jemals vorgekommen war, kam auf dem Treppenabsatz an und starrte in einen glühenden Trümmerhaufen, wo zuvor die Treppe ins Erdgeschoss gewesen war. Links, wo die Wand gewesen war, die das Treppenhaus von den Lagerräumen im Erdgeschoss abgrenzte, klaffte ein Loch mit glühenden Rändern, auf den Trümmern schwelte ein mächtiger Tragbalken, der herabgefallen war und die Wand eingeschlagen hatte. Der Weg nach unten war versperrt.

Stöhnend und keuchend arbeitete sich Cyprian die Treppe hinauf nach oben. Er spürte, wie Agnes' Kopf schlaff gegen seinen Rücken baumelte. Die Finsternis war jetzt auch hier fast vollkommen; Licht gab es nur, wo das Feuer durch den Rauch hindurch gloste, und in diesem Licht konnte man nicht einmal erkennen, wohin man seine Füße setzte.

Im Obergeschoss hatte sich das Feuer näher herangefressen. Cyprian wandte sich davon ab. Zur Linken ging der Gang weiter. Er folgte ihm, mittlerweile mit fast ständig geschlossenen Augen. Sie nützten nichts mehr. Seine anderen Sinne arbeiteten wie verrückt und brachten ihn unverletzt ans Ende des Ganges wie eine Fledermaus durch die Nacht. Er prallte an eine Wand. Agnes' regloser Körper rutschte beinahe herab; er packte sie fester. Eine Sackgasse. Seine Gedanken rasten.

Der Gang mit den Dienstbotenkammern verlief im Kniestock des Gebäudes. Jenseits lag der große Trockenspeicher mit dem Dachfirst. Es musste einen Zugang vom Dienstbotentrakt geben. Er schob sich mit der Schulter an der Wand zurück in Richtung auf das Glühen zu. Nach ein paar Schritten sackte er gegen eine Tür, die sich knarrend bog. Er warf sich dagegen. Sie widerstand. Er trat sie mit den Füßen, schreiend, spuckend und fluchend. Sie war massiv. Mit einer Hand Agnes' Beine festhaltend, fuhr er mit anderen über das Türblatt, fand eine Klinke, drückte sie – die Tür schwang auf. Was dahinter war, raubte ihm den Atem.

Das Dach war in der Mitte in sich zusammengebrochen. Die Giebel waren noch halbwegs heil, wenn auch der Zusammenbruch die meisten Dachschindeln heruntergerissen hatte. Cyprian sah den dunkelblauen Nachthimmel, in den sich die Lohe aus dem Hausinneren erhob. Die Hitze war nicht weniger hier, aber plötzlich schien sie leichter erträglich. Cyprian erkannte eine Öffnung in der Giebelwand zu seiner Linken, nur ein paar Schritte entfernt. Er torkelte darauf zu. Es war die Ladeluke; der Ladegalgen ragte darüber hinaus. Kühle Luft schlug ihm entgegen; seine tränenden Augen bissen und ließen ihn nur verschwommene Umrisse erkennen. Er hörte Geschrei und brach vor der Ladeluke erneut in die Knie.

»Hier! He, hier!«

Cyprian riss die Augen auf. Die Gasse war nur wenige Schritte breit. Im Haus auf der anderen Seite befand sich ebenfalls eine Ladeluke. In ihrer Öffnung kauerten Männer mit und ohne Helme. Sie winkten. Er stierte sie an. Schließlich verstand er und ließ sich beiseitefallen.

Zwei Taue mit mehrfachen Eisenhaken an den Enden flogen herüber und verankerten sich links und rechts am Rand der Ladeluke. Die Wachen auf der anderen Seite zogen sie straff. Ein Brett mit langen Eisenschienen an der Seite schob sich aus dem gegenüberliegenden Haus und taumelte mit seinem vorderen Ende in die Luft, fiel auf die straff gespannten Seile und wurde an ihnen entlang weitergeschoben, bis es über die Schwelle der Ladeluke polterte.

»Komm rüber!«

Cyprian riss sich zusammen.

»Ich habe eine Verletzte«, krächzte er.

»Sie zuerst!«

Einer von den Männern drüben kroch vorsichtig auf das Brett hinaus. Es knarrte und bog sich. Cyprian kroch ihm entgegen und war froh, dass er die schwindelnde Tiefe unter sich nur undeutlich sah. Das Gesicht des Mannes war ein vager Fleck, sein Helm ein rötliches Glimmen. Hinter Cyprian krachte und prasselte plötzlich etwas, eine Art Schock lief durch das Gebäude und ließ es erzittern. Ein Wärmestoß fuhr von hinten heran. Das Brett schwankte und stabilisierte sich wieder.

»Mach schon!«

Cyprian ließ Agnes von seiner Schulter gleiten, in die Arme seines Gegenübers. Cyprian sah erst jetzt, dass er eine Decke dabeihatte. Agnes sank schlaff in die Decke hinein, Cyprian versuchte, die Tränen wegzublinzeln und einen Blick in ihr vollkommen rußgeschwärztes Gesicht zu erhaschen. Der Wachposten schlug sie in die Decke ein und kroch zurück, Agnes darin mit sich ziehend wie ein Bündel. Das notdürftig eingewickelte Kind in Andrejs Armen schwamm in Cyprians Bewusstsein hoch und verschwand wieder.

Der Wachposten zog Agnes in die Sicherheit des anderen Hauses. Sie war verschwunden. Dann kam er wieder zum Vorschein.

»Jetzt du! Brauchst du Hilfe?«

Cyprian schüttelte den Kopf. Er umfasste die Ränder des Bretts und schob sich auf Händen und Knien darüber. Es war ein Spaziergang, selbst für einen Halbblinden. Als er drüben vom Brett herunterkletterte, gaben seine Knie nach. Die Wachen stützten ihn.

»Wo ist Agnes?«

»Runtergebracht. Los, verschwinde von hier. Kannst du allein gehen?«

»Wohin?«

Das Gebäude gegenüber brüllte auf. Unwillkürlich schaute Cyprian hinüber. Die Wachen beeilten sich, ihre Haken mit dem Ende des Bretts loszurütteln. Sie hantelten das Brett herein und schnalzten die Haken über den Rand der Ladeluke. Über dem Dach des Hauses stand jetzt eine Feuerlohe, die in Cyprians geschundenen Augen wie ein riesiger roter Feuerball aussah. Die Wachen holten hektisch die Seile mit den Haken ein. Sie keuchten und wichen zurück. Cyprian, der stehen blieb, wurde von ihnen mitgezerrt. Der Feuerball blähte sich auf –

»O Kacke«, flüsterte eine der Wachen.

»Das kriegen wir nicht mehr in den Griff.«

»Die Stadt –!«

– und war verschwunden.

Der Stoß, der durch ihr Haus fuhr, war wie ein Erdbeben; das Krachen und Prasseln wie das schlimmste aller Gewitter, zusammengepresst in wenige Augenblicke. Staub quoll herein wie eine Faust, die durch eine Maueröffnung stößt. Das rote Licht, das den Speicherraum dieses Nachbarhauses erfüllt hatte, verlosch. Die Männer begannen zu husten. Cyprian riss sich los und tastete sich zur Treppe des fremden Hauses.

»He, Mann – sag danke zu deinem Schutzengel!«, brüllte ihm eine der Wachen hinterher. »Eine Minute länger dort drüben, und –«

Cyprian antwortete nicht. Sein Sehvermögen besserte sich nur widerstrebend. Er fiel mehr, als er ging, die Treppe hinunter. Was ihn betraf, hatte sein Schutzengel versagt, solange er fürchten musste, dass Agnes tot war.

Das Chaos draußen war enorm; für Cyprian nicht mehr als ineinanderlaufende Schatten, Geschrei und Geschepper. Eine Staubwolke hüllte den Platz ein und senkte sich über alle. Fackeln versuchten sich gegen die erstickende Finsternis durchzusetzen und waren doch nicht mehr als Lichtpunkte. Auch hier war das rote Glühen erloschen; das alte Gebäude musste über seiner Mitte, aus der sich das Feuer herausgefressen hatte, zusammengebrochen sein, und das plötzliche Staubaufwallen hatte das Feuer erstickt. Man würde den Schutthaufen noch Tage im Auge behalten müssen wegen einzelner Glutherde, die sich zu einem neuen Feuer entwickeln konnten, aber fürs Erste war das Viertel, war womöglich die halbe Stadt einer Katastrophe entgangen. Cyprian hätte es nicht mehr egal sein können. Er war stehen geblieben und versuchte sich zu orientieren. Von links hörte er das Gebrüll von Männern, die sich gegenseitig anfeuerten, und das Gepolter von Steinen und Balken, die jemand beiseitezuwuchten versuchte. Er glaubte eine Stimme zu hören, die sich über das Chaos erhob und schrie: »Er ist noch drin. Er und meine Tochter!« Der Staub sank herab wie dichter Schnee, Ascheflocken taumelten zu Boden, die Luft schmeckte bitter wie Schierling. Ein Hustenanfall krümmte ihn zusammen und ließ ihn nach Luft schnappen. Beinahe hätte er sich übergeben. Ächzend richtete er sich auf, schloss die Augen, verdrängte die Geräusche und versuchte mit seinem Herzen zu lauschen. Er bekam keine Antwort.

Schließlich fand er sie so, wie er sie immer gefunden hatte. Weder die Wachen noch sonst jemand hatten gewusst, wer sie war; die Wiegants und Wilfings hatten ihr Augenmerk auf das brennende Haus gerichtet und nicht auf den Nachbareingang und dabei nicht bemerkt, dass sie herausgetragen worden war. Sie lag allein abseits, noch immer in die Decke gehüllt. Dass niemand bei ihr war und sich um sie kümmerte, war Beweis genug dafür, dass Cyprians Hoffnung vergebens war. Er stand vor ihrem halb verhüllten Körper und starrte auf sie hinab, ihr Anblick eine verschwommene Form, deren Konturen langsam schärfer wurden. Er hätte in diesem Augenblick alles dafür gegeben, erblindet zu sein. Ein neuer Hustenanfall krümmte ihn. Es war nicht einmal Schmerz, der in seinem Inneren wütete; es war ein Nichts, ein Loch, eine Stelle, die einmal jemand ausgefüllt hatte, der immer seine andere Hälfte gewesen war; die Stelle war so groß, dass er sich fühlte wie jemand, dessen Mitte herausgerissen worden war. Die Welt war ohne Bedeutung, es war ohne Bedeutung, dass Prag vor einer Feuersbrunst gerettet worden war, wie es ohne Bedeutung gewesen wäre, wäre die ganze Stadt verbrannt. Seine Gedanken waren unzusammenhängende Fetzen, die durch seinen Schädel gaukelten wie die Ascheflocken durch die Luft, und handelten davon, dass der von Bischof Melchior angekündigte Pater Hernando nun das Feuer nicht mehr zu bemühen brauchte, und gleichzeitig davon, wie er mit einem Krug warmen Wassers Agnes' angefrorene Zunge befreit hatte, damals, vor ungefähr zehntausend Jahren. Der größere Teil seines Verstands bemühte sich, ihn aufrecht zu halten und zu verhindern, dass er als schluchzendes Wrack in sich zusammensank, und verlor mit jeder Sekunde an Kraft.

Auch andere besaßen Instinkte; er fühlte plötzlich, dass Menschen an seiner Seite standen. Er sah nicht auf. Eine Hand krallte sich in seinen Oberarm.

»Nein«, flüsterte eine kranke Stimme, die er als die von Niklas Wiegant erkannte. »Nein, Cyprian, sag, dass das nicht wahr ist.« Niklas begann zu weinen. »Kindchen«, schluchzte er, »Kindchen, Kindchen, o Gott, mein Kind!«

Cyprians Augen brannten. Niklas sank auf die Knie. Er vergrub das Gesicht in den Händen und schluchzte. Cyprian sah, dass jemand sich an seine Seite kniete und ihn in den Arm nahm – Sebastian Wilfing senior. Sebastian junior, Bräutigam in spe und nun Fast-Witwer, war nirgends zu sehen. Eine stocksteife Gestalt etwas abseits war Theresia Wiegant, wie die anderen ein staubbedecktes, unter dem Staub rußgeschwärztes Gespenst. Ihre Augen funkelten in einem Gesicht, das fast unkenntlich war. Hastige Schritte näherten sich, und jemand packte seine Schulter.

»Wir dachten, du seiest noch in dem Gebäude«, keuchte Andrej. »Dann hab ich euch hier drüben stehen sehen und das Buddeln eingestellt und – o mein Gott, das ist doch nicht …?«

Andrej trug den kleinen Wenzel an sich gepresst. Das Kind jammerte leise. Andrejs Blicke flogen von dem reglosen Körper auf dem Boden zu Cyprian und zurück.

»Agnes?«, sagte Andrej. »O Gott, oh, Cyprian –«

Cyprian streckte eine fühllose Hand aus, die an einem fühllosen Arm hing. Er fuhr über den verhüllten Schädel des Kindes, gab Andrejs entsetzten Blick zurück und wandte sich ab. Der Platz schwankte um ihn her. Als er zu schwanken aufhörte, stand Cyprian bereits neben Theresia Wiegant. Sie sah ihn nicht an. Er legte ihr den Arm um die Hüfte und führte sie zu dem kleinen Tableau, das aus einer Toten, zwei schluchzenden alten Männern, einem halb verhungerten Kind und einem vollkommen durchnässten und verdreckten jungen Mann bestand, dem ebenfalls die Tränen aus den Augen liefen. Theresia wehrte sich nicht, doch sie blieb weiterhin steif wie ein Stück Holz vor dem verhüllten Leichnam ihrer Tochter stehen. Cyprian kniete ächzend nieder und griff nach einem Deckenzipfel, und das letzte Mal, dass er eine ähnlich große Angst empfunden hatten, war der Moment gewesen, in dem sein Vater halb betäubt in der Mehlstaubexplosion lag und der weiße Staub auf die Lippe rieselte, die Cyprians Schlag hatte aufplatzen lassen. Selbst das Szenario war ähnlich – eine erstickende weiße Schicht, die sich auf alles legte.

Ich muss dich sehen, damit ich Abschied nehmen kann, dachte er.

Ich kann es nicht ertragen, dein totes Gesicht zu sehen, weil ich dann keine Zweifel mehr haben kann, dachte er zugleich.

Ich liebe dich, Agnes, dachte er zuletzt.

Er hatte nie in seinem Leben in die Vergangenheit zurückgeblickt. Jetzt blickte er zurück und wünschte sich, noch einmal der Junge zu sein, der mit dem warmen Wasser zur Rettung kam, während er die Decke sanft beiseitezog. Nicht, um irgendetwas anders zu machen, sondern einfach nur, um jeden einzelnen Augenblick mit Agnes noch einmal leben zu dürfen.

Nieselregen hatte eingesetzt. Neben dem beschädigten Goldenen Brunnen hatte eine spontane Feier begonnen – Nachbarn, die das glimpfliche Ende des Brandes zelebrierten, den entschlossenen Einsatz der Wachen und vor allem ihren eigenen Heldenmut bei der Aufrechterhaltung der Eimerkette. Ein kleineres Feuer war im Gang, entfacht aus noch glimmenden Holzresten des Hauses Wiegant & Wilfing – warum nicht verwenden, was einem der Zufall in die Hände gab und was ohnehin nicht mehr zu gebrauchen war? Weinbecher kreisten, Putenschenkel, Brotwecken. Nachthemd saß auf dem Fußsockel des Brunnens, mittlerweile wieder in diese Welt zurückgekehrt, und ließ sich zum dritten Mal erzählen, wie er völlig unbeschadet in dem Regen aus Glasscherben und Trümmerstücken gestanden hatte, nachdem die Fenster des Saals im ersten Stock explodiert waren. In seinem Haar glitzerten immer noch Scherben.

Mehrere Räte der Stadt waren eingetroffen, hatten erkannt, dass die Gefahr gebannt war, und empfanden es als Ehre für die Feiernden, sich zu ihnen zu gesellen und an ihrem improvisierten Mahl teilzuhaben. Der Regen wusch Staub und Asche von allen glatten Flächen und verbuk sie zu einer Art knochenhartem Mörtel überall dort, wo er sie nicht wegspülen konnte. Der Wachführer der Tagwache des Altstädter Brückentors war zu der kleinen Gruppe um die Tote auf dem Boden herübergeschlendert, hatte seine Teilnahme ausgedrückt und einen Weinkrug angeboten. Der Weinkrug war ausgeschlagen worden. Er hatte es nicht übel genommen. Während bei den Feiernden um das Feuer immer wieder Gelächter – bei manchen mit einer durchaus hysterischen Note – ausbrach, warfen sie in den Heiterkeitspausen peinlich berührte

Blicke zu den Trauernden hinüber – hin- und hergerissen zwischen der eigenen Erleichterung über das Verlöschen des Feuers und der Wahrnehmung der nachbarlichen Katastrophe. Das Gelächter kontrapunktisch begleitend tönte das scharfe Hacken von Hustenanfällen über der Feier.

Cyprian stolperte über die glimmenden Überreste des Hauses, rollte dort ein Trümmerstück beiseite und zerrte hier an einem Balken. Seine Hände waren pechschwarz, sein Gesicht eine Rußmaske. Die Stunde zuvor war er wie wild über den Schutthaufen geklettert und hatte laut nach Agnes gebrüllt, sinnlos fluchend Trümmer herumwerfend und nur durch unfassbares Glück weder in eine Glasscherbe fassend noch in einen der vielen Glutherde, die an den Kanten von Holzbalken hingen. Jetzt fühlte er sich erschöpft, ausgeleert. Der Husten wurde leichter, überfiel ihn aber immer noch. Einmal war er auf die Knie gesunken und hatte gewürgt, aber er hatte zu wenig im Magen, um sich übergeben zu können. Langsam sickerte die Erkenntnis in ihn, dass Agnes entweder irgendwo unter dem Schutt lag und damit so tot war wie die Frau, die er irrtümlich für sie gehalten hatte, oder nicht im Haus gewesen war, und damit spurlos verschwunden. Er klammerte sich an letztere Möglichkeit, ohne sich wirklich dessen bewusst zu sein. Cyprian auf dem Schutthaufen des Wiegant'schen Hauses war die Hülle eines Mannes, der stets überzeugt gewesen war, alles im Griff zu haben, und der nun völlig ratlos überlegte, ob sein Leben in Trümmer gegangen war oder ob er noch eine Chance hatte zu kämpfen. Er warf einen Blick zu Andrej von Langenfels hinüber.

Andrej hatte die Tote auf seinen Schoß gezogen und schluchzte, das weinende Kind auf dem Arm. Das Ehepaar Wiegant sowie Sebastian Wilfing senior standen beiseite mit den Gesichtsausdrücken von Menschen, über denen eine Mauer zusammengebrochen ist und die, nachdem sich der Staub gelegt hat, feststellen, dass sie genau in einer Fensteröffnung gestanden haben. Sebastian junior bearbeitete die Dienstbotenschar und versuchte herauszubekommen, wo Agnes war. Agnes' Magd war ein zitterndes Nervenbündel und völlig unansprechbar.

Cyprian schaute Andrej zu, wie dieser der Toten eine Haarsträhne aus der Stirn wischte. Er hatte sie nicht gut gekannt und meinte doch, einen Menschen verloren zu haben, der ihm nahegestanden hatte. Es kam nicht nur daher, dass er sie für Agnes gehalten und sein Leben riskiert hatte, um sie aus dem Feuer zu retten. Er versuchte Erleichterung darüber zu empfinden, dass die Tote nicht Agnes war, doch sein Fühlen war ein einziger Strudel, und seine wunde Seele fühlte eher den Schmerz, den Andrej empfand, als die eigene Beruhigung.

»Jetzt sind sie beisammen«, hatte Andrej geschluchzt, bevor er völlig zusammengebrochen war. »Jetzt hat sie endlich Frieden.«

Der plötzliche Regen wusch den Ruß aus Yolantas Gesicht und offenbarte die aufgeschrammte, blau geschlagene Wange und die aufgeplatzte Lippe, noch während Cyprian fassungslos auf sie hinuntergestarrt hatte. Jemand hatte sie geschlagen; jemand hatte sie überfallen. Sie war in Agnes' Zimmer gewesen, und jemand hatte sie dort angegriffen. Cyprians Geist war noch immer nicht so weit, dass er die nötigen Verbindungen hätte herstellen können, aber seine Gedanken begannen bereits, Muster zu weben.

»Cyprian?«

Niklas Wiegant stand zu Füßen des Trümmerhaufens. Cyprian gab seinen Blick schweigend zurück. Niklas kletterte zu ihm nach oben.

»Was ist hier geschehen, Cyprian? Wer ist dieser Mann mit dem Kind? Wer ist die Tote?« In Niklas' Augen traten neue Tränen. »Ich dachte, es sei Agnes. Du dachtest das auch – du hast sie – Du bist im Haus noch mal zurück und –«

»Sie ist für Agnes gestorben«, hörte Cyprian sich sagen. Es war für Niklas wie ein Schlag.

»Sie war in Agnes' Zimmer. Sie hat mindestens einen schweren Schlag an den Kopf bekommen. Wer immer sie geschlagen hat, hat sie liegen gelassen und das Haus angezündet. Vielleicht haben er oder sie Agnes mitgenommen und dann das Feuer gelegt.« Der letzte herumirrende Gedanke fand seinen Platz in dem Muster in Cyprians Gehirn. »Ihr solltet alle sterben, Niklas. Bei Agnes wollte man sich nur absolut sicher sein. Wofür, Niklas?«

Niklas Wiegant starrte Cyprian an. Seine Augen zuckten.

»Welche Sünde hast du begangen, Niklas Wiegant, die irgendjemand jetzt Agnes büßen lassen will?«

Entsetzt erkannte Cyprian, dass die Wut wieder in ihm hochstieg. Er wusste nicht einmal, weswegen er so wütend wurde, aber der Anblick von Niklas Wiegant, der ein Geheimnis hütete, das sich jetzt an Agnes rächte, ließ den roten Nebel vor seine Augen steigen.

»Sagt dir der Name *Teufelsbibel* etwas, Niklas?«

Niklas schüttelte den Kopf. Seine Augen hingen an denen Cyprians. Cyprian wurde klar, dass Agnes' Vater sich danach sehnte, das Geheimnis endlich loszuwerden, und dass es ihn all die Jahre halb erstickt hatte. Es brauchte nur einen Anstoß. Cyprians Gedanken überschlugen sich. Er sah an Niklas vorbei, wie Andrej das Kind und die Tote an sich zog, als wolle er sie wenigstens ein einziges Mal beide im Arm halten.

Und dann hatte er die Lösung.

»Schwarze Mönche«, sagte er und sah mit so etwas wie Genugtuung, dass Niklas noch bleicher wurde, »und ein Massaker an zehn französischen Frauen und Kindern.«

Er sah aus dem Augenwinkel, wie Andrej tränenblind zu ihm herübersah, als hätte er ihn gehört. Er nickte ihm zu.

»Erzähl«, sagte er zu Niklas, ohne ihn anzublicken.

6

Der letzte Handelstreck des Jahres 1572, ein Jahr, mit dem die Firma Wiegant & Wilfing endgültig aus den roten Zahlen gekommen war; ein gutes Jahr, trotz der grässlichen Nachrichten aus Frankreich – oder gerade deswegen, denn Massaker in benachbarten, nicht unbedingt befreundeten Königreichen sorgten in der Regel für gute Geschäfte zu Hause.

Ein gutes Jahr, obwohl sich noch immer kein Kandidat für den verwaisten Bischofsstuhl von Wien gefunden hatte, mittlerweile schon im fünften Jahr, und somit auch die katholische Bevölkerung schon im fünften Jahr nicht den Mut fand, auch nur eine einzige Prozession zu veranstalten, um den verketzerten Lutheranern zu zeigen, was wahre Anbetung Gottes war.

Ein gutes Jahr auch trotz der Sommerüberschwemmungen in Wien, die die Städte Krems und Stein und rund um Wien das Marchfeld und das Tullner Feld hatten absaufen lassen und die Ernte so nachhaltig zerstörten, dass Kaiser Maximilian um Steuernachlässe gebeten worden war und jedem Kaufmann, der irgendwelche Lebensmittel in seinen Lagerräumen aufbewahrte, diese mit Gold aufgewogen wurden.

Ein gutes Jahr … und Niklas Wiegant verspürte dumpfe Angst, nach Hause zurückzukehren. Nach dieser letzten Handelsfahrt würde es in diesem Jahr nur noch eine Reise geben, die nach Wien, zusammen mit seinem Freund und Partner Sebastian und denjenigen Buchhaltern, die das Weihnachtsfest in Wien feiern wollten statt in Prag. Und dort würde das übliche Elend auf ihn warten.

Es war schwer, im Frühjahr eine Frau zu verlassen, die in langsamer Verbitterung erstarrte und die sich die Schuld daran gab, dass die Ehe kinderlos blieb, während sie täglich das Grab besuchte, das vor vielen Jahren für einen winzigen Körper gegraben worden war. Es war noch schwerer, am Ende des Jahres zu dieser Frau zurückzukehren und zu erleben, wie sie in den abgelaufenen Monaten noch ein wenig tiefer in den Trübsinn, in die Trauer, in die Vereisung geglitten war. Es war am schwierigsten, wenn man diese Frau von Herzen liebte.

Und jetzt – das Kind. Als die Bettlerin ihn angesprochen hatte, hatte er es zum ersten Mal gesehen: nur ein paar Tage alt und so schwach, dass es aussah wie ein Greis. Es hatte die Augen offen gehabt, doch ob es etwas wahrnahm und was, konnte er nicht erkennen. Die Frau hatte es gestillt; so erschöpft, wie sie selbst war, konnte sie nur ein paar Tropfen Milch haben. Das Kind hatte ihn die ganze Zeit über mit seinen weit offenen, riesengroßen Augen angestarrt, ohne zu blinzeln; selbst als es an der Brust hing, hatte sein Blick ihn nicht losgelassen.

Niklas hatte das seine getan, damit die Frau und das Kind es komfortabel hatten. In einem der Wägen, der Stoffe transportierte und dementsprechend mit einem gepichten Dach gegen den Regen gesichert war, hatte es – zwischen den Tuchballen – sogar so etwas wie Wärme gegeben. Jeder Schritt, den sein Pferd tat, hatte zugleich einen Gedanken zu diesen beiden geschickt, und Niklas hatte mit einer Mischung aus Hoffnung und Furcht beobachtet, wohin sich diese Gedanken entwickelten.

Schließlich hatte er Gott um Hilfe angerufen. Starb das Kind, bis sie Prag erreichten, würde er das Begräbnis bezahlen und der Frau ein Almosen geben, das sie über den Winter brachte. Starb es nicht, dann – würde er die Frau bitten, das Kind adoptieren zu dürfen. Nun war es an Gott, zu entscheiden.

Das Kind gedieh. Es starb nicht, es wurde nicht einmal krank auf der von der Langsamkeit der Ochsenkarren bestimmten viertägigen Reise, es störte nicht, es sah Niklas nur die ganze Zeit über mit seinen großen Augen an, sobald er einen Blick in den Tuchwagen warf. Niklas begann sich zu fragen, ob Gott der Herr die Seele seines ersten, bei der Geburt umgekommenen Kindes nicht noch einmal auf die Welt zurückgeschickt hatte, um ihr eine zweite Chance zu geben, und ob Gottes Engel es nicht so gedeichselt hatten, dass er ihr auf der Straße nach Prag begegnete. Das Kind war ein Mädchen; Niklas' Kind wäre ein Sohn gewesen. Es gab nichts, was unbedeutender hätte sein können.

Bei ihrer letzten Rast vor Prag nahm Niklas die Frau beiseite und sprach mit ihr.

7

»HAST DU GEWUSST, dass es nicht ihr eigenes Kind war?«

»Nein«, sagte Niklas. »Ich hatte keine Vorstellung, was es für eine Mutter bedeuten könnte, wenn man ihr vorschlug, ihr Kind mit fortzunehmen – ›Wissen Sie, ich kann besser für es sorgen als Sie selbst, meine Liebe‹.« Niklas schüttelte sich. »Ich bin froh, dass ich wenigstens diese Sünde nicht beging.«

»Sie hat dir schließlich erzählt, das Kind sei die einzige Überlebende eines Massakers, das ein verrückt gewordener Mönch an hugenottischen Flüchtlingen aus Frankreich verübt hat.«

Niklas musterte Cyprian. »Ja«, sagte er nach einer langen Pause. Dass er nicht fragte, woher Cyprian dies wusste, zeigte, wie er seinen Gesprächspartner einschätzte. Cyprian erinnerte sich, wie Niklas ihn aus dem Haus geworfen hatte mit dem unüblichen Abschiedsgruß »Ich mag dich«. Er schluckte die erneut aufsteigende Wut hinunter. *Wir stünden nicht hier vor der Leiche der Geliebten eines Mannes, der sich als treuer Freund erwiesen hat, wenn du nicht so verbohrt an deinen Heiratsplänen mit Sebastian junior festgehalten hättest,* dachte er erbittert. Aber es ergab überhaupt keinen Sinn, der Wut zu folgen. Zu den meisten Fragen begannen sich Antworten in Cyprians Kopf zu formen, nur zur wichtigsten nicht: wo war Agnes?

»Sie hat mir keine weiteren Details mitgeteilt, nur, dass es besser wäre, wenn ich sie nicht kennen würde und dass ich ihr versprechen müsse, das Kind niemals mit Kirchenkreisen in Berührung zu bringen. Ich versuchte mir meinen eigenen Reim darauf zu machen. Sie war als Hugenottin geboren, und niemand sollte jemals erfahren, dass es das Massaker gegeben hatte. Die Katholiken und die Protestanten in Böhmen wären sich gegenseitig an die Gurgel und das ganze Land in einem Bürgerkrieg untergegangen.« Niklas ballte die Fäuste. »Cyprian, mir war es völlig egal, ob Agnes das Kind eines Schweinehirten war, das in der Jauche geboren wurde, oder das des französischen Königs. Aber mir war klar, dass eine Gruppe von Hugenottinnen, die es bis nach Böhmen geschafft hatte, nicht aus einfachen, mittellosen Frauen zusammengesetzt gewesen sein konnte. Ich dachte mir, dass es umso schlimmer würde, wenn herauskäme, dass französische Adlige auf der Flucht in Böhmen ermordet worden waren. Hugenotten. Wo die eine Hälfte des Adels in Böhmen protestantisch ist und die andere Hälfte katholisch. Politik und Glaube! Ich versprach, Agnes von beidem fernzuhalten.«

Und hast sie daher von mir fernhalten wollen, dachte Cyprian. *Weil ich der Vertraute meines Onkels bin; und weil es keinen zweiten Menschen auf der Welt gibt, in dem Politik und katholischer Glaube sich so vereinen wie in ihm.* Zugleich schüttelte er den Kopf.

»Agnes hätte sterben sollen«, sagte er. »Der Mönch, der damals mit dem Mord beauftragt war, hat sie stattdessen gerettet.« *Bruder Tomáš,* dachte er. *Liegst du noch immer in dem alten Verlies unterhalb der Ruinen von Podlaschitz und vermoderst bei lebendigem Leib, weil deine Menschlichkeit so groß war, dass du dich von zwei Sünden für die für dich schlimmere entschieden hast, die des Ungehorsams gegen dein Gelübde? Du hast dem Menschen das Leben gerettet, den ich liebe.*

»In Prag alles zu arrangieren war einfach. Ich ließ Agnes in ein Findelhaus bringen, das nicht von einer der Pfarrgemeinden Prags betrieben wurde, gab dort eine großzügige Spende ab, damit es ihr gut ging, organisierte die Rückreise nach Wien und holte sie am Tag der Abreise ab. Ich hatte zwei Ammen und eine eigene Köchin angeheuert, um ihr die besten Chancen zu geben, die Reise zu überleben. Seither habe ich jedes Mal, wenn ich hier war, dem Findelhaus eine Spende gegeben. Ich hielt es für eine Versicherung. Wenn Gott bewusst wurde, dass ich immer noch dankbar war für das Geschenk, das mir gegeben worden war, dann würde er Agnes nichts – nichts –« Niklas verstummte mit einem Misston.

»Wo ist Agnes jetzt? Wenn du es weißt, Niklas, dann sag es mir. Sie ist in Lebensgefahr!«

Niklas blinzelte. Er wandte sich zu Andrej um, der sich so weit gefangen hatte, dass er mit einem Tuch die letzten Reste von Ruß und Asche aus Yolantas Gesicht wischen konnte. Das Kind auf seinem Schoß greinte vor sich hin. Niklas' Gesicht verzerrte sich vor Mitleid. Aus dem Augenwinkel sah Cyprian, wie Theresia die Szene ebenfalls beobachtete. Cyprian hätte schwören können, dass auch ihr nicht alle Details der Schilderung Niklas' bekannt gewesen wären, wenn sie sie jetzt gehört hätte. Niklas stand eine weitere Beichte bevor.

»Du glaubst auch nicht, dass sie – dass Agnes – hier drunter –« Niklas verstummte. Cyprian schüttelte grimmig den Kopf. Niklas ebenso, zwei Männer, die sich an der Hoffnung festhielten, dass ihr Liebstes nicht unter Tonnen von glimmendem Schutt begraben lag.

»Yolanta ist für Agnes gestorben. Jemand hat sie für Agnes gehalten, weil sie in Agnes' Zimmer war. Warum sie dort war, wird vermutlich Andrej wissen. Wichtiger ist, dass der oder die Täter nicht nur sie, sondern euch alle beseitigen wollten, und dass es keinerlei Spuren geben sollte, dass es sich um Mord handelte – daher die Brandstiftung. Niklas, wie auch immer diese Geschichte zusammenpasst: die Leute, vor denen Agnes' Pflegemutter dich gewarnt hat, haben euch gefunden. Es gibt keine andere Möglichkeit.«

»Aber – jetzt erst? Nach so vielen Jahren? Was sollte da noch von Bedeutung sein an einer Gruppe toter Französinnen und ihren Kindern?«

Genau das ist die Frage, dachte Cyprian. *Und die einzige Antwort, die mir einfällt, höre ich den Bischof von Wiener Neustadt, meinen verehrten Onkel Melchior Khlesl, sagen: die Teufelsbibel, mein Lieber. Das Vermächtnis des Bösen.*

Die Spur des Codex hatte nach Podlaschitz geführt. Agnes war die einzige Überlebende des Massakers von Podlaschitz. Der Zusammenhang war so klar, dass er förmlich in der Dunkelheit leuchtete. Aber die Logik dahinter war unverständlich.

Und Agnes ist auch nicht die einzige Überlebende, hörte Cyprian eine Stimme in sich sagen. Er starrte den über der Leiche von Yolanta kauernden Andrej an. *Warum wird* er *nicht gejagt? Weil niemand weiß, dass es ihn gibt?*

Unrast überkam ihn so plötzlich, dass seine Erschöpfung wie weggewischt schien. Er kletterte vom Schutthaufen herunter und ließ Niklas Wiegant zurück, der verloren mit dem Fuß in den Trümmern herumstieß, als hoffe er in den brandgeschwärzten Bruchstücken etwas zu finden, das ihm Zuversicht gab.

Bevor er Andrej erreichte, stapfte Theresia unvermittelt auf diesen zu. Sie deutete auf das Bündel auf Andrejs Schoß.

»Ich kann das nicht mehr mit ansehen«, sagte sie. »Geben Sie mir das Kind. Es braucht so schnell wie möglich eine Amme. Ich besorge ihm eine.«

Andrej starrte zu ihr auf. Er zuckte hilflos mit den Schultern und brachte keinen Ton heraus. Theresia schnaubte verächtlich, dann bückte sie sich und nahm das Bündel auf. Andrejs Blicke folgten ihr.

»Ich tu ihm schon nichts«, schnappte sie. »Wie ist sein Name?«

»Wenzel«, flüsterte Andrej. »Wenzel – von Langenfels.«

Theresia legte das Gesicht des Kindes frei, damit es atmen konnte, wandte sich ab und stolzierte in Richtung auf die feiernden Nachbarn davon. Sie kam an Niklas vorbei, der jetzt auf den Trümmern seines Hauses saß und ihr mit den Blicken folgte. Sie zögerte einen Moment, das Kind auf dem Arm. Die beiden wechselten einen Blick. Niklas hatte plötzlich Tränen in den Augen und versuchte ein scheues Lächeln.

Cyprian kniete neben Andrej nieder.

»Das Leben ist ein Scheißhaufen«, sagte er.

Andrej nickte. »Ich bin schuld«, sagte er kaum hörbar. »Ich habe ihr geraten, zu Agnes zu gehen und sie zu warnen.«

»Wovor?«

»Vor Pater Xavier.«

Cyprian hörte die Stimme Kardinal Facchinettis von jenseits des Grabes. *Pater Xavier Espinosa. Ein Dominikaner. Er hat alle Freiheiten, die er braucht.* Cyprian holte Atem. »Hör zu, Andrej«, sagte er. »Wenn deine und Yolantas und Agnes' Geschichte ein See wäre, und du würdest mich fragen, wie viel ich davon verstanden habe, würde ich sagen, etwa zweieinhalb Tropfen. Aber das ist im Augenblick völlig einerlei. Yolanta ist für Agnes gestorben, und Agnes ist verschwunden. Wenn du nicht willst, dass Yolantas Opfer umsonst war, dann hilf mir, Agnes zu finden.«

Andrej wischte sich die Tränen aus dem Gesicht. Es war vergeblich. »Lass mich in Ruhe«, schluchzte er.

»Nichts lieber als das. Du hast die Frau verloren, die dir alles bedeutet hat. Aber es gibt eine Frau, die mir alles bedeutet, und ich weiß nur, dass sie in großer Gefahr schwebt. Deine Liebe wird nicht wieder lebendig, wenn meine auch stirbt.«

»Hör auf damit!«, schrie Andrej. »Musst du noch Salz in meine Wunde reiben?«

»Nein, ich will, dass du mir hilfst.«

»Verschwinde! Wenn es dich und – und Agnes nicht gäbe, wäre Yolanta noch am Leben.«

»Dann hilf mir, ihrem Tod einen Sinn zu geben.«

»Ihr Tod wird nie einen Sinn haben!«, schrie Andrej. »Was für einen Sinn hat es, wenn Menschen sterben, obwohl ein neues Leben zum Greifen nah ist? Was für einen Sinn hat es, wenn Menschen sterben, die einem anderen Menschen alles bedeuten? Der Tod hat keinen Sinn, er ist nur das verfluchte Ende des Lebens für diejenigen, die gestorben sind, ebenso wie für diejenigen, die sie zurückgelassen haben!«

Er rappelte sich auf und packte Cyprian am Kragen. »Verschwinde, Cyprian Khlesl! Ich wünschte, ich hätte dich nie gesehen! Verschwinde und lass mich in Ruhe und hab wenigstens den Anstand, meine Trauer zu respektieren!«

Cyprian ließ sich von Andrej auf die Beine ziehen und vor die Brust stoßen. Das Leid verdoppelte die Kräfte des hageren jungen Mannes; Cyprian stolperte ein paar Schritte zurück. Drüben beim Feuer verstummten die Gespräche und das Gelächter. Gesichter wandten sich ihnen zu, dann kam das Gespräch nach und nach wieder in Gang, etwas gedämpfter als zuvor.

Cyprians Gefühle wirbelten durcheinander. Er öffnete den Mund, aber er wusste nicht, was er noch zu Andrej hätte sagen können. Er wollte in irgendeine Richtung davonlaufen und laut nach Agnes brüllen, aber er wusste, dass es das Falscheste gewesen wäre, was er hätte tun können. Er fühlte, wie eine Hand seinen Ellbogen ergriff.

»Er kann dir nicht helfen«, sagte Niklas Wiegant. »Und ich verstehe ihn. Was kümmert ihn Agnes? Aber vielleicht können uns die Wachen weiterhelfen.« Er deutete zu einer Dreiergruppe, die sich um einen vierten Mann scharte, der auf dem Boden saß. Cyprian erkannte den Hauptmann der Nachtwache, der sich mit dem eigentlich abgelösten Hauptmann der Tagwache des Altstädter Brückentors wieder das militärische Übergabespiel leistete. Cyprian kniff die Augen zusammen.

»Wieso?«, knurrte er.

»Weil sie den Brandstifter gefangen haben.«

»Nein, nein, nein, Euer Gnaden, ich hab nichts getan.« Die Stimme des Mannes war ruhig, aber an seinem fortdauernden Kopfschütteln erkannte Cyprian, dass er am Rand eines Nervenzusammenbruchs war.

»Was hat er gesagt?«, fragte er einen der beiden Wachführer.

»Dass er unschuldig ist.«

Cyprian nickte. »Wo habt ihr ihn gefunden?«

»Hat sich in einer Tordurchfahrt rumgedrückt. Ein Volltrottel. Wenn er sich einfach da drüben mit ans Feuer gestellt hätte, wäre er keinem aufgefallen. Aber so – und mit dem da –« Der Hauptmann hielt eine Binde hoch, die an zwei Stellen mit rötlicher Flüssigkeit verschmiert war und wie die eines versehrten Blinden aussah. Er sah zu dem Gefangenen. Dessen Blick zuckte zwischen Cyprian und dem Hauptmann hin und her.

»Einfacher, als sich einen Fuß abzuhacken«, sagte Cyprian. »Können Sie für mich übersetzen?«

Der Hauptmann nickte. Er wies mit dem Kinn auf den Gefangenen, und dieser wurde auf die Beine gezerrt. Cyprian sah, wie sich sein Brustkorb hob und senkte, und hörte die Panik in seinem schnellen Atmen.

»Hast du das Haus angezündet?«

Der Hauptmann übersetzte in beide Richtungen.

»Nein. Wörtlich: Aber nie im Leben, Euer Gnaden, ich doch nicht. Ich bin ein armer, bli…«

»Was?«

»An dieser Stelle hat er sich unterbrochen.«

»Glauben Sie ihm?«

Der Hauptmann musterte Cyprian. Schließlich hob er die Schultern. »Er hat nicht lange genug über seine Antwort nachgedacht«, sagte er dann. Er drehte sich um und drosch dem Gefangenen die Faust in den Bauch. Als dieser mit hervortretenden Augen zusammenklappte, schlug er ihm die Faust auf den Schädel. Der Mann fiel auf alle viere und grunzte. Seine Augen verschleierten sich. Die Wachen rissen ihn wieder in die Höhe. Cyprian packte den Arm des Hauptmanns.

»Nur keine falsche Zurückhaltung«, zischte der Hauptmann. »Seinetwegen hätte die halbe Stadt abbrennen können.«

Der Gefangene gurgelte und blubberte und versuchte, auf den Beinen zu bleiben. Cyprian griff ein Büschel Haare und zerrte ihm den Kopf nach oben. Er starrte ihm ins Gesicht. Der Mann stöhnte und verdrehte die Augen.

»Es gibt zwei Möglichkeiten«, sagte er. »Du kriegst das hier angehängt und brennst bei lebendigem Leib, oder du sagst mir, was du gesehen hast.«

Der Mann schielte. Seine Lippen zitterten.

»Du verstehst mich schon«, sagte Cyprian. »Einer wie du versteht immer alle Sprachen.«

Cyprian sah die Faust des Hauptmanns heranfliegen, dann wurde ihm das Büschel Haare aus den Fingern gerissen, als der Kopf des Gefangenen zur Seite flog. Die Knie des Mannes gaben nach, und er setzte sich hart auf den Boden. Der Hauptmann rieb sich die Knöchel. »Wenn wir genügend Zähne lockern, lockern sich vielleicht auch seine Lippen«, knurrte er.

Cyprian bückte sich und kauerte sich neben den Mann, der sich stöhnend mit einem Finger im Mund herumfuhr. Als er den Finger herauszog, hing ein langer Blut- und Spuckefaden daran. Der Mann verzog schmerzlich das Gesicht und spuckte vorsichtig aus.

»Für wen arbeitest du?«, fragte Cyprian. Der Mann starrte ihn an. »Du hast das Haus bespitzelt, stimmt's? Für wen arbeitest du?«

»Bespitzelt?«, echote der Hauptmann. Er hob einen Stiefel. Der Gefangene gab ein wimmerndes Geräusch von sich und rutschte beiseite. Cyprian hockte sich zwischen ihn und den Hauptmann.

»Pater Xavier?«, versuchte Cyprian es aufs Geratewohl.

Der Gefangene erstarrte. »Pater Scheiß-Xavier«, sagte er dann mit hartem Akzent und ebenso unüberhörbarem Hass in der Stimme. »Ich für Pater Scheiß-Xavier. Alles Scheiße. Weißt du?«

»Ich weiß gar nichts«, sagte Cyprian. »Erzähl's mir.«

Der Mann schüttelte den Kopf.

»Lassen Sie mich mal fragen«, sagte der Hauptmann.

Cyprian bewegte sich nicht vom Fleck. Der Hauptmann schnaubte verächtlich. Cyprian wandte sich um, nahm dem Hauptmann die Augenbinde ab und warf sie dem Gefangenen in den Schoß. Dieser versuchte, sie nicht anzusehen.

»Die machen dich fertig«, sagte Cyprian und deutete auf die Wachen. »Die hängen dir den Brand an, den Mord an Yolanta und natürlich betrügerisches Betteln. So wie du sterben wirst, wirst du direkt in die Hölle kommen, weil das Fegefeuer nicht schlimmer sein kann als dein Tod. Ist Pater Xavier mehr zu fürchten als das?«

Er sah die Antwort in den Augen des Gefangenen: Ja. Doch der Mann schluckte.

»Mir reicht's jetzt«, sagte der Hauptmann hilfreich. »Jungs, gebt mir mal ein Messer. Ein stumpfes.«

»Ich rede nur dir!«, keuchte der Mann und sah Cyprian flehentlich an. »Nur dir!«

»Ich bin ganz Ohr.«

»Ich ihr folge«, flüsterte der Mann und deutete dort hinüber, wo Yolantas stille Gestalt lag. »Ich ihr folge, weil Pater Scheiß-Xavier sagen. Sie geht hier. Ich folge. Sie geht Haus.«

»Warum wollte der Dominikaner, dass du sie beschattest?«

Der Mann zuckte mit den Schultern, deutete aber wieder hinüber. »Er.«

»Wegen Andrej?«

»Weiß ich? Sagen mir nichts. Immer nur: Mach dies, mach das.«

»Na gut. Was ist dann passiert?«

»Ich warte. Frau kommt raus – andere. Geht weg. Ich warte. Dann kommen …« Er hielt Zeige- und Mittelfinger in die Höhe. »Zwei?«

»Zwei Neuankömmlinge. Männer oder Frauen?«

Der Mann deutete eine niedrige und eine hohe Spanne vom Boden an.

»Ein kleiner und ein großer, ja. Eine Frau und ein Mann?«

Der Mann schüttelte den Kopf. Er kämpfte mit sich und seufzte. Schließlich hob er die Hände und tat so, als würde er etwas über den Kopf streifen, und faltete sie dann wie zum Gebet.

»Kapuze? Frömmigkeit? Beten? Mönche!?«

Der Gefangene nickte.

»Sie rein. Lange nichts. Dann kommen wieder raus. Großer trägt Kleinen. Klein ist …« Der Gefangene lieferte eine überzeugende Pantomime eines Menschen ab, der halb tot in den Armen eines anderen hängt. »Dann – Wasser.« Er wies zum Brunnen hinüber, ballte beide Fäuste und rüttelte an der Luft.

»Sie haben den Käfig über dem Brunnen zerlegt?«

»Ja. Und gemacht …« Eine neue Pantomime. Jemand versuchte, eine Tür zu öffnen, und kam nicht weiter.

»Sie haben die Türen verbarrikadiert«, sagte Cyprian. »Ich weiß.«

»Dann – weg.«

Cyprian nickte langsam.

»Das glauben Sie doch nicht etwa?«, fragte der Hauptmann. Cyprian sah zu ihm hoch, dann stand er auf und nahm ihn einen Schritt beiseite.

»Eine so abstruse Geschichte? Ich hätte ihm keine geglaubt, die glatter oder logischer wäre. Außerdem weiß ich, dass es den Dominikaner, von dem er sprach, wirklich gibt.«

Der Hauptmann brummte etwas.

»Vielleicht verhält sich die Geschichte ganz anders«, sagte Cyprian. »Vielleicht haben die Mönche Agnes entführt, und Yolanta wollte sie daran hindern. Er hat nur zwei Gestalten gesehen, aber kann die eine davon nicht Agnes gewesen sein, während der zweite Mönch sich irgendwo anders rausschlich?« Er dachte an die Pantomime. Plötzliche Rastlosigkeit machte ihn kurzatmig. »Nein, er hat gesagt, sie hätte schon vorher das Haus verlassen. Haben sie sie abgefangen und irgendwo gefesselt zurückgelassen? Aber warum dann Yolanta? Jedenfalls ist das eine Spur. Danke, dass Sie mir geholfen haben. Die Masche ›Guter Inquisitor – Böser Inquisitor‹ zieht immer.«

»Hä?«, machte der Hauptmann.

»Können Sie den Mann festhalten? Vielleicht brauche ich ihn noch mal.«

»Wir werfen ihn sowieso in den Kerker«, sagte der Hauptmann. »Das brauchen Sie uns nicht zu befehlen.«

»Erhalten Sie ihn in einem Zustand, dass ich ihm noch Fragen stellen kann.«

Der Hauptmann musterte ihn. Cyprian merkte, dass er Sympathien zu verlieren begann. Er zuckte mit den Schultern.

»Die Mönche«, wandte er sich an den Gefangenen. »Gibt es irgendwas Besonderes an ihnen, außer dem Größenunterschied? Irgendwas an ihren Kutten oder so?«

Der Gefangene gab Cyprians Blick zurück. Nach ein paar Augenblicken wischte er mit der Handfläche über den Boden und hielt sie nach oben. Sie war schwarz vor Ruß und Dreck.

»Schwarze Kutten?« Die zerfledderte Gestalt auf dem Mauerrest von Podlaschitz fiel ihm ein, die kein Mönch gewesen war, aber eine alte, zerschlissene Kutte gefunden hatte, um sich darin einzuhüllen. »Die Mönche trugen schwarze Kutten?«

Der Gefangene nickte. Cyprian wandte sich ab.

Andrej stand vor ihm. Seine Augen waren weit aufgerissen und auf den Gefangenen gerichtet. Cyprians Erinnerung an das Gespräch mit Andrej vor den Mauern von Podlaschitz setzte ein, und ihm war, als sähe er die Bilder, die dieses Gespräch projizierte, auch in Andrejs Augen. In Panik flüchtende Schatten. Ein schwarzer Mönch mit Blut an den Händen. Eine geschwungene Axt.

»Mönche mit schwarzen Kutten«, sagte er leise. »Sie haben deine Eltern und zehn unschuldige Frauen und Kinder auf dem Gewissen, sie haben Yolanta ermordet, sie hätten beinahe die ganze Stadt in Flammen aufgehen lassen, und sie sind die einzige Spur zu Agnes. Der Kreis schließt sich, Andrej.«

Andrej hielt eine Hand in die Höhe. Etwas baumelte darin, etwas, das wie eine Münze aussah. »Das ist das zweite Mal, das ich so etwas finde«, sagte er kaum hörbar. »Das erste Mal fiel es mir vor die Füße, als ein Mann tot vor mir zusammenbrach. Dieses Mal habe ich es einer toten Frau aus den Händen genommen. Sie muss es einem von den Kerlen abgerissen haben.«

Cyprian starrte auf das sich langsam drehende Medaillon. Es glänzte stumpf. »Das Siegel einer Bruderschaft«, sagte er.

»Ich komme mit dir«, sagte Andrej.

8

»Irgendwann musste das geschehen«, sagte Pater Xavier. »Unvorsichtigkeit ist ein Fluch.«

»Mich haben sie jedenfalls nicht entdeckt, Pater«, sagte der Junge stolz. Er lief hinter dem Dominikaner her, der scheinbar langsam die Treppe hochstieg. Im ersten Geschoss angekommen stellte der Junge fest, dass er ins Schnaufen geraten war.

»Hast du gehört, was er zu den Wachen und zu Cyprian Khlesl gesagt hat?«

»Nicht alles, Pater. Ich hatte mich unter die Leute beim Feuer gemischt, da war es schwierig, gleichzeitig zu lauschen. Aber ich habe auch gesehen, was er gesehen hat – die schwarzen Mönche.«

»Cyprian und Andrej haben die Verfolgung aufgenommen?«

»Scheint so, Pater.«

»Und Yolanta ist tot?«

»Keine Ahnung, Pater. Sie haben gesagt, ich soll mich auf nichts anderes – äh – konz... kronzen...«

»Konzentrieren. Ja. Schon gut.« Pater Xavier machte sich an einem von zwei Verschlägen schaffen. Der Junge roch Vogelkot. Der Dominikaner musste tief in den einen Verschlag hineinfassen und holte eine Handvoll grauer Federn daraus hervor. Fasziniert betrachtete der Junge, wie Pater Xavier sich an einen kleinen Tisch setzte, einen Köcher am Bein der Taube öffnete und eine Botschaft hineinschob, die er offenbar schon länger vorbereitet hatte. Als er den Holzverschlag öffnete und frische Luft hereinkam, begann in dem anderen Verschlag ein aufgeregtes Gurren und Trippeln. Als der Junge seine Augen davon ab- und wieder Pater Xavier zuwandte, begegnete er dessen amüsiertem Blick.

»Die hier«, sagte der Dominikaner und wies mit einem Kopfnicken auf den ungeöffneten Verschlag, »verbinden mich mit Rom.« Er hob die Taube, die er in Hand hielt, an die Öffnung und ließ sie los. Die Taube startete mit dem üblichen hektischen Flirren. »Die hier nicht.«

Der Junge glaubte ein verächtliches Lächeln wahrzunehmen, doch dann schien das schmale Gesicht des Mönchs so unbewegt wie immer. Gemeinsam kletterten sie hinab in die schmale Zelle, wo Pater Xavier begann, seine Bibel und seine Schreibutensilien in ein Bündel zu packen.

»Eigentlich«, sagte Pater Xavier, »hätte ich eine der Tauben losschicken sollen, die mich mit Rom verbinden. Selbstverständlich mit einer anderen Botschaft als der, die ich versandt habe. Aber ich habe das Gefühl, dass der Zeitpunkt gekommen ist, an dem ich mich lossprechen sollte. Hast du das verstanden?«

»Nö«, sagte der Junge, der das Gefühl hatte, dies wäre die richtige Antwort, selbst wenn es gelogen gewesen wäre.

Pater Xavier nickte und schnürte sein Bündel zu.

»Wo gehen Sie hin, Pater?«

»Die Jagd hat begonnen, mein Kleiner. Ich folge ihrem Ruf.« Er warf eine Münze auf den Tisch. Sie hatte einen anständigen Wert. Der Junge machte große Augen, dann schnappte er sie. »Geh deiner Wege. Es war gut, dass ich einen Spitzel für den Spitzel hatte.«

»Die richtige Wahl, Pater«, sagte der Junge und blähte sich. »Auf mich ist Verlass.«

»Es ist immer von Vorteil, wenn auf meine Helfer Verlass ist«, sagte Pater Xavier und lächelte den Jungen zum ersten Mal an. Während er sah, wie die Doppeldeutigkeit ins Bewusstsein des Jungen sank und dessen pompöses Grinsen in dem Maß verlosch, in dem das Wolfslächeln einen Eiszapfen in sein Herz senkte, erinnerte der Dominikaner sich daran, wie er zu seinem zweiten Spitzel gekommen war. Der Junge war ihm in eine verlassene Gasse gefolgt und hatte ihm dort seine ältere Schwester angeboten; als Pater Xavier abgelehnt hatte, seine jüngere Schwester; als auch dieses Angebot auf Desinteresse stieß, sich selbst – alles innerhalb weniger Sekunden und ohne dass das zuversichtliche Grinsen von seinem mageren Bubengesicht verschwunden wäre. Beeindruckt von derart skrupelloser Flexibilität, hatte Pater Xavier einen anderen Dienst für ihn gefunden.

Der Junge schluckte. »Untertänigsten Dank für alles, Hochwürden«, sagte er.

Pater Xavier verließ seine Bleibe, ohne sich auch nur einmal umzudrehen. Der Junge blieb zitternd in der Zelle stehen. Als das Geflatter an der Fensteröffnung ertönte, schrak er zusammen. Eine Taube war gelandet. Sie trug einen kleinen Köcher am Bein. Der Junge blinzelte, dann rannte er hinaus in die Gasse. Pater Xavier war nirgends zu sehen.

»Bist du in die Hölle zurückgekehrt?«, flüsterte der Junge. Er dachte kurz darüber nach, ob er zurückgehen und die Taube holen sollte. Sie hätte eine Mahlzeit abgegeben. Doch er wusste, dass er nicht die Nerven dazu hatte, nicht mehr seit Pater Xaviers Abschiedslächeln. Er hatte die Münze, oder? Vorsichtig schielte er in seine Handfläche, ob sie sich etwa in Blech verwandelt hätte, aber da lag sie, schimmernd, schwer und großzügig. Er rannte davon und fühlte sich nach ein paar Schritten plötzlich bemüßigt, einen Luftsprung zu machen. Ihm war in den Sinn gekommen, dass er noch lebte.

Die Taube trat von einem Fuß auf den anderen und ruckte mit dem Kopf hin und her. Niemand kümmerte sich um sie, niemand nahm ihr die Botschaft ab, niemand gab ihr zu fressen. Sie gurrte. Dies war nicht vorgesehen gewesen. Ihre schwarzen Augen glänzten, und ihr Schnabel pickte gegen das Fenstersims, ein Äquivalent eines menschlichen »Hä?«.

In ihrem Köcher ruhte, ungelesen, die Botschaft von Kardinal de Gaete, dass Pater Hernando vor ein paar Tagen in Wien gesehen worden war und bei Ankunft dieser Nachricht vermutlich bereits in Prag eingetroffen sein dürfte; und dass Pater Xavier, was seinen Bruder *in dominico* betraf, die Freiheit hatte zu tun, was zum Wohl der Kirche für richtig gehalten werden musste.

Weder die Taube noch die Absender der Botschaft wussten, dass Pater Xavier sich soeben alle Freiheit der Welt gestattet hatte, zu tun, was immer *er* für richtig hielt.

9

PAVEL SCHLUG DIE Augen auf. Er hatte geträumt, dass er eine Treppe hinunterstieg. Die Treppe sah aus wie die, die zum Versteck der Teufelsbibel unterhalb des Klosters in Braunau führte. Aber alle paar Schritte stand jemand an der Seite und starrte ihn wortlos an. Die Erste war Agnes Wiegant, die junge Frau, die er vor wenigen Stunden in Prag den Flammen überantwortet hatte; ganz unten, fast schon in den Schatten, stand wieder eine Frau. Er kannte ihren Namen nicht und würde ihn nie erfahren. Er hatte geholfen, das Kind auf die Welt zu bringen, das ihr sterbender Körper geboren hatte. So schloss sich der Kreis. Er erinnerte sich, dass er im Traum gedacht hatte: *Das war der Anfang?* Der Traum verflog, doch die Frage blieb bei ihm wie ein schlechter Geschmack im Mund. *Das war der Anfang gewesen? Eine Tat, die wie ein Akt der Barmherzigkeit gewirkt hatte, hatte dazu geführt, dass er jetzt hier am Straßenrand irgendwo östlich von Prag lag und starb? Und zwischen einst und jetzt mehrere Morde begangen hatte?* Er schauderte. *Mit jedem Schritt unseres Lebens betreten wir einen Pfad, dessen Ende wir nicht absehen können,* dachte er.

Wie lange war er besinnungslos gewesen? Er blinzelte in den Himmel und meinte, im Osten so etwas wie einen leichten Schimmer des Morgengrauens wahrzunehmen. Der Nieselregen flimmerte in seinen Augen. *Wie lange …?* Lange genug, dass Buh weitergegangen war und ihn im Stich gelassen hatte.

Er hatte nur Pavels Bitte erfüllt. Mit einem Willensakt, der gewaltig war, überbrückte Pavel den Traum und erinnerte sich an die Augenblicke vor seiner Ohmacht. Er hatte Buh gebeten, ihn zurückzulassen. Er hatte mit glasklarer Logik argumentiert. Pavel war nicht in der Lage, den Gewaltmarsch zurück auf sich zu nehmen, und er hielt Buh nur auf. Andererseits musste Abt Martin wissen, dass sie ihre Mission erfüllt hatten.

Pavel wandte sich stöhnend um und versuchte, in den Wolken im Westen einen Widerschein des Feuers zu sehen, das er entfacht hatte. Er sah nichts, nicht einmal den hellen Fleck, von dem man hätte annehmen können, er sei das Echo, das die Stadtbeleuchtung Prags in den Himmel warf. Wer wusste, wie weit sie gekommen waren in jenen ersten, panikerfüllten Stunden?

Buh hatte Pavels Wunsch erfüllt. Pavel konnte es ihm nicht übel nehmen. Obwohl er Buh nichts von der umgekippten Laterne erzählt hatte, schien der Riese genau Bescheid zu wissen, welche Hölle sie hinter sich gelassen hatten. Es musste ihm vor Pavel grauen. Pavel hatte ihn gebeten, allein weiterzugehen und ihn, Pavel, hier zum Sterben zurückzulassen, und Buh hatte gehorcht – die erste Bitte seit Tagen, die der Riese mit leichtem Herzen erfüllt haben würde.

Als seine Gedanken so weit gekommen waren, spürte Pavel den Schmerz. Er stammte nicht von seinen blauen Flecken, geprellten Rippen und sonstigen Verletzungen, sondern kam aus seinem Herzen. Beinahe überrascht erkannte er, welchen Platz die Freundschaft zu Buh in seinem Herzen eingenommen hatte. Er war sich ihrer Tiefe nie bewusst gewesen. Plötzlich wünschte er sich nichts mehr, als dass er wenigstens zu Buh hätte sagen können: Es tut mir leid.

Buh hatte ihn unter einem Gebüsch versteckt. Im Sommer wäre das Versteck gut gewesen; aber die Zweige trugen jetzt, kurz vor Ostern, lediglich schwache Knospen, und der Regen fiel ungehindert durch sie hindurch. Die Kutte war noch nicht so durchnässt, wie sie nach Stunden hätte sein müssen;

konnte es bedeuten, dass Pavel nur kurz besinnungslos gewesen war?

Wenn ja, dann war Buh vielleicht noch in Rufweite. Es war Nacht, und außer ihnen würde keine Menschenseele im Freien sein. Er konnte ihn erreichen, wenn er ihn rief.

Pavel merkte, dass er bereits auf der Straße stand, als er zum Ende seiner Gedanken gekommen war. Schwindel ließ ihn taumeln. Die Straße lief als vages helles Band unter seinen Füßen hindurch und verlor sich in der Finsternis. Er konnte niemanden darauf erblicken. Er holte Atem, doch dann gewann der Verstand die Oberhand.

Was hatte er gerade tun wollen? Buh zurückrufen? Er sollte lieber Gott danken, dass der Riese ihn im Stich gelassen hatte – um des Erfolgs der Mission willen, vor allem aber wegen Buhs Seele. Es konnte keinen Zweifel geben, dass Pavel verflucht war, auch wenn alles, was er getan hatte, nur der Liebe zu Abt Martin, dem Gehorsam seines Gelübdes und der Rettung der Christenheit wegen geschehen war. Pavel schwankte.

Dann hörte er das Stampfen und das schwere Atmen. Jemand näherte sich der Straße. Zog man die Tageszeit in Erwägung, konnte es sich um keinen aufrechten Menschen handeln. Wegelagerer, Gesetzlose, Verzweifelte. Sie mussten auf ihn aufmerksam geworden sein, als er aus dem Gebüsch gekrabbelt war. Für Leute wie sie war schon eine halbwegs unversehrte Mönchskutte ein Schatz. Sie würden ihn erschlagen, und Pavel war überzeugt, dass er nichts Besseres verdient hatte. Er schloss die Augen, breitete die Arme aus und begann flüsternd zu beten. Das Stampfen näherte sich und hielt vor ihm an. Er hörte das Schnauben eines Tiers. Dann hörte er die Stimme.

»Gnnnnh!«

Er öffnete die Augen. Direkt vor ihm stand Buh. Der Riese lächelte nicht, aber er wies auf einen Esel, der neben ihm stand, komplett mit einem aus Stricken gefertigen Zaumzeug. Buh machte eine einladende Handbewegung.

Pavel kletterte wie in Trance auf das Tier. Buh hatte es von einer nahe gelegenen Koppel gestohlen, um ihr Fortkommen zu sichern. Nun erinnerte sich Pavel daran, dass Buh ihn die meiste Zeit über getragen hatte, seit sie aus Prag entkommen waren. Er krallte sich in die kurze Mähne des Esels und versuchte, die Beine um seinen Leib zu schlingen. Buh nickte, packte den Zügel und begann zu laufen. Der Esel, der erkannt hatte, wer der Klügere war, gab nach und lief hinterher. Wild geschaukelt setzte Pavel ihre gemeinsame Reise in die Nacht fort, und Tränen liefen seine Wangen herab.

10

Es war eine Reise aus der Nacht in den Tag hinein; selbst wenn es nicht so gewesen wäre, hätte Cyprian sich so gefühlt. Er konnte etwas unternehmen. Weder er noch Andrej waren geübte Reiter, und sosehr es ihn auch gedrängt hatte, sofort aufzubrechen, hatte er sich doch bezähmt und den Wagen anspannen lassen. Der alte Seebär war nirgends zu finden gewesen, und so hatten Cyprian und Andrej sich kurzerhand auf den Bock gesetzt und den Wagen selbst aus der Stadt manövriert. Sie hatten wertvolle Zeit verloren – mit dem Zurücklaufen zu Cyprians Behausung, mit dem Wagen, vor allem aber mit dem Abfahren der vielen Tore, die nach Osten aus der Stadt hinausführten, bis sie das fanden, dessen Besatzung sich an zwei Mönche erinnerte. Unabgesprochen waren sie beide zur selben Erkenntnis gelangt: dass die Mönche aus dieser Richtung gekommen waren und dorthin wieder zurückkehren wollten. Podlaschitz lag im Osten.

Der Wagen war langsamer als zwei Reiter; auch das hatte Cyprian in Kauf genommen. Er hatte es als Sieg über sich selbst empfunden, vorauszuplanen anstatt impulsiv loszurennen. Der Wagen war langsamer; aber spätestens heute Abend wären zwei lahme, wunde und möglicherweise mehrfach abgeworfene Reiter langsamer gewesen. Es war das Äquivalent dafür, zuerst einen Korb zu holen, wenn man Eier ins Haus tragen wollte, anstatt sie auf den Armen zu balancieren, damit wie eine Schnecke über den Hof zu kriechen und die Hälfte zu verlieren. Nicht, dass es ihn keine Kraft gekostet hätte, seine Ungeduld zu überwinden.

Er spürte Andrejs Seitenblick.

»Es geht dem Kleinen gut«, sagte er zum hundertsten Mal. »Agnes' Mutter ist eine Megäre, aber was sie sich vorgenommen hat, das tut sie hundertprozentig.«

Der Sonnenaufgang färbte grellrosafarbene Bäuche in die tief hängenden Wolken. Das Farbenspiel kündigte weiteres schlechtes Wetter an, aber es sah schön aus. Andrej lehnte sich zurück und blinzelte in das Licht. Cyprian sah eine Träne über seine Wange laufen und wusste, dass sein Gefährte daran dachte, dass seine Geliebte diesen Sonnenaufgang nicht sehen würde. Er schnalzte mit den Zügeln und hoffte, dass es die Pferde animierte, schneller zu laufen.

»Wir müssten bald in der Nähe von Neuenburg sein«, sagte Andrej.

Als hätten sie darauf gewartet, tauchte eine Gruppe von Männern neben der Straße auf. Sie winkten der Kutsche. Cyprian sah die erdfarbenen Kittel von Bauern und die buntere Kleidung von Soldaten. Die Männer zogen eine lockere Kette über die Straße. Cyprian und Andrej wechselten einen Blick. Andrej zuckte mit den Schultern. Cyprian zog an den Zügeln.

Ein längeres Gespräch zwischen Andrej und einem der Soldaten folgte. Cyprian brannte vor Ungeduld. Einmal wandte sich Andrej ihm zu, und Cyprian erkannte mit einer Art Schock, dass sein Begleiter seine Erregung nur mühsam unterdrückte. Die Soldaten öffneten den Verschlag, blickten in den Wagen und legten sich auf den Boden, um unter die Aufhängung zu spähen. Cyprian verfolgte ihr Treiben argwöhnisch.

Er sah auf und begegnete dem Blick eines Bauern. Seine Augen waren rotgeweint. In den Händen hielt er einen Prügel, mit dem sich ein Rhinozeros hätte totschlagen lassen. Der Prügel bog sich unter den wringenden Händen des Mannes.

»Was ist hier los?«, fragte Cyprian aus dem Mundwinkel.

Die Soldaten rappelten sich wieder auf und nickten ihnen zu. Cyprian trieb die Pferde an. Er hob die Hand und winkte den Männern zu, die beiseitetraten. Finstere Blicke trafen ihn. Keine einzige Hand erwiderte den Gruß.

»Ihr mich auch«, murmelte Cyprian.

Andrej holte Atem. »Wir sind auf der richtigen Fährte«, sagte er.

»Haben dir das diese Typen erzählt?«

Andrej wandte sich um und spähte über den Wagenkasten hinweg. Cyprian tat es ihm gleich. Die Männer waren verschwunden, als wären sie nie da gewesen. Cyprian machte schmale Augen.

»Auf wen lauern sie?«

»Hast du den Mann mit dem Prügel gesehen?«

Cyprian nickte.

»Gestern Abend ist seine Frau im Kindbett gestorben. Gestern Morgen ist das Kind gestorben, das sie zur Welt gebracht hat. Davor hat man im Wald oberhalb ihres Weilers seine Schwägerin gefunden – erschlagen. Und während sie sie nach Hause trugen, brachten Reisende einen weiteren Leichnam, den sie neben der Straße gefunden hatten – seinen ältesten Sohn.«

Cyprian starrte Andrej an. Andrejs Kiefermuskeln mahlten.

»Vor einigen Tagen zogen drei alte Männer aus dem Weiler einen Mönch aus einem Dornbusch. Der Mönch sah übel aus und erzählte etwas von einem Hirsch, dem er begegnet sei. Tatsächlich fanden sie die Leiche der Schwägerin bei einem Baum direkt hinter der Stelle, an der sie auf den merkwürdigen Mönch gestoßen waren.«

Cyprian starrte ihn weiterhin an.

»Der Mönch trug eine schwarze Kutte und war klein und mager«, sagte Andrej.

»Wir sind auf der falschen Spur«, sagte Cyprian. »Wenn die Mistkerle mit Agnes hier entlanggekommen wären, wären sie in die Straßensperre gelaufen.«

»Nein. Die Straßensperre gibt es erst seit heute im Morgengrauen. Wir waren ihre erste Beute. Der Rat in Neuenburg hat schnell reagiert und den Bauern die Soldaten zur Verstärkung geschickt, dennoch hat es bis heute Morgen gedauert, bis sie sich organisiert hatten.«

»Die Mönche sind aber noch in der Nacht hier vorbeigekommen.«

Andrej nickte.

»Ist das eine Theorie, oder bist du dir sicher?«

»Ich folge jederzeit einem besseren Vorschlag.«

Cyprian wandte sich erneut um und starrte nach hinten, wo die Straße aus dem Grau des frühen Morgens führte. Er setzte sich wieder zurecht und schnalzte mit den Zügeln. »Hüah, ihr verdammten Schnecken!«

11

VOR KOLIN GAB es einen Regenschauer. Der Schauer hatte eine Begleitmusik – einen langsamen, rhythmischen Trommelschlag. Abseits von der Straße stand ein Galgen. Die Leiter war angelehnt, ein Verurteilter stand darauf, den Strick um den Hals. Der Henker balancierte neben ihm auf der Leiter und hielt ihn fest. Es sah so aus, als hätte der Delinquent jemanden nötig, der ihn festhielt, damit er nicht vorzeitig von der Leiter fiel. Der Regen lief ihm in Strömen vom verzerrten Gesicht, nicht anders als dem Pfarrer, der neben dem Galgen stand und laut aus der Bibel las, oder den Zuschauern.

Es sah aus, als sei die halbe Stadt hier herausgekommen, um ihm beim Sterben zuzusehen. Ein Halbwüchsiger schlug die Trommel. Jemand löste sich aus der Zuschauerschar und rannte zur Straße herauf, als Cyprian den Wagen weiterlenken wollte. Erneut entspann sich ein Gespräch zwischen Andrej und dem Mann.

»Der Verurteilte hat einen Mord begangen«, erklärte Andrej.

»Ein Fremder«, informierte der freundliche Gaffer in fließendem Deutsch, als habe er zuvor nicht in seiner Muttersprache geredet. Er strahlte Cyprian an. »Hat den Schuster erdrosselt, vor zwei Tagen. Wir haben ihn im Haus ertappt, als er es ausräumen wollte.«

Cyprian nickte. Der Gaffer hing voller Begeisterung am Zaum des rechten Pferdes und gestikulierte einladend in Richtung des Galgens. Der Verurteilte hatte begonnen zu schreien, ein dünnes Geräusch, das unartikuliert bis zu ihnen drang. Er zappelte mit seinen auf dem Rücken gefesselten Händen und den zusammengebundenen Beinen, dass der Henker sich selbst festhalten musste, um nicht heruntergeschubst zu werden.

»Er sagt natürlich, er war's nicht«, erklärte der Gaffer und betrachtete das Schauspiel, als müsse er ihm Noten geben.

»Tja«, machte Cyprian und hob den Zügel. »Wir müssen weiter.«

»Die schwarzen Gespenster«, spottete der Mann. »Die Geistermönche. Die hätten den Mord begangen. Die Ausrede ist so blöd, dass sie fast schon wieder wahr wirkt.«

»Tatsächlich«, sagte Cyprian und senkte die Hand mit dem Zügel ganz langsam wieder. Er konnte spüren, wie sich Andrej neben ihm versteifte. »Wie war das? Schwarze Mönche?«

»Mann, wenn er so weiterzappelt, dann fällt er noch runter, bevor der Pfarrer mit der Predigt fertig ist. Blöder Hund. Wenn ich da oben stünde, ich würde zusehen, dass ich so lange wie möglich oben bleiben kann. Ja. Schwarze Mönche, hat er gesagt.« Er verzog weinerlich das Gesicht und verstellte die Stimme. »›Ich bin nur aus Hunger in das Haus gegangen, als die Tür offen stand, Euer Ehren! Ich schwöre! Als ich reinging, rannten mich zwei schwarze Mönche um. Sie hatten feurige Augen und Bocksfüße, Euer Ehren! Ich schwör's. Buhuhuuuuu‹!«

»Zwei?«, fragte Cyprian.

»Ja. Ich glaube, ich geh besser wieder runter. Der Henker kann ihn schon fast nicht mehr halten. Ich will nicht das Beste versäumen.«

»Warten Sie. Warum Geistermönche?«

Der Mann, der sich schon halb abgewendet hatte, drehte sich wieder um. »Ihr seid neu in der Gegend, was? Ein ganzes Stück weiter gab's mal ein riesiges Kloster. Zuerst wurde es in den Hussitenkriegen verwüstet, so dass die Mönche es verließen und nach Braunau gingen – da hatten sie nämlich eine Priorei gegründet. Glück gehabt, was? Sie ließen ein paar Brüder als Klausner zurück. Dann gab's dieses schreckliche Unwetter, vor zwanzig Jahren oder so. Das hat das Kloster dann vollkommen ruiniert. Seitdem heißt es, dass die Mönche, die in Braunau sterben, als schwarze Geister in ihr altes Kloster zurückkehren, um über den Verlust ihres alten Zentrums zu trauern. Nein!« Der Mann schlug die Hände vor das Gesicht. »Ach, Scheiße!«

Der Verurteilte war von der Leiter gerutscht und die Leiter vom Querbalken. Der Henker fiel mit der Grazie von Fallobst herab. Der Verurteilte wurde auf halbem Weg nach unten vom Seil aufgehalten. Der Ruck fuhr Cyprian durch Mark und Bein. Der Verurteilte bog sich krampfhaft durch und schwang dann ganz still hin und her. Das Publikum buhte. Der Henker versuchte, einen Rest seiner Würde herzustellen, indem er sich aus dem Schlamm aufrappelte, den Gehängten am Fuß packte und noch einmal heftig daran zog. Es machte den

Toten nicht toter. Schlapper Beifall brandete auf. Der Mann, der zu Cyprian und Andrej heraufgerannt war, zog ein langes Gesicht. Cyprian hatte soeben sagen wollen, dass der Verurteilte unschuldig war; er schluckte seine Bemerkung hinunter. Er ahnte, dass Andrej beinahe dasselbe gesagt hätte. Der Mann neben dem Wagen stampfte enttäuscht mit einem Fuß auf den Boden.

»Verdammte Scheiße«, sagte er. Er kniff die Augen zusammen. »Unser Henker ist zu fett. Wird Zeit, dass wir uns einen holen, der ein bisschen gelenkiger ist.«

»Dieses Kloster voller Geister …?«, fragte Cyprian vorsichtig.

Der Mann deutete vage nach Südosten. »Nur noch ein Steinhaufen in der Landschaft. Es heißt, sie hätten die Lepra dort. Das spricht gegen Geister, oder? Schon mal einen Geist gesehen, dem die Nase aus dem Gesicht fällt?«

»Nur einen, der den Kopf unterm Arm trug«, sagte Cyprian.

Der Mann starrte ihn verblüfft an. Dann begann er zu wiehern. »Kopf unterm Arm? Hervorragend!« Er klatschte sich auf die Schenkel. Cyprian verzog das Gesicht zu einem Lächeln aus Tonscherben.

»Sie kennen sich gut aus«, sagte er.

Der Mann wischte sich die Tränen aus dem Augenwinkel. »Ich bin der Gerichtsschreiber«, sagte er glucksend. »Wenn ihr in die Stadt wollt, ich kann euch eine Herberge empfehlen.«

»Nein, wir müssen weiter.«

»Ah ja. Na, keine Sorge. Wir hängen heute keine Fremden mehr auf.«

»Wir werden versuchen, morgen nicht da zu sein«, versprach Cyprian.

Der Mann wieherte aufs Neue – eine Frohnatur. Cyprian und Andrej wechselten einen verstohlenen Blick.

»Warum haben die Mönche ihr altes Kloster nicht von Braunau aus wiederaufgebaut?«, fragte Andrej.

»O Mann, weil's zu weit weg ist! Für so 'nen Sandalenschlapper mindestens drei Tage Fußmarsch! Von Podlaschitz aus. Von hier aus vielleicht eineinhalb. Die Straßen sind besser.«

»Und sie sind alle dorthin ausgewandert?«

»So heißt's, oder nicht? Mit Mönch und Maus und dem Klosterschatz. Was immer die Kerle für einen Schatz hatten. Na ja, groß genug soll das Kloster seinerzeit ja gewesen sein. Wahrscheinlich war's 'ne Reliquie. Wir haben in unserer Kirche übrigens die Haut des heiligen Bartholomäus. In Rom haben sie seine Gebeine, hab ich gehört, und in Frankfurt seine Hirnschale, aber die Haut, die man ihm abgezogen hat, haben wir. Solltet ihr sehen. Sieht allerdings scheußlich aus und wie irgendwas, wenn ich ehrlich sein will.«

»Die Versuchung ist groß«, sagte Cyprian. »Vielen Dank.«

»Und ihr wollt garantiert nicht bleiben? Die Familie des Schusters hat ein Mahl gerichtet. Ich würde mich für euch verbürgen.«

»Zu gütig.«

Der Mann winkte ihnen zu und lief halb, halb schlitterte er durch den Regen und den Morast zum Galgen zurück, bei dem die Zuschauerschar bereits schütter geworden war. Weiter vorn an der Straße pilgerten sie von der Hinrichtungsstätte zurück in die Stadt. Cyprian wischte sich den Regen aus dem Gesicht und musterte Andrej. Dessen Miene war undeutbar.

»Was für einen Vorsprung haben die Kerle deiner Meinung nach?«

»Wenn sie zu Fuß sind, einen halben Tag. Wenn sie es geschafft haben, irgendwo Pferde oder einen Esel oder wie wir einen Wagen zu bekommen, immer noch einen ganzen.«

»Du bist mit deinem Vater so viel rumgekommen«, sagte Cyprian. »Braunau?«

Andrej nickte verbissen.

12

Am Eingang zu dem engen Platz ließ Bischof Melchior den Wagen anhalten. Der Geruch nach nassem Rauch drückte zur Fensteröffnung herein. Die Lücke, die zuvor die Firma Wiegant & Wilfing ausgefüllt hatte, sah aus wie das faule Loch, aus dem ein kaputter Zahn entfernt worden war. Der Bischof musterte die Szenerie ruhig. Die Abenddämmerung machte sich bereits bemerkbar, es war nicht mehr weit bis zum Vesperläuten, und entsprechend viele Neugierige drängten sich vor dem Schutthaufen. Beteiligte und Unbeteiligte hatten gleichermaßen ihre Zuhörer um sich versammelt und gaben eine Schilderung der Ereignisse zum Besten; Letztere unterschieden sich von Ersteren nur durch ihre eindrücklicheren Gesten. Ansonsten war die Menge an Erfundenem bei beiden gleich. Melchior Khlesl lauschte den Wortfetzen, die vom nächststehenden Märchenerzähler zu ihm drangen. Man hätte es ihm nicht angesehen, aber sein Herz war voller Angst. Wo waren die Wiegants? Die Wilfings? Wo war Cyprian? Er warf einen Blick zu seinem stummen Passagier und schüttelte ratlos den Kopf.

Dann hörte er das Kinderweinen und sah eine Frau mit einem Bündel im Arm durch die Menge eilen. Ihr auf den Fersen folgte eine zweite Frau mit Rußschmieren im Gesicht und einem völlig ruinierten Kleid, die Anweisungen herunterratterte wie ein Feldwebel vor dem großen Angriff. Melchior öffnete den Verschlag des Wagens und kletterte heraus.

Theresia Wiegant blieb stehen, als er auf sie zukam. Sie streckte die Hand nach der Frau mit dem Bündel aus, ohne hinzusehen, und hielt sie an der Schulter fest. Das Bündel machte Kleinkindergeräusche und zückte eine winzige Faust, die in der Luft herumfuhr.

Theresia nickte ihm zu. »Ehrwürden.«

Anders als Cyprian hatte Melchior sich von der schroffen Art Theresias niemals auch nur verärgern lassen. Er hatte ihre unzweifelhaften Qualitäten erkannt und sich ansonsten nicht darum gekümmert, was sie von ihm oder seiner Familie hielt.

»Frau Wiegant.«

Sie starrten sich an. Fragen wären angebracht gewesen, von »Was tun Sie denn hier?« bis »Was ist mit Ihrem Haus passiert?«. Ihre Beziehung war nicht so, dass Fragen gestellt wurden. Melchior akzeptierte es ohne Gefühlsregung. Jetzt sah er Niklas Wiegant mit den beiden Wilfings, die mit Händen und Füßen mit einem Mann verhandelten, der wahrscheinlich ein Haus zu vermieten hatte. Auch die Frage nach dem Wohlergehen der Familie schien überflüssig zu sein.

»Ich suche Cyprian.«

Zu Melchiors Überraschung wurde ein Riss in Theresias steinerner Fassade sichtbar. »Er ist hinter Agnes her«, sagte sie mit einem Anflug von Heiserkeit.

Der Bischof musterte sie schweigend.

»Agnes ist verschwunden. Seit dem Brand gestern Nacht«, sagte Theresia.

Melchior nickte. Er war bereits in Cyprians Bleibe gewesen. Alles hatte nach einem hastigen Aufbruch ausgesehen. Der Wagen war weg gewesen; an seiner Stelle hatte er einen aufgebrachten Mann mit Holzprothesen an Armen und Beinen vorgefunden, der ihm erklärt hatte, dass es sich nicht schickte, wenn die Pinasse ohne Navigator in See stach, Baas, beim Klabautermann! Melchior hatte ihm vorsichtshalber zugestimmt und war wieder abgefahren.

Und nun? Es hatte ein Szenario gegeben, dem Bischof Melchior hatte folgen wollen, als er in Wien aufgebrochen war. Cyprian war Teil des Szenarios gewesen. Cyprian war nicht da, und er hatte keine Ahnung, wie er sich mit ihm in Verbindung setzen konnte. Er konnte ihm natürlich folgen. Es gab schließlich nur vier Himmelsrichtungen, in die Cyprian aufgebrochen sein konnte, wenngleich der Bischof ahnte, dass die passende Richtung Osten war.

Sollte er den Plan umsetzen? Er wandte sich von Theresia ab und kehrte zu seinem Wagen zurück.

»Der nächste Schritt ist, die Aufmerksamkeit einer ganz bestimmten Person auf dich zu lenken«, erklärte er seinem Passagier. So war der Plan.

Bevor man gar nichts tat, tat man lieber das Falsche. Wenn man einen Plan hatte, dann war es geraten, ihm zu folgen, bis ein besserer Plan auftauchte.

Mit dem Gefühl, das Falsche zu tun, ließ Bischof Melchior den Wagen weiterfahren.

13

CYPRIAN FUHR SICH über das unrasierte Kinn. Die Stoppeln und der Schmutz von zwei Tagen und zwei Nächten ließen ihn so finster wirken wie einen Wegelagerer. Er spähte zu dem Felsgebilde hinüber, hinter dem Andrej steckte. Er konnte ihn nicht entdecken. Guter Mann.

Er schätzte, dass er die beiden Schläfer jetzt eine halbe Stunde beobachtet hatte. Lange genug. Sie stellten sich nicht nur schlafend, dessen war er sicher.

Als sie den immer dichter werdenden Hinweisen auf eilige Mönche in Begleitung einer vermummten Gestalt gefolgt waren und schließlich mit dem ersten Grau des dritten Morgens in diese bizarre Landschaft aus Felstürmen und steinernen Gestalten eingedrungen waren, durch die sich die Straße nach Braunau wand, als fürchte sie sich selbst unter den phantastischen Formen, war Cyprian vollkommen ruhig geworden. Er spürte, dass ihre Beute direkt vor ihnen war. Sie hatten den Wagen zurückgelassen und waren unter dem fast ohrenbetäubenden Geschrill der Vögel zu Fuß weitergegangen, in einen Wald aus uralten Bäumen, in eine Geisterstadt aus massiven Felsblöcken, die aus der Erde wuchsen, hoch wie Kirchtürme.

Cyprian war nicht überrascht gewesen, den Geruch eines erloschenen Feuers wahrzunehmen, und als sie fast über die eingemummelten Gestalten neben der glimmenden Asche gestolpert waren, hatte er lediglich Andrej in eine Deckung auf der anderen Seite des kleinen Lagers geschickt und ihn gebeten, auf sein Zeichen zu warten. Agnes war nirgends zu sehen, aber das Gelände war so unübersichtlich, dass sie unbemerkt hundert Schritt weiter in einer Felsspalte stecken konnte. Zum Suchen war nachher Zeit.

Das Zeichen – ein schlecht nachgemachter Vogelruf? Ein Steinwurf? Eine Stimme, die aus den Wolken sprach und sagte –

»Verdammt noch mal«, flüsterte Cyprian. »Was soll's!«

Er richtete sich auf und spazierte aus seiner Deckung heraus, laut in die Hände klatschend. »Zeit zum Aufstehen, Brüder!«

Die eine der Gestalten zuckte zusammen und ächzte. Die andere lag ganz still. Andrej hastete hinter seinem Felsen hervor. Cyprian deutete auf den halb erwachenden Mann unter seiner Decke, dann warf er sich auf den anderen, riss ihm die Decke weg und packte ihn an der Gurgel. Er hörte das Gerangel von Andrejs Seite des Lagers, noch während er versuchte zu verstehen, was er sah.

»Jemand hat uns die Arbeit abgenommen«, sagte Andrej.

Wer immer es gewesen war, hatte die beiden Mönche gefesselt und vermutlich niederknien lassen. Dann waren Prügel in Aktion getreten und hatten Schädel eingeschlagen. Der Größere der beiden war tot und starrte mit hervorgetretenen Augen gleichgültig zu Cyprian hoch. Cyprian versuchte nicht zu genau zu den Stellen hinzusehen, an denen der Kopf des Mannes merkwürdig eingedrückt war. Er rappelte sich auf und zog ihm die Decke wieder über das Gesicht. Seine Hände waren fühllos.

Andrej hatte die Decke von dem anderen Mönch weggezogen und fummelte an seinen Fesseln herum. Der Mann atmete pfeifend. Seine Augen waren geschlossen. Ab und zu zuckte und stöhnte er. Blut war aus seiner Nase geronnen, aus seinen Ohren und aus den Augenwinkeln. Es sah aus, als habe er blutige Tränen geweint. Sein Gesicht war eine Landschaft aus erstarrten Blutrinnsalen. Andrej fluchte und zerrte an den strammen Fesseln um Leibesmitte und Beine. Der Mönch tat einen tiefen, krächzenden Atemzug.

»Lass es gut sein«, sagte Cyprian.

»Ich will ihm wenigstens die Fesseln aufmachen, um es ihm zu erleichtern.«

»Zu spät«, sagte Cyprian.

Der Atemstoß entwich langsam und blubbernd dem halb offenen Mund des Mönchs. Sein Körper schien irgendwie flacher zu werden, als fließe er halb in den Boden hinein. Er atmete nicht wieder ein. Cyprian betrachtete ihn.

»Da ich nicht annehme, dass Gott sich eingeschaltet hat, hat jemand anderer Gerechtigkeit geübt«, sagte er heiser. »Wo ist Agnes?«

Die beiden Toten antworteten nicht. Cyprian sah sich selbst, wie er die stillen Körper mit den Füßen traktierte und seine Frustration herausbrüllte, und schwitzte, weil es ihm nur mit Mühe gelang, das Bild nicht Wirklichkeit werden zu lassen.

Andrej stand auf und zog die Decke von dem ersten Mönch. Er sah nachdenklich auf ihn hinab. Dann ging er zu dem zweiten zurück und betrachtete auch ihn.

Die staubigen schwarzen Kutten machten beide Körper bereits jetzt den Schatten gleich. Cyprian biss die Zähne zusammen, bis ihm der Kiefer wehtat. Er sah sich um. Die Vögel machten Lärm, als gäbe es etwas zu feiern. So wie er vorhin den Impuls unterdrückt hatte, die Toten zu schänden, unterdrückte Cyprian nun den Impuls, sich vor Panik die Haare zu raufen. Was hatte er vorhin gedacht? Agnes könne in irgendeiner Felsspalte versteckt sein? Vielleicht war sie es, lediglich genauso tot wie ihre beiden Entführer. Und wenn das nicht – vielleicht war sie nur fünfhundert Schritte weiter in Gewalt der Wegelagerer, die die Mönche erschlagen hatten und jetzt die Reihenfolge auslosten, in der sie sie vergewaltigen würden. In diesem Irrgarten aus Felstürmen waren fünfhundert Schritte so gut wie fünfhundert Meilen. Im letzten Dorf hatte man sie davor gewarnt, dass sich jedwedes Gesindel die Felsenstädte als Unterschlupf gesucht hatte. Cyprian drehte sich einmal um sich selbst. Sein Kopf dröhnte vom Vogelsang.

Andrej betrachtete einen runden Felsen in der Nähe. Dann ging er zu ihm hinüber, bückte sich und begann, an etwas zu zerren, das an der Unterseite des Felsens eingeklemmt war. Er zog ein schmutziges weißes Stoffbündel heraus und nach einiger Mühe ein zweites. Mit seinem Fund kehrte er zu den Toten zurück.

»Das sind nicht die Kerle, hinter denen wir her waren«, sagte er.

Cyprian versuchte zu verstehen, was Andrej gesagt hatte.

»Die Leute, die wir gefragt haben, haben immer wieder von drei Mönchen gesprochen«, erklärte Andrej.

»Der dritte Mönch war Agnes.« Cyprians Stimme hörte sich bedrohlich an.

»Nein, die Hinweise auf Agnes waren die auf eine verhüllte Gestalt. Außerdem – sieh dir die Hände und Füße der beiden an. Die sind nicht seit Tagen unterwegs gewesen.«

Cyprian musterte seinen Gefährten unverwandt. Andrej gab den Blick zurück. Schließlich hob er eines der Stoffbündel, schüttelte es mit einer ruckartigen Bewegung und breitete es über den Körper des größeren der beiden Mönche aus. Es legte sich unordentlich über ihn wie ein Leichentuch.

»Eine weiße Kutte«, sagte Cyprian.

Andrej bückte sich und knüpfte mit entschlossenen Bewegungen die Fessel um den Leib des toten Mönchs auf. Dann packte er die schwarze Kutte und flickte sie beiseite. Sie fiel nach beiden Seiten auseinander und offenbarte einen mageren, gelblich weißen, völlig nackten Körper. Andrej stand auf und warf die zweite weiße Kutte über die Blöße des Toten.

»Das sind Dominikaner gewesen«, sagte er. »Man hat sie gezwungen, ihre weißen Kutten auszuziehen und sich in ihre schwarzen Kukullen zu hüllen. Die Fesseln haben die Mäntel zusammengehalten. Das sind nicht die Schwarzen Mönche, die wir suchen.«

14

Die Dunkelheit und Kühle taten gut – obwohl Pavel innerlich fror. Aber außen glühte er, und zudem hatten Dunkelheit und Kühle etwas Vertrautes, einen bekannten Geruch, eine heimelige Textur. Er holte tief Atem und versuchte, ruhig zu werden.

Schließlich stellte er fest, dass er nicht allein war.

»Mission erfüllt«, sagte er. Er spürte mehr, als dass er es sah, wie Abt Martin den Kopf hob. »Vater vergib mir, denn ich habe gesündigt.«

»*Ego te absolvo,* Bruder Pavel.«

»Sie ist wieder sicher, ehrwürdiger Vater. Ich habe schreckliche Dinge getan, aber sie ist wieder sicher.«

Abt Martin antwortete nicht. Pavel, dem mittlerweile klar geworden war, dass er auf seiner Pritsche in der Zelle tief im Stein des Klosterfelsens lag, richtete sich auf. Die Bewegung machte ihn schwindlig. Es schien völlig unmöglich, dass er sich auch nur einen Augenblick länger in seiner Position halten konnte, doch dann schaffte er es sogar, die Beine von der Pritsche zu schwingen und sie auf den Fußboden zu stellen. Er war Schlegel und Glocke zugleich, statt Glockentönen vibrierten die Schmerzen eines überall grün und blau geschlagenen Körpers durch ihn. Ein anderes, viel dumpferes und zugleich mächtigeres Vibrieren rollte in seinen Eingeweiden. Wie sollte er in diesem Zustand auf die Beine kommen? Er versuchte, Kraft aus der nahen Energiequelle zu schöpfen, hatte aber nur das Gefühl, dass das unablässig flüsternde Summen ihn der wenigen Kräfte beraubte, die er noch besaß. In seinen Achselhöhlen pochten Nadelstiche.

»Hörst du sie?«, fragte Abt Martin von weit her.

Pavel nickte.

»Spürst du sie?«

»In meinem Blut, in meinem Fleisch, in meiner Seele«, wisperte Pavel.

»Du hast das Richtige getan, Bruder.«

»Sie ist wieder sicher.«

Abt Martin schüttelte den Kopf.

»Doch, ehrwürdiger Vater. Das Kind von damals war eine junge Frau, die von einem Kaufmann in seine Familie aufgenommen wurde. Das Kind ist tot. Der Kaufmann und seine Familie sind tot. Sie sind durch das läuternde Feuer gegangen, und wenn sie Sünden begangen haben, dann möge Gott der Herr sie an mir vergelten.«

Der Abt sah ihn an. Sein Gesicht schien in der Dunkelheit zu schweben und war mager, grau und alt.

»Der Knecht und die Magd, die Tomáš seinerzeit bei seinem Verrat geholfen haben, sind ebenfalls tot. Es gibt niemanden mehr außer dir und den Kustoden, die Bescheid wissen, und keine Menschenseele mehr, die den Weg zu uns finden würde.«

»Sie ist nicht sicher, Bruder Pavel.«

»Wie bin ich hierhergekommen, ehrwürdiger Vater? Ich kann mich an nichts erinnern.«

»Auf dem Rücken eines Esels festgebunden.«

»Buh«, sagte Pavel und probierte ein Lächeln. Es schmerzte

in seinem starren Gesicht. Er stellte sich auf die Beine, seine Knie knickten ein, und er setzte sich wieder hin. Beim zweiten Versuch blieb er stehen. Kopfschmerzen begannen seinen Schädel zusammenzudrücken. Er ignorierte sie.

»Die Kustoden sind wieder vollzählig, ehrwürdiger Vater«, meldete er und riskierte ein zweites Lächeln. »Wo ist Buh? Er hat seine Pflicht erfüllt wie kein zweiter. Ohne ihn wäre ich am Ende gescheitert. Oder schon am Anfang. Dass der Codex wieder sicher ist, verdanken wir ihm und nicht mir.«

»Der Codex ist nicht sicher, Bruder Pavel.« Der Abt fuhr sich mit der Hand über das Gesicht. »Und die Kustoden sind nicht wieder vollzählig.«

Pavel verstand kein Wort.

»Wir haben dich vor der Klosterpforte auf einem Esel festgebunden gefunden, Bruder Pavel. Du warst allein.«

»Allein? Aber wo war …?«

»Er ist nicht mit dir zurückgekehrt, Bruder Pavel. Die Kustoden sind nur noch sechs, und was immer an Bösem passieren kann, der Ring ist nicht geschlossen und die Welt ohne Schutz vor der Teufelsbibel.«

15

PATER XAVIER BLIEB hinter der Klosterpforte stehen und atmete tief ein. Der Torhüter nahm es als Zeichen der Erleichterung und sagte: »Noch mal willkommen, Pater, in unserer Mitte. Gott hat unser Kloster gesegnet und vor der Krankheit behütet, die draußen umgeht.«

Pater Xavier sah keine Veranlassung, ihn aufzuklären. Er nickte und lächelte. Was ihn in Wahrheit mit Begeisterung erfüllte, war die Anwesenheit der Teufelsbibel. Er wusste, dass sie hier war. Er spürte sie. Er spürte das Vibrieren, den dumpfen Choral von Macht und unendlicher Geduld. Er hatte es schon gespürt, als er durch die Stadt geschritten war, in der die grauen Menschenbündel in den Gassen und an Hausecken mittlerweile nicht mehr beiseitegeräumt wurden. Die Stadt war eine Peststadt, der Anblick wie ein Bild aus dem innersten Kreis der Hölle, teuflisch ausgeleuchtet von feuerfarbenem Morgenlicht, das auch über den beiden großen, hastig aufgeschichteten Holzstapeln im Klostervorhof lag. Die Benediktiner bereiteten sich bereits darauf vor, die Pesttoten zu verbrennen, anstatt auf ihr Begräbnis zu warten.

Allem Horror zum Trotz war Pater Xavier geradezu enthusiastisch gewesen. Je weiter er sich dem Zentrum genähert hatte, das sich um das Kloster gruppierte, desto lauter war der Ruf gewesen. Die Kraft hatte ihn nicht erstaunt; wenn ihn etwas erstaunte, dann nur die Erkenntnis, dass er niemals vorgehabt hatte, die Teufelsbibel seinen Auftraggebern auszuhändigen. Nach dieser Erkenntnis hatte er leise gelacht. So war es von Anfang an vorgesehen gewesen. Ironischerweise würde die Botschaft, die er vor seiner Abreise aus Prag losgeschickt hatte, die letzte Kommunikation mit dem Kreis um Kardinal de Gaete sein, obwohl die Botschaft gar nicht an ihn gerichtet war. Ihr Inhalt hätte passender nicht sein können.

Pater Xavier nahm das Beben der Macht in sich auf. Nun bestand keine Eile mehr. Er hatte das Ziel erreicht, zu dem sein gesamtes Dasein geführt hatte. Nichts hatte ihn abhalten können, noch nicht einmal die Überraschung in letzter Sekunde, in Adersbach auf Pater Hernando zu stoßen. Sein Bruder *in dominico* hatte ihn nicht gesehen. Er war in Begleitung von zwei weiteren Mönchen und einer verhüllten Gestalt gewesen, die Pater Xavier als junge Frau identifiziert hatte, und eine Ahnung hatte ihm gesagt, dass er den Namen der jungen Frau kannte: Agnes Wiegant.

Xavier hatte Pater Hernando immer für einen schlauen Kopf gehalten, und so war er nicht erstaunt, dass auch er auf Agnes aufmerksam geworden war. Er war auch nicht erstaunt über die Schlussfolgerung, die er aus Pater Hernandos Anwesenheit zog: dass die Verschwörer ihn losgeschickt hatten, weil sie am Ende ihm, Pater Xavier, doch nicht vertrauten. Sie hatten die Situation richtig eingeschätzt. Pater Xavier lächelte. Sie hatten lediglich ihn, Pater Xavier, unterschätzt. Das Glück war auf Seiten Pater Xaviers, wie es das immer tat, wenn der richtige Mann am richtigen Platz war.

Sein Glück ging sogar so weit, dass er das Geld für die Totschläger, die er in Adersbach angeheuert hatte, einsparen konnte. Die Burschen hatten zuverlässig die beiden anderen Dominikaner beseitigt, die Pater Hernando begleiteten; ihr Lager war einfach aufzuspüren gewesen, und Pater Xavier hatte geahnt, dass seine Mitarbeiter nicht zum ersten Mal Reisende inmitten des Felsenlabyrinths überfielen. Doch als sie mit ihm in Braunau ankamen und erkannten, dass dort die Pest herrschte, waren sie geflohen, ohne groß Abschied zu nehmen. In diesem Zusammenhang war es als gleichgültig zu betrachten, dass Pater Hernando und Agnes Wiegant beim Überfall nicht im Lager gewesen waren. Selbst wenn Hernando es schaffte, bis nach Braunau zu kommen, konnte er nichts mehr ausrichten. Pater Xavier hatte gesiegt. Er hatte sein Pferd in einem verwaisten Stall gleich hinter der Stadtmauer angebunden und war dem Gesang der Teufelsbibel gefolgt.

Braunau. Die Lösung hatte so nahe gelegen, dass nicht einmal er, Pater Xavier, sie gesehen hatte. Als Yolanta ihm von Podlaschitz berichtet hatte, hätte er nur lange genug herumfragen müssen, um die Verbindung zu Braunau herzustellen. Aber warum um verflossene Gelegenheiten trauern, wenn sie keine Rolle mehr spielten? Die beiden Brüder *in dominico*, die sie überfallen hatten, waren gesprächig gewesen. Natürlich hatten sie gedacht, von einem Glaubensbruder drohe ihnen keine Gefahr. Pater Xavier fragte sich müßig, ob Pater Hernando Lunte gerochen und daher mitten in der Nacht seine Gefährten verlassen hatte oder ob es vereinbart gewesen war, dass er sie in diesem Felslabyrinth zurückließ, bis er seine eigene Aufgabe erfüllt hatte. Nun, die beiden Dominikaner im Wald konnten die Frage definitiv nicht mehr beantworten, und wie alles andere spielte auch sie keine Rolle mehr.

Was eine Rolle spielte, war das Buch, von dessen Energie der gesamte Klosterfelsen unter Pater Xaviers Füßen zu beben schien. Mit seinem Verstand wusste er, dass es nicht viele Menschen gab, die dieses Beben spürten; in seinem Herzen fühlte er Unglauben, dass diese Macht nicht jedem, der in ihrer Nähe war, die Haare zu Berge stehen ließ. Er hätte am liebsten die Sandalen ausgezogen, um die Kraft mit bloßen Füßen aus dem Fels zu saugen.

Pater Xavier war glücklich.

16

SIE TRENNTEN SICH, als der enge Spalt sich vor ihnen auftat – ein trichterförmig zulaufender Einschnitt zwischen grauschwarzen Felsen, deren Rillen und Muster auf die Öffnung des Spalts zuliefen und sie förmlich hineinzusaugen schienen. Ein Eishauch wehte daraus hervor. Es sah aus, als habe eine riesige Axt sich von oben her in einen kompakten Felsblock gegraben, der die Größe eines kleinen Dorfes hatte. Kein Laut kam aus dem Spalt, noch nicht einmal das allgegenwärtige Singen der Vögel. Ein Geruch nach Moder und Verfall verdrängte den Duft warm werdenden Harzes und langsam zerfallender Nadeln auf Waldboden.

»Ich geh hinein, du gehst außen rum«, sagte Cyprian.

»Was, wenn das ein Unterschlupf von Wegelagerern ist?«

»Wenn sie Agnes haben, dann gnade ihnen Gott.«

Andrej nickte. Sie hatten geflüstert. Cyprians einzige Hoffnung in diesem Irrgarten war, Geräusche zu hören. Die Gesetzlosen, die sich hier verbargen und die die beiden Mönche erschlagen und Agnes mitgenommen hatten, würden sich sicher fühlen. Sie würden ihre Beute feiern. Gelächter und Gegröle würde zu hören sein. Cyprian verdrängte den Gedanken daran, dass die Zeit des Feierns womöglich bereits zu Ende und von der Zeit der Konsumation der Beute abgelöst worden war und welche Geräusche ihn wohl dann führen würden. Er gönnte Andrej keinen Blick mehr, sondern drang lautlos in den Spalt ein.

Das Tageslicht verkümmerte hier zu einem bloßen Dämmer. Der Boden war frei von jedem Bewuchs – feiner, feuchter Sand. Weiter oben, wo noch genügend Licht hinkam, hatte sich Moos festgesetzt und hing in langen, bleichen Bärten in die Unterwelt herunter, durch die sich Cyprian bewegte. Wasser tropfte herab. Zu Füßen der Wand links und rechts lief ein Bach, schlängelte sich über den Weg und flutete ihn fast ständig, so dass Cyprian es aufgab, trockene Füße behalten zu wollen. Er starrte auf den Boden, doch das beständig rinnende Wasser hatte alle Spuren, die vielleicht jemand vor ihm gemacht haben konnte, ausgelöscht. Er fühlte sich wie der erste Mensch, der hier eindrang. Die Kälte nahm zu, je weiter er vorankam. Als er vorsichtig über die Schulter blickte, war der helle Spalt des Eingangs bereits verschwunden. Er schob sich weiter, teilweise seitlich, weil seine Schultern links und rechts die Wände berührten. Ihm war bewusst, dass er einerseits ein hervorragendes Ziel für einen Bogenschützen abgab, andererseits hätte ein Bogenschütze kaum Platz gefunden, seine Waffe zu spannen, und die vielen Kurven und Biegungen, die der Pfad nahm, hätten einen Treffer eher zufällig erscheinen lassen. Er arbeitete sich voran, den Rücken an die rechte Wand gepresst, die rechte Faust geballt, bereit, schneller zuzuschlagen als jeder Mensch, den er hier drin überraschte. Falls jemand glaubte, es in dieser Enge im Zweikampf mit ihm aufnehmen zu wollen, würde er ihm zeigen, dass es so etwas wie Selbstüberschätzung gab.

Noch immer hörte er keinen Laut, so angestrengt er auch lauschte. Er wagte fast nicht zu atmen. Von allen Vorgängen draußen in der Welt, von Sonne und Frühlingswärme war er abgeschnitten. Etwas knirschte sanft und umhüllte seinen Fuß mit kalter Feuchtigkeit. Er starrte nach unten – Schnee. Hier führte der Winter noch ein erfolgreiches Rückzugsgefecht. So wie es aussah, konnte dies sehr gut der Ort des jährlichen letzten Gefechts von Väterchen Frost sein, der Platz, an den er sich zurückzog und Kräfte sammelte für die neue Saison; seine Festung aus Fels und Eis, in der er niemals besiegt wurde. An den Enden der Moosbärte hingen hier lange, dünne Eiszapfen wie Klingen aus Glas. Cyprian fröstelte. Sein Hemd war am Rücken durchnässt, seine Stiefel nicht weniger, und in der kalten Luft stand der Atem. Sein Herz schlug schneller: im Schnee waren verzerrte Abdrücke zu sehen, tiefe, längliche Löcher. Er bückte sich, so gut es ging, und maß eines der Löcher mit der Handspanne aus. Ein Fußabdruck – hinterlassen von jemandem, der versucht hatte, mit zwei, drei Sprüngen das Schneefeld zu überqueren. Er versuchte, die Distanz von einer Spur zur anderen mit einem weiten Schritt zu überbrücken; er musste sich strecken. Ein paar Momente lang blieb er stehen und versuchte, seine Sinne um die scharfe Kurve vorauszuschicken, um die das Schneefeld führte. Schließlich bückte er sich erneut, um einen weiteren Abdruck zu untersuchen.

Aus dem Augenwinkel sah er die Gestalt um die Kurve herumrennen, doch es war zu spät. Bevor er sich aufrichten konnte, traf der Stiefel seine Wange, und er setzte sich hart auf den Hosenboden, schlitterte durch den Schnee und knallte mit dem Kopf gegen die Felswand. Einen lähmenden Augenblick lang dachte er, das Bewusstsein zu verlieren, dann kam der Schmerz, und er war wieder hellwach. Bis er sich aufgerappelt hatte, war der Angreifer bereits zurück um die Biegung gerannt. Cyprian hörte ihn über den Schnee hetzen.

Taumelnd setzte er ihm nach. Er schmeckte Blut, wo er sich auf die Lippe gebissen hatte. Sein Kopf war eine einzige pochende Beule, in die jeder Schritt schoss wie ein weiterer Tritt. Cyprian hastete um die Biegung herum, machte einen Satz nach vorn und überschlug sich, kam rutschend wieder auf die Beine und fing sich mit beiden Händen an der Wand ab, die eine weitere scharfe Kurve zur anderen Seite hin beschrieb. Der Ruck fuhr ihm durch den Leib. Niemand hatte auf ihn gewartet, den er mit seiner Finte hätte überlisten können. Die Schritte des flüchtenden Angreifers hallten um die nächste Biegung herum.

»Gottverflucht«, keuchte Cyprian.

Er warf sich herum und stürmte weiter, im Schnee rutschend und stolpernd. Im nächsten Moment stand er in blendendem Sonnenschein. Sein Schwung trug ihn weiter, er kniff die Augen zusammen und sah einen Moment lang etwas wie eine natürliche Arena, zu der sich der enge Spalt abrupt erweiterte, fast rund, eingefasst von senkrechten Wänden; danach tanzten grelle Abbilder des Gesehenen in seinem Blickfeld herum und machten ihn fast blind. Keuchend blieb er stehen.

»Ich bin nicht gut mit der Armbrust«, sagte eine hasserfüllte Stimme hinter ihm, »aber auf fünf Schritte würde ich so etwas Kleines wie einen Apfel treffen. Du stehst nur vier Schritte von mir entfernt, also … also …« Die Stimme verlor sich und schwieg.

In Cyprians Kopf dröhnten Kirchenglocken. Über das Geläut hörte er eine zweite Stimme. Cyprian brauchte ein paar Augenblicke, bis er verstand, was sie sagte, denn ihr Besitzer sprach Lateinisch.

»Hier gibt es mehr Felsspalten als geheime Kammern im Lateranpalast. Im Gegensatz zu der jungen Dame habe ich tatsächlich eine Armbrust, und wer immer von euch beiden als Erster eine Dummheit macht, ist tot. Dreht euch beide langsam um.«

Cyprian drehte sich einmal um seine eigene Achse. Er sah die junge Frau, die ihn zuerst niedergeschlagen und dann bedroht hatte, eine hochgewachsene, robuste Gestalt in einem schmutzigen, dunklen Kapuzenmantel, die Kapuze tief ins Gesicht gezogen. Ihre Hände hingen waffenlos an ihren Seiten herunter, und das Einzige, was sie verriet, war das kurze Ballen der Fäuste. Cyprian fühlte eine Welle aus Bewunderung und Liebe für sie hochschwappen und zugleich eine so plötzliche, faszinierende Fremdheit gegenüber einem Menschen, den er in- und auswendig zu kennen geglaubt hatte, dass beide Gefühle weder Platz ließen für die Erleichterung, dass Agnes am Leben und offenbar unverletzt war, noch für den Schock, dass sie beide von einem Dominikanermönch bedroht wurden, dessen Augen sie hinter dicken, halb blinden Brillengläsern über die Rinne einer Armbrust hinweg ins Visier genommen hatten.

Er drehte sich vollends um. Der einzige Vorteil, den sie hatten, war der, dass der Dominikaner nicht wusste, dass er eigentlich zwei Verbündete vor sich hatte. Entsprechend wanderte die Armbrust ständig zwischen ihm und Agnes hin und her.

»Stellt euch näher zusammen«, schnappte der Dominikaner.

Cyprian hob die Hände, um ihm zu zeigen, dass keine Gefahr drohte. Dann ging er langsam zu der Stelle hinüber, an der Agnes auf ihn gelauert hatte. Er bemühte sich, sie nicht anzusehen, weil er seiner selbst nicht sicher war, welche Gefühle sich auf seinem Gesicht spiegeln würden. Agnes sah im Schatten der Kapuze zu Boden. Er dachte, er sähe ihre Schultern beben, aber er wagte nicht, länger hinzusehen.

»Verstehst du Latein?«, fragte der Mönch.

Cyprian machte ein ratloses Gesicht und sagte: »Hä?«

Der Dominikaner schnaubte und warf Agnes einen Blick zu. »Von dir weiß ich es ja. Kannst du diesen Bauern verstehen? Frag ihn, was er hier zu suchen hat.«

»Ich spreche seine Sprache nicht«, sagte Agnes.

»Wenn du draußen im Wald geblieben wärst, hättest du mich abgehängt«, sagte der Dominikaner. »Dich hier zu verkriechen war ein Fehler. Ich habe deine Spuren im Schnee gesehen – es war kein Problem für mich, dir zu folgen.«

»Bescheidenheit ist eine Zier«, sagte Agnes.

Zu Cyprians Überraschung seufzte der Mönch. Cyprian blickte getreu seiner Rolle von einem zum andern und grunzte verständnislos. Er hatte festgestellt, dass die Blicke des Mönchs bei jeder Bewegung, jedem Laut von ihm sofort abirrten und ihn nervös musterten. Es konnte nicht schaden, ihn noch ein wenig nervöser zu machen. Cyprians Gedanken versuchten sich von dem Wust an Emotionen, in denen sich sein Verstand drehte, freizumachen.

»Deine Flucht war sinnlos«, sagte der Mönch. »Es geht mir um das Buch, sonst nichts. Du musst nicht mit ihm verbrennen, wenn es nicht sein muss. Aber wenn du mich weiterhin aufhältst, mache ich dir hier und jetzt ein Ende.«

Agnes antwortete nicht. Der Mönch machte eine einladende Handbewegung. »Komm mit. Die halbe Nacht in diesem Irrgarten herumzulaufen und nach dir zu suchen hat schon zu viel Zeit gekostet. Meine Brüder werden das Lager schon abgebrochen haben.«

Cyprian vermied es angestrengt, zu dem Felsspalt hinüberzusehen, aus dem der Dominikanermönch aufgetaucht war. Stattdessen riss er die Arme hoch und begann laut zu jammern. Der Mönch zuckte zusammen und richtete die Armbrust wieder auf ihn.

»Wenn es so weit ist, versteck dich hinter mir!«, rief er im Tonfall eines Mannes, dessen eigentlicher Text lautet: Was ist hier eigentlich los? Ich hab nichts getan! Lasst mich nach Hause! Er hoffte, dass der Dominikaner seine Sprache wirklich nicht verstand. »Keine Angst, er ist unser Freund!«

Es dauerte einen Augenblick, bevor Agnes reagierte – einen

Augenblick, der so lang war wie noch kein Augenblick zuvor, in dem die Armbrust begann, wieder umzuschwenken, in dem sich ein Daumen unwillkürlich auf den Auslöser senkte, in dem Cyprian sicher war, dass Agnes es nie schaffen würde, sich hinter seinen Rücken zu flüchten, in dem eine ganz dünne Stimme in ihm rief: Willst du für sie sterben? Und eine viel lautere antwortete: JA! Dann erstarrte alles. Langsam hob der Dominikaner den Daumen wieder vom Auslöser. Seine in den Brillengläsern schwimmenden Augen waren weit aufgerissen.

»Deine Brüder«, sagte Andrej freundlich in das Ohr des Mönchs, »haben nicht nur das Lager, sondern überhaupt die Zelte abgebrochen und verhandeln gerade mit dem Teufel darüber, in welchen Kreis der Hölle sie aufgenommen werden. Im Übrigen ist das, was du an deinem Hals spürst, ein Messer.«

Cyprian starrte auf die schimmernde Klinge zwischen Andrejs Fingern. Die Klinge lag leicht an der Kehle des Dominikaners. Ein Tropfen löste sich von ihr und rollte den Hals des Dominikaners hinab. Der Mönch schluckte

»Der Mann versteht dich nicht«, sagte Cyprian, der sich fühlte wie unter Wasser. »Versuch's mit Latein.«

»Ich versuch's hiermit«, sagte Andrej und drückte die Klinge stärker gegen den Mönchshals. Dieser ließ langsam und mit verbissenem Gesicht die Armbrust sinken.

Cyprian machte einen langen Schritt vorwärts und nahm die Waffe an sich. Er hob die Armbrust und zielte auf den Mönch. Dessen Augen hinter den Brillengläsern wurden schmal. Cyprian zitterte. Er dachte an jenen einzigen, langen Moment, in dem er geglaubt hatte, die Armbrust würde losgehen und entweder Agnes oder ihn treffen. Er dachte daran, wie der Mönch gesagt hatte, dass er Agnes auf der Stelle töten würde. Er kostete plötzlich einen Schatten des Gefühls, wie es gewesen wäre, sich über Agnes zu beugen und ihrem brechenden Atem zu lauschen, während ein Armbrustbolzen in ihrem Herzen steckte.

Dann drückte er ab.

»Jemand hat mal zu mir gesagt, wer eine Waffe trägt, benutzt sie auch«, sagte Andrej in die Stille, die nach dem Schuss über die natürliche Arena sank und in der das Echo der Armbrustsehne peitschend widerhallte.

Der Dominikaner sah an sich herunter. Dann hob er den Kopf und starrte Cyprian an. Von seinen Augen war fast nur noch das Weiße zu sehen. Er tat einen langen, stöhnenden Atemzug.

Andrej nahm die Klinge von seinem Hals und trat beiseite. Die Klinge war ein Eiszapfen, weiter nichts. Andrej zerbrach ihn zwischen den Fingern und warf ihn weg. Die Knie des Dominikaners bebten und begannen einzuknicken. Cyprian ließ die Armbrust aus seinen fühllos gewordenen Fingern sinken. Er sah immer noch die Geisterbilder der Funken vor seinen Augen, die die Eisenspitze des Armbrustbolzens aus den Felsen geschlagen hatte. Er hatte ihn nach etlichen Querschlägern eine ganze Strecke weit entfernt in dem engen Gang, aus dem der Dominikaner und Andrej gekommen waren, zu Boden fallen hören.

Cyprian drehte sich um, fasste Agnes' Kapuze an und streifte sie nach hinten. Ihr Gesicht war schmutzig, ihre Augen groß und ihre Lippen bleich. Er beugte sich nach vorn, nahm sie in die Arme und küsste sie wortlos auf den Mund.

17

»Das ist eine Wiedersehensfeier«, sagte Andrej auf Lateinisch zu dem Dominikaner. »Geben wir ihnen ein bisschen Zeit und machen wir's uns hier gemütlich.«

Er hatte die Armbrust aufgenommen und mit einem der Bolzen geladen, die in der Kutte des Mönchs gesteckt hatten und jetzt in seinem Wams. Die Armbrust machte eine einladende Bewegung. Der Mönch, der noch immer Schwierigkeiten mit der Erkenntnis zu haben schien, dass Cyprian ihn nicht erschossen hatte, faltete sich zusammen und setzte sich wie ein Sack. Andrej hockte sich neben ihn. Das Gras war hier, wo der Schnee abgetaut war, so gut wie trocken.

»Wer seid ihr?«, fragte der Mönch. Er beherrschte das Lateinische, als sei es seine Muttersprache. Andrej, dessen Kenntnisse weit dürftiger waren, hatte dennoch keine Probleme damit, ihn zu verstehen.

»Stell dir einfach vor, ich hätte dir diese Frage gestellt«, sagte er.

Der Dominikaner schwieg. Andrej setzte sich so, dass er Agnes und Cyprian im Rücken hatte. Agnes' Weinen und Cyprians wortloses, blasses Gesicht, mehr noch aber die Umarmung, mit der sie sich gegenseitig zu erdrücken schienen, brach sein Herz. Er sah, wie sich Yolantas Gesicht vor das des Dominikaners schob, und wusste, dass er nicht zulassen konnte, dass ihn die Trauer einholte. Seine Stimme hörte sich gepresst an, und er erkannte, dass der Dominikaner es vernommen hatte. Die Augen hinter den Brillengläsern sahen ihn an wie die eines Mannes, der es gewöhnt war, in Menschen hineinzusehen und ihren wahren Seelenzustand zu erraten – bevorzugt, wenn diese Menschen vor Schmerz brüllend an der Streckleiter hingen. Es kostete ihn Mühe, dem Blick nicht auszuweichen.

»Deine Brüder sind tot«, sagte Andrej.

Die Augen zogen sich zusammen. »Tot?« Er fragte nicht, woran sie gestorben waren. Dass es nur durch Gewalt gewesen sein konnte, schien vollkommen klar zu sein.

»Ich nehme an, dass du es nicht getan hast, und ich *weiß*, dass wir es nicht getan haben. Stellt sich die Frage, wer hier noch im Wald herumläuft und schwarze Gedanken wälzt. Von den berühmten Gesetzlosen dieses Felsenlabyrinths habe ich noch nichts gesehen. Was hältst du davon, zwei Kollegen von dir zu verdächtigen – Mönche in schwarzen Kutten?«

Es war ein Schuss ins Blaue gewesen, und er rief keinerlei Reaktion hervor.

»Das ist Pater Hernando de Guevara«, sagte Agnes' Stimme hinter Andrej. Er warf einen raschen Blick über seine Schulter. Sie und Cyprian standen dicht hinter ihm. Cyprian hatte den Arm um sie gelegt. Ihre Wangen und ihre Nase waren rot vom Weinen. Mit einem Stich, der ihn selbst am meisten überraschte, erkannte Andrej, dass er sich trotz aller Verzweiflung über Yolantas Tod zu Agnes hingezogen fühlte. Verwirrt starrte er sie an und vergaß den Dominikaner. Agnes wies mit dem Kinn auf ihn. »Er ist hierhergekommen, um ein Buch zu vernichten. Er sagt, es sei das Vermächtnis des Bösen, und er sei schuld daran, wenn es aufgeschlagen würde.«

»Die Teufelsbibel«, sagte Andrej. Der Dominikaner zuckte zusammen und rutschte hin und her. Andrej zielte halbherzig auf ihn. Er konnte die Augen nicht von Agnes wenden.

»Er glaubt, ich habe etwas mit diesem Buch zu tun. Er sagt, er habe in Wien einen Hinweis erhalten, der ihn zu mir geführt hat.«

Cyprians Augen verengten sich, aber seine Bestürzung konnte er nicht verbergen. Andrej dachte an den Mann, als dessen Agent Cyprian aufgetreten war – Bischof Melchior Khlesl. Er sah, wie Cyprian mit dem Verdacht kämpfte, dass sein Onkel ein doppeltes Spiel trieb. Auf ihrem Weg von Prag bis hierher hatte er Cyprian genügend Würmer aus der Nase ziehen können, um sich ein Bild von dessen Lage und den Absichten des Bischofs zu machen. Auch Bischof Khlesl verfolgte die ehrbare Absicht, die Teufelsbibel zu vernichten. Hatte er in Kauf genommen, Agnes zu gefährden, um dieses Ziel zu erreichen?

»Du bist Andrej von Langenfels«, sagte Agnes.

Andrej nickte.

»Yolanta hat von dir gesprochen. Sie hat mir den Mut gegeben, mir über meine Gefühle gegenüber Cyprian klar zu werden und zu dieser Erkenntnis zu stehen. Sie hat mir –«

»Sie ist tot«, sagte Andrej mit einem Mund voller Asche.

Zu seiner Überraschung kauerte sich Agnes neben ihn, nahm ihn in den Arm und begann zu weinen.

Andrej schossen die Tränen in die Augen. Die Armbrust wanderte aus und zielte auf einen Felsen fünf Meter neben Pater Hernando, doch der Dominikaner nutzte die Gelegenheit zur Flucht nicht einmal im Ansatz. Andrej spürte Agnes' kräftige Umarmung, roch ihr Haar und fühlte ihre Wange an seiner, und er musste sich zusammenreißen, um nicht loszuheulen wie ein sterbender Wolf. Die Anstrengung drückte seine Kehle zusammen.

»Ich weiß«, schluchzte Agnes. »Cyprian hat es mir gesagt. Es tut mir so leid.«

»Es ist nicht deine Schuld.«

»Es ist die Schuld dieses verfluchten Buchs.«

»Das Buch ist nichts als eine Waffe. Waffen werden von Menschen benutzt. Nur, dass diese schon durch ihre bloße Existenz Unheil anrichtet und dass der, der sie verwendet, genauso ihr Opfer wird wie der, gegen den sie sich richtet.«

»Das ist die Natur des Bösen«, sagte Pater Hernando unerwartet. Der Dominikaner richtete sich auf, und Andrej versuchte, halb blind vor Tränen, die Armbrust auf ihn zu richten. Pater Hernando breitete die Arme aus.

»Wir haben dasselbe Ziel«, sagte er. »Wir müssen nicht Feinde sein.«

Andrej spürte, wie Agnes sich aufrichtete. »Du hast mich mit deinen beiden Brüdern vor dem Haus abgefangen, in dem ich gelebt habe – gerade als ich zu Boaventura Fernandes gehen und mir das Geld zurückholen wollte, das ich ihm aufgenötigt hatte, um für mich eine Fahrt in die Neue Welt zu organisieren. Du hast mich bis hierher geschleppt. Du hast mich die halbe Nacht durch diesen Wald gejagt. Du bist mein Feind.«

»Wir haben einen gemeinsamen Feind.«

»Wer wäre das?«

»Die Teufelsbibel und alle, die sie haben wollen.«

»Zum Beispiel die, die deine Glaubensbrüder auf dem Gewissen haben?«, fragte Cyprian.

»Zum Beispiel«, erwiderte Pater Hernando nach einer langen Pause.

»Du hast doch eine Vermutung.«

»Ja. Und wenn sie zutrifft, dann handelt es sich um den Mann, den ich ausgewählt habe, um die Teufelsbibel zu suchen.«

»Ein böser Mann?«, fragte Agnes.

Pater Hernando schüttelte den Kopf. »Du kannst ihn nicht in solchen Dimensionen messen. Ein Mann ohne jegliches Gefühl für seine Mitmenschen.«

Andrej starrte den Dominikaner an. Er spürte, wie sich eine eiskalte Woge in seinen Eingeweiden ausbreitete und über seine Beine hinunterkroch. »Pater Xavier«, sagte er.

Pater Hernando nickte.

»Er jagt uns jetzt?«

»Das wäre nicht das Schlimmste. Ich fürchte, er hat uns bereits überholt.«

»Also gut«, sagte Cyprian. »Wie es aussieht, sind wir im Augenblick Verbündete.«

Pater Hernando lächelte. Seine Augen hinter den wuchtigen, blinden Brillengläsern verformten sich, rannen auseinander und wieder zusammen. »Das Feuer wartet auf uns alle«, flüsterte er. »Aber wir werden das Vermächtnis des Bösen mit uns nehmen.«

Andrej und Cyprian wechselten einen Blick. Wir haben uns

einen Verrückten als Gefährten angelacht, sagte Cyprians Miene. Andrej war sorgfältig bemüht, sich seine eigenen Gedanken nicht anmerken zu lassen.

»Ich laufe und hole den Wagen«, sagte er. Er sah in Agnes' Augen und hörte sein Herz schlagen. Der Blick machte ihm mehr als alles andere klar, dass er dem richtigen Pfad folgte.

»Ich helfe dir«, sagte Cyprian.

»Nein«, sagte Andrej, ohne seine Lateinkenntnisse zu bemühen. »Willst du unseren vieräugigen Freund noch mal mit Agnes allein lassen? *Er* soll mit mir kommen. Wir treffen uns bei seinem Lager. Ihr könnt ja schon anfangen, die zwei armen Teufel zu beerdigen, die wir gefunden haben.«

Cyprian musterte ihn. Andrej versuchte ein Lächeln, doch bei Cyprians Worten blieb es ihm im Hals stecken. »Pass auf dich auf. Trotz allem wartet jemand in Prag auf dich.«

Es kostete Andrej fast seine ganze Kraft, gelassen zu nicken. »Ich habe es nicht vergessen.« Er wandte sich zu Pater Hernando um. *»Comitare mihi velociter.«* Er hatte wie immer das Gefühl, dass es grammatikalisch nicht einwandfrei klang, aber der Dominikaner schloss sich ihm wortlos an, und das war es, worauf es ankam.

18

NACHDEM CYPRIAN DIE beiden Toten nebeneinandergelegt und ihren Körpern mit Hilfe der Kutten und der schwarzen Mäntel eine gewisse Würde zurückgegeben hatte, legte Agnes alle Steine, die sie hatte finden können, rund um die Leichen. Die Steine würden die Bedeckung für eine Weile festhalten. An ein Begräbnis war nicht zu denken: wo der Boden nicht lediglich aus einer dünnen Handbreit Humus über dem Granit bestand, war er derart mit Wurzeln durchzogen, dass kein Grabgerät der Welt ein Loch hätte schaufeln können. Es gab nichts mehr zu tun. Cyprian trat beiseite. Agnes gesellte sich zu ihm, und er sah sie an und bekam es mit der Angst zu tun. Er war nicht sicher, ob er ihr auf dem Rückweg zum Lagerplatz wirklich hätte erzählen sollen, was er über ihre Herkunft herausgefunden hatte. Sie hatte zu seinen Worten genickt und keinen allzu überraschten Eindruck gemacht, doch mit der veränderten Agnes, die er in der Felsarena zum ersten Mal gesehen hatte, war er sich seines Urteils nicht mehr sicher.

Die Angst war schon vorher da gewesen, aber jetzt hatte sie Zeit, sich zu entfalten. Die Suche nach Agnes, die ihn hierhergeführt hatte, war ebenfalls von Angst bestimmt gewesen, aber eine Angst, die er bekämpfen konnte, indem er aktiv war – den Wagen lenkte, Leute befragte, sich mit Andrej beriet. Was er jetzt fühlte, war eine ganz andere Sorte von Angst. Er konnte ihr keinen Namen geben, er wusste nur eines: er konnte sie nicht mit Aktivität bekämpfen. Es gab nichts für ihn zu tun. Er war hierhergekommen, um Agnes zu finden, er hatte sie gefunden, und nun lag es an ihr, zu entscheiden, was weiter geschehen würde. Cyprians letzter Entschluss war gewesen, den Dominikanermönch nicht zu erschießen, und es war so knapp gewesen! Im Nachhinein hatte er das Gefühl, schon abgedrückt und dann erst die Armbrust zur Seite gezogen zu haben – die Angelegenheit eines Sekundenbruchteils. Ein Lidschlag hatte entschieden, ob Cyprian zum Mörder wurde oder nicht. Die Entscheidung war die richtige gewesen, aber seither fühlte Cyprian die Angst.

»Die Straße ist nur hundert Schritte oder so von hier entfernt. Wir haben den Wagen bei den ersten Felstürmen draußen stehen lassen. Andrej müsste jeden Moment mit ihm hier eintreffen.«

Agnes musterte ihn und nickte. Er ahnte, dass es tausend andere Dinge gegeben hätte, die zu sagen mehr zur Situation beigetragen hätten. Plötzlich war er überrascht, dass er sie einfach so geküsst hatte. Sie hatte den Kuss erwidert. Aber seither hatte sie kein Wort mehr zu ihm gesagt. Sie war sich über ihre Gefühle ihm gegenüber klar geworden? Wie sollte er das deuten?

Plötzlich wünschte er sich, umzukehren. Was zum Teufel hatte ihn dazu bewogen, Pater Hernandos verrücktes Angebot anzunehmen? Was Agnes, Andrej und Cyprian selbst betraf, war die Geschichte beendet. Die Teufelsbibel? Sollte Onkel Melchior sie sich holen! Wenn ihre letzte Kommunikation funktioniert hatte, war der Bischof bereits in Prag eingetroffen. Wenn Pater Hernando sie vorher in die Finger bekam? Gut! Sollte er sich mit ihr verbrennen, ertränken, in die tiefste Erdspalte stürzen, Hauptsache, das Ding war weg und der Dominikaner mit ihm!

Und wenn Pater Xavier sich ihrer bemächtigte?

»Ich höre den Wagen«, sagte Agnes.

Er warf ihr einen Seitenblick zu. Sie erwiderte ihn. Er fühlte, wie sich ein »Keine Sorge, alles wird gut!« auf seine Lippen drängte. Er konnte es im letzten Moment hinunterschlucken.

»Agnes ...«, sagte er stattdessen. Seine Erinnerung spülte das Selbstgespräch hoch, das er geführt hatte, als er aus Podlaschitz wieder nach Prag zurückgekehrt war. Wie sollte er die Erkenntnis, die ihn dort getroffen hatte, umsetzen? Sollte er einfach sagen: »Agnes ... du warst immer das Wichtigste für mich auf der Welt, aber manchmal habe ich mich so verhalten, als sei das nicht der Fall. Ich nahm deine Liebe als selbstverständlich hin. Ich weiß jetzt, dass Liebe nie selbstverständlich ist und dass jeder Tag, den zwei Menschen in ihre Liebe eingebettet miteinander verbringen, ein Geschenk Gottes ist. Bitte verzeih mir.«

Vermutlich sollte er genau das tun. Er schluckte und holte Atem. Zwischen den Bäumen und Felstürmen erhaschte er einen Blick auf den sich nähernden Wagen. Er sagte: »Der Narr fährt zu schnell.«

Über Agnes' Gesicht huschte ein Wirbelsturm von Gefühlen. Die Enttäuschung tat ihm am meisten weh. Dann wandte sie sich ab, und zwischen ihren Brauen erschien eine Falte. Cyprian hörte die heiseren Rufe, mit denen Andrej die Pferde antrieb. Sein Instinkt handelte, bevor sein Verstand die Situation vollständig einschätzte.

Er packte Agnes am Arm und zerrte sie von der Straße. Die Pferde donnerten an ihnen vorbei, das Hufetrommeln wie ein Wirbel aus Schlägen. Der Wagen ratterte und sprang über die Wurzeln. Cyprian sah Andrej auf dem Bock sitzen, die Peitsche schwingend. Pater Hernandos Brillengläser funkelten. Andrej sah starr geradeaus. Dann brauste der Wagen vorbei, die Wilde Jagd, kondensiert in einem dunklen, kleinen Gefährt, das das Wappen des Bischofs von Wiener Neustadt trug, und raste mit unverminderter Geschwindigkeit weiter. Cyprian ließ Agnes' Arm los und rannte hinter dem Wagen her.

»Heeee!«, hörte er sich brüllen. »HAAAALT!«

Er rannte, so schnell er konnte, und beinahe sah es so aus, als könnte er den Wagen erreichen. Für lange Sekunden war er direkt dahinter und machte sich bereit, aufzuspringen. Dann vergrößerte sich der Abstand wieder, Nadeln, trockenes Moos und Staub prasselten ihm ins Gesicht und nahmen ihm den Atem. Er schnappte nach Luft. Seine Füße glühten, seine Beine pumpten. Der Wagen gewann immer mehr Vorsprung, und plötzlich stolperte Cyprian über eine Wurzel, die auch den Wagen in die Höhe federn ließ, er taumelte weiter, um sein Gleichgewicht kämpfend, dann fand er sich auf einmal auf dem Boden wieder und merkte, dass er nicht mehr atmen konnte. Er krabbelte auf alle viere, hustete und würgte. Der Wagen verschwand in einer Wolke aus Dreck, Hufgetrommel und Peitschenknallen zwischen den Felstürmen.

Agnes schloss erst zu ihm auf, als er es geschafft hatte, sich auf die Knie zu erheben und halbwegs zu Atem zu kommen. Er wäre überrascht gewesen, welche Strecke er zurückgelegt hatte, aber er verschwendete keinen Gedanken daran. Agnes fiel schwer atmend neben ihm ebenfalls auf die Knie.

»Ich weiß, was er vorhat«, stöhnte Cyprian. »Ich hab's ihm auch noch erzählt. Onkel Melchior und ich haben –« Frustriert hob er die Arme und brüllte dem längst verschwundenen Wagen hinterher: »IDIOOOOT!«

Mühsam kam er auf die Beine. Seine Lungen brannten, Seitenstechen krümmte ihn. Er machte einen halbherzigen Schritt die Straße hinunter und verzog das Gesicht.

»Cyprian«, sagte Agnes ruhig.

»Ich muss …«

»Wo willst du hin?«

»Ich muss hinterher. Er hat doch keine Ahnung, was er …«

»Willst du mich hier zurücklassen? Allein?«

Cyprian blinzelte verwirrt. Er starrte zu ihr hinunter. Sie kniete immer noch auf der Straße, die Wangen erhitzt, ihre dunkle Haarmähne noch verfilzter als zuvor.

»Willst du hinter dem Wagen herlaufen bis nach Braunau und mich hier in diesem Wald zurücklassen, mit zwei toten Mönchen als Gesellschaft und Gott weiß welchem Gesindel, das sich hier herumtreibt?«

»Nein!«, rief Cyprian.

»Also nimmst du mich mit nach Braunau?«

»In die Höhle des Löwen? Unter diesen Umständen? Bist du verrückt?«

Sie stand auf und klopfte sich die Nadeln von ihrem Kleid. »Dann kehren wir um, ja?«

Cyprian schwieg. Diesmal war es nicht, um das Gespräch unter Kontrolle zu bekommen, sondern weil er vollkommen ratlos war. Er machte eine hilflose Geste in die Richtung, in die der Wagen gefahren war. »Ich kann ihn doch nicht …«, sagte er.

»Also?«

Cyprians Mund arbeitete.

»Cyprian?«

Plötzlich brach es aus ihm heraus: »Ich würde lieber sterben, als zuzulassen, dass dir etwas passiert. Alles, was ich jemals erreichen wollte, wollte ich für dich erreichen. Alles, was ich jemals getan habe, habe ich für dich getan. Kein Reichtum der Welt würde mir etwas bedeuten, wenn ich ihn nicht mit dir teilen könnte. Keine Schönheit würde mir genügen, wenn ich sie dir nicht zeigen könnte. Agnes, ich liebe dich. Du weißt doch, dass ich dich liebe. Ich ...«

»Dann handle so!«, schrie Agnes. »Handle so, dass ich erkenne, dass du mich liebst, anstatt einer Pflicht, einem noch nicht eingelösten Versprechen, einer Mission zu folgen! Du liebst mich, aber zehntausend Dinge kommen noch vor deiner Liebe!«

»Das ist nicht wahr!«, schrie er zurück und wusste, dass es mehr als wahr war.

»Was willst du tun? Mich hier zurücklassen? Mich nach Braunau schleppen? Mit mir umkehren?«

»Aber ...«

»Was willst du tun?«, schrie sie. »Was gebietet dir deine Liebe zu mir?«

Cyprian ballte die Fäuste, doch nicht vor Zorn, sondern weil er versuchte, sich in der dünnen Luft festzuklammern. Sein Herz wurde herausgerissen. Er stöhnte.

»Ich ... ich ...«

»Hör auf die Liebe. Was sagt sie dir?«

»... ich ... kehre mit dir um!« Er hatte das Gefühl, nie etwas Feigeres gesagt zu haben.

Agnes machte einen Schritt auf ihn zu, brachte ihr Gesicht direkt vor seines und schrie: »NEEEEIIIN!!«

Cyprian zuckte zurück.

»Du liebst mich, aber du verstehst mich nicht!«, tobte Agnes. »Umkehren? Was ist es für dich, was in diesem Kloster in Braunau vor der Welt versteckt wird? Das Ziel der Bemühungen deines Onkels, dem du immer noch etwas schuldig zu sein glaubst, nur weil er dich stets freundlich behandelt hat, obwohl du einen gewaltigen Fehler begangen hast? Oder irgendetwas Abstraktes, das alle haben wollen, und du willst bei diesem Rennen der Erste sein, zum einen, weil du eine vage Ahnung hast, dass dies das Beste wäre, zum anderen, weil noch nie jemand gewagt hat, einen von deinen Plänen scheitern zu lassen?«

»Agnes …«

»Weißt du, was es für mich ist, was sie dort verstecken? Ein Symbol dafür, dass meine leibliche Mutter an einem Ort ermordet worden ist, an dem sie Schutz und Asyl erhoffte, nachdem sie tausend Meilen weit geflohen war! Ein Sinnbild für alles, was mir weggenommen worden und nie aus vollem Herzen ersetzt worden ist – die Liebe meiner Mutter! Die treibende Kraft dahinter, dass mein Vater meine Liebe zu dir hintertrieb, weil er versprechen musste, mich für immer auf Abstand zur katholischen Kirche zu halten! Das Pulsieren des Bösen, das zwei Wahnsinnige dazu getrieben hat, das Haus meiner Eltern anzuzünden, ihren Tod in Kauf zu nehmen und das Risiko, eine halbe Stadt abzubrennen, und die eine Frau ermordet haben, die meine Freundin hätte sein können, nur weil sie sie mit mir verwechselten!«

»Ich …«

»Das Ziel von zwei anderen Wahnsinnigen, von denen der eine mich aus meiner Heimat verschleppt und zwingt, bei Tag und Nacht verhüllt durch das Land zu hetzen, während der andere eine Spur aus Verrat, Gemeinheit und Morden durch das Reich zieht!«

»Aber …«

»Verstehst du das nicht? Das ist sie für mich – diese Teufelsbibel! Sie hat mein ganzes Leben bestimmt! Sie hat mir alles genommen, was mir gehört hätte, und das sauer gemacht, was mir stattdessen gegeben wurde. Ich will sie brennen sehen,

Cyprian, BRENNEN! Und wenn du mich aufhalten willst auf meinem Weg nach Braunau, dann musst du mich hier an einen Baum fesseln!«

Sie starrte ihn an. Er spürte die Hitze, die von ihr ausging. Er war so schockiert von ihrem Ausbruch, dass seine Gedanken zum Stillstand gekommen waren. Er erwiderte ihren Blick, und plötzlich verschwamm ihr Gesicht vor seinen Augen. Mit unsäglichem Entsetzen erkannte er, dass ihm Tränen in die Augen gestiegen waren. Er versuchte sie zurückzuhalten, doch es gelang ihm nicht. Er wusste jetzt, welcher Art genau die Angst war, die ihn die ganze Zeit in den Krallen gehabt hatte: die Angst, noch einmal darüber nachdenken zu müssen, ob ein Leben ohne Agnes vorstellbar war. Die Minuten, in denen er einen leblosen Körper durch eine in der Dunkelheit rot glühende Feuerhölle getragen hatte, gegen jede Gewissheit wünschend, dass die Schlaffheit nicht der Beweis dafür war, was er mehr als alles andere fürchtete …

»O mein Gott«, sagte Agnes, und in ihre Augen schossen ebenfalls Tränen. »Was habe ich getan?«, flüsterte sie.

Cyprian senkte den Kopf und spürte, wie sich ein Stöhnen Bahn brach. Er unterdrückte es, aber es erdrosselte ihn fast. Und dann wusste er, was Liebe wirklich bedeutete: den anderen dabei zu unterstützen, das zu tun, was ihm das Wichtigste war, auch wenn man selbst eine Höllenangst davor hatte und gewiss war, dass man das verlieren würde, was einem am teuersten war.

»Du hast mir gezeigt, was ich wirklich für dich fühle«, sagte er. Die Tränen liefen ihm jetzt über die Wangen. Er schämte sich dafür und war gleichzeitig stolz, sie ihr zu zeigen. Sie streichelte sein Gesicht und wischte die Tränen weg.

Sie nahm ihn in die Arme und zog ihn zu sich heran, und einen kurzen Moment lang war ihm bewusst, dass es bislang immer andersherum gewesen war, bevor er sich dem überwältigenden Gefühl hingab, derjenige zu sein, der getröstet wurde.

Letztlich hatte er den Trost nötig. Er wusste jetzt mit absoluter Gewissheit, dass er und Agnes in Braunau den Tod finden würden.

19

»DAS DA DRAUSSEN ist eine Peststadt. Es war sehr unvernünftig, hierherzukommen«, sagte der Abt.

»Warum haben Sie uns dann so lange vor der Klosterpforte warten lassen? Es hat bis zum Abend gedauert, ehe man uns hereingelassen hat.«

»Das war ein Missverständnis. Eine kleine Kollision mit unseren Sicherheitsmaßnahmen, die Seuche draußen zu halten. Ich bedauere außerordentlich.« Der Abt machte ein Gesicht, aus dem man alles hätte herauslesen können, nur nicht Bedauern. Er sah vorzeitig gealtert aus, grau, erschöpft, erdrückt; sein Lächeln spannte seine Lippen, brachte aber keine Freude in seine Züge. Der Mönch mit dem graubraunen Mantel über der Kutte und der Kapuze über dem Kopf, der ein Stück hinter dem Stuhl des Abtes stand, sprach kein Wort. Seine Körperhaltung war demütig, so dass man nicht in seine Kapuze hineinsehen konnte. Er war mit dem Abt hereingekommen, hatte Aufstellung genommen, als der Abt sich umständlich gesetzt hatte, und war dann zu einer Art langsam atmender Statue erstarrt.

»Ich verstehe, dass unser Auftritt eher ungewöhnlich ist.«

Der Abt nickte langsam und ließ seine Blicke zwischen seinen beiden Besuchern hin- und herwandern. »Bitte erklären Sie mir noch einmal, was Sie hierhergeführt hat. Ich fürchte, ich habe es nicht auf Anhieb verstanden«, sagte er.

»Mein Name ist Cyprian Khlesl. Ich bin im Auftrag meines Onkels hier, des Bischofs von Wiener Neustadt. Mein Onkel wiederum handelt im Auftrag Seiner Majestät des Kaisers.«

»Matthias von Habsburg«, sagte der Abt.

»Rudolf von Habsburg.«

»Ach ja«, sagte der Abt.

»Der Kaiser, der als großer Sammler bekannt ist, wünscht ein Artefakt in seine Sammlung aufzunehmen, das hier in Ihrem Kloster aufbewahrt wird. Seine Majestät versteht natürlich, dass er nur darum bitten kann, und er tut es im Namen der Einigkeit der katholischen Kirche und hofft auf die Gnade eines Abtes, der in der Vergangenheit für sein Verständnis und seine Toleranz auch gegenüber protestantischen Wünschen bekannt geworden ist.«

Der Abt schien beschlossen zu haben, die Drohung zu ignorieren. »Kennen Sie die Sammlung des Kaisers, Herr Khlesl?«

»O ja. Ich durfte sie mehrfach betrachten.«

»Ist sie schön?«

»Sie ist einzigartig. Der Kaiser bezieht sehr viel Freude und Kraft daraus.«

»Sie sind kein Mann der Kirche, Herr Khlesl?«

»Ich bin Laie, wenn Sie das meinen.«

»Man muss nicht ein Mitglied des Klerus sein, um der Kirche einen Dienst zu erweisen.«

»So sehe ich das auch.«

»Was durch das Vertrauen Ihres Onkels in Ihre Person bewiesen wird. Aber Ihr – äh – Begleiter –«

»Pater Hernando de Guevara vertritt hier sowohl die heilige Inquisition als auch die guten Absichten Seiner Allerkatholischsten Hoheit, König Philipp von Spanien, dem Onkel unseres Kaisers.«

Pater Hernando nickte. Andrej hielt das Lächeln in seinem Gesicht fest. Er hoffte, dass die Gegenwart des Dominikaners und vor allem die Nennung der heiligen Inquisition den Abt kooperationsbereit machte. Pater Hernando und das, wofür er stand, war der Pluspunkt, den seine Improvisation dem Plan voraushatte, den Cyprian und Bischof Melchior gesponnen hatten. Wenigstens *ein* Pluspunkt, dachte Andrej und versuchte die Tatsache zu verdrängen, dass als einer von vielen Minuspunkten das Fehlen der kaiserlichen Soldaten dagegenstand, die ein Teil von Cyprians Plan gewesen waren und über die Andrej leider nicht verfügte. Er war sicher, dass er sie demnächst würde ins Spiel bringen müssen.

»Es tut mir sehr leid, zugeben zu müssen, dass ich nicht die geringste Ahnung habe, welcher Schatz das Gefallen des Kaisers erregt haben könnte«, sagte der Abt.

»Seine Majestät sind absolut sicher.«

»Ich verstehe das nicht. Ich würde ihm gern anbieten, mit ihm zusammen das ganze Kloster auf den Kopf zu stellen, um zu finden, was er sucht.«

Andrej bemühte sich, irgendetwas zu spüren. Er war an dem Ort, an dem die Teufelsbibel versteckt war; das Buch hatte das Schicksal seiner Familie bestimmt, seinem Vater und seiner Mutter den Tod gebracht und die Tragödie seines Lebens verursacht. Vielleicht lag es nur zwei Räume weiter unter Verschluss. Doch er spürte nichts. Er hätte irgendwo sein können; und dabei war er überzeugt gewesen, dass er es fühlen würde, wenn er sich ihr näherte. Er hätte gern Pater Hernando gefragt, der unruhig wirkte und seinen Kopf immer wieder hin und her drehte, als lausche er einem unhörbaren Gesang. Die Kerzenflammen spiegelten sich in seinen Brillengläsern und machten seine Augen unsichtbar.

»Vertrauend auf Ihr Verständnis hat mir der Kaiser eine Hundertschaft Soldaten mitgegeben, die vor der Stadt kampieren. Ich kann ihnen jederzeit befehlen, Ihnen bei der Suche zu helfen, dann werden Sie und die ganze Klostergemeinschaft nicht mit dem Durchstöbern des Klosters behelligt.«

»Eine weise und zuvorkommende Maßnahme.«

»Natürlich wäre es mir lieber, wenn wir die Männer nicht bemühen müssen. Mit der Pest und allem …« Andrej gestikulierte vage in Richtung Tür.

»Natürlich.«

Andrej hatte kaum mit Pater Hernando gesprochen, während sie zum Wagen eilten. Die Idee, mit dem Dominikaner allein loszufahren, war Andrej blitzartig gekommen, und er hatte sofort gewusst, dass es richtig war. Hernando würde die Teufelsbibel verbrennen, wenn er sie in die Finger bekam, und ein Mann, der so weit wie er gekommen war und in dessen Augen die absolute Entschlossenheit zu lesen war, nämlich dass er weder sein Leben noch das irgendeines anderen Menschen schonen würde, um das Vermächtnis des Satans zu vernichten, würde sein Ziel auch erreichen, wenn man ihm nur ein wenig dabei half. Was für einen Sinn hätte es, Cyprian und Agnes zusätzlich in Gefahr zu bringen? Cyprian war ein Freund geworden, wie Andrej ihn nie besessen hatte, und Agnes – Andrej scheute davor zurück, in diese Richtung zu denken. Er hatte Agnes angesehen und plötzlich das Gefühl gehabt, ihr ins Herz blicken zu können. Die Liebe zu Yolanta und die Trauer um sie waren noch immer die stärksten Gefühle, die ihn erfüllten, und doch – Agnes hatte ihn im Inneren berührt. Es war nicht nur um ihretwillen besser, ohne sie hierherzukommen, sondern um ihrer aller willen. Er, Andrej, würde bei diesem Unternehmen vermutlich den Tod finden, und das war besser, als das Andenken an Yolanta, die Freundschaft zu Cyprian und die kümmerlichen Reste seiner eigenen Ehre zu besudeln.

»Ich bin trotzdem erstaunt, dass der Kaiser oder wenigstens Ihr Onkel Ihnen keine Legitimation mitgegeben haben«, sagte der Abt.

Das liegt daran, dass geplant war, dass der echte Cyprian Khlesl und der Bischof selbst vor dir sitzen, dachte Andrej. *Jedenfalls soweit ich das Ganze verstanden habe.* Er ahnte, dass Cyprian ihm nicht alles erzählt hatte.

»Haben Sie das Wappen meines Onkels auf seinem Wagen nicht gesehen?«

»Doch, aber … mit Verlaub, Herr Khlesl … jedermann kann einen Wagen stehlen und ihn als seinen ausgeben.«

Andrej zuckte nicht mit der Wimper. »Wer würde es wagen, einem Bischof den Wagen zu stehlen!«

»Man hat Bischöfen schon die Pferde gestohlen und vor ihren Augen aufgegessen.«

Pater Hernando bewegte die Schultern und rutschte erneut auf seinem Sitzplatz herum. Wie ein kalter Schauer überfiel Andrej die Erkenntnis, was mit dem Dominikaner los war: er spürte die Teufelsbibel! Als hätte eine Gedankenverbindung zwischen ihnen bestanden, drehte der Mönch den Kopf herum und starrte Andrej in die Augen. Andrej war schockiert. Warum fühlte er gar nichts, wenn der Dominikaner, dessen Leben nicht von dem verfluchten Codex bestimmt gewesen war, sie wahrnehmen konnte?

»Außerdem«, sagte Andrej und bemühte sich, leichthin zu klingen, »wäre es doch unrühmlich, wenn es ein Dokument gäbe, aus dem hervorgeht, dass der Kaiser des Heiligen Römischen Reichs um ein Kleinod bittet wie ein Krämer, anstatt dass es dem Besitzer eine selbstverständliche Ehre wäre, es ihm zu überlassen.«

Der Abt lächelte und nickte. Er lehnte sich zurück. »Ich verstehe, was Sie mir eigentlich sagen wollen.«

»Leider verstehe *ich* Ihre Anspielung nicht, Ehrwürden.«

»Wissen Sie, mir hat Gott die Subtilität der Sprache nicht verliehen. Ich verlasse mich daher auf Symbole.« Er machte eine knappe Handbewegung zu dem Mönch hin, und dieser ließ seinen Mantel auseinanderklaffen. Andrej sah die schwarze Kutte, bevor er die Armbrust sah, die sich auf ihn und Hernando richtete. Für ein paar Momente war er vollkommen fassungslos. Dann setzte ein Reflex ein, der ihn bestimmte, seit er durch den Vorhang eines Graupelschauers gesehen hatte, wie ein Wahnsinniger in schwarzer Kutte mit seiner Axt unter Frauen und Kindern wütete – das Entsetzen schnürte ihm die Kehle zu. Pater Hernando saß auf einmal ganz still.

Andrej konnte den Blick nicht von der Armbrust wenden. Vor zwanzig Jahren hatte ihn ein Schuss aus einer Armbrust davor gerettet, von einem Mönch mit schwarzer Kutte getötet zu werden; jetzt zielte ein schwarzer Mönch mit einer Armbrust auf ihn. Andrej war vollkommen klar, dass der Abt sie nicht einfach vor der Waffe her auf den Hof führen, in ihren Wagen steigen lassen und zur Abfahrt zwingen würde. Die Armbrust war gespannt, um zu töten, nicht um zu drohen.

»Ich sehe, Sie haben meine Symbolsprache verstanden«, sagte der Abt.

Ein neues Licht erfüllte plötzlich den kleinen Raum, in dem der Abt sie empfangen hatte. Es fiel durch das Fenster im Rücken des Abtes und malte einen rosenfarbenen Schimmer um seine Gestalt. Auf einmal warf er einen trüben, langsam tanzenden Schatten über die Schreibplatte des Tisches und zu Andrej und Hernando herüber. Andrej erkannte am überraschten Ausdruck des Abtes, dass sich das Licht auch auf seinem, Andrejs, Gesicht widerspiegelte. Der Abt wandte sich um.

»Was ist da los?«

Der schwarze Mönch glitt zum Fenster, ohne Andrej und Hernando aus dem Visier zu lassen. Er warf einen kurzen Blick hinaus. Das Licht begann rote Schatten in die Falten seines Gewandes zu werfen. Die Zelle des Abtes erfüllte ein warmes Glühen.

»Einer der beiden Holzstapel brennt, ehrwürdiger Vater.«

»Ich habe keine Anweisung gegeben, sie anzuzünden.«

»Es sieht auch nicht so aus, als wäre es einer von den Brüdern gewesen.« Der schwarze Mönch wandte sich vom Fenster ab. Die Armbrust zeigte unbeirrt auf Andrej und den Dominikanerpater. »Die laufen draußen herum und versuchen, den Brand zu löschen.«

Mit einem weiteren Schock sah Andrej die zerschundenen, aufgeschlagenen Hände des Mönchs, die tiefe eiternde Narbe über dem linken Handrücken, und als der Abt aufstand und selbst nachsah, erkannte er, wie klein der Mann war. Auf einer Woge von Gefühlen, die so verwirrend waren, dass nicht einmal Andrej selbst klar war, was er fühlte, stieg die Ahnung auf, dass er einen der zwei Mönche vor sich hatte, die in Prag gewesen waren und deren Spuren sie bis hierher verfolgt hatten. Einen der Mörder Yolantas. Er merkte erst, dass er sich halb von seinem Platz erhoben hatte, als die kühle Hand Pater Hernandos auf seine eigene fiel und der Daumen des schwarzen Mönchs sich plötzlich auf den Abzug senkte. Langsam ließ er sich wieder niedersinken. Seine Wangen glühten, und die Flammen in seinem Hirn brannten die Bestürzung weg. Zurück blieben Hass und Mordlust. Er wusste, was immer er hier zu erreichen wünschte, der Tod des kleinen Mönchs war mit einem Mal vordringliches Ziel. Ein Pochen und Vibrieren erfüllte ihn wie der Gesang eines unsichtbaren Chors, wie das Summen eines riesigen Schwarms Hornissen, den man hört, bevor man ihn sieht, und der einen uralten Instinkt im Menschen anspricht – so schnell wie möglich davonzulaufen. Entsetzt starrte Andrej in Pater Hernandos Augen und las die Gewissheit darin: Was er hörte, war die Teufelsbibel.

»Ich hole die Posten vor der Tür herein«, sagte der Abt zu dem schwarzen Mönch und ging um den Tisch herum. »Ich muss wissen, was das Feuer zu bedeuten hat. Ich bin gleich wieder zurück.« Er öffnete die Tür. »Kustoden! Helft Bruder Pavel. Niemand verlässt diesen Raum!«

Als er verstummte, drehte Andrej sich um. Der Abt kam rückwärts wieder herein. Zwei weitere schwarze Mönche folgten ihm. Einer hatte eine Hand an der Kehle des Abtes und hielt ihn mit der anderen Hand an der Kutte fest. Der zweite Mönch hielt eine Armbrust von der Machart, wie sie auch Bruder Pavel hatte. Er zielte auf diesen, und für einen kurzen Moment schien der kleine Mönch so fassungslos, dass er schwankte. Dann versteifte er sich wieder, und Andrej sah, dass er unverwandt auf ihn zielte.

»Irrtum«, sagte der erste der beiden schwarzen Mönche. »Wir verlassen alle diesen Raum, und zwar sofort.«

»Erschieß sie«, gurgelte der Abt. Bruder Pavel stand wie erstarrt.

»Wir sind vier«, sagte der Mönch, der den Abt an der Gurgel hatte. »Du kannst nur einen von uns erschießen. Und was immer danach mit dir passiert, einer Sache kannst du dir sicher sein: der Abt überlebt es auch nicht.«

Andrej riss den Blick mit körperlicher Anstrengung von dem auf ihn zielenden Armbrustbolzen los. Der Mönch, der den Abt festhielt, wandte sich ihm zu, seine Kapuze fiel zurück, und Andrej sah das breite, grinsende Gesicht Cyprians. Die schwarze Kutte fiel auseinander und offenbarte, dass sie ein Dominikanermantel war, verschmiert mit getrocknetem Blut und Erde.

»Wir haben leider den Wagen verpasst«, sagte Cyprian.

Der zweite schwarze Mönch war Agnes. Sie zielte auf Bruder Pavel, der allein hinter dem Tisch des Abts stand und in seiner Zierlichkeit und seiner einsamen Gefechtsposition plötzlich eher Mitleid erregend als bedrohlich wirkte. Der Abt ächzte und versuchte, seinen Befehl zu wiederholen, aber Cyprian drückte zu stark zu. Das Gesicht des Abts verfärbte sich dunkelrot.

»Lang hält er das nicht aus«, sagte Cyprian zu Bruder Pavel. »Leg die Waffe weg.«

»Ist das einer von den schwarzen Mönchen?«, fragte Agnes. »Ist das einer von denen, die mein Haus angezündet haben?«

Bruder Pavels Kopf ruckte herum. Die Bewegung ließ seine Kapuze nach hinten gleiten und offenbarte das Gesicht eines geschundenen Mannes – blau geschlagen, abgeschürft, verhärmt, bleich. Seine Augen wurden weit, als er Agnes ansah und verstand, was ihre Worte bedeuteten. Ihre Blicke verkrallten sich ineinander.

»Du hast die Falsche erwischt, Idiot!«, sagte Agnes voller Hass.

Bruder Pavel riss die Armbrust herum. Andrej schnellte die Beine nach vorn und traf den Tisch. Die Platte flog dem kleinen Mönch gegen den Leib. Er knickte zusammen. Der Armbrustbolzen ging los und fuhr harmlos in den Tisch. Bruder Pavel fiel zu Boden. Der Abt schlug mit den Armen um sich und versuchte sich zu befreien. Cyprian wirbelte ihn herum, nahm ihn in den Schwitzkasten und drehte ihm einen Arm auf den Rücken. Der magere Mann hing fast wie ein Kind in Cyprians Griff.

Von draußen ertönte plötzlich Geschrei.

»Schnapp dir den Burschen«, keuchte Cyprian. Andrej sprang zu dem mühsam auf die Beine kommenden Pavel hinüber. Wenn die Tonsur nicht gewesen wäre, hatte er ihn am Schopf gepackt und an den Haaren hochgerissen, und danach wäre er vielleicht über ihn hergefallen. So aber musste er ihn unter den Armen packen, und als er so gut wie kein Gewicht in den Händen hielt und der Mönch aufschrie, als er dessen Rippen streifte, verflog die Mordlust. Er legte ihm den Arm um den Hals und schleifte ihn hinter sich her. An den Armen brach ihm Gänsehaut aus beim Gedanken, dass dies ein Wesen genau wie das war, das seine Eltern auf dem Gewissen hatte.

»Los, Pater Hernando!«, rief Cyprian. »Du zuerst. Nichts wie raus hier!«

Der Dominikaner hastete durch die Tür. Cyprian folgte ihm mit dem Abt. Agnes und Andrej sahen sich an. Dann wirbelte Agnes herum und war durch die Tür, in ihrem weiten, flatternden Mantel und dem wehenden Haar wie eine Amazone wirkend, die aus dem Mythos in die Realität geraten war. Andrej packte den strampelnden schwarzen Mönch fester und stolperte hinterher. Im Gang lagen zwei reglose schwarze Gestalten, die Wachposten, die der Abt hatte hereinholen wollen. Sie mussten aufgezogen sein, nachdem Andrej und Hernando die Zelle betreten hatten; der Abt hatte von vornherein geplant, sie nicht mehr gehen zu lassen. Neben den beiden schwarzen Mönchen standen drei andere Klosterbrüder und riefen laut nach Hilfe. Ihre Rufe blieben ihnen im Hals stecken, als sie herumfuhren. Cyprian stieß einen von ihnen zu Boden, die anderen beiden flohen schreiend weiter in das Gebäude hinein. Cyprian führte sie in die entgegengesetzte Richtung.

Der Gang verlief durch ein weites Tor ins Freie hinaus auf eine Treppe und zu einem freistehenden, torlosen Bogen; dahinter tat sich der Vorhof des Klosters auf, und das Haupttor zur Stadt hinaus. Andrej nahm zwei, drei Stufen auf einmal; fast trug er den Mönch, der verzweifelt versuchte, sich loszureißen. Er erreichte den Torbogen zusammen mit den anderen, sah Cyprian sich ducken und hörte im gleichen Moment das metallische Klingen von Armbrustbolzen, die um sie herum einschlugen. Cyprian fluchte. Andrej sah Klosterknechte, die sich beim Haupttor verschanzt hatten und ihre Armbrüste nachspannten; er sah einen weiteren über die Mauer zum Klostergarten lugen, einen langen Stock auf die Mauerkrone gestützt, dann spuckte der Stock Feuer und Qualm. Neben Andrej platzte ein faustgroßes Stück Putz im Torbogen auseinander und spritzte ihm die Splitter ins Gesicht. Der Knall dröhnte zwischen den Gebäuden. Die Mönche, die um das Feuer herumliefen und es unkoordiniert zu löschen versuchten, warfen tanzende, riesige Dämonenschatten auf die Flanke der Klosterkirche.

»Zurück«, schrie Cyprian. Er zerrte den Abt mit sich und ging hinter dem Torbogen in Deckung. Andrej krabbelte zur anderen Seite des Bogens und fand sich dort neben Agnes wieder. Bruder Pavel gurgelte und versuchte sich mit Ellbogenstößen freizumachen. Andrej stieß ihn mit der Stirn gegen den Torbogen. Der Mönch wurde ruhiger. Armbrustbolzen prallten auf die Treppenstufen unter dem Torbogen und jaulten funkensprühend davon. Das einzelne Gewehr des Klosterknechts dröhnte erneut los. Die Kugel fetzte eine der rostigen ehemaligen Türangeln im Bogen des freistehenden Tors aus der Verankerung.

»Rein ging's leichter als raus!«, brüllte Cyprian herüber.

Andrej zuckte mit den Schultern. Er gab Agnes' Blick zurück und fühlte sich auf einmal, als müsse er sie anlächeln. Sie erwiderte sein Lächeln flüchtig.

»He!«, brüllte Cyprian zum Haupttor hinüber. »Wir haben den Abt! Hört auf mit dem Unsinn, oder ich dreh ihm den Hals um!«

Die Antwort war ein verstärkter Hagel von Geschossen. Das Gewehr war nicht mehr dabei – der Schütze hatte entweder geplatzte Trommelfelle oder wartete, bis sich jemand zeigte, um kein kostbares Pulver zu verschwenden. Andrej sah sich gehetzt um.

»Wo ist Pater Hernando?«, schrie er zu Cyprian hinüber.

Cyprian machte ein verbissenes Gesicht und deutete zum Eingang des Klosters. »Ihn hat's erwischt.«

Der Dominikaner lag halb in der Deckung der wuchtigen Bogenlaibung des Eingangstors zum Klosterbau. Ein Armbrustbolzen steckte in seiner Seite. Von seiner Position aus konnte Andrej nicht sehen, ob der Mann noch atmete. Jedenfalls bewegte er sich nicht mehr. Andrej unterdrückte einen Fluch.

Agnes packte den halb betäubten schwarzen Mönch am Kinn und drehte sein Gesicht zu dem ihren. Er sah sie mit flatternden Augenlidern an.

»Ich bin Agnes Wiegant!«, zischte sie. »Ich bin das Kind einer französischen Protestantin, die bei euch Schutz gesucht hat! Ihr habt meine Mutter ermordet, ihr habt mir mein Leben gestohlen, und jetzt wolltet ihr auch mich umbringen! Sieh mich an und sag, dass es dir leidtut!«

»Was wollt ihr?«, rief eine Stimme vom Haupttor her. Andrej stellte fest, dass der Beschuss aufgehört hatte. Die Stimme ging fast im Prasseln des Feuers unter. Die Mönche hatten ihre Löschbemühungen eingestellt, und das Feuer arbeitete sich auf seinen Höhepunkt zu. Funken wirbelten bis zur Höhe der Dachfirste auf, der Feuerschein beleuchtete das architektonische Massiv des Klosterbaus, der hinter ihnen aufragte, und sandte Rauch und warme Windstöße bis zu ihnen. Allem Anschein nach standen sie bereits an der Schwelle zur Hölle. Andrej sah jetzt, dass Pater Hernando noch am Leben war: er versuchte, weiter in den Eingang hineinzukriechen. Er überlegte, ob es ein unmäßiges Risiko gewesen wäre, zu ihm zu hasten und ihn in Deckung zu ziehen, aber die Einzige, die es hätte tun können, wäre Agnes gewesen; sowohl Cyprian als auch Andrej selbst hätten ihre Geisel dazu loslassen müssen. Andrej fluchte.

Bruder Pavel schüttelte plötzlich den Kopf. Andrej, der halb auf dem Rücken lag und den Mönch auf sich gezogen hatte, damit er ihn besser festhalten konnte, sah jedes seiner Mienenspiele in Agnes' Gesicht gespiegelt.

»Die Teufelsbibel!«, brüllte Cyprian, und, als wäre es etwas, was ihm erst nachträglich eingefallen war: »Und freien Abzug!«

»Wie kommst du darauf«, fragte der schwarze Mönch ruhig, »dass deine Mutter eine von den Französinnen war?«

20

ALS AUF CYPRIANS Forderung keine Antwort kam, sprach der Abt zum ersten Mal seit ihrer Flucht aus dem Gebäude. Cyprian lag halb auf ihm hinter dem Torbogen, aber er hatte seinen Hals losgelassen und verdrehte ihm auch nicht mehr den Arm.

»Es ist sinnlos«, sagte er. »Ich werde mein Leben nicht gegen das Buch eintauschen. Ich habe ein Gelübde getan.«

»Vielleicht willst du ja sein Leben eintauschen«, knurrte Cyprian und deutete zur anderen Seite des Torbogens hinüber, wo Agnes, Andrej und der kleine schwarze Mönch lagen.

»Pavel ist ein Kustode. Als Beschützer der Teufelsbibel zu sterben ist der geringste Dienst, den ein Kustode erbringen kann.«

»Du würdest ihn opfern?«

»Er würde sich selbst opfern.«

Cyprian richtete sich halb auf und spähte um den Torbogen herum. »Ich warte nicht mehr lange!«, brüllte er hinaus. Ein Armbrustbolzen sprang klingend von der Stelle weg, an der gerade noch sein Kopf gewesen war. »Ist das alles, was ihr zu bieten habt?«, schrie Cyprian.

»Die Frau«, sagte der Abt und nickte zu Agnes hinüber, »ist noch am Leben. Pavel sagte mir, sie sei tot. Was ist passiert?«

»Bruder Pavel hat sich in der Person geirrt«, sagte Cyprian.

»Eine Unschuldige – Friede ihrer Seele.«

»Agnes ist ebenfalls unschuldig.«

»Du kannst nicht verstehen, was hier auf dem Spiel steht. Nicht einmal der Abgesandte des Bischofs von Wien kann es.«

»*Ich* bin der Abgesandte des Bischofs von Wien.«

Der Abt schwieg. Nach einer Atempause sagte er: »Auch diese Finte wird euch nichts nützen.«

»Wir sollten mal klarstellen, dass wir die Guten sind«, sagte Cyprian. »Wir wollen das Buch nicht für uns. Wir wollen es aus dem Verkehr ziehen.«

»Kein Mensch kann das Vermächtnis des Bösen vernichten. Ihr würdet scheitern. Die Teufelsbibel wäre stärker als ihr. Sie würde euch in ihren Bann ziehen.«

»Es gibt mehr als eine Lösung für dieses Problem.«

»Die Teufelsbibel bleibt hier!«, erklang die Stimme des Verhandlungsführers vom Haupttor her. »Über den freien Abzug können wir reden.«

»Na endlich«, knurrte Cyprian. Laut schrie er: »Denkt euch was Besseres aus!«

Aus dem Augenwinkel nahm er eine Bewegung vom Eingang zum Klostergebäude wahr. Pater Hernando hatte es geschafft, sich auf die Knie zu ziehen. Die Federn des Bolzens ragten unterhalb seines Herzens aus seiner Seite. Der Dominikaner ließ den Kopf hängen, schnappte krampfhaft nach Luft und schien dem Tod näher als dem Leben.

»Kommt raus, damit wir besser reden können!«

Cyprian hielt es für unter seiner Würde, zu antworten.

»Sie sind nur zu dritt!«, brüllte der Abt auf einmal. »Stürmt den Torbogen! Nehmt keine Rücksicht auf uns! Tötet sie!«

Cyprian fuhr herum. Der Kopf des Abtes schnappte nach hinten und prallte gegen eine Treppenstufe. Er sank in sich zusammen. Cyprian zog die Faust wieder zurück. »Vollidiot!«, flüsterte er zornig.

Er hörte, wie vom Haupttor her ein Befehl geschrien wurde, dann fing der Beschuss wieder an. Es musste mindestens ein Dutzend Männer sein – Klosterknechte, die zum Schutz der Gemeinschaft unter Waffen standen. Das Gewehr bellte los und riss ein weiteres Stück Putz aus dem Tor. Wenn sie genügend Pulver hatten, konnten sie den Torbogen über Cyprian und den Köpfen der anderen zusammenfallen lassen. Cyprian begann zu schwitzen; er konnte keinen Ausweg aus ihrer Lage erkennen. Sie waren um ein paar Augenblicke zu langsam gewesen.

Vom Tor her ertönte ein rollendes Geräusch. Cyprian fuhr zusammen. Es hörte sich an, als bringe jemand eine Feldschlange in Stellung. Wie war das mit dem Zusammenfallen des Tors gewesen? Er steckte die Finger in den Mund und pfiff. Andrej und Agnes sahen zu ihm herüber. Er hob die

Hände, um hastig zu gestikulieren, aber da dröhnte der Krach auch schon los.

Er hallte über den Hof, als würde das gesamte Kloster eingerissen. Cyprian hörte das Splittern und Krachen, dazwischen Entsetzensschreie. Trümmerstücke sprangen über das Pflaster oder prallten berstend auf. Eine gelbweiße Wolke quoll durch ihren Torbogen und roch beißend nach Schwefel und Schwarzpulver. Cyprian sah handtellergroße Bruchstücke des Haupttores über die Pflastersteine hüpfen und rollen und erst bei den Treppenstufen liegen bleiben. Für einen Moment nahm ihm die Wolke die Sicht auf die anderen. Er hörte sie husten. Er nahm seinen Mut zusammen und spähte um seine Deckung herum.

Tatsächlich, eine Feldschlange. Allerdings stand sie außerhalb des Klosters vor dem, was einmal das Haupttor gewesen war. Die großen Türflügel waren geschlossen gewesen, aber das hatte keine Rolle gespielt. Der eine war vollkommen aus der Halterung gesprengt und lag im Gemüsebeet, der andere hing schräg in seinen Angeln und gab durch ein riesiges gezacktes Loch den Blick auf den Marktplatz von Braunau frei. Mit den letzten Resten der Geschützfeuerwolke drangen bunt gekleidete Gestalten in das Kloster, bewaffnet mit Hellebarden, Piken und Gewehren, und verteilten sich sofort zwischen den Trümmern des Tores. Befehle gellten. Cyprian sah, wie sie halb betäubte, halb taube, staubbedeckte und blutende Männer aus ihren Deckungen zerrten und in einer Ecke des Hofs zusammentrieben. Andere stellten sich sofort um das lodernde Feuer herum auf. Erneutes Rattern erklang, dann rollten zwei Wägen in den Hof. Weitere Landsknechte scharten sich um sie. Cyprian wischte sich den Staub aus den Augen. Der Verschlag des einen Wagens öffnete sich und ein magerer Mann in schlichter Kleidung kletterte heraus, sah sich um, klopfte sich den Staub von seiner Kleidung und hustete.

21

»DU LÜGST«, SAGTE Agnes, aber sie wusste gleichzeitig, dass der kleine Mönch die Wahrheit gesagt hatte. Ihr war schwindlig. Andrejs Gesicht war so verzerrt, als habe ihm jemand in den Magen geschlagen.

»Warum sollte ich?«, fragte der Mönch.

»Das kann nicht sein ... das ... das kann nicht sein ...« Aus Andrejs Augen liefen Tränen. »Und ich dachte ... ich dachte ...«

»Man braucht euch nur zusammen zu sehen«, sagte der Mönch, »und man erkennt die Wahrheit.«

»Sie sind nur zu dritt!«, hörte sie den Abt plötzlich brüllen. »Stürmt den Torbogen! Nehmt keine Rücksicht auf uns! Tötet sie!«

Sie sah auf. Die Lage, in der sie sich befanden, schien weniger unwirklich zu sein als das, was sie eben gehört hatte. Cyprian brachte den Abt mit einem Faustschlag zum Schweigen. Die Armbrustbolzen prasselten erneut durch das Tor. Das Gewehr knallte, Putzbrocken flogen herum. Sie senkte den Blick wieder. Der kleine Mönch schien die Ruhe selbst zu sein. Sie versuchte ihn zu hassen und konnte es plötzlich nicht mehr; nicht, nachdem sie seine zerschundene Gestalt gesehen hatte, nicht nach dem, was er gerade erzählt hatte. Andrej schüttelte den Kopf, außerstande, seine Fassung wiederzugewinnen.

Etwas rollte wie Donner. Sie hörte Cyprians Pfiff. Er machte hastige Handbewegungen, als ob sie aufstehen und davonlaufen sollten, dann versank alles in Krachen, Bersten, Splittern und einer heißen Giftwolke, die sie einhüllte. Sie hustete und dachte, der Qualm würde ihr die Kehle verbrennen. Dann legte sich auch dies, und sie hörte Getrappel, Befehle, weitere Wagenräder und schließlich die Art von Stille, die einkehrt, wenn sich eine sicher geglaubte Situation plötzlich geändert hat.

»Oh Mutter, oh Mutter«, schluchzte Andrej. »Mein Vater ... dieser verblendete Narr ...! In deinem Zustand noch den alten Trick versuchen ... und ich wusste es nicht ... woher denn auch ...?«

Agnes legte ihm die Hand auf die Schulter. Er hatte den kleinen Mönch längst losgelassen, doch statt zu fliehen, hatte dieser sich nur gegen den Torbogen gelehnt. Vielleicht war auch er nur zu erschöpft, um noch weiterzukämpfen. Für Andrej galt es auf jeden Fall; und Agnes – die alte Agnes hätte vor Entsetzen wimmernd auf dem Boden gelegen und darauf gewartet, dass jemand etwas unternahm. Die neue Agnes nahm Andrej in den Arm, küsste ihn und drückte ihn an sich, und auch wenn ihr selbst Tränen über die Wangen liefen, geriet sie doch keinen Moment in Panik.

Sie sah Cyprian zu, wie er den Abt in die Höhe zerrte, über die Schulter warf und aufstand. »Bleibt, wo ihr seid!«, rief er zu ihnen herüber, ohne ihnen einen Blick zu gönnen. Er trat entschlossen aus der Deckung heraus. Agnes zuckte erschrocken zusammen, doch dann sah sie ihn grinsen.

»Das hat ja länger gedauert als die Befreiung aus dem Gefängnis in Wien!«, rief er.

Sie hörte die Antwort nicht, doch sie wusste, wer angekommen war: Melchior Khlesl. Die Erleichterung ließ sie in sich zusammensinken. Sie erwiderte den Blick des kleinen Mönchs.

»Hier endet all das Morden«, flüsterte sie. »Es endet in einem Feuer, in dem ein verfluchtes Buch verbrennt.«

Der kleine Mönch schüttelte den Kopf. »Nein«, sagte er schlicht. Seine Gewissheit verunsicherte sie. Sie wandte den Blick ab.

»Agnes, Andrej«, rief Cyprian. »Es ist alles in Ordnung – Onkel Melchior ist da mit der Hälfte der kaiserlichen Leibgarde. Kommt raus und bringt den verdammten Mönch mit!«

»Aber nur ein paar Schritte«, sagte eine neue Stimme.

Agnes und Andrej fuhren herum. Der kleine Mönch kniff die Augen zusammen. Hinter ihnen auf der Treppe stand – und nur der Teufel mochte wissen, wie lange er dort schon stand, – ein schmaler Mann in der Tracht der Dominikaner. Einen Augenblick lang dachte Agnes, es sei Pater Hernando, doch die Brillengläser fehlten, und Pater Hernando war um etliches jünger als dieser Dominikaner. Außerdem hatte Pater Hernando nicht zwei geladene und gespannte Armbrüste in den Händen gehalten, die, ohne zu zittern, auf sie und auf Andrej zielten. Der Dominikaner lächelte schwach. »Manchmal muss man es doch selbst machen«, sagte er. »Der richtige Mann am richtigen Platz.«

22

»Natürlich kann ich Ihnen die Bibel nicht überlassen, Ehrwürden«, sagte Pater Xavier. »Und versuchen Sie mir nicht einzureden, Sie würden ihren Wert über den Wert Ihrer Freunde hier stellen. Das hätte ich dem Abt geglaubt, aber Ihnen nehme ich es nicht ab.«

»Es geht hier nicht um den Wert des Buchs, sondern um den Fortbestand der Christenheit«, sagte Onkel Melchior. »Es geht um Hunderttausende von Leben.«

Pater Xavier hob eine Armbrust und tat so, als zielte er genauer auf Agnes. »Wiegen Sie ihr Leben auf? Oder seins?« Die zweite Armbrust nahm Andrej ins Visier.

Cyprian stand reglos neben dem Bischof. Er hatte den Abt zu Boden sinken lassen; der Mann lehnte sich an ihn, immer noch halb betäubt. Das Blut in Cyprians Adern war Eiswasser, und seine Gedanken huschten auf Glatteis dahin. Der Dominikanerpater hatte Agnes, Andrej und Bruder Pavel vor sich her aus der Deckung getrieben und stand nun mit ihnen unter dem Torbogen. Selbst wenn jemand gewagt hätte, ein Gewehr oder eine Armbrust auf ihn anzulegen, hätte er mit Leichtigkeit zurück in die Deckung springen und Agnes und Andrej von dort aus erschießen können, alles innerhalb einer Sekunde. Cyprian begegnete Agnes' Blick, dann dem von Andrej. Er wollte ihnen zublinzeln, um sie zu beruhigen, doch dann sah er, dass sie sich an den Händen hielten. Agnes bohrte ihre Blicke in die seinen. Er konnte ihre stumme Botschaft nicht entschlüsseln, doch das Eiswasser in seinen Adern wurde noch ein wenig kälter.

Bischof Melchior schwieg. Pater Xavier ließ seine Waffen wieder sinken. »Wir verstehen uns«, sagte er. »Holen Sie mir das Buch.«

»Ich weiß nicht, wo es ist.«

Pater Xavier deutete mit dem Kinn über die Schulter, ohne Bischof Melchiors Blicke loszulassen. »Unter dem Kloster ist ein riesiges Gewölbe. Suchen Sie dort.«

»Halten Sie das für so einfach?«

»Sieben Kustoden bewachen die Teufelsbibel. Mit ihm hier haben Sie drei davon bereits aus dem Rennen genommen. Sie haben ein halbes Regiment dabei – wollen Sie mir erzählen, mit diesen Männern kämen Sie nicht ans Ziel?«

Bischof Melchior zögerte immer noch. Cyprians Gedanken fassten plötzlich Fuß. Er starrte Bruder Pavel an und erkannte, dass dieser nicht resigniert hatte, sondern sich konzentrierte. Bruder Pavel hatte gemordet, um die Teufelsbibel zu schützen; er würde sich von einem Dominikaner mit zwei Armbrüsten nicht beeindrucken lassen. Er wartete nur auf eine Gelegenheit, seiner Lebensmission nachzukommen.

»Gib es auf, Onkel Melchior«, sagte Cyprian laut. »Ich lasse nicht zu, dass du Agnes und Andrej noch länger in Gefahr bringst.«

»Cyprian, hier steht mehr auf dem Spiel.«

»Für mich steht hier *alles* auf dem Spiel, du Narr!«, schrie

Cyprian. Seine Stimme war schrill vor Panik. Melchior fuhr fassungslos herum. Cyprian hoffte, dass die Botschaft bei ihm ankam. Er hatte seinen Onkel niemals angeschrien, noch nicht einmal bei den größten Meinungsunterschieden, und ihn schon gar nicht beschimpft. Was die Panik betraf – Cyprian wusste, dass Melchior ihn noch nie in Panik gesehen hatte. »Wenn du es nicht tust, hole ich ihm das gottverfluchte Buch!«

Melchiors Fassungslosigkeit war nicht gespielt. »Cyprian!«, rief er entsetzt.

»Verdammt!«, brüllte Cyprian. Er machte einen Schritt auf seinen Onkel zu und sah, wie dessen Lider zuckten. »Wir steigen in den Wagen, fahren ihn in den Eingang und suchen das verdammte Ding.«

Bischof Melchior hielt für einen winzigen Augenblick den Atem an. Cyprian konnte förmlich sehen, wie seine Gedanken versuchten, eine Bahn zu finden. Seine Augen verengten sich.

»Schlange!«, zischte er.

»Ihr Neffe läuft nebenher«, sagte Pater Xavier. »Die Soldaten auch.«

»Ich brauche keine Soldaten!«, schrie Bischof Melchior und ballte die Fäuste. »Ich weiß, wo sie ist. Fahren Sie zur Hölle, Sie verdammter Verräter an der Kirche, und nehmen Sie diesen Judas hier gleich mit!« Der Bischof spuckte Cyprian vor die Füße.

Pater Xavier schwieg und machte ein höfliches Gesicht. Nach einem Augenblick sagte er: »Sind Sie immer noch da?«

Bischof Melchior kletterte fluchend auf den Bock des Wagens. Cyprian warf Pater Xavier einen mörderischen Blick zu, für den er sich nicht verstellen musste.

»Was wollen Sie mit dem Wagen?«, fragte Pater Xavier. Eine Armbrust hob sich wieder. Der Bolzen wies auf Agnes' Schläfe.

»Haben Sie überhaupt eine Ahnung, wonach Sie suchen?«, zischte Bischof Melchior. »Die Teufelsbibel wiegt so viel wie ein erwachsener Mann. Sollen wir sie auf dem Rücken schleppen?«

Der Dominikaner machte eine Kopfbewegung. Der Wagen ratterte den Fahrweg neben dem Gemüsegarten zu einem etwas tiefer gelegenen Eingang in das Gebäude, der groß genug war, dass die Kutsche hineinpasste. Cyprian blickte ein letztes Mal zu Agnes, die immer noch Hand in Hand mit Andrej dastand, dann lief er seinem Onkel hinterher. Er bemühte sich, sich auf die nächsten Schritte zu konzentrieren, doch ihre plötzliche Vertrautheit miteinander verstörte ihn.

Bischof Melchior kletterte aus dem Wagen. »Er weiß nichts davon, oder?«, keuchte er.

»Jedenfalls ahnt er nicht, dass du sie hier hast.«

»Bist du sicher, dass unser Plan immer noch funktioniert?«

»Hast du alle Vorbereitungen getroffen?«

»Ja.«

»Wo müssen wir hin?«

»Den Plänen zufolge, die ich in Brevnov gesehen habe – Brevnov, Podlaschitz und Braunau gehörten alle mal zusammen – hier, da ist die Tür!«

Hinter der Wagenzufahrt führte eine enge Treppe steil hinunter. Ihre Tür war nicht verriegelt. Sie hasteten so viele Treppenstufen hinunter, wie es ihnen angebracht schien. Kälte und etwas anderes legten sich um Cyprians Körper und ließen ihn plötzlich unsicher Atem holen. Es war das Gefühl, als wenn man in einem stockdunklen Raum erwachte und plötzlich *wusste*, dass ein Ungeheuer neben dem Bett stand.

»Das reicht«, keuchte Melchior.

Sie kehrten um und rannten wieder hinauf. Der Atem des Bischofs pfiff. Cyprian fasste ihn am Arm. Melchior schüttelte ihn ab. »Ich lass mich nicht einen Narren nennen und dann auch noch die Treppe hinauftragen«, keuchte er, aber über sein Gesicht flog die Andeutung eines Lächelns.

Cyprian riss den Wagenverschlag auf. Melchior schüttelte den Kopf und ließ sich auf die Knie fallen. Er deutete unter die Kutsche. »Zu – gefährlich –«, japste er. »Jemand hätte reinschauen können. Ich hab's bis Prag wie einen Passagier hier drin mitfahren lassen, aber dann – siehst du den hölzernen Kasten?«

Cyprian kroch unter den Wagen und öffnete den Verschlag. Ein in Leder gewickeltes, riesiges Bündel wurde sichtbar. Er zerrte es hervor. Seine Muskeln wölbten sich, als er es hinter sich her unter dem Wagen herauszog. Zu zweit wuchteten sie es in das Wageninnere, wendeten die Kutsche und fuhren wieder zurück. Cyprian war schwindlig. Es war das Werk weniger Minuten gewesen.

Draußen hatte sich nichts verändert. Die Soldaten hatten Pater Xavier zwar in einem weiten Kreis umzingelt, aber sonst nichts unternommen. Das Feuer hatte seinen Höhepunkt erreicht und loderte, gloste und tobte. Cyprian musste an das brennende Haus in Prag denken und biss die Zähne zusammen. Er sprang vom Bock und kletterte in den Wagen. Er rumorte darin herum, dann blickte er aus dem Fenster.

»Sind Sie bereit?«

Pater Xavier zögerte einen Augenblick, dann trat er Bruder Pavel in die Kniekehle. Der kleine Mönch keuchte und knickte ein. Pater Xavier trat ihm gegen den Kopf. Bruder Pavel rollte zur Seite und blieb wie ein leeres Kleiderbündel liegen. Er winkte mit den Armbrüsten, und Agnes und Andrej setzten sich stolpernd in Bewegung, auf den Wagen zu.

»Jetzt bin ich bereit«, sagte Pater Xavier und folgte seinen Geiseln, die Waffen im Anschlag.

23

Pavel sah aus fast geschlossenen Augenschlitzen, wie Cyprian etwas Großes, Unförmiges auf die Unterkante des Wagenverschlags stellte und dann losließ. Es kippte mit langsamer Majestät, man stellte sich vor, dass ein Kirchturm so umkippte oder ein großer, alter Baum. Das Bündel schlug auf dem Pflasterboden auf und wirbelte Staub in die Höhe. Der Aufprall ging Pavel durch und durch, er dröhnte für ihn wie ein einziger, riesiger, schrecklicher Glockenschlag.

»War sie nicht bewacht?«, hörte er den Dominikaner fragen.

Cyprian fuhr sich mit einem Finger über die Kehle. Pavel drängte das Entsetzen zurück, das er empfand. Sein Kopf schmerzte, in seinem Knie musste etwas gerissen sein, aber er spannte alle Sehnen und Muskeln an, die noch arbeiteten. Die Hitze des brennenden Scheiterhaufens hüllte ihn ein und machte es ihm leichter.

»Zurücktreten«, sagte der Dominikaner. Agnes Wiegant und Andrej folgten seinem Befehl. Der Dominikaner zögerte.

»Aufmachen«, sagte er schließlich zu Cyprian.

Cyprian riss und zerrte an der Lederumhüllung. Eine zweite Hülle aus grober Wolle kam zum Vorschein. Pavel dachte an den unsichtbaren Schatz in seiner Truhe, gesichert mit Eisenketten, als der sich ihm die Teufelsbibel immer dargestellt hatte. Er empfand Cyprians Wüten als Sakrileg und wartete darauf, dass die vollständige Enthüllung des Buchs mit einem Donnerschlag geschehen würde. Doch nichts passierte. Cyprian zerrte die letzte Stoffbahn beiseite, bückte sich, hob ächzend und mit rotem Gesicht an und richtete ein Buch mit einem Ledereinband auf, das ihm bis über die Hüfte reichte. Am zweiten Wagen, der ins Kloster gefahren war und den niemand mehr beachtet hatte, öffnete sich die Tür.

Der Dominikaner ließ zwar die Armbrüste nicht sinken, aber er beugte sich unwillkürlich nach vorn.

Pavel hatte schon die halbe Strecke zu ihm zurückgelegt, bevor er es selbst merkte.

24

PATER XAVIER FUHR herum. Bruder Pavel rannte auf ihn zu, sein linkes Knie schrecklich nach außen umknickend, aber es verlangsamte ihn nicht. Der Dominikaner riss eine der Armbrüste herum und legte sie auf den heranstürmenden Kustoden an. Von außerhalb des Klosters ertönte ein Schrei wie von einem durchdrehenden Stier. Die Soldaten zuckten zusammen.

»Narr!«, sagte Pater Xavier und drückte ab.

Der Treffer wirbelte den kleinen Mönch einmal um seine eigene Achse. Vorn beim Tor flogen ein paar der Soldaten auseinander, als hätte jemand eine Bombe unter sie geworfen. Pavel fiel in vollem Lauf auf den Boden und rutschte über das Pflaster. Sowie er gefallen war, musste er tot gewesen sein, bevor er den Boden berührte. Pater Xavier drehte sich wieder zu seinen Geiseln um …

… und sah sich Cyprian gegenüber. Eine Faust traf ihn zwischen die Augen und erschütterte seinen gesamten Körper. Er fühlte, wie seine Füße sich vom Boden lösten, und der Ruck, mit dem er sich zwei Schritte weiter hinten hinsetzte, ließ seine Zähne aufeinanderschlagen, dass er Blut schmeckte. Halb blind und mit einem hallenden Geräusch in den Ohren hob er die Armbrust und zielte auf Cyprian – doch im letzten Moment schwenkte er die Waffe herum, sah über sie hinweg in die entsetzten Augen von Agnes Wiegant, verzog verächtlich den Mund und drückte ab.

Dann war das hallende Geräusch plötzlich ganz nah, und

er erkannte es als das zornige Brüllen eines Menschen. Er wurde hochgehoben. Zwei Arme schlangen sich um ihn. Er fühlte, wie mehrere Rippen in seinem Brustkorb brachen, und schrie vor Überraschung und Schmerz auf. Er wollte die Fäuste heben und auf das grobe Gesicht einhämmern, das vor seinem eigenen hing und brüllte, aber seine Arme waren an seinen Seiten eingeklemmt. Er wurde davongetragen wie ein Kind in den Armen eines brutalen Vaters und schrie vor Schmerzen, als der Galopp stampfender Beine ihn schüttelte.

Er flog durch die Luft und landete in etwas Zuckendem, Lebendigem, das auf harten Kanten tanzte, die harten Kanten verschoben sich und brachen über ihm zusammen, rote Glut war um ihn herum, und wenn er vorhin gedacht hatte, Schmerz und Entsetzen zu empfinden, dann erkannte er jetzt, dass es ein Entsetzen gab, das man nicht mehr beschreiben konnte, und Schmerzen, vor denen selbst das verzweifeltste Brüllen verstummte.

»Nein!«, schrie Bischof Melchior, und die Soldaten ließen die Waffen sinken, mit denen sie den Riesen in der schwarzen Mönchskutte in Stücke hatten schießen wollen. Der Riese stand vor dem an einer Seite eingeknickten Scheiterhaufen und brüllte mit in den Nacken gelegtem Kopf. Melchior sah die Füße Pater Xaviers zappeln, der Rest war unter brennenden Holzscheiten begraben. Er hatte das Gefühl, dass er sich gleich übergeben würde. Beim Haupttor rappelten sich die Soldaten wieder auf, die der Amoklauf des Riesen beiseitegewirbelt hatte wie Puppen. Der zweite Wagen neigte sich ächzend zur Seite, als sein Insasse herauskletterte.

Bischof Melchior sah auf den Boden, wo die Teufelsbibel in ihrem zerfetzten Kleid aus Leder und Stoff lag. Cyprian kauerte daneben. Er hielt die schluchzende Agnes in einem Arm, im anderen Andrej, der sich aufbäumte und zuckte. In seiner Brust steckte der Bolzen, den Pater Xavier abgefeuert hatte.

Fassungslos erkannte der Bischof, dass Andrej sich vor Agnes geworfen und den Bolzen mit seinem Körper abgefangen hatte.

Der Riese wandte sich vom Feuer ab und trottete zu der stillen Form des kleinen Mönchs hinüber, die einsam auf dem Pflaster in einer immer größer werdenden Blutlache lag.

Und eine brennende Fackel, die einmal ein Mensch gewesen war, explodierte aus dem Scheiterhaufen heraus.

Das Kreischen schrillte über den Hof. Es hatte nichts Menschliches. So würden Bäume schreien, die in einem Waldbrand zugrunde gehen, wenn Bäume Stimmen hätten. Pater Xavier brannte von Kopf bis Fuß. Er rannte auf Flammenbeinen und brüllte mit einem Flammenmund. Seine Züge waren nicht mehr zu erkennen. Er rannte, oder vielmehr: die Qual hatte sich seiner Gliedmaßen bemächtigt. Er rannte, und die Flammen loderten ihm hinterher, brennende Fetzen wirbelten davon, Funken sprühten. Er rannte. Vielleicht erinnerte er sich an die Geräusche, die er so erfolgreich ausgeblendet hatte, wenn er einem Autodafé beiwohnte; vielleicht hörte er ein junges Mädchen nach seiner Mutter schreien, während die Flammen sich in ihren Körper fraßen. Er rannte …

Er rannte direkt auf den zweiten Wagen zu. Dessen Insasse war ausgestiegen und starrte voller Horror den Dämon an, der sich ihm näherte. Die Soldaten, noch wie gelähmt vor Entsetzen, hoben die Waffen – viel zu langsam.

Ein Knall peitschte durch das Kreischen. Pater Xaviers brennender Kopf platzte plötzlich auseinander. Die Füße trugen ihn noch ein paar Schritte weiter, dann sackte er zusammen und fiel dem Insassen des Wagens vor die Füße. Bei dem Torbogen, der Cyprian und seinen Freunden als Deckung gedient hatte, stand Pater Hernando und ließ ein Gewehr sinken, das er einem Soldaten aus der Hand gerissen hatte. Die Pulverladung hatte seine rechte Gesichtshälfte verbrannt;

seine Brillengläser waren zersprungen. Langsam kippte er vornüber und trieb den Armbrustbolzen bis zu den Federn in seinen Leib.

Der Insasse des zweiten Wagens schaute auf das brennende Bündel vor seinen Füßen. Dann trat er vorsichtig einen Schritt zurück. Sein Gesicht war totenbleich und eine Fratze voller Hässlichkeit. Die Soldaten rundherum bekreuzigten sich, aber nicht aus Angst vor ihm, sondern weil die Vorsehung ihn gerettet hatte.

Von der Stelle, an der Pavel gestorben war, hörte man das raue Weinen eines Mannes. Buh hatte den Leichnam auf seinen Schoß gezogen und wiegte sich mit ihm vor und zurück.

Kaiser Rudolf von Habsburg betrachtete die von dem hoch auflodernden Feuer des Scheiterhaufens beleuchtete Szenerie, dann tappte er auf unsicheren Füßen zum Wagen von Bischof Melchior hinüber.

Agnes war halb irr vor Verzweiflung.

»Tu was, Cyprian, tu was für ihn! Rette ihn!«

»Er hat sich für dich –« Cyprians Lippen waren taub. »Er ist einfach vor dich hingesprungen –«

Andrej ächzte. Seine Blicke zuckten zwischen ihnen hin und her. Agnes hatte das Gefühl, jemand greife in ihr Innerstes und zermalme ihre Seele. Die Farbe wich so schnell aus Andrejs Gesicht, dass es aussah, als zöge jemand ein weißes Tuch über ihn. Sie schluchzte, dass es ihren ganzen Körper schüttelte.

»Tu doch was. Ich brauche ihn. Ich liebe ihn!«

Cyprian, der versuchte, den zitternden Andrej festzuhalten, warf ihr einen Blick zu. Er fühlte einen Stich in seinem Herzen, der ihm den Atem nahm. Plötzlich krallte sich eine Hand in seinen Kragen und zog ihn nach unten. Er starrte in Andrejs weit aufgerissene Augen.

»Ich bin ihr … Bruder!«, keuchte er. »Sie ist … sie ist …

meine … Schwester. Ich sehe immer noch meine Mutter … meine Mutter vor mir … zwischen all diesen schlanken Französinnen … so massig … so plump … und ich … ich erinnere mich, dass ich dachte … ich war fast neidisch, weil ich wollte, dass meine Mutter so schön wäre wie sie … dabei war sie … schwanger … sie war hochschwanger … sie trug meine Schwester unter dem Herzen – Agnes – ich wusste nicht –«

Seine Stimme erstarb. Er holte keuchend Atem. Seine Augen rollten, seine Hand ließ Cyprians Wams nicht los.

»Mutter …«, flüsterte er. »sie war schon fast tot, aber im Sterben brachte sie … brachte sie Agnes auf die Welt. Die Mönche … die Mönche haben sie entbunden … Pavel … er hat Yolanta ermordet … aber er hat damals auch Agnes auf die Welt geholfen … er … er ist nicht … das Böse hat eine andere … Gestalt …«

Ein Schatten fiel über sie. Agnes blickte auf. Sie hatte Bilder von Kaiser Rudolf gesehen und Erzählungen gehört und erkannte ihn auf Anhieb. Es hätte ihr nicht mehr egal sein können. Die monströse Gestalt verschwamm ihr vor den Augen.

»Lasst mich gehen«, sagte Andrej. Er schenkte Agnes den Schatten eines Lächelns. »Es war schön, dich … dich zu sehen … Schwesterchen. Jetzt … lasst mich gehen. Yolanta wartet auf mich.«

»Die Lebenden warten auf dich, nicht die Toten«, sagte Cyprian heiser.

»Das ist Unser Geschichtenerzähler«, sagte der Kaiser. »Wie kommt er hierher?«

»Er stirbt!«, schrie Agnes. »Ist das eine Geschichte, die Sie hören wollen?« Es kümmerte sie nicht, ob sie für ihre Respektlosigkeit enthauptet werden würde. »Er stirbt!«

»Nicht, wenn Wir es nicht erlauben.« Der Kaiser drehte sich um und brüllte: »Doktor Guarinoni!«

Ein Mann mit Glatze und langem, grauem Vollbart, dunkel

gekleidet und so hochmütig wirkend wie ein Schwarzstorch, kletterte aus dem Wagen des Kaisers, machte einen Bogen um den brennenden Leichnam davor und lief herüber. Kaiser Rudolf zeigte auf Andrej.

»Das ist Unser Geschichtenerzähler«, sagte der Kaiser. »Retten Sie ihn, oder hängen Sie.«

Cyprian blickte zu Bischof Melchior auf, der immer noch auf dem Bock des Wagens saß. Melchior nickte ihm mit einem erschöpften Lächeln zu. Cyprian nickte zurück. Es war noch nicht vorüber.

1592:
Das Grösste unter Dreien

»Nun aber bleiben Glaube, Hoffnung,
Liebe, diese drei.«

1. Kor. 13,13

1

Abt Martin war fassungsloser Zeuge der Szene, wie Kaiser Rudolf die Teufelsbibel in Empfang nahm. Cyprian stand neben ihm und hielt ihn unauffällig an der Kutte fest. Kurz zuvor hatte er ihm zugeflüstert: »Wenn Sie alles retten wollen, dann halten Sie den Mund.« Martin, der noch immer damit kämpfte, die Betäubung von Cyprians Faustschlag abzuschütteln, hatte die Szenerie im Hof seines Klosters betrachtet, den lodernden Scheiterhaufen, das qualmende Bündel Mensch vor dem kaiserlichen Wagen, den weinenden Buh, den Arzt, der mit Agnes' Hilfe darum kämpfte, nicht für den Tod eines Mannes, den er nicht weniger verabscheute als der ganze Rest des kaiserlichen Hofstaats, gehängt zu werden, Bischof Melchior, der für den auf dem Boden knienden Kaiser eine riesige Seite nach der anderen umschlug. Der Anblick der roten, blauen, gelben, grünen und goldenen Illuminationen schwirrte vor den Augen des Abts, die Seitenumrandungen drehten sich vor seinen Augen, Spiralornamente, Kreisel, keltisch verschlungene Kreuzsymbole – er hatte das Buch, dessen Hüter er geworden war, niemals gesehen und konnte nicht sagen, ob die Kopie, die der Kaiser betrachtete wie ein Heiligtum, dem Original nahekam oder nicht – aber dass es eine Kopie war, stand fest. Abt Martin spürte weder das Vibrieren noch das Summen der Energie, das er manchmal durch mehrere Meter Stein wahrgenommen hatte und das das ungeschützte Original mit solcher Macht hätte ausstrahlen müssen, dass er davon in die Knie gegangen wäre.

Der Kaiser hielt Bischof Melchiors Hand auf, als dieser über eine Zeichnung hinwegblättern wollte. Das Blatt glitt zurück. Abt Martin bekreuzigte sich. Der Leibhaftige grinste aus der Seite heraus, fast formatfüllend. Das Blatt schien halb verkohlt, halb vermodert zu sein, als habe das bloße Abbild des Bösen genügt, es zu zersetzen.

Bischof Melchior schloss das Buch und legte es mit Hilfe des Kaisers vorsichtig zurück auf den Boden. Sie schlugen es in seine Schutzhülle. Zwei Soldaten trotteten heran, hoben es auf und schleppten es mit angestrengten Gesichtern zum Wagen des Kaisers. Sie hoben es hinein und schlugen die Tür zu. Abt Martin wartete darauf, dass die Welt unterging oder die Himmel sich auftaten, aber nichts geschah.

Der Kaiser wandte sich um und wankte zu ihm herüber.

»Immer schön lächeln«, sagte Cyprian zwischen den Zähnen.

»Wir danken Ihnen«, sagte der Kaiser und streckte die Hand aus. Abt Martin ergriff sie wie im Traum und schüttelte sie.

»Es ist mir eine Ehre, dieses heilige Artefakt in der Obhut Seiner Majestät zu wissen«, krächzte er.

Der Kaiser nickte und bewegte sich zu seinem Wagen. Im Gehen warf er einen Blick zu seinem Leibarzt. Der bärtige Mann hob einen Daumen und wischte sich mit der anderen Hand über die Stirn. Der Abt hörte, wie Bischof Melchior, der den Kaiser geleitete, sagte: »Wenn Majestät erlauben, nehme ich Doktor Guarinoni mit zurück nach Prag.« Dann verstand er nichts mehr. Er spähte über die Schulter zu Cyprian.

»Er hat die Kopie«, sagte er mit einem Mund, der nicht ihm zu gehören schien.

»Ja, aber das weiß er nicht«, sagte Cyprian. »Bald wird alle Welt glauben, dass er das Original hat. Und es wird keine Abenteurer mehr geben, die eine Geschichte gehört haben oder glauben, die Christenheit ließe sich mit Hilfe einer Waffe oder der Schlauheit des Teufels retten. Wenn es doch welche gibt, werden sie sich überlegen müssen, wie sie dem Kaiser die Erlaubnis abluchsen können, in seiner privaten Sammlung herumzustöbern.«

»Aber die Kopie ist zu nichts nütze. Der Schlüssel zum Code fehlt.«

»So ein Pech«, sagte Cyprian.

Abt Martin ließ den Kopf hängen. »Ich habe versagt«, erklärte er nach einer Weile.

»Wieso denn? Das Original ist nach wie vor in Ihrer Obhut, irgendwo dort unten. Passen Sie nur weiter schön darauf auf.«

»Nein. Ich habe versucht, die Welt vor der Teufelsbibel zu schützen, aber tatsächlich habe ich das Buch selbst geschützt. Und nicht einmal das wäre mir gelungen, wenn Sie und der Bischof nicht gewesen wären. Ich habe versucht, das Buch zu schützen, indem ich meine Freunde geopfert habe.« Er wies zu Buh und dem toten Pavel hinüber. »Sie und der Bischof haben versucht, Ihre Freunde zu schützen – und mit ihnen die ganze Christenheit. Ich habe versagt.«

Er hob den Blick und suchte Cyprians Augen. Er sah förmlich, wie dieser die Eindrücke sortierte, für die er, Abt Martin, verantwortlich war: das Massaker vor zwanzig Jahren, die Morde, die Pavel in seinem Auftrag begangen hatte, das brennende Haus, Pavels Tod –

»Ja«, sagte Cyprian. Er wich dem Blick des Abtes nicht aus. »Ich danke Ihnen für alles, was Sie getan haben.«

Plötzlich fischte Cyprian in seinem Hemd herum und zog zwei Münzen heraus. Er hielt sie Abt Martin hin, und dieser erkannte bestürzt, dass es zwei der Medaillons waren, die die Kustoden trugen. »Die gehören Ihnen. Eines hatte Pavel. Das andere –« Cyprian ließ ein grimmiges Lächeln über sein Gesicht huschen, »hat ein Verrückter verloren, der vor zwanzig Jahren zehn Frauen und Kinder umbrachte. Als er das elfte Opfer erschlagen wollte, hat ihn einer seiner Genossen mit einer Armbrust erschossen. Natürlich kennen Sie die Geschichte, –«

Der Abt stierte Cyprian an. Er hatte das Gefühl, in einen langen Tunnel zu blicken, und an seinem Ende blitzte kurz das Bild eines kleinen Jungen auf, der im nächsten Moment im Flirren eines Graupelschauers verschwand.

»… auch wenn es scheint, dass sie in einem anderen Land und zu einer anderen Zeit passiert ist. Heben Sie das Ding gut auf. Mit ihm hat alles angefangen.«

»Woher …«, stammelte der Abt.

Cyprian blickte auf. »Da kommt der Bischof. Sie werden noch ein paar Dinge zu besprechen haben. Möge Gott Ihnen verzeihen.«

»Ja«, flüsterte der Abt und hatte das Gefühl, erdrosselt zu werden. Die Medaillons glühten in seiner Hand wie eiskaltes Feuer. »Ich selbst kann es nicht.«

2

GROSSINQUISITOR DE QUIROGA war irritiert über die Störung. Das Leben eines Mannes war zu kurz, um all die Aufgaben zu erfüllen, die Gott ihm stellte, und erst recht, um sich daneben noch um Dinge zu kümmern, für die man Untergebene hatte. Er war noch irritierter, als er den Grund für die Störung erfuhr.

»Eine Brieftaube, Eminenz.«

»Na und?«

»Sie ist über die gregorianische Kette zu uns gelangt, Eminenz.«

Die gregorianische Kette war ein Spinnennetz aus Stationen mit Brieftauben, durch das das Heilige Offizium Verbindung mit der halben Welt hielt. Es hatte seinen Namen von Papst Gregor IX., der erstmalig eine ständige Kommission zur Bekämpfung der Häresie eingesetzt hatte. Papst Gregor war derjenige gewesen, der die Dominikaner mit der Erfüllung der damit verbundenen Pflichten betraut hatte. Die Brieftauben der gregorianischen Kette zu nutzen stand nur Mitgliedern des Ordens frei.

»Na und?«

»Sie lässt sich bis nach Prag zurückverfolgen.«

»Wen haben wir in Prag?«

»Niemand, Eminenz.«

»Gib her!«

Der Großinquisitor überflog die Botschaft. Er brauchte das Pergament nicht, das sein Assistent ihm reichen wollte; in seinem Gehirn waren alle Codes, die das Heilige Offizium für seine Korrespondenz verwendete, ebenso gespeichert wie jede arglose Bemerkung jedes Zeitgenossen, dem er jemals begegnet war und die auf versteckte Ketzerei hindeuten mochte. Das lange, hakennasige Gesicht Kardinal de Quirogas wirkte stets müde und mit seinen hängenden Augenlidern fast ein wenig geistig minderbemittelt; eine willkommene Tarnung für einen messerscharfen, rastlosen Geist. Schließlich blickte er hoch. Sein Assistent richtete sich unwillkürlich stramm auf.

»Wo gibt es die übelste Ketzerei, mein Sohn?«, fragte der Großinquisitor.

»Überall, Eminenz!«

»Sehr richtig. Hast du die Namen gelesen, die in dieser Botschaft erwähnt sind?«

Der Assistent nickte.

»Kardinal Cervantes de Gaete. Kardinal Ludwig von Madruzzo.« Der Großinquisitor legte eine Pause ein. »Hernando Nino de Guevara.«

Der Assistent wartete.

»Völlig haltlos«, sagte Kardinal de Quiroga.

»Das dachte ich mir auch. So große und mächtige Männer wie die ...«

»Völlig haltlos nur, was Pater Hernando betrifft!«

»... sind ebenso wenig gegen Ketzerei gefeit wie jedermann«, vollendete der Assistent geschmeidig.

»Pater Hernando ist mein treuer Diener. Er ist über jeden Verdacht erhaben. Wo ist er eigentlich?«

»Keine Ahnung, Eminenz.«

»Macht nichts. Haben wir sonst noch einen Mann für delikate Missionen frei?«

Der Assistent dachte nach. Er nickte.

»Lass ihn holen.«

Die Tür, die der Assistent einen Spalt offen gelassen hatte, öffnete sich ganz. Eine dunkle Gestalt schob sich herein und verneigte sich gelassen. »Bin bereits da, Eminenz«, sagte sie. »Euer Assistent war so freundlich, mich hierherzubitten, als diese ungewöhnliche Botschaft aus Prag eintraf.«

Der Großinquisitor war ein Freund von Eigeninitiative seiner Mitarbeiter, solange sie ihm Zeit und Wege ersparte. Er lächelte knapp, während er etwas auf ein Stück Papier kritzelte.

»Schön. Ich habe hier zwei Namen. Es gibt Hinweise auf Ketzerei, Verrat und Verschwörung. Suchen Sie die Männer auf und lassen Sie sie hierher nach Toledo bringen.«

Der Assistent hastete mit dem Papier in der Hand zu dem dunklen Mann. Dieser las es. Eine Augenbraue hob sich leicht.

»Stört Sie irgendetwas? Auch Kardinäle sind nur Sünder. Jedenfalls manche.«

»Kein Problem, Eminenz.«

»Denken Sie daran, was für ein Aufsehen es macht, wenn solche bekannten und einflussreichen Männer als Ketzer angeklagt werden. Für die katholische Kirche ist das nicht gerade ein Aushängeschild, schon gar nicht in diesen reformatorischen Zeiten.«

»Der Weg nach Toledo kann manchmal gefährlich sein. Unfälle, Wegelagerer, man verirrt sich und wird nie wieder gefunden, Leute passen nicht auf und fallen aus dem Fenster –«

Der Großinquisitor lächelte nicht. »Viel Erfolg, Don Manuel.«

3

Cyprian war beiseitegetreten. Er stand zwischen seinem Onkel und dem Abt, die zusammen flüsterten, dem weinenden Riesen mit dem toten Pavel auf dem Schoß und der kleinen Gruppe mit Agnes, Andrej und dem Arzt. Er fühlte sich für einen Moment vollkommen verloren. Das Feuer, das er und Agnes in dem Holzstoß entzündet hatten, um für Verwirrung zu sorgen, begann in sich zusammenzufallen. Obwohl es dadurch nicht kälter wurde, fror er. Dann fiel ihm ein, dass es einen Verbündeten gab, von dem er Abschied nehmen musste.

Pater Hernando lag zusammengekrümmt wie ein gerade geborenes Kind auf der Seite. Die Spitze des Armbrustbolzens ragte zwischen seinen linken Rippen aus dem Rücken, die Federn auf seiner Vorderseite. Seine Brille war endgültig zerbrochen. Ohne sie sah sein pulvergeschwärztes Gesicht wie das eines Jungen aus. Cyprian hockte sich neben ihn und pickte das verbogene Brillengestell vorsichtig mit den Fingern auf.

Eine Hand klammerte sich um sein Handgelenk. Die Augen des Dominikaners öffneten sich und starrten ihn an. Er versuchte etwas hervorzustoßen.

»Toller Schuss, Pater«, hörte Cyprian sich sagen.

»Komm näher«, flüsterte Pater Hernando auf Lateinisch. Cyprian beugte sich über ihn. Die Augen des Paters versuchten sich auf ihn zu fokussieren. Die Hand ließ sein Handgelenk los und tastete umher. Cyprian drückte das Brillengestell hinein. Pater Hernando hielt sie sich dicht vor die Augen und seufzte dann.

»Pater Xavier ist tot«, sagte Cyprian. Pater Hernando blinzelte ihn langsam an. Seine Lippen waren blau. »Du hast deine Mission erfüllt.«

Die Lippen des Dominikaners zuckten lautlos. Er versuchte sich herumzurollen. Cyprian legte ihm die Hand auf die Schulter. Pater Hernando sank in sich zusammen und hielt sich still.

»Das … Buch?«

»In Sicherheit.«

»Wer hat es?«

»Niemand.«

Pater Hernando nickte. Dann schloss er langsam die Augen. Seine Hand verkrampfte sich um das Brillengestell und zerbrach es. Cyprian stand auf und sah auf ihn hinab. Dann stapfte er zu Agnes hinüber.

4

AGNES SAH AUF, als Cyprian vor ihr stand. Doktor Guarinoni hatte mit wenigen Schnitten die Wunde erweitert, in der der Bolzen in Andrejs Leib steckte, hatte ihn herausgezogen – gnädigerweise war Andrej dabei in Ohnmacht gefallen –, hatte etwas in den Schnitt geträufelt, unter dem Andrej selbst in der Besinnungslosigkeit zusammengezuckt war, und eine Art Verband um seinen Oberkörper gemacht.

»Er wird es schaffen«, sagte sie. »Der Doktor sagt, es war ein Glück, dass der Schuss auf so kurze Distanz erfolgte. Armbrustbolzen bekommen erst nach ein paar Schritten eine tödliche Geschwindigkeit.«

»Der Doktor sagt auch«, erklärte der Arzt brummig, »dass noch lange nicht gesagt ist, dass sich die Wunde nicht entzündet, dass er sich in diesem Höllenloch nicht die Pest eingefangen hat oder dass ihm nicht morgen ein Ziegelstein auf den Kopf fällt.«

»Das Leben will einem jeden Tag aufs Neue an den Kragen«, sagte Cyprian. »Nachdem Sie hier ein Wunder vollbracht haben, Doktor, sehen Sie doch mal zum Klostereingang. Da liegt ein Mann, dessen Schutzengel im letzten Moment die Hand dazwischengehalten hat, als er sich selbst einen Armbrustbolzen in den Leib trieb. Der Mann ist ein Dominikaner, aber es kann ja eine gute Tat sein, einem von den Kerlen das Leben zu retten.«

Agnes musterte ihn. Sie fühlte sich so erschöpft wie noch nie in ihrem Leben und so glücklich wie noch nie. Andrejs Kopf lag auf ihrem Schoß, sie hatte die Hand auf den Wundverband gelegt und spürte seinen ruhigen, langsamen Atem. Sie hatte einen Bruder. Sie hatte keine Ahnung, wie es war, Geschwister zu haben, aber sie hatte den Eindruck, dass sie es kennen lernen würde. Sie hatte immer gedacht, sie sei allein auf der Welt, eine Einsamkeit, an der nicht einmal die Liebe Cyprians etwas hatte ändern können. Sie spürte in sich hinein und stellte fest, dass der Gedanke nur noch Erinnerung war. Cyprian lächelte, und sein Lächeln sandte einen Schauer durch sie hindurch. Sie war noch nie so erschöpft, noch nie so glücklich gewesen – und sie hatte ihn noch nie so geliebt wie in diesem Augenblick.

»Es ist ja nicht so, dass du nur einen Bruder bekommen hättest«, sagte Cyprian.

»Sondern?«

»Du bist gleichzeitig auch noch Tante geworden.«

»Was? Andrej hat ein Kind?«

»Naja«, sagte er. »In Wahrheit ist es ein bisschen komplizierter.«

»Wie heißt es? Wie sieht es aus?«

»Das kannst du alles von deiner Mutter erfahren, wenn wir zurück in Prag sind. Ich bin sicher, dass sie zwischenzeitlich ein halbes Dutzend Ammen in den Wahnsinn getrieben und mindestens einen Drachen gefressen hat, der dem Kleinen zu nahe gekommen ist.«

»Meine Mutter?! Theresia Wiegant?«

»Ich sagte ja, es ist kompliziert.«

»Erzähl mir die Geschichte.«

»Agnes, meine Liebe«, seufzte er, aber sein Lächeln veränderte sich nicht, »schau einfach in den Spiegel, dann siehst du die Geschichte vor dir.«

Sie starrte ihn verständnislos an, doch er beugte sich zur ihr herab und küsste sie; und für den Augenblick gab es nichts auf der Welt, was sie sich außer diesem Kuss gewünscht hätte.

Eigentlich hatte ich ja vor, die Geschichte Kaiser Rudolfs von Habsburg zu erzählen, des Alchimisten auf dem Kaiserthron, des Kunstsammlers und Neurotikers im Herzen des Deutschen Reichs, dessen krasse Uneignung für den Thron den Weg für das unsagbare Elend des Dreißigjährigen Krieges ebnete. Die Teufelsbibel sollte lediglich einen Handlungsstrang dieser Geschichte bilden.

Wer sich lange genug mit dem Schreiben befasst hat, macht die Erfahrung, dass Geschichten es selbst am besten wissen, wie sie erzählt werden wollen. In dieser Hinsicht haben sie die gleiche Macht, wie ich sie der Teufelsbibel in meinem Roman unterstellt habe: Sie versuchen nach Kräften, unter die Leute zu kommen. Meine Story erlebte daher eine Veränderung, eine Transmutation, wenn man so will, was zwar einen Bezug zur Alchimie herstellt, die Figur des Oberalchimisten Kaiser Rudolf aber zu einer – wenn auch nicht ganz unwichtigen – Vignette reduzierte.

Geblieben ist ein ganzes Bündel von historischen Persönlichkeiten, die weiterhin darauf bestanden, in meiner Geschichte eine Rolle zu spielen.

Den größten Raum nimmt sicher Melchior Khlesl ein, Kardinal, Bischof von Wiener Neustadt und Kaisermacher. Nicht zuletzt seinen Bemühungen verdankte es das Deutsche Reich, dass Kaiser Rudolf 1612 abgesetzt und durch Erzherzog Matthias ersetzt wurde. Leider war Matthias genauso fehl am Platz wie sein großer Bruder, aber wir wollen annehmen, dass Melchior Khlesl daran nicht schuld ist. In Franz Grillparzers Drama »Ein Bruderzwist im Hause Habsburg« hat der Bischof eine eindeutig mephistophelische Rolle; ich habe mir die Freiheit genommen, ihn positiver zu zeichnen. Während seine persönliche Geschichte, sein Übertritt zum katholischen Glauben, die Bekehrung seiner Familie und sein Kampf gegen den

Hofstaat Kaiser Rudolfs historisch verbürgt sind, habe ich mir bei seiner Verwicklung in die Suche nach der Teufelsbibel natürlich viel dramaturgische Freiheit genommen.

Die Kardinäle de Gaete und Madruzzo haben zwar gelebt, aber nicht wirklich eine Verschwörung geplant – jedenfalls keine, von der ich erfahren hätte, – und schon gar nicht zwei Päpste umbringen lassen, zumal der echte Kardinal de Gaete zum Zeitpunkt der Romanhandlung schon etliche Jahre tot war. Hernando de Guevara, dessen hagere Gestalt und recht modern anmutende Rundbrille von El Greco im Jahr 1600 gemalt wurde (das Bild hängt im Metropolitan Museum of Art in New York, und ich habe keine Ahnung, ob man es käuflich erwerben kann), hat ebenfalls keine zwei Päpste auf dem Gewissen, war aber einige Zeit der Assistent des Großinquisitors Kardinal de Quiroga und folgte ihm später im Amt nach. Meinen Recherchen zufolge hieß der gute Mann tatsächlich Hernando, nicht Fernando, obwohl das Gemälde mit diesem Vornamen betitelt ist. Kardinal de Quiroga wiederum, der Großinquisitor, blieb auch in Wirklichkeit den im Buch geschilderten Konklaven fern, weil die Ketzer in Spanien einfach nicht weniger werden wollten.

Bei der Schilderung des Autodafés in Toledo habe ich mich von der Historikerin Jacqueline Dauxois leiten lassen. Die politische Situation, die dazu führte, dass Generalvikar Loayasa (eine weitere historische Person, komplett mit Töchtern,) den Erzbischof vertrat, habe ich bei der Beschreibung der Szene unterschlagen, weil sie einigermaßen kompliziert ist – sagen wir auch hier nur so viel, dass ein weiterer Bruder von Kaiser Rudolf, nämlich Albrecht von Habsburg, seinerzeit der Erzbischof von Toledo war und den schauerlichen Schauspielen der Ketzerverbrennung ausnahmslos fernblieb.

Falls Sie geglaubt haben, dass ich die dramatische Situation mit drei toten Päpsten innerhalb weniger Monate nur erfunden habe, muss ich Sie enttäuschen; diese letale Fluktuation auf dem Heiligen Stuhl entspricht der historischen Realität (nur der Grund dafür nicht – siehe oben). Und wenn Sie sich fragen, aus welchem dramaturgischen Grund der Kommandant der Schweizergarde und sein Stellvertreter ausgerechnet Vater und Sohn sein mussten, dann lassen Sie sich auch hier verraten, dass das ganz einfach der historischen Tatsache entspricht. Wenn wir nur alle die Geschichten erfinden könnten, die das Leben so ganz nebenher schreibt!

Am Hof Kaiser Rudolfs sticht neben ihm selbst und seinen historisch verbürgten Neurosen das Zwiegespann aus Reichsbaron Rozmberka und Oberstlandrichter Lobkowicz hervor. Mit den beiden habe ich mir größte Freiheiten herausgenommen. Ich will doch annehmen, dass sie in der Realität mehr professionelles Format hatten. Es ist auch nicht verbürgt, dass Giovanni Scoto die Frau des Oberstlandrichters verführte, wenngleich sie dann wahrscheinlich die Einzige in ganz Prag gewesen wäre, die ihm nicht erlag. An dieser Stelle kann ich auch das Geheimnis lüften, wohin Meister Scoto verschwunden ist, nachdem die Herren Dee und Kelley ihm das Leben in Prag vermiesten: er nistete sich am Hof von Herzog Johann von Coburg ein, wo er wenig später die Herzogin verführte und eine tragische Geschichte auslöste.

Die Kustoden habe ich erfunden, nicht jedoch Abt Martin Korýtko, den sehr umstrittenen Abt von Braunau (Broumov). Es heißt, seine Toleranz gegenüber den Protestanten hätte zum Bau der Wenzelskirche am Braunauer Niedertor geführt, wegen deren beabsichtigtem Abriss im Jahr 1618 der Prager Fenstersturz und damit der Dreißigjährige Krieg ausgelöst wurde. Einer Gestalt, die auf welche Art auch immer ursächlich an diesem entsetzlichen Krieg schuld war, musste ich ganz einfach im Roman den gebührenden Platz geben.

Auch Doktor Guarinoni hat es wirklich gegeben, den Leibarzt Kaiser Rudolfs. Offensichtlich habe ich vom ganzen Hofstaat des Kaisers nur den Zwerg erfunden, der Andrej bei seiner ersten Begegnung mit dem Kaiser so indifferent verabschiedet. Wahrscheinlich hat es einen wie ihn aber auch gegeben, und die historischen Quellen verschweigen wieder einmal die wirklich interessanten Leute.

Pater Xavier ist eine erfundene Gestalt; sein Werdegang würde aber durchaus zu einer echten historischen Persönlichkeit im Orden der Dominikaner der damaligen Zeit passen.

Es gibt ein Stückchen Landschaft, das mich bei meinen Recherchen vor Ort so faszinierte, dass ich es im Roman unterbrachte, obwohl es von den Protagonisten auf ihrer Reise von Prag nach Braunau eigentlich nicht hätte durchquert werden können, ohne einen völlig unnötigen Umweg zu machen: die Felsenstädte von Teplitz und Adersbach. Sie liegen nordwestlich von Braunau und bilden ein fantastisches Areal aus Felstürmen, Sagengestalten, versteinerten Riesen und was noch allem. Wanderwege führen hindurch, Kletterrouten hinauf und hinab. In vergangenen Zeiten waren sie Unterschlupf für Schmuggler, Wegelagerer und andere Gesetzlose, was ich in der Geschichte kurz thematisiert habe. Heute ist dort nur noch der Versuch, inmitten einer Horde kreischender Teenager ein Souvenir für die Kinder zu erstehen, lebensgefährlich.

Der Kampf zwischen Reformation und Gegenreformation war zur Zeit der Romanhandlung in voller Fahrt, und obwohl viele Zeitgenossen erkannten, dass diese Fahrt in einer Katastrophe enden würde, scheint niemand in der Lage gewesen zu sein, sie aufzuhalten, erst recht nicht die Wagenlenker (der jeweilige Papst und der jeweilige Kaiser). Große politische Geister wie Bischof Melchior Khlesl versuchten, den Lenkern in die Zügel zu fallen; die damals wie heute üblichen – und weit verbreiteten – politischen Kleingeister waren derweil damit beschäftigt, ihre eigenen Schäfchen ins Trockene zu bringen. Der gewaltige Unfall, den sie nicht verhinderten und der sich zwischen 1618 und 1648 in Europa ereignete, verschlang die einen wie die anderen. Doch das ist schon wieder eine andere Geschichte.

Die Zustände in Wien, vom Ärger der einheimischen Kaufleute wegen der fremdländischen Konkurrenz, von den Überschwemmungskatastrophen bis hin zu den nicht abgehaltenen katholischen Prozessionen, habe ich hauptsächlich der wunderbar akribischen mehrbändigen Geschichte Wiens von Peter Csendes und Ferdinand Opll entnommen; die Zustände im Findelhaus der Karmelitinnen in Prag finden Sie auch heute noch in Waisenhäusern, wenn Sie sich weit genug aus den polierten Ecken der menschlichen Zivilisation hinausbegeben (was nicht zwangsläufig bedeutet, dass Sie eine sehr lange Reise antreten müssen). Braunau – oder heute: Broumov – wurde tatsächlich Ende des 16. Jahrhunderts mehrfach Opfer von Pestepidemien und Überflutungen, was mich zu der Spekulation verleitete, dass jeder Ort, an dem sich die Teufelsbibel über längere Zeit hinweg befand, vom Zorn Gottes ereilt wurde. Repliken von Votivtafeln in Broumov geben darüber Auskunft.

Die Geschichte des unheimlichen Sees unter der Heiligenstädter Kirche gehört in etwas veränderter Form zum Sagenschatz der österreichischen Hauptstadt, ebenso wie die Legende von der Spinnerin am Kreuz, die Cyprian seiner geliebten Agnes erzählt.

Und die Teufelsbibel?

Tja ... bevor wir über sie reden: besuchen Sie sie doch mal! Je nachdem, wann Sie dieses Nachwort lesen, befindet sie sich entweder in Prag in einer ganz Tschechien bewegenden Sonderausstellung (September bis Dezember 2007) oder in der Königlichen Bibliothek in Stockholm. Glauben Sie mir, Sie werden beeindruckt sein.

Die Teufelsbibel oder Codex Gigas (aus dem Griechischen *gigas* für »riesig«) ist das größte mittelalterliche Manuskript der Welt. Zwei erwachsene Männer sind nötig, um es zu heben, es misst knapp 100 × 50 Zentimeter und enthält über 600 Seiten handgeschriebenen Text auf Eselshautpergament, für dessen Herstellung angeblich 160 Eseln ein vorgezogener Eintritt in eine bessere Welt ermöglicht wurde. Geschaffen wurde der Codex im frühen dreizehnten Jahrhundert im Benediktinerkloster von Podlažice in Südböhmen. Die Bezeichnung »Teufelsbibel« stammt von einer ganzseitigen Zeichnung des Herrn mit dem Bocksbein auf einer der 600 Seiten; hat aber auch mit der Tatsache zu tun, dass der Autor versuchte, das Wissen der Welt in seinem Werk festzuhalten – und das Wissen der Welt erlangen zu wollen ist seit der Affäre mit der Schlange und der Kernfrucht aus der Gattung *malus domestica* eine Absicht, hinter der die Einflüsterungen des Teufels stecken.

Das Exemplar der Teufelsbibel, das zu besuchen ich Sie weiter oben eingeladen habe – ich wähle diese Umschreibung deshalb, weil Sie und ich nach der Lektüre meines Romans nun wissen, dass es sich dabei nicht um das Original handeln kann, nicht wahr? – dieses Exemplar also befand sich nacheinander in der Obhut der Benediktiner von Podlažice, der Zisterzienser von Sedlec, der Benediktiner von Břevnov, der Benediktiner von Broumov, des Kaisers Rudolf II. und zuletzt, ab 1648, in schwedischem Gewahrsam. Schwedische Truppen raubten es gegen Ende des Dreißigjährigen Krieges aus dem Hradschin. Heute ist es – nicht ganz unumstritten, aber das ist eben der Lauf der Zeit – im Besitz der Königlichen Bibliothek von Stockholm, die nach langem Ringen mit sich selbst die Erlaubnis zu der dreimonatigen Ausstellung in Prag gegeben hat.

Das sind die Fakten. Die Legende ist noch interessanter.

Es heißt, ein Mönch habe eine schwere Sünde auf sich geladen. Um dafür zu büßen, ließ er sich einmauern und gelobte, während seines langsamen Verschmachtens ein Buch zu schreiben, das die Weisheit der Welt enthielt. Mitten in diesem Projekt wurde ihm klar, dass er es nicht würde fertigstellen können, und bat den Teufel um Hilfe. Im Gegenzug versprach der Mönch diesem seine Seele. Luzifer, der bereits bei einigen ähnlichen Transaktionen über den Tisch gezogen worden war (denken Sie nur mal an die Steinerne Brücke von Regensburg), konnte nicht erkennen, wie ein eingemauerter Mönch ihn würde betrügen können, und machte sich an die Arbeit. Nach etwa der Hälfte, so scheint es, wurde er von der üblichen Eitelkeit des Autors überwältigt und fertigte ein Selbstporträt an, um die Nachwelt über die Urheberschaft des Werks aufzuklären, aber das ist schon meine eigene Auslegung der Dinge. Auf welche Weise ich diese Legende sonst noch ausgelegt habe, haben Sie soeben in der Romanhandlung erfahren.

Historische Tatsache ist wiederum, dass drei Seiten der Teufelsbibel fehlen und wir nur spekulieren können, was sich darauf befand oder wohin sie verschwunden sind …

Danke!

Zuallererst und von ganzem Herzen: meiner Agentin Anke Vogel, die es diesmal nicht leicht mit mir hatte, weil ich eine Weile brauchte, um den Kern der Geschichte zu finden.

Meinen Lektorinnen Sabine Cramer und Martina Sahler und allen Kolleginnen und Kollegen von der Verlagsgruppe Lübbe, die sich mächtig ins Zeug gelegt und ein wunderbares Buch aus einem dicken Stapel Manuskriptseiten gemacht haben.

(Erwischt! Natürlich funktioniert die Kommunikation zwischen Verlag und Autor heutzutage per Datenaustausch und nicht über einen Ziegelstein aus beschriebenem Papier, aber die andere Formulierung hört sich einfach besser an.)

Meinen Probelesern Sabine Stangl, Angela Seidl und Thomas Schuster, die ich mit hundert Seiten in die Irre führte, bevor mir einfiel, dass ich eine ganz andere Geschichte erzählen wollte.

Josef Kindl vom Seminar des Benediktinerklosters Broumov in Nordböhmen, der mich bei meinen Recherchen in Tschechien unterstützte.

Dr. Jan Frolik, der nichts dagegen hatte, dass ich seine mysteriösen Ausgrabungsfunde in Podlažice in meinen Roman integrierte.

Christopher Kiel, der sicherstellte, dass mir das Rätsel um die fehlenden Seiten der Teufelsbibel bewusst wurde.

Josef Staudinger, von dem ich einiges über Rauchentwicklung bei Hausbränden lernte, was es wiederum Cyprian möglich machte, halbwegs unversehrt dem Feuer in der Prager Niederlassung der Firma Wiegant & Wilfing zu entkommen.

Und natürlich – fast am Schluss, aber nicht zuletzt – meiner Frau Michaela und meinen Söhnen Mario und Raphael, nicht weil man als Autor aus Höflichkeit auch seiner Familie Danke sagt, sondern weil ich euch liebe!

Dieses Buch ist in einer Art selbstauferlegter Klausur entstanden, da ich nur zehn Monate Zeit dafür hatte und die Geschichte eine ganze Menge Seiten benötigte, um erzählt zu werden. Ich bin zwar nicht eingemauert worden wie der Mönch aus der Legende der Teufelsbibel, um es fertigzustellen, und ich habe den Fertigstellungsprozess ganz offensichtlich auch überlebt – aber rege Sozialkontakte habe ich währenddessen nicht gerade gepflegt. An alle meine Freunde, die meiner Familie an Sonntagnachmittagen Asyl gewährten, wenn ich mich hinter der Tastatur verschanzte, und die es mir nicht krummnahmen, dass ich fast ein ganzes Jahr lang ein äußerst unzuverlässiger Briefbeantworter und Gesprächspartner war, daher ebenfalls: Danke!

Die Geschichte der Teufelsbibel ist für mich ein wenig erzählerisches Neuland, das ich in ähnlicher Art bisher nur im »Jahrtausendkaiser« betreten habe. Sie, liebe Leserin, lieber Leser, können jetzt beurteilen, was ich aus dieser Reise gemacht habe (es sei denn, Sie lesen die Danksagung zuerst, obwohl ich versucht habe, sie hier hinten im Buch zu verstecken – dann liegt der Beurteilungsprozess noch vor ihnen; und hoffentlich eine spannende Lektüre). Danke, dass Sie mir auf dieser Reise gefolgt sind.

www.teufelsbibel.de
www.duebell.de

»In diesen Zeiten wird man unversehens zum Verräter. Oft unfreiwillig und schneller, als man es begreifen kann …«

Rebecca Gablé
DAS SPIEL DER KÖNIGE
Historischer Roman
Originalausgabe
1200 Seiten
Mit Illustrationen von Jan Balaz
Gebunden mit Schutzumschlag
ISBN 978-3-431-03721-0

England 1455: Der Bruderkrieg zwischen Lancaster und York um den englischen Thron macht den achtzehnjährigen Julian unverhofft zum Earl of Waringham. Als mit Edward IV. der erste König des Hauses York die Krone erringt, brechen für Julian schwere Zeiten an. Obwohl er ahnt, dass Edward England ein guter König sein könnte, schließt er sich dem lancastrianischen Widerstand unter der entthronten Königin Marguerite an, denn sie hat ihre ganz eigenen Methoden, sich seiner Vasallentreue zu versichern. Und die Tatsache, dass seine Zwillingsschwester eine gesuchte Verbrecherin ist, macht Julian verwundbar …

Ehrenwirth